SANG
CHAUD

Du même auteur

Le Placard,
Gingko éditeur, 2013

Les Planificateurs,
Éditions de l'Aube, 2016

Jab !,
Serge Safran éditeur, 2018

SANG CHAUD

ROMAN

Traduit du coréen
par Kyungran Choi et Lise Charrin

KIM UN-SU

Matin Calme

Ouvrage publié et traduit avec le concours
de l'Institut coréen pour la traduction littéraire (LTI of Korea).

Titre original : 뜨거운 피 (*Hot Blooded*)
Couverture et maquette : Barbario
Photo : © Tadashi Miwa / Getty Images

ISBN 978-2-491290-00-9

www.matincalme-editions.com

Première partie

PRINTEMPS

GUAM

À Guam, les voyous ne portent pas le costard.

Ailleurs dans Busan, port tentaculaire de Corée, mondialement connu, les voyous tirés à quatre épingles sont aussi nombreux que les containers entassés sur les quais. Ces types-là ne se soucient guère des besoins de leur épouse et de leur progéniture, mais ils mettent un point d'honneur à arborer une tenue repassée, impeccable. Ils peuvent se trimbaler la journée entière l'estomac vide pour économiser le petit sou avec lequel ils se feront cirer les pompes. Tandis que les voyous de Guam, eux, ne sauteraient jamais un repas pour un coup de cirage. Ni costume, ni rien à cirer.

Dans tous les quartiers, de Haeundae à Gwangalli, de la station thermale à Yeongdo, de Nampo à Seomyeon, les crapules de Busan traînent de-ci de-là dans leurs complets de croque-mort. Alors que ceux de Gamcheong attendent en grande tenue sur le quai les bateaux russes chargés de contrebande, volant en douce un peu de chaleur aux feux allumés par les dockers dans des tonneaux rouillés, que ceux de la gare centrale, du genre à racketter des prostituées indigentes dans les ruelles sombres, friment dans leur frac, et ceux des lointaines banlieues, après avoir glandé toute la journée à regarder barboter les canards sur la rivière Nakdong, le fil de leur canne à pêche plongeant négligemment par-dessus la digue, ressortent de chez eux au coucher du soleil, le pas traînant et l'allure chic, sillonnant la campagne avec pour seuls compagnons quelques lampadaires solitaires, les voyous de Guam, eux, ne portent pas de costard.

Aucune raison objective ne saurait justifier une quelconque obligation pour les voyous à porter le costume ; *stricto sensu*, ils ne mériteraient même pas un survêtement. Alors comment expliquer que toutes ces canailles se pavanent en tenue de soirée, sauf ceux de Guam ? D'aucuns prétendent que ces derniers partagent une vision responsable de la vie, du genre : « Qu'est-ce que c'est que cette connerie de costard, alors que ta femme et tes mioches sont en train de crever la dalle ? Si t'as de quoi te payer le pressing, occupe-toi plutôt de nourrir ton foyer. » D'autres avancent la possibilité d'une conscience philosophique apparue tôt chez eux de Guam : leur tâche principale consistant à ne rien faire, quel intérêt de ne rien faire en *habillé* ? Un jour ou deux, passe encore, mais tous les jours, serait-ce digne d'un être humain ? En combinant ces deux explications, aussi ridicules l'une que l'autre, il en ressort que les fripouilles de Guam, soit possèdent une intuition fascinante de leur lamentable condition de crapule, soit une conscience aiguë des réalités, particulièrement enracinée chez eux au prix d'une longue et douloureuse introspection. Le genre de raisonnement à faire mourir de rire un chien errant.

Faute de mieux, reste l'ultime hypothèse, celle d'une superstition tenace. Les mauvais garçons de Guam se seraient persuadés qu'un truand en costume part en prison plus tôt et y reste plus longtemps que son alter ego en survêtement. D'un point de vue statistique, ça se tient. Un voyou s'agitant en costard ne passe pas inaperçu, semble encore plus lamentable, et risque donc davantage de finir en taule.

Père Sohn, propriétaire de l'hôtel Mallijang et caïd du clan de Guam, a jadis prononcé un discours devenu fameux sur la tenue du mafieu : « Quand un pays traverse une période difficile, ce sont les voyous qui souffrent les premiers. Ça a toujours été le cas. Les cinquante dernières années ont été rudes pour nous. Que de souffrances ! L'occupation japonaise, la guerre, les coups d'États... Entre combien de mains est passée cette nation ? Les Japonais, les Russes, les Américains, les militaires... Et chaque fois que le pays est tombé, que le pouvoir a changé, nous avons toujours été les premières victimes. Comme le dit si bien le dicton, on présente un coussin en soie à celui qui a chié et on bastonne celui qui a pété... Putain !

« Tenez, j'ai observé comment ça s'est passé depuis l'invasion japonaise, eh bien ceux qui se sont fait coffrer en premier, c'étaient les voyous en costard. Et pendant l'occupation, les Japonais s'en prenaient d'abord aux mieux fringués. Et pareil sous le gouvernement militaire américain. Mais ce n'est pas tout. Quand Park Chung-hee a pris le pouvoir et qu'il s'est mis à nettoyer la société, qui s'est fait arrêter à la queue leu leu ? Encore les costards ! Après son coup d'État, Chun Doo-hwan à son tour s'est mis à chasser les bandits pour rafraîchir l'air de la société. Et c'est encore les porteurs de costume qui se sont fait embarquer les premiers, n'est-ce pas ? Et récemment, quand Roh Tae-woo a déclaré la guerre aux criminels et ce genre de connerie, qu'il a coffré quelques-uns de nos petits, je n'ai vu que des trois-pièces dans la file devant le poste de police !

« Vous vous souvenez de Chilbok du quartier Ami ? Celui-là aussi, qu'est-ce qu'il aimait frimer en costume ! Chaque fois que je le croisais j'essayais de lui faire comprendre, hé Chilbok, fais attention à toi, ça sert à rien pour un voyou de faire le beau, l'épate ça ne dure qu'un temps, la taule c'est pour la vie. Je l'ai répété et répété, mais lui n'en faisait qu'à sa tête. Vous avez remarqué, ses complices ont pris un an ou deux, au pire trois ou quatre, quand Chilbok a plongé pour quinze ans ! Tout ça à cause de ses putains de fringues. Se faire arrêter en survêt', ça vous place petit voyou, se faire pincer en costard croisé, un couteau à sashimi planqué dans son revers, ça vous range direct dans la case des assassins, des mafieux, des méchants qui bousillent la société. Eh, vous croyez que des voyous qui traînent en bande par-ci par-là, tous en noir comme des lycéens en uniforme, les policiers ne les voient pas ? Et ces messieurs qui se donnent corps et âme pour les affaires de notre pays, là-haut, vous croyez qu'ils ne sont pas contrariés quand ils voient traîner ces troupes de bandits endimanchés ?

« Ça fait des lustres que je vous le serine, la bonne attitude pour un truand, c'est l'écrase, la souris morte. Ça rapporte quoi le style, ça rapporte quoi la célébrité ? Affichez-vous en beau gosse dans le journal, le seul endroit où vous pourrez atterrir, ce sera la taule. Pour sûr, tout ce qu'on a à faire, nous autres, c'est glander, alors pourquoi se pomponner, merde ? »

Un voyou doit donc se la fermer comme une souris écrasée...

Le discours de Père Sohn ne risque pas de plaire à des grands amateurs de sape mais peut, un jour, se révéler précieux pour leur salut. Car Père Sohn, lui, a survécu.

Entré dans ce monde à dix-huit ans, il a travaillé cinquante ans à Guam. Proxénète, contrebandier, voleur, il a dirigé des casinos clandestins, commandité des meurtres et a survécu à tout. Il a résisté au régime autoritaire de Park Chung-hee et aux camps de rééducation de Chun Doo-hwan. Quand Roh Tae-woo a déclaré la guerre aux criminels, tous les caïds du pays ont été arrêtés et condamnées à des peines de dix à quinze ans, inculpés pour les pires crimes, tandis que Père Sohn, lui, s'en est sorti avec huit mois de prison pour proxénétisme et grivèlerie.

Vétéran de cette maudite mer de Guam, Père Sohn rabâche à Huisu, son bras droit et gérant de l'hôtel Mallijang : « T'en connais un seul qui soit encore en vie parmi ceux qui ont débuté avec moi ? Ils ont tous claqué, pas vrai ? Un coup de couteau, un coup de hache, une indigestion en taule. Et pourquoi, à ton avis ? Je vais te dire, c'est à force de s'agiter sans cervelle. Dès qu'un truand va en se pavanant comme un paon, y a pas loin qu'il disparaisse. N'oublie jamais que la vie d'un voyou c'est une longue marche sur des œufs. Faut tout le temps faire attention, comme si tu traversais un lac à peine gelé. En clair, si tu veux survivre dans ce monde, t'as pas d'autre choix que de vivre en douce, aplati comme une souris morte. Celui qui a bien mangé, c'est celui qui a mangé en cachette. Nos vieux disaient : “Le bien nourri se tait.” Pendant qu’on y est, laisse-moi ajouter une chose, dis aux petits d’arrêter avec les tatouages. Je comprends pas pourquoi ils font ce truc débile, des dessins à la con avec de l’encre qui n’a rien de bon pour la peau. À quoi ça rime cette pub comme quoi ils sont dans un gang ? C’est pas mieux de vivre sous la peau douce et propre que nous ont donnée nos vieux ? Être peinards au bain public, c’est quand même ce qu’il y a de plus cool, pas vrai ? »

HÔTEL MALLIJANG

Novembre 1990, alors que la guerre contre les criminels battait son plein, voici comment un jeune procureur de province, pendant l'une des comparutions de Père Sohn, dénonça devant le tribunal la vraie nature de ses activités.

« Monsieur le juge, tous les crimes de Guam sont fomentés à l'hôtel Mallijang. Et cet homme en est le propriétaire depuis trente ans. »

Quoique ambitieux, le magistrat n'a pas réussi à produire le moindre témoignage confirmant ses accusations. Pourtant un seul des innombrables crimes échafaudés depuis le Mallijang aurait pu envoyer Père Sohn à l'ombre pour au moins trente ans. Voire trois cents ans, avec un peu de bonne volonté.

Parmi la multitude de chefs d'inculpation retenus contre lui – aussi nombreux que les poils sur le dos d'une vache –, les deux pour lesquels ce jeune et ambitieux procureur a pu réunir quelques éléments concrets concernaient donc cette vague *activité de proxénétisme* et des faits modestes de *grivèlerie.*

L'hôtel Mallijang, qui porte aussi le nom ridiculement pompeux de Manoir aux dix mille lieux, se trouve au centre de la grande plage de sable fin de Guam dont il épouse la courbe. C'est un bâtiment à deux étages, s'étalant en demi-lune, qui fut bâti en 1913 quand des Japonais, tombés sous le charme de cette côte et de la forêt luxuriante de pins qui la surplombait, fondèrent la Société des loisirs de Guam et aménagèrent la toute première plage de Joseon. Excepté quelques rénovations après-guerre – la structure de bois, typiquement japonaise, fut remplacée par une structure en béton armé –, le bâtiment conserve aujourd'hui la même apparence qu'au début du XXe siècle. Les propriétaires de l'époque étaient des yakuzas japonais.

C'était une drôle de période où les Japonais vinrent s'installer en masse dans la péninsule ; on en comptait soixante mille rien qu'à Busan. Cet hôtel n'était donc pas destiné aux loisirs des Coréens mais à ceux des Japonais qui traversaient le détroit.

On dit que ce fut l'âge d'or de Guam. Les Japonais installèrent un funiculaire entre la falaise de Guam et l'île de la Tortue, ils élevèrent un plongeoir de trois étages au beau milieu de la plage et un pont suspendu entre celle-ci et l'une des proches petites îles rocheuses. En ce temps-là – les années vingt – il n'y avait pas le moindre tramway à Busan et ce téléphérique, volant au-dessus de la mer, suspendu à un seul câble, offrait un spectacle à couper le souffle. L'été, quelque trois cent mille personnes venues des quatre coins du pays se ruaient sur la côte de Guam. Même les notables influents devaient graisser la patte du gérant s'ils voulaient une chambre en pleine saison. La plage avait beau être souillée par les eaux usées des restaurants de sashimis, des bordels et des bidonvilles, elle n'offrait pas un seul centimètre carré de sable libre où poser les pieds.

Conscients qu'un nom japonais à la tête de l'hôtel pourrait leur attirer des ennuis, les yakuzas choisirent d'y placer un homme de paille, le dénommé Sohn Heungsik, grand-père de Père Sohn. Sohn Heungsik n'était jamais allé à l'école mais c'était un homme intelligent, alerte, et les yakuzas avaient toute confiance en lui. Vint 1945 et la débâcle des occupants. Ils rejoignirent tous leur pays à la hâte et Sohn Heungsik avala discrètement le Mallijang. Nombreux furent les Coréens qui profitèrent ainsi de la confusion générale, s'appropriant les sociétés ou les fonds secrets de leur patron.

Grâce aux méthodes nouvelles acquises auprès des Japonais, Sohn Heungsik fit fortune. Gérant l'établissement de main de maître, il acquit bars, maisons closes et casinos qui avaient appartenu à des Japonais. Il élargit ainsi son influence jusqu'à diriger tout un réseau d'importation clandestine basé au port. Pendant la guerre de Corée, quand le gouvernement fut provisoirement transféré à Busan, il détourna des armes et des provisions de la base américaine Hialeah, réalisant d'énormes profits. La période entre 1945 et 1960 fut faste pour Sohn Heungsik. Deux cents voyous campaient jour et nuit autour de l'hôtel ; un véritable régiment. Son influence était telle que les gens disaient que si Rhee Syngman était le président sous le soleil, Sohn Heungsik régnait sous la lune. Jusqu'au 13 février 1960, à trois heures du matin.

Soudain, alors que Sohn Heungsik était au sommet, il fut arrêté par la police. Durant trois jours et trois nuits il fut tabassé dans un sous-sol. Rentré chez lui en sang, il mourut deux jours plus tard. Il avait été tellement battu que lors du nettoyage de son corps, avant l'enveloppement dans son linceul, les gens virent que toute la surface de sa peau était tuméfiée et que tous ses membres avaient été brisés. Ce passage à tabac d'une rare brutalité s'expliquait par son conflit avec Lee Gibung, numéro deux du gouvernement. Le crime de Sohn Heungsik était de n'avoir pas assez remercié les hauts dignitaires sous les ailes desquels il avait construit sa fortune. Il l'avait fait, bien sûr, mais à sa manière, largement insuffisante aux yeux de Lee Gibung. À cette époque, ce dernier préparait son élection à la vice-présidence et était très préoccupé par l'argent – de tout temps les élections ont été des affaires coûteuses. Pourtant ce n'est pas le manque de lucidité qui écourta la vie de Sohn Heungsik. Au contraire, sa clairvoyance causa sa perte. Il avait pressenti que le pouvoir de Rhee Syngman était à bout de souffle et sa fin proche. Lee Gibung allait lui succéder, en toute logique. C'est pourquoi Sohn Heungsik, plutôt que de continuer à mettre son argent dans un vieux sac prêt à se déchirer, préféra le placer dans un tout neuf. Funeste clairvoyance. Pendant son passage à tabac au poste de police, sa famille ne put rien faire. Les réseaux qu'il avait tissés tout au long de sa vie, tant dans les milieux politiques qu'économiques, ne furent d'aucun secours devant le pouvoir absolu. Un mois après sa mort, le 15 mars 1960, Lee Gibung fut élu vice-président, après une grossière fraude électorale. Encore un mois et ce dernier se réfugiait avec toute sa famille dans la salle n° 36 de la résidence présidentielle. Le Parti libéral venait de s'effondrer suite au soulèvement du 19 avril. Acculé, son fils aîné Lee Gangseok, alors sous-lieutenant dans l'Armée de terre, exécuta tour à tour son père, sa mère et son petit frère, avant de retourner l'arme contre lui.

Témoin de la mort absurde de son grand-père, Père Sohn comprit très tôt qu'un voyou, fût-il célèbre et influent, n'était rien devant le pouvoir politique. Que celui qui s'agitait avec arrogance finissait immanquablement par se faire taper dessus comme un clou qui dépasse. De cette douloureuse leçon tirée de sa propre expérience naquit sa théorie du noble voyou silencieux et de la souris écrasée.

Sohn Jeongmin, le père de Père Sohn, était grand et costaud. Ce brave homme, typique de la province de Gyeongsang, aimait l'alcool et les amis, avait le sens du devoir et une tendance à dépenser son argent. Si l'un de ses camarades se trouvait menacé, il n'hésitait pas à lui venir en aide. Hélas, ce jeune homme loyal acheva sa vie avant ses trente ans, en plein cœur de Gwangbok, lors d'une rixe avec un soldat américain. L'origine de ce duel au couteau varie selon les témoins. Certains affirment que le GI harcelait une jeune Coréenne en pleine rue et que, les passants se contentant de regarder la scène, Sohn Jeongmin était vaillamment intervenu ; d'autres prétendent que ce dernier s'était jeté comme un imbécile dans cette histoire, sans comprendre l'anglais, que la Coréenne était en réalité la petite amie de l'Américain et qu'ils étaient en pleine scène de ménage. Quoi qu'il en soit, sa disparition fit jaser : pour les uns, c'était une mort patriotique, héroïque, témoignant de la valeur des hommes de Busan et pour les autres, une fin stupide causée par l'ignorance des langues étrangères – ce qui prouvait au passage la nécessité d'apprendre l'anglais si on tenait à la vie. Quant à l'opinion de Père Sohn sur la fin tragique de son père, elle était très claire : « Il est mort bêtement en voulant faire le malin. Un voyou qui veut frimer comme un con, tchac, il dégage. »

L'ENTREPÔT COUCOU

Trois ventilateurs géants tournent dans l'entrepôt. Du camion qui a réussi à se faufiler jusqu'ici par les rues étroites de la ville, des ouvriers vietnamiens commencent à décharger des sacs de piment en poudre, importés de Chine. Après eux, une quinzaine de femmes s'activent, pelles de déblaiement à la main, pour mélanger ce piment à son homologue coréen. En un rien de temps, l'entrepôt s'emplit d'une forte odeur épicée.

Fait de briques et d'ardoises, ce bâtiment à deux étages n'a pas été conçu pour abriter le travail des hommes. Les fenêtres, ridiculement petites, sont trop rares, et les ouvriers se plaignent de l'absence de climatisation, l'été, et du manque de chauffage, l'hiver. Mais son emplacement est idéal, près du port et isolé. Père Sohn a pris l'habitude de l'utiliser pour concocter sa fausse huile de sésame ou pour transformer des haricots de Californie en haricots coréens. Ce lieu est désigné comme l'entrepôt Coucou.

Servant également au stockage provisoire des produits de contrebande acheminés en bateau, on peut parfois y voir des articles de luxe : vodka, vin européen, appareils électroniques Sony ou Aiwa, ingrédients de la pharmacopée chinoise, fourrures russes, etc. Mais la plupart du temps, on y entasse des marchandises moins raffinées et moins rentables, et plus coûteuses en main-d'œuvre, haricots, sésame, poudre de piment ou anchois séchés.

Huisu n'approuve pas les méthodes de Père Sohn. Dans la contrebande, plus tu prends de risques, plus ça rapporte. Le courage paye. Sauf que pour Père Sohn, la prudence est la règle de base. Évidemment il ne veut pas entendre parler des trafics de drogue ou d'armes, mais il évite aussi tous les produits figurant sur la liste des contrôles douaniers renforcés. D'un naturel assez trouillard, il est devenu une vraie poule mouillée depuis son séjour en prison. Selon lui, se faire coincer pour du piment ou des haricots chinois peut passer pour de la contrebande de survie, on en est quitte pour quelques mois d'emmerdes, alors que se faire prendre pour des armes, c'est la fin du business.

Protégeant son nez à l'aide d'un mouchoir, Huisu jette un regard noir sur les particules de piment qui flottent dans l'air, mélangées à la poussière. Le surplus qui a échappé aux bouches d'aération monte au plafond avant de redescendre lentement. Cet air vicié ne semble nullement incommoder Père Sohn. Affichant un sourire satisfait, il admire le mélange des piments.

— Tu vois ? Je te l'avais dit que cette année c'est le piment qui marcherait. Son cours a drôlement augmenté ces derniers temps. À mon avis on pourra gonfler le prix de gros au moins cinq fois, dit-il avec fierté.

— Ça vous plaît tant que ça d'arnaquer ces pauvres agriculteurs ? Vous vous sentez pas un peu merdeux ? raille Huisu.

— Certes, c'est fâcheux. C'est pour ça que je mélange avec du piment coréen. Tu te rends compte, les concurrents n'en mettent que dix pour cent, alors que nous on en met vingt. J'ai même entendu qu'à Masan, certains n'en mettent que cinq pour cent. C'est dégueulasse ! Cinq pour cent ? Je les comprends pas ces pourris. Comment tu veux qu'ils s'en sortent, nos paysans ?

Déconcerté par les propos absurdes de Père Sohn, Huisu laisse échapper un rire. Cinq pour cent ou dix pour cent, c'est du pareil au même. Si on mélangeait avec du piment coréen, c'était juste pour les papiers. Les factures prouvant l'achat de piment en Corée permettaient de blanchir le mélange. Père Sohn mixait donc le piment coréen et le piment chinois clandestin, et fourguait le tout aux grossistes, moyennant quelques retouches dans la comptabilité.

Vexé par le sourire de Huisu, Père Sohn demande d'un ton acerbe :

— Ça te fait marrer, toi ?

— Pardon ?

— Là, tu te moques de moi, non ?

— Non, pas du tout.

— Tu parles. Toi, faudrait que tu perdes cette mauvaise habitude de te moquer du patron pour un oui ou pour un non. Tu me rabaisses et les petits se mettent à faire pareil.

Père Sohn se penche, prend une poignée de poudre de piment qu'il malaxe puis hoche la tête, satisfait, avant de gagner le bureau à l'étage. Quand il pousse la porte, Huisu sur ses talons, le gros gardien de l'entrepôt qui mangeait ses nouilles au *jjajang** sursaute et se lève brusquement.

— Vous êtes arrivés quand ? demande-t-il, essuyant du revers de la main la sauce maculant sa bouche.

— Qu'est-ce que tu bouffais pour pas avoir entendu les allées et venues ? Je t'ai déjà dit de faire gaffe, surtout pendant les livraisons, imbécile !

Père Sohn pique sa colère. Confus, le gros s'empresse de ranger la table où s'étalent son bol de nouilles – double portion –, une assiette de porc frit, une autre de raviolis, une troisième de légumes sautés, le tout couronné d'une bouteille d'eau-de-vie chinoise. Sur l'un des murs, des écrans retransmettent les images des caméras de surveillance récemment installées au portail principal, à la porte de derrière, au parking et à l'entrée de l'entrepôt. En balayant du regard le bordel de bouffe, Père Sohn fait claquer sa langue. Le gardien, à l'affût de la moindre saute d'humeur du patron, courbe son corps boudiné.

* Jjajang ou jajangmyeon (voir plus loin dans le texte). Il s'agit d'un plat coréen à base de nouilles, composé de pâte de sauce soja noire fermentée, d'oignons, de courgettes et de pommes de terre.

On l'appelle Vidé. Pourquoi un tel surnom, léger, aérien, pour un type de cent trente kilos, mystère, sinon peut-être sa tendance à se vider un peu trop tôt au lit. Vidé est si gros qu'au moindre mouvement il transpire par litres. En revanche, contrairement à ce que son volume suggère, il est d'une nature douce, paisible et se montre infiniment lent et franchement inefficace en cas de bagarre. Bref, un corps de brute mais aucune qualité en tant que truand. Pour valoriser son physique intimidant, il a été vigile dans un bar, un boulot qui consiste à rester planté droit en affichant une mine patibulaire. Mais une opération du genou lui a rendu impossible la station debout prolongée. Entré tôt dans le milieu, il pourrait faire figure d'ancien, mais les plus jeunes le méprisent. Pour toutes ces raisons, Père Sohn lui a confié la surveillance de l'entrepôt, pensant que puisqu'il ne peut pas bouger, il devrait faire un bon gardien.

— Bon sang mais quel crétin ! Un chiot s'en sortirait mieux que toi, peste Père Sohn.

— Il est seul pour garder l'entrepôt, il faut bien qu'il mange et qu'il aille aux toilettes. Comment voulez-vous qu'il reste collé aux écrans ? C'est bon. Allez, finis ton repas.

Huisu donne quelques petites tapes rassurantes sur l'épaule de Vidé qui se retourne dans sa direction et s'incline. Père Sohn lance un regard désapprobateur à Vidé.

— Moi j'ai dit de pas manger ? On peut se relâcher un peu en temps normal, mais il faut être au taquet quand il y a de la marchandise.

— Je suis désolé, dit Vidé.

— Quand est-ce que ça sera bouclé ? lui demande Père Sohn.

— Faudrait finir aujourd'hui.

— Fais charger les camions cette nuit. Il vaut mieux pas garder la came longtemps dans l'entrepôt.

— Entendu.

— Et apporte-moi un *ssanghwacha**.

---

* Le ssanghwacha est un thé coréen à l'amertume typique, obtenu à partir de racines de pivoine et d'autres plantes pouvant varier en fonction des symptômes à traiter.

Vidé sort du bureau pour aller chercher du thé. Sur l'escalier métallique, ses pas lourds résonnent comme des cloches. Accablé, Père Sohn secoue la tête.

— Chez ce gosse-là, y a rien qui me plaît.

— Soyez pas si dur. Lui aussi essaie de vivre pleinement chaque instant, c'est son corps qui suit pas.

Père Sohn ricane en observant la table.

— Quand tu manges autant, comment ton corps pourrait suivre ? C'est un repas pour une personne ça ? Il y a de quoi inviter tous les collègues de bureau.

Prêtant une oreille distraite aux plaintes de Père Sohn, Huisu se sert un verre d'alcool chinois. Il le boit cul sec puis sépare en deux des baguettes jetables avec lesquelles il attrape quelques légumes sautés. Père Sohn le regarde manger, l'air inquiet.

— Tu n'as encore rien mangé aujourd'hui ?

— Vous m'avez fait venir dès que j'ai ouvert les yeux, comment j'aurais eu le temps de manger ?

— Tu devrais dormir davantage. Tu passes toutes les nuits au casino et le lendemain tu titubes comme un poussin malade. T'as encore passé la nuit à jouer au baccara chez Jiho, c'est ça ?

— J'ai pas joué au baccara.

— Tu mens. Il paraît que le business de Jiho grimpe tous les jours un peu plus grâce à toi.

Sans répondre, Huisu avale encore quelques légumes, se sert un autre verre et le vide avec une grimace ; l'alcool brûle son estomac vide.

— À quelle heure tu vois les types de la douane ce soir ?

— Dix-huit heures.

— Quand vous aurez conclu, quitte-les vite fait. Depuis la nuit des temps, tout comme tu gagnes rien à rester longtemps avec ta belle-famille, tu gagnes rien à traîner avec des fonctionnaires.

— Ça va être chaud, paraît que Chef Gu nous rejoint aussi.

— Qu'est-ce qu'il vient foutre là, cet enfoiré ?

— On a rendez-vous dans un gogo-bar, il veut sûrement profiter de l'occasion pour boire gratos. Il bande plus, mais il aime toujours autant la compagnie féminine.

Père Sohn semble se délecter de cette précieuse information.

— Il bande plus, Chef Gu ?

— Ça fait un moment déjà. Les filles détestent tomber sur lui.

— Comment un gars bâti comme un tigre peut avoir un mollusque sous la ceinture ?

— En général, les mecs, quand ça lève plus, ils ont tendance à s'éloigner des filles pour trouver un autre truc, les courses de chevaux ou le golf ou je ne sais quoi. Chef Gu c'est un drôle de type. Il décroche pas.

— Ça, c'est pas le seul à être tordu. Vus de près, les humains, c'est tous des pervers.

Huisu jette les baguettes sur la table, consulte sa montre et se lève.

— Tu y vas ?

— Faut que je me prépare. Je vais me laver et me changer.

— Ok. Bon travail alors.

Mais Huisu reste planté devant Père Sohn et le fixe. À son tour, Père Sohn scrute Huisu, l'air interrogateur.

— Quoi ?

— Donnez-moi l'argent.

— Quel argent ? Si tu veux parler de celui qu'on va donner aux types de la douane, j'ai déjà tout envoyé chez eux.

— On va dans un gogo-bar, faut du cash. Vous croyez qu'elles acceptent les chèques, ces filles ?

— Dis donc, gagne-petit, pour ce genre de frais, tu pourrais te débrouiller seul, non ?

Tout en continuant de râler, Père Sohn sort de son portefeuille deux billets d'un million de wons. Mais au lieu de les prendre, Huisu fait la moue, alors Père Sohn tire un autre billet et lui tend les trois. Huisu se décide à les prendre et les fourre dans la poche arrière de son pantalon. Il incline la tête devant son boss et sort du bureau, croisant Vidé qui remonte laborieusement l'escalier avec deux tasses de ssanghwacha. Ses vêtements sont déjà trempés de sueur.

— Vous partez déjà, grand-frère Huisu ?

— Oui j'y vais, j'ai à faire.

— Prenez du thé avant de partir. Ça paye pas de mine, mais il y a plein de choses bonnes pour la santé là-dedans.

— Alors t'as qu'à boire ma tasse, ça te requinquera.

Il est quinze heures quand Huisu revient au parking de l'hôtel Mallijang. Encore trois heures avant le rendez-vous. Sa bouche est sèche, sans doute à cause des nuits courtes qu'il vient d'enchaîner. Il n'a rien mangé depuis ce matin, hormis les quelques légumes sautés avalés à l'entrepôt Coucou. Son estomac crie famine et il se sent épuisé. Dans quelques heures pourtant il devra jouer l'hôte parfait devant une table bien garnie. Se remplir le ventre, prendre une douche, mettre des sous-vêtements propres et faire un petit somme, voilà ce qu'il devrait faire. La réception de ce soir s'annonce assommante, surtout avec un bourrin comme Chef Gu.

Huisu jette un rapide coup d'œil sur sa montre puis réfléchit, tapotant le volant du bout de ses doigts. Trop juste pour manger, se laver, faire une sieste. Il remet le moteur en marche et démarre, direction le casino de Jiho.

À l'entrée, un énorme type somnole, assis sur une chaise. Huisu s'approche tout près, mais l'autre n'a pas l'air de vouloir se réveiller. Huisu lui secoue l'épaule. Le gros ouvre les yeux et s'empresse de le saluer.

— Bonjour, grand-frère Huisu.

— Ouvre-moi.

L'homme murmure quelque chose à l'interphone et la lourde porte s'ouvre. L'escalier qui descend au casino est flanqué à ses deux extrémités de portes en fer. Elles ont été installées pour ralentir la police lors des descentes. Ça gagne du temps et ça permet d'évacuer le casino par une sortie dérobée. Les portes sont si épaisses qu'il faudrait au moins vingt minutes et un foutu chalumeau oxhydrique pour venir à bout d'une seule. Chaque fois qu'il emprunte cet escalier sombre et humide, Huisu a l'impression de s'enfoncer au cœur d'une tombe. Arrivé en bas, il sonne. Un homme contrôle le visage du visiteur et le fait entrer.

Bien que l'on soit en plein après-midi, le casino est bondé. Difficile d'y mettre un pied. Huisu parcourt la salle du regard. Toutes les tables sont complètes. Jiho déboule de son bureau et s'incline devant le nouvel arrivant.

— Grand-frère Huisu, quel bon vent vous amène à cette heure-ci ?

— Rien, j'avais juste un peu de temps libre.

— Je vous prépare une table ?

Jiho sonde le visage de Huisu, essayant d'anticiper ses moindres désirs. Huisu aurait aimé rejoindre une table qui jouait gros, mais il n'a pas assez d'argent sur lui. Du doigt il désigne la table à un million. Jiho s'y dirige et donne une petite tape sur l'épaule d'un joueur. Le type se retourne, l'air irrité, mais remarquant Huisu derrière Jiho, il se lève, résigné. Jiho dépoussière de sa main le dessus de la chaise et invite Huisu à s'asseoir.

Chez Jiho, il n'y a qu'un seul jeu. Pas de poker, ni de roulette, ni de blackjack. Ici, tout le monde joue au baccara. C'est un jeu aussi simple que pierre-feuille-ciseau et chacun peut comprendre la règle en dix secondes – à moins d'avoir le QI d'une moule. Les tours sont si rapides qu'ils permettent plus de cent paris par heure, entraînant une forte addiction. Théoriquement, le taux de victoire est à peu près équitable entre le client et le casino : 49 contre 51. Pourtant c'est toujours le casino qui finit par gagner. Cet écart d'un pour cent se répétant à l'infini et les commissions s'accumulant à chaque partie, les joueurs finissent les poches vides. Ils cherchent à comprendre les arcanes du baccara, sans se douter que s'ils perdent ce n'est pas parce qu'ils n'ont pas compris le jeu, mais parce qu'ils continuent d'y jouer.

Jiho est un bon commerçant. Il a le sens de l'hospitalité et de la fête. C'est dire le nombre d'imbéciles qui ont gâché leur vie dans sa boîte. Les vieux de Guam aiment bien Jiho. En général, les voyous que les vieux préfèrent ne sont pas les gros bras, mais ceux qui savent fidéliser les clients par leur affabilité et faire du profit en utilisant leur intelligence. Jiho est de ceux-là.

Huisu sort les trois millions de wons reçus de Père Sohn, y ajoute deux millions de sa poche et change le tout en jetons. De l'autre côté de la table, Obligation Hong observe Huisu, l'œil mauvais. Comme d'habitude, il trône à la table de prêt. Et comme d'habitude, Changdo, son garde du corps chinois, fixe Huisu de ses yeux froids. Ce dernier feint de les ignorer.

Huisu doit une certaine somme d'argent à Obligation Hong. Une somme qui, petit à petit, a fini par atteindre trois cent millions de wons. Ces derniers temps, il peine même à rembourser les intérêts. Obligation Hong est un usurier clandestin. À Guam, il travaille hors du contrôle de Père Sohn et les jeunes qui bossent pour lui ne sont pas des voyous de Guam. L'idée d'engager des voyous du coin – qui sont tous plus ou moins des parents éloignés – pour exercer ce travail nauséabond consistant à faire cracher de l'argent aux gens, a dû lui poser un problème, sur le plan pratique. Malgré cette situation particulière, Obligation Hong verse tous les mois à Père Sohn une coquette somme pour avoir le droit de faire son business dans les casinos, les marchés et les bars de Guam. En contrepartie, Père Sohn ferme les yeux sur ses procédés visant à persécuter les voyous endettés de Guam. Il a été très clair : « Les affaires d'argent, c'est pas mon problème ». Au fond, leur entente ressemble à celle qui unit le crocodile et le pluvian.

Gangs ou tueurs à gages, quiconque emprunte de l'argent à Obligation Hong n'a aucun moyen de lui échapper. Comme il est d'usage chez les usuriers privés, Obligation Hong est un monstre, capable de tirer du jus d'un calamar séché. Un type qui, dès son entrée dans le milieu, a jeté aux orties le fameux sens de l'honneur des voyous. Il prête essentiellement à des joueurs et des call-girls, mais sa spécialité est ailleurs. Elle consiste à racheter les dettes récalcitrantes de certains pour une bouchée de pain – à hauteur de dix ou vingt pour cent de la somme due –, puis à faire pression sur toute leur famille, parfois même très lointaine, pour récupérer non seulement son capital de départ mais aussi les intérêts accumulés. Bref, sa spécialité c'est le recouvrement, en utilisant des méthodes auxquelles même les usuriers les plus vicieux ont renoncé. Il est si méticuleux, si sordide, si tenace, si retors et en même temps si intelligent que ceux qui ont eu à faire à lui tressaillent encore d'horreur à l'énoncé de son nom. Sa cruauté est inscrite sur son visage et ceux qui souhaitent entrer dans leur cercueil les quatre membres intacts et aussi entiers qu'à leur naissance, ne doivent pas envisager une seule seconde de laisser traîner la moindre petite dette impayée dans le cadre d'un accord avec Obligation Hong.

Or Huisu lui doit déjà trois cent millions de wons, intérêts non compris. Pourtant il fréquente encore le casino et y change son cash en jetons sous les yeux d'Obligation Hong, comme pour le narguer : « Eh oui, j'ai du blé mais c'est pas pour toi, ça te fait chier hein ? »

En vérité, Huisu n'a aucune intention de le faire enrager. Il se fiche éperdument de la manière sordide dont Obligation Hong mène ses affaires et gagne son pain. Huisu a juste envie de jouer. Et puis trois cent millions, faut dire ce qui est, la somme ne se trouve pas en travaillant, même dur. Quelques mois auparavant, il avait gagné trois cent vingt millions ici. Comme dans une transe, chaque carte qu'il retournait était celle qu'il attendait. La chance lui souriait ; le démon du jeu s'était installé sur son épaule. Trois cent vingt millions. S'il avait arrêté là, il aurait épongé ses dettes. Pas assez pour laver sa vie de chien et la recommencer pure de toute souillure, mais suffisamment pour la remettre en ordre et la rendre plus simple. Évidemment, Huisu n'avait pas arrêté. Ses gains avaient grimpé à trois cent vingt millions avant de retomber en chute libre. Il avait perdu la totalité et au lieu d'en rester là, il avait dilapidé cent millions de plus, empruntés à Jiho. En tout, dans ce seul casino, il était redevable de trois cent millions à Obligation Hong et de cent à Jiho. Obligation Hong aurait bientôt racheté sa dette à ce dernier et Huisu lui devrait alors quatre cent millions. Pour une telle somme, tout autre que lui aurait déjà perdu bras et jambes dix fois.

Les cartes tourbillonnent. Huisu essaie de contrôler sa respiration. Cinq secondes d'inspiration, cinq secondes d'expiration, cinq secondes d'inspiration, cinq secondes d'expiration... Au baccara comme dans tous les autres jeux, si tu t'énerves, tu perds. Il ne faut pas laisser monter l'excitation quand la chance arrive, ni paniquer quand les cartes n'en font qu'à leur tête. Il faut surfer sur le rythme de ses propres humeurs. Huisu fait ses paris calmement. Inspiration, expiration, inspiration...

En moins d'une heure, il perd cinq millions de wons, tout ce qu'il a sur lui. Il hésite un moment à emprunter de l'argent à Jiho, mais après avoir regardé l'heure, il se lève.

— Vous partez déjà ?

— Oui, j'ai des choses à faire.

Jiho guette les alentours et sort une liasse de billets de sa poche intérieure. À vue de nez, il y a là à peu près un million de wons en billets de dix mille.

— Qu'est-ce que c'est ?

— Un petit soutien, cadeau de la maison. Comme tout le monde le sait, vous êtes, grand-frère Huisu, l'As de Guam. Vous ne pouvez pas sortir avec le portefeuille vide.

— Laisse, c'est bon.

— Prenez, s'il vous plaît.

Jiho fourre les billets dans la poche de Huisu qui feint l'embarras mais finit par les accepter.

— Rentrez bien.

— Oui.

Alors que Huisu gagne la sortie, Changdo, le garde du corps d'Obligation Hong, vient lui barrer la route. À part son origine chinoise, Huisu ne sait rien de lui. Ni d'où il vient, ni ce qu'il a fait avant. Aucun bruit ne circule à son sujet. Mais le seul fait qu'un homme aussi trouillard qu'Obligation Hong se pavane toutes les nuits accompagné de ce seul type en laisse deviner la férocité.

— Mon patron voudrait parler à toi, dit Changdo dans un coréen maladroit.

Huisu consulte sa montre une nouvelle fois et se dirige vers Obligation Hong. Ce dernier, assis à sa table, sirote un whisky. Huisu prend une chaise et s'assoit face à lui.

— Tu veux un verre ?

Obligation Hong empoigne la bouteille. Huisu refuse de la main.

— Non. Qu'y a-t-il ?

— Tu me demandes ce qu'il y a ? Dis-moi, y aurait-il entre nous autre chose qu'une question d'argent ?

Huisu pose un regard vague sur son interlocuteur. Il n'a visiblement rien à dire sur ce sujet. Son visage reste impassible, comme s'il voyait ce film pour la deux-centième fois. Déstabilisé, Obligation Hong ricane.

— T'es endetté jusqu'au cou et tu fais le malin.

— Vous voudriez que je pleure ?

— Quand on peine à rembourser le capital, faut au moins payer les intérêts avant de jouer, c'est la base. Pour toi, Huisu, j'ai prêté sans aucune hypothèque, mais si tu commences à me manquer de respect, j'ai beau être patient, je vais devoir me fâcher.

— Il faut bien qu'on mange, nous aussi. Si je vous paye les intérêts, il ne me restera pas de quoi acheter mes cigarettes.

— Putain, arrête ça, tu t'es fait gratter cinq millions à l'instant.

Huisu jette un énième coup d'œil à sa montre puis baille, l'air ennuyé.

— Si un jour j'ai un gros coup, je vous rendrai tout. Comment voulez-vous que j'arrive à rembourser une somme pareille par petits bouts ?

— C'était au Pays-Bas, c'est ça ? Ce gamin qui avait bouché le trou de la digue avec son bras ? Tu connais la morale de cette histoire ?

Huisu regarde Obligation Hong, l'air las.

— Si tu répares pas vite fait un petit trou de rien du tout dans une digue, elle peut se fissurer. Et une fois qu'elle a commencé à se fissurer, pas moyen de la combler, même avec un bulldozer.

Agacé par ces inepties, Huisu lui coupe la parole.

— Allez prêcher la bonne parole ailleurs, j'ai pas que ça à faire ! Et arrêtez vos jérémiades, je vais pas l'engloutir, votre argent.

Suffoqué, Obligation Hong vire au pourpre.

— Quoi ? Mes jérémiades ? C'est comme ça que tu parles à un aîné ?

— Cher aîné, je vous remercie de vos précieux enseignements, mais à présent je me permets de vous quitter parce que j'ai des choses à faire. J'écouterai vos conseils une prochaine fois, en espérant qu'ils me fassent le cuir plus épais.

Huisu se lève. Obligation Hong, rubicond, le fusille du regard.

— Huisu, mon petit gars, je te conseille de rester bien au trou du cul de Père Sohn. Car le jour où tu quitteras le Mallijang, c'est avec tes reins et tes yeux que tu payeras les intérêts.

Huisu laisse échapper un rire de dégoût.

— Ordure...

Puis il se dirige calmement vers la porte. Jusqu'à la sortie, il sent nettement le regard obstiné et mauvais d'Obligation Hong planté à l'arrière de son crâne.

Il est 17 h 30 quand Huisu gare sa voiture devant la plage. Il entre dans le restaurant-grill et inspecte la salle qu'il a réservée. Ni Chef Gu ni les types de la douane ne sont arrivés. Le patron du restaurant s'approche et se met à blablater, qu'aujourd'hui la viande est particulièrement excellente, qu'il a préparé un plateau de sashimis au cas où certains convives n'aimeraient pas la viande, etc. Huisu le remercie. Tout en guettant ses réactions, le patron frotte l'une contre l'autre ses mains, dos à dos, à la manière d'une mouche. Il ose enfin lui demander, très discrètement, s'il ne connaîtrait pas un endroit où acheter une armoire en bois naturel à bon prix, pour le mariage de sa fille. Huisu lui répond négligemment qu'il ne saurait le renseigner. Le patron semble déçu et passe à une autre question : qu'ayant vu il y a quelques jours du matériel électroménager importé clandestinement, il aimerait savoir si c'était possible d'obtenir cinq autocuiseurs de riz japonais, de la marque Elephant. Huisu affiche en réponse une mine glaciale. Gêné, le patron se confond en explications, marmonnant que sa fille se marie avec le fils d'une famille de médecins, qu'il a peur de ne pas avoir assez pour la dot, que les autocuiseurs Elephant sont les meilleurs du marché et que chacun des membres de sa belle-famille seraient ravis d'en recevoir un, et ainsi de suite. Le patron scrute à nouveau le visage de Huisu, toujours muet, avant d'oser glisser que la famille de son futur gendre est une famille brillante et qu'il craint que sa fille ne se sente écrasée. Il ajoute que si lui et sa femme vivent correctement aujourd'hui, ça n'a pas toujours été le cas, que quand leur fille était petite son enfance a été difficile. Qu'elle était bonne élève, mais qu'elle a dû continuer ses études dans un lycée professionnel à cause de leur situation financière et qu'aujourd'hui il le regrette énormément.

Une vague d'irritation envahit Huisu. Dans un long soupir, il répond qu'il va se renseigner pour les autocuiseurs Elephant. Soulagé, le visage du bonhomme s'éclaircit d'un coup. Huisu s'impatiente. Encore vingt minutes. Probablement plus, car Chef Gu n'est pas du genre ponctuel. Une immense fatigue lui tombe dessus, il voudrait s'allonger n'importe où, fermer les yeux un moment. S'il reste ici, il va devoir supporter les bavardages du propriétaire, sa fille si gentille, son futur gendre si distingué, etc. Il pourrait même lui demander dans la foulée de trouver un réfrigérateur General Electric à la base militaire américaine... Il se lève et sort.

En ce mois d'avril, la plage est tranquille. Il prend une cigarette, l'allume. Machinalement, il compte les promeneurs sur le rivage. Sept. Un couple d'âge moyen – adultérin, probablement –, deux lycéens qui sèchent les cours, trois touristes japonaises entre deux âges. Rien que sur cette plage s'affichent des dizaines de restaurants de sashimi, plus d'une centaine de bars et de cafés, mille quatre cents chambres vides dans les hôtels et motels. Et seulement sept personnes sur le sable blond. Pas besoin d'un boulier pour faire le calcul, le seul endroit bondé, c'est le casino. Huisu jette sa cigarette. Il en glisse une autre entre ses lèvres.

C'est alors qu'il aperçoit un groupe de jeunes du club de boxe courant le long du front de mer. Gyeongtae, leur entraîneur, cavale à leur côté, criant ses encouragements. Huisu remet dans le paquet la cigarette qu'il s'apprêtait à allumer et se lève. Au loin, Gyeongtae le voit à son tour et lui fait signe. Arrivé à sa hauteur, l'entraîneur arrête sa course et les jeunes l'imitent.

— Ne vous arrêtez pas. Gwangho me remplace, dit Gyeongtae d'une voix ferme.

Tandis que la troupe s'éloigne, il reprend difficilement son souffle.

— Purée, j'en peux plus. J'arrive plus à les suivre, ces gamins.

— Vous êtes partis de la colline de Hyeolcheongso ?

Visiblement épuisé, Gyeongtae hoche seulement la tête, buste plié en avant et les deux mains appuyées sur les genoux.

— Waouh, tu m'épates, Kim Gyeongtae, champion d'Asie ! Tu avales encore ce parcours. Moi, même en marchant j'aurais du mal à grimper cette colline.

— Je t'épate ? Laisse-moi rire. Avant je pouvais enchaîner trois fois ce circuit et aujourd'hui je dois serrer les dents pour suivre ces mômes.

— Achète-toi un scooter.

— Non, les jeunes n'auraient pas de respect pour un entraîneur qui les suivrait en scooter.

Huisu éclate de rire devant le ton sérieux de Gyeongtae.

— Tu parles, père Martin, sur son vélo, il nous menait par le bout du nez.

— Tu peux pas me comparer à père Martin. Il avait un charisme de dingue, tu le sais. Moi j'ai que dalle. C'est pour ça, pas le choix, je dois courir.

Huisu rit de nouveau, non que les mots de son ami soient si drôles, mais parce qu'il est doux de le voir si fort. Gyeongtae se met à rire aussi, sans trop savoir pourquoi.

De leur temps, tous les garçons de Mojawon – le centre social où Huisu a grandi – apprenaient la boxe avec père Martin. C'était un curé originaire d'Italie, au caractère inflexible, ancien boxeur professionnel. Après l'école, les enfants couraient sur le chemin reliant la colline de Hyeolcheongso au phare de la jetée, soit un aller-retour de douze kilomètres. Ils s'entraînaient au noble art dans une salle délabrée, derrière l'église de Guam. Ils sautaient à la corde, perfectionnaient leur jeu de jambes, frappaient des sacs de sable ou des punching-balls. Huisu était heureux alors. Il aimait l'odeur salée du vent marin, la respiration de ses camarades et la sensation brutale de son cœur qui battait à tout rompre. Le grincement des chaînes d'où pendaient les sacs de sable, le bruit vigoureux des cordes qui cinglaient le sol, et celui, répétitif, des pas trépignant devant le punching-ball. À y songer à présent, s'il y a une chose dans sa vie pour laquelle Huisu s'est donné corps et âme, c'est la boxe.

Tandis que les enfants s'entraînaient, père Martin, le visage bienveillant, leur parlait d'amour. Il disait que tout l'univers est rempli d'amour, que ces arbres et ce vent sont remplis d'amour, que la seule volonté de Dieu est qu'ils s'aiment les uns les autres. Durant chaque cours de boxe, c'était son refrain. Difficile d'avoir tort avec ce genre de discours... Pourtant, contrairement au souhait de père Martin, tous ses élèves allaient grandir sains de corps mais guère d'esprit, versant tous dans la délinquance. Quelques-uns sont morts poignardés, d'autres sont en prison. Huisu a arrêté la boxe à dix-huit ans, à son entrée dans le banditisme. Gyeongtae est un des rares à avoir continué. Un temps, il fut boxeur professionnel. Avant cela, il alla même jusqu'au Jeux olympiques – bien qu'il n'y gagnât pas de médaille – et remporta le titre de champion d'Asie dans sa catégorie.

— Comment va père Martin ?

— Pas très bien. Il aimerait beaucoup te voir, Huisu. Ça te dirait qu'on aille le voir ensemble un de ces jours ?

— Non, laisse tomber. À quoi bon lui présenter un truand ? Ça n'arrangerait pas son caractère.

Gyeongtae hoche la tête. Pour regretter ou approuver, impossible à dire.

Les jeunes, après avoir atteint et contourné le phare au bout de la jetée, reviennent vers eux.

— Il faut que j'y aille.

— Ok.

— Tu travailles aujourd'hui ?

— Tu parles d'un boulot, recevoir des escrocs et leur payer à boire.

Gyeongtae enfonce sa casquette sur sa tête, sourit à Huisu et reprend sa course vers la haute colline de Hyeolcheongso. Huisu remet la cigarette entre ses lèvres. Il regarde son ami qui s'éloigne, leste, vers le front de mer. Quand il était jeune, il courait plus vite et plus longtemps que Gyeongtae. Et c'est à lui, Huisu, que père Martin a appris la boxe avec le plus d'enthousiasme. S'il courait aujourd'hui avec Gyeongtae, il vomirait tout le contenu de son estomac au bout de cent mètres. La cigarette au bec, il regarde les jeunes boxeurs, le phare rouge et les quelques mouettes paresseuses qui tournent autour. Puis il jette son mégot sur le sable blanc et retourne, le pas traînant, vers le restaurant-grill, pour recevoir les douaniers véreux et Chef Gu.

EN TERRASSE

Dix heures du matin. Deux hommes sont assis à la terrasse de l'hôtel Mallijang. L'un est le propriétaire de l'hôtel, Père Sohn, l'autre son gérant, Huisu. Père Sohn a l'air particulièrement joyeux, à l'inverse de Huisu. Arraché au sommeil par son boss, il semble à moitié endormi et d'humeur maussade. Il baille en regardant la grande horloge au mur.

— Tu es fatigué ?

— Si vous avez à me parler, venez plutôt l'après-midi. Je suis un voyou, je bosse la nuit, comment voulez-vous que je sois frais le matin ?

Huisu écrase nerveusement sa cigarette dans le cendrier, boit une gorgée de café et grimace. Le breuvage lui attaque l'estomac. Maintenant Père Sohn s'en veut de l'avoir réveillé si tôt. Il guette l'humeur de son interlocuteur en tournant la petite cuillère dans sa tasse.

— Quelle idée de boire du café l'estomac vide ! Tu devrais prendre du thé au ginseng, comme moi. C'est bon pour la santé.

— Alors buvez-en beaucoup et vivez longtemps.

— Quel râleur. Tu ne fais que te plaindre quand moi je te parle avec bienveillance.

— Je m'en passerai, de votre bienveillance. Dites-moi ce que vous avez à me dire, que j'aille me recoucher.

— Je voulais simplement savoir si ça s'était bien passé hier ?

— Quelle question. Ils ont avalé la thune. Et pas qu'un peu.

Père Sohn hoche la tête.

— Et pour la quantité, pareil que l'année dernière ?

— Tant qu'il n'y a rien de dangereux, ils se fichent de la quantité.

— Évidemment qu'il n'y a rien de dangereux. Toi aussi de ton côté tu veilleras à ce que les petits glissent pas de trucs louches au passage. Sinon on pourrait tous y passer. Ah, les temps sont durs.

— À propos, est-ce qu'on pourrait arrêter le piment chinois ? Faire travailler des truands avec une pelle pour ce genre de trafic, ça vaut pas la peine.

— Détrompe-toi, le piment, c'est rentable.

— Pour vous qui restez assis et ne faites que compter les billets, sûr que c'est juteux. Mais nous on se tue à remplir ces containers.

— Ce que tu peux exagérer ! Les billets ne poussent pas tout seuls dans les poches, que je sache ? Vous avez fini à quelle heure hier ?

— Cinq heures.

— Tsss, une fois l'affaire conclue, vous auriez dû vous quitter vite fait. Pourquoi avoir traîné ?

— Pas par plaisir en tout cas. Ces connards n'avaient aucune envie de rentrer chez eux vu qu'ils pouvaient boire gratos. Après le restaurant, je les ai traînés dans un gogo-bar, puis dans un cabaret et encore dans un autre bar. J'ai fini par les caser dans un hôtel, chacun avec une fille. Cet enfoiré de Gu était ivre mort. Il a frappé sa nana et cassé une vitre.

— Pourquoi s'en prendre à une pauvre fille ?

— C'est parce qu'il bande plus ! Que faire quand une fille s'est donné du mal pendant deux heures et qu'on bande toujours pas ? Du coup ce salaud a piqué sa crise, disant qu'elle y avait pas mis tout son cœur, et il s'est jeté sur elle pour la cogner. Quand j'ai réussi à l'éloigner, il s'est roulé par terre en slip dans le couloir de l'hôtel, pleurant, braillant qu'il avait eu une jeunesse difficile, que maintenant qu'il arrivait à vivre à peu près décemment, c'est sa bite qui le lâchait, etc. Un spectacle lamentable.

— Pourquoi s'en prendre aux autres ? C'est sa bite à lui le problème, merde.

— On est d'accord.

— Sinon, les douaniers, ils avaient de bonnes têtes de premiers de la classe, non ?

— Selon les filles, Chef Gu est un vrai gentleman comparé à ces ordures.

Père Sohn secoue sa tête en riant.

— Quel drôle de pays ! Plus on est éduqué, plus on devient pervers. Je me demande ce qu'on leur apprend à l'école.

Père Sohn lève sa tasse, la secoue et boit en aspirant le reste de ginseng collé au fond. Huisu plante une énième cigarette entre ses lèvres et regarde autour de lui. Assis au centre du café, quatre vieux dégustent leur bouillon de bœuf en bavardant à voix haute. Ces vieillards édentés sont les véritables propriétaires de Guam. Les hôtels, les *pachinkos**, les karaokés, les bars, les casinos, les gogo-bars, bref, toute l'industrie du loisir et du divertissement de Guam est partagée entre ces quatre vieux et Père Sohn. L'un est un ancien commandant militaire, l'autre un ancien policier, le troisième un ancien usurier et le dernier un ancien commandant de la marine. Aujourd'hui, ce sont de paisibles retraités. Ils se promènent tôt le matin et jouent au golf l'après-midi. Sous ces dehors silencieux et placides, ce sont des personnes détestables qui ne lâchent pas un sou sur les bénéfices de Guam.

Devant eux sont posées pêle-mêle de petites marmites en terre cuite vidées de leur bouillon et des coupelles de *kimchi*** au radis. Huisu fronce les sourcils.

— J'ai dit mille fois de pas servir de bouillon de bœuf au bar le matin, merde.

— Je pouvais les servir, il n'y a pas d'autres clients. Ils ne vont pas tarder à partir, t'inquiète, dit Père Sohn, l'air embarrassé.

---

* Le pachinko est un jeu d'origine japonaise que l'on peut décrire comme un croisement entre un flipper et une machine à sous.

** Le kimchi est un plat traditionnel coréen composé de piments et de légumes, souvent du chou chinois, saumurés.

— C'est pas possible de faire des trucs pareils au bar d'un hôtel ! Vous vous rendez compte de l'image si quelqu'un surprend ces cinq vieillards assis en rond qui mâchouillent du kimchi ? Par les temps qui courent, les affaires c'est du bouche-à-oreille. Après ça, faudra pas s'étonner si les gens dégoisent sur le Mallijang.

— Dis donc, ça rime à quoi de me râler dessus dès le début de journée ? J'aurais pas le droit de boire un bol de bouillon dans mon hôtel ? Si ça te dégoûte, tu n'as qu'à ouvrir ton propre business où tu interdiras le bouillon de bœuf.

— Laissez tomber. Vous dites n'importe quoi. Ok, c'est votre hôtel, je vous laisse le noyer dans une soupe ou le cramer au barbecue, à votre guise.

Huisu écrase nerveusement sa cigarette dans le cendrier.

— À part ça, comment vous comptez boucler l'affaire de Husik ?

À ce nom, Père Sohn sursaute.

— Pourquoi tu ressors ça ? C'est réglé, je t'ai dit. Je n'ai reçu de Husik qu'un seul billet. Je te le répète, je t'ai donné ce billet tel qu'on me l'a donné, dans une enveloppe que je n'ai pas ouverte.

— Monsieur, j'ai eu Husik au téléphone hier soir. Il m'a affirmé qu'il vous avait donné deux billets.

En apprenant que les deux se sont parlés, Père Sohn paraît embarrassé et tourne son regard vers la mer.

— Quelle balance, il me fait honte dès le matin. Il faudrait lui coudre son vilain bec avec des barbelés... grommelle Père Sohn.

Après une courte introspection, il se retourne vers Huisu.

— Écoute, c'est vrai, Husik m'a filé deux billets. Mais tu sais, celui qui s'occupe de la mairie et de la police – comment il s'appelle déjà ? Ah oui, Bonho – ce Bonho-là donc, il a tellement insisté sur le fait qu'il fallait graisser la patte des policiers le jour de l'événement... Que veux-tu, trente millions y sont passés. Et puis Père Kim, tu le connais cet écervelé... Lui, il fait la tête si on lui paye pas ses frais d'intermédiaire. Du coup, vingt millions sont partis là-bas aussi.

— Et les cinquante millions restants ?

— Cinquante millions ? Tu sais, il y a des frais dès qu'on bouge, de l'essence, et puis des petites dettes par-ci par-là à régler, et puis il fallait qu'on mange aussi...

Père Sohn termine sa phrase en bafouillant.

— Tout de même... Quelqu'un comme vous, un monsieur si riche, comment pouvez-vous être aussi mesquin ? Vous savez, les jeunes d'aujourd'hui, ils bossent pas pour des prunes. Le monde a changé.

— Ben alors, qu'est-ce que tu veux ?

— Je vous demanderai pas la totalité. Filez-moi trente millions.

Les yeux de Père Sohn s'agrandissent démesurément.

— Trente millions ? J'ai une tête à avoir trente millions, moi ?

— Eh bien dans ce cas, je laisse tomber moi aussi. Me taper toutes ces corvées pour que dalle...

— Tu n'as qu'à l'écouler chez Danka, à quatre-vingts millions. Tu pourras empocher vingt.

— Vous croyez que Danka, ce gagne-petit, accepterait un deal aussi foutraque ? Aucune chance.

Père Sohn se tortille, visiblement mal à l'aise.

— Ah non, c'est une commande que j'ai décrochée moi-même, je me suis déplacé en personne à Chungcheong, traînant mon vieux corps fatigué dans ce trou pourri. Si je te lâche trente millions, il me reste quoi ? Ça couvre même pas les frais d'essence.

— Monsieur, c'est mon anniversaire aujourd'hui, j'ai mérité ma soupe d'algue. Allez, on va essayer de partager pour une fois.

— Comment ça ? Mija ne t'a pas préparé une soupe ?

— Ça fait une éternité qu'elle m'a quitté, vous savez.

— Ah bon... Pour une fois que ça durait. Donc elle s'est sauvée elle aussi ?

— Qu'est-ce que vous croyez ? Qui resterait avec un type de mon âge qui vit encore à l'hôtel, et à qui on doit servir une soupe d'algue à son anniversaire ?

— Eh oh, c'est pas parce que tu n'as pas eu ta soupe que tu dois t'en prendre à moi !

— Non, c'est parce que vous me faites marner sans me payer. Ça m'a apporté quoi de vous servir loyalement toutes ces années ?

— Qu'est-ce que tu me chantes, là, ton service loyal toutes ces années ? Est-ce que c'est de ma faute si tu n'as pas ramassé assez d'argent ? À chaque fois que les autres sortaient manger de la viande, tu les suivais pour manger au moins de la salade, tu m'étonnes que t'arrives pas à ramasser des thunes. Tu serais moins fauché si tu avais économisé tous les mois au lieu de jouer au baccara chez Jiho.

— M'embrouillez pas avec vos histoires de viande et de salade, je ne bouge pas tant que je n'ai pas ces trente millions.

— Ce que tu es pénible. Vingt, pas plus.

— Vous me les donnez quand ?

— Du calme, je vais te les donner. Est-ce que je t'ai déjà volé ?!

Père Sohn se met soudain en colère. Huisu sourit pour clore le débat et boit une gorgée d'eau. À son tour, Père Sohn soulève sa tasse de thé puis, constatant qu'elle est vide, la repose d'un geste irrité.

— Sinon, concernant Yongkang, ça va être difficile d'arriver à un accord.

Au nom de Yongkang, Père Sohn fronce les sourcils.

— Il veut combien ?

— Il ne demande pas d'argent. Il veut ouvrir un commerce. Il voudrait aussi deux douzaines de parasols pour l'été.

— Des petits parasols à louer ?

— Non, des grands, pour vendre de l'alcool.

— Avec deux douzaines de grands, on peut se faire combien l'été ?

— Si la mousson ne traîne pas en longueur et que le soleil cogne, on peut empocher facile trois cents.

— Quel escroc ! Il veut se taper l'incruste contre une microredevance. Lui laisser quelques parasols, c'est pas dramatique en soi, mais une fois qu'il les aura, ça va être impossible de le dégager...

— Sûr, ça m'étonnerait qu'il reparte de lui-même.

— Les gosses qu'il traîne, ce sont des Philippins ?

— Pas que. Ils appellent ça l'Association de l'Asie du Sud-Est. Il y a de tout : des Philippins, des Vietnamiens, des Thaïlandais, des Birmans…

— Qu'est-ce qu'il compte trafiquer dans un si petit quartier avec une bande aussi cosmopolite ?

— C'est que les gars de cette soi-disant Association n'ont nulle part où aller : Gamcheong bosse avec les Russes, Jungang avec les Chinois, Haeundae et Gwangalli travaillent avec des Japonais.

— Selon toi, Yongkang est vraiment décidé à faire son nid ici ?

Sans dire un mot, Huisu hoche la tête.

— Quel casse-tête.

— Je m'occupe de lui avant que ça dégénère ?

Père Sohn sursaute et regarde autour de lui.

— Tu veux dire, le tuer ?

Huisu scrute son visage sans lui répondre. Père Sohn secoue la tête et fait claquer sa langue.

— Oh, c'est quoi ces postures de va-t-en-guerre ? Tuer des gens, c'est pas un jeu.

— Sans aller jusqu'à le tuer, on pourrait l'amocher, quelque chose de ce genre.

Père Sohn se tait et réfléchit.

— Tu sais, Huisu, Yongkang n'est pas un type commode. Et puis ça risque d'être un sacré bazar si on s'attaque à ces gars de l'Asie du Sud-Est. Ils sont en dehors de toutes règles. Il faut éviter l'affrontement, n'atteindre que cette crapule de Yongkang et trouver un terrain d'entente avec les gars de l'Association. Après avoir amoché Yongkang, tu penses qu'on pourra négocier avec eux ?

— Avec de l'argent il n'y a aucune raison que ça ne marche pas. Entre l'Association et Yongkang, les liens sont pas si forts.

— Ces gars de l'Association, est-ce qu'ils valent quelque chose ?

— Ils sont pas mal. Ils bossent impeccables, assez bon marché, et ils cherchent pas les embrouilles.

— Tu connais quelqu'un là-bas ?

— J'ai déjà bossé quelques fois avec Tang, un Vietnamien. On s'entendait plutôt bien, c'est un type intelligent qui a fait l'université au Vietnam.

— Si ces mecs-là s'acoquinent avec nos petits, ça va pas être facile. Ils sont déjà à cran parce qu'ils ont pas assez de boulot.

— On fera avec, c'est la vie. De toute façon il faut qu'ils se réveillent un peu, les nôtres. Ils font trop la fine bouche, ils boudent les boulots difficiles mais ils veulent empocher la thune.

Père Sohn réfléchit.

— Huisu.

— Dites.

— Il ne faut pas toucher ses verres de lunettes avec les mains sales déclare-t-il, faussement sérieux.

— Ce qui veut dire ? demande Huisu, interloqué.

— Si tu touches tes lunettes avec les mains sales, tu vas les salir, non ?

— Justement, qu'est-ce que ça veut dire ? répète Huisu, un brin agacé.

— Qu'est-ce que tu veux que ça puisse vouloir dire, grommelle Père Sohn, tournant sournoisement la tête vers la mer. Si les verres sont sales, tu ne vois pas bien et c'est embêtant de les essuyer à nouveau, et si tu ne vois pas bien tu risques de faire un faux pas. Voilà ce que ça veut dire.

— Allez, arrêtez avec vos formules tordues, c'est une discussion sérieuse. On fait quoi au final ?

— On va voir. C'est pas le moment d'entamer une nouvelle querelle. Jusqu'à l'été, ça nous laisse encore du temps pour amadouer Yongkang. Depuis la nuit des temps, l'art du truand c'est de savoir négocier. Yongkang est un homme, et il a forcément peur. Personne ne projette de faire tomber tout le monde autour de soi. Tu vas donc essayer de l'apprivoiser et de faire en sorte que le sang ne coule pas.

— Fuir le conflit à tout prix, c'est pas une solution. C'est justement parce que vous évitez l'affrontement chaque fois que les autres n'ont aucune estime pour Guam et nous prennent pour des faibles.

— T'en connais des types qui ont survécu après avoir sorti leur lame ? Celui qui la reçoit crève, mais celui qui l'a sortie finit par crever aussi, d'une manière ou d'une autre. Et puis mon gars, tu as quarante ans, il est temps d'apprendre la prudence...

Huisu reste pensif. Le discours de Père Sohn n'a pas l'air de l'avoir convaincu.

— Qu'est-ce que tu fais cet après-midi ? Si tu n'as rien prévu, rejoins-nous au golf. Il reste une place. Doyen Nam de Yeongdo sera là.

— Vous n'avez qu'à emmener un de ces quatre vieillards. Ils viennent de manger un bon bouillon, ils doivent déborder d'énergie.

— Tu crois qu'on s'amuse avec eux ? Non, le doyen veut te voir, il m'a demandé de te faire venir.

— Mon œil.

— Mais si, c'est vrai. Doyen Nam t'aime bien, tu sais.

— Je n'irai pas. Le golf c'est pas mon truc. Et je suis pas très à l'aise quand Doyen Nam est gentil avec moi.

Sur le visage de Père Sohn passe un sourire satisfait. Pour masquer ses sentiments, il se met à gronder Huisu.

— Tu ne devrais pas vivre de façon aussi peu sociable. Un homme doit savoir faire des concessions ; regarde les autres, ils sont prêts à tout pour être bien vus de Doyen Nam.

— Ça va. À force de mixer les piments pour être *bien vu*, j'éternue rien qu'à entendre cette expression.

— Quelle grande bouche tu as. Huisu l'éloquent !

Père Sohn soulève sa tasse et, inspectant le fond où il ne reste plus aucun dépôt, la repose, déçu, avec un claquement de langue. Tout en le regardant, Huisu baille longuement.

— Vous avez autre chose à ajouter ? Sinon, je pars.

— Tu vas te recoucher ?

— Il faudrait, oui.

— Entendu, tu peux monter chez toi. Eh bien, c'est ton anniversaire et tu n'as même pas pris de soupe d'algue, quelle tristesse !

Tu veux que j'aille en cuisine demander qu'ils t'en préparent et qu'ils te la montent ?

— Laissez, c'est un luxe que je ne peux pas me permettre.

Huisu se lève et quitte la terrasse.

Le club du bouillon de bœuf est encore autour de la table, en train de bavarder. L'un d'eux, Père Kim, interpelle Huisu tandis qu'il longe leur groupe, la tête légèrement inclinée en guise de salutation.

— Hé, Huisu !

Huisu ralentit le pas.

— Oui ?

— J'ai entendu dire qu'en ce moment à l'entrepôt, on met vingt pour cent de piment national dans le mélange, c'est vrai ?

— Oui.

— Pourquoi en mettre autant ? Dix pour cent suffiraient largement.

— Plus que suffisant, dit Père Park, mettant son grain de sel dans la conversation. Avec dix pour cent, on obtient presque un produit national.

— Plus vous ajoutez de piment coréen, plus vous devez donner de coups de pelle, développe Père Kim. Et Dieu sait que ces putains de coups de pelle sont épuisants.

Huisu sourit faiblement.

— Dites, vous semblez bien soucieux de notre confort. Jusqu'à compter les coups de pelle !

— Vieux comme on est, qu'est-ce qu'on peut faire, à part soutenir le moral des jeunes ? dit Père Kim fièrement.

Huisu hoche la tête d'un air entendu. Puis il sort du café et monte directement dans sa chambre.

CHAMBRE D'HÔTEL

Hôtel Mallijang, chambre 249. Située tout au bout du couloir, la chambre est flanquée d'un escalier de secours qui procure à Huisu un sentiment de sécurité, même s'il n'aurait nulle part où aller après s'être enfui.

Huisu a quitté Mojawon dix-sept ans plus tôt et n'a jamais eu de vrai foyer. Tantôt il a vécu avec d'autres voyous dans une auberge, tantôt dans la petite chambre mitoyenne du bar, tantôt dans la salle de jeu, le bureau ou encore la grange. Il a aussi passé quelque temps chez une serveuse et en prison. Une existence oscillant entre pension et nuits à la belle étoile, dans des endroits que l'on peut quitter sans regret, la valise à la main. Les gens disent souvent à Huisu qu'après avoir passé des années à errer d'auberges en motels, vivre dans un hôtel doit être un véritable accomplissement. Leurs foyers à eux sont mal tenus par des épouses paresseuses, ils n'ont pas de serviette propre tous les matins dans la salle de bain ! La vie dans un hôtel n'est-elle pas plus agréable, dégagée de toute contrainte de ménage et de lessive ? À ces absurdités, Huisu répond par un sourire. Ils ignorent tout de sa vie, flottante et sans attache.

Quand Huisu ouvre la porte de sa chambre, une forte odeur d'alcool s'en échappe. Sur la table sont éparpillés des canettes de bière et des bouteilles de whisky, des gâteaux secs et des morceaux de fruits. Les vestiges de ce qu'ils ont consommé la nuit dernière jusqu'à l'aube avec Chef Gu. Dans le cendrier, une montagne de mégots. À la vue de ce tableau, Huisu est pris d'un haut-le-cœur. Il pense à faire nettoyer tout ça par Oupas qui travaille dans le hall mais abandonne aussi vite l'idée, par flemme. Sur le meuble de la salle de bain est posé négligemment un bas que la fille d'hier soir a dû oublier. Qui est cette fille, partie avec un seul bas ? Huisu essaie de s'en souvenir, puis renonce. Sans doute l'une de celles qui bossent au bar. Huisu passe en revue leurs visages les uns après les autres, mais rien à faire. Il laisse échapper un rire désabusé et jette le bas dans la poubelle. Son estomac crie d'aigreur ; il ouvre un tiroir, sort un pansement gastrique et un comprimé contre l'acidité. À côté, du Prozac et du Xanax prescrits par son médecin. Antidépresseurs et anxiolytiques.

Huisu souffre de maux d'estomac ces dernières années. Malgré les soins qu'il reçoit à l'hôpital, aucune amélioration n'est constatée. Son médecin lui a conseillé de consulter un psychiatre. Après un questionnaire plutôt rudimentaire et quelques examens cliniques, l'homme de l'art a livré son diagnostic d'une voix sèche et ferme :

— C'est une dépression.

Les maux d'estomac de Huisu ne sont donc pas dus à des repas irréguliers ni à sa consommation abusive d'alcool et de tabac, mais relèvent apparemment d'un problème psychologique.

— Pourtant je ne me sens pas dépressif, réplique Huisu.

— Vous vous sentez engourdi, rien ne vous enthousiasme, tout vous semble ennuyeux et irritant, n'est-ce pas ? Eh bien la dépression, c'est ça, lui explique le docteur.

Huisu n'y croit pas. Si c'est ça, la dépression, autant dire que la plupart des voyous autour de lui en souffrent. Ils ont la flemme de tout, détestent bouger ou transpirer. Ceci dit, depuis que Huisu prend ces médicaments, les maux d'estomac se sont calmés et il a retrouvé le sommeil.

Il prend un comprimé de Prozac, un autre de Xanax, les met en bouche et les avale avec une gorgée d'eau. En face, le miroir de la salle de bain lui renvoie l'image d'un homme de quarante ans pas frais.

Quarante ans ! Un âge bien trop avancé pour un voyou, à son avis. Faute de mieux, il doit continuer dans cette voie. Plus de vingt ans qu'il est entré dans ce monde et il n'a pas réussi à s'acheter ne serait-ce qu'un taudis. Ni à se marier, ni à mettre un sou de côté. Tout ce qu'il a récolté, ce sont ses dettes.

Même s'il claquait la porte à ce milieu, il serait incapable de gagner sa vie, il ne sait rien faire de ses mains.

Quarante ans.

Profession : cadre moyen dans un gang, gérant d'hôtel.

Casier judiciaire : quatre condamnations.

Domicile : chambre d'hôtel.

État de santé : dépressif.

Tel est le profil actuel de Huisu.

« Huisu, réveille-toi. Tu as quarante ans. Avant de te faire saigner, tu devrais saisir ta chance et te décider à changer de vie. »

Huisu parle à l'homme qui lui fait face dans le miroir. Mais l'autre n'affiche qu'une expression insensible et butée. Succombant à la fatigue, il s'allonge. Sur l'écran de la télévision restée allumée, on voit le Président qui plante un arbre. Huisu a la gorge sèche, par manque de sommeil. Il écrase sa cigarette et regarde, perdu, cette scène du couple présidentiel qui reboise. Deux chiens blancs et dodus sautillent joyeusement entre les pieds du dirigeant.

À Mojawon où Huisu a passé son enfance, on fête l'anniversaire de tous les enfants le 5 avril, jour des Arbres. Qu'ils soient nés en mai ou en décembre. Après avoir planté des arbres dans les montagnes dénudées, les fonctionnaires de la mairie leur offrent une fête collective, par charité. Pour une quinzaine d'enfants, il y a un unique gâteau garni de sept bougies. Impossible de savoir pourquoi ils mettent sept bougies. Il peut y avoir à ce moment-là, au Centre, des enfants de cinq ans comme des enfants de onze. Peut-être ont-ils calculé une moyenne d'âge. Ou peut-être utilisent-ils sans trop se poser de questions le nombre de bougies qu'on leur donne à la boulangerie. Bref, après les avoir allumées, on chante en chœur *Joyeux anniversaire,* puis les enfants sans père comptent jusqu'à trois et soufflent tous ensemble sur le petit gâteau. Voilà pourquoi, en ce jour de fête nationale et d'arbres plantés, c'est ce moment précis des anniversaires de son enfance qui surgit dans sa tête. Du jour de son véritable anniversaire, il n'a aucun souvenir. Personne ne s'en est jamais occupé. Jamais il n'a eu de gâteau avec le nombre de bougies correspondant à son âge et jamais on ne lui a servi de soupe d'algue le matin.

Huisu s'endort en regardant le couple présidentiel, les deux chiens blancs et les jeunes arbres aussi petits et délicats que des sapins de Noël.

Il est seize heures quand il se réveille. Le téléphone hurle. Huisu se lève, agacé. À peine a-t-il décroché que Oupas le bombarde de braillements, à croire qu'il vient de se passer un drame.

— Grand-frère Huisu, quelle catastrophe ! C'est grand-frère Danka, il est en train de faire un scandale dans le hall, il est fou furieux. Il demande à tous où est grand-frère Huisu, il hurle qu'il vous tuera dès qu'il vous trouvera, il brandit un couteau et il est couvert de sang, les clients ont pris peur, ils se sont sauvés, quelle pagaille !

La voix d'Oupas résonne dans la tête de Huisu, un bourdonnement d'abeille. Il sent monter en lui une forte irritation qu'il tente de contenir. De toute façon, quoi qu'il dise, Oupas ne comprendra rien.

— Il a blessé quelqu'un ?

— Non.

— Alors pourquoi est-il couvert de sang ?

— En brandissant son couteau dans tous les sens, il s'est amoché tout seul. Enfin, il est pas vraiment couvert de sang, disons qu'il a un peu saigné.

L'énervement de Huisu monte d'un cran, mais il arrive encore à le contrôler. Son médecin lui a dit que pour son hypertension et son estomac, il ne doit pas se mettre en colère, ni accumuler de stress. Selon lui, la qualité de vie d'un homme après quarante ans dépend du soin avec lequel il s'occupe de son corps. Il l'a particulièrement prié de ne pas s'emporter, le pire pour la santé étant la colère. « Gardez bien ceci à l'esprit. Le stress est encore plus mauvais que le *soju** ou le tabac. À chaque accès de colère, vos artères rétrécissent un peu plus et votre vie est raccourcie d'une journée. Vous comprenez ? » Se souvenant des conseils du vieux médecin, Huisu respire profondément.

— Oupas, arrête de t'énerver pour des choses qui n'en valent pas la peine. Je suis fatigué.

— Désolé, grand-frère.

— Je vais faire ma toilette. Dis à Danka de venir me voir dans une demi-heure. Et tu m'apporteras un café bien fort.

Il s'apprête à raccrocher mais la voix d'Oupas poursuit sa course.

— Je peux vous apporter une soupe ? Vous devez avoir l'estomac irrité après la beuverie de la nuit dernière. Une soupe serait mieux qu'un café, non ? Justement, la maman de Byeongsu en a apporté ce matin, c'est un délice ! dit Oupas, tout excité.

— Juste un café, ça ira.

— Vous devez avoir faim quand même, si vous ne voulez pas de soupe, je vous apporte une omelette avec quelques toasts ?

La colère que Huisu contenait jusque-là explose, remontant du fond de ses entrailles.

— Mais c'est pas bientôt fini de me faire chier ! Je t'ai dit : un café ! C'est assez clair, putain de merde !

— Je suis désolé, grand-frère. Je vous monte le café, répond l'employé, la voix raplatie comme un ballon crevé.

Oupas travaille à l'accueil de l'hôtel. Il va sur ses vingt-sept ans. Vu qu'il fait toujours des trucs inutiles et sort des âneries incompréhensibles, les gens l'ont appelé « Faire ou pas », un surnom trop long qu'ils ont raccourci en « Oupas ». Malgré ce blabla incessant ancré dans son ADN, ce n'est pas un mauvais bougre. Il est sérieux, gentil, honnête et appliqué dans son

---

* Le soju est le spiritueux le plus répandu en Corée.

travail. Jamais il n'a tenté de détourner l'argent de l'hôtel et jamais il n'a magouillé avec les maquereaux de Wollong qui cherchent à placer leurs filles au bar et au karaoké.

Quand Huisu sort de sa douche, Danka est déjà dans sa chambre. Sa chemise porte quelques gouttes de sang. Sans laisser une seconde à Huisu, il se met à déblatérer.

— Franchement il y a un problème, grand-frère. Tu m'avais dit que c'était pour un gros billet, qu'est-ce que c'est que ces quatre-vingt-sept millions ? Quatre-vingt-dix, c'est quatre-vingt-dix, cent, c'est cent, voilà, faut être clair. C'est quoi cette façon de calculer pour arriver à quatre-vingt-sept, hein ? Où tu les as foutus les treize millions ? Merde, explique-moi !

— Hé Danka, tu ne pourrais pas te la jouer plus discrète ? C'est le bordel chaque fois que tu débarques.

— Si j'en fais pas des caisses, tu ne me reçois pas. Dès qu'il y a un problème, tu disparais comme si tu en avais rien à cirer.

— Pour cette histoire de fric, c'est pas moi qui me suis goinfré. Il en manquait avant que je le reçoive. Husik avait déjà pas mal arrosé la police et la mairie, avancé les frais d'intermédiaire à Père Kim, etc. Je t'assure qu'on a reçu qu'un seul gros billet, dit Huisu qui sèche ses cheveux dans une serviette.

— Grand-frère, tu sais le prix d'un ticket de bus de nos jours ? Et le prix d'un bol de nouilles au *jjajangmyeon* ?

— À quoi rime ce charabia ?

— Tu ne comprends rien, c'est dingue. Avec ces quatre-vingt-sept millions, je vais devoir réunir une trentaine de petits pour les emmener bosser dans ces montagnes paumées de Chungcheong. C'est réglo, ça ?

— Pourquoi pas ? Au final, tu empocheras au moins trente millions sur les quatre-vingt-sept.

— Trente ? Mais je rentre pas dans mes frais avec trente. Je vais y être de ma poche. Et pas qu'un peu.

— Pas rentrer dans tes frais ? C'est le boulot d'une seule journée. En tirant par-ci par-là, ça collera. D'habitude tu es plutôt doué pour ce genre de chose, c'est incroyable que tu en fasses tout un plat.

Danka sort une feuille et une calculette qu'il pose sur la table.

— J'ai fait le détail. Regarde toi-même et dis-moi si tu vois un seul endroit où gratter dix wons.

Huisu parcourt la feuille où est méthodiquement alignée chaque dépense.

— Cinq millions pour la location des vans ? Avec ça, tu peux carrément acheter un van neuf. Et puis il y a trente gars, pourquoi cinq véhicules ? Tu m'as bien dit qu'un seul pouvait contenir douze personnes ? Trois vans suffiront pour tout le monde, et il restera encore six places.

— Arrête, grand-frère, douze personnes dans un van… ? C'est déjà rempli à ras bord si tu mets douze gosses ! Comment veux-tu que ces orangs-outans tiennent dans trois pauvres bagnoles ? Et puis c'est pas comme si on y allait les mains vides. Les barres de fer, je les envoie par la poste ? En plus, ces bagnoles sont spéciales, on leur met des fausses plaques pour pas afficher qu'on vient de Busan. C'est des frais en plus.

— Et ça, c'est quoi ? Dix millions pour la bouffe ? T'es malade ! Tu offres une fête à tout le village après avoir rasé le bidonville ?

— Ça se fait désormais, après un gros boulot, on offre aux gars le gogo-bar. Tu imaginais qu'ils se contenteraient d'un pied de cochon avec du soju, comme nous autrefois ?

— 930 + 1 200 + 800 ? Pourquoi c'est si compliqué, ton calcul de main-d'œuvre ?

— Les petits, c'est trois cent mille par tête. Il y en a trente et un donc ça fait neuf millions trois cent mille. Pour les cadres moyens d'Ami, qui viennent avec leurs petits, il faut compter trois millions chacun, et pour ceux de Guam, deux millions.

— Trois cent mille ? C'était deux cent !

— Personne ne fera le job pour deux cent mille, aujourd'hui. Autant aller bosser sur des chantiers.

— Et les gars d'Ami te demandent trois millions ?

— Ils sont pas de chez nous, faut compter au moins trois millions, oui...

— Quels enfoirés ! Trois millions pour juste glander dans les vans ? Putain, je laisse tomber.

Huisu jette la feuille par terre. Danka la ramasse et se met à taper frénétiquement des chiffres sur sa calculette avant de la coller sous le nez de Huisu. Elle affiche cent un millions tout ronds.

— Rien que pour les frais. Cent un millions. Tu vois, pas une miette à se mettre sous la dent. Il me faudrait au moins cinquante de plus, je te demande juste trente. Pour nous motiver, quoi. Pour ce type de boulot, normalement, c'est au moins deux gros billets.

— Écoute, je n'ai reçu que quatre-vingt-dix, juré. C'est le vieux qui a escamoté dix millions.

— Il prend sa part là-dessus ?

— Ses dix millions, c'est soi-disant pour avoir décroché la commande en traînant son vieux corps jusqu'en province. J'avais pas le choix, tu vois bien.

— Il exagère, avec tout ce blé qu'il a.

— Danka, c'est tellement ridicule que je voulais pas t'en parler, mais moi sur ce coup-là je ne prends que trois millions. C'est pour ça que le forfait est à quatre-vingt-sept. C'est Husik qui nous a demandé ce truc, en insistant sur le fait que c'est le moins qu'on puisse faire pour lui rendre service. Désolé pour toi, mais cette fois les choses doivent se passer de cette façon. Et puis tu vois, ton grand-frère est un peu en difficulté en ce moment.

— Je laisse filer pour cette fois, c'est ça ? Et à la prochaine ? J'en peux plus, putain ! J'ai l'air d'un bénévole de l'Unicef ? C'est nos gars qui vont bosser et se faire frapper. Si jamais il y a un accident, c'est eux qui vont trinquer... Non, je laisse tomber, j'en suis pas.

— Enfoiré ! Ok, ok, je te laisse un set de parasols cet été.

— Un set ? Tu veux dire un set d'une douzaine ?

— De huit.

— Où ? Près du pont suspendu ?

— L'emplacement, on verra plus tard. En tout cas, si tu veux faire le job, tu auras ton set cet été. Sinon laisse tomber, je demanderai à Crapaud.

— Crapaud ? Il sait rien faire à part cligner des yeux au ralenti.

Danka se met à réfléchir. Il serait bien capable d'empocher vingt millions de bénéfices sur quatre-vingt-sept. C'est jouable. Plus les parasols cet été... L'affaire devient intéressante. Son calcul fait, il rouvre la bouche.

— Si tu comptes me donner des parasols, j'aime autant faire du poulet rôti. Les parasols c'est beaucoup de boulot, et les fruits de mer tournent vite en été. Si la période de mousson traîne, c'est très compliqué de gérer le coût des produits et le salaire des vendeuses. Bref, le poulet c'est plus simple. Il suffit de louer un gros chaudron, d'y mettre de l'huile et de laisser frire.

— Non, Danka, le poulet rôti, c'est déjà complet.

— Comment ça, complet ? Sur les plages, il y a des millions de touristes qui n'attendent que ça, bouffer du poulet rôti.

— Si tout le monde se goinfre de poulet, qui mangera les sashimis ? Qui mangera les fruits de mer ? Les restaurants de sashimi et les échoppes sur la digue râlent tellement qu'on a dû mettre un quota sur le poulet.

— Merde, les parasols ça fait chier.

Danka râle, ce qui signifie qu'il prend le job pour quatre-vingt-sept millions.

Huisu en profite pour glisser :

— N'apportez pas de barres de fer, juste des bâtons.

— Pardon, grand-frère ? Tu penses qu'un bâton c'est moins dangereux ? Sur place, ça se passe pas comme ça, les barres de fer c'est plus sûr. Un mec, campé sur ses jambes, une barre à la main, c'est bien plus intimidant qu'un mec qui tient un bout de bois. Et ça évite les débordements.

— Je vois. C'est pour ça que vous avez fracassé le crâne de deux personnes la dernière fois ? Après avoir déboursé les frais d'hôpital et les dédommagements, on était complètement à sec, putain ! Si tu me colles encore un accident, ce sera la douche de merde pour tous les deux. Tu piges ?

— Tout va bien se passer. Tu sais comment je bosse. Quant à moi, je compte sur toi pour l'emplacement de mes parasols.
— Entendu.
— Et...
— Quoi ?
— Tu as bien gardé de côté mes affaires ?
— De quoi tu parles ? Tu veux continuer à fourguer ta camelote chez les autres ? Tout est déjà négocié avec les douaniers. Si tu planques un truc qui figure sur la liste rouge et qu'on se fait coincer, c'est tout le container qui explose.
— Je t'ai dit, c'est pas ça.
— Tu parles ! C'est quoi alors, encore tes fausses Rolex ?
— Non, cette fois c'est... des os de tigre.
Danka esquisse un sourire satisfait.
— Des os de tigre ? Quelle idée ?
— La pharmacie traditionnelle en raffole. Les os de tigre, normalement, faut les ramener entiers et ça vaut une fortune. Sauf que c'est trop risqué. J'ai dû ravaler mes larmes et les faire broyer. La poudre a été mise dans des pots de cosmétique, aucune chance de se faire gauler. D'ailleurs, il paraît que les chiens de la douane craignent les tigres et approchent pas la marchandise.
— Celle-là, c'est la meilleure.
— Ne me méprise pas, grand-frère. Je suis qu'un marchand ambulant, mais tu verras, un jour ce Danka décrochera la grosse affaire et roulera en Mercedes.

Danka sort une cigarette d'une poche de sa chemise et la colle dans sa bouche. L'affaire semble conclue. À son tour, Huisu ouvre son paquet. Vide. D'un geste très naturel, il sort le paquet de la poche de Danka, qui lui jette un regard sidéré.

Ils se connaissent depuis longtemps. Depuis l'époque de Mojawon, Danka est aux côtés de Huisu. C'est un type talentueux, capable de vendre des couvertures chauffantes au Sahara. Il apprend vite et rentabilise tout aussi vite ce qu'il a appris. Pourtant, malgré son talent et sa persévérance, il n'a pas encore touché le gros lot. Son parcours est l'archétype de ces vies tragiques qui touchent presque au but sans jamais l'atteindre.

Huisu ouvre la fenêtre et allume sa clope. Un air lourdement salé s'engouffre dans la chambre. C'est la basse saison et la plage est déserte. En été, elle sera remplie de vacanciers et les gens de Guam gagneront enfin de l'argent. C'est grâce aux coquettes sommes extorquées aux estivants que les commerçants s'en sortent. Dans les hôtels et les motels, le prix des chambres est multiplié par dix. Dans les bars et les restaurants, on propose le service minimum au prix maximum. Jusqu'à présent, ça n'a posé de problème à personne, ce sont des clients de passage et en haute saison, c'est pareil partout. Les gens de Guam travaillent donc en été puis vivent sur leurs provisions toute l'année. La saison passe vite, pas facile de tenir jusqu'à la suivante. Quand l'été tire sa révérence, on ouvre partout des paris, dans les salles de billard, les salons de thé et les motels... Les gens de Guam s'entredévorent et s'appauvrissent en un rien de temps.

— Il manie encore le couteau, M. Dalja ? demande soudain Huisu.

— J'ai entendu dire qu'il s'était retiré. Son fils aurait repris l'affaire.

— Son fils ? Celui avec la belle gueule ? C'est un gamin.

— Tu parles. L'autre fois, quand il y a eu la bagarre à la station thermale à cause de la distribution de bananes, deux cadres moyens de chez eux sont morts. Paraît que c'est le travail du fils de Dalja.

— Pourquoi je ne l'ai pas su ?

— Si n'importe qui est au courant de tout, comment je me nourris, moi ?

— Au courant de tout, mon cul oui ! Et je suis n'importe qui, moi ?

— Mais dis, pourquoi tu parles de M. Dalja ?

— C'est ce connard de Yongkang, va falloir le corriger un peu.

— Pourquoi donc ?

— Il a posé une patte en douce sur notre territoire et maintenant il veut prendre ses aises.

Danka perçoit une tension dans la conversation. Son visage change de couleur.

— Le corriger comment ?

— Je pensais lui cisailler un tendon.

— Yongkang, il est coriace, tu sais.

Danka cherche un moment sa respiration avant de rouvrir la bouche.

— Yongkang est pas du style à renoncer pour un tendon. Et ces types de l'Amicale des vétérans du Vietnam, cette espèce de bande de mutilés de guerre, ils sont carrément inquiétants. Sans compter les mecs de l'Association de l'Asie du Sud-Est qui sont des durs à cuire. Ils ne craignent ni l'eau ni le feu. Pour dire que c'est pas avec nos petits bons à rien au cœur d'or qu'on va mener une guerre contre Yongkang.

— Pas une guerre. Juste l'écarter du jeu.

— Tu veux m'écouter ? Avec Yongkang, une cheville suffira pas. Si tu veux t'en débarrasser, faudra l'enterrer. Je demande à M. Dalja s'il est encore en activité ?

— Non. Le vieux n'est pas encore décidé.

— Alors tu n'as qu'à lâcher quelques parasols à Yongkang. Parce que si on laisse tout ça éclater comme un rouleau de riz, je donne pas cher de ta vie et de la mienne.

— Si ça peut se régler avec quelques parasols, je les lui donne sans problème. Mais est-ce qu'il en restera là ?

— Si on écarte Yongkang, on récupère les gars de l'Asie du Sud-Est ?

— Bien obligé.

— Les nôtres vont pas être contents si on les met avec ces Asiates.

— Probable, répond tranquillement Huisu.

Rien à faire s'ils sont mécontents, se dit-il. Pour défendre ses intérêts, il lui faudra des hommes. Il a désespérément besoin de ces Asiatiques. À Guam, les types à peu près corrects sont soit en prison, soit partis gagner leur vie ailleurs. Il n'y a plus de voyous prêts à cohabiter dans des taudis, ni de jeunes unis et solidaires. Il ne reste que de petits calculateurs soucieux de leur confort.

Huisu termine sa cigarette et Danka, qui feuilletait des journaux sur le canapé, se lève.

— Tiens, il paraît qu'Amy sort de prison demain. Tu savais ?

— Oui.

— Les gars sont si excités à l'idée d'aller l'attendre à sa sortie que la plage est complètement déserte. C'est dingue, il a toujours la cote, Amy. Tu vas y aller, toi aussi ?

— Et toi ?

— Impossible, trop de travail.

— Je ne pense pas non plus pouvoir y aller.

— Bon ben j'y vais, je te laisse bosser.

— Tu m'en veux pas trop de ne pas te donner assez cette fois-ci ?

— T'as intérêt à tenir ta promesse, à propos des parasols.

— Eh, Danka...

— Quoi ?

— Tu me laisses tes clopes ?

— Merde, tu peux pas t'en acheter ?

Tout en râlant, Danka sort son paquet de sa poche, le dépose devant Huisu et quitte la chambre. Huisu prend une cigarette et contemple la mer. C'est le paysage idéal pour laisser vagabonder son esprit. Il suit du regard la fumée que la brise marine disperse et murmure :

— Amy sort demain.

C'est en 1989 qu'Amy est parti en prison. Huisu compte les années sur ses doigts, quatre exactement. Cinq ans auparavant, Amy avait déclaré la guerre au clan de Yeongdo, un différend territorial. Yeongdo était la source de tous les gangs majeurs de Busan, le sein dont ils étaient tous sortis avant de prendre leur indépendance et de partir régner sur d'autres quartiers. Originellement composée des réfugiés fuyant la guerre, c'était une organisation d'ampleur nationale qui tenait la ville sous son joug depuis près de cinq décennies. Les premières générations mafieuses de Busan avaient vu le jour dans les quartiers de réfugiés éclos pendant la guerre : Nambumin, Chojang, Ami, Wanwol, Gamcheong et Yeongdo. Parmi ces différents gangs, Yeongdo avait toujours été le plus puissant. Dominant le port de commerce, ceux de Yeongdo avaient développé leurs activités de manière spectaculaire, écoulant les stocks des surplus américains des guerres de Corée et du Vietnam. Grâce à ce port, ils avaient également développé des relations solides avec la mafia russe et les yakuzas japonais. Bref, Yeongdo est une organisation de grande envergure, sans commune mesure avec Guam.

Ce sont les ports qui ont fait de Busan un paradis pour la pègre. Dans les années trente, la ville comptait à peine deux cent mille têtes et n'était qu'un modeste embarcadère. Un grand port n'aurait servi à rien puisque les rois de Joseon, peureux, avaient toujours mené une politique isolationniste, bloquant les échanges culturels et commerciaux avec l'étranger. Quand la guerre a éclaté, l'arrivée massive de matériel et de ravitaillement a nécessité l'aménagement d'un vrai port et la population de Busan, abreuvée de marchandises, a explosé. En moins de quatre ans, elle a atteint les quatre millions.

Ceux qui ont contribué à la construction du Busan d'aujourd'hui n'en sont donc pas originaires, mais sont descendus de Mandchourie après un long vagabondage. Ce sont des gens porteurs d'une étonnante force de vie, enragés d'avoir été si souvent rejetés et ne possédant rien que leur propre corps. Des gens qu'on ne peut plus forcer à reculer car derrière eux, c'est la mer.

En revanche, Guam est peuplé de purs natifs de Busan. Pour les voyous de Guam, c'est une source de fierté que le père de leur père soit né ici, qu'il ait traîné sur la même plage qu'eux. Ils ont su conserver leur terre d'origine, contrairement aux voyous de la station thermale, de Dongnae ou de Haeundae, qui ont cédé la leur à des étrangers. À vrai dire, si ceux de Guam ont pu préserver leur territoire jusqu'à présent, c'est parce que cette misère ne fait envie à personne.

C'est Cheon Dalho, célèbre pour sa cruauté, qui a mené la guerre contre Amy. Il est à la tête du clan Dalho, l'une des branches de la puissante organisation de Yeongdo dirigée par Doyen Nam. Ceux de Guam sont pour la plupart soumis et peureux, Amy a été le premier d'entre eux à se dresser contre une organisation d'ampleur nationale. Il avait sollicité Père Sohn pour préparer cette guerre contre le clan Dalho, mais celui-ci a refusé, n'envoyant aucun de ses gars et ne donnant pas un sou. Il a même annoncé qu'il couperait tout lien avec Amy s'il persistait dans ses menées belliqueuses. Pourtant, Amy n'a pas écouté Père Sohn. Avec sept de ses acolytes et armés de simples battes de base-ball en alu achetées dans la boutique du coin, ils ont vaillamment affronté Yeongdo. L'un a été tué. Deux autres amochés à vie. Le reste du groupe, chassé par les hommes de Dalho, s'est réfugié en province et à l'étranger. Poursuivi par la police et ses adversaires, Amy s'est caché pendant presque un an. Finalement, Père Sohn et Doyen Nam sont intervenus pour arbitrer l'affaire. Les détails de l'accord – grosso modo, une capitulation unilatérale – ont été fixés par Père Sohn, Doyen Nam et Cheon Dalho. Amy a dû céder à Dalho tout son business, prendre à sa charge tous les frais hospitaliers et verser des indemnités, au titre du préjudice moral. Cette lourde somme, qui pourrait lester à jamais la vie d'un homme, Père Sohn l'a sortie de sa poche. Les gens ont jasé : si Père Sohn, ce radin, est assez riche pour dédommager Cheon Dalho, que n'a-t-il soutenu Amy pour qu'il puisse se battre ? Et à quoi bon perdre tout cet argent après coup ? Quoi qu'il en soit, Père Sohn ne pouvait envisager une seconde de prolonger un conflit avec une organisation aussi puissante que Yeongdo.

Quand l'accord a été conclu, Huisu est parti chercher Amy. Il l'a retrouvé dans une ferme, sur une lointaine montagne. Il y travaillait à accoupler des cochons avec un stimulateur de rut. Il était émacié et passablement apeuré. Sans argent ni foyer, la vie en cavale est rude. Huisu le sait, il l'a connue à trois reprises. Une vie de solitude, d'inquiétude et de désespoir. Sur les conseils de Huisu, Amy s'est rendu sans résistance au premier poste de police. Le procureur les a expédiés en prison pour quatre ans, lui et son grand corps.

MOJAWON

Amy est sorti à l'aube. Pendant la nuit, quelques employés de l'hôtel et des voyous de Guam se sont rendus à la prison. Sans y avoir assisté, Huisu imagine la scène, tous les fans d'Amy klaxonnant et lançant des bouteilles contre le mur de la prison. Cela fait des années que Huisu ne vient plus accueillir ceux qui sortent de prison, même Père Sohn.

Dans la région, les hommes sont libérés au petit matin. Certains sortent même juste après minuit. Une fois leur peine purgée, hors de question de rester enfermés une heure de trop. Les voyous de Busan se postent donc toute la nuit devant la prison en attendant leur camarade. Dans l'air humide de l'aube, ils fument cigarette sur cigarette, le visage fatigué, l'haleine chargée d'alcool. Enfin quelqu'un sort de la prison. Il faut rendre hommage à la souffrance du prisonnier à la mesure de son importance au sein du gang. Mais comment se motiver alors qu'on n'a pas un sou en poche, qu'on est sur le point de rater un gros coup, de perdre un bar ou un karaoké, ou une salle de massage, comment se motiver et accueillir l'ex-taulard quand on peine à nourrir le petit personnel ? Et lui, ce con, pourquoi sort-il si tôt ? Qu'il pourrisse dans son trou ! Les camarades du futur libéré sont sur les nerfs. Les aiguilles de l'horloge de la prison tournent, enfin la porte s'ouvre. Quelqu'un sort, alors les compères l'acclament, l'enlacent, cassent des bouteilles et klaxonnent. Cette démonstration exagérée d'affection, cette joie feinte ne coûtent pas un sou, c'est une comédie grossière transmise par les aînés à laquelle les jeunes libérés se laissent prendre. Certains pleurent et en oublient les mois passés derrière les barreaux pour avoir joué les fusibles.

Huisu déteste cette mascarade. Il sait que ceux qui brillent dans ce cirque, ceux qui jouent les durs, qui vantent la fraternité du gang, sont les prochains fusibles. Dans sa jeunesse, lui aussi s'est laissé griser. C'en est bien fini. Terminée la comédie devant le portail de la prison. Terminé le tofu tiède dans le sac plastique noir qu'on donne aux prisonniers à leur sortie. Et puis cela lui rappelle trop ses quatre propres séjours en taule. Comme victime d'un mauvais karma, il a dû subir les persécutions d'un surveillant pervers qu'il s'est juré de tuer dès sa sortie. Bien sûr, une fois libre, il a renoncé à sa vengeance. Aucune envie de replonger pour ça. Veinard de bourreau.

Pour Amy, en revanche, il est à deux doigts de retourner devant cette fichue prison. Sans raison particulière, juste pour le retrouver. Amy n'a pas eu de père. Depuis sa naissance, Huisu veille sur lui. Insuk, sa mère, est de Mojawon, comme Huisu. Ce dernier a développé un sentiment de culpabilité vis-à-vis d'Insuk. Comme s'il n'avait pas fait ce qu'il aurait dû pour la protéger. Elle-même, jouant de cette faiblesse, a souvent fait appel à lui comme père de substitution. Parfois elle a fait du chantage à Huisu, d'autres fois elle l'a supplié à travers ses larmes. C'est ainsi que Huisu a emmené Amy à l'école pour la rentrée et a assisté à ses spectacles de fin d'année.

Et c'est ainsi qu'un jour il s'est présenté au professeur principal du collège qui avait convoqué le père d'Amy. Le jour où Insuk lui avait demandé cette faveur, il avait refusé absolument ; tout ce qui touche de près ou de loin à l'école lui fait horreur. Mais elle était venue jusqu'à l'hôtel Mallijang, sanglotant, se martèlant la poitrine, frappant le sol. Alors il avait cédé.

Amy s'était battu. Rien d'étonnant, la bagarre était son activité principale. Sauf que cette fois, sept enfants se trouvaient à l'hôpital dont deux avec la mâchoire abîmée, entraînant des soins coûteux. Le fait qu'il ait frappé des élèves de 3e année, de deux ans ses aînés, était un souci supplémentaire. Ce fait contre-nature constituait une grave atteinte à la respectabilité morale de l'établissement. Tous membres de l'équipe de judo du collège – qui ramenait chaque année honneurs et trophées à l'établissement –, les blessés ne pourraient pas participer aux Jeux nationaux cette année et devraient être remplacés par des membres de l'équipe de ping-pong. Pour couronner le tout – et c'est là le pire –, l'un des sept petits judokas était le petit-fils du président du conseil d'administration du collège. Tout accablait Amy, impossible de le sortir de là. Insuk avait tendu à Huisu un paquet de billets réunis en urgence et ajouté qu'elle en trouverait plus si besoin, elle l'avait supplié de faire en sorte que son garçon puisse continuer sa scolarité. Huisu avait répondu que ce n'était pas lui qu'il fallait supplier. Les grands yeux d'Insuk, remplis d'inquiétude et de tristesse, l'avaient finalement poussé vers ce satané collège, le paquet de billets roulé à la va-vite dans du papier journal.

Le professeur, maigre comme une baguette de bois, le nez chaussé de lunettes à monture dorée, semblait plus jeune que Huisu. Néanmoins, celui-ci s'était incliné plusieurs fois en présentant ses excuses. Immédiatement l'autre avait explosé, jurant que cet enfant ne deviendrait jamais un *être humain*, même s'il renaissait deux cents fois. Il avait ajouté que, quel que soit le mal qu'on se donnerait pour l'élever, il finirait voyou et qu'il vaudrait mieux l'envoyer travailler sur des chantiers pour qu'il apprenne un métier plutôt que de le laisser dans un collège où il semait la pagaille. S'ensuivirent des plaintes extravagantes. Comme quoi cet enfant ne reconnaissait l'autorité ni de ses aînés ni de ses professeurs, ni des adultes en général, que Confucius appelait ce genre d'êtres des « hommes-chiens », que sa propre matière, l'éthique, s'adressait à des humains et qu'il ne servait à rien de l'enseigner à un animal. Durant toute la diatribe, Amy était resté assis, la mine coupable, entre Huisu et le professeur. C'était la première et la dernière fois de sa vie que Huisu le verrait aussi abattu. À chaque coup de poing du professeur sur la table, Huisu inclinait la tête en répétant qu'il était désolé. Il disait qu'il allait parler à Amy jusqu'à ce qu'il comprenne que ça ne devait pas se reproduire, quitte à lui briser les membres. Le professeur a laissé échapper un petit rire :

— Vous pensez que ça marchera avec lui ? Les chiens et les cochons obéissent quand on les menace d'un bâton, pas lui, il ne vaut même pas un animal. Plutôt enseigner aux corbeaux ou aux poussins, aux coccinelles ou même aux vers de terre !

Il avait insisté, l'avis du président du conseil administratif était définitif, la radiation d'Amy était actée. Huisu avait tenu bon durant une heure, inclinant la tête et réitérant ses excuses, mais quand il avait entendu : « Les enfants sans père finissent tous comme ça », il avait explosé et hurlé qu'on lui explique pourquoi, s'il savait qu'Amy n'avait pas de père, il avait tenu à convoquer ce père absent ? Quand Huisu avait frappé à son tour la table, le professeur avait écarquillé ses yeux bridés de serpent et frémi de colère, puis crié encore plus fort, pour être entendu des autres professeurs.

— Vous avez oublié où vous êtes ? Qu'est-ce que c'est que cette façon de vous comporter !

— Vous dites qu'Amy ne deviendra jamais *humain*, même s'il renaissait deux cents fois ? Vous pensez que ce sont des choses qu'un prof peut dire d'un gosse qui n'a pas encore de poils au cul ? Les mômes, ça se bagarre toujours un peu. Et le putain de gosse du président du conseil d'administration est-il si sacré qu'il faut renvoyer un môme qui lui a donné quelques tapes ? avait répliqué Huisu, brandissant ses poings sous le nez du professeur.

Celui-ci avait saisi Huisu au collet et vociféré :

— *Le putain de gosse du président* ? Vous osez comparer votre bon à rien au petit prince du président ?

Il avait secoué Huisu en tous sens, lui avait arraché au passage quelques boutons. Ses ongles, aussi longs que ceux d'une serveuse, avaient griffé Huisu jusqu'au sang. Une colère terrible s'était emparée de ce dernier. Il avait soulevé le professeur maigrichon et l'avait balancé contre les placards.

Huisu était désolé de n'avoir pas su se contenir, mais ce n'était pas sa faute. Il s'était juste libéré du forcené qui s'agrippait à lui.

Quoi qu'il en soit, la brève scolarité d'Amy s'acheva ce jour-là. Et quatre années durant, Insuk n'avait plus adressé la parole à Huisu.

Une semaine environ après ces événements, le gamin était venu voir Huisu. D'un pas traînant, il s'était avancé jusqu'au fond du bar où son aîné lisait le journal. Hésitant, Amy était resté devant lui un bon moment, tortillant son gros corps comme si une terrible envie de chier lui nouait les boyaux.

— Quoi ? Encore une bêtise ?

Amy avait secoué la tête négativement.

— Alors ?

— Tonton...

— Je suis occupé. Dis vite.

— Je peux t'appeler papa à partir d'aujourd'hui ?

Interloqué, Huisu avait jeté sur Amy un regard ahuri.

— Tu as bien bouffé aujourd'hui, non ? Qu'est-ce que tu viens m'emmerder ? On n'a pas une seule goutte de sang en commun, c'est quoi ces conneries ?

— Toi, tu as pas de fils, moi, j'ai pas de père...

— Et alors ?

— Si un jour tu veux un fils, ça va te coûter combien, rien qu'en bouffe, jusqu'à ce qu'il fasse ma taille ? Avec moi, tu peux avoir un fils sans rien débourser, c'est pas l'affaire du siècle ?

— Tu crois qu'il suffit de payer de la bouffe pour élever un gosse, crétin ? Et puis franchement, tu crois que tu es un gosse normal, toi ? Avec tous les sous que ta mère a dû débourser pour réparer tes âneries, elle aurait pu acheter une maison.

Amy avait lorgné le plafond, puis le sol, honteux. Ses chaussures étaient usées, sales et déchirées à l'endroit du gros orteil ; ses lacets défaits.

— Hé, bêta, pourquoi tes lacets sont toujours défaits ? C'est pour marcher dessus ? Tu es vraiment bon à rien !

— Ben, je refais le nœud tout le temps, mais ça se défait à chaque fois.

Huisu avait plié son journal et s'était levé, Amy avait tressailli, attendant la taloche. Huisu s'était baissé et avait pris entre ses doigts les lacets de ses propres chaussures.

— Regarde bien. Tu mets ton doigt dans la boucle et tu serres bien le nœud pour pas qu'il se défasse. Bien collé et bien serré !

Amy avait fixé un moment le nœud que venait de faire Huisu, puis avait hoché la tête. Était-ce pour signifier que le nœud lui plaisait ? Après un moment d'hésitation, il avait rouvert la bouche :

— Je te demanderai pas d'argent de poche. Tu seras juste mon père. Un fils gratis, ça vaut le coup, non ?

Vrai, ça sonnait plutôt bien, d'autant que Huisu avait mauvaise conscience depuis l'affaire du collège.

— Ok, ok, fous le camp maintenant. Il faut que je bosse.

Amy s'était courbé en deux et avait fait une profonde révérence avant de sortir en courant, joyeux comme un enfant avec une poignée de bonbons.

Cette histoire remonte à plus de dix ans, à une période bien plus faste qu'aujourd'hui pour eux deux. Un temps où il était encore possible de choisir une vie digne. En théorie. En réalité, leurs vies sont déjà écrites. Partis sur des vies tordues, ils sont voués à finir au fond d'un égout, se dit Huisu. En tous les cas, même si ça a pu ressembler à une plaisanterie, Amy, ce jour-là, est devenu son fils.

Insuk avait dix-sept ans quand elle a accouché d'Amy. À l'époque, elle se prostituait dans le quartier de Wanwol. Il était peu courant qu'une prostituée tombe enceinte. Encore moins qu'elle tienne à aller au terme de sa grossesse. Malgré son âge, Insuk s'entêta et accoucha dans une petite chambre de sa maison close.

Insuk et Huisu avaient grandi tous les deux à Mojawon, un centre d'accueil mères-enfants. Cet établissement de Guam avait été créé par des missionnaires pour les veuves de la guerre de Corée. Sauf qu'à l'époque il y avait plus de vieilles prostituées malades qui n'avaient nulle part où aller que de veuves de guerre. Les voyous ne tournaient pas autour de cet établissement. Il n'y avait rien à y voler, ni personne d'assez riche à plumer.

Dans chacun des six bâtiments de l'établissement, un long couloir donnait sur dix logements, cinq de chaque côté, comme les classes d'une école. En tout, une soixantaine de familles vivaient donc là. Le mur extérieur était fait de briques rouges brutes issues de la base militaire américaine. Faute d'hommes, les bâtiments n'étaient guère entretenus et les toits d'ardoise fuyaient par endroits. Chaque logement consistait en une petite chambre, percée d'une étroite fenêtre, et d'une cuisine, quelle que soit la taille des familles hébergées. Les cloisons étaient assez fines pour que Huisu puisse entendre le garçon d'à côté se masturber.

Hormis la chambre et la cuisine, tout était en commun : toilettes, douches, buanderie, puits et salle de repos – où était installée la seule et unique télévision. Les objets du quotidien eux aussi étaient collectifs : la chaudière, les briquettes de charbon, les planches à laver, les savons, les bassines, etc. On mettait tellement tout en commun que, si un jour une vieille putain parvenait à mettre le grappin sur un homme, elle le ramenait à Mojawon où il devenait une sorte de père partagé. Contrairement aux gigolos qui passaient leur journée à boire au fond des clandés, ceux qui ont suivi les femmes jusqu'à Mojawon se sont généralement révélés gentils et travailleurs. M. Mun le boiteux et M. Cheon au nez crochu étaient de ces hommes. M. Mun était charpentier et M. Cheon magicien dans les karaokés ou les cabarets. M. Mun le boiteux était extrêmement travailleur. Quand il pleuvait ou qu'il n'avait pas de travail sur les chantiers, il boitillait partout dans Mojawon pour réparer la pompe, la rambarde décollée, les pieds cassés d'une table, etc. Les femmes avaient beau le solliciter sans répit, il ne se montrait jamais désagréable. Contre un verre de *makgeolli** il colmatait le toit, contre deux patates douces cuites à la vapeur, il réparait la tuyauterie de la cuisine. Durant toute cette période où M. Mun habitait à Mojawon, celle qui vivait avec lui se pavanait comme une reine. Le matin, c'est elle qui utilisait la première les toilettes sans faire la queue, pareil au puits ou à la douche. Et personne ne s'en plaignait.

Pour sortir les enfants de leur ennui, M. Cheon, le magicien, donnait de temps en temps un spectacle, qu'il préparait avec soin. Il passait son costume de pirate, se maquillait et coiffait un

* Le makgeolli est un alcool de riz coréen doux (6,5 à 7°) et laiteux. La fermentation dont il est issu le rend assez proche de la bière.

long chapeau pointu. De ce chapeau magique s'envolaient de vrais pigeons, une pièce de monnaie qui avait disparu réapparaissait sous les fesses des enfants, et le bouquet final était toujours ce fameux tour où il enfonçait un bonbon dans son œil, qui ressortait en dessous de son bandeau noir de pirate démultiplié en plusieurs dizaines de bonbons. Les enfants étaient émerveillés. Ils ramassaient les sucreries qu'ils fourraient dans leur poche et dans leur bouche. La magie de M. Cheon n'était qu'illusion mais les bonbons étaient bien réels. Par leur douceur ils comblaient ; tandis que les enfants les suçaient lentement, un sentiment de vide succèdait au spectacle fabuleux de l'illusionniste.

Mais pour une vieille travailleuse du sexe, le bonheur était de courte durée. Un jour, sur un chantier, M. Mun fit un faux pas. Il revint à Mojawon le dos brisé. Il avait tant fait pour les gens d'ici ; ces derniers se sentaient terriblement impuissants de ne pouvoir lui rendre la pareille. L'agonie dura une semaine. Il décéda un lundi matin. Quant à M. Cheon, il quitta un jour Mojawon sans rien dire à personne. Il serait retrouvé mort au marché des Canettes, le ventre lardé de coups de couteau.

Insuk avait treize ans quand elle débarqua à Mojawon avec ses sept petits frères et sœurs. À peine arrivée, horrifiée devant l'état des toilettes, elle alla remplir un seau pour laver les lieux à grande eau. Puis elle aida chacun de ses frères et sœurs à faire leurs besoins. Huisu tomba amoureux d'elle au premier regard. Il n'avait jamais vu une fille aussi jolie, à part à la télévision, et il n'en revenait pas qu'une beauté pareille puisse s'atteler à une tâche aussi ingrate que nettoyer les toilettes les plus sales du Sud de la rivière Nakdong.

Le travail de la mère d'Insuk consistait à peler les anguilles. Cela peut paraître bizarre aujourd'hui, mais à l'époque on jetait la chair des poissons pour ne vendre que leur peau à des fabricants de porte-monnaie et de ceintures. Bien que mal payé, beaucoup de femmes de Mojawon faisaient ce boulot de dépeçage, car ensuite elles pouvaient faire griller la chair restante ou la vendre aux nombreuses échoppes sur la plage. C'était aussi un temps où la main-d'œuvre féminine était infiniment bon marché et les mères de Mojawon devaient travailler jour et nuit. Ainsi Insuk devait-elle s'occuper de ses frères et sœurs. S'il lui restait du temps après avoir fait la cuisine et la lessive, elle aidait sa mère à dépouiller les anguilles. Ces pauvres bêtes restaient vivantes après qu'on leur avait arraché la peau. Les convulsions de cette chair rouge et ensanglantée étaient horribles à voir. Insuk les attrapait à mains nues et les plongeait dans un seau. Elle n'avait que treize ans.

Huisu avait treize ans, lui aussi. Dans l'espoir de voir les fesses d'Insuk, il faisait des trous au tournevis dans le mur en contreplaqué des toilettes pour femmes. Rejoint par ses copains de Mojawon, il l'attendait, accroupi de l'autre côté de la paroi nauséabonde. Il lui arrivait aussi de voler de l'argent dans le porte-monnaie de sa mère pour s'acheter des cigarettes. Ou de se balader dans les ruelles du Marché international à la recherche de mangas pornos japonais qu'il achètait avec de l'argent gagné en jouant aux billes contre les enfants des quartiers du mont Cheonma ou de la plage. Un jour que la police le ramenait à Mojawon pour le vol d'une boîte de chocolats au supermarché de Chungmu, sa mère versa des torrents de larmes, disant qu'il était bien le fils de son père.

Tandis que Huisu était encore un gamin occupé à ses gamineries, Insuk gérait en adulte ses sept frères et sœurs. De sorte qu'elle ne lui prêtait aucune attention. Quand elle passait à côté de Huisu et de ses copains jouant aux billes dans la cour, elle posait sur eux un regard méprisant, tenant à bout de bras son seau rempli de peaux d'anguilles.

PATRON OG EST GAUCHER

Dans un coin de ferme, près du petit port de Baekji, se trouve un homme en sang, la cinquantaine. C'est M. Og, le patron de la blanchisserie. Son visage, enflé à force de coups, est méconnaissable. Les mains jointes, il murmure quelque chose. Si on tend l'oreille, on peut entendre ceci :

— Seigneur, qui êtes aux cieux, pardonnez-moi, pauvre pécheur que je suis. Si je meurs aujourd'hui et que je vais au paradis, je vous promets de ne plus jamais toucher aux amphétamines, et de ne plus jamais parier, plus jamais. Je vous le promets, mon Seigneur. Je renaîtrai en homme nouveau au paradis.

Les suppliques vibrantes de Patron Og se poursuivent ainsi jusqu'à ce que Dodari, à bout de patience, se lève et lui donne des coups de pied dans le ventre.

— Espèce de connard, toute la journée à bavasser. Plein le cul de tes conneries !

Se roulant par terre et criant de douleur sous les coups, Patron Og continue sa prière, les mains toujours jointes.

— Seigneur, c'est dans l'épreuve que je vous rencontre enfin, pauvre pécheur. Aujourd'hui que je meurs, je veux aller au paradis et je vous supplie de ne pas me renier. Si vous me prenez en miséricorde, je ne ferai plus jamais de paris, je ne prendrai plus d'amphétamines non plus et je vous promets que je renaîtrai en nouvel homme au paradis, pour devenir un sujet de votre royaume.

Dodari finit par s'esclaffer.

— Patron Og, faut pas vous inquiéter, au paradis il y a pas de pachinko. Eh quoi ? Vous pensiez que ça serait Las Vegas, le paradis ? Et notez, si les gens dans votre genre vont au paradis, l'enfer va vite se retrouver désert.

C'est à ce moment qu'arrivent Père Sohn et Huisu. Ce dernier grimace à la vue du visage de Patron Og. Père Sohn s'approche. Patron Og agrippe l'une de ses jambes, à la manière d'un accidenté désespérément pendu à une corde le long d'une falaise.

— Seign... euh non, monsieur, sauvez-moi !

Père Sohn examine son visage puis soupire, exaspéré.

— Merde alors, on a transformé un homme en pâte à tarte.

Il lance un regard noir à Dodari, qui, tourne la tête, puis il fait claquer sa langue avant de se retourner vers l'homme à terre.

— C'est très douloureux, Patron Og ?

L'autre hoche la tête. Aussitôt, Père Sohn apostrophe Dodari.

— Imbécile, qu'est-ce que tu as à frapper les gens comme ça ?

— Je lui posais des questions mais il répondait pas, je savais plus quoi faire, répond Dodari comme si Père Sohn l'accusait injustement.

— Les choses, faut les dénouer les unes après les autres, en discutant. Si tu cherches à tout régler d'emblée au bâton, elle va devenir quoi, notre belle société démocratique ?

— Discuter avec un drogué et un parieur invétéré ? Ces types-là, il faut les battre comme du merlu séché, qu'ils deviennent assez moelleux et dociles, avant d'entamer la moindre conversation. Pas de dialogue possible autrement. D'ailleurs je l'ai pas assez frappé, regardez ses yeux.

À ces mots, Patron Og, serrant toujours la jambe de Père Sohn, frémit. Celui-ci le regarde, l'air charitable.

— Tu as tort. Notre Patron Og n'est pas comme ça. Il sait parler sans qu'on ait besoin de le frapper, n'est-ce pas ?

Patron Og, après avoir fixé Père Sohn d'un regard absent, secoue vivement la tête. Père Sohn se retourne vers Huisu.

— Vous allez gentiment discuter tous les deux. Pour en arriver là, Patron Og doit bien avoir une petite histoire à raconter ? Moi, j'ai un rendez-vous urgent. Je compte sur toi pour arranger le reste.

— Une petite histoire, mais quelle petite histoire, putain, râle Dodari, dans son coin.

Alors que Père Sohn s'apprête à quitter la ferme, Patron Og sursaute, s'agrippant de plus belle à sa jambe.

— Monsieur, il ne faut pas que vous partiez. Si vous partez, je vais crever. Aidez-moi, monsieur. Vous m'aimiez bien avant, n'est-ce pas ? pleurniche Patron Og.

— Mais qu'est-ce que vous racontez ? Vous nous prenez pour Chun Doo-hwan ? Pourquoi vous tuer ? On n'est pas des barbares. Ne vous inquiétez pas.

Père Sohn tapote l'épaule de Patron Og. Il jette un regard entendu à Huisu pour qu'il arrange tout ça proprement, puis sort de la ferme. Huisu le suit.

— Je le laisse en vie ou pas ? Il faudrait me donner un minimum de directives, dit-il, s'adressant à l'arrière du crâne de Père Sohn.

Père Sohn grimace, visiblement très agacé.

— Patron Og et moi, on se connaît depuis quarante ans. Tu veux qu'on le tue pour si peu ?

— Si peu ? Il nous a lâchés pour Yongkang !

— C'est parce qu'il est trop gentil. Alors tu vas le réconforter et essayer de savoir où il en est de ses papiers et ses dettes.

Père Sohn monte dans sa voiture et démarre en trombe, comme s'il voulait fuir cette affaire. Huisu reste planté sur la route sablonneuse d'où s'élèvent des nuages de poussière. Il se tourne vers la ferme mais n'a pas le cœur d'y revenir. Il allume une cigarette. Les choses se compliquent.

Il y a quelques jours, Yongkang, accompagné de ses hommes, s'est emparé de la blanchisserie de Patron Og sous prétexte des dettes de ce dernier. S'agissant de paris, c'est largement de l'argent virtuel, Yongkang s'approprie le commerce pour pas un rond. Or cette blanchisserie n'appartient pas à Patron Og mais, comme presque tous les commerces de Guam – hôtels, salles de jeu, gogo-bars, boîtes de nuit, etc. –, aux vieux du bouillon de bœuf. Ils ont l'habitude de placer des patrons fantoches à la tête de leurs commerces pour toucher les bénéfices sans prendre de risques. Quand Patron Og, après avoir cédé secrètement la blanchisserie à Yongkang, s'est enfui à Séoul, Père Sohn a envoyé des hommes à sa recherche, de vrais traqueurs professionnels qui n'ont pas mis plus de trois jours pour le retrouver.

— Sûr qu'il se planque dans une salle de jeu, a déclaré Père Sohn peu avant la capture de Patron Og.

— Il sait que s'il se fait attraper, il est mort. C'est le dernier lieu où il penserait aller, non ?

— Allons, Huisu, tu connais la notion de réincarnation dans le bouddhisme ? Eh bien, figure-toi que ça ne signifie pas qu'on peut, par exemple, avoir été un porc dans une vie antérieure, être né homme dans celle-ci, etc. Non, non, ça signifie que si un homme naît stupide et qu'il fait des bêtises, eh bien, il répétera ces bêtises tout au long de sa vie.

Sur le moment, Huisu a eu du mal à y croire, jusqu'à ce que Patron Og soit retrouvé dans une salle de jeu. Le seul endroit où il peut être repéré en quelques coups de fil. L'homme est stupide. Plus encore quand il est acculé.

La blanchisserie de Patron Og fournit des serviettes humides à des hôtels, des gogo-bars et des restaurants. Elle s'occupe aussi de la lessive des draps, des couettes et des nappes. Tous les commerces de Guam étant gérés par Père Sohn, la blanchisserie n'a pas de concurrence. Il suffit juste de faire tourner les machines à laver pour blanchir les draps et les nappes, de les faire sécher, de les repasser et de les renvoyer. L'argent rentre tout seul. Cela ne représente pas une fortune mais c'est une affaire stable et plutôt rentable. Par ailleurs, la fonction première de l'entreprise consiste à blanchir de l'argent.

Yongkang a dû penser que la blanchisserie, considérée par la police comme une activité plutôt saine, serait une bonne couverture. De plus, celle de Patron Og employant déjà des travailleurs étrangers, il serait plus facile d'y infiltrer ses gars du Sud-Est et de les régulariser au passage. Enfin, il pourrait profiter des livraisons de serviettes et de nappes dans les bars, les karaokés et les boîtes de nuit pour les approvisionner en drogue et continuer ainsi son activité principale. Mais ceci n'est possible qu'avec le consentement de Père Sohn. Prendre possession de la blanchisserie ne suffira pas à Yongkang. Père Sohn pourrait très bien ordonner à tout Guam de changer de fournisseur, et aussi ouvrir une nouvelle blanchisserie.

Huisu n'arrive pas à comprendre pourquoi Yongkang a jeté son dévolu sur l'établissement de Patron Og. Pour la faire tourner sans l'accord de Père Sohn, il lui faudra menacer tous les clients pour les empêcher de partir, ce qui entraînera des bagarres entre ses hommes et les voyous de Guam. Qui dit bagarre, dit police. Et qui dit police, dit prison. L'affaire paraît donc vouée à l'échec. À moins que Yongkang ne cherche précisément la guerre avec Père Sohn ? Mais pourquoi ? Pour quelques serviettes ? Ça ne tient pas debout.

Huisu est de retour à la ferme. Accroupi près d'une huche, Patron Og, en sang, poursuit son monologue. Consterné, Huisu scrute le visage en charpie puis se retourne vers Dodari. Lui balancer son poing en pleine face le soulagerait, hélas ce n'est pas si simple : cet abruti est le neveu de Père Sohn, son seul, son ultime parent puisqu'il n'a pas d'enfant. Huisu traîne Dodari dans un coin de la ferme. Zerocheol, le bras droit du précieux neveu, les suit d'un pas traînant. Son vrai nom était Gangcheol, « Acier trempé », mais son corps maigrichon, plus proche de la tige de sorgho que du robuste acier, lui a valu ce surnom.

— Je t'avais dit d'éviter les embrouilles, dit Huisu calmement.

— Grand-frère Huisu, tu es débordé en ce moment, je voulais t'aider un peu, dit Dodari avec son sourire naïf.

— Ah merde, tu m'as drôlement aidé. À ton avis, il lui reste quelque chose à perdre, Patron Og ? Il est fini, ce gars-là. S'il sort dans cet état, s'il dépose plainte contre toi et se planque sous les jupes du procureur, tu es bon pour minimum trois ans derrière les barreaux. Et si c'était que ça... Mais la justice va nous tenir à l'œil et balader sa loupe au-dessus de nous en permanence. Nous vivons une époque dangereuse, Dodari. Il faut être très prudent.

Huisu aurait des choses à ajouter mais préfère s'arrêter là. Inutile de poursuivre, l'autre abruti ne comprendrait pas.

— Il était pas prévu de l'enterrer après cette discussion ? Ben moi, c'est ce que j'avais compris, désolé. Du coup je me suis laissé aller, dit Dodari en haussant les épaules, désinvolte.

Huisu lui jette un regard glacial.

— On est quoi, nous autres, des brutes sanguinaires ? Comment tu peux manquer de bon sens à ce point ? Il y a encore dix ans, on l'appelait "grand-frère Og", on le respectait. Maintenant qu'il est vieux et sans défense, tu le roues de coups ?

— Ok, j'ai dit que j'étais désolé, te fâche pas.

Refroidi par le ton de Huisu, Dodari feint la soumission, lui pétrit l'épaule, sort une cigarette et lui tend. Huisu la prend à contrecœur. Lui en colle une dans le bec à son tour. Zerocheol dégaine un Zippo et allume la cigarette de Dodari. Effaré, Huisu laisse échapper un petit rire surpris en direction de Zerocheol.

— Qui a boxé ce pauvre type ?

— Oh là, c'est pas si facile de frapper quelqu'un. On s'y est mis à deux, Zerocheol et moi.

Il se tourne vers son complice et s'esclaffe :

— C'est moi qui ai donné le plus de coups mais c'est toi qui avais le plus de force !

Zerocheol hoche la tête, hilare. Huisu le fusille du regard.

— Quoi ? Tu es content ? Putain, t'as envie de rire, là ?

Le visage réjoui de Zerocheol s'assombrit d'un coup.

— T'as toujours rien compris, débile ?

Huisu fait un pas vers Zerocheol et lui balance son poing en pleine face. Le long corps ploie vers l'arrière à la manière d'un roseau dans le vent, avant de se remettre en place. Son nez saigne, rouge comme une grosse fraise. Dodari attrape le bras de Huisu et le bloque avec force.

— Grand-frère Huisu, calme-toi, s'il te plaît. Tu sais, notre Zerocheol ne riait pas. Il a eu la typhoïde quand il était petit. Depuis, il a cette tête. C'est sa bouille normale quoi, un peu rêveur, un peu une tête de con.

L'envie de cogner jusqu'à l'amocher autant que Patron Og démange sérieusement Huisu, mais Dodari lui maintient fermement le bras. Alors il hoche la tête, l'air de capituler, et Dodari lâche prise.

— Envoie Patron Og se laver et amène-le-moi dans le bureau. Nettoie-moi ce sang aussi. C'est ni fait ni à faire, toute cette hémoglobine dans une ferme toute belle qui élève de magnifiques poissons !

— Entendu, dit Zerocheol, qui du revers de la main essuie le sang qui coule de son nez.

Aménagé dans un container, le bureau de la ferme est vide. Huisu s'assoit sur le canapé mais une odeur fétide le fait se relever aussitôt. Les ouvriers doivent s'y poser sans ôter leur combinaison, le canapé dégage un puissant relent de poisson. Huisu a l'impression que son pantalon s'est couvert d'écailles. Dehors, au point d'eau, Patron Og se lave avec des gestes incroyablement lents, Zerocheol, l'air pataud, debout près de lui.

Cela fait vingt ans que Patron Og est devenu l'un des partenaires majeurs de Père Sohn. Ingénieur de formation, davantage homme d'affaires que voyou, il a monté sa propre boîte de matériaux de construction, une affaire modeste mais solide. Si Patron Og était resté sage, il aurait pu être un jour le P-DG de cette entreprise devenue géante. Mais par facilité, il s'est associé à la pègre. Menaçant la concurrence, il a remporté tous les appels d'offres et obtenu le monopole sur les chantiers de Guam et des environs. Peu lui importe que l'eau soit mélangée dans le riz ou le riz dans l'eau, car tout va pour le mieux. Les choses douces et faciles secrètent pourtant leur propre poison et, de même qu'on ne nourrit pas un cochon simplement parce qu'il est mignon, les truands n'ont pas gavé Patron Og par bonté d'âme. Plus ses affaires prospèrent, plus les parasites lui sucent le sang. Patron Og est bien trop naïf pour voir venir ces vampires et pour s'en débarrasser. Il se perd dans le jeu et la drogue. C'est le début d'une chute sans fin.

Zerocheol et Patron Og entrent dans le bureau. D'un geste, Huisu ordonne à Zerocheol de décamper. Après quoi il offre une cigarette à Patron Og, qui la prend entre les deux doigts restants de sa main droite, le pouce et l'index. Huisu l'allume. Patron Og a lui-même tranché l'un de ses doigts pour marquer sa détermination à arrêter le jeu. On lui avait coupé les deux autres suite à l'une de ses tentatives d'escroquerie. Le jeu lui a finalement coûté trois doigts, mais lui n'a pas réussi à se couper du jeu.

— Vous voulez dire que le titre de propriété et tous les autres papiers sont déjà entre les mains de Yongkang ? demande Huisu.

Patron Og hoche la tête, l'air coupable.

— Vos dettes s'élevaient à combien ?

— Un milliard. J'avais emprunté cinq cents millions, le reste c'est les putains d'intérêts.

— Yongkang a donc acheté la blanchisserie un milliard de wons, c'est ça ?

Gêné, Patron Og reste silencieux.

— Qu'on essaie de l'amadouer ou qu'on mette un terme autrement à cette histoire, il faut qu'on connaisse le chiffre exact pour tenter quelque chose, merde. On va quand même pas offrir un commerce à Yongkang comme ça !

— Le chiffre exact c'est un milliard et cinquante millions.

— Et ils sortent d'où ces putains de cinquante millions ?

— Récompense de Yongkang...

— Une récompense ? Et pour quel motif, tiens ?

— Pour avoir dilapidé la blanchisserie à son club de jeu...

— Sûr que ça mérite une récompense ! répond Huisu, très irrité. C'est avec ce fric que vous avez continué à jouer à Séoul ?

Patron Og baisse la tête sans un mot.

— Il vous reste combien ?

— Je peux avoir une autre cigarette ?

Patron Og prend le paquet sur la table, sort une clope, la colle entre ses lèvres et l'allume. Il se retourne et regarde, impassible, un tonneau vide et des sacs de ciment posés à l'écart. Avant, quand les voyous de Busan tuaient quelqu'un, ils mettaient le corps dans un tonneau qu'ils remplissaient de ciment. Une fois le ciment durci, on embarquait le tonneau sur un bateau. Puis, quand ils se trouvaient au-dessus des grands fonds, d'environ cent mètres, on balançait le colis. À cette profondeur, le tonneau était difficile à repêcher, même avec du bon matériel. Aujourd'hui, cette pratique malcommode a été abandonnée. Elle nécessitait trop de main-d'œuvre. Or, plus il y a de témoins, plus les risques de fuites – ou de dénonciations – augmentent.

— Le tonneau, là-bas, c'est pour moi ?

Patron Og lance un bref coup d'œil vers la chose. Huisu laisse échapper un rire blasé.

— Non, Patron Og, ça coûterait trop cher. On réserve ça aux VIP qu'on tient à faire disparaître incognito. Vous n'entrez pas dans cette catégorie. Pour vous, il faudrait une petite mise en scène, genre un coup de couteau dans le bide en plein centre de Guam. Comme ça, les autres patrons auraient peur et fuiraient Yongkang.

— Tu as raison. Un patron fantoche qui laisse son entreprise se faire engloutir et qui se promène l'air de rien, ça fait désordre, acquiesce Patron Og sur un ton neutre.

— Si vous le saviez, pourquoi avoir laissé les choses en arriver là ? Dès vos premières dettes il fallait venir nous voir, discuter. Pressé ou pas, vous n'auriez pas dû conclure cette affaire avec Yongkang sur un coup de tête.

— J'ai pas réfléchi. L'étau se resserrait. J'ai fini par me dire, *advienne que pourra*... Mon cher Huisu, je ne te demande pas de me laisser la vie sauve. Si je restais en vie je continuerais le jeu et la drogue. Tu vois, j'ai beau pleurer sur mon sort, je sais que je ne serai jamais réglo.

Patron Og tire longuement sur sa cigarette puis continue :

— Mais toi, tuer un type dans mon genre, c'est une vraie galère, non ?

— Possible. Et… ?

— Tu devrais me laisser planter ce connard de Yongkang et me tuer après.

Les muscles autour des yeux du tabassé se durcissent. Huisu secoue légèrement la tête de droite à gauche, incrédule.

— En contrepartie, je voudrais que tu envoies tous les mois deux millions de wons à mes enfants, qu'ils puissent vivre et se débrouiller sans leur père.

À ces mots, Patron Og fond en larmes.

— Pauvres enfants, leur mère s'est enfuie parce que je jouais. Ça fait des années que j'ai pas pu ramener un sou à la maison. Je suis leur père et je ne sais même pas comment ils vivent aujourd'hui. Suis-je un être humain ? Est-ce que je mérite de vivre ? Non, je dois mourir. Il faut que je disparaisse pour que ma famille puisse vivre. En plus, si je crève, leur mère reviendra.

Patron Og pleurniche encore un bon moment. Gêné par ses plaintes, Huisu allume une nouvelle cigarette. Il tourne sa tête vers la fenêtre. Armés d'une pelle, des ouvriers jettent de la nourriture dans un bassin. Des sébastes par milliers frétillent au-dessus de l'eau. Leurs écailles brillent comme des paillettes sous le soleil. Ils ont la fraîcheur et l'éclat de ceux qui veulent vivre coûte que coûte.

— On va faire ça, Huisu. Je te promets que je tuerai Yongkang.

Huisu réfléchit un moment. Impossible de croire sur parole un accro du jeu. Patron Og ne compte pas sur la mort de Yongkang, il veut seulement sauver sa peau. Mais que Patron Og y passe après avoir tué Yongkang, ce serait évidemment la solution idéale.

— Yongkang n'est pas un type facile, Patron Og.

— Faut voir. Ces derniers temps, il m'a dit plusieurs fois qu'il aimerait que je travaille pour lui, il connaît rien à la blanchisserie. Si j'accepte, je travaille sur place et l'occasion se présentera bien un jour, n'est-ce pas ? Il ne porte pas une plaque de fer autour du ventre, si j'y plante un bon coup de couteau à sashimi, pas de raison que ça rentre pas.

— Vos mains tremblent. Et cette main à deux doigts, vous croyez pouvoir planter un type avec ça ?

Huisu secoue la tête, dubitatif.

Brusquement poussé par un sentiment d'urgence, Patron Og agite sa main droite amochée tout en serrant son poing gauche.

— Celle-là ? Tu parles de cette main-là ? Je suis gaucher, moi. La main droite, je m'en sers seulement quand je joue aux cartes, je le jure.

VODKA

Le soleil, au zénith, réchauffe le crâne de Huisu. Assis à la proue, il contemple les vagues scintillantes. Il rentre de l'île de Châtaigne où il a confié Patron Og, ensanglanté, à Daeyeong et Daeseong, les frères gardiens de l'île. Le bateau, petit et vieux, brinquebale au gré des flots. Avec l'odeur d'essence dégagée par le moteur et les quatre heures de traversée, aller-retour, Huisu a rendu à la mer tous les sashimis de dorade imprudemment avalés avant de monter. Pendant qu'il vomissait accroché au plat-bord, Daeyeong l'avait regardé en riant.

— Grand-frère, comment peux-tu encore avoir le mal de mer, tu as déjà embarqué pour des pêches en haute mer, non ?

— Ton putain de rafiot est trop petit. Jamais eu de problème sur les grands.

Arrivé au quai, Daeyeong n'amarre pas à un pilier, mais fixe le bateau à une longue perche de bambou. Huisu saute prestement hors de l'embarcation.

— Tu y retournes ?

— Faut bien.

— Merci pour tes services. N'embête pas trop Patron Og. Quand on le connaît, c'est un type attendrissant.

— Tous les gens sont attendrissants. Tu en connais qui ne le sont pas ? Moi aussi je suis un pauvre type attendrissant.

Huisu hoche la tête.

— Tu as raison. Tu es attendrissant et moi aussi. Nous le sommes tous.

Daeyeong sourit à Huisu et fait demi-tour vers le large. Huisu le suit du regard jusqu'à ce qu'il passe la digue, puis se dirige vers le parking. Mal de mer ou alcool ingéré dès l'aube, la nausée ne le quitte pas.

Contrairement à son attente, c'est Danka et non Oupas qui est venu le chercher. La porte de la voiture côté conducteur à moitié ouverte et le visage caché sous un journal, il dort. Huisu lui donne une petite claque sèche et le papier journal se déchire dans un bruit sec. Danka se réveille en sursaut.

— Putain, pourquoi tu me tapes ?

— Qu'est-ce que tu fais ici ?

Danka fait lentement tourner sa tête sur ses épaules et baille longuement.

— Qu'est-ce que tu veux que je fasse ? Je t'attends.

— Comment tu savais que je viendrais ?

— Dodari m'a dit que tu étais parti régler le cas Patron Og, dit Danka, haussant les épaules.

Huisu fronce les sourcils.

— Quel connard, ce Dodari. Cette manie qu'il a de commérer.

— Tu voulais vraiment me tenir à l'écart, grand-frère ? Tu me fais pas confiance ?

— Te faire confiance ? Jamais. Un billet et tu racontes ta vie.

Huisu se rend compte qu'il est allé un peu loin. Danka a l'air peiné et son visage se durcit.

— Allez, je blaguais, rigole !

Huisu lui donne une tape amicale dans le dos. Les traits de Danka se relâchent. Il pouvait être rancunier si on ne dénouait pas de suite les tensions.

— Je suis vraiment triste que tu me voies comme ça, grand-frère. Ça fait vingt ans qu'on se serre les coudes dans ce trou, au milieu de tous ces gens qui nous méprisent parce que nous avons vécu sans père à Mojawon... Tu trouveras personne dans ton entourage plus digne de confiance que moi.

— Ah, le fameux refrain sur Mojawon ! coupe Huisu.

Danka fait la moue.

— Allons, tu sais que pour ce genre d'affaire, moins il y a d'oreilles, mieux c'est. À quoi bon rameuter tout le monde ? Si la merde éclate, pas besoin qu'on soit tous éclaboussés.

— Quand même tu en es où avec Patron Og ?

— Je l'ai laissé sur l'île. On n'aurait rien gagné à le tuer. Au début, on avait pensé le faire tomber avec Yongkang en portant plainte contre eux pour arnaque au jeu, mais comme Dodari l'a réduit en bouillie, plus moyen, on est coincés.

— Quel abruti celui-là !

— Sinon, comment ça se fait que je te retrouve ici ?

— On veut te voir à l'entrepôt d'alcool.

— Grand-frère Yangdong ? Pourquoi ?

— Qu'est-ce que j'en sais ? Il m'a juste dit d'aller te chercher et que c'était urgent.

— Qu'est-ce qu'il manigance encore ? Non, je n'y vais pas.

— Mais si, allez. Ça ne coûte rien d'écouter. Qui sait, il te filera peut-être une affaire bien juteuse ? Et puis, vu son caractère, il va s'agacer si tu viens pas.

Sûr, il n'est pas du genre calme, grand-frère Yangdong. Quand une idée le prend, il devient agité comme un singe. D'un coup, une immense fatigue s'empare de Huisu. Au bord du quai, le soleil d'avril baigne de lumière la surface sale de la mer. Étalés non loin, des filets attendent d'être reprisés. Ils dégagent une forte odeur qui se mêle à la brume printanière. Huisu a juste envie de retourner dans sa chambre d'hôtel et d'y dormir pendant deux jours. Mais Yangdong l'appelle, pas d'autre choix que d'obtempérer. Il monte dans la voiture et Danka démarre en direction de l'entrepôt d'alcool.

Yangdong, on l'appelle « l'Éternel sous-chef ». Évidemment il déteste ce surnom et si quelqu'un, au cours d'une soirée arrosée, a la maladresse de l'employer, sûr que la table va voler en l'air. Pourtant, malgré le bazar qu'il peut provoquer, il reste aux yeux des voyous de Guam cet éternel sous-chef. En effet, avant de se lancer seul, dix ans plus tôt, dans cette affaire d'alcool, il a été vingt-cinq ans durant le bras droit de Père Sohn. Il a d'abord été son chauffeur, puis son secrétaire, avant de devenir gérant de l'hôtel Mallijang. Il a la carrure d'un militaire, l'esprit vif et le caractère ferme. Le jour où Huisu l'a remplacé à la gérance de l'hôtel, Yangdong en personne a fait la passation. De fait, on peut dire que le modèle actuel de gestion de l'hôtel, de son restaurant, de ses chambres, de son bar et de son karaoké, porte encore sa marque.

Leurs caractères étant diamétralement opposés, les gens de Guam s'étonnent toujours que Père Sohn et Yangdong aient pu travailler main dans la main ces vingt-cinq longues années. Alors que Père Sohn avance pacifiquement, ménageant et amadouant, Yangdong bouscule les convenances, pousse souvent trop loin ses interlocuteurs. Père Sohn plante la lame après mûre réflexion, Yangdong commence par planter avant de réfléchir. Père Sohn travaille peu, Yangdong travaille trop. Père Sohn est radin, Yangdong est prodigue. Enfin, Père Sohn, connu pour sa couardise, préfère la négociation à la guerre tandis que Yangdong règle les problèmes un couteau à sashimi au poing.

Quand Huisu, à dix-huit ans, a débarqué dans ce milieu brutal, seul Yangdong lui a tendu la main. Il était le seul à donner du travail aux jeunes issus de Mojawon et le seul à partager équitablement avec eux les bénéfices. Impossible de dire pourquoi il prenait soin de ces jeunes alors qu'il peinait à nourrir ses propres hommes. C'est ainsi. Il ne leur soutire pas d'argent sous prétexte de « frais de réception » ou de « redevance » comme c'est l'usage chez les autres cadres de Guam. Il n'avalait pas les gains du service en faisant trimer les gamins pour une misère. Ce n'est pas la justice qui l'anime, mais il trouvait abject d'arnaquer les blancs-becs de Mojawon. Pour lui, un voyou doit avoir le sens de l'honneur et il répète qu'un voyou qui l'a perdu ne vaut plus rien. Avec ses colères terribles et son caractère cassant, beaucoup sont mal à l'aise avec lui. Mais Huisu l'a toujours beaucoup aimé. Contrairement à ce que son physique rustre peut dégager, il n'est pas rancunier et son cœur est bon. Sans lui, Huisu serait aujourd'hui encore en train de compter les billets des parieurs dans les recoins d'une salle de jeu.

Quand Huisu et Danka arrivent à l'entrepôt d'alcool, des jeunes de Yangdong sont en train de décharger des caisses d'un camion. En voyant Huisu et Danka, quelques-uns les saluent rapidement.

— T'as vu comment ils nous saluent ? Eh ben, on n'est pas grand-chose, glisse Danka à voix basse.

Huisu n'y prête pas attention. Après tout, les jeunes de Yangdong et ceux de Guam ne sont pas dans la même branche et ne se croisent jamais dans les affaires. Ces gosses ne sont donc pas tenus de les saluer avec respect. Huisu traverse l'entrepôt à grands pas. Des cartons de soju et de bière sont déjà entassés contre le mur du fond tandis qu'un autre mur retient les cartons de vodka. C'est le mois d'avril mais l'été semble tout proche. Chaque été, Guam est le théâtre d'une succession de banquets où défilent d'innombrables alcools de contrebande. Le principal pourvoyeur, c'est Yangdong. Il fournit tous les commerçants de Guam : cafés, gogo-bars, karaokés, restaurants de sashimi, buvettes à soju, bistrots ambulants et petites gargotes de plage. Récemment, il a mystérieusement réussi à importer une grande quantité de vodka qu'il écoule sur Guam, Wollong et jusque devant le Centre de produits maritimes, élargissant d'autant sa part de marché. Ça ne pose aucun problème qu'il approvisionne Guam en alcool, en revanche ça ne passe pas auprès des autres quartiers. Personne n'aime les pique-assiette et il y a déjà eu des frictions. Apparemment, Yandong s'en moque.

Devant la porte du bureau, Danka hésite.

— Tu ne veux pas entrer ?

— Euh... non, moi, je vais t'attendre là. Je crois que grand-frère Yangdong préfère te parler seul à seul.

Huisu sonde son visage. Comme toujours quand il cache quelque chose, Danka fronce légèrement les sourcils et évite son regard. Sans en connaître l'objet, Huisu flaire un truc pas net entre Danka et Yangdong.

— À ta guise.

Quand Huisu entre dans son bureau, Yangdong bourre sa pipe. Huisu s'incline devant lui à angle droit. Yangdong aime l'obséquiosité. Laissant ses affaires sur sa table, il se précipite vers Huisu et l'enlace. Il en fait mille fois trop.

— Ah, notre cher Huisu est venu ! Pourquoi est-ce si difficile de se croiser ? J'avais tellement envie de te voir !

Huisu esquive discrètement l'étreinte. Les accolades entre hommes lui donnent la chair de poule.

— Vous fumez la pipe ?

Yangdong regarde sa pipe, l'air gêné.

— Je viens de m'y mettre, c'est pour arrêter de fumer.

— C'est mieux que les cigarettes ?

— C'est pas pire. Tu avales pas la fumée, quoi. Mais il faut nettoyer la pipe tout le temps, dès qu'on tire une latte elle s'éteint, bref, ça va vite m'agacer.

Yangdong se pose sur le canapé et invite Huisu.

— Allez, ne reste pas debout, viens t'asseoir.

— En traversant l'entrepôt j'ai vu que vous aviez une belle quantité d'alcool. Vous allez faire tout l'été avec ça.

— Le soju et la bière, tu as beau en fourguer des tonnes, c'est pas rentable. Non, si tu veux gagner de l'argent, il faut des alcools occidentaux.

— J'ai vu qu'on avait vingt caisses de Chivas dans notre entrepôt du port. C'est pas énorme mais je peux vous les envoyer, si vous voulez.

— Qui boit encore du Chivas aujourd'hui ?! s'exclame Yangdong, brusquement en colère.

— Ah bon, ça ne se boit plus ?

— Le Chivas s'écoule tellement pas que je pense à utiliser les bouteilles de la réserve pour faire de l'alcool de serpent.

Huisu sourit.

— Le truc en ce moment, c'est la vodka. Son prix est intéressant, son goût est franc, ressemble pas mal à notre soju et ça te laisse pas une barre le lendemain. Les Chinois et les Asiatiques du Sud-Est l'aiment bien aussi. Ballantine's et Chivas, c'est terminé. Aujourd'hui les commerçants ne commandent que de la vodka, et vu qu'on n'en a pas assez en stock, c'est le bordel.

— Ah bon ?

Huisu feint l'étonnement. Yangdong aspire profondément la fumée de sa pipe puis l'expire lentement.

— À propos, Huisu, tu pourras me mettre un peu de vodka cette fois-ci ? Il paraît que tu as des contacts chez les Russes.

— C'est pas vraiment des contacts, on se salue quand on se croise.

— Des voyous qui se saluent, c'est presque des frères, non ?

— Vous voudriez quelle quantité ?

— Cinq containers.

— Cinq containers ? Vous déconnez ?

À ces mots, le visage de Yangdong se fige subitement puis se radoucit aussitôt. Il reprend :

— Tu t'entends parler ? Ton grand-frère a l'obligeance de te réclamer à ses côtés et tu ne trouves rien de mieux à faire que de le houspiller ? Il faut que tu perdes cette mauvaise habitude de ne laisser à ton interlocuteur aucune voie de négociation. En tranchant aussi sec, tu me fais passer pour quoi ? Un pauvre vieux sans répartie ?

— Désolé, mais soyons clairs, c'est délicat ce que vous me demandez. Quelques cartons, passe encore, mais un container entier d'alcool, même nos douaniers ne peuvent pas faire entrer ça. Quant à cinq, n'en parlons pas.

— Quel cinéma, putain. Toi et ta bande de trouillards, c'est quoi votre technique pour faire de l'argent ? Il y a pas longtemps, j'ai entendu dire qu'on avait passé une cinquantaine de Chinois de Yangji et de Coréens du Nord, serrés comme des sardines dans un seul container. Alors pourquoi tu n'arriverais pas à introduire cinq pauvres containers de vodka ? Dis-moi franchement, tu sais que c'est faisable mais tu as peur de Père Sohn, c'est ça ?

— C'est mon patron et je suis salarié, c'est normal que je sois prudent, non ?

— Un homme doit être son propre maître. Moi, quand j'étais gérant de l'hôtel Mallijang, j'ai toujours fait les choses à ma façon, que ce soit pour des haricots ou pour des armes. Peu importe ce que disait le vieux. De toute façon, il n'osait pas me faire la leçon. C'est bien beau cette affaire de piment, mais quand est-ce que tu vas faire du vrai business ?

Yangdong a raison et Huisu hoche la tête. Rien que de penser à ces satanés piments, il a mal au crâne. Seulement, Père Sohn n'acceptera jamais de faire passer par le port un tel volume d'alcool. D'ailleurs, d'où Yangdong tire-t-il cette quantité fabuleuse de vodka ? Certainement pas de Guam. Et encore moins du port du Nord. Celui-là est dirigé par Doyen Nam, de Yeongdo. Il fournit toute la concurrence de Yangdong à Wollong, Chungmu et Nampo.

— J'ai vu que vous aviez déjà des masses de vodka, elle vient d'où ?

— Qu'est-ce que tu crois, on se débrouille. Ça fait trente ans que je bosse dans le milieu, j'ai quelques connexions, dit Yangdong en évitant le regard de Huisu.

— Ça ne vous suffit pas, ce stock ?

— Pour fournir le quartier, si. Mais je compte développer l'affaire, la booster un peu, quoi. C'est le moment idéal. Sauf que si je n'ai pas assez de cartes en main, je ne prends pas le risque d'ouvrir la partie.

Huisu opine, distraitement.

— Tu auras droit à des frais qui ne te décevront pas. Et si jamais ça chauffe, je prendrai tout sur moi. Tu n'as rien à craindre.

En un sens, Yangdong a raison. La contrebande est de toute façon une activité risquée, qu'on fasse passer des haricots ou des pistolets. Si Yangdong le couvre sur ce coup, il n'a rien à perdre.

— Dans ce cas, grand-frère, vous allez essayer d'amadouer chef Yang. Moi, je m'occupe des Russes.

— Et chef Park ?

— Chef Park s'est pas mal engraissé ces derniers temps. Au moindre risque, il plie bagage. Tâtez un peu le terrain de ce côté-là si vous voulez, moi je vais passer le coup de fil à chef Yang.

— C'est vrai que ça fait un moment qu'il engraisse, chef Park. Il doit avoir quelques immeubles par-ci par-là.

— Si vous ajoutez cinq containers à ce que vous avez, ça va faire de sacrées quantités. Vous êtes sûr de pouvoir tout écouler ?

— Pourquoi je commanderais des trucs si je ne savais pas les vendre ? Les tables nous attendent, ne t'inquiète pas.

Huisu jette un coup d'œil rapide à sa montre.

— Je peux y aller, c'est bon ?

— Non, non. En fait je voulais te parler d'autre chose. Tu es très occupé aujourd'hui ou tu as le temps de prendre un petit verre avec moi ?

— Un autre jour, c'est possible ? J'ai des affaires à régler cet après-midi.

Huisu regarde de nouveau l'heure, feignant d'être pressé.

— On dirait qu'il y a du boulot à l'hôtel, dit Yangdong, l'air déçu.

— Du boulot qui rapporte rien. Vous connaissez le bonhomme... toujours à nous charger avec des petites affaires et des petits trafics minables.

— Oh oui, je le connais bien. Et on ne le changera pas, lui et son caractère mesquin. Quand je travaillais pour lui, c'était quoi déjà ? Ah oui, la fausse huile de sésame. J'ai cru que j'allais y laisser la peau, à force d'extraire cette putain d'huile. Demander à des voyous de moudre des graines, tu y crois ? C'est pas en pressant de l'huile qu'on devient un caïd. Comme je le dis souvent, être voyou c'est d'abord avoir le sens de l'honneur. Un voyou doit sentir le voyou. S'il sent la bouffe, c'est fichu.

Huisu approuve poliment.

— Je ne boirai rien, mais j'ai un peu de temps pour écouter ce que vous avez à me dire.

— Dans ce cas, je t'offre au moins un café.

Yangdong appelle sa secrétaire par l'interphone. Peu après, elle entre dans le bureau et dépose deux tasses sur la table. Yangdong regarde intensément les fesses de la jeune fille, avant de froncer les sourcils.

— Hé, Miss Kim, je t'ai déjà dit de pas mettre de pantalon. Je préfère les jupes.

— Pour que vous fourriez sans arrêt vos mains dessous ? lance froidement la jeune fille, hostile.

Elle sort du bureau. Yangdong, abandonnant des yeux les fesses fermes, avale sa salive.

— Dites-moi, vous êtes encore vert, pour votre âge, se moque Huisu.

— Détrompe-toi. En vieillissant, on n'a plus de force, en bas. Mais l'énergie remonte jusqu'à la langue qui s'agite en vaines paroles. On baise plus avec notre bite, on baise avec des phrases.

Tout en guettant l'humeur de Huisu, Yangdong tire sur sa pipe et expire la fumée par petites bouffées. Il s'approche de la fenêtre pour s'assurer qu'il n'y a personne de l'autre côté puis ferme le store. Revenu à sa place, la mine sérieuse, il s'approche tout près de Huisu. Embarrassé, celui-ci tourne la tête vers la plante verte.

— Huisu, j'ai de grands projets en ce moment.

— Vous êtes sur un gros coup ?

— Je connais un Japonais d'origine coréenne, un certain Kim, qui revend des machines de karaoké et des pachinkos qu'il ramène du Japon. Pendant que d'autres s'agitent et s'entretuent pour un hôtel à touristes avec pachinkos, lui il vend tranquillement ses machines et gagne des dizaines de milliards. Pour lui, l'ère des hôtels est terminée dans notre pays, notamment parce que les licences de pachinko sont devenues trop difficiles à obtenir. Quant à construire un hôtel à pachinkos, c'est encore pire : il faut négocier avec les voyous du quartier, arroser les fonctionnaires... Au bout du compte, il te reste rien. En gros, l'avenir, selon lui, ce sont les salles de jeu pour adultes.

— Avec des jeux vidéo à pièces, comme ceux pour enfants ?

— Dans les salles de jeu pour adultes, on ne joue pas avec de l'argent mais avec des bons d'achat, pareil qu'au pachinko. L'hôtel, il faut le construire, tandis qu'une salle de jeu, tu as juste à trouver un local grand comme une salle de billard. Et la licence s'obtient facilement. Après, si ça marche pas, tu abandonnes l'affaire et tu en ouvres une autre ailleurs. À Séoul, à Daejeon, partout, il y en a plein qui fleurissent, ces derniers temps. Alors j'ai décidé de me lancer dans ce business, avec des engins dernier cri, le top de la mode au Japon.

— Donc vous ne seriez pas gérant de salles de jeu, mais uniquement fournisseur ?

— C'est ça. Pour faire marcher une salle de jeu il faudrait que j'engage pas mal de mes petits, ce qui risquerait de froisser certains gars du quartier, il faudrait encore faire bouffer de la mort-aux-rats aux fonctionnaires, bref, ce serait la merde. Non, nous, on fournira juste les machines et on prendra un pourcentage sur les bons d'achat.

— Les machines, vous les importez du Japon ?

— Non, elles sont trop chères là-bas, il nous resterait des clopinettes. Avec Kim, le Japonais, on est en train de chercher une usine. Le technicien qui bosse pour lui est très doué, ses machines sont qualité Japon. Alors voilà, Huisu, ça te dirait de gérer cette usine et la partie commerciale de l'affaire ?

Huisu plante une clope entre ses lèvres. Yangdong gratte une allumette, la porte à la cigarette de Huisu puis à sa pipe éteinte. C'est une proposition intéressante. À l'époque où les salles de karaoké se sont mises à pousser comme des champignons après la pluie, Huisu a entendu parler d'un type qui ramassait des milliards en vendant ces fameuses machines. Si gérer une salle de jeu est un gâteau lourd et indigeste, ne s'occuper que des machines et des bons d'achat revient à ne prendre que la crème.

— Si on leur fait perdre leurs clients, les mecs qui vendent des pachinkos ne se laisseront pas faire. Vous pensez pouvoir faire face ?

— C'est sûr qu'ils ne vont pas être contents. Ils ont eu un mal fou à obtenir leurs licences.

— On va mettre un de ces bordels...

— Oui, il y aura un peu d'agitation, mais concrètement, qu'est-ce qu'ils peuvent contre nous ? Les temps ont changé et les guerres de gangs menées au couteau pour s'emparer d'une boîte de nuit, ça n'existe plus. Tu en vois encore des voyous, ici à

Busan ? Jo Seungsik, le procureur cinglé, les a tous arrêtés. Il s'est tellement démené qu'il ne reste pas un seul caïd. Si certains lui ont échappé, ils sont bien cachés. Je te dis, Busan c'est un *no man's land*.

— Ça rejoint ce que je voulais dire. Vous voulez monter une affaire alors qu'on se fait arrêter rien que pour avoir rassemblé trois voyous ?

— Récemment, Jo Seungsik s'est barré de Busan. Tu comprends ce que ça signifie ?

— Qu'il a attrapé ceux qu'il voulait attraper.

— Bingo. Et que le cinéma autour de cette soi-disant « guerre contre les criminels » est terminé. C'est tant mieux pour la population, qui doit en avoir marre de lire chaque jour dans les journaux les détails du massacre des gangs. Et puis, est-ce qu'il y a un seul homme politique qui n'a pas bouffé leur fric ? Un seul fonctionnaire qui ne s'est pas gavé de leurs pots-de-vin ? Des deux côtés, tout le monde est rassasié. C'est le bon moment. Il faut arrêter les guerres de territoire et désormais miser sur le produit. On n'est plus au Moyen Âge.

Huisu approuve, convaincu par le discours de Yangdong. L'affaire qu'il lui propose sent bon et l'analyse sur Busan est juste. La guerre contre la pègre a entraîné une vague d'arrestations mettant à l'ombre la plupart des caïds de Busan. Leurs membres arrêtés, quelques gangs ont carrément disparu. Ceux qui ont échappé à la traque ont pris peur et se planquent. C'est donc le moment idéal pour un nouveau business. Mais il faut s'attendre à ce que l'affaire ne roule pas toute seule. Yangdong le sait, les choses ne se passent jamais comme prévu dans la vie. Quand un voyou s'enrichit, quelque part un autre engrange des pertes. Et puisque personne n'attend, bras croisés, qu'on lui pique sa gamelle, il n'y aura peut-être pas de guerre mais probablement quelques règlements de compte au couteau. Certains devront fuir à l'étranger, d'autres seront jetés en prison.

Huisu se remémore son âge. Il n'est plus aussi agile qu'avant et il n'est pas sûr de pouvoir échapper à une bande de jeunes types prêts à en découdre. Qu'il se fasse poignarder et se retrouve estropié ou qu'il les plante et se fasse coller en taule, il est cuit.

— Ce n'est pas une affaire ordinaire.

— Non. Il s'agit de s'emparer de tout le marché de Busan.

— Et que je quitte le Mallijang ? glisse Huisu.

— Oui, ce serait mieux. Ça risque d'être assez prenant comme boulot, répond Yangdong, un brin solennel.

Il rayonne d'assurance. Cette attitude inquiète Huisu. Que cache cette façade d'optimisme ? Huisu n'a aucunement l'ambition de mettre la main sur tout le marché de Busan, ni de faire fortune, ni d'être à la tête d'une vaste organisation, l'énergie qu'il lui faudrait pour délirer sur ces extravagances semble l'avoir quitté pour de bon. Tenir le coup, un jour après l'autre, voilà tout ce dont il est encore capable.

— Grand-frère, je vous remercie sincèrement d'avoir pensé à votre petit frère. Depuis mon enfance, vous veillez sur moi. Mais pour cette affaire, je dois réfléchir. Il y a pas mal de choses que je dois boucler à l'hôtel. Je ne peux pas laisser tomber le vieux comme ça.

Huisu biaise, tente de se dégager. Sur le visage de Yangdong, la déception est visible. La fumée monte vers le plafond.

— Tu as quel âge cette année ?

— Quarante ans.

— Tu n'es plus tout jeune, n'est-ce pas ?

— Eh non.

Yangdong tire sur sa pipe et attend un moment avant de reprendre.

— Tu connais Maître Yang ?

— L'avocat de Père Sohn ?

— Je l'ai vu l'autre jour. Il m'a raconté qu'à sa sortie de prison le vieux était tellement inquiet qu'il a rédigé son testament. Selon lui, ton nom n'y est pas mentionné une seule fois. Tu t'imaginais que le vieux te laisserait au moins la moitié du Mallijang, après toutes ces années à te taper les boulots merdiques ? Nada. Avec un peu de chance, il te laissera un bar ou deux. Je le connais, le vieux. Moi, tout ce que j'ai eu après vingt-cinq ans de bons et loyaux services, c'est cet entrepôt dans un terrain vague, avec un vieux container en guise de bureau. Le jour où j'ai été viré du Mallijang, quand je me suis retrouvé dans cette espèce de boîte en ferraille, j'ai compris que j'avais gâché ma vie pour ce type. Le sens du devoir du bon voyou ? Sa fidélité ? Son honneur ? Des couilles de chien ! C'est le putain de baratin que crachent les putains de boss pour pouvoir tout bouffer tout seuls. Parce qu'entre nous, il fait quoi, concrètement, le vieux pacha ? À part lécher le miel collé sur ses doigts, qu'est-ce qu'il fout ? Si les affaires tournent à Guam, c'est parce que nous, on se démerde, qu'on se fait traîner en prison et qu'on prend les coups de couteau, pas vrai ? Voilà notre vie, pendant que le vieux, peinard dans son fauteuil, l'une des personnalités les plus respectées et les plus influentes de la région, va couper les rubans d'inauguration avec les maires et les députés.

Huisu acquiesce machinalement. Il connaît ce discours.

— Tu as remarqué comme Dodari se démène ces derniers temps ? À mon avis, il a tout compris. Quand Père Sohn sera mort, à qui reviendra l'hôtel Mallijang ? Le clan des Sohn, c'est pas n'importe quoi, il dirige Guam depuis quatre-vingts ans. Après la mort du vieux, c'est ce crétin de Dodari, le dernier de la lignée Sohn, qui héritera. Et toi, tu te feras enfler.

— Si ça doit revenir à Dodari, qu'est-ce que je peux y faire ? Vous voulez que je l'élimine ?

— Putain, t'as pas d'os ou quoi ? Qu'est-ce que je vais faire avec un mec aussi mou ?

Irrité, Yangdong tire bruyamment sur sa pipe éteinte, qu'il finit par balancer.

— Et merde ! J'en peux plus de cette foutue saloperie !

Huisu la ramasse et la pose sur la table.

— Huisu, tu as une baraque, au moins ?

— Non.

— Tu as quoi comme voiture ?

— Une Espero.

— Attends, attends, le gérant du Mallijang c'est pas censé être le cador de Guam ? Dodari fout rien et il roule en Mercedes.

— Elle est pas si nulle, l'Espero.

— De la merde.

Yangdong époussette les cendres sur sa manche.

— Donne-moi une cigarette.

Huisu s'exécute. Yangdong l'allume puis expire voluptueusement la fumée.

— Les gens de Guam ne sont pas contents de Père Sohn. Il prend tout et il ne se mouille jamais. Mais Guam ne lui appartient pas, la plage et chacun de ses grains de sable, la mer, les vagues, rien de tout ça ne lui appartient. Faut arrêter ces conneries, les Sohn ont assez profité ! Ils vont continuer sur combien de générations ? Ils se prennent pour Kim Il-sung et Kim Jong-il ? Voilà, tout est dit. Si on veut être payés du sang qu'on a versé, faut réunir une équipe de jeunes, gagner un max d'argent et vivre fiers et peinards. Là, on pourra s'emparer du Mallijang les doigts dans le nez, réduire le vieux en poussière et le ramasser au balai.

Le visage de Huisu se durcit. Notant ce changement d'expression, Yangdong se tait.

— Vous savez que je vous aime bien, grand-frère Yangdong ?

— Oui, je le sais.

— Alors je vais faire comme si cette conversation n'avait jamais eu lieu.

Huisu se lève. Yangdong reprend, la mine déconfite :

— Huisu, si tu ne tiens pas à être enterré en même temps que Père Sohn, tu dois faire le bon choix. Le vieux n'attend plus rien. On dit qu'il ne faut pas se ranger à côté de celui qui n'attend plus rien. Tu sais pourquoi, à mon âge, ma vie est aussi minable ? C'est parce que, dans ma jeunesse, j'ai suivi Père Sohn.

Yangdong écrase sa cigarette dans le cendrier, mortifié. Sans y prêter la moindre attention, Huisu s'incline profondément et quitte son bureau.

Dans un coin de l'entrepôt, Danka plaisante avec la jeune secrétaire aux fesses fermes. Huisu ouvre la portière côté passager et s'assoit. Danka le rejoint en courant et s'installe sur le siège conducteur. Il voudrait savoir comment s'est déroulé l'entretien et scrute le visage de Huisu avec insistance.

— Qu'est-ce tu fous ? demande Huisu.

— Pardon ?

— Démarre, on rentre.

Danka met le moteur en marche et ils partent. Silencieux, Huisu regarde par la fenêtre. C'est l'après-midi et il n'y a pas grand monde sur cette route à flanc de montagne.

— Ça s'est bien passé avec grand-frère Yangdong ? interroge Danka, guettant l'humeur de son passager.

Sans détourner les yeux de la vitre, Huisu finit par ouvrir la bouche.

— Danka, fais attention, Père Sohn n'est pas si con. Si tu soutiens trop ouvertement grand-frère Yangdong, un coup de lame peut vite arriver.

Danka fixe la route sans répliquer. C'est peut-être la faute du soleil, mais tout en évitant le regard de Huisu, il se met à rougir.

ALCOOL EN PLEIN JOUR

Père Sohn et Dodari sont assis à une table, sur la terrasse de l'hôtel Mallijang. Avril est la saison idéale pour profiter de l'endroit. Les cerisiers plantés sur la côte par les Japonais sont en pleine floraison et le vent emporte leurs fragiles pétales. Sous la douce chaleur du soleil, çà et là derrière les arbres, la mer de Guam s'offre à la contemplation. Précédant le printemps trop mûr et l'été des batailles, cette saison est autant bénie qu'éphémère.

Huisu s'avance. Père Sohn boit du thé au ginseng et Dodari, fidèle à ses habitudes, sirote une vodka. Son visage rubicond en témoigne, il a déjà vidé une demi-bouteille. Ce n'est pas une de ces bouteilles bon marché dont Yangdong arrose Busan, mais l'une de celles que Huisu a réussi à ramener de Gamcheong, après d'interminables négociations avec les Russes. Même en Russie, c'est une vodka de luxe, Huisu n'a pu négocier que quelques bouteilles. Et ce foutu Dodari, qui n'a pas versé une goutte de sa sueur dans l'affaire, lampe tranquillement le précieux breuvage en plein après-midi.

Père Sohn a eu une jeune sœur, Sohn Sumi. Elle était grande et frêle, prête à s'envoler telle une feuille sèche au moindre souffle de vent. Ultime membre de sa famille à l'époque, Père Sohn la chérissait plus que tout. Depuis que leur père avait été tué par ce GI à Gwangbok, Père Sohn veillait sur sa sœur comme sur sa propre fille. Or voilà qu'un jour elle s'est mariée avec un type de quinze ans de plus qu'elle, un passionné de danse nommé Chae. Canaille parmi les canailles, libertin et arnaqueur, il était continuellement mêlé à toutes sortes de scandales. Sobre, il traitait en reine sa compagne, mais après quelques verres il devenait violent. Il se comportait de cette manière avec toutes les femmes qu'il côtoyait, en dépit de quoi certaines étaient follement amoureuses de lui dont Sohn Sumi, son épouse. Pour les hommes de Guam, c'était incompréhensible.

Dans un contexte ordinaire, Sohn Sumi et Chae n'auraient jamais pu se marier. Chae était venu demander à Père Sohn la main de Sohn Sumi après avoir pris la précaution d'installer un enfant dans le ventre de cette dernière. Cet enfant, c'était Dodari. À cause de lui, Père Sohn avait consenti au mariage. Sohn Sumi avait toujours été de santé fragile, mais son état avait empiré après l'accouchement. Elle n'avait même plus de lait. Une nuit de pluie, Sohn Sumi était sortie dans la rue pour échapper aux coups de son mari ivre. Elle avait attrapé une pneumonie et en était morte rapidement. Ses poignets et sa poitrine étaient encore couverts de bleus.

Un mois après les funérailles, Chae avait disparu. Certains disaient qu'il s'était enfui au Japon pour éviter la colère de Père Sohn, d'autres, qu'il avait ouvert une classe de danse aux Philippines. Rumeurs. Huisu suppose que Père Sohn venait de commanditer son unique meurtre hors business.

Huisu s'assoit à leur table, Oupas sur les talons.

— Grand-frère, qu'est-ce que je vous sers ?

— De l'alcool à cette heure ? Tu me prends pour un ivrogne ? Apporte-moi un café. Serré.

Dodari, son verre à la main, reluque Huisu d'un air mauvais.

— Tu en es où avec Patron Og ? s'enquiert Père Sohn.

— Je l'ai laissé sur l'île de Châtaigne. Celui-ci l'a frappé avec tellement d'application qu'il faudra au moins un mois pour que ses bleus s'effacent, répond Huisu en tournant la tête vers Dodari.

— Il y a qui sur l'île, à part Daeseong ?

— Son frère, Daeyeong.

— Ils s'occupent toujours de faire disparaître les cadavres, ces deux brutes ? Avant, ils les broyaient pour nourrir les turbots de leur parc d'élevage.

— Si on leur demandait, ils refuseraient pas. Mais ça ne se fait plus trop.

— C'est vrai. Maintenant on plante son couteau en pleine rue et on s'en va, dit Père Sohn hochant la tête, l'air navré. Il ne va pas trop morfler, Patron Og, avec les deux frères ?

— Il va un peu flipper, si, répond Huisu en souriant.

— Vous voulez le laisser en vie et attendre gentiment qu'il ait plus de traces de bleus ? Si on épargne un patron fantoche qui a offert l'une de nos boîtes à Yongkang, comment voulez-vous faire respecter l'ordre à Guam ? intervient Dodari, aiguillonné par la vodka.

— Qui parle d'ordre ? C'est l'ordre qui va te nourrir, enfoiré ? Si tu tiens autant à l'ordre, tu ferais bien de tenir un peu ta bite et de l'empêcher d'aller se fourrer dans n'importe quelle garce, s'énerve Père Sohn.

— Tonton, on discute d'un sujet sérieux et toi tu parles de ma bite ? Un peu de tenue, quand même.

— J'ai été abasourdi d'entendre le mot *ordre* dans ta bouche, raille Père Sohn avant d'avaler une gorgée de thé. En tout cas, je me demande ce que Yongkang a en tête pour s'être emparé ainsi de la blanchisserie.

— Ça pue, répond Huisu.

— Patron Og t'a dit pour combien il l'avait cédée à Yongkang ?

— D'après lui, un milliard cinquante millions exactement.

— Un milliard ? Putain, ce qu'il a pu perdre au jeu... Ah ça, il les a retournées avec succès ses putains de cartes, un milliard ! Ça me dépasse complètement. Et maintenant avec cette dette, comment veux-tu négocier...

— Même si on réussit à trouver un accord, on ne pourra pas lui donner de cash. Il a pris la blanchisserie pour se rembourser, on ne pourra pas la racheter avec de vrais billets. Si on a assez de fric pour le payer, autant acheter des machines à laver et ouvrir une autre blanchisserie.

— Qu'est-ce que tu racontes ? Tu crois qu'elles sont gratuites les machines ? Même d'occasion, une machine à laver professionnelle ça coûte trente millions de wons.

— Sinon, on pourrait pousser Patron Og et quelques autres qui se sont fait arnaquer par Yongkang à porter plainte contre lui. Comme les dettes de jeu ne sont pas reconnues par la loi, on pourrait demander à Chef Gu de le coffrer pour pari clandestin, chantage et violences. Avec ça, il irait au trou pendant au moins un an, non ?

Père Sohn réfléchit, puis relève la tête.

— Impliquer les flics dans cette histoire nous rapportera que des emmerdes. Pour qu'ils ouvrent une enquête, il leur faut rédiger trois tonnes de paperasse. Et pour ça, ils vont venir nous interroger, fouiner, on devra faire appel à des avocats, il y aura peut-être un procès... En attendant, la blanchisserie ne tournera pas et on perdra du fric. Sans compter que Yongkang n'est pas du style à se laisser couler sans réagir. Même si on réussit à le faire mettre en prison, il en sortira au bout de quelque mois et on sera bien emmerdés pour le coincer.

Dodari, qui continue à vider un verre après l'autre, s'échauffe brusquement.

— Ouh, qu'est-ce qu'elle est compliquée, ton affaire ! Pourquoi on liquiderait pas Patron Og et Yongkang, plutôt ? On est capables de faire les choses proprement, non ? On a la thune, on a la force, vous avez peur de quoi ? On a plein d'hommes qui n'attendent que ça, qu'on leur donne du boulot, finissons-en !

Avec son éventail, Père Sohn donne trois coups secs sur le museau de Dodari, *tac tac tac.*

— Tu veux pas le fermer, ce petit bec impertinent ?

Père Sohn s'apprête à continuer mais se ravise et baisse la main, retenu par un vague sentiment de pitié.

— Tu te crois encore à l'âge de bronze ? Si on plante Yongkang, tu penses que le titre de propriété de la blanchisserie va nous revenir d'office, comme ça ? Petit con.

— Qu'est-ce qui te prend de me taper sur la bouche ? C'est grâce à elle que je peux bouffer, merde.

Visiblement vexé par les coups d'éventail de Père Sohn, Dodari crache bruyamment par terre.

— C'est pour ça que ce petit bec de pute, tu dois l'ouvrir que pour bouffer et le garder bien fermé pour le reste, assène Père Sohn.

— Je vais d'abord aller voir Yongkang pour tâter un peu le terrain, dit Huisu.

Père Sohn acquiesce de la tête.

— Tu comptes y aller quand ?

— Cette semaine. Il faut régler le problème avant l'été.

— Tu as raison. C'est assez délicat, mais il faut que tu réussisses à l'amadouer et à boucler cette histoire. Sois pas trop radin, donne-lui ce qu'on peut lui donner. Il vaut mieux ça que de laisser les choses s'envenimer.

— Entendu. Je vous laisse, je dois y aller.

Alors que Huisu se lève pour partir, Père Sohn le retient par le bras.

— Reste déjeuner avec nous. Dalja a abattu un bœuf et j'ai fait venir les meilleurs morceaux. Ils sont en train de les préparer dans la cuisine, ça ne va pas tarder à être prêt. Notre chef, c'est l'as du steki.

— Steak ! Pas steki, steak ! Quelle prononciation de plouc, râle Dodari.

L'éventail donne une nouvelle petite tape sèche.

— Ce bec, là, ce putain de bec, je t'ai bien dit de le fermer sauf pour bouffer, non ?

Dodari ne fait rien à Guam, sinon boire gratuitement, jouer de l'argent, prendre des filles et rouler dans sa Mercedes sur la petite route de Guam – une route si courte qu'elle se parcourt en une demi-heure à pied. C'est tout. Selon Huisu, à qui incombe systématiquement la tâche d'arranger ses bêtises, le mieux est encore qu'il ne fasse rien vu que tout ce qu'il entreprend crée des problèmes. Ce fumier a le don pour emmerder le monde et, malgré ses deux ans d'études à la fac, tout ce qu'il tente s'avère systématiquement nul. Une tête creuse, un cerveau lisse, un type qui ne consacre pas cinq minutes par an aux activités cérébrales.

Étant le neveu de Père Sohn, Dodari reste respecté, quoique personne ne le craigne véritablement. De même qu'on évite les merdes sur les trottoirs, on lui donne de l'alcool et de l'argent quand il en réclame. Mais Dodari, non content d'être en sécurité à Guam, ne peut pas s'empêcher d'aller foutre la merde dans les autres quartiers, en approchant la femme d'un caïd ou en se faisant tabasser par des petits voyous pour s'être mal tenu dans une salle de jeu. À chacune de ses bêtises, Père Sohn soupire :

— Ce côté fripouille, ça lui vient du sang Chae. Y a pas de ça dans notre ADN à nous. Laisse entrer le vice dans une lignée et même un berger allemand pourra accoucher d'un bâtard.

La présence de Dodari exaspère Huisu, il préférerait quitter la table, mais à l'idée de manger cette fameuse viande de Dalja il se rassoit, feignant d'obéir. Les viandes de Dalja sont toujours délicieuses, et celles que Père Sohn se fait livrer, encore davantage.

— Tiens, j'ai entendu dire que Ju Amy était sorti de prison. Il est venu te voir ? demande Père Sohn, coupant sa viande.

— Non, il vient juste de sortir. Il viendra me voir après avoir bu et vu des femmes.

— Qu'il boive, pas de problème, mais il pourrait quand même venir saluer les gens. Quel manque de respect, marmonne Père Sohn, la bouche pleine.

— Le nom de famille d'Amy, c'est Ju ? interroge Dodari.

— Oui, il s'appelle Ju.

— Ah bon. Tout le monde l'appelle par son prénom, je ne connaissais pas son nom. S'il s'appelle Ju, c'est qui son père ? Il n'y a personne de ce nom-là dans le quartier ? soliloque Dodari, perplexe.

Personne ne lui répond.

— A-t-il eu une réduction de peine ? demande Père Sohn.

— Rien. Il est sorti après avoir purgé ses quatre ans, jour pour jour.

— Il a dû morfler, vu son caractère. Maintenant qu'il est sorti, il aura besoin d'argent. Huisu, tu pourras lui filer quelques millions ? Sans un sou, il va faire des bêtises.

— Vous voulez dire, de ma poche ?

— Dis donc, coquin, je te parle de solidarité et toi tu veux qu'on fasse comptes à part ?

— C'est pas que je n'ai pas envie de lâcher des sous. Mais Amy est sensible, il serait ému de voir que Monsieur a pensé à lui.

— Ce que tu peux être bavard. Entendu, je m'en charge. Tu viendras prendre l'argent dans mon bureau.

— Dites, c'est vrai qu'Amy est un vrai croquemitaine, qu'il mesure un mètre quatre-vingt-dix et pèse cent vingt kilos, mais qu'il vole comme un papillon quand il se bat ? demande soudain Dodari.

— Il ne fait pas que voler. Il est rapide aussi, un vrai écureuil.

— Alors c'est un croquemitaine de compétition ?

— Tu parles ! En cinquante ans de métier, depuis l'occupation japonaise, j'ai vu de sacrés bonshommes, mais jamais d'aussi redoutables qu'Amy. L'autre jour – c'était qui ce type de Wollong déjà ? Ce fumier de maquereau qui se promenait avec une pelle de l'armée, un ruban rouge sur le manche ? Je ne me souviens plus de son nom.

— Hojung ?

— Oui, c'est ça, Hojung. Donc, ce Hojung va au bar de la mère d'Amy avec sa bande et ils y foutent le boxon. Résultat, ils se sont fait massacrer et treize d'entre eux ont été transportés aux urgences. Bref. Si un jour tu vois Amy s'énerver, disparais sans attendre. Quand il pique une crise, tout ce qui passe devant lui finit en pièces, homme ou objet.

— Si tu le frôles, c'est la mort immédiate, et si tu penses en avoir réchappé, c'est six semaines, ajoute Huisu en souriant.

Dodari désigne Zerocheol derrière lui.

— Et s'il se bat avec lui, ça donne quoi ? Notre Zerocheol, mine de rien, il a fait de la boxe jusqu'au lycée et il a été médaillé de bronze aux Jeux nationaux.

Père Sohn et Huisu, après avoir examiné Zerocheol de la tête aux pieds, éclatent de rire.

— Tu m'as bien dit qu'il était un peu simplet à cause de la fièvre typhoïde qu'il a eu quand il était gosse ? demande Huisu.

Après un bref coup d'œil sur Zerocheol, il poursuit :

— Un troupeau de cent types bâtis comme lui ne pourrait rien contre Amy.

— Forcément ! Comment veux-tu qu'un homme l'emporte sur un croquemitaine ? Ce genre de combat, c'est une violation des droits de l'homme, en soi, ajoute Père Sohn.

— Hé, Zerocheol, amène-toi, dit Dodari.

Zerocheol s'approche de leur table à grands pas, l'attitude servile.

— Tu mesures combien ? demande Dodari.

— Un mètre quatre-vingt-sept.

— Et tu pèses combien ?

— Soixante-neuf kilos.

— Bon, pour le poids c'est pas vraiment ça, mais pour la taille ça colle. Tu as déjà vu Amy ?

— Jamais en personne, mais j'en ai entendu parler.

— C'est une légende parmi les voyous, il est parti en prison avant que tu sois arrivé ici. Il doit avoir un an ou deux de moins que toi, mais il pèse le double de ton poids, cent vingt kilos il paraît. Qu'est-ce que t'en penses ? Si vous vous battiez, tu crois que tu pourrais gagner ? Si un jour tu arrives à battre Amy à mains nues, tu deviendras à ton tour la légende de Guam. Ça te tente ?

Zerocheol sourit avec pudeur.

— Ma mère m'a toujours dit de pas frimer avec mes poings. Jusque-là, je me suis retenu...

— Alors continue de te retenir, coupe Huisu.

— ... mais j'ai toujours été le meilleur en bagarre, termine Zerocheol, la mine froissée.

— Même contre Amy et ses cent vingt kilos, tu crois ? demande Dodari en écarquillant les yeux.

— Quand on est lourd, on est lent et mou, donc mauvais en bagarre. Il y a que les idiots qui se laissent engraisser. Les vrais combattants ont le corps agile et léger comme moi.

— Tu veux dire que tu vas gagner contre Amy ?

— À voir mon passé et compte tenu de certaines statistiques, en théorie, oui, sauf surprise, c'est moi qui dois gagner. Vous ne pensez pas ?

— Ah ah, celui-là, tu parles d'un comique !

Père Sohn rit tellement devant l'assurance de Zerocheol qu'il manque de cracher sa viande. Huisu et Dodari rient aussi. Toujours debout, le visage cramoisi, Zerocheol ne comprend pas l'hilarité générale. Après ce moment de franche rigolade, Père Sohn se retourne vers Zerocheol et lui dit :

— Zerocheol, comment va ta maman ?

— Bien, elle est en bonne santé.

— Tu veux gagner de l'argent et veiller sur elle, n'est-ce pas ?

— Oui, je veux être un bon fils.

— Je vais te donner un conseil. C'est pour ton bien, garde-le en tête. Si tu veux continuer à être un bon fils dévoué à sa maman, ne te mets pas sur le chemin d'Amy.

Sans répondre, Zerocheol hoche la tête.

— Tu as compris ? Hein ? insiste Père Sohn, comme s'il avait absolument besoin d'une confirmation.

— Entendu, lâche enfin Zerocheol.

— Tu veux un peu de viande ? propose Père Sohn.

— Non, non.

— Dans ce cas, tu peux t'éloigner. On a des choses à se dire, entre adultes.

Tandis que Zerocheol rejoint son coin, Père Sohn dit à Dodari :

— Hé, toi, pourquoi tu l'excites comme ça, le gosse ?

— Juste comme ça... C'est marrant, non ?

Huisu n'avait pas prévu de boire en plein après-midi, mais à manger, l'envie lui vient. Il vide les premiers verres, commande une nouvelle bouteille. Père Sohn, qui ne touche plus à l'alcool depuis longtemps, se joint à lui. Après quelques vodkas, il se lance dans un discours sur son âge d'or, sur l'époque faste de Guam où l'argent coulait à flots, où ses poches explosaient et où les femmes étaient tellement folles de lui qu'il passait ses nuits à les satisfaire, à s'en user la bite, à ne plus pouvoir pisser, bref des histoires fantaisistes à n'en plus finir. À le voir boire ainsi, on lui donnerait encore cinquante ans de vie, dur de croire Yangdong selon qui Père Sohn aurait un pied dans la tombe. D'humeur joyeuse, Père Sohn commande la troisième bouteille de vodka. Le soleil est encore au-dessus de leurs têtes. À la quatrième, Père Sohn et Huisu sont ivres, Dodari au bord du coma éthylique.

— C'est tellement agréable de se retrouver autour d'un verre en dégustant cette viande délicieuse, dit Père Sohn.

— Oui, délicieuse, renchérit Huisu.

— On devrait faire ça plus souvent. Après tout, toi et cet enfoiré de Dodari, vous êtes ma seule famille, ajoute Père Sohn.

Huisu regarde Père Sohn. Qu'est-ce qu'il veut dire ? Le visage du vieux, rougeaud d'ivresse, semble étrangement calme aujourd'hui. Ça fait des lustres que Huisu attend de connaître les dispositions de Père Sohn concernant l'hôtel Mallijang. Ce dernier, très inquiet que cet idiot de Dodari se fasse planter après sa mort – à raison selon Huisu –, hésite à lui léguer l'hôtel. Il faut de la cervelle pour gérer un tel établissement. Ils sont nombreux en embuscade, à Guam, des voyous venus des autres quartiers, des gangs étrangers – Russes, Chinois, Japonais, Asiatiques du Sud-Est –, des contrebandiers, des trafiquants de drogue, d'objets volés, des arnaqueurs, parieurs, mercenaires, policiers à la retraite, etc. Derrière chaque affaire qui pourrait rapporter se cachent des crocodiles affamés. Aucune chance qu'un abruti comme Dodari survive au milieu de cette jungle.

Pour Père Sohn l'idéal serait qu'après sa mort Huisu accepte de rester le gérant dévoué de l'hôtel, sous les ordres de son nouveau propriétaire, Dodari. Franchement, quel fou accepterait de travailler sous les ordres d'un tel patron ? Père Sohn connaît la réponse. Alors il répète :

— Huisu, quand je ne serai plus là, tu pourras considérer que la moitié de l'hôtel t'appartient. À deux, toi et Dodari, vous vous en sortirez.

Pour Huisu, ces mots sont du vent. Yangdong a peut-être raison : l'hôtel appartient au clan Sohn depuis quatre-vingts ans et Huisu n'a pas une seule goutte de ce sang. Il n'est qu'un bon et fidèle employé, et cette idée le rend triste. Non pas parce que son nom n'apparaîtrait pas sur le testament de Père Sohn, mais parce que, quoi qu'il fasse, il ne sera jamais qu'un voyou parmi d'autres.

Huisu allume une cigarette et se laisse absorber par la plage de sable blanc devant la terrasse. Chaque grain de sable brille sous les rayons du soleil d'avril. C'est la meilleure période de l'année, la seule où l'on peut profiter de la mer, dans le calme et sans l'odeur du sang.

Soudain, Dodari, ivre-mort, lance d'une voix pâteuse :

— Au fait, grand-frère, Amy, ce serait pas le fils d'Insuk ?

À ce nom, le visage de Huisu se fige. Sans répondre, ce dernier sèche son verre d'un trait.

— Comment tu connais Insuk ? répond Père Sohn à la place de Huisu.

— Ben, il y a que les agents nord-coréens qui connaissent pas Insuk à Guam. C'est pas une célèbre *kinzaku,* cette salope ? Une kinzaku de Guam sur trois générations ?

— Quelles conneries ! Tu sais ce que ça veut dire kinzaku, au moins ? râle Père Sohn.

— Quoi ? Bien sûr que je le sais. Une kinzaku c'est une pute de luxe, non ? Genre Cléopâtre, Yang Guifei, Xi Shi... Elles ont de jolies lèvres, mais celles d'en bas sont encore plus chouettes. Elles vous serrent fort. Je m'en suis tapé pas mal, de ces kinzakus !

Huisu fronce les sourcils. Sentant la tension monter, Père Sohn tente de faire taire Dodari.

— Ferme-la. Amy sort tout juste de prison. Tu imagines sa réaction s'il savait qu'on bave sur sa mère dans son dos ?

— Et alors ? Il n'est pas là à nous écouter, que je sache. De toute façon, quand on picole, faut toujours baver cinq fois sur les autres et se vanter cinq fois pour soi, ça met en valeur l'alcool, bafouille Dodari.

Huisu remplit son verre, le vide, puis recommence l'opération. Père Sohn le regarde faire sans rien dire. Dodari continue de marmonner.

— Je vais te dire, Insuk, je l'ai baisée, c'est pas la kinzaku qu'on raconte. Jolie frimousse, c'est vrai, mais là en bas, c'est pas comme ils disent, plus serré que la moyenne, d'accord, mais pas la super kinzaku. Les vraies, elles serrent pas, non, t'es plutôt comme dévoré par un trou noir. Insuk fait pas ça.

Huisu remplit un nouveau verre de vodka et le boit d'un trait.

— Ta gueule, je t'ai dit, répète Père Sohn, glacial.

— Quoi ? Ma parole, mon oncle, c'est toujours moi qui prends. On s'en fout d'Insuk, c'est juste une pute. Et tous les hommes parlent des femmes quand ils picolent, non ?... Aïe... Merde, c'est vrai, c'est vrai... J'avais zappé qu'Insuk c'était ton premier grand amour quand t'étais gosse, grand-frère. Ah, le premier amour ! Il est si précieux et si doux. Ok, j'arrête. Désolé, grand-frère. Le premier amour est précieux et on doit le respecter.

Huisu se lève, attrape la bouteille de vodka et la brandit très haut, prêt à la briser sur la tête de Dodari. Père Sohn sursaute et saisit le bras de Huisu. Sa poigne est incroyablement puissante pour un type de soixante-dix ans.

— Huisu, ne frappe pas notre Dodari. Il a eu une enfance tellement difficile, il a perdu si tôt sa maman et son papa. Ne frappe pas notre Dodari, s'il te plaît, balbutie Père Sohn au bord des larmes.

Ivre mort, Dodari tend sa tête à Huisu sans cesser de déblatérer.

— Allez, vas-y, explose-moi ! Putain, t'as même pas les couilles de le faire, t'es bon qu'à courir après une garce périmée. T'es qu'un putain d'enculé et tu passes ton temps à te la péter comme un paon. T'es qui pour me mépriser ?

Le reste se perd dans un galimatias incompréhensible. Soudain, Zerocheol, qui était derrière eux, se jette sur Huisu et lui tord le bras. De son autre bras, il l'étrangle. Huisu, sidéré, se tourne avec difficulté, son visage contre celui de Zerocheol, déterminé, menaçant. D'un mouvement sec, Huisu libère son bras et son pied vient frapper violemment le genou de son adversaire. Craquement d'os. Zerocheol s'effondre sur le sol. Huisu lui explose sa bouteille sur la tête. Le sang se met à couler, de la main de Huisu et de la tête du malheureux. Père Sohn, resté en arrière, étreint Dodari. Tellement soûl qu'il ne saisit pas la situation et continue ses divagations.

— Pourquoi on s'en prend qu'à moi ? Putain, je suis pas le seul à avoir couché avec elle ! Tout Guam est passé dessus ! Manga, Cheolki, Danka, même mon oncle, merde ! C'est une vraie traînée !

Père Sohn le gifle.

— Qu'est-ce que tu racontes ? Je n'ai jamais couché avec elle, moi.

La paume de Huisu rougit le sol de la terrasse, tandis que Zerocheol barbote dans son sang. Le miroitement de la mer sous le soleil d'avril se reflète sur la toile de la terrasse. Une tristesse insondable envahit Huisu. Il baisse son regard vers sa main, la fixe un moment avant de retirer de sa chair un morceau de verre qu'il jette par terre. Du hall de l'hôtel accourt Oupas, alerté par le vacarme.

— Grand-frère Huisu, tu saignes à flots, il faut arrêter l'hémorragie, s'exclame-t-il, exagérément agité.

— Ça va, ça va. Occupe-toi de ce merdier et appelle l'hôpital, dit Huisu désignant de la tête Zerocheol qui se tord sur le sol.

— Huisu, il faudrait que tu ailles à l'hôpital, dit Père Sohn.

— Pardon, Monsieur, je suis désolé. J'ai trop bu.

Huisu penche la tête respectueusement devant Père Sohn.

— Ce n'est pas grave, ce n'est rien. Quand on est soûl, on fait des bêtises, on se bagarre… c'est la vie. T'en fais pas, dit Père Sohn, secouant sa main.

— Je vais m'aérer.

— Avant d'aller où que ce soit, tu vas à l'hôpital, tu es dans un sale état.

Huisu incline la tête une nouvelle fois, comme pour signifier qu'il a bien compris. Il se retourne, Père Sohn pose doucement sa main sur son épaule.

— Une dernière chose, Huisu. Ça peut paraître incongru, mais je préfère que les choses soient claires.

— De quoi vous parlez ?

Père Sohn le fixe d'un air grave.

— Je n'ai jamais couché avec Insuk.

Huisu laisse échapper un rire et hoche distraitement la tête. Malgré cette mise au point, Père Sohn paraît tourmenté.

Huisu sort du Mallijang, traverse la plage de sable blanc et s'arrête face à la mer. Le vent fait grincer un plongeoir rouillé. Perdu, il regarde les vagues qui viennent mouiller ses chaussures. Il se baisse et lave dans l'eau de mer ses mains et son visage ensanglantés. Le sel fait remonter de sa blessure une douleur aiguë.

Dodari a sans doute raison. Tous les hommes de Guam que Huisu connaît ont dû coucher avec Insuk. Elle a toujours été inaccessible, alors quand elle s'est finalement prostituée, tous les hommes de Guam, à l'exception de lui-même, ont dû crier de joie en se tapant sur les cuisses.

Lui l'a aimée, cette femme qui a couché avec tous les hommes de Guam, les idiots et les ingrats, les jeunes et les vieux. Parfois, ivre, Huisu se demande s'il l'aime toujours. Non, voyons, c'est absurde, qui aimerait cette vieille catin ? rétorque une voix en lui.

LA DIGUE

Huisu se met à marcher le long de la mer. Au bout de la plage il y a une digue et au bout de la digue, un phare rouge. Arrivé au phare, il ne peut pas aller plus loin. Il monte sur l'un des plots en béton qui entourent le phare et regarde au loin. Un bateau chargé de containers part pour le Pacifique. Un jour, vers ses vingt ans, juste après sa troisième sortie de prison, Huisu a quitté Guam. Il en avait marre de la vie de voyou et étouffait dans ce quartier. Il a réussi à obtenir une carte de marin au marché Jagalchi et a embarqué sans réfléchir sur un bateau de pêche. Mais l'évasion s'est révélée décevante. La mer infinie, où nulle île ne se montre durant des mois, était pour lui davantage source d'ennui que de liberté. Et il étouffait toujours. L'existence de marin présentait la même alternance que la sienne d'avant, d'un côté une vie en prison, de l'autre une vie de voyou. Sur la mer il trimait comme un forçat et au port il dépensait de l'argent comme un mauvais gars. Dès que le bateau jetait l'ancre, Huisu se soûlait copieusement, se bagarrait puis s'endormait en malaxant les gros seins de vieilles morues. De retour en mer, il reprenait son pénible labeur. Les jours où le capitaine ne détectait aucun banc, Huisu restait planté à la proue, le regard vide. Deux ans plus tard, rentré à Guam, Père Sohn lui a demandé dans un sourire :

— Il y a pas grand-chose non plus, au bout de la mer, n'est-ce pas ?

Et Huisu a répondu :

— Effectivement, pas tant.

Alors il a retrouvé sa vie de voyou, où l'on frappe et l'on menace les gens et où, parfois, on plante un couteau dans un ventre inconnu.

Huisu ouvre sa braguette et se met à uriner dans cette mer qui n'est finalement pas grand-chose, même si on va jusqu'au bout. Il tente de pisser le plus loin possible, mais le jet piteux retombe en un petit filet qui s'écoule entre les plots. À cet instant, des jurons jaillissent en contrebas.

— Quelle est la pourriture qui me pisse dessus ?!

Au pied de l'amas de béton, un type énorme, la petite trentaine, montre sa tête. Ébloui par le soleil, la main en visière, il tente d'identifier le visage du compisseur. Essuyant d'un revers de main son front souillé, il crie en direction de Huisu :

— Bouge pas. J'ai bien vu ta gueule !

Furieux d'avoir été baptisé de la sorte, l'homme escalade vers Huisu en soufflant. Il semble être prêt à casser en deux le profanateur.

— Espèce d'enculé, je vais te faire sauter les côtes, tu vas apprendre à laisser ta bite au fond des chiottes ! éructe le bonhomme.

Quand d'un coup, il s'arrête net.

— ... Ben ça alors, c'est vous, grand-frère Huisu ?

Prêt à exploser la seconde d'avant, le type s'incline d'un coup à angle droit. Huisu le dévisage. Ses traits lui sont familiers mais son nom ne lui revient pas.

— Je t'ai vraiment pissé dessus ? demande Huisu qui referme sa braguette.

— Non, non, pas vraiment, répond le type comme si de rien n'était, tout en se nettoyant le visage d'une main, qu'il essuie ensuite sur sa chemise.

— Rappelle-moi, qui es-tu ?

— Je suis Chiot. Je travaille pour grand-frère Jeolsak.

— Ah oui, Jeolsak, celui du poisson séché. Il est encore en prison, Jeolsak ? Il sort quand ?

— Il a pris trois ans. Il lui reste plus grand-chose à tirer.

— Tous des enfoirés, ces procureurs. Trois ans ! Importer en douce quelques poissons séchés des Philippines, c'est pourtant pas un crime à payer de sa vie.

— Si je m'étais laissé enfermer avec lui, il aurait eu un peu moins. Mais selon lui, ça servait à rien d'y aller à plusieurs, il a insisté pour prendre seul.

— Donc c'est Jeolsak qui a tout pris sur lui...

— Oui.

— Cet imbécile a peut-être une tête de souris, en revanche il a le sens du sacrifice. Du coup c'est toi qui t'occupes des poissons séchés maintenant ?

Chiot reste silencieux, embarrassé. Huisu discerne le trouble et réitère sa question.

— Je t'ai demandé si c'était toi qui avais repris l'affaire.

— Non, c'est Jeongbae, lâche Chiot.

— Jeongbae ? De quoi il se mêle, ce merdeux ? Il est sur tous les coups, les fruits et légumes, le gaz et l'électricité pour les échoppes... Il compte mettre la main sur tout ce qui rapporte sans risque ?

Chiot ne sait que répondre.

— Oh, tu comptes me faire répéter toutes mes questions ? Je te demande pourquoi Jeongbae gère les poissons de Jeolsak.

Huisu lève une main menaçante. Chiot frémit et le regarde enfin.

— Dodari m'a dit de refiler l'affaire à Jeongbae.

— Dodari ? De quoi il se mêle, celui-là ?

— Il m'a dit que j'étais pas assez costaud, que les mecs des autres quartiers allaient nous emmerder. Il m'a dit qu'il s'occuperait de l'affaire de Jeolsak, qu'il la lui rendrait à sa sortie de prison.

— Qu'il aille se faire foutre ! Qu'il apprenne d'abord à s'occuper de son cul ! Ça dure depuis quand ?

— Ça a commencé deux ou trois mois après l'incarcération de grand-frère Jeolsak.

— Pourquoi tu ne m'as rien dit, imbécile ?

— À Guam, quand Dodari dit de faire ceci ou cela, il faut faire ceci ou cela. Même si c'est écœurant, on a pas le choix.

Atteint dans son amour-propre, Huisu donne un grand coup de pied dans le mollet de Chiot qui tombe par terre en poussant un cri.

— Qu'est-ce que tu veux dire ? Dodari c'est le prince et je suis le larbin ?

— Pas du tout. Mais il a montré les dents et il a menacé de nous tuer si jamais Monsieur ou grand-frère Huisu étaient mis au courant. Sans grand-frère Jeolsak, qu'est-ce qu'on pouvait faire ? explique Chiot qui frotte son mollet de ses deux mains.

Effectivement, comment Chiot aurait-il pu réussir à faire face à Dodari, alors que Huisu lui-même a du mal à le contenir ? Il sort une cigarette et la met entre ses lèvres. Chiot, qui se frictionne toujours la jambe, se redresse illico pour la lui allumer puis examine attentivement sa main.

— Vous êtes gravement blessé à la main, il faut aller à l'hôpital.

— Non, ça ira.

Huisu regarde à son tour sa main et la secoue, pour montrer que tout va bien.

— Non, ça n'ira pas, la blessure est très profonde. Attendez.

Diligemment, Chiot court vers son camion stationné sur la digue, prend la boîte à pharmacie sur le siège arrière et revient vers Huisu, toujours à la même allure. Il sort un flacon d'eau oxygénée et lève la tête vers lui.

— Il faut désinfecter.

Huisu tend sa main. Chiot y verse de l'eau oxygénée puis de la teinture d'iode. Huisu grimace.

— Ça fait mal ?

— Non, ça fait pas mal.

Chiot extrait des bandages de la boîte. Il les coupe précautionneusement avec une paire de mini-ciseaux et enveloppe avec soin la main blessée. Contrairement à ce que son physique pourrait suggérer, c'est un minutieux. Huisu sort une autre cigarette de son paquet et la lui tend. Après l'avoir refusé deux fois, Chiot finit par l'accepter. Cette fois-ci, c'est Huisu qui lui allume.

— Comment tu te débrouilles alors ?

— Je continue les livraisons et je travaille comme journalier au marché de poisson tous les matins.

— Journalier ? Quelle drôle d'idée pour un voyou ! s'emporte Huisu.

Piteux, Chiot se gratte la tête.

— Et tu arrives à gagner ta vie avec ça ?

— Si j'étais tout seul, ça irait. Mais je dois m'occuper de grand-frère Jeolsak en prison et apporter un peu d'argent à sa famille, alors c'est pas évident.

— Il a trois gosses, Jeolsak, c'est ça ?

— Oui. C'est compliqué pour sa femme.

— Et toi tu viens glander ici avec ta canne à pêche ? Avec une famille à charge, tu devrais être au marché en train de transporter des surgelés, non ? raille Huisu.

— J'y suis allé, mais aujourd'hui ils n'avaient pas de boulot.

Huisu jette son mégot dans la mer, irrité. Chiot éteint la sienne en l'écrasant avec son talon avant de glisser le mégot dans une poche de sa chemise. Pendant un bon moment, Huisu fixe la mer sans dire un mot. À ses côtés, Chiot, qui ne sait pas quoi faire, regarde la mer lui aussi.

À Guam, tous les secteurs commerciaux fonctionnent sur le principe du monopole : alcool, fruits, poisson séché, gaz, oxygène pour aquarium, serviettes humides, chariots de locations, cure-dents ou baguettes en bois. Les cadres moyens vivent de ces monopoles, sur le compte de petites mains qu'ils exploitent. Naturellement, certaines affaires rapportent gros et d'autres moins, quel que soit l'effort investi. Fidèle à la règle du monopole, tous les commerces de Guam s'approvisionnent chez un seul fournisseur. Ici on préfère la rentabilité et la paix aux querelles sans fin et aux règlements de compte au couteau qui attirent la police. Quitte à devoir supporter les critiques des clients pour leurs fruits insipides et hors de prix.

La boutique de Jeolsak fournit du poisson séché aux bars et aux restaurants – morue, poisson-chat, calmar –, mais aussi des cacahuètes. C'est un travail qui rapporte pas grand-chose, comparé à ce que Dodari pourrait gagner en une nuit de paris. Sûr que Jeolsak, de tempérament belliqueux, déclenchera une guerre dès sa sortie de prison. Huisu ne comprend pas pourquoi Dodari a mis la main sur son affaire de poisson. Mais ce qui l'inquiète davantage c'est que ces derniers temps, malgré son statut de gérant le plus respecté de Guam, les informations ne lui arrivent plus. C'est très dangereux, pour un voyou, de ne plus avoir vent des rumeurs et des coups qui se trament.

— Il faudra recadrer ce fumier de Jeongbae, se murmure Huisu à lui-même, le regard toujours rivé sur la mer.

Après une longue hésitation, Chiot ouvre la bouche.

— Grand-frère Huisu, il faut que vous me promettiez de faire comme si vous n'aviez rien entendu de cette histoire. On réglera tout ça quand grand-frère Jeolsak sortira de prison. Si on se met à remuer cette affaire maintenant, grand-frère Dodari, avec son sale caractère...

Guettant l'humeur de Huisu, Chiot ne parvient pas à finir sa phrase.

— En attendant, comment tu vas bouffer ?

— Jusqu'à maintenant j'ai bien réussi à me débrouiller. Il n'y a pas de raison que ça change.

Huisu est certain qu'il pourrait reprendre cette affaire à Jeongbae sans trop d'effort. Il suffirait ensuite de mettre Père Sohn au courant pour qu'il réprimande Dodari et tout serait réglé. Au milieu de ces conflits d'intérêt, Chiot serait sacrifié, dans le silence le plus total. Huisu le dévisage. Malgré sa carrure colossale, il a l'air d'un gamin. Encore un qui a mal choisi sa voie. À quoi peut servir un voyou trop gentil ? De la poche arrière de son pantalon, Huisu tire son porte-monnaie, gonflé des billets collectés la veille aux fruits et légumes. Il en sort trois de cent mille wons et les tend à Chiot.

— Prends ça. Tu n'as pas eu ta paye de journalier aujourd'hui.

— Non, non, j'ai de l'argent, moi, dit Chiot, refusant l'argent de Huisu.

— Arrête ton cirque. Comment tu pourrais avoir de l'argent ?

— Alors merci, merci beaucoup.

Chiot finit par saisir les billets, en glisse un dans la poche de sa chemise puis plie soigneusement les deux autres qu'il range dans son porte-monnaie. Amusé par son manège, Huisu lui lance :

— Pourquoi tu mets des billets de côté ? C'est pourtant pas une telle somme !

— C'est pour plus tard.

Chiot compte certainement donner cette partie à la famille de Jeolsak. Exaspéré, Huisu commande :

— Rends-moi les billets.

Chiot fait les yeux ronds.

— Vous voulez dire que je dois vous rendre ce que vous venez de me donner ?

— Oui.

La mine basse, il extrait le billet de sa poche, les deux autres de son porte-monnaie, et tend le tout à Huisu qui les range dans son portefeuille. Puis Huisu sort trois billets d'un million, se ravise, en repose un, présente les deux autres à Chiot. Devant la somme, celui-ci s'étonne.

— Mais... mais qu'est-ce que c'est ? C'est beaucoup trop !

— Prends-les. J'ai une petite dette envers Jeolsak.

— Les enfants pourront manger de la viande aujourd'hui, merci beaucoup !

Chiot s'incline plusieurs fois devant Huisu qui, gêné, coupe court d'un geste à ses courbettes.

— Bien, je vais y aller.

— Oui, grand-frère. Bon retour.

Au bout d'une trentaine de mètres, Huisu s'arrête, en plein milieu de la digue. Le soleil se couche. À la queue leu leu, des femmes arrivent pour ouvrir leurs échoppes. À l'aller, il ne s'était pas rendu compte de la longueur du chemin jusqu'ici. Il ne peut pas rentrer à l'hôtel avant la nuit et il n'a nulle part où aller. Un immense sentiment de solitude l'envahit. Il se retourne vers Chiot qui est en train de plier son matériel de pêche.

— Chiot ! crie-t-il.

Surpris, Chiot se retourne puis court vers lui à toutes jambes.

— Vous m'avez appelé ? dit-il en haletant.

— Tu es motorisé ?

— Oui, mais c'est un camion de livraison.

— Un camion, ça a un moteur, non ?

— Vous avez besoin d'aller quelque part ?

Même en y réfléchissant, Huisu ne trouve nulle part où aller. Machinalement, il se met à regarder les échoppes désormais ouvertes, au bas de la digue. Les femmes lavent leurs aliments à grande eau, ouvrant des robinets et maniant des seaux.

— Ça te dit d'aller boire un coup ? dit-il d'une voix sans force.

L'intérieur du camion dégage une forte odeur de poisson séché. Un mélange de sel et de fermentation, on se croirait dans une fromagerie.

Huisu baisse sa fenêtre.

— Vous trouvez que ça pue ? demande Chiot en tournant le volant.

— C'est une infection !

— Vous croyez pas que ça, c'est l'odeur de la vie ? dit Chiot avec innocence, désormais plus à l'aise avec Huisu.

Il est si naïf que Huisu se met à sourire. Il a sans doute raison... La vie génère la puanteur, et même les riches princesses arabes doivent puer, si on y fourre son nez.

— Dites, grand-frère, où est-ce qu'on va ?

— À Wollong.

— Pourquoi Wollong ?

— À Guam, on connaît tout le monde, il faut sans arrêt saluer les gens, les inviter à notre table, etc. Ras-le-bol. Et dès que j'arrive, les patrons de bars viennent se plaindre et pleurnicher.

— À Wollong aussi les affaires vont mal et les patrons ronchonnent.

— En ce moment, tout le monde galère, faut croire.

— Il paraît que c'est pire à Wollong, surtout pour les bars qui proposent des filles. Avec des affaires en berne, personne ne vient gâcher son fric pour la bagatelle. Les stands de nouilles rapportent plus que les gogo-bars.

— Tu livres à Wollong ?

— On fait moitié-moitié avec Park, de Gamcheong. Vous avez un bar préféré ?

— Non. Tu n'as qu'à choisir un endroit que tu connais.

Chiot réfléchit un moment avant de reprendre, hésitant.

— Je connais pas trop votre style, c'est compliqué de choisir.

— Peu importe, c'est juste pour boire. D'ailleurs, c'est quoi cette histoire de style ?

— Il y a des bars où les filles sont pas terribles mais qui couchent. Et d'autres où elles sont jeunes et jolies mais où elles couchent pas.

— Il y a des filles qui couchent pas, à Wollong ?

— C'est la mode en ce moment. On boit gentiment un coup avec elles, on discute, c'est tout.

— Mais si elles couchent pas, de quoi elles vivent ?

— Pour les payer, la patronne prélève un pourcentage sur chaque boisson. Elles gagnent moins, mais le boulot est plus clean. Du coup il y a pas mal d'étudiantes. En employant des filles de bonne qualité, ces bars attirent des hommes qui veulent rester seuls. Boire tranquille, quoi.

— Et ça rapporte, ça ?

— C'est correct. Et ça cause moins d'emmerdes.

— Insuk aussi a son bar là-bas, non ? lance Huisu, l'air de rien.

— Tata Insuk ? Tout à fait. Chez elle non plus, les filles couchent pas.

— Tu te fous de moi. Tu veux me faire croire qu'une vieille cocotte dans son genre ne couche pas ? Cette garce est prête à tout pour le fric, dit Huisu sur un ton amer.

— Ben non, justement. Depuis qu'elle a sa propre affaire, tata Insuk ne couche plus. Ça fait un moment déjà. L'autre jour, grand-frère Dodari était bourré, il a foutu la pagaille dans son bar pour pouvoir coucher avec elle. Eh bien elle a pas cédé et elle l'a éjecté après lui avoir foutu une raclée.

— Tu déconnes ? Dodari ?

— Lui-même. Et c'était une vraie baston, à coups de poing et tout ! Waouh, elle a la pêche, tata Insuk ! Grand-frère Dodari a saigné des deux narines.

— Dodari saignait du nez ?

— Je l'ai vu de mes yeux, j'étais là pour une livraison.

— Donc Dodari n'a pas baisé Insuk ? demande Huisu, soudain rayonnant.

— Bien sûr que non. Et il n'y arrivera jamais, même dans une autre vie. Quelle honte, un soi-disant voyou, être assez nul pour se faire écrabouiller le pif par une femme.

Huisu éclate de rire.

— Et qu'est-ce qu'il a fait après, cet enfoiré ?

— Qu'est-ce qu'il pouvait faire, à part ravaler son échec ? Amy était sur le point de sortir de prison, il avait pas intérêt à la ramener. Surtout que chez Insuk il y a le bras droit d'Amy, Huinkang, un as de la lame. Petit gabarit, mais redoutable. Il est jeune mais il manie le couteau comme s'il faisait partie de son corps, tout en souplesse. Il est archi-connu chez les surineurs. C'est lui, le vigile du bar. Quand il est dans les parages, pas possible de faire des histoires. La dernière fois, quand j'y suis allé pour une livraison, deux mecs se sont fait virer. Ils injuriaient l'établissement en donnant des coups de pied dans l'enseigne et en criant que c'était débile d'avoir choisi une enseigne aussi suggestive que La Cuisse pour un bar aussi foutrement clean, qu'il fallait avertir la mairie pour que les clients qui viennent s'amuser se fassent plus avoir par le nom de l'établissement et ainsi de suite. Vous voyez, c'est un bar vraiment réglo.

— Le bar d'Insuk s'appelle La Cuisse ?

— Oui, c'est plutôt franc comme enseigne, n'est-ce pas ?

— C'est limpide.

— Je vous y emmène ?

— Allons-y.

LA CUISSE

Le bar d'Insuk s'appelle bel et bien La Cuisse. Huisu fixe l'enseigne, l'air vague, puis éclate de rire. Non pas parce qu'il trouve ce nom extravagant, mais parce qu'il reflète fidèlement le caractère de sa propriétaire. Il n'a pas vu Insuk depuis cinq ans. Juste avant *la grosse bêtise* d'Amy. Insuk avait demandé l'aide de Huisu, elle sentait qu'Amy préparait un truc dangereux. Mais tout comme Huisu n'avait rien pu faire jadis pour empêcher qu'il soit renvoyé de son collège, il échoua à nouveau. À l'époque, Amy n'avait que vingt ans mais c'était déjà un colosse d'un mètre quatre-vingt-dix et cent vingt kilos. Leader-né, il traînait derrière lui une bande de partisans et s'apprêtait à déclarer la guerre à la puissante organisation de Yeongdo pour un différend territorial. Aux yeux de tous, c'était une guerre absurde. Huisu essaya d'en dissuader Amy, lui expliquant que le monde des voyous fonctionnait sur le consentement et qu'une boîte de nuit dont tu avais assommé le propriétaire ne te revenait pas forcément de droit. Mais Amy ne l'a pas écouté. À vingt ans, on n'en fait qu'à sa tête.

Depuis qu'Amy est en prison, Insuk a rompu tout contact avec Huisu qui, de son côté, n'a pas non plus cherché à la revoir. Sans Amy, ils n'ont aucune raison de se parler, Insuk étant une prostituée connue de tous les hommes de Guam, et Huisu un voyou fier et orgueilleux. À mi-chemin entre l'amour et l'amitié, leur relation a toujours été indéfinissable ; pas étonnant que le départ d'Amy les ait éloignés.

Chiot gare son camion dans le coin d'une ruelle où un panneau signale « Interdit de stationner ». Il se rend à l'arrière du camion, y furète un bon moment avant de revenir avec son butin.

— Qu'est-ce que c'est ? demande Huisu.

— Un truc pour accompagner l'alcool.

— Ils n'ont pas d'amuse-bouche dans ce bar ?

— Si mais ça, c'est de la vraie morue de l'île Gadeok, qu'on fait sécher nous-mêmes, de la super qualité. Dans ce genre de bar, ils servent de la fausse morue, explique Chiot en serrant fort le poisson contre son cœur.

— Comment tu le sais ?

— Ben vous savez, je livre ici.

— Quel cirque ! Tu vends de la fausse morue et tu bouffes de la vraie.

— Le prix de revient de celle-là est si élevé, ce sont les commerçants qui n'en veulent pas.

Chiot pousse la porte du bar et guide Huisu à l'intérieur, comme s'il était chez lui. La salle est sombre et le bar n'a pas l'air d'avoir encore ouvert. Dans la pénombre, une jeune femme d'à peine vingt ans passe un coup de torchon sur le comptoir en fer à cheval. Son visage est presque enfantin, et elle est maigre. Elle boite. À l'entrée de Huisu et Chiot, elle s'arrête et leur jette, le regard dur :

— On n'est pas encore ouvert.

— Eh bien dans ce cas, ouvre, maintenant qu'on est là, ordonne Chiot.

Elle semble mécontente. Chiot n'y prend pas garde, avance à grands pas vers une table au centre de la salle et se tourne vers Huisu :

— Grand-frère Huisu, venez par ici.

Huisu le suit et s'assoit devant la table, du bout des fesses.

— Ambiance plutôt sympa ici, non ? dit Chiot.

Huisu parcourt le bar des yeux. Un intérieur en pin d'Afrique, une décoration sobre et épurée. Comme souvent dans ce genre d'endroit, des rideaux aménagent des espaces plus intimes.

— Oui, c'est pas mal.

Du doigt, Chiot appelle la femme qui rapplique en boitant, furieuse.

— Je t'ai jamais vue avant, t'es nouvelle ? lui demande Chiot.

La serveuse ne décolère pas et reste muette.

— Apporte-nous une bouteille de bon whisky. Ah, et tu pourras demander à la cuisinière de faire légèrement griller cette morue sur la gazinière ? Il ne faut surtout pas la faire griller longtemps, juste frôler la flamme, quoi.

Chiot lui tend la morue qu'il tenait contre son cœur. La jeune femme prend machinalement le poisson puis fixe Chiot d'un air impassible.

— Le bar ouvre à vingt heures. Vous pouvez revenir plus tard si vous voulez, mais pour l'instant, quittez les lieux s'il vous plaît, c'est l'heure du ménage.

Son ton est froid et ferme. Chiot lui jette un regard ahuri.

— Tu me dis de sortir ?

— Oui, sortez, s'il vous plaît.

— Ok, tu es nouvelle, tu ne sais peut-être pas qui je suis. Mais si tu veux pas te faire gronder par la patronne, dépêche-toi de nous préparer une table.

— T'es qui ? interroge la jeune femme.

— Quoi, *t'es qui* ? T'es malade ou quoi ? Tu oses me tutoyer ?

— Tu m'as tutoyée le premier, réplique-t-elle, tenant tête.

— Quelle chieuse ! Tu veux que je t'en colle une ou quoi ?

Chiot se lève, bras levé, prêt à la gifler, quand, sans ciller, la jeune femme lui envoie violemment la morue à la figure. L'emballage en plastique claque sur la joue de Chiot.

— Tu veux me frapper ? Allez, vas-y !

— C'est à devenir dingue ! D'où ça sort une gonzesse pareille ?

Huisu observe la fille. Elle est très maigre mais d'une force de caractère incroyable, comme Insuk à son âge. Il en sourirait presque.

— Allez, on reviendra plus tard, dit-il en se levant.

— Non, vous restez assis, grand-frère Huisu, dit Chiot, furieux. Je vais la corriger, cette insolente.

— On sort, j'ai dit, répète Huisu, dents serrées.

Chiot s'arrête net et la jeune femme, soudain craintive, se tourne vers Huisu. Le regard noir, celui-ci la fixe en désignant Chiot du doigt.

— Tu ne sais vraiment pas qui il est ?

Elle secoue la tête, soudain apeurée.

— C'est votre livreur de poisson. C'est vexant pour lui de ne pas être reconnu, tu sais, sourit Huisu.

Comme si elle ne saisissait pas le sens de ses paroles, elle continue de le suivre, l'air hébété, tandis qu'il se dirige lentement vers la sortie. Pourpre de rage, Chiot lui emboîte le pas. Soudain, il fait demi-tour et revient dans la salle. Il ramasse sa morue de super qualité en fusillant la jeune femme du regard. Huisu se retourne et l'appelle. Chiot se résigne alors à le rejoindre et se met à râler.

— Aujourd'hui je me fais pisser dessus et je me fais envoyer promener. Et toi, salope, si tu t'en es si bien sortie c'est grâce à grand-frère Huisu. Putain, ma fierté en a pris un sacré coup, fait chier !

Dehors, la nuit commence à descendre. Huisu consulte sa montre. Dix-neuf heures.

— Je vous emmène dans un autre endroit ? demande Chiot.

— Non, c'est bon, retourne à tes affaires.

— Pourquoi ? Vous êtes contrarié ? On n'a qu'à aller ailleurs. Il y a un autre bar que je connais comme chez moi. Cette fois-ci, je vous jure que c'est vrai.

Huisu sourit.

— Non, c'est bon. J'ai trop bu cet après-midi et je suis fatigué. Mais je finis ma journée de bonne humeur et c'est grâce à toi.

— Putain, et moi je me suis fait bouffer par cette peste !

— Passe au Mallijang un de ces quatre. Je vais voir si j'ai autre chose pour toi que le marché aux poissons.

Reconnaissant, Chiot hoche légèrement la tête. Huisu lui donne quelques tapes de réconfort sur l'épaule puis se dirige vers la rue principale.

— Je vais vous reconduire chez vous ! lui crie Chiot derrière son dos.

— Non, ça ira ! Il pue, ton camion ! Pour une fois je vais marcher un peu, dessoûler puis rentrer en taxi.

Après un signe d'au revoir à Chiot, visiblement déçu, il poursuit sa marche sur le trottoir. Tandis que Huisu s'éloigne, le livreur reste planté sur place. Huisu n'a pas déambulé dans les rues de Wollong depuis très longtemps. Jeune, c'est ici qu'il traînait avec sa bande de potes de Mojawon. Ils passaient leur temps à y boire et à se bagarrer. C'est ici qu'il a entamé sa vie de voyou et qu'il a été envoyé en prison. Et c'est ici qu'Insuk a commencé à se prostituer. Que sont devenus les potes de cette époque ? Quelques-uns sont morts, certains se sont enfuis, d'autres sont tout simplement partis voir ailleurs. Où qu'ils soient allés, ils ont eu raison, se dit Huisu. Ceux qui sont restés, ce sont les idiots, les handicapés et les lâches.

Après avoir erré un bon moment, Huisu s'arrête et fait demi-tour. Il parcourt le chemin en sens inverse et se retrouve face au bar d'Insuk. L'enseigne n'est toujours pas allumée. Huisu jette des coups d'œil alentour. Plus loin, il y a un café. Huisu traverse la rue, entre dans le café et monte au premier étage. Assis près de la fenêtre, il a une vue plongeante sur le bar d'Insuk. Il prend une cigarette, guette la rue. Le soir tombe et les néons s'éclairent les uns après les autres.

Wollong, c'est le nom que les gens donnent à ce coin-là. Ce qui signifie « s'amuser sous la lune ». De l'autre côté débute le quartier Wanwol, dont le nom veut dire à peu près la même chose, « se plaire à contempler la lune » ou « apprivoiser la lune » voire « s'amouracher de la lune ». Dit comme ça, on imagine un quartier élégant, raffiné. Sauf que la lune, ici, on la déchire et on la frappe jusqu'à ce qu'elle se mette à pleurer.

Wanwol est plutôt le quartier des bordels, Wollong plutôt celui des bars. Mais des bars d'un certain genre, la plupart tenus par d'ex-tapineuses de Wanwol. Parfois le propriétaire du bar a pris une ancienne prostituée comme prête-nom, d'autres fois c'est une racoleuse à la retraite qui a ouvert son propre établissement. Il y a de vastes gogo-bars à l'enseigne somptueuse qui emploient des dizaines de jeunes femmes, et il y a de petits troquets miteux aux noms tristement kitsch comme Rose, Iris ou Orchidée. Partout on sert de la bière et du mauvais whisky. À Wollong, on trouve toutes sortes d'endroits où boire en compagnie de femmes : des karaokés, des boîtes de strip-tease, des bars avec leurs espaces privés, d'autres plus gastronomiques, sans compter les bars gays et leurs drag-queens, etc. L'alcool y est généralement vendu à un prix délirant, sans compter que de temps à autre les clients ivres se retrouvent à payer des boissons qu'ils n'ont pas consommées. Entrés d'humeur joyeuse, ils ressortent souvent dans des disputes plus ou moins sérieuses.

La pègre, bien entendu, se trouve derrière la majorité de ces établissements. Certains sont entretenus par de puissantes organisations, d'autres par de plus petites – trois ou quatre voyous qui font marcher leur business avec une douzaine de femmes. Il arrive même qu'un vieux truand retraité s'associe avec une femme pour monter une petite affaire tranquille, ou qu'un homme, sans rapport direct avec les mafias mais bénéficiant du soutien de la police et de la justice, ouvre un bar. C'est ce qu'a fait l'ancien chef de la brigade antigang, par exemple. On trouve aussi des proxénètes indépendants, pour la plupart anciens égorgeurs, qui fournissent des filles à la demande.

Chose curieuse, aucune organisation, même puissante, n'a jamais essayé d'annexer tout Wollong. Non seulement les intérêts des uns et des autres sont terriblement embrouillés, mais en plus, si l'idée paraît séduisante, le résultat entre le sang à verser pour s'en emparer et les potentielles retombées financières n'est pas positif. Père Sohn a compris cela. C'est ainsi qu'il tient Guam depuis toujours. Si une organisation majeure voulait s'emparer de Guam, ce serait largement faisable. Mais pour ces gangs, Guam est comme l'aile de poulet : appétissante de loin mais pauvre en chair et difficile à manger. Sous leurs airs d'abrutis, les voyous de Guam se révèlent de dangereux forcenés quand il s'agit de défendre leur gamelle. Enfin, déclencher une guerre peut faire exploser les gangs les plus florissants en attirant sur eux l'attention de la police. Avaler Guam n'est pas un coup rentable, Père Sohn le sait très bien. Pour protéger son territoire, il a eu à cœur de minimiser les attraits de Guam et d'entremêler les rapports entre divers milieux, d'où le fait qu'un ancien policier de la brigade criminelle ou le beau-frère du procureur peuvent y mener sans crainte leurs petites affaires.

Les voyous de Guam et ceux de Wollong sont comme chiens et chats. Surtout, les premiers ne supportent pas que les gens s'amusent gratuitement sur leur plage et dépensent leur argent à Wollong. Et ils méprisent ces maquereaux qui s'achètent de belles voitures avec l'argent gagné par leurs filles. C'est un fait, la plupart des voyous de Wollong sont d'infâmes canailles qui arnaquent les femmes, les frappent pour un oui ou pour un non et leur prêtent de l'argent avec des intérêts exorbitants pour les enchaîner à leurs bars. Quand elles deviennent trop vieilles, ils les revendent pour une misère.

Un jour, un maquereau nommé Zabara a été poignardé dans son bureau. Il s'était vanté qu'une de ses putes lui avait fait gagner à elle seule trente ou quarante millions de wons. Le calcul est simple : pour qu'une prostituée gagne autant, il fallait qu'elle prenne au moins une douzaine de mecs par jour, sans pause, qu'elle n'ait pas un seul jour de repos et que, pour tenir le rythme, elle prenne un médicament importé des Philippines qui stoppe ses règles. En plus d'être un proxénète impitoyable, Zabara était un usurier vicieux qui ne prêtait qu'à des femmes impressionnables. Bref, un type qui appelait le poignard. À force de se vanter d'avoir tant amassé, il a fini par se faire planter par deux adolescents qui vivaient de petits boulots à Wollong. Plus tard, au commissariat, ils ont avoué avoir eu besoin d'argent pour s'amuser et avoir tué Zabara pour lui voler ses gains du jour, neuf millions de wons. Quand la police a perquisitionné le bureau du proxénète, elle a effectivement trouvé, dans un coffre caché dans un placard, neuf cents millions en cash. Une rumeur a couru, racontant que la somme s'élevait à trois milliards et que la police en avait détourné la majeure partie. En tout cas, les neuf cents millions ont été encaissés par le Trésor public, laissant les femmes de Zabara scandalisées que l'argent ne leur revienne pas, elles qui l'avaient gagné en travaillant si dur. Naturellement, la police avait ignoré leurs protestations. Les femmes avaient alors pris un avocat et intenté un procès, mais le tribunal avait refusé d'instruire et rejeté la plainte. C'était en 1991, la guerre contre les criminels battait son plein. Devant cette décision, tout ce que pouvaient faire ces pauvres filles c'était se réunir en petit groupe pour se plaindre et se serrer les coudes. Est-ce l'État qui a vendu son corps ? De quel droit se goinfre-t-il de leur argent ? L'État est le plus vicieux des proxénètes. L'une d'elles avait ajouté :

— C'est un comble, c'est l'ours qui fait le numéro et c'est le gigolo Wang qui reçoit de l'argent !

À côté d'elle, une autre avait craché :

— Putain, il en a de la chance, le gigolo Wang.

Ainsi va la vie, à Wollong. On gagne de l'argent en vendant les larmes et la solitude des femmes. Et ces femmes se livrent à des gigolos qui finissent par les remettre à la rue d'où, encore plus seules qu'avant, elles se jettent dans la gueule d'un autre type qui finira par les revendre...

Huisu observe la rue. S'endort un instant. Quand il se réveille, il est près de dix heures. Collé entre son index et son majeur, le mégot d'une cigarette consumée jusqu'au filtre. Il la jette dans le cendrier et regarde par la fenêtre. L'enseigne du bar d'Insuk est allumée. Il va au comptoir, règle son café, sort. Il traverse la rue et entre dans le bar. La boiteuse maigrichonne qui a tenu tête à Chiot est assise au comptoir, soigneusement maquillée.

— Bon... soir, dit-elle, surprise de revoir Huisu.

— Le ménage est terminé ? demande-t-il.

La plaisanterie n'est pas terrible, la jeune femme ne rit pas mais dévisage Huisu avec des yeux ronds. Un serveur s'approche, lui demande s'il est seul. Huisu répond par l'affirmative et le loufiat le guide vers une table, dans un coin tranquille. Huisu s'assoit et tourne la tête vers le comptoir. La maigrichonne passe un coup de fil. Dix minutes s'écoulent mais personne ne vient prendre sa commande malgré quelques appels du regard. Le serveur n'a pas l'air pressé. Au bout d'un moment, un petit homme au regard perçant s'approche et s'incline courtoisement devant lui :

— Qui es-tu ? demande Huisu.

— Je suis Huinkang. Un ami d'Amy.

Huisu hoche la tête.

— Vous étiez là tout à l'heure mais vous êtes reparti ?

— J'étais venu trop tôt.

— Désolé... La fille a merdé, elle a cru que vous étiez l'une de ces raclures qui nous cassent les couilles de temps en temps, ceux qui réclament de l'argent ou des bouteilles gratos, en prétendant faire partie d'un gros gang...

— Ça ne doit pas être facile à gérer.

— Ça va, ça n'arrive pas tous les jours. Et la plupart du temps, c'est de la frime.

Huisu hoche à nouveau la tête.

— Vous êtes là pour boire un coup ?

— Oui.

— Alors je vous invite.

— Pourquoi ? J'ai l'air fauché ?

— Non, du tout ! C'est juste qu'on s'est trompé sur votre compte tout à l'heure... Et puis, quand j'étais gosse, vous m'avez souvent payé du ragoût de bœuf.

— Moi ?

— Oui, vous nous aviez réservé une ardoise aux Ragoûts de Mamie, en nous disant qu'il fallait en prendre beaucoup pour bien grandir, qu'on pouvait en manger autant qu'on voulait, qu'il fallait juste le noter chaque fois dans un cahier. C'est comme ça qu'avec Amy et nos amis de l'époque, on a poussé avec votre ragoût !

— Et malgré tout, tu n'as pas grandi, toi ? le taquine Huisu.

À sa remarque, Huinkang se gratte l'arrière du crâne.

— Eh ben non, c'est bizarre. Amy, lui, rien que de boire de l'eau il grandissait comme une pousse de soja alors que moi, j'ai mangé du ragoût de bœuf et du lait mais impossible de savoir où toutes ces bonnes choses nourrissantes sont passées. Ça prouve que c'est des conneries, ces histoires de boire du lait pour grandir, tout ça…

— À propos, j'ai entendu dire qu'Amy est sorti de prison, mais il ne s'est pas encore montré. Tu l'as vu, toi ?

— Je l'ai vu avec tata Insuk devant la prison, il y a une semaine.

— Il est parti où, depuis ?

— Dans la province de Gangwon, pour chercher sa copine.

— Sa copine s'est barrée ?

— Non, c'est pas ça… C'est un peu compliqué. En tout cas, dès qu'il la retrouve, il rentre, répond Huinkang, évasif.

— Il ne va pas faire de bêtise ?

— Pas du tout. Il sort de taule, il sait qu'il doit à se tenir à carreau.

Huisu opine.

— Insuk est là ?

— Elle est à une table. Vous voulez que je l'appelle ?

— Oui.

Huinkang se lève, s'incline poliment devant Huisu et s'éloigne. Le serveur apporte de l'eau, des glaçons, des morceaux de fruits frais et quelques accompagnements secs. Huisu saisit un bout de morue séchée et l'examine à la lumière : ce doit être la fausse morue dont parlait Chiot. Une bouteille à la main, la jeune femme maigrichonne s'approche en boitillant et s'assoit en face de lui. Elle ouvre la bouteille et verse l'alcool dans un verre.

— Je suis désolée, pour tout à l'heure.

— Pas de quoi. C'est la faute de celui qui s'installe alors que le bar est fermé.

— Si vous voulez, je peux rester faire la conversation en attendant l'arrivée de grande-sœur, dit la jeune femme en souriant avec coquetterie, tout à l'inverse de son attitude d'avant.

— Ça ira. Retourne travailler. C'est que j'ai peur de toi, maintenant, dit Huisu en riant.

La jeune femme rit à son tour et le laisse. Huisu s'allume une cigarette. À l'idée de revoir Insuk, son cœur bat fort. Comme la première fois où il l'a vue, à Mojawon. Il est à la fois heureux, surpris et triste qu'Insuk lui fasse toujours cet effet-là. Soudain, il sent une présence dans son dos. Il tourne la tête. Insuk est là qui le fixe, rayonnante.

— Tiens, Huisu !

Ils ne se sont pas vus depuis cinq ans mais on pourrait croire, à l'entendre, qu'ils se sont quittés hier. Elle offre à Huisu un visage ouvert et radieux, faisant fondre la gêne qu'il avait redouté.

— Je ne sais pas pourquoi, mais j'ai eu soudain envie de te voir, dit Huisu d'un ton innocent.

— Pourquoi aujourd'hui ? Tu ne donnais plus de nouvelles, j'ai cru que tu ne voulais plus me voir.

— Hein ? C'est moi qui n'ai pas donné de nouvelles ? C'est toi qui m'as snobé !

— Réponse nulle, typique d'un mec. Tu crois qu'une fille comme moi a pour habitude de snober les gens ? répond Insuk d'une voix enjouée.

Ça remonte à longtemps et Huisu ne se souvient plus vraiment qui a snobé qui. Il regarde Insuk. Son visage est encore beau et son corps aussi fuselé qu'avant. Il avait treize ans quand il est tombé amoureux d'elle, seize quand ils ont flirté. Flirter, ce n'est pas le mot, sans doute. À cette époque, Insuk et sa mère tenaient une échoppe ambulante près du terrain caillouteux du port de Baekji, et Huisu donnait parfois un coup de main. Il transportait pour elles des caisses de bouteilles et de nourriture, des blocs de glaçon et des briquettes de charbon. Le soir, il restait de longues heures à regarder Insuk préparer les anguilles ou la soupe à la pâte de poisson sous la lampe à carbure. La journée de vente achevée, Huisu et Insuk grimpaient la colline jusqu'à Mojawon, en tirant la carriole. Elle était si vieille qu'ils auraient pu la laisser sur la plage, personne ne l'aurait volée ! Pourtant, Insuk tenait à la ramener chaque soir. Huisu aimait ce trajet qu'ils faisaient ensemble, tractant et poussant cette vieille carriole si lourde. Il avait seize ans et il aurait voulu que ce chemin abrupt et dangereux ne s'arrête jamais.

— Pourquoi tu me regardes comme ça ?

— Ça fait un bail que je t'ai pas vue. Tu es belle.

— Sans blague ? Moi je n'en sais rien, mais on me dit souvent que je ressemble à Kim Huiae.

Huisu se met brusquement debout. Insuk lève la tête, surprise.

— Pourquoi tu te lèves ?

— Tu m'énerves, je vais rentrer.

Insuk lui sourit affectueusement et prend son bras pour l'inviter à se rasseoir. Elle verse de l'alcool dans son verre. Il le porte à ses lèvres et boit une gorgée.

— Tu me sers un verre ? dit Insuk.

— Tu dois boire beaucoup ici. Ne bois pas avec moi.

— Quand même, il faut qu'on trinque ! Cinq ans sans se voir...

Huisu prend la bouteille et sert Insuk. Elle fait délicatement tinter son verre contre celui de Huisu puis le vide d'un trait.

— J'avais justement songé à venir te voir bientôt.

— Pourquoi ?

— Pour te parler d'Amy.

— Amy ?

— Faut qu'il arrête ses conneries. S'il continue, soit il retourne en prison soit il prend un coup de couteau, pas d'alternative. Tu ne pourrais pas faire en sorte qu'il se tienne tranquille ?

— Tu crois qu'il m'écouterait ?

— Il n'écoute que toi, « Papa ».

— « Papa »... Quelle ânerie ! À propos, il y a une chose que j'ai toujours voulu savoir : pourquoi il s'appelle Ju ? C'est le nom de son père biologique ?

Insuk hésite un moment. Elle verse de l'alcool dans son verre et en boit la moitié.

— Non. C'est mon invention.

— Pourquoi Ju ? Il y a plein de noms plus courants, non ?

— Justement, j'ai fait le tour de tous les noms des putains de voyous de Guam et pas un ne s'appelait Ju, voilà.

Huisu incline légèrement la tête à droite puis à gauche, il a du mal à saisir.

— Bon, tu parleras à Amy ? répète Insuk.

— Qu'est-ce que je lui dis ?

— Tu n'as qu'à lui dire que tu le tues s'il recommence.

— Amy n'est plus un gosse qu'on peut obliger à faire ceci ou cela. S'il arrête ses magouilles, comment va-t-il gagner sa vie ? Il n'a pas fait d'études et il n'a rien appris de particulier.

— Il peut apprendre. Il est jeune et en bonne santé.

— Si tu veux, je vais lui parler. Mais il ne faut pas se faire d'illusions. Quand on a goûté à la vie de voyou, difficile de faire autre chose. Tout paraît étouffant. On peut décrocher un temps, mais on revient vite. Et puis, ses potes ont tellement attendu sa sortie… Ça va pas être facile.

Insuk finit son verre. Elle connaît le milieu et elle sait que ce genre de chose est plus facile à dire qu'à faire. À ce moment-là, un type maigre en costume s'approche de leur table dardant sur Huisu un regard mauvais. Son attitude est si provocante, son regard si noir que Huisu le fixe à son tour, avec la même expression. Insuk se retourne.

— Mme Lee, Monsieur vous attend, dit le gringalet.

— Entendu. J'arrive tout de suite, dit-elle.

L'homme fait une mine renfrognée mais repart.

— C'est qui, ce connard ? interroge Huisu.

— Fais pas attention. C'est le secrétaire du maire de l'arrondissement.

— Il se permet de regarder les gens comme ça, avec sa tronche d'anchois ? Il veut crever ou quoi ?

— Et il a aussi le caractère d'un anchois, d'une mesquinerie dingue, réplique Insuk en faisant la moue. Tu veux que je t'apporte d'autres trucs à grignoter ?

— En fait j'ai les crocs… Tu aurais pas quelque chose d'un peu plus consistant ?

— Je te prépare un dîner ?

— Dans un bar ? Non, juste des accompagnements un peu nourrissants.

— Personne ne dira rien, je suis chez moi. Attends.

Insuk se lève et va dans la cuisine. Huisu finit son verre. L'alcool lui brûle l'estomac. Il n'a presque rien mangé de la journée à part les quelques morceaux de viande à midi. Il sort une cigarette et l'allume. Le gringalet revient vers lui.

— Hé, toi, viens voir par ici, lance-t-il abruptement.

Huisu se retourne et l'autre lance à nouveau :

— Je t'ai dit de te ramener.

Abasourdi, Huisu lui rit au nez.

— T'es qui ? Tu veux qu'on se batte, c'est ça ?

Au ton menaçant de Huisu, l'avorton tressaille et dit d'une voix un peu radoucie :

— Monsieur veut te voir.

Qui est ce « Monsieur » ? Huisu se lève, intrigué. Le gringalet le guide jusqu'à un espace privé entouré d'un rideau.

— Voici Monsieur le maire. Présente-toi.

« Monsieur le maire » tourne la tête vers Huisu avec dédain. C'est un gros type d'environ soixante ans, le physique typique de l'escroc, visage blême, bouffi et luisant de graisse. Huisu s'incline devant lui avec politesse. Du doigt, le maire lui fait signe de s'approcher. Huisu s'avance mais l'homme continue son geste, comme pour lui ordonner de s'approcher davantage. Huisu obéit. Quand il est assez près, le maire lui balance une gifle. Sa colère toujours vive, il recommence trois fois d'affilée, avant d'essuyer ses mains dans une serviette humide et de vider un verre de bière à grands traits.

— C'est qui ce connard ?

— Vous voyez l'hôtel Mallijang, à Guam ? C'est le gérant.

— Ok, donc c'est un bandit.

Le maire dévisage Huisu d'un regard vague puis se sert un verre de whisky.

— Sais-tu pourquoi tu as reçu des coups ? demande-t-il.

Prudemment, Huisu secoue la tête négativement.

— Enfoiré, t'as pas encore compris ? Tu sais vraiment pas pourquoi je t'ai frappé ?

Comme Huisu reste muet, le gringalet intervient :

— Monsieur le maire, qui se démène chaque jour pour les affaires publiques, s'est offert, à titre exceptionnel, une sortie ce soir. As-tu la moindre idée de ce qu'il a pu ressentir quand il t'a vu monopoliser Madame pendant une demi-heure ? Monsieur le maire est une personnalité qui consacre chaque minute et chaque seconde de sa vie à notre pays et il n'est pas normal que pendant l'une de ses rares sorties il ait dû attendre gentiment en te regardant flirter et pouffer avec Madame. Tu n'es pas au courant que faire perdre son temps à Monsieur le maire c'est mettre en péril la gestion de l'État ?

Huisu sourit légèrement, comme s'il venait enfin de comprendre le problème.

— Je suis désolé, dit-il.

— Quand on a un certain âge, ce qui est ton cas, on est censé avoir du discernement. Surtout quand on est un mec. Je me demande comment tu te débrouilles dans la vie avec si peu de bon sens, tonne le gringalet, débordant d'assurance.

— Je suis désolé, j'ignorais qu'une si haute personnalité se trouvait ici.

— Si tu t'en rends compte, c'est déjà ça. Allez, tu as sifflé assez d'alcool, tu peux rentrer chez toi, dit le maire.

Huisu hésite quelques instants.

— Je viens juste d'entamer une nouvelle bouteille. Je partirai quand je l'aurai finie, dit-il.

Le vieux maire le fixe, exaspéré.

— Laissez-moi vous offrir une bonne bouteille pour ce soir, poursuit Huisu.

— Je ne bois pas les bouteilles offertes par des truands.

Huisu feint de ne pas l'avoir entendu et hèle Huinkang. Celui-ci accourt et s'incline poliment devant Huisu.

— Vous avez besoin de moi ?

— Dis-moi, quelle est la meilleure bouteille de la maison ?

Huinkang, qui a saisi la situation, réfléchit un moment.

— Nous avons celle qu'aimait boire le Président Park de son vivant, la Royal Salute.

— Qu'est-ce que tu racontes ? L'ancien Président était au Chivas Regal, non ? dit le maire, jouant au fin connaisseur.

Huinkang baisse la tête.

— C'est exact. Mais Royal Salute, c'est l'appellation du Chivas Regal vingt et un ans d'âge.

Devant cette précision, le maire essaie de garder la face.

— Oui, évidemment ! Le Président n'aurait pas pris un Chivas ordinaire...

— ... et donc, que pensez-vous de cette bouteille, en tant que bienfaiteur du peuple, à l'égal du Président Park ?

Le maire se rengorge et répond :

— Vingt et un ans d'âge ça veut dire qu'on l'a laissé vieillir pendant vingt et un ans, n'est-ce pas ? Vingt et un ans, c'est pas rien ! En plus, ça correspond exactement au nombre d'années de ma carrière politique.

Tout à coup mélancolique, le maire lève les yeux au plafond.

— Huinkang, apporte la bouteille que prenait le Président. Et qu'est-ce que c'est que ces amuse-gueules indignes d'une visite d'exception ? Débarrasse ces cochonneries et sers-nous des choses raffinées. Et l'addition, c'est à moi que tu l'apportes, ordonne Huisu à Huinkang, avec des gestes exagérés.

Celui-ci, courbant l'échine sans cesse, collabore pleinement à la farce. La colère du maire est visiblement tombée et il pose à présent un regard adouci sur Huisu.

— Il est plutôt sympa, ce gars-là, finalement, c'est pas un mauvais bougre, dit-il au gringalet.

— Oui, vous avez raison, opine celui-ci d'un ton solennel.

— Hé, toi, viens que je te serve un verre.

Huisu s'approche du maire qui lui verse du whisky dans son propre verre. Huisu le vide d'un trait et le remplit à nouveau. Le maire le reprend d'un geste dédaigneux.

— Tu es donc le gérant du Mallijang ?

— Oui.

— Père Sohn et moi, on se connaît depuis des lustres.

— Je sais.

— Si un jour tu as des problèmes, tu peux venir me voir.

— Je vous remercie. Jusqu'à présent, j'ai toujours pensé que ce n'était pas correct de déranger une personnalité influente pour des broutilles. Je n'ai donc jamais osé venir vous saluer. Veuillez me pardonner.

— Ce n'est pas grave. Je n'aime pas les mufles et tous les types qui se comportent mal, mais avec les petits frères qui respectent le protocole, je suis toujours généreux. N'est-ce pas ? demande le maire à son secrétaire.

— Bien sûr que oui, répond celui-ci, toujours pompeusement.

— C'est bon, tu peux y aller, dit le maire à Huisu.

— Merci. Bonne soirée à vous.

Se levant, Huisu défroisse ses vêtements puis se plie en deux pour saluer le notable.

— Et pas de bêtises, hein ! Notre Président exècre le crime, tu le sais, n'est-ce pas ? prévient le maire d'un ton moralisateur.

— Je ne l'oublierai pas, promet Huisu.

Il quitte la table, entrouvre le rideau et tombe nez à nez avec Insuk qui l'attendait. Elle semble triste. Huisu lui sourit doucement, comme pour la rassurer. Elle lui caresse la joue.

— C'est enflé. Tu ne devrais pas prendre de gifle, tu as la peau si sensible...

La main d'Insuk est douce et chaude. Il la prend dans la sienne puis la frotte doucement contre sa joue gonflée. Insuk retire sa main délicatement, un geste de jeune fille timide.

— Je t'ai préparé un repas, va, dit Insuk.

Derrière le rideau le maire débite des jurons contre on ne sait qui.

— Va, il t'attend.

Insuk incline légèrement la tête à gauche, lui fait un clin d'œil énigmatique puis disparaît dans l'antre du maire. Huisu reste un moment devant le rideau.

— Mme Lee, mais où étiez-vous ? J'ai cru mourir d'impatience, exagère le maire.

Insuk éclate de rire et lui répond, avec la même emphase :

— Une diarrhée soudaine... Oh pardon, j'ai honte...

Le maire l'invite à prendre un verre. Huisu retourne à sa table à pas lents. Le repas préparé par Insuk y est posé. C'est un repas sobre, une petite marmite de soja et une ombrine grillée. Alors qu'il s'apprête à prendre une première cuillerée, le rire du vieux maire parvient à ses oreilles. Celui d'Insuk, aussi. Leurs rires ne s'arrêtent pas. Huisu repose sa cuillère. Insuk a le rire en elle. Il ne l'a jamais vue pleurer. Ce jour d'hiver où sa mère est morte d'une chute dans l'escalier verglacé de Mojawon, comme celui de ses misérables funérailles dans la cuisine commune, Insuk n'a pas pleuré. Le jour où quelques petites frappes ont cassé sa vieille charrette sous prétexte qu'elle n'avait pas payé la redevance, elle n'a pas pleuré non plus. Pendant quelques jours, elle est restée dans sa chambre puis elle est descendue à Wanwol et a commencé à se vendre. Elle avait dix-sept ans. Ça paraît incroyable, une jeune fille de dix-sept ans qui s'installe de son plein gré dans un quartier chaud pour se prostituer. À cette époque, ces choses arrivaient. Huisu avait dix-sept ans, comme Insuk. Il lui a proposé de fuir ensemble. Insuk a refusé, catégorique. De toute façon, c'était la proposition idéaliste d'un gamin qui n'avait aucun projet précis en tête.

Huisu n'oubliera jamais la vitrine baignée de lumière rose où Insuk a pris place, le tout premier jour de sa vie de prostituée. Elle s'était maquillée pour la première fois et ressemblait à une poupée Barbie dans une cage à oiseaux. Elle avait l'air très triste. Huisu, lâche, était resté derrière un poteau électrique pour l'observer depuis l'autre côté de la rue. Un premier type l'avait emmenée à l'étage et était redescendu vingt minutes plus tard. Un second type, impatient, avait suivi. En tout, cette nuit-là, une quinzaine d'hommes l'avaient traînée à l'étage. Huisu avait pleuré sans s'arrêter, son corps tremblant derrière le poteau. Ce jour-là encore, Insuk n'avait pas pleuré.

Les rires fusent toujours de l'espace derrière le rideau. Celui d'Insuk, celui du vieux maire et celui de son secrétaire fourbe. Mais qu'est-ce qui vous amuse autant ? se dit Huisu. Il remplit son verre à bière de whisky, le sirote lentement, le remplit à nouveau et le vide une seconde fois. Pendant quelques instants, il fixe son verre vide, puis se lève. Sur la table, les plats qu'il n'a pas touchés brillent sous une faible lumière, ils ressemblent à ces plats en cire exposés dans les vitrines des restaurants. La tête lui tourne et il a du mal à contrôler son corps. Quand il parvient, tant bien que mal, à rejoindre le comptoir, Huinkang se précipite vers lui. Il insiste pour que Huisu parte sans payer, mais celui-ci tient à régler son addition et celle du vieux maire. Au moment de partir, il tapote l'épaule de Huinkang en lui disant qu'il a passé un bon moment et qu'ils se reverront bientôt.

Dans la rue, la faim l'envahit. Ce n'est pas de la fatigue ou de l'ivresse mais bel et bien de la faim, comme souvent quand il se retrouve seul dans la rue.

Sur le trottoir où rivalisent les enseignes, toutes plus ronflantes les unes que les autres, sont alignées des échoppes ambulantes. Huisu entre dans l'une d'elles. À l'intérieur, une vieille femme prépare des brochettes de pâte de poisson. Huisu lui commande un *udon**. La vieille femme fait bouillir des nouilles qu'elle met dans un grand bol avec un œuf dur, des morceaux de ciboule, des crevettes et des miettes d'algue. Puis elle verse soigneusement du bouillon chaud sur tous les ingrédients. De la grosse marmite de bouillon montent des effluves de *katsuobushi*** et d'anchois. Huisu regarde son udon fumant avant de l'engloutir comme quelqu'un qui n'a rien mangé depuis des jours.

— Vous mangez trop vite ! Vous allez vous brûler, dit la vieille femme.

— J'ai faim, j'ai foutrement faim, grogne Huisu, en bon ivrogne.

La vieille femme sourit et lui demande :

— Vous en voulez un autre ?

Huisu fait oui de la tête.

— Donnez-moi une bouteille de soju aussi.

— Vous avez l'air d'avoir déjà pas mal bu.

— Mamie, vous ressemblez à ma mère.

— Ah bon ? C'est gentil de me dire ça.

---

* Le udon est une soupe de nouilles épaisses d'origine japonaise très populaire en Corée.

** Katsuobushi est le nom japonais d'une préparation de bonite séchée, fermentée et fumée.

— Faut voir. Après être devenue folle de danse, ma mère m'a abandonné et s'est enfuie avec un type. Une nuit, sans même me préparer mon prochain repas, elle s'est barrée. Elle a jamais essayé de me chercher. Je ne sais même pas si elle est encore en vie. C'est pour ça que j'ai tout le temps faim... parce que ma mère m'a pas préparé un dernier repas avant de partir, débite Huisu, éméché.

La vieille femme, sans rien dire, pose devant lui un autre bol de udon et une bouteille de soju. Huisu verse l'alcool dans un gobelet en carton puis entame son deuxième udon fumant. Il finit le bol jusqu'à la dernière goutte.

— Je vous dois combien ?

— Deux udon, six mille wons, et un soju, trois mille... Ça fera neuf mille wons.

— Un udon, trois mille wons ? demande Huisu, soudain agressif.

— Oui, c'est cela.

— C'est quoi ce prix dérisoire ? Alors que vous vous donnez tant de peine ! crie Huisu.

La vieille femme, habituée à recevoir des ivrognes, ne marque pas de surprise face à l'attitude de Huisu. Elle continue de le regarder en souriant. Huisu sort trois billets de dix mille wons et les lui tend. Sans comprendre, la vieille femme les prend, repose devant son client deux des trois billets de dix mille puis fouille dans la poche de son tablier. Elle en sort un billet de mille qu'elle donne à Huisu. Celui-ci ramasse les deux billets de dix mille wons et les tend à nouveau à la vieille femme.

— Prenez, enfin... Tous ces putains de bars avalent cinquante mille wons pour une seule portion de fausse morue et vous, vous vendez un délicieux udon à seulement trois mille wons ? Il vaut au moins trente mille.

Sans prendre les billets, la vieille femme continue de le regarder silencieusement, avec une expression proche de la compassion. Huisu titube devant la table et pousse un long soupir, apitoyé sur lui-même.

— Je suis désolé d'avoir crié. J'ai beaucoup trop bu ce soir… Pardonnez-moi.

— Ce n'est rien, il n'y a pas de mal.

— Si, si, je tiens à m'excuser. Et puis, vous ressemblez tellement à ma mère…

Huisu baisse la tête devant la vieille femme puis, laissant les deux billets de dix mille wons sur la table, saisit la bouteille de soju à moitié vide et sort de l'échoppe. D'un pas chancelant, il se dirige vers un parterre de fleurs au bord du trottoir.

Accroupi, Huisu boit au goulot une nouvelle gorgée de soju. Au milieu du trottoir, une longue enseigne lumineuse à plusieurs faces tourne sans s'arrêter. *Jeunes filles disponibles 24/24, Vous serez servi comme un roi, La Cuisse, service VIP.* Huisu a le vertige à force de regarder cette pancarte qui tourne et tourne sans cesse. Sa nuit trop courte, l'aller et retour pour l'île de Châtaigne, toute la vodka bue dans l'après-midi, il n'arrive plus à tenir debout. Le rire d'Insuk résonne dans ses oreilles. Pourquoi rit-elle ? Qu'est-ce qui lui plaît tant dans sa misérable vie ?

— Ça te plaît ? Ça te plaît tant que ça ? marmonne Huisu.

Il finit sa bouteille jusqu'à la dernière goutte et la balance contre la pancarte lumineuse qui continue de tournoyer. Le néon éclate bruyamment. Huisu se tourne vers une bouche d'égout pour dégueuler tout ce qu'il a avalé depuis midi. Alors, les yeux dans le vague, il observe un moment la rue de Wollong et s'endort, recroquevillé dans son vomi.

LA CHAMBRE D'INSUK

Huisu ouvre les yeux à l'aube. Par la fenêtre, à travers le voilage, il discerne une lueur bleutée. Dans la chambre flotte un léger parfum de freesia. Non pas l'un de ces parfums de synthèse qu'on utilise dans les motels, mais celui de vraies fleurs. Huisu s'assoit sur le lit et promène son regard autour de lui. Il y a peu de meubles : un petit lit à une place, un secrétaire qui doit servir de bureau et de coiffeuse, une armoire. Il devine sans peine qu'il doit se trouver chez Insuk. De son enfance, elle a gardé, ancré dans ses gènes, un goût presque maniaque pour l'ordre. Huisu prend la carafe posée sur la table de chevet et se sert un verre d'eau. Il ressent des brûlures d'estomac dues à l'alcool. Il entre dans la salle de bain attenante à la chambre et se met à uriner. Quelques gouttes giclent sur la lunette des W-C. Il sursaute comme un voleur pris en flagrant délit, saisit un bout de papier et essuie le rebord à la hâte. Dans le miroir lui fait face un homme vêtu d'un vilain pyjama à fleurs élimé. Il remarque qu'on lui a aussi changé ses sous-vêtements. Il baisse son pantalon et examine le slip. Propre sans être neuf. À l'idée que ces affaires aient pu appartenir à l'enfoiré qui a vécu avec Insuk et qu'il ait très certainement couché avec elle dans cette chambre, enfilé ce pyjama et uriné dans ces toilettes, Huisu sent l'irritation et la jalousie l'envahir. Mais de quoi pourrait-il être jaloux ? Et de quel droit ?

Huisu tire la chasse. Il passe sa tête sous le robinet. Il y a bien une brosse à dents mais il serait inimaginable de s'en servir. Il revient dans la chambre avec une très forte envie de fumer, sauf que ses habits de la nuit dernière ne sont plus là. Insuk les aura probablement mis à la machine.

Ouvrant doucement l'un des tiroirs du secrétaire, il y trouve quelques produits de beauté et une photo encadrée. C'est Amy, au bord de la mer, parmi les rochers. Heureux, il brandit une dorade. Il doit avoir environ dix ans. C'est Huisu qui lui a appris à pêcher, qui a attaché le ver de terre au bout de l'hameçon et qui a pris cette photo. C'était un jour particulier, peut-être l'anniversaire d'Amy ou celui d'Insuk, ou encore la fête des enfants... Ce jour-là, Insuk, Amy et Huisu sont partis en promenade au port de Baekji avec un panier rempli de victuailles et une natte sous le bras. Ils ont étendu la natte sur un grand rocher et planté un parasol. Ils ont fait griller de la viande et préparé des sashimis avec leur pêche du jour. Ça avait été une belle journée, celle d'une famille ordinaire sortie pique-niquer et profiter du printemps. Il ne s'est pas disputé avec Insuk, il n'a pas trop bu. Il a pêché quelques sébastes et de la friture. Amy, pour la première fois, a attrapé une dorade. Au coucher du soleil, Insuk a chanté doucement, face à la mer aussi rouge que son visage échauffé par l'alcool. Elle chantait faux, mais c'était la première fois que Huisu l'entendait chanter.

Sur le chemin du retour, Insuk a pris le bras de Huisu et lui a demandé s'il accepterait de vivre avec elle. Elle a lancé ça l'air de rien, sur le ton de la plaisanterie, mais son regard était sincère. Huisu s'est soudain mis en colère, a dit qu'elle délirait. Insuk s'est sentie humiliée, elle a rougi. Il n'avait pas besoin de réagir aussi brutalement. Lui-même ne savait pas pourquoi il avait parlé ainsi. La proposition d'Insuk avait réveillé en lui un sentiment poignant d'infériorité.

Après cette journée et de longues années durant, Huisu a regretté son attitude. Il sait qu'accepter la proposition d'Insuk lui aurait évité de gaspiller tout son argent dans une existence vagabonde, dans une vie pathétique faite de réveils après des nuits de débauche et d'alcool, dans des chambres de motels à côté d'inconnues. Il aurait pu rentrer chez lui le soir après le travail, dîner de repas faits maison, boire des bières devant la télé en décortiquant des cacahuètes et, de temps en temps, insulter les politiques devant le JT. Il aurait pu vivre ainsi, calme et raisonnable, et ne jamais aller en prison. Amy aurait continué sa scolarité et, sans aller forcément jusqu'à l'université, il aurait au moins suivi une formation technique qui lui aurait permis de travailler dans un atelier ou dans une usine, au lieu d'aller en prison, lui aussi. Insuk, si consciencieuse, aurait ouvert un restaurant ou une boutique de vêtements et ils auraient eu, tous les trois, une vie confortable.

Pourtant ce jour-là, Huisu a rejeté violemment la proposition d'Insuk. Il avait vingt-sept ans à cette époque, il faisait partie de la pègre et Guam était rempli de types qui avaient couché avec Insuk. Ils jaseraient, se moqueraient d'eux. Et pour ce seul motif, insupportable à ses yeux, il a dit non à Insuk. En vérité, qu'est-ce que ça pouvait bien faire ? Beaucoup de voyous vivent avec des serveuses, des strip-teaseuses ou même des prostituées. C'est logique, quelle femme normale aurait envie de vivre avec un truand ? Certes, des gens auraient médit sur leur compte, genre : *Moi aussi je me suis fait Insuk, elle est bonne...* mais ils auraient fini par se lasser et Huisu et Insuk auraient pu faire leur vie. Mais il n'a pas pu, il ne peut pas, quand il pense à elle, se départir d'un sentiment de honte profonde.

Huisu pousse précautionneusement la porte de la chambre et se retrouve dans le salon. Pas trace d'Insuk. Il extrait une cigarette du paquet posé sur la table basse, devant le canapé, ouvre la porte coulissante donnant sur la cour et sort. Dans un coin de la cour, il allume sa cigarette et détaille le paysage devant lui : des maisons agglutinées le long d'un chemin qui grimpe presque jusqu'au sommet de la montagne, dont quelques fenêtres, celles des travailleurs du petit matin, sont allumées. Le quartier a d'abord été construit par les réfugiés avec des matériaux de récupération. Après leur départ, à la libération de Séoul, les pauvres gens et les criminels se sont rués ici. Les planches ont été remplacées par des murs en ciment, les toits de tôle par des ardoises, et ainsi le quartier a évolué, petit à petit. En revanche, il n'y a toujours pas de route goudronnée pour les voitures. Elles se garent sur le parking public, à mi-chemin. Les derniers deux cent mètres jusqu'à la maison, au numéro 563, se gravissent à pied. Huisu s'étonne qu'Insuk vive encore dans ce quartier haut perché, elle qui a certainement amassé de conséquentes économies avec son bar. Au fait, quelqu'un a dû, la nuit dernière, le porter sur son dos du parking jusqu'ici ?

Huisu éteint sa cigarette et revient à l'intérieur. Au même moment, Insuk pousse la porte d'entrée, chargée de courses.

— Tu t'es levé ?

— Oui. Dis donc, je ne me souviens pas comment je suis arrivé jusqu'ici, répond Huisu, un peu mal à l'aise.

— Quelle idée de se mettre dans de tels états ! Tu n'es plus un ado. C'est Huinkang qui s'est donné la peine de te porter jusqu'ici.

Huisu hoche la tête.

— Tu dois avoir l'estomac en vrac... Attends, je vais te faire une soupe de coquillages.

Insuk entre dans la cuisine et se met au travail avec une habileté éblouissante. Sur une gazinière à trois feux, elle installe une poêle et deux casseroles. Elle lance une omelette et fait bouillir de la soupe et des légumes tout en faisant griller un hareng dans un petit four. Pour Huisu, qui peine à se faire des nouilles instantanées, soit parce qu'il ne trouve pas le sachet de sauce dans l'emballage, soit parce qu'il rate la cuisson, le spectacle offert par Insuk est prodigieux. Gêné de rester debout, bras ballants, Huisu demande, en promenant son regard dans le salon :

— Tu n'as pas la télé ?

— Je travaille la nuit, tu sais, j'ai pas trop le temps de regarder la télé.

— Tu pourrais la regarder dans la journée, non ?

— Passer la journée devant le poste, ça fait style feignasse, quoi. Je me sentirais mal par rapport à ceux qui travaillent dur pendant ce temps.

— Si c'était un crime de regarder la télé pendant la journée, ça fait longtemps que j'aurais dû être exécuté.

Insuk, qui a sorti du réfrigérateur un morceau de kimchi et commence à le découper sur une planche, se met à pouffer.

— Exactement, tu ne devrais pas regarder la télé dans la journée comme un idiot, si tu veux rester en vie.

— Les gens comme nous, qui travaillent la nuit, qu'est-ce qu'ils peuvent faire d'autre dans la journée ?

— Il y a plein de choses, voyons ! Comme on dit, on n'est pas né voyou, c'est parce qu'on vit en voyou qu'on le devient.

Remarque pertinente. Huisu hoche la tête, sans rien ajouter, puis, se met au garde-à-vous devant Insuk.

— Oui, madame ! À partir de maintenant, je vais vivre dignement !

— Viens plutôt manger.

Insuk a disposé les plats sur la table de la cuisine. Un bol de soupe aux coquillages parsemée de ciboulette ciselée, un hareng grillé à point, balafré de quelques coups de couteau, une omelette bien dodue, des œufs de merlan saupoudrés de graines de sésame et assaisonnés d'huile de sésame, des feuilles de courge légèrement ébouillantées, des sabres en salaison... Une table presque trop garnie, pour un petit-déjeuner à six heures du matin. Malgré sa cuite de la veille, Huisu est affamé. Insuk pose face à lui un bol rempli d'un riz blanc lumineux, tout juste sorti de son cuiseur. Huisu grappille du bout de ses baguettes. Il a oublié à quand remonte son dernier riz aussi frais et savoureux. Dans les restaurants où il va d'habitude, ils servent un tout autre riz, probablement acheté au rabais après avoir moisi trois ans au fond d'un entrepôt ou pendant trois tours du monde à fond de cale.

— Tu manges tous les jours comme ça ?

— Tu me prends pour une folle ? Tu crois que je vais prendre la peine de cuisiner ces merveilles pour moi toute seule ?

— Tu as préparé ce festin juste pour moi ? se réjouit Huisu.

— Bien sûr, répond-elle avec douceur.

— Hi hi, glousse Huisu, comme un gosse.

Il a l'impression d'être revenu à l'époque de Mojawon.

En ce temps-là, elle l'invitait souvent à sa table. Plus précisément, elle ajoutait sur la table apprêtée pour ses sept frères et sœurs un couvert pour Huisu. Il lui en est si reconnaissant. Dans la cuisine commune de Mojawon, sale, exiguë et où il n'y avait jamais assez de condiments ni d'ustensiles, Insuk arrivait toujours à préparer de délicieux repas. Huisu se demande avec quel argent elle achetait le riz et d'où elle rapportait ces aliments mais le fait est que jamais ses petits frères et sœurs n'ont sauté un repas. Elle faisait cuire des sabres, bouillir des moules, dépeçait des anguilles qu'elle découpait en tranches pour les faire sauter avec des légumes dans une sauce pimentée... Comparée à la mère de Huisu qui sortait tout le temps sans avoir donné à manger à son fils unique, Insuk lui paraissait tellement plus adulte.

— Viens manger avec moi. Tout seul, c'est triste.

Insuk met du riz dans un bol et le rejoint à table. Huisu mange avec un appétit nouveau. Il boit une gorgée de soupe aux coquillages, goûte un bout de hareng, prend quelques œufs de merlan, garnit une feuille de courge d'une cuillerée de riz, d'un morceau d'omelette et de sabre en salaison qu'il avale goulument... Insuk ne fait aucun commentaire sur les gestes exagérés de Huisu devant ce repas somptueux.

— C'est bon ?

— Super bon. Rien à voir avec ce que je mange dans mes restaurants minables depuis des années.

— Ça veut dire quoi ? Tu n'as pas une femme pour te faire à manger ?

— Celles que je rencontre, ce sont des filles de bar, tout juste capables de remplir d'eau bouillante un bol de nouilles instantanées.

— Moi aussi, je suis une fille de bar...

— Pardon, ce n'est pas ce que je voulais dire.

— Je sais.

Quand on les lance, les paroles finissent toujours par s'emmêler. Mais ni Insuk ni Huisu ne prêtent attention à leurs entrelacs. La vie est déjà trop fatigante, trop moche et trop compliquée. Huisu termine son riz et son bol de soupe.

— Je te ressers un peu de riz ?

— Merci, je suis repu.

Il y a des restes. Le hareng à moitié grignoté, des morceaux d'omelette et des œufs de merlan. C'est le genre de table qu'ils ont eue, à Mojawon, une fois les sept petits nourris – Insuk s'occupant du benjamin, Huisu du sixième. Insuk prend l'assiette de hareng, pour débarrasser. Huisu attrape sa main.

— Laisse.

— Tu veux continuer à manger ?

— Oui, ce serait dommage de perdre. En accompagnement, je prendrais volontiers un petit verre.

Insuk repose l'assiette sur la table.

— J'ai un bon saké.

— Extra.

Elle va dans le salon et sort du buffet la bouteille de saké, un *tokuri** et deux petits verres. Elle verse le saké dans le tokuri puis en sert un verre à Huisu. Il boit. Il se serait attendu à avoir la nausée rien qu'à l'odeur de l'alcool mais curieusement, le parfum lui plaît et son estomac reste tranquille.

— Waouh, c'est super bon ! s'exclame Huisu.

— C'est un cadeau. On me l'a ramené du Japon. C'est une bouteille chère ! se vante Insuk en haussant les épaules.

Huisu reprend ses baguettes pour grignoter du hareng et de l'omelette. Puis il vide son verre qu'Insuk remplit aussitôt.

— Elle s'appelait Hwaran, n'est-ce pas ? Celle que je nourrissais à la cuillère, sur mes genoux.

— La sixième ?

— Oui. Qu'est-ce qu'elle est devenue ? Elle était très mignonne.

— Elle est infirmière à Daegu.

— Et le petit dernier dont tu t'occupais ?

— Il bosse sur les pétroliers. Il est mécanicien.

---

* Le tokuri est une carafe d'origine japonaise, en céramique, porcelaine, verre ou bambou ; elle est destinée au service du saké.

— Ils ont bien réussi, c'est merveilleux. Ils te donnent souvent de leurs nouvelles, tes frères et sœurs ?

— Ils sont tous très occupés... C'est la vie, quoi. Moi aussi je suis débordée.

Une expression douloureuse passe sur le visage d'Insuk, teintée de ressentiment et de tristesse. Alors qu'elle s'est donnée tant de mal pour les élever, ses frères et sœurs ont aujourd'hui honte d'elle, la prostituée avec les rumeurs sordides qui courent sur elle. Elle ne leur jette pas la pierre. Ils ont leur vie, leurs maris, leurs femmes, leurs enfants, leurs amis et leurs collègues de travail. Ce dont ils ont honte, c'est plutôt de Guam et de Mojawon, qui ne leur ont laissé que des souvenirs de pauvreté et de détresse. D'ailleurs tous ont quitté Busan. Certains pour Séoul ou Daegu, d'autres ont pris le bateau pour partir encore plus loin, à l'étranger.

Insuk se sert un petit verre de saké et le boit, sans accompagnement. Huisu, lui, finit le tokuri et les restes. Son estomac commence à peiner mais il tient à ne rien laisser.

Quand Huisu revient dans la maison après avoir fumé sa cigarette, Insuk, la vaisselle faite, est en train d'éplucher des fruits. Huisu s'allonge sur le sol du salon, sur le flanc. Il se sent bien ici, avec Insuk. Il a l'impression d'y avoir toujours vécu. Insuk s'approche et lui tend un quartier de pomme qu'il met dans sa bouche et commence à mâcher.

— Dis, tu me cures les oreilles ?

— Fais-le toi-même !

— Non, il faut que ce soit quelqu'un d'autre pour que ça réactive l'énergie.

— C'est quoi ce délire ?

Quand ils étaient petits, à Mojawon, Insuk curait de temps en temps les oreilles de Huisu. Tout en râlant, elle va prendre un coton-tige dans l'un des tiroirs de son secrétaire. Puis elle s'assoit et Huisu pose sa tête sur les cuisses d'Insuk. Celle-ci commence à manipuler délicatement son oreille. Une sensation de tendresse et de chaleur douce, qu'il n'a jamais ressentie jusqu'alors, même pas avec sa mère, l'envahit de l'oreille au cerveau. Huisu tord légèrement sa tête et la pousse un peu plus vers le ventre d'Insuk. Elle ne réagit pas et, comme un chirurgien en pleine opération, reste concentrée sur l'oreille. De sa jupe ou de sa culotte, une odeur de propre parvient aux narines de Huisu, comme celle d'une couche de bébé en coton qui aurait séché au soleil. Il pose sa main sur une fesse d'Insuk. Elle ne réagit toujours pas. Il accentue légèrement la pression de ses doigts.

— Arrête ça tout de suite tant que je te parle encore gentiment, dit Insuk, impassible.

Surpris, Huisu enlève sa main. Au bout de quelques secondes, il l'y repose. Insuk lui tire violemment l'oreille.

— Aïe, ça fait mal !

— C'est pour ça que je t'ai dit d'arrêter.

Insuk tapote sur la joue de Huisu, pour lui signifier qu'elle a fini avec cette oreille et qu'il peut lui présenter l'autre. Il se retourne donc, présentant son oreille droite. Les doigts chauds d'Insuk se mettent à frotter doucement l'arrière du pavillon. Des doigts qui sentent le hareng et une cuisse, contre laquelle Huisu a blotti sa tête, qui sent la couche propre. Déjà à Mojawon, Insuk avait cette odeur : anguille rouge et couche immaculée.

— Je bande, déclare Huisu, la tête toujours contre la cuisse d'Insuk.

— Et alors ?

— Alors on va le faire, juste une fois.

— Non.

— Pourquoi ? Tout le monde a couché avec toi, sauf moi.

— Tu trouves ça injuste ?

— Totalement.

— Alors pourquoi n'être pas venu quand je travaillais à Wanwol ? Manga est venu, Cheolki aussi. Tous tes copains sont venus.

Huisu relève le torse et la fusille du regard.

— Et tu me sors ça comme ça ?

Insuk, un peu surprise, le fixe sans rien dire.

— Ça m'énerve, putain ! dit Huisu, retournant coller sa tête contre les cuisses d'Insuk.

Étonnamment, il ne ressent ni colère ni jalousie, comme par le passé. Il a juste l'impression de vivre un moment irréel, sa tête sur les jambes d'Insuk. Comme s'il était blotti au creux d'une couette moelleuse qui avait longuement pris le soleil. Insuk rattrape son oreille droite et reprend son nettoyage.

— Tu veux bien vivre avec moi ? demande-t-il.

Les doigts d'Insuk s'arrêtent net. Sans rien dire, elle se remet à gratter l'intérieur de son oreille, bien qu'il n'y ait plus rien à enlever.

— C'est fini. Tu peux te lever, dit Insuk d'une voix douce, quelques instants plus tard.

— Continue encore...

Huisu lutte contre le sommeil. Il voudrait savourer éternellement ce moment. Le soleil qui inonde la terrasse se glisse dans le salon, où l'attendent patiemment les larges feuilles de l'alocasia.

Il est seize heures quand Huisu se réveille. Insuk n'est plus là, probablement partie à son bar. Dans un coin du salon sont rangés ses vêtements d'hier, lavés et repassés impeccablement. Dans la cuisine, son déjeuner l'attend. Il prend du riz dans l'autocuiseur et se met à table. Le riz savoureux de ce matin n'a plus de goût, il a l'impression de mâcher du sable. Une vague de solitude le submerge. Au bout de deux ou trois bouchées, il pose sa cuillère et remet le riz dans la cocotte. Il considère un long moment les plats soigneusement disposés sur la table et quitte la maison.

BLANCHISSERIE

Quand Huisu, en fin d'après-midi, arrive à Mallijang, une trentaine de voyous de Guam sont postés devant l'entrée. Depuis la déclaration de guerre contre les criminels, quelques années auparavant, jamais on n'avait vu autant de monde réuni. Les voyous sont là, fumant par groupes de trois ou quatre, prêts à livrer bataille. Huisu se dirige vers la porte et tous le saluent en chœur.

— Que se passe-t-il ?

À sa question, quelques gars font une mine embarrassée mais aucun ne formule d'explication claire. Ils semblent ne pas trop savoir pourquoi on les a convoqués. Huisu entre dans l'hôtel et balaye du regard le hall où règne un désordre inhabituel. La porte de la cafétéria a été brisée. À côté, l'énorme pot d'un palmier gît au sol, pulvérisé en mille morceaux. Oupas accourt vers lui.

— Grand-frère Huisu, pourquoi vous n'arrivez que maintenant ? Vous étiez injoignable !

— C'est quoi ce merdier ?

— C'est l'horreur, les gars de Yongkang sont venus et ils ont tout cassé ! Le régisseur Kim vient d'être transporté à l'hôpital.

— Yongkang ? Qu'est-ce qui lui a pris ?

— Le régisseur Kim lui a renvoyé du linge, des draps et des nappes qui n'avaient pas été bien lavés. Environ une heure plus tard, les gars d'Asie du Sud-Est ont débarqué dans des vans et ils ont tout cassé.

Huisu, perplexe, incline légèrement la tête.

— Tu veux dire que Yongkang a fait tout ce foin à cause d'un peu de linge ?

— Comme je vous dis. C'est vrai que le régisseur Kim en a trop fait. Il a menacé de changer de blanchisserie. Il a même dit des gros mots. Tout de même, c'est insensé de déclencher une guerre pour ça, non ?

— Il est gravement blessé, le régisseur Kim ?

— Il a reçu un coup de barre de fer sur la figure, il a le nez cassé.

— Et Monsieur ?

— Il est dans son bureau.

Huisu monte à l'étage. Devant la porte du bureau, Zerocheol, une jambe dans le plâtre, se tient debout tant bien que mal, appuyé sur des béquilles. En voyant Huisu, il sursaute puis incline la tête poliment. Huisu jette un coup d'œil au plâtre.

— Ça va ?

— Oui, ça va.

— Je m'excuse pour hier, j'avais trop bu.

— Non, c'est ma faute, j'ai agi bêtement.

Huisu donne quelques petites tapes sur l'épaule de Zerocheol qui s'incline et s'incline encore, honteux d'on ne sait quoi. Huisu ouvre la porte et Père Sohn, qui était en plein conciliabule avec Dodari, se lève brusquement.

— Mais où étais-tu ? Même quand tu pars, tu dois être joignable ! Allez, viens vite ici, on est en pleine guerre, là, dit Père Sohn, très agité.

— Tout doux... De quelle guerre parlez-vous ?

— Ils ont débarqué au Mallijang et nous ont attaqué avec du lourd. Si c'est pas une déclaration de guerre, c'est quoi ?

— C'est des conneries, du cinéma pour faire un peu respecter leur nouvelle affaire, commente Huisu en s'asseyant sur une chaise.

— Non, cette fois-ci je sens quelque chose de pas clair, quelque chose qui pue, par derrière.

— Bon, je vais aller voir Yongkang.

— Maintenant ?

— Quand la digue est fêlée, faut réparer tout de suite.

— Attends, j'ai fait convoquer nos petits, emmène-les avec toi.

— Je suis quoi, moi, berger ?

— Hein ? De quoi tu parles ?

— Quel intérêt de déplacer un troupeau de vaches pour si peu ? Et ma fierté ?

— Sûr, ça peut blesser la fierté, ce genre de truc. Mais la sécurité prime. Tu seras plus tranquille pour causer avec tous nos soldats derrière toi.

— Il planterait quand même pas quelqu'un venu discuter ?

— Écoute, Huisu, cette nuit j'ai fait un rêve troublant. Je gagnais un porcelet et j'étais tout content. Alors que je franchissais une colline avec ce porcelet sous le bras, un tigre est apparu et s'en est emparé d'un coup, avec ses énormes griffes. J'ai eu une telle frousse que je me suis réveillé. Et tout de suite après, cette guerre qui éclate...

— C'était un tigre, tu es sûr ? Pas plutôt un lynx ou un chat ? Le tigre est un animal sacré, c'est rare de le voir en rêve, intervient Dodari de manière totalement farfelue et hors contexte.

Père Sohn, exaspéré, lève un bras, prêt à balancer une gifle. Mais il se ravise aussitôt et secoue la tête, faisant claquer sa langue.

— Tsss, tsss, quand est-ce que cette bestiole va se décider à devenir un homme ? Dans mille ans, dix mille ans ?

— Je vais y aller seul, en toute discrétion, dit Huisu calmement.

— Fais attention à toi. Tâche de ne pas gonfler l'affaire. Essaie de l'amadouer gentiment en lui donnant ce qu'on peut lui donner.

— Après le bordel qu'il a foutu, tu veux lui donner la blanchisserie ? s'étonne Dodari.

Père Sohn jette un bref regard vers lui mais ne répond pas. Il poursuit ses recommandations.

— Donne-lui la blanchisserie. Et quelques parasols s'il veut, ça ne va pas nous ruiner. L'été approche et, par ces temps troublés, vaut mieux faire profil bas. On a plus à perdre si ça éclate et que ça nous retombe dessus.

— Si on s'écrase aussi facilement, Yongkang va nous prendre pour des veaux, non ? demande Huisu.

— Dans les affaires, il faut savoir mettre son orgueil de côté. Après l'été, quand on aura repris notre souffle, on y repensera. On pourra soit discuter avec Chef Gu pour envoyer Yongkang en prison, soit régler cette histoire nous-mêmes. Là, ce n'est pas le moment. Et puis je préfère attendre de voir ce que Yongkang a en tête...

Dodari s'emporte soudain.

— Putain ! Ça va sacrément amocher notre fierté ! On baisse nos frocs devant un connard et quelques petits mecs du Sud-Est ? Même un chien bâtard, s'il se bat sur son territoire, a l'avantage. C'est la honte de céder autant à Yongkang alors qu'on est chez nous, merde !

Père Sohn tape sèchement l'arrière du crâne de Dodari.

— C'est grâce à ta fierté que tu bouffes, toi ? Espèce de crétin qui ne sait même pas faire la différence entre un tigre et un chat !

Le coup a dû être violent, Dodari jure en tenant sa tête. Père Sohn se retourne vers Huisu.

— Huisu, garde bien à l'esprit tout ce que je viens de te dire. En ce moment, il y a beaucoup de contrôles renforcés. La police est sur les dents. Donc, on attend de se refaire et on règle cette affaire plus tard, le moment venu.

Huisu hoche la tête d'un air entendu puis se lève. Dodari le fusille du regard.

Yongkang est revenu à Guam après quinze ans d'absence. Ici, quinze ans plus tôt, il a été contrebandier, tueur, maquereau et grand buveur, après avoir été sous-officier pendant la guerre du Vietnam. Sa particularité alors, c'est qu'il travaillait seul, sans bande, sans un seul acolyte à qui se confier. Quelques bandits rôdaient autour de lui et, selon les affaires, ils se réunissaient un temps pour se disperser aussitôt. Yongkang a toujours tenu à travailler seul, à se battre seul et à empocher seul l'argent ramassé. Personne ne sait pourquoi.

Normalement, un voyou qui agit seul court de gros risques. La nature profonde du voyou est proche de celle de la hyène, connue pour vivre exclusivement en bande. Si les voyous se permettent de menacer les gens et de les provoquer sans cesse, c'est parce qu'ils se sentent protégés par leur bande. Car en réalité, ces voyous-là sont de vrais trouillards. Le lion est le roi de la jungle parce qu'il vit en groupe, non parce qu'il est le plus fort. De même qu'un lion banni de son groupe devient la cible des hyènes et ne trouve plus que des lapins ou des écureuils à se mettre sous la dent, un voyou sans sa bande est une proie facile.

Défiant cette règle universelle, Yongkang, lui, a toujours évolué seul, sans même payer de redevance à Père Sohn, le patron de Guam. Autour d'une table bien arrosée, on a souvent parlé de le mater mais sans passer aux actes. Au fond, il n'est guère gênant. Peu avide, il n'empiète jamais sur les affaires des autres. Ainsi a-t-il continué à mener ses petits trafics tranquillement. De plus, Yongkang est né à Guam et y a grandi, ce qui fait de lui un véritable enfant du quartier, de pure race. Contrairement à Huisu et Danka qui ont grandi sans père à Mojawon, ses racines l'ont considérablement aidé à survivre dans ce quartier où ils sont tous plus ou moins cousins. Les voyous de Guam disent qu'il est des leurs, qu'ils ont mangé dans la même marmite et que ce n'est pas parce qu'il est parfois insolent qu'on va lui couper un membre. En vérité, ils ont peur de lui. Yongkang dégage quelque chose de puissant et de venimeux. Il semble n'avoir pas peur de mourir. La rumeur circule qu'il aurait un jour tranché la gorge d'une centaine de Vietnamiens. Un voyou de cette trempe n'est pas si simple à dompter et personne à Guam ne souhaite brandir sa lame contre un tel forcené. Un type qui, de surcroît, ne se mêle jamais de leurs affaires.

Huisu avait dix-huit ans quand il a rencontré Yongkang pour la première fois. Il débutait dans le milieu. Il n'avait pas encore un travail digne de ce nom, juste quelques allers et retours entre le Mallijang et le port pour d'inoffensives commissions. Sur son chemin, il lui est arrivé de croiser Yongkang, dans les salles de billard, à la plage assis sur une chaise sous un parasol ou encore dans les rues de Wanwol. Il lui a tout de suite plu. Il aimait son pas lent et traînant, le cran qu'il avait d'oser ne pas saluer les aînés, son visage impassible face à un adversaire prêt à le planter… Dans cette situation, d'ailleurs, son visage exprimait davantage la lassitude que le calme ; alors que l'autre s'agitait en tous sens, couteau au poing, Yongkang paraissait mourir d'ennui. Il s'étirait paresseusement et frappait l'adversaire jusqu'à l'avoir réduit en bouillie sanglante. Huisu trouvait stupéfiant qu'on puisse écrabouiller quelqu'un avec autant de flegme.

Un jour, Yongkang lui a appris une technique de billard. Passant près de la table de Huisu qui s'énervait contre une boule, Yongkang lui a lancé :

— Ça frappe jamais la bonne… Tu sais pourquoi ?

Huisu a répondu que non. Yongkang a redisposé les boules sur la table, pris la queue de billard des mains de Huisu et il a joué. Comme annoncé, sa boule a heurté la mauvaise.

— Cette boule, si tu la tapes ici, elle partira forcément dans le mauvais angle. Ce n'est pas compliqué, mais un tas d'imbéciles ne comprennent jamais ça et se plantent.

Yongkang remet une nouvelle fois le jeu en place puis donne un coup léger à sa boule. Elle frôle les obstacles avant de venir cogner la boule ciblée, la jaune.

— Si tu sais que ta boule risque d'avoir une mauvaise trajectoire, tu as des milliers de solutions pour l'éviter. Tu peux faire rouler ta boule un peu plus vite ou un peu plus lentement ou alors empêcher les autres boules de s'approcher.

Yongkang a rendu la queue de billard à Huisu.

— Dans la vie, ça sert à rien de s'acharner sans réfléchir.

Sur ces mots, il s'est éloigné à pas lents et a rejoint la table des paris.

Depuis ce jour, Huisu l'a croisé dans les salles de billard. Yongkang ne parlait presque jamais à personne, mais curieusement il lui lançait de temps à autre une plaisanterie. Puis Huisu s'est mis à son compte pour faire de menues commissions et livraisons à Wollong. À chaque fois, Yongkang lui donnait de l'argent. Une année, après la saison d'été, une bande de joueurs de billard professionnels a débarqué de Daejeon pour un tournoi et Yongkang, qui participait, a demandé à Huisu d'être son caddy. Pendant le tournoi, Yongkang a misé tout l'argent gagné durant la saison estivale, plus de trente millions de wons. Mais, bien qu'il fût le meilleur joueur de Guam, son niveau n'atteignait pas celui des pros de Daejeon. Lorsqu'il a perdu sa dernière liasse de billets, il a posé sa queue de billard, épousseté ses mains et dit négligemment à son adversaire :

— Ce connard est encore plus mauvais que moi.

Puis, ils sont sortis dans la rue déserte de l'aube, le sac vide, et Yongkang a tendu à Huisu un chèque de trois cent mille wons pour le récompenser.

Quelques années plus tard, un gang puissant a déclaré la guerre à Yongkang. Ça a commencé avec des broutilles mais au fond ce que visait le gang, c'était le business de Yongkang à Wollong. Quand ce genre d'organisation s'engage dans une annexion, avec les risques que cela comporte, il n'y a pas grand-chose à faire pour l'en empêcher. Un voyou seul ne saurait faire face. Pourtant les vieux de Guam n'ont pas voulu aider Yongkang ; ils se sont contentés de rester spectateurs, comme on regarde un incendie de l'autre côté de la rivière. Leur orgueil a bien été un peu éraflé de ne pas prendre part à cette guerre sur leur propre territoire mais après tout, une petite blessure d'amour-propre n'a jamais tué personne. Pendant ce conflit, Yongkang a tué deux types au couteau. Quand la police s'est mise à sa recherche, il avait déjà embarqué sur un bateau, en route pour les Philippines.

Huisu arrive à la blanchisserie. Des gars de l'Asie du Sud-Est se tiennent devant le bâtiment, l'air excité et le regard luisant de faim – des chiens sauvages. Quelques-uns serrent leur machette, d'autres portent un pistolet à la taille, à peine dissimulé sous leur vêtement. Huisu se dirige vers l'entrée quand deux petites frappes lui bloquent le passage. Huisu lève les bras, tout en promenant son regard autour de lui. À ce moment-là se pointe Tang, un Vietnamien que Huisu connaît. Il bouscule les types, s'approche de lui et le salue.

— Huisu ! Quel bon vent t'amène ?

— Vous vous croyez dans la jungle ? Qu'est-ce que vous foutez avec vos sabres devant une laverie ?

Tang se tourne vers l'un des gars qui portent une machette et laisse échapper un petit rire. En effet, le spectacle est assez risible.

Tang est plutôt grand pour un Vietnamien. Il a des traits européens – anglais ou français. Huisu a déjà eu l'occasion de travailler avec lui sur une affaire de contrebande. Ce type a l'esprit vif et un tempérament dominateur, c'est un intellectuel qui a fait l'université au Vietnam et qui parle couramment l'anglais, le russe et le coréen.

— Je peux voir ton boss ? demande Huisu.

Tang fronce les sourcils.

— Yongkang n'est pas mon boss mais mon associé, répond-il avec morgue, comme si son orgueil venait d'être gravement atteint.

Tous les Vietnamiens que Huisu a rencontrés jusque-là sont des gens fiers. Un jour, il a bu un verre avec Tang et, au terme d'une banale discussion, il s'est excusé au nom de la Corée pour les massacres de civils par des soldats coréens, pendant la guerre du Vietnam. Il l'a fait sur le ton de la plaisanterie et Tang lui a répondu, articulant malgré son ivresse et d'une voix pleine de dignité, que le pardon se demande de gagnant à perdant, que les Coréens n'ont donc aucune raison d'être désolés et de s'excuser puisque ce sont eux, les Vietnamiens, qui ont gagné la guerre. Huisu s'est fait la remarque que les pays vainqueurs pardonnent et oublient vite, tandis que les pays qui n'ont fait qu'encaisser les coups ne peuvent ni oublier, ni pardonner.

— Eh bien dans ce cas, je peux voir ton associé ?

— À propos de ce matin ?

— Entre autres.

Tang hoche la tête et conduit Huisu à l'intérieur. Sur les dix machines à laver géantes de Patron Og, seules cinq tournent.

Suivant les directives de Père Sohn, certains commerces ont changé de fournisseur. Dans un coin, deux Philippins tabassent un type. Il tremble comme une feuille, le visage et le corps baignés de sang. Au bout de la rangée de machines, un mécanicien, les doigts flageolants de peur, répare, après l'avoir démonté, un sèche-linge en panne. Arrivés devant le bureau, Tang ouvre la porte et entre pour ressortir aussitôt. Là, il invite Huisu à entrer à son tour et celui-ci remercie d'un signe de tête.

Yongkang est seul dans son bureau, assis dans un canapé. Dès qu'il voit Huisu, son visage s'illumine, comme s'il venait de retrouver un vieil ami.

— Enfin te voilà ! J'attendais ta venue depuis si longtemps !

Il tend une main épaisse que Huisu serre à contrecœur. Yongkang est un grand type du Nord, les os épais, poilu comme un gorille. Sa poignée de main reste pourtant légère, sans défi aucun. Il jette un coup d'œil derrière Huisu, l'air surpris.

— Mais, tu es venu tout seul ?

Huisu hoche la tête.

— Putain, la honte ! On avait tellement peur que tous les voyous de Guam rappliquent... Tu les as vus, les gros bras devant la porte d'entrée, armés jusqu'aux dents ? Toi qui pouvais te jeter sur nous avec toute ta bande, tu viens en gentleman... Vrai, on n'a pas l'air très malins avec nos outils. La honte ! En vieillissant, je suis devenu un vrai trouillard, blablate Yongkang.

— Si vous avez la trouille, pourquoi foutre ce bordel au Mallijang ?

Devant cette réplique brutale, Yongkang plisse les yeux.

— Qu'est-ce que tu veux, trouille ou pas, faut un minimum de courage si on veut gagner sa vie.

En prononçant le mot « courage », Yongkang serre les poings de manière comique. Après quoi, dans une gestuelle guère cohérente avec son imposante carrure, il se frotte les mains comme une mouche se nettoierait les pattes. Quelque chose a changé chez lui. Sa présence n'évoquait plus la bête sauvage et la lame aiguisée d'un rasoir. Sa politesse, à présent, se teinte d'obséquiosité.

— Viens t'asseoir, ne reste pas debout.

Huisu se pose sur le canapé.

— Tu veux boire quelque chose ?

— Ça va, merci. Je ne vais pas rester longtemps.

Huisu observe le bureau. Il n'a pas vraiment changé depuis le temps de Patron Og. De l'autre côté de la porte, le type qu'on tabassait se met à hurler. Yongkang se lève, ouvre la porte et apostrophe violemment, en philippin, les deux bourreaux. Le hurlement s'arrête, laissant place à des gémissements étouffés, doux comme des soupirs, qui s'infiltrent dans le bureau par l'entrebâillement de la porte. Yongkang revient s'asseoir.

— Ma parole, ils n'ont aucun respect pour notre visiteur. Ils sont costauds et courageux, nos petits, mais ils n'ont pas de cervelle. Ils n'arrivent même pas à faire la différence entre les machines. L'autre jour ils ont foutu de la lessive dans le sèche-linge, ça l'a complètement bousillé. Putain, c'est pas compliqué de distinguer les deux ! Ça me rend dingue... Pourtant je n'arrête pas de leur expliquer, ça c'est un lave-linge, ça c'est un sèche-linge, ça c'est une poubelle... Tu vois, c'est dur à gérer, une multinationale.

— Qu'est-ce que vous voulez ? demande Huisu, de but en blanc.

Yongkang pose un regard étonné sur Huisu.

— Waouh, il a bien changé, notre petit Huisu ! Un vrai mâle autoritaire. Je t'ai connu plus tendre.

À ce mot, Huisu fronce les sourcils.

— Mais tu as raison, c'est ce qu'il faut ! Ça sert à quoi d'être tendre ?

— Arrêtez votre baratin et passons au sujet principal.

— Si je te disais ce que je veux, tu serais prêt à me l'accorder ?

Yongkang affiche une drôle de mine, Huisu y devine du mépris.

— Dans la mesure de mes moyens, peut-être. Vous avez l'air déterminé.

Yongkang sort une Camel et la tend à Huisu. Dédaignant son geste, Huisu sort de sa poche l'une de ses cigarettes coréennes. Yongkang lève son briquet ouvert. Après une courte hésitation, Huisu approche sa cigarette de la flamme.

— Je veux pas grand-chose, juste qu'on partage un peu la gamelle.

— Vous vous goinfrez déjà très bien tout seul.

Yongkang, les yeux à moitié ouverts, expire longuement la fumée.

— Déjà, on va commencer par se parler avec un minimum de respect. Tu te rends compte de la façon dont tu parles à un aîné qui vient de revenir dans son pays après quinze ans d'absence ?

— Vous voulez du respect ? Commencez par vous conduire correctement.

— Ok, ok. J'ai vécu longtemps à l'étranger et je ne sais plus très bien comment ça marche ici. Explique-moi comment je devrais me conduire.

— Voilà ce qu'on vous propose : on vous donne la blanchisserie et quelques parasols pour l'été. Et vous, vous n'oubliez pas qu'à Guam il y a vingt pour cent de taxe.

— Ok pour la taxe. Et merci pour les parasols. Mais la blanchisserie, Patron Og nous l'a vendue légalement, je ne vois pas pourquoi j'aurais besoin de votre autorisation pour l'exploiter.

— Le souci c'est que cette entreprise n'appartenait pas à Patron Og. Sans compter que c'est avec ses dettes de jeu que vous l'avez pigeonné, non ?

— Pigeonné ou pas, la loi est claire : le propriétaire, c'est celui qui a les titres de propriété, pas vrai ? Il ne me reste qu'à aller à la mairie pour quelques signatures.

— Ces signatures, ça va pas être facile de les avoir.

— Pourquoi ? Vous avez déjà tué Patron Og ? demande Yongkang, blasé.

— Pour ainsi dire. C'est en cours.

— Ne vous compliquez pas la vie... Sa mort ne fera pas disparaître les titres.

— Grand-frère Yongkang...

— Oui ?

— Vous aviez une certaine classe, autrefois. Apparemment, même les demi-dieux ne résistent pas au temps.

— Tu me trouves quoi, minable ?

— Le grand-frère Yongkang que j'ai connu n'aurait jamais fait des trucs aussi mesquins pour une malheureuse blanchisserie.

— Mesquins ? ricane Yongkang.

Il attrape une plume de duvet accrochée à sa chaussette et la jette par terre. Puis il tourne le regard vers la porte du bureau, d'où leur parviennent les cris du Philippin.

— Tu sais pourquoi cet enfoiré endure ça ?

— Parce qu'il a confondu un lave-linge et un sèche-linge, vous me l'avez déjà dit.

— Tu me crois sadique à ce point ? Ce que ce connard a pris pour de la poudre de lessive et a foutu dans le sèche-linge, c'était pas de la lessive. Et pourtant, Confucius l'avait dit : tout ce qui est blanc n'est pas forcément de la lessive.

— Confucius a dit un truc pareil ?

— Confucius a dit tellement de choses, dit Yongkang en riant. Tu sais, ce que ce connard a fourré dans la machine, ça vaut à peu près cent millions de wons. Il a bien mérité quelques coups de bâton, non ? En fait, cette petite correction lui servira surtout à forger son caractère, parce que cette poudre n'est pas si chère, à l'achat.

— Ah bon ?

— Entre la Thaïlande, le Myanmar et le Vietnam, tu trouves de la marchandise avec un bon rapport qualité-prix. Comme c'est un commerce où les prix gonflent cent fois, mille fois, même si ça perd en cours de route, on l'accepte, c'est comme ça.

— Et alors ?

— Et ben alors je ne sais pas comment et à qui vendre ces belles choses, quoi.

— Donc, c'est pour vous implanter à Guam et y écouler ces belles choses que vous avez foutu ce merdier ?

— On s'occupe de tout : de l'approvisionnement, de la livraison et de la vente. Si on se fait attraper par la police, c'est nous qui allons en prison. Pas une seule goutte de merde ne sautera jusqu'à toi et Père Sohn. Vous n'aurez qu'à regarder le spectacle et manger de bon appétit le festin qu'on vous offrira.

— Je n'aurai rien à faire, juste recevoir l'argent, c'est ça ?

— Ce n'est pas rien. Je te rappelle que tu tiens Guam entre tes mains.

— Guam est entre les mains de Père Sohn.

— Tu es trop modeste. Je me suis renseigné, tout le monde dit que Guam, c'est Huisu. Je n'ai pas été étonné, je savais que tu deviendrais quelqu'un. Déjà tout jeune, tu étais à part, comment dire, tu dégageais un parfum différent des canailles locales. C'est pour cette raison que j'avais de l'affection pour toi, à l'époque.

Huisu fronce de nouveau les sourcils. Il n'arrive décidément pas à s'habituer à cette satanée façon de parler.

— Où voulez-vous en venir ?

Yongkang reprend haleine et continue.

— Laisse-moi vendre ma marchandise. Si tu veux avoir une part encore plus intéressante, tu peux me céder une partie du port aussi. Pour l'instant j'ai peu de réseaux d'approvisionnement, que des petits trafiquants. Bref, dans l'immédiat il s'agirait juste de petites quantités.

— On n'a pas de réseau pour la drogue. Ce qu'on fait passer, c'est tout au plus quelques cartons de bouteilles et des sacs de piment chinois en poudre.

— Huisu, tu parles à un professionnel. On s'est renseigné. La porte de Guam est plus grande que celle du grand port. Pour nous, tu n'auras qu'à faire passer deux cartons, pas plus gros que des cartons de nouilles instantanées, une seule fois. Je serai pas plus gourmand.

— Vous me demandez de faire entrer au port l'équivalent d'un carton de nouilles instantanées ?

— Un carton qui vaut à peu près quatre-vingts milliards de wons. Tu sens tout de suite la pression sur ton lobe frontal, n'est-ce pas ?

Huisu se met à ricaner. L'extravagance de Yongkang est confondante.

— Si on se fait choper à faire passer un truc aussi énorme, on est tous morts. Mettons qu'on réussisse, où est-ce que vous comptez le distribuer ?

— Ne t'inquiète pas. Tu crois que je me ferais griller de la viande si j'étais pas certain de pouvoir la manger ?

— De toute façon, je ne peux pas prendre la décision tout seul. Reparlons-en plus tard, après l'été.

— Je ne peux pas attendre, le bateau est déjà en mer !

— Faut toujours regarder la météo avant de prendre le large. Sinon on risque de se prendre une vilaine tempête. On ne vous a pas appris ce genre de choses, à l'étranger ?

Yongkang s'affale contre le dossier du canapé et fixe Huisu un long moment, le regard sombre. Puis il expire sa fumée vers le plafond et écrase sa cigarette dans le cendrier.

— En fait, je n'aurais pas dû vous demander d'autorisation. Mais vous aviez tellement l'air de croire que cette mer était à vous, j'ai voulu agir avec un minimum de respect. Franchement, qui peut prétendre posséder la mer ? Transmets à Monsieur tout ce qu'on vient de se dire. S'il ne veut pas de cet arrangement, eh bien, Yongkang se débrouillera tout seul. À force de cogner avec ma bite, je finirai bien par faire mon trou, non ?

— Quinze ans que vous avez quitté ce quartier, et vous croyez que tout vous est dû ?

— Après quinze ans d'absence, je trouve juste ce quartier terriblement attachant. Rien n'a changé. Le vieux joue toujours au chef, on retrouve les mêmes bandes de maraudeurs et de fainéants sur la plage et dans les billards... Tiens, à propos, vous avez quelques guerriers à Guam ? Chez nous, il suffit de donner cinq mille dollars à leur famille pour voir débarquer toute une ribambelle de types prêts à jouer du poignard. Et quand ceux-ci seront fatigués, je peux en ramener à nouveau un container entier. Le continent asiatique est immense. Tu en penses quoi ? Tu veux que je t'en prête deux cents de ma liste d'attente ?

Le visage de Yongkang exprime une confiance totale. Une confiance à aucun moment feinte, véritablement absolue. De tels visages existent. Ceux de types qui, à force d'avoir tant perdu, n'ont plus peur de perdre encore. Ces gens-là ont le potentiel pour être de vrais monstres, ils n'ont personne à couvrir ni à protéger, pas de femme et pas d'enfants. Mourir leur est complètement égal et c'est ce qui intimide leurs adversaires. En y réfléchissant bien, Huisu n'a rien à perdre non plus.

— J'ai bien compris ce que vous vouliez. Je vous répondrai après avoir discuté avec Monsieur, dit Huisu en se levant.

— Donne-moi une réponse rapidement. On n'est pas très doués pour l'attente, nous autres, conclut Yongkang, le sourire aux lèvres.

Devant le Mallijang, les voyous de Guam n'ont pas bougé. Ils bavardent par petits groupes. Huisu entre dans le hall où des ouvriers remplacent les vitres d'une porte. Il fait signe à Oupas.

— Renvoie-les tous.

— Mais… mais Monsieur veut qu'ils restent ici, pour la sécurité de l'hôtel, balbutie Oupas.

— L'hôtel est en sécurité, renvoie-les, je te dis, insiste Huisu d'un ton irrité.

Oupas opine et se dirige vers la foule des voyous. Huisu entre dans la cafétéria et s'assoit au bar. Le barman s'approche. Il a envie d'alcool mais, après sa cuite d'hier, son estomac est encore en feu.

— Tiens, sers-moi un alcool qui apaise l'estomac.

Le barman secoue la tête, perplexe.

— De l'alcool qui apaise l'estomac, vous dites ?

— Quoi, ça n'existe pas ?

— Ça vous conviendrait, vodka et jus de tomate ?

— Allons-y.

Quelques instants plus tard, le barman revient avec le fameux Bloody Mary. Huisu en boit une gorgée. Visiblement convaincu, il regarde le barman d'un air entendu. Celui-ci retourne à sa place, l'air rassuré. Huisu sort une cigarette, l'allume et observe la salle. Il n'y a pas un seul client, sans doute à cause des gorilles qui rôdent autour de l'hôtel.

— Eh ben, on peut dire qu'ils sont doués pour le commerce… murmure Huisu.

Oupas entre dans la cafétéria et s'approche de Huisu.

— Tu les a tous renvoyés ?

— Oui, ils ont partis. Alors, comment ça s'est passé avec Yongkang ? demande Oupas, brûlant de curiosité.

— Il faut que je te fasse un rapport ? À toi ? dit Huisu, narquois.

— Non, pas un rapport. Faudrait quand même que je sache un peu comment les choses tournent, pour gérer les affaires de l'hôtel, et puis...

Mais devant le regard glacial de Huisu, Oupas s'interrompt.

— Oupas, je suis très fatigué aujourd'hui. Si tu ne tiens pas à recevoir un bombardement intensif de baffes sur ta petite gueule, je te conseille de la fermer.

— Entendu, grand-frère.

Huisu boit une nouvelle gorgée, quand un Philippin entre à son tour. Il porte un T-shirt à manches courtes et une casquette enfoncée jusqu'aux yeux. Apparemment terrorisé, son corps est complètement contracté. Après un examen minutieux, Huisu reconnaît le type qui se faisait massacrer tout à l'heure à la blanchisserie. Couvert de sang, il avance jusqu'à une table au centre de la cafétéria et s'y assoit. Huisu le suit du regard, intrigué.

— Qu'est-ce que c'est ce vagabond dégueulasse ? dit Oupas, quittant sa chaise.

Huisu lui fait signe d'aller le voir. Oupas s'approche du Philippin qui, casquette toujours vissée, garde la tête baissée, il lui dit quelque chose mais le Philippin ne réagit pas. Recroquevillé, il tremble comme un saule. Oupas se retourne vers Huisu et hausse les épaules. Puis il lève un bras et donne une petite tape sur la tête du Philippin.

— Hé, debout ! Qu'est-ce que tu fais là ?

Le Philippin ne répond pas.

— Tu ne comprends pas le coréen ? demande Oupas.

Pour toute réponse, le Philippin relève la tête et fusille Oupas du regard. Il sort de sa poche trois billets de dix mille wons tout froissés et tire vers lui une serviette et un couteau à tartiner disposés sur la table. Décontenancé, Oupas laisse échapper un petit rire absurde. Il saisit les billets et les examine à la lumière d'un néon, comme s'il voulait vérifier qu'il ne s'agit pas de faux.

— Quoi ? Tu veux boire quelque chose avec ça ? Vas-y, commande.

Le Philippin reste muet. Oupas lui donne une petite tape sur l'épaule. Comme l'autre ne réagit toujours pas, Oupas lui retire sa casquette pour voir son visage. À ce moment précis, le Philippin se met à planter violemment le couteau à tartiner dans le ventre d'Oupas, à plusieurs reprises, comme l'aiguille d'une machine à coudre. Après quatre ou cinq coups, Oupas perd l'équilibre et s'écroule sur le sol. Le Philippin n'arrête pas pour autant et lui enfonce le couteau dans le flanc. Huisu se rue sur lui, lui balance un grand coup de pied dans la tête. Il lui tord le bras, saisit le couteau dans sa main et le jette par terre. Après quoi, il l'abat d'un violent coup sur la nuque. Le Philippin s'effondre en poussant un cri et s'évanouit. Huisu continue de le bourrer de coups de pied. Le barman et un serveur accourent vers lui et tentent de le retenir. Le visage du Philippin pisse le sang. Oupas aussi saigne abondamment du ventre et du côté. Il pousse de faibles gémissements. Huisu suspend ses coups, attrape quelques serviettes pour tenter de stopper l'hémorragie. Devant leur inutilité, il tire une nappe.

— Vite, appelle une ambulance. Attends, non, prends ma voiture et conduis-le à l'hôpital. C'est urgent, dit Huisu d'une voix précipitée, tout en tendant ses clefs de voiture au barman.

Ce dernier charge Oupas sur son dos et sort rapidement de la cafétéria. Le Philippin est toujours allongé au sol, évanoui.

— Qu'est-ce qu'on en fait ? demande le serveur.

Impossible de l'envoyer à l'hôpital ni d'alerter la police. Huisu réfléchit un instant puis sort une cigarette qu'il colle entre ses lèvres.

— Appelle Danka.

Danka est de retour au Mallijang au bout de deux heures, après avoir installé le Philippin dans la chambre secrète d'un salon de massage, appelé un médecin traditionnel à son cabinet, le Vieux Hwang, pour qu'il vienne le soigner, fait un rapide détour par l'hôpital pour se renseigner sur l'état d'Oupas et y prendre des mesures pour que la police ne soit pas alertée. Huisu, de son côté, a appelé Chef Gu pour lui demander que la police n'intervienne pas tant qu'on n'en saurait pas plus sur la nature de l'incident.

Huisu souffle un peu au bar quand Danka entre dans la cafétéria.

— Qu'est-ce que c'est que ce bordel ? J'étais en train de baiser Miss Park du café Okryeon, moi, râle Danka en prenant place à côté de Huisu.

— Tout est réglé ?

— J'ai fait ce que j'ai pu pour limiter les dégâts, oui.

— Et le Philippin ?

— Sa vie n'est pas en danger. Mais on l'a tellement frappé qu'à mon avis, il aura des séquelles. Dis-moi, grand-frère, c'est toi qui l'as mis dans cet état ?

— Yongkang l'avait envoyé pas mal détruit. Quand je suis allé le voir à la blanchisserie, le type était déjà en bouillie.

Huisu prend la bouteille, sert un verre à Danka et remplit à nouveau le sien.

— On peut demander à Chef Gu de s'en occuper ? demande Huisu.

— Non, il ne faut surtout pas appeler la police ! Étant donné la situation, tout va te retomber dessus. Comment tu vas leur expliquer ce qui s'est passé ? Tu peux pas leur dire *alors jusque-là c'est Yongkang qui l'a tapé et à partir de là c'est moi*. Et puis comme on a aucune preuve, ça va être dur d'accuser Yongkang et de le coller en prison...

— Effectivement. Le type est clairement venu pour planter quelqu'un mais il n'avait même pas de couteau sur lui.

— Avec quoi il a seriné Oupas ?

— Un couteau à tartiner qu'il a pris sur une table...

— Quel connard, ce Yongkang ! Il ressemble à un gorille et il agit comme un renard.

Danka secoue la tête de dépit puis vide son verre.

— M'est avis que ce Yongkang est un vrai fantassin porte-merde.

— Un *fantassin porte-merde* ? répète Huisu, interloqué.

— Tu connais pas ? C'est des connards qui sont payés pour foutre la merde dans le quartier des autres. Par exemple, les gars de Yangsan, quand ils ont pris possession de la ville nouvelle, paraît qu'ils ont employé des fantassins porte-merde. À cette époque, c'étaient des gars du coin qui avaient le pouvoir absolu sur les commerces du quartier. Mais des voyous de Suncheon, employés pour foutre le bordel, sont venus leur faire la guerre. Résultat, ces gars du coin, je crois bien qu'ils étaient cinquante-six, ils se sont tous fait coffrer. En clair, des caïds jusqu'aux petites mains, tout le monde s'est fait passer les menottes. Une fois les voyous en taule, le quartier était vide et les gars de Yangsan l'ont pris sans verser une goutte de sang. Une entrée bien propre dans la citadelle. Ce que fait Yongkang en ce moment, c'est exactement ce que fait un fantassin porte-merde. Il doit forcément y avoir quelqu'un derrière lui. J'ai retourné le truc dans tous les sens, et je me dis que même un type qui a égorgé cent mecs pendant la guerre du Vietnam ne peut pas faire les choses sans couverture.

— Qui serait derrière lui à ton avis ?

— Je sais pas, peut-être Yeongdo, peut-être des gars de Séoul. Voire des Japonais.

— Des gars de Séoul descendraient juste pour avaler le Mallijang ?

— J'en sais rien. En tout cas, on est mal. Imagine, on dégage Yongkang et y a un tigre qui sort... Alors là, on est vraiment cuits.

Huisu réfléchit. Les pensées s'emmêlent dans sa tête, à la fois complexes et floues. Une chose dont il est sûr, c'est qu'il préférerait savoir qui se cache derrière Yongkang, que ce soit un tigre ou un chat.

PIÈGE À POISSONS

Huisu se réveille dans l'après-midi. La nuit a été agitée, tant de choses à régler avant de se coucher, enfin, à l'aube. Il émerge, s'assoit au bord du lit. Il se sent mal. Pris entre vertiges et brûlures d'estomac, comme si l'acide gastrique découpait en fines couches la paroi de son estomac. Ces maux chroniques sont pour ainsi dire l'apanage de Huisu, directement causés par sa vie de voyou. Rien de tel du temps où il était matelot, ni même en prison. Mais avec les cuites à répétition, la cigarette, les repas irréguliers, le manque de sommeil et le stress, l'estomac trinque, quoi de plus normal. Hagard, il observe sa chambre. Une odeur de renfermé typique des hôtels miteux lui pique le nez. Il ouvre la fenêtre et prend une cigarette, avant même de boire un verre d'eau. Mais il ne dépasse pas la deuxième bouffée, il court jusqu'à la salle de bain et se met à vomir. Là, penché au-dessus de la cuvette des toilettes, Huisu réalise soudain qu'il est à bout.

— Je n'en peux plus de cette chambre, je n'en peux plus de cette vie.

Cela fait déjà longtemps qu'il ne supporte plus sa chambre. Elle ressemble trop à sa vie : sale, puante, lugubre. Et surtout, solitaire. À bien réfléchir, Huisu n'a jamais eu de chez-lui depuis Mojawon. Il a commencé sa vie de marginal dans un dortoir délabré et depuis n'a connu qu'une cellule de prison, la cabine crasseuse d'un chalutier et les innombrables chambres des motels miteux louées au mois. Encore aujourd'hui, à quarante ans, il vit dans une chambre d'hôtel. Oh certes, il se trouverait des personnes pour l'envier, après tout, il n'a qu'à ouvrir la porte de sa chambre pour être sur son lieu de travail ! Mais lui envie ceux qui quittent leur domicile le matin pour aller au travail et ne rentrent que le soir. Ici il se lave les dents avec des brosses à usage unique et se rase avec des lames jetables. Il se lave les cheveux avec du shampooing premier prix que personne ne voudrait acheter et le corps avec du savon digne des bains publics.

Quand Huisu entre dans le bureau de Père Sohn, celui-ci est seul, plongé dans une partie de go. Sur l'écran de télé, une émission reconstitue et analyse une partie de maître Seo Bongsu. En bas de l'écran le sous-titrage précise que maître Seo a remporté mille victoires officielles, du jamais vu en Corée. Père Sohn aime le jeu de Seo Bongsu. Contrairement à la plupart des professionnels qui ont suivi une formation au Japon et étudié auprès de grands maîtres, Seo Bongsu a appris le go dans la rue. Les vieux du quartier, les vendeurs de légumes, quelques escrocs... Il a joué avec eux et a appris de tous. Un jour, il a atteint le sommet. L'admiration que voue Père Sohn à Seo Bongsu a quelque chose d'ironique pour lui qui vient d'une famille aisée et qui a étudié à l'université avant de reprendre le business du grand-père. Le parcours de Huisu collerait mieux avec celui de Seo Bongsu, sauf qu'il se fiche du go. Et qu'il se fiche également de savoir qui vient du sommet ou qui vient de la rue.

— C'est amusant de jouer au go tout seul ? C'est un peu comme jouer tout seul au ping-pong, non ? demande Huisu en s'asseyant sur le canapé.

— C'est très amusant. Pas de perdant qui pleurniche ni de gagnant qui se la raconte.

Père Sohn pose une pierre. Cela fait un moment qu'il joue seul ainsi. Même quand les vieux du bouillon du bœuf lui proposent une partie, il se défile sous divers prétextes, avant d'aller jouer tranquille dans son bureau. Comment un jeu qui consiste à poser alternativement des pierres blanches et des pierres noires peut-il être amusant ? Père Sohn prend une pierre noire entre ses doigts, incline la tête d'un air hésitant, puis la repose dans sa boîte.

— Hier, la bande de Yongkang a aussi débarqué au gogo-bar Bada pour foutre le bordel. Il va recommencer, ce connard, tu crois pas ?

— Oui, je sens qu'il va continuer à s'agiter.

— Putain, mais quel connard ! Et il nous envoie un type déjà abîmé, l'enfoiré ! Qu'est-ce qu'il veut, bon sang ?

— Il veut qu'on le laisse écouler sa came à Guam et qu'on lui ouvre exceptionnellement la porte du port.

— Quelle quantité il aurait ?

— L'équivalent de deux cartons de nouilles instantanées.

— Il voudrait vendre tout ça ici ?

— D'après lui, c'est plutôt pour vendre à des grossistes de Séoul. Il m'a dit qu'il payerait la redevance, environ deux milliards.

— Dis donc, il y va fort, ce petit prétentieux !

— De notre côté, on a rien à perdre. Si ça pète, ça pètera chez eux, s'il faut aller en prison, c'est eux qui iront. Nous, on n'a qu'à regarder le spectacle et grignoter le gâteau.

Huisu guette la réaction de Père Sohn, qui fixe un moment le *goban* avant d'y poser la pierre noire qu'il hésitait à utiliser plus tôt.

— Huisu...

— Allez-y, dites !

— Les trafiquants de drogue, tous les voyous les méprisent et les fuient. Tu sais pourquoi ?

Huisu reste silencieux, alors Père Sohn continue :

— Ce business-là, c'est sucré à la surface, mais c'est du poison à l'intérieur. Au début, ça va paraître rentable, mais ça ne durera pas. Les petits se mettront à se camer, des incidents éclateront par-ci par-là et l'ambiance va vite se gâter. Dès que ça roulera à peu près, des mouches à merde viendront nous coller et l'argent nous filera entre les doigts comme d'une jarre trouée. Quand ça explosera, il sera impossible d'arranger les choses car les flics et les fonctionnaires ne couvriront pas des affaires de dope. Les flics ont une unité spéciale pour ça. Et ces enfoirés viennent directement de là-haut. Ajoute au tableau que les trafiquants de drogue n'ont aucun sens du devoir, de la loyauté. Quand ils se font serrer, ils se couchent pour sauver leur peau. Bref, si on laisse Yongkang distribuer ses deux cartons d'amphétamines, ça va foutre le feu à toute la baraque. Les enquêteurs voudront attraper les gros poissons qui sont derrière l'affaire et ils tarderont pas à découvrir que nous avons ouvert la porte. Que ce soit la fin de notre commerce c'est déjà quelque chose ; le pire c'est que nous aurons creusé nos propres tombes. Je n'ai aucune raison de vouloir finir le reste de ma vie en prison, tu comprends ? Les trafiquants se disent qu'il suffit d'empocher le fric et de se barrer à l'étranger. C'est pas si simple. Quant à sortir du pays avec une somme aussi énorme, c'est pire que tout. Il faut être sans attache ou n'avoir rien à perdre pour se lancer dans ce trafic. Les trafiquants de drogue, Interpol peut les poursuivre jusqu'au bout du monde. Et tu sais à quel point Interpol peut s'acharner, n'est-ce pas ?

— Pas idée.

— De quoi ?

— Interpol. Je l'ai jamais rencontré.

— Arrête de faire l'idiot. Je te donne des conseils majeurs sur la vie et toi tu fais des jeux de mots vaseux. Je te le dis, la drogue, ce n'est pas possible. Si la proposition venait de quelqu'un d'autre, passe encore, mais impossible de faire confiance à Yongkang. Toi aussi, Huisu, tu ferais mieux de garder ça en tête. Si tu touches à cette saloperie, tu feras peut-être un grand festin un soir, mais le lendemain tu crèveras de diarrhée.

Huisu se force pour acquiescer.

— Qu'est-ce que c'est que ça ? Tu as des regrets ?

— Évidemment ! On nous propose vingt milliards ! Ce n'est pas avec ce pauvre trafic de piment chinois que je toucherai une somme pareille.

— Si tu as besoin d'argent, dis-le-moi. Je t'en prêterai.

— C'est bon. Je préfère encore emprunter à Obligation Hong.

Piqué au vif, Père Sohn jette brutalement dans la boîte la pierre qu'il avait en main.

— Mais tu te rends compte de la façon dont tu me parles ? Comment tu peux me comparer à ce dégénéré, après tout ce qu'on a vécu ensemble ? Tu as toujours tendance à me prendre pour une crotte de chien, mais tu as bien tort.

— Chiche, vous me prêtez sans intérêt ?

À cette question sans détours, Père Sohn tergiverse.

— Là tu y vas un peu fort. Ce que je veux dire, c'est qu'on peut trouver un terrain d'entente plus raisonnable que ce que propose Obligation Hong.

— Non, laissez, j'irai lui emprunter du fric. Vous, dès que vous me prêtez un sou, vous me faites marner comme un valet.

— J'ai compris, j'ai compris. Mais dis-moi, pourquoi tu as besoin d'argent ? C'est encore pour jouer au baccara ?

— Non, c'est pour m'installer avec Insuk.

Huisu lance ça sur le ton de la plaisanterie. Il en est le premier surpris. Est-ce une idée qu'il avait gardée longtemps au fond de son cœur ou une plaisanterie sortie de nulle part ? Père Sohn incline légèrement la tête, perplexe.

— Insuk ? Pourquoi Insuk, précisément ?

— Pourquoi cette question ? Vous m'avez bien dit que vous n'aviez pas couché avec elle, non ?

— Bien sûr que non, moi, jamais !

— Je lui demanderai.

— Fais comme tu veux.

Père Sohn ouvre grand les yeux et fixe Huisu, comme pour témoigner de son innocence. Puis il prend une gorgée de thé.

— Est-ce que tu as bien réfléchi avant de te décider ?

— Je ne veux plus passer ma vie à réfléchir.

— Écoute, Huisu, je connais ton cœur. Cet amour, vaut mieux que tu le laisses enterré. Elle date de quand déjà, cette histoire avec elle ? Ce qui est enfoui dans un cloaque pareil, vaut mieux l'y laisser, crois-moi. Si tu t'entêtes à fouiller, tu trouveras que de la merde.

— J'hallucine ! Vous comparez mon Insuk à un égout ?

— Je parle de votre relation. Est-ce que ça a été autre chose, pendant ces vingt dernières années ? Même si vous vous débattez pour vous en sortir, ça restera un cloaque, malgré vos sentiments.

— Ma vie intime ne regarde que moi, vous me prenez pour un idiot ? crie brusquement Huisu.

— Oui, tu es un idiot. Pourquoi Insuk, pourquoi maintenant ? Pourquoi vouloir te mettre avec elle aujourd'hui, alors que tu n'as rien fait pendant vingt ans ?

Huisu reste sans voix. Le vieux a certainement raison, cet amour est un vrai cloaque, un amour puant, sale et abject. Un amour écrasé par toutes sortes de complexes et d'humiliations. Et il en sera toujours ainsi, puisque les hommes continueront infiniment à bavasser devant leur verre sur l'époque où Insuk faisait la pute à Wanwol, sur sa peau douce qu'ils ont caressée et sur sa langue et ses lèvres qui ont sucé leur bite. À chaque fois que Huisu y pense, la colère remonte du fond de ses entrailles, et à chaque fois, elle finit par se retourner contre Insuk. Cet amour est un vrai cloaque, et plus ils se débattront pour en sortir plus ils se saliront.

Père Sohn soulève sa tasse et boit une nouvelle gorgée.

— Les bleus de Patron Og, ils ont à peu près disparu ? glisse Père Sohn, l'air de rien.

— Qu'est-ce qu'il vient faire là, Patron Og ?

— J'ai tenu à lui laisser la vie sauve, par respect pour toutes ces années passées côte à côte, mais comme la situation s'avère plus délicate...

— Vous voulez qu'on le piège avec Yongkang ? s'enquiert Huisu, surpris.

— Tu as une autre solution ?

— Vous voulez qu'on tue un homme parce qu'on a peur de Yongkang ? Quelle déchéance ! Si on commence à reculer, on n'aura bientôt plus rien à défendre dans ce quartier.

— Tu préfères qu'on tende le cou aux sabres de ces types, qui n'attendent qu'une occasion pour déclarer la guerre ? Tu vas le faire, toi, tendre le cou ? réplique Père Sohn d'un ton grave.

Pour toute réponse, Huisu affiche une mine fatiguée. Père

Sohn a raison. Inutile de tendre le cou. Cela ne profitera qu'à Yongkang. Et puis ici, à Guam, ils n'ont plus vraiment de soldats au niveau.

— C'est à moi de m'en occuper ?

— Qui d'autre ?

— Demandez à Dodari. Après tout, c'est lui qui a mis Patron Og dans cet état. Pourquoi je devrais nettoyer sa merde ?

— Tu imagines cet âne de Dodari s'occuper d'une affaire si délicate ?

— Justement, pourquoi c'est toujours moi, ces affaires-là ? s'emporte Huisu.

Père Sohn lui jette un regard interloqué. Qu'est-ce qu'il a Huisu, aujourd'hui ? Un ange passe. Comme d'habitude quand il met en route son petit cerveau pour faire ses calculs, Père Sohn tapote ses genoux du bout des doigts. Huisu a presque l'impression d'entendre le boulier rouler dans sa tête. Père Sohn finit par ouvrir la bouche.

— Tu veux te mettre en ménage avec Insuk, n'est-ce pas ?

— Oui, et alors ?

— Pour t'installer, tu auras besoin d'argent, pas vrai ? Faisons un deal, cet argent contre cette affaire.

Père Sohn retourne la tête vers son damier de go et y pose nonchalamment une pierre blanche. Son petit manège est si détestable que Huisu a envie d'envoyer valser le goban. Quand il a dit à Père Sohn qu'il voulait s'installer avec Insuk, c'était une plaisanterie. Ceci dit, l'argent, il en manque toujours.

— J'emmène qui ?

— Prends Dalja, répond Père Sohn sans lever les yeux de son jeu.

L'ÎLE DE CHÂTAIGNE

À l'aube, Huisu embarque pour l'île de Châtaigne sur un petit bateau à moteur Yamaha V6. Près de lui se tient Dalja, ses cheveux blancs flottant dans le vent. Dalja a soixante-cinq ans, trop vieux pour un surineur. Pourtant, Père Sohn estime qu'il est le seul assassin de sa génération en qui il peut avoir confiance. Il est triste de constater que tous les hommes expérimentés et compétents de Guam, surineurs, voyous, contrebandiers ou commissionnaires, sont si vieux. Tous ont travaillé de longue date pour Père Sohn et aucun ne l'a jamais trahi, supportant la pression de la police ou repoussant les offres de la concurrence. Mais ils sont franchement décatis.

Comme les vieilles putes, les vieux voyous n'ont nulle part où aller. Leur déclin a commencé, ils deviennent froussards, ils se mettent à sélectionner les tâches à accomplir. Or le métier de voyou est un métier salissant, il est impossible de trouver une mission qui laisse les mains propres. Dès qu'un vieux voyou commence à faire le tri dans ses commandes, les mouches se collent à lui. Nul n'ignore que les mouches pondent dans la bouse. Les larves sorties des œufs s'en nourrissent puis finissent pas dévorer la vache. Cela peut paraître absurde, c'est pourtant la vérité. Les maîtres de ce monde-là sont ceux qui font le sale boulot et qui n'ont plus rien à perdre. Là où la majorité des gens reculeraient, eux foncent. Mais qui aurait peur d'un vieux voyou ? Personne ne les craint plus, c'est même ce qui explique qu'un type comme Yongkang ose ouvrir un business à Guam sans demander d'autorisation, chose inconcevable dix ans auparavant.

Après avoir mis le cap sur l'île, Dalja avale une gorgée de soju et tend la bouteille à Huisu. Ce dernier n'a pas une grande envie de boire dès l'aube mais il la prend. Il boit une lampée d'alcool et rend la bouteille à Dalja qui en reprend une avant de ranger le soju. Scrutant la mer encore sombre, le visage rougeaud, le vieux surineur se remet à la barre.

— C'est encore loin ?

— On est presque arrivés.

— Ça va, votre santé ?

— Pourquoi cette question ? Maintenant que tu m'as confié une tâche, tu as des doutes ?

— Je voulais juste savoir si vous vous portiez bien.

— Je ne me porte pas bien. Quand on est vieux, on a mal ici et là, et ça tombe en panne de partout. C'est comme ça. Tu sais ce qu'on dit : on peut survivre après avoir avalé du poison, mais on ne peut pas survivre après avoir avalé le temps.

À ces mots, Dalja rouvre le soju et lampe une petite gorgée. Tandis qu'il referme la bouteille, l'alcool s'agite dangereusement à l'intérieur, suivant la houle. Est-ce à cause de son âge ou de l'alcool, sa main tremble légèrement. Huisu ne l'a jamais vu manier la lame. Aucune personne vivante, d'ailleurs, et les rumeurs vont bon train. Concourant d'autant à sa légende.

Le soleil se lève quand le bateau approche de l'île. Cernée de falaises et de rochers, elle n'offre nul endroit pour accoster sinon un embarcadère fait de panneaux de polystyrène et de bambou, aménagé à côté du parc d'élevage. Les frères Daeyeong et Daeseong les y attendent. Dalja approche du pont et lance une amarre vers Daeyeong qui la saisit et la tire. Son petit frère, Daeseong, le rejoint en courant et noue l'amarre à un pieu. Quand le bateau touche enfin l'embarcadère, Daeyeong tend une main à Huisu, qui l'attrape et descend.

— On vous voit souvent ces temps-ci, grand-frère Huisu ! dit Daeyeong.

Pour les deux frères, qui ne voient presque jamais personne, cette seconde venue de Huisu, après sa visite quelques jours auparavant pour déposer Patron Og, est un événement. Dalja à son tour quitte l'embarcation et Daeyeong s'incline respectueusement devant lui. Complètement indifférent, le vieux voyou s'approche du pieu pour vérifier le nœud. Dalja a déjà fait disparaître des cadavres dans ce parc d'élevage. Selon Père Sohn, il y a deux sortes de cadavres : ceux qui doivent remonter à la surface et ceux qui ne doivent pas remonter à la surface. Ces derniers sont traités ici. Huisu ne sait pas exactement selon quel procédé, il imagine qu'ils sont broyés et donnés en pâture aux flétans. D'ailleurs Huisu a cessé de manger du flétan.

— Patron Og va bien ? demande-t-il.

— D'où vous sortez un crétin pareil ? Il bouffe plus qu'il ne travaille, on subit pas mal de pertes, nous, répond Daeyeong.

— Il ne travaille pas bien ?

— Il se bourre la gueule, il fait la grasse matinée et, quand je lui dis de tirer les filets, il pleurniche qu'il n'a que deux doigts et que c'est trop dur. C'est usant.

— Tu ne devrais pas le laisser boire.

— Sur une île aussi paumée, c'est pas humain d'interdire à quelqu'un de boire.

Huisu hoche la tête, compatissant. Daeseong, le cadet, visiblement ravi d'avoir du monde sur l'île, court partout, un seau à la main. Daeyeong et Daeseong sont les deux fils de M. Hwang, un lutteur très connu et bien bâti originaire de Cheongdo. Il est assez réputé à Guam, les gens apprécient notamment son caractère franc et généreux. Comme leur père, les deux frères sont baraqués. Mais ils n'ont malheureusement pas hérité du caractère droit de leur père et, à force de paris, de bastons et de débauche, ils ont peu à peu amoché la respectabilité que leur géniteur avait accumulée au fil des années. Un jour, une bagarre mémorable a éclaté dans une boîte de nuit de Masan. Daeseong, attardé de naissance, a frappé un type avec une bouteille et l'a tué. Quand la police a publié un avis de recherche, M. Hwang a secrètement emmené le simplet chez Père Sohn.

— Daeyeong est un gars solide et s'il le méritait, je pourrais le laisser partir en prison. Ce serait une vraie leçon de vie pour lui. Mais comme vous voyez, mon deuxième, Daeseong, a une grosse tête et un cerveau qui n'en remplit pas la moitié. S'il part en détention, il va finir par se faire tuer à cause d'une de ses bêtises.

Père Sohn a réfléchi un moment puis a demandé à Daeseong :

— Tu veux aller en prison et te faire taper tout le temps, ou tu préfères rester caché sur l'île de Châtaigne jusqu'à prescription ?

Sans que personne ne puisse deviner s'il avait compris ou pas la phrase de Père Sohn, Daeseong est resté longtemps absorbé dans ses réflexions avant d'ouvrir la bouche.

— Est-ce qu'il y a la télé sur l'île de Châtaigne ?

— Bien sûr ! Et si on tire l'antenne au max, on peut même voir des émissions japonaises.

Tout content, Daeseong a dit qu'il préférait rester sur l'île de Châtaigne. Il s'y trouve depuis huit ans, il lui reste encore sept ans à attendre. L'île abrite un parc d'élevage parfaitement réglementaire qui appartient aux vieux de Guam. Daeseong y habite seul, dans une cabane occupée par les ouvriers pendant la saison de récolte. À cette période, les ouvriers arrivent sur l'île et Daeseong va se cacher dans une grotte. Un grand frère est un grand frère, et Daeyeong passe la moitié de l'année sur l'île, à côté de son petit frère.

Quand Huisu et Dalja entrent dans la cabane, Patron Og est en train de dormir, enroulé dans une couverture rouge tigrée. Le sol de contreplaqué est jonché de restes de sashimis et de sachets utilisés de nouilles instantanées. Des bouteilles vides qui roulent de-ci de-là complètent le tableau. Daeyeong secoue Patron Og.

— Non, non, pas du poisson, je préfère le porc.

Patron Og peine à se réveiller et grommelle. Il est encore soûl de la veille. Sa bouche entrouverte, d'où s'échappent encore des ronflements, empeste l'alcool.

— C'est à devenir dingue, dit Daeyeong.

— Pourquoi il est dans cet état ? demande Huisu.

— J'en sais rien. Il est tout le temps comme ça.

Agacé, Daeyeong donne un grand coup de pied dans les fesses de Patron Og, qui ouvre aussitôt les yeux et regarde à droite et à gauche. Il reste un bon moment à promener son regard sur Huisu et Dalja avant de sursauter comme devant des messagers d'outre-tombe.

— Quel vent vous a poussés jusqu'ici ? Vous êtes venus pour me tuer ?

Dalja le fixe sans lui répondre.

— Levez-vous et allez vous laver, on vous attend ici. On doit causer de choses importantes, dit Huisu.

Patron Og se met à ramper vers Huisu, toujours saucissonné dans sa couverture rouge tigrée. Il lui agrippe une cheville.

— Huisu, mon chéri, sauve-moi ! J'ai beaucoup réfléchi ici. Et j'ai beaucoup travaillé. Tu n'as qu'à demander à Daeyeong. Il paraît que j'ai si bien bossé que la production du parc d'élevage a doublé.

Huisu se retourne vers Daeyeong, l'air impressionné. Ce dernier, abasourdi, laisse échapper un rire absurde.

— Non, on ne va pas vous tuer. Arrêtez vos bêtises et allez vous laver avant qu'on se mette à table. Vous puez vraiment, s'irrite Huisu.

Patron Og se dégage de sa couverture et se lève lentement, pataud. Puis, il se gratte les fesses vigoureusement. Son pyjama est tellement sale qu'on ne saurait deviner sa couleur originelle. Un gros trou, au niveau des fesses, laisse voir un slip qui semble tout aussi crasseux. Qu'un P-DG puisse se mettre dans un tel état est effarant. Soudain il chancelle et s'affaisse au sol. Agacé, Huisu fait claquer sa langue.

— C'est à devenir fou.

— C'est parce que je suis pas bien réveillé. Ces derniers temps j'ai bossé jour et nuit, j'ai plus de force dans les jambes.

— N'importe quoi, c'est plutôt vous qui nous emmerdez ! À vous entendre, on croirait qu'on vous a fait bosser comme un dingue, intervient Daeyeong.

Blotti dans son coin, Patron Og prend une cigarette, jaugeant l'atmosphère. Dalja pose sur la table la grande glacière qu'il a apportée. Il retire son couvercle et en sort des assiettes qu'il dispose sur la table.

— Je prépare des sashimis ? demande Daeyeong.

— Quelle brute ! De la bouffe crue dès l'aube ? dit Huisu.

— Oui, prépare une assiette. Après tout ce trajet, j'ai besoin d'une collation bien fraîche et d'un petit verre, dit Dalja.

Huisu se laisse convaincre, à contrecœur.

— Ne me mets pas de flétan, alors.

— T'inquiète pas, grand-frère, c'est pas le flétan auquel tu penses. Maintenant, nos flétans sont nourris avec des aliments sains, dit Daeyeong défendant son commerce.

— Peu importe, je n'en veux pas.

Daeyeong hoche la tête d'un air entendu, puis entrouvre la porte en bois de la cabane pour appeler son frère.

— Hé, Daeseong, on va préparer des sashimis !

Tout excité, Daeseong entre en courant dans la cabane, attrape le filet et ressort aussitôt. Pendant ce temps, Dalja a garni la table de différentes pièces de viande soigneusement découpées, du rôti de bœuf, de la bavette d'aloyau, des côtes, de la hampe, de l'onglet et de l'araignée de bœuf. Les yeux de Patron Og s'écarquillent. Il s'approche de la table, détaillant avidement tous les morceaux de viande.

— C'est quoi, tout ça ?

— J'ai été appelé dans les environs pour préparer un repas et j'ai pris les restes pour les amener ici. Huisu m'avait suggéré de vous offrir un peu de viande, à vous qui bossez dur ici, dit Dalja d'une voix douce.

— C'est vrai ? C'est pas pour me tuer que vous êtes venus ? demande Patron Og à Huisu.

— Pourquoi on ferait bouffer toutes ces viandes si chères à quelqu'un qu'on va tuer ? Quand M. Dalja m'a appris qu'il partait préparer un repas sur un bateau à sashimis, je me suis dit qu'il pourrait vous offrir un peu de viande et que ce serait l'occasion pour moi de discuter avec vous, notamment du titre de propriété de Yongkang. Eh bien, allez vous laver, maintenant, qu'on puisse manger un morceau et discuter, ajoute Huisu d'un air tranquille.

Patron Og semble soulagé. Il met une serviette autour de son cou et va dans la salle de bain. Huisu s'attend à ce qu'il se passe seulement de l'eau sur le visage, mais Patron Og part carrément sous la douche. À travers la porte, on l'entend même fredonner. Incrédule, Huisu secoue la tête.

— Il ne semble pas encore avoir médité sur ses fautes, dit-il.

— L'homme n'est pas fait pour méditer sur ses fautes, tu sais, rétorque Dalja en souriant.

Celui-ci sort et revient avec des braises de charbon de bois dont la bonne odeur emplit la pièce. Daeyeong apporte un plat de sashimis et Daeseong un panier garni de salade, de piments, de feuilles de sésame et de cresson fraîchement cueillis dans le potager. La table ainsi parée annonce un vrai festin. Huisu regarde attentivement l'assiette de sashimis. La chair de poisson, sans arêtes ni peau, est parfaitement découpée et il est difficile de distinguer les différents poissons.

— Y a pas de flétan, hein ? s'enquiert Huisu sur le ton de la plaisanterie.

— Non, non, tu as de la dorade, de la sole et de la perche, que du naturel ! C'est Daeseong qui les a pêchés pendant son temps libre, dit Daeyeong.

— C'est moi qui les ai pêchés, déclare Daeseong qui ouvre la bouche pour la première fois.

— Ben vous en prenez pas ? s'inquiète Daeyeong.

— On va attendre Patron Og, répond Huisu.

Daeseong promène un regard émerveillé sur les différents morceaux de viande étalés sur la table. N'y tenant plus, il pique en un éclair un morceau de bavette qu'il avale goulument.

— C'est bon ? demande Dalja en riant.

— C'est bon, confirme Daeseong.

Dalja prend son couteau, découpe une fine tranche de viande et la tend au petit frère qui l'avale avec avidité. Il en découpe quelques-unes de plus et les propose à Huisu et à Daeyeong, qui refusent d'un mouvement de tête. Étonné de ce refus, Dalja prend une tranche et la met dans sa bouche, tandis que Daeseong finit le reste avec joie. Patron Og est toujours sous la douche. On entend la chaudière tourner à plein régime.

— Il y a déjà pas assez de fioul pour nous et lui va tout brûler pour sa pomme, s'irrite Daeyeong.

Trois cigarettes de Huisu plus tard, Patron Og sort de la salle de bain, frottant ses cheveux humides avec sa serviette. Sans se soucier de Daeyeong qui le fusille du regard, il applique sur son visage différents produits cosmétiques et se brosse les cheveux. Enfin, il se met à table. Dalja attise le feu avec un éventail et installe une grille sur le charbon. Il y pose quatre morceaux de viande et agite à nouveau l'éventail pour accélérer la cuisson. En quelques secondes, la viande est grillée. À l'aide d'une paire de baguettes, il prend les quatre morceaux et les distribue un par un dans l'assiette de chacun.

— C'est de la hampe. Avec un peu de gros sel, c'est meilleur.

Huisu, Daeyeong, Daeseong et Patron Og goûtent la viande. C'est la meilleure que Huisu ait mangée depuis des années.

— Punaise ! Manger cette viande, M. Dalja, ça me donne l'impression d'être sur votre bateau à sashimis, s'exclame Patron Og.

— Tu es déjà monté sur mon bateau, Patron Og ?

— Oui, il y a environ vingt ans, Père Sohn et moi, on vous l'avait réservé pour une soirée avec le directeur des équipements de la mairie et le capitaine des pompiers. On avait aussi embarqué quatre filles de Wanwol.

— Ça alors, vous êtes déjà monté sur le bateau à sashimis de M. Dalja, Patron Og ? Moi j'y suis jamais allé, dit Daeyeong, surpris.

— Tu oses te comparer à moi ? crie Patron Og, piquant une colère.

— Il fallait au moins être juge, procureur, maire ou général pour pouvoir monter sur le bateau de M. Dalja, n'est-ce pas ? demande Huisu.

— Évidemment. Le bateau de M. Dalja était le top en matière de bateau-bar. Il était réservé aux meilleurs d'entre nous. Même si aujourd'hui je ne suis plus rien à cause de mon addiction au jeu, j'ai été de ceux-là. À l'époque, je supervisais les travaux de canalisation et de tuyauterie de Guam. Il n'y a pas un seul grand bâtiment du quartier que je n'ai pas retapé. Et puis je détenais dix pour cent de l'hôtel Mallijang.

— Ah oui ? dit Huisu, pour l'encourager à continuer.

— À l'époque, donc, le nouveau capitaine des pompiers était un sacré casse-pied. Il ergotait sans cesse sur la loi et le règlement. Il disait que les équipements que j'avais fait installer n'étaient pas aux normes, qu'il fallait tout casser, tout refaire. La saison d'été allait s'ouvrir et on ne pouvait pas mener à la fois les commerces de plage et un chantier de rénovation. On lui a demandé de nous laisser un peu de temps, jusqu'à l'automne, il a rien voulu entendre. Alors, que faire ? On a fini, Père Sohn et moi, par l'emmener avec le type de la mairie sur le bateau de M. Dalja, pour les amadouer.

— Ah, c'était ce jour-là, dit Dalja en hochant la tête, la mémoire lui revenant.

— Vous vous en souvenez ? Au début, le capitaine était assis tout droit, l'air sévère, sans toucher la nourriture, sans boire un verre, sans accorder un regard aux filles. Mais comment ne pas succomber à la cuisine de M. Dalja ? Il faisait griller du bœuf au feu de bois, il découpait, avec des coups de couteau sonores de la viande de baleine sur une planche... Tout autour de lui, chacun mâchouillait sa viande, qui un morceau de bœuf, qui un morceau de thon, qui un morceau de baleine, de quoi devenir fou. N'y tenant plus, le capitaine a fini par accepter un morceau, en faisant semblant de se faire prier. Mais vous connaissez ces viandes... Après ce premier morceau, il s'est emballé comme une locomotive sans freins. Quelques heures plus tard, on l'a retrouvé ivre mort avec une fille à l'arrière du bateau ! Il lui tenait une jambe en l'air et il y allait si fort qu'il est tombé par-dessus bord. Qu'est-ce qu'on s'est emmerdés pour le repêcher !

— C'est vrai, je me souviens, confirme Dalja.

— C'est si amusant, un bateau à sashimis ? demande Daeyeong, curieux.

— Tu parles. Un banquet divin sur la mer. Avant, au Japon, seule la famille impériale et les hauts dignitaires pouvaient monter dans ces bateaux. Boire le meilleur des alcools, savourer les plats les plus fins, réciter des poèmes une main sur le sein chaud d'une jeune fille, tout ça sur un bateau flottant sur les vagues au milieu de la mer, sous le clair de lune... Il n'y a pas de plus grand plaisir au monde, déclare Patron Og.

— Si l'ambiance est si géniale, pourquoi réciter un poème ? Plutôt se taper une fille, non ? s'interroge Daeyeong en faisant la moue, visiblement dépité de n'avoir pas connu cela.

— T'es nul en raffinement. Les vagues clapotent et font tanguer doucement la lune et les fesses des filles. Tu vois, un bateau-bar c'est autre chose que nos gogo-bars où on tripote des filles dans un espace grand comme un trou de cul.

Patron Og coince une cigarette entre les deux doigts restants de sa main droite et l'allume. L'alcool lui fait revivre sa période de gloire et ses yeux s'embuent.

— C'était une belle époque. Si seulement je n'avais jamais touché au jeu...

Dalja pose deux ormeaux et deux coquilles Saint-Jacques sur la grille chaude puis agite son éventail. Ses gestes sont soigneux, parfaitement maîtrisés. La cuisson terminée, il pose un ormeau et une coquille Saint-Jacques dans l'assiette de Patron Og. Le bœuf qu'il n'a pas encore mangé à force de parler est gorgé de sang.

— Prends un verre, dit Dalja en tendant son propre verre à Patron Og.

Celui-ci le prend poliment. Dalja le remplit. Patron Og le vide d'un trait et le lui rend aussitôt.

— Tu veux un morceau de baleine ?

— Vous avez aussi de la baleine ? Waouh, c'est mon jour de chance !

— Oui, c'est vrai, c'est votre jour de chance, dit Huisu en riant.

Dalja sort de la glacière un gros morceau de baleine enveloppé de papier huilé, le déballe et le découpe devant Patron Og. Ce dernier ne peut pas s'empêcher d'en attraper quelques bouts avec ses baguettes, tout en enchaînant les verres. Son visage rougit d'un coup, saturé par tout cet alcool dès le matin dans son estomac vide, ajouté à son reste d'ivresse de la veille.

— Dites-moi, Patron Og, c'est vrai que vous êtes gaucher ? lance Huisu, railleur.

— Gaucher ? De quoi tu parles ?

— Ah, je le savais ! Quel idiot je suis de vous avoir cru, dit Huisu en riant.

Patron Og, l'air de ne rien comprendre, dévisage Huisu.

— L'autre jour, vous avez affirmé que ne mourrez pas sans avoir tué Yongkang. Là, je vous ai demandé comment vous comptiez vous y prendre, avec votre main à deux doigts, et vous m'avez juré que vous étiez gaucher.

— Ah, ça ? C'est juste que j'étais à court d'argument, alors j'ai sorti n'importe quoi, avoue Patron Og, un peu gêné. Si seulement j'étais gaucher... Tout serait plus facile. Quand bien même, ça n'aurait pas été faisable. Yongkang, c'est pas un étourdi et il se laisserait pas frapper par un type comme moi.

— Vous êtes sacrément rusé, en tout cas.

— Arrête... J'ai honte.

Huisu rit. Dalja fait de même et Patron Og finit par les imiter. Huisu fait signe à Dalja de le laisser seul avec Patron Og. Il compte boucler la discussion sur cette affaire avec Yongkang avant que Patron Og ne soit totalement ivre. Dalja pose son couteau et sort, emmenant les deux frères avec lui. Daeseong, en pleine dégustation de viande et ne comprenant rien à la situation, râle. La porte fermée, Huisu prend une cigarette et fixe Patron Og.

— Maintenant, écoutez-moi bien. Votre vie en dépend.

À ce changement brutal d'atmosphère, toute trace de jovialité s'efface du visage de Patron Og.

— Yongkang déconne complètement. On veut l'envoyer derrière les barreaux. Mais avant d'appeler la police, il nous faut des éléments. Vous pouvez nous aider ?

— Je ferai tout mon possible. Mais tu crois que je peux vous être utile ?

— Vous savez où se trouvent la came et le registre de Yongkang ?

Le regard de Patron Og se brouille.

— Non, je ne sais pas. Comment veux-tu que je le sache ?

— J'ai entendu dire que c'est vous qui étiez en charge de l'installation du coffre chez Yongkang. Ce sont juste des rumeurs, peut-être ? On dit aussi que les cinquante millions que vous avez touchés après avoir fait couler la blanchisserie viendraient de ce service.

Là, Patron Og frémit.

— Parlez, si vous voulez rester en vie. Autant que ce soit moi qui mette la main sur le coffre avant la police.

— Quand vous aurez eu Yongkang, vous me laisserez la vie sauve ?

— Qu'est-ce qu'on gagnerait à vous tuer ? On ne tue personne si ça ne rapporte rien, vous le savez, non ?

Patron Og respire profondément. Il tente de biaiser.

— Je ne me suis occupé que de l'installation du coffre. Je n'ai aucune idée de ce qu'il contient.

Huisu s'impatiente et mord sa lèvre inférieure. Patron Og reprend :

— Quand Yongkang sortira de prison, comment tu comptes arranger les choses avec lui ? Tu ne crois pas qu'au lieu de faire appel à la police, ce serait plus franc de lâcher tes gars et de le maîtriser toi-même ?

— C'est impossible de le maîtriser, là, maintenant. Il a mis en place plein de pièges et il veut nous pousser à la guerre.

Patron Og fait une mine déconfite.

— À sa sortie, ce sera la mort pour moi.

— Pour un simple sachet de drogue, c'est au moins dix ans. On va essayer de résoudre les problèmes urgents d'abord, si vous le voulez bien. Franchement, Patron Og, vous croyez que c'est le moment de vous soucier d'un coup de couteau que vous pourriez recevoir dans dix ans ?

— C'est vrai, Huisu. Tu as raison. Je ne suis pas en position de penser à ma retraite.

— Quand Yongkang sera dans nos filets, il faudra que vous alliez deux ou trois mois en prison, pour jeu illégal. Un fois sorti, faudra vous ressaisir et gérer sérieusement la blanchisserie. Si Yongkang se fait mettre au trou, vos dettes disparaîtront. Une aubaine, non ? Vous pouvez laver votre vie. Quand vous pensez à vos enfants aujourd'hui, vous n'avez pas pitié d'eux ?

— Si, si, j'ai pitié. Mes pauvres enfants. Désormais, je vais être quelqu'un de bien. Oui, tu as raison, je vais essayer de repartir sur de bonnes bases.

Patron Og mange un morceau de baleine puis boit un verre.

— Où est le coffre ? insiste Huisu.

Patron Og, résigné, ouvre la bouche :

— À la blanchisserie, la machine numéro sept est toujours en panne. Si tu l'ouvres par derrière, à l'endroit du moteur, tu verras le coffre. Le code est 354788, mais il a peut-être changé récemment.

Huisu hoche la tête, visiblement satisfait. Patron Og, effrayé par ce qu'il vient de faire, pâlit. Huisu ouvre la porte et appelle Dalja. Daeyeong et Daeseong qui entrent dans la cabane en râlant se remettent aussitôt à manger. Dalja pose quelques nouveaux morceaux de viande sur le charbon et le festin reprend. Au bout d'un moment, Daeyeong et Daeseong, repus, retournent travailler, laissant les trois autres continuer leur beuverie. Patron Og enchaîne les verres, léger d'avoir lâché ce qui lui pesait, ou bien alourdi d'avoir trahi un secret.

— Aujourd'hui c'est chouette, vraiment chouette. Les bouteilles sont bonnes, les plats sont bons et les convives aussi, murmure-t-il, ivre.

Huisu, assis à côté de lui, continue de le servir tandis que les vivres ne cessent de sortir de la glacière de Dalja, véritable corne d'abondance.

— Huisu, moi, je t'aime bien. Qu'est-ce que j'aimerais avoir un fils comme toi ! Père Sohn, il est vraiment chanceux. Dès qu'il prend un verre avec des gens, il parle de toi avec fierté, comme si tu étais son fils.

— Lui, fier de moi ? Il n'arrête pas de me critiquer.

— Non, tu te trompes, il est très fier de toi. Moi, si j'avais un fils comme toi, je n'aurais aucun souci à me faire. Tu es solide, tu bosses bien, tu as une bonne nature... Même si tu as grandi sans père, tu n'es pas aigri et tu as de la noblesse. C'est pour ça que je t'aime bien, Huisu.

— Ah, vous trouvez ?

— Oui, je trouve.

Patron Og finit son verre et Huisu le ressert aussitôt.

— D'ailleurs, à ce propos, je te conseille de te marier rapidement. Avant, les voyous les plus redoutables étaient ceux qui n'avaient ni femme ni enfants, mais les temps changent, les voyous ont besoin d'une famille.

— Vous qui avez les deux, femme et enfants, pourquoi vous arrivez aussi peu à vous maîtriser ? enchaîne Huisu d'un ton taquin.

— Justement... Quelqu'un qui n'est pas doué, il n'y arrivera pas de toute façon, quelles que soient les conditions.

Patron Og vide une nouvelle fois son verre d'un trait. Huisu le ressert.

Vers midi, l'ivresse de Patron Og est à son maximum. Il finit par s'écrouler sur la table en marmonnant sans cesse :

— Aujourd'hui, je me sens bien, vraiment bien...

De la salive coule de sa bouche, imbibant le bois de la table. Son visage est radieux et serein. Quand il commence à ronfler, Dalja se lève et sort de la cabane. Il revient avec une malle et une corde d'à peu près cinq mètres qu'il avait gardées sur le bateau.

— Va attendre dehors, dit-il.

— Je ne peux pas rester ? demande Huisu.

— Ça m'est égal.

Huisu a bien envie de sortir, mais sa peur de paraître lâche le cloue sur place. Qu'il soit présent ou pas, il sera de toute façon difficile de se dédouaner si cette affaire vient à se savoir un jour. Dalja esquisse un sourire mystérieux, comme s'il lisait dans les pensées de Huisu. Il enfile des gants de cuir, monte sur la table et fait passer la corde par-dessus la poutre maîtresse. Après quoi il redescend et l'enroule autour du cou de Patron Og. Apparemment gêné par la corde qui le chatouille, l'ivrogne se gratte avec sa main à deux doigts. Huisu se dit que Patron Og est incontestablement droitier. Il se dit aussi que cette question n'a plus aucune importance, à ce stade. Dalja respire profondément puis tire la corde de toutes ses forces. Le corps de Patron Og est hissé en un éclair. Criant, suffoquant, la victime cherche à enlever ce qui l'étrangle. La corde tendue grince entre les gants de Dalja. Les pieds de Patron Og s'agitent violemment à la recherche d'un endroit où se poser, mais il n'y a plus rien. Les quelques minutes avant l'arrêt de sa respiration semblent une éternité. Enfin, Patron Og cesse définitivement de s'agiter. Son sphincter se relâche et des excréments coulent le long de sa jambe. Une puanteur atroce s'échappe de son pantalon. Dalja défait la corde et, reprenant son souffle, sort de la malle un sac plastique noir qu'il déplie.

— Aide-moi à le soulever, dit-il.

Huisu et Dalja soulèvent le corps de Patron Og et le mettent dans le sac plastique noir. Laissant le nœud autour du cou, Dalja ramasse la corde, la dépose dans le sac et remonte la fermeture Éclair.

LE BROUILLARD

Au retour de l'île de Châtaigne, le bateau est enveloppé d'un brouillard épais. Huisu, qui a vomi deux fois, est assis sur la proue. À cette période de l'année, la mer de Guam est toujours recouverte de ce brouillard, accompagné d'une puanteur malséante, disons, celle que dégageraient des parties génitales atteintes d'une maladie vénérienne. On a coutume de dire que l'emblème de Guam est son vieux funiculaire, en vérité il s'agirait plutôt de ce brouillard gorgé d'humidité salée avec son odeur d'eau croupie. Les touristes, choqués, se bouchent le nez et les commerçants se plaignent de l'impact d'une telle pestilence sur leurs affaires. Quelques notables de Guam ont essayé d'en trouver l'origine : certains avancent l'hypothèse qu'elle viendrait des algues qui pourrissent, d'autres pensent qu'elle est due au rejet des eaux usées directement dans la mer, sans traitement. D'aucuns évoquent la décomposition des poissons et des crustacés morts, accumulés le long de la digue depuis sa construction. Certains prétendent carrément qu'elle provient de la putréfaction des nombreux cadavres jetés à l'eau. Enfin, le pasteur du quartier a sermonné la population, clamant qu'il s'agissait de l'odeur du péché et qu'elle ne disparaîtrait qu'après le repentir des coupables par la mortification de leur chair. Huisu se dit que le pasteur a sans doute raison, car Guam est à ce point irrécupérable que même ce pasteur a été arrêté et emprisonné, quelque temps après, pour pédophilie.

Le corps de Patron Og a été retrouvé par un éboueur, à l'aube, à l'extérieur d'un bâtiment à deux étages, en face de la salle de jeu de Yongkang. Du fait de l'obscurité et du brouillard, l'éboueur a d'abord cru à un grand oiseau accroché au pylône. L'anus de Patron Og ayant relâché tout le contenu de ses intestins, les éboueurs, pourtant habitués aux diverses puanteurs, ont dû se pincer le nez. Dix minutes après la macabre découverte, les policiers de la brigade criminelle, menés par Chef Gu, prennent d'assaut la salle de jeu de Yongkang et arrêtent les joueurs à la queue leu leu. La police met aussi la main sur un registre de prêts illégaux, des promesses de dons d'organes et un sachet de drogue. L'opération est un véritable traquenard et Yongkang n'a pas le temps de se sauver : la police l'épingle sur son lit de camp, dans son bureau, en slip. Il se laisse menotter sans résistance car en bon vétéran, il comprend de suite d'où sortent les documents et le sachet de poudre. Avec un sourire, il demande au policier qui lui présente les menottes de le laisser passer son pantalon. Reculotté, en chaussettes, il tend les poignets.

À dix heures, Huisu reçoit un appel de Chef Gu.

— C'est bouclé. Il y a assez de preuves.

— Il va prendre combien ? demande Huisu.

— Difficile à dire. Mais une salle de jeu clandestine, des prêts illégaux et la drogue... au moins cinq ans, je suppose. Avec ce macchabée pour dette de jeu, il pourra pas s'en sortir si facilement.

— Désolé de vous avoir dérangé dès l'aube.

— Arrêter les méchants c'est la mission de la police, non ?

— Jetez un œil dans le coffre de votre voiture. On vous a laissé un carton. Un conseil : allez-y mollo, si vous voulez éviter l'indigestion.

— T'inquiète. On sait se tenir devant l'oseille.

Huisu raccroche puis ouvre le coffre installé sous son bureau. Il y a déposé le sac de Yongkang rapporté de la blanchisserie. Il l'a pris en douce ce matin, avant que la police ne débarque. Patron Og avait dit vrai, il était dissimulé dans le moteur de la machine numéro sept. Huisu y a trouvé dix kilos d'amphétamine. Il espérait y trouver du cash, mais non, juste la drogue. Le regard vide, Huisu se recueille devant le sac rempli d'amphètes. Il se demande combien ce fourbi pourrait lui rapporter. Pas grand-chose, certainement. Les fourgues ne déboursent jamais lourd pour ce genre de marchandise encombrante. Ceci dit, s'il en tirait, par chance, un milliard de wons, ça lui suffirait pour quitter ce foutu quartier. Sans aucun regret et sans se retourner. L'instant d'après, Huisu secoue la tête. Il sera impossible de mettre tant de came discrètement sur le marché. Il ne serait être question de se charger seul de ces transactions, ce qui voudrait dire partager le business avec d'autres et payer des intermédiaires. Dès la drogue sur le marché, des rumeurs ne tarderaient pas à circuler, et arriveraient aux oreilles de Père Sohn. À ce moment-là, Huisu serait un homme mort. Le vieux n'était pas du genre à épargner la vie d'un subalterne qui l'aurait mis en danger en vendant de la drogue.

Huisu n'avait parlé du sac d'amphétamine ni à Chef Gu ni à Père Sohn. Il aurait pourtant suffi qu'il le fasse pour boucler Yongkang au moins dix ans en prison. En fait, il n'y avait même pas pensé ; il avait simplement laissé passer le bon moment. S'il leur montrait le sac maintenant, ce serait source de malentendus et d'ennuis inutiles. Huisu remet le sac dans le coffre, sous son bureau, qu'il referme. Il se lève et se dirige vers le bureau de Père Sohn.

Les yeux de Père Sohn, rouges et congestionnés, témoignent d'une mauvaise nuit.

— Chef Gu vient de m'appeler. Tout est réglé, dit Huisu.

Père Sohn hoche la tête, rassuré.

— Tu as bien bossé.

— Vos yeux sont pas beaux à voir.

— Je n'ai pas dormi de la nuit. Avec l'âge, ce genre d'affaire me dépasse. Et puis, Patron Og et moi, on se connaissait depuis quarante ans. On s'appelait *grand-frère* et *petit-frère*... Je me demande pour quelle gloire je suis forcé d'aller si loin, à mon âge... Bref, cette nuit, j'étais angoissé. Pour tout te dire, j'ai même rallumé une cigarette.

Effectivement, un mégot raccourci d'une latte ou deux gît dans le cendrier en verre. Dans la poubelle, à côté de la table, un paquet de cigarettes. Père Sohn a arrêté de fumer dix ans auparavant, après une crise aiguë d'hypertension. Manifestement le sevrage est délicat, à chaque affaire délicate il grille une clope en douce. Après quoi, se sentant coupable, il se débarrasse du paquet. À l'infini. Huisu se penche et repêche le paquet.

— Pourquoi tu le ressors ? Je l'ai jeté, je suis fermement déterminé à ne plus fumer.

— Elle est marrante, votre détermination. Combien de fois vous me l'avez sortie, celle-là ? Et puis, donnez-les à ceux qui fument, vos paquets, c'est absurde de jeter des cigarettes intactes. Vous qui tremblez pour jeter un mouchoir.

Père Sohn pose un regard sans expression sur la poubelle puis hoche la tête. Huisu fourre le paquet dans sa poche.

— Il a deux enfants, Patron Og ?

— Oui.

— Quel âge ont-ils ?

— Le petit est à l'école, et la fille au collège.

— Ils sont encore petits, ça fait mal au cœur cette histoire.

Sans s'en rendre compte, Huisu grimace. L'attitude sentimentale et théâtrale de Père Sohn l'irrite. Chaque fois que se produit une chose de ce genre, il se débrouille pour garder les mains propres et se permet d'afficher une mine peinée et compatissante. Pour Huisu, c'est écœurant. Malgré son statut de caïd, Père Sohn n'a jamais enfoncé son couteau dans quiconque. Il n'a connu ni les soubresauts du corps qui agonise, ni l'odeur fétide du sang qui poisse la lame, ni la puanteur des entrailles déchirées répandant leurs excréments. Sa compassion n'est que faiblesse et lâcheté, pense Huisu.

Père Sohn ouvre un tiroir dont il tire deux enveloppes.

— La grosse est pour toi. La petite, tu la remettras aux enfants de Patron Og.

— Si je leur apporte de l'argent maintenant, ça va faire jaser, non ?

— De quoi pourrait-on jaser ? C'est la part de la blanchisserie qui revient à leur père, après liquidation. Ils vont avoir besoin d'un peu d'argent pour les funérailles, ces petits.

Huisu ouvre les enveloppes. Celle destinée aux enfants de Patron Og contient trente millions, la sienne soixante-dix millions. Huisu ne comprend pas. Pourquoi soixante-dix millions ? Les calculs de Père Sohn sont toujours obscurs. Le tarif habituel pour ce type de job c'est cinquante millions. Cinquante pour Dalja, cinquante pour Huisu, trente pour Chef Gu. Et dix millions pour coudre la bouche des frères Daeyeong et Daeseong. Là, il avait déjà donné leurs enveloppes à Chef Gu et aux frères. Bref, cette enveloppe que Huisu a entre ses mains contient trop pour lui tout seul ou pas assez pour partager avec Dalja.

— Qu'est-ce que tu as ? Ça ne colle pas avec tes calculs ?

— Il faut soustraire la part de M. Dalja ?

— Non. Pour Dalja, je ferai une enveloppe à part.

— Alors pourquoi est-elle si épaisse ? C'est étonnant, pour un radin comme vous.

— Tu m'as bien dit que tu voulais t'installer avec Insuk ? Je t'ai mis un peu plus pour que tu trouves un logement. J'ai bien réfléchi et j'ai fini par admettre que tu avais peut-être raison. Ce n'est pas facile de s'entendre véritablement avec quelqu'un et tu n'es plus très jeune. Aimer quelqu'un c'est pas évident. Alors quand on est sûr de ses sentiments, il faut tout faire pour que ça marche. La femme que tu aimes peut être prostituée, défigurée même... peu importe, laisse médire tous les affreux. De toute façon, il n'y a pas d'homme si pur ni de fille si dépravée. Les gens, on peut les laver et les réutiliser.

— Arrêtez de parler comme ça. Insuk n'est pas un torchon qu'on passe à la machine, s'irrite Huisu.

Père Sohn le dévisage, estomaqué.

— Tu es un vrai taré ! Tu t'énerves quand je t'encourage et tu t'énerves quand j'essaie de te retenir. Sur quel rythme tu veux que je danse ?

— Justement. Au lieu de guetter la moindre petite musique pour danser, faites celui qui ne sait rien et taisez-vous !

— Espèce d'idiot, je te dis tout ça parce que j'ai peur que tu fasses fausse route. Les ratés le sont dans quatre-vingts pour cent des cas à cause d'une femme. Quand on fait fausse route à ton âge, c'est terminé, direct.

— Vous me prenez pour un gamin ? Je suis assez grand pour distinguer le pet de la merde.

Père Sohn fixe Huisu un moment puis secoue la tête en faisant claquer sa langue. D'un geste machinal, il ramasse le mégot dans le cendrier pour le rallumer. Se rappelant la présence de Huisu, il sursaute comme pris en flagrant délit et repose aussitôt le mégot. Devant son manège, Huisu laisse échapper un rire sarcastique.

— Monsieur, ceci n'est pas vraiment ce qu'on appelle *arrêter de fumer*. Vous devriez arrêter de dire à tout le monde que vous ne touchez plus à la cigarette.

— Qu'est-ce que tu racontes ? J'ai clairement arrêté.

Huisu secoue une main, pour couper court à la conversation.

— Vous aviez autre chose à me dire ?

— Tu veux aller faire un somme ?

— Non, il faut bien garder le bureau. Restons vigilants quelque temps, voir comment les choses évoluent.

Père Sohn acquiesce. Huisu glisse les enveloppes dans la poche intérieure de son blouson et se lève.

— Merci pour l'argent.

— Pas de quoi, répond Père Sohn, fier et content d'avoir réussi, pour une fois, à faire valoir sa générosité auprès de Huisu.

Quand Huisu arrive devant son bureau, il est surpris d'y trouver Dodari qui l'attend.

— Qu'est-ce que tu fais là de si bonne heure ?

Sans répondre, Dodari le salue d'un bref signe de tête.

— Viens, entre.

Huisu pousse la porte et pénètre dans son bureau. Dodari reste planté à l'entrée.

— Quand il se passe ce genre de choses, tu pourrais me tenir au courant.

Contrairement à son habitude, Dodari parle d'un ton grave.

— Quelles choses ?

— Quelles choses ?! Depuis ce matin les flics s'agitent dans tous les sens et tu me demandes de quoi je parle ?

— Ah, ça ? Ça n'a rien à voir avec nous, replie tes antennes, va !

— Mais putain ! Comment ça, rien à voir ?

Dodari continue à crier. Huisu, interloqué, le regarde de travers. À cet instant, une sirène se met à hurler dans la rue. Toutes les sirènes se ressemblent, difficile de savoir si celle-ci vient d'une voiture de police, d'un camion de pompier ou d'une ambulance. Quand la sirène se tait, un silence embarrassant s'installe entre Huisu et Dodari. Visiblement, ce dernier est toujours furieux.

— Ce ne sont pas tes affaires. Police ou pas, tout ça ne te concerne pas, coupe Huisu.

— Eh, je te rappelle que je suis quand même l'administrateur délégué de cet hôtel ! Ce n'est pas normal que j'apprenne cette affaire par Oupas, en passant dans le hall. Tu aurais dû m'en parler avant.

Piqué à son tour, Huisu brandit son poing devant Dodari.

— Connard, tu aurais voulu que je vienne te faire un rapport préalable ? Pour qui tu te prends ? Tu veux que je te fracasse le crâne ?

Face à la menace, Dodari pâlit et se recroqueville. Huisu baisse son bras, les yeux furibonds. Si Dieu lui permettait un jour d'exaucer trois vœux, le premier serait de pouvoir frapper Dodari, et le deuxième de l'enterrer.

— Dodari, la vie est rude pour toi aussi, j'imagine ? demande-t-il soudain d'une voix douce.

Dodari, craintif, hoche la tête. Huisu ne comprend pas s'il acquiesce ou s'il veut exprimer autre chose.

— Ces derniers temps, la mienne non plus n'est pas facile. Alors, cher Dodari, voilà ce que je te propose : à partir de maintenant on va vivre ensemble dans la compassion.

Dodari cligne des yeux d'un air entendu. Huisu regagne son bureau et s'assoit. Dodari semble avoir quelque chose à ajouter. Il reste debout, indécis, un pied calé dans l'entrebâillement de la porte.

— C'est vraiment sûr que Yongkang a été attrapé ?

Sans lui répondre, Huisu le dévisage d'un œil mauvais. Dodari baisse le regard.

— Je demande ça, parce qu'après ce qui est arrivé à Patron Og, j'ai la trouille. Tu te souviens, je l'ai sacrément frappé il y a pas longtemps...

— Il n'y a aucune raison pour que tu sois entraîné là-dedans, et aucun risque que la police vienne te chercher. Crois-moi, Yongkang aura du mal à s'en sortir cette fois-ci.

Dodari hoche la tête en mordillant sa lèvre inférieure. À cet instant précis, Huisu perçoit furtivement sur son visage une expression d'échec.

— Je te laisse. Repose-toi.

Dodari fait volteface et quitte le bureau d'un pas lourd. Huisu tapote de l'index son bureau... Yongkang et Dodari... Quelque chose se trame entre ces deux-là. Mais quoi ? Difficile d'imaginer un marché ou une alliance entre deux individus aussi mal assortis : Dodari est trop stupide pour monter une affaire avec Yongkang. Et puis, comme Huisu, il ne peut rien faire à Guam sans l'accord de Père Sohn ; on lui tolère juste ses petites affaires avec Jeongbae, qu'il récolte un peu d'argent et qu'il boive à l'œil dans les bars. Les oreilles du vieux sont grandes ouvertes et captent dans toutes les directions ; la rue n'a pas de secret pour lui, il aurait su tout de suite pour ses magouilles. Sur un bout de papier, Huisu écrit « Dodari et Yongkang » et l'entoure plusieurs fois. Las de ne trouver aucune explication, il froisse le papier et le balance dans la poubelle.

Il sort les enveloppes de sa poche et les pose sur le bureau. Père Sohn n'utilise ces enveloppes brunes que pour ses affaires à haut risque. Elles sont d'un papier translucide, pas plus épais que du *hanji**, et sont striées de traits bleus à peine visibles. Chaque fois que Huisu voit ces enveloppes, les traits bleus lui font penser à des veines tranchées par un rasoir et le sentiment d'un danger imminent le saisit. Il ouvre les deux enveloppes et sort les chèques qu'elles contiennent. Soixante-dix millions pour lui et trente pour le défunt Patron Og. De ce que Huisu sait, la part de Patron Og dans la blanchisserie s'élevait pourtant à cinquante millions. La somme qu'il a perdue aux jeux est évidemment supérieure mais, dans leur milieu, l'usage veut que dans les cas extrêmes où quelqu'un paye de sa vie, ses proches récupèrent son investissement de départ. Père Sohn aura probablement pioché vingt millions dans la part de Patron Og pour les ajouter à l'enveloppe de Huisu. Les morts se taisent et ne viennent pas réclamer leur argent, alors que Huisu a dit à Père Sohn son besoin d'argent pour s'installer avec Insuk. Père Sohn a-t-il cru sincèrement qu'ils pourraient s'installer avec soixante-dix millions ? Au mieux Huisu et Insuk pourraient s'acheter un vieil appartement miteux, ou une bicoque avec les toilettes à l'extérieur. Huisu se souvient alors de la somme que Père Sohn a lâchée pour le mariage de Dodari et une vague d'irritation monte en lui. Pour l'occasion, il a offert aux jeunes mariés un appartement de cent vingt mètres carrés avec vue imprenable sur la mer de Guam, une Mercedes-Benz et une lune de miel d'un mois à Hawaï. Dodari a quand même trouvé le moyen de se plaindre : « De nos jours, qui va à Hawaï ? » ou « Cette Mercedes d'occase est beaucoup trop bruyante », etc. Mais quand Huisu lui dit vouloir se marier, le vieux ne sort que soixante-dix malheureux millions.

Un jour, Père Sohn, trouvant Huisu trop généreux avec ses hommes, lui a donné quelques conseils.

— Huisu, écoute-moi, ce n'est pas quand le chien a faim qu'il mord son maître, mais quand il est repu. Ne crois pas que c'est en le gavant qu'il te sera loyal.

---

* Le papier coréen hanji est fabriqué à la main à partir de fibres de mûrier. Il est utilisé pour l'écriture, la peinture, les emballages et sert également de tissu.

Selon Père Sohn, les chiens doivent être affamés pour respecter leur maître. Autrement dit, Huisu est l'un de ces chiens, juste assez nourri pour ne pas crever. Comme l'a dit Yangdong, le Mallijang passera aux mains de cet abruti de Dodari, Huisu ne succédera jamais à Père Sohn. Les mains d'un successeur doivent être vierges de sang, c'est pourquoi Huisu sera écarté. En réfléchissant, on se rend vite compte que c'est inévitable. Le moment venu, Huisu sera gentiment éjecté vers un petit commerce minable, comme Yangdong, ou vers l'un de ces bars au bord de la faillite. Ou bien il sera supprimé, sans bruit ni rumeur, comme Patron Og. Huisu ne s'est jamais rêvé à la tête d'un gang, encore moins comme propriétaire du Mallijang. Il trouve ridicule, dans l'absolu, de se démener pour devenir le caïd d'une bande de voyous dans un coin aussi perdu et de se soumettre en permanence aux humeurs des policiers et autres notables. Seulement il a beau détester Guam, l'idée d'être jeté après usage l'agace prodigieusement. Plus que ça, il ressent une sorte de néant, comme lorsqu'on pose un pied dans le vide. Un faux pas et il finira pendu à un pylône, le pantalon plein de merde.

Huisu se lève, ouvre la fenêtre et prend une cigarette. Sur la plage, des femmes au service d'une entreprise de nettoyage ramassent avec des pinces les déchets sur le sable blanc : bouteilles, canettes, algues, plastiques divers. Quand la plage sera propre, des camions entiers de sable viendront la remblayer. Chaque année, sans doute à cause du réchauffement climatique et de la montée des eaux qui l'accompagne, la plage perd du terrain. Après l'été, tout le sable a disparu, emporté par les vagues, et il ne reste que de la caillasse. Chaque année, la quantité de sable à remettre augmente. Tout ce manège, ce sable continuellement emporté par la mer et continuellement remplacé, semble à Huisu aussi absurde que sa propre vie.

Sa cigarette finie, il l'écrase dans le cendrier et se rassoit devant son bureau. Son estomac le brûle, il ouvre un tiroir et en sort plusieurs flacons de comprimés contre l'acidité gastrique mais aussi des anxiolytiques et des antidépresseurs. Il dépose dans sa paume un comprimé de chaque flacon, les fourre dans sa bouche et boit un grand verre d'eau. Le téléphone sonne. C'est Tang, le Vietnamien.

— Je voulais savoir comment ça se passe.

La voix de Tang ne tremble pas mais Huisu sent clairement son inquiétude.

— Vous êtes où ?

— Le type court sur pattes nous a emmenés à la chambre d'hôtes. On ne sait pas si on est en sécurité ici. On est tous inquiets.

— Vous êtes en sécurité là-bas, aucun risque de voir la police débarquer. Ne sortez pas, restez bien planqués. La situation reste tendue. Dès que ça rentre dans l'ordre, je viens vous voir.

Huisu raccroche et consulte sa montre. Midi passé. La nuit dernière, il a appelé Tang et lui a soufflé que les flics pourraient débouler chez Yongkang à l'aube, qu'il ferait mieux, s'il ne voulait pas se faire gauler en même temps, de se mettre à l'abri avec ses hommes. Tang a choisi d'abandonner Yongkang et de se retirer. Huisu a demandé à Danka de les emmener dans une auberge vide en basse saison, dans un quartier isolé de la ville. Comme la police n'a arrêté que des Philippins, Huisu en déduit que Tang n'a mis à l'abri que ses Vietnamiens.

Huisu prend la clé de sa voiture et quitte son bureau. Au lieu d'aller voir Tang, il descend au restaurant. Là, il prend tout son temps pour déjeuner. Après le repas, il commande un café qu'il sirote tranquillement et reste encore plus de deux heures à regarder par la fenêtre. Huisu déjeune et dîne toujours à la même table, au fond du restaurant. Contrairement aux autres tables flanquées d'une baie vitrée, celle-ci est placée près d'une petite fenêtre qu'on peut ouvrir pour fumer ou simplement profiter de la brise marine. De temps à autre, le manager vient demander à Huisu s'il désire autre chose et ce dernier lui commande tantôt un autre café, tantôt rien du tout, secouant une main lasse. Huisu n'apprécie pas cette attitude servile, les courbettes du type le mettent mal à l'aise.

Huisu consulte sa montre : presque quinze heures. Tang et ses amis vietnamiens doivent l'attendre. L'affaire est terminée mais inutile de se précipiter. Tang est peut-être pressé, pas Huisu.

Plus l'autre s'épuise, plus la négociation sera facile. Le regard perdu dans le lointain, Huisu cherche où caser les amis de Tang. Déjà il va falloir loger et nourrir ces soldats. Ensuite, il faudra leur trouver du boulot, qu'ils puissent toucher un salaire. Ce ne sera pas le plus difficile car contrairement aux voyous de Guam, qui se soucient avant tout de leur confort et rechignent à bouger le petit doigt, les Vietnamiens sont volontaires et sérieux, quel que soit le travail qu'on leur confie. Le problème sera plutôt de faire en sorte que voyous de Guam et Vietnamiens s'entendent. Rien que d'y penser, Huisu en a la migraine.

Cigarette aux lèvres, il tire la fenêtre pour l'ouvrir. Les rayons de soleil de fin d'après-midi réchauffent doucement l'air et il sent une langueur l'envahir. Il repense à son mariage avec Insuk. Il a lancé ça à Père Sohn comme une plaisanterie, mais il a lui-même du mal à comprendre son attitude. Pourquoi cette plaisanterie, pourquoi ce ton léger, pourquoi à Père Sohn ? Peut-être ce désir d'épouser Insuk se tortille depuis toujours quelque part dans son cœur. Il a souvent imaginé sa vie avec Insuk et ce vagabondage dans sa tête a toujours provoqué en lui un sentiment suave et réconfortant. Le même qu'il a retrouvé quand Insuk lui avait nettoyé les oreilles, la tête sur ses cuisses douces, ou quand il a senti l'odeur de sa nuque, celle d'un lange de bébé séché au soleil. Mais se marier pour de bon, c'est une tout autre histoire. Guam peut avoir l'air d'une ville, mais en réalité c'est un village, où tout le monde sait tout sur tout le monde, jusqu'au nombre de cuillères dans la cuisine du voisin, et vous auriez beau être arrivé ici il y a cinquante ans, vous resteriez un *étranger*. Les natifs de Guam, dont la seule fierté est de vivre ici depuis des générations, aiment s'installer dans des pièces reculées pour boire du soju et dévoiler, en gloussant, les dessous honteux des autres. Les misérables et les faibles constituent le plat idéal pour accompagner leur soju. Huisu ne supporte pas l'idée d'être à son tour la cible de leurs moqueries. Il déteste ce sentiment d'humiliation qui se transforme en colère, et il déteste plus encore le sentiment de sa propre misère qui succède à cette colère. Cette peur et ce dégoût ont commencé à Mojawon. À cette époque, les enfants portent des vêtements usés et sales. Faute de salle de bain correcte, ils sont toujours crasseux et puants. Ils sont si pauvres qu'ils peinent à s'acheter un cahier ou un crayon et qu'il leur arrive souvent de pas pouvoir payer à temps les frais de scolarité – pourtant dérisoires –, ce qui leur vaut d'être punis devant toute la classe. À Guam, les enfants de Mojawon sont la risée de tous. Par jeu, on les frappe dans la rue, à l'école, sur la plage. Leur seul tort est d'être crasseux et de sentir mauvais. Le petit Huisu pense que les choses sont ainsi parce qu'ils n'ont pas de père, même un pauvre bougre mais qui, si son enfant était battu, le défendrait avec son bâton. Il a raison. Ne pas avoir de père, c'est être infiniment misérable et faible dans ce monde violent.

Combien d'années restera-t-il gérant de l'hôtel ? Pas tant. Un jour un type plus vif et plus ambitieux, en même temps que moins cher et plus obéissant, viendra prendre sa place. Il aura beau se démener, ça ne changera rien. Tout ce qu'il aura fait reviendra à Dodari. La vie de voyou, pense Huisu, c'est trimer sans cesse pour servir leur bouillie aux chiens. D'un autre côté, s'il quitte le Mallijang maintenant, il ne sera plus rien. Certes, il est respecté dans ce quartier mais, hors de Guam, il n'est qu'un malfrat quelconque au casier judiciaire bien chargé. Quand Père Sohn lâchera Huisu, Obligation Hong bondira et le dépècera pour prendre ses organes. Là, Huisu aura atteint le comble de la misère.

Il écrase sa cigarette et se lève. Le manager s'élance vers lui et lui demande, avec maintes courbettes, si le repas lui a plu et s'il n'a pas besoin d'autre chose. Huisu observe son visage. Ses yeux, son nez et sa bouche sont trop centrés, il a l'impression de voir un moulin en papier qui tourne dans le vent. Un moulin qui lui demande s'il n'a pas besoin d'autre chose et s'il n'y a rien qu'il puisse faire pour lui être agréable. La servilité du manager lui est décidément très désagréable, comme si elle le renvoyait à sa propre situation. Exaspéré, Huisu lui répond qu'il n'a besoin de rien.

Arrivé dans le couloir de l'hôtel, Huisu s'arrête un instant. Le rideau de la fenêtre laissée ouverte pour aérer ondule dans le vent. C'est l'un de ces mornes après-midis où il n'a envie de rien.

Au lieu d'aller à l'auberge pour retrouver Tang et ses amis, il retourne à son bureau. Il a beaucoup de choses à faire mais son cerveau est si engourdi et si brumeux qu'il ne sait pas par où commencer. Il s'assoit devant son bureau et fait basculer le fauteuil vers l'arrière, au maximum. La tension de ces deux derniers jours se relâche, une profonde torpeur l'envahit.

AMY

Un homme se dirige à grands pas vers le bureau du gérant de l'hôtel Mallijang. Nous sommes en avril mais l'homme porte un vieux blouson militaire matelassé d'ouate. Il est grand, environ un mètre quatre-vingt-dix, sa tête frôle les lampes suspendues au plafond. Il doit peser au moins cent dix kilos. D'une carrure impressionnante, avec sa grosse tête et ses os épais, il aurait fait un fier guerrier s'il était né au Moyen Âge. Mais à notre époque, ce grand corps semble encombrant et décalé, tout comme ce blouson rembourré qu'il porte en plein mois d'avril. Le pas nonchalant, les épaules qui dansent, on dirait un gros gamin. L'homme s'arrête devant le bureau du gérant. Il pousse doucement la porte et promène son regard espiègle à l'intérieur de la pièce. Huisu dort profondément dans son fauteuil renversé en arrière. À pas de loup, l'homme s'approche et scrute le visage du dormeur, comme s'il cherchait un petit détail dans un grand tableau. Soudain Huisu sursaute, réveillé par une frayeur subite, et se dresse en empoignant un crayon sur son bureau. Il s'est levé trop vite et vacille légèrement. L'homme agrippe alors le bras de Huisu qui titube.

— Ça alors, tu m'as fait peur ! Qu'est-ce qui t'a pris ? s'inquiète l'homme, plus surpris que Huisu.

Étourdi, Huisu regarde son vis-à-vis et, le reconnaissant enfin, pousse un soupir.

— Putain, quel con... !

Gêné, il balance le crayon sur le bureau.

— Quand est-ce que tu es arrivé ?

— Là, à l'instant.

— Tu es sorti de prison depuis je ne sais combien de temps et tu viens seulement montrer ta gueule ?

Huisu le rudoie, encore sous le coup de sa surprise. Mais l'homme n'est pas le moins du monde affecté par ce ton. Il arbore un sourire rayonnant.

— J'avais une affaire urgente à régler.

— Quelle urgence peut bien avoir un type qui sort juste de taule ?

— Précisément, il y a tout un tas de trucs à régler en sortant.

— Quel cirque ! On m'a dit que t'étais allé chercher une gonzesse vers Gangwon.

— Eh, quoi de plus urgent que de retrouver un amour perdu ? Un jour, papa, tu m'as dit toi aussi qu'entre l'amour, l'argent et l'honneur, c'était l'amour qui comptait le plus.

Face à cette joyeuse exubérance, Huisu sourit, s'étire et prend une cigarette.

— T'en veux une ? demande Huisu.

Amy refuse de la main.

— Je ne prends pas de trucs mauvais pour la santé. Il faut prendre soin de son corps. Toi aussi, papa, tu devrais arrêter. Y a rien de bon à tirer du tabac.

— Tu dis des conneries. Toi, tu picoles jusqu'à tomber ivre mort.

— L'alcool est bon pour la santé, réplique Amy qui refuse de céder.

Huisu lui lance le paquet à la figure mais Amy le saisit au vol avec agilité. Huisu, impressionné, ouvre de grands yeux. L'air de rien, Amy esquisse un sourire et repose poliment le paquet sur le bureau.

— Alors, cet amour si foutrement urgent, tu l'as retrouvé ?

— Bien sûr. Comment aurait-il pu se perdre quand je me donne à fond ? Je l'ai trouvée dans la province de Gangwon, je l'ai suppliée pendant une semaine et hier soir, enfin, on a débarqué ici.

Le visage d'Amy rayonne de joie et de fierté.

— Et où se trouve la demoiselle ?

— À cette heure, elle dort dans un motel.

— Lequel ?

— Celui qui est à l'intersection de trois rues. Motel Bulimjang, un truc dans le genre.

— Tu parles d'un romantique. Après tant de peine, tu retrouves une demoiselle et là, tu la colles dans un motel ? Qui plus est, un motel si pourri que même les ados l'évitent.

Ne sachant que répondre, Amy se gratte l'arrière du crâne.

— Amène-la ici. Je te donnerai une chambre spéciale avec vue sur mer. Maintenant que son Amy est sorti de prison, c'est le moins qu'un père puisse faire, non ?

— Motel ou hôtel, c'est pareil. Qu'est-ce qu'il y a de mieux dans un hôtel ? Dans les deux, y a des toilettes et une douche, eh ben pour moi, c'est pareil.

Huisu saisit un paquet de mouchoirs sur son bureau et le jette sur le crâne d'Amy. Cette fois-ci, le paquet vient rebondir contre son front.

— Ce que tu peux être bavard, petit salopiot ! Quand je te dis de la faire venir ici, tu la fais venir !

Amy gratte une nouvelle fois l'arrière de sa tête, ramasse le paquet de mouchoirs et le pose délicatement sur le bureau, près des cigarettes.

— Tu es peut-être trop jeune pour le savoir, mais les filles détestent les motels. Entre un homme qui les emmène dans un motel et un homme qui les emmène dans un hôtel, comment dire... C'est une question de respect. Ou plutôt d'intensité de l'amour. Enfin bref, ça change tout.

— Intensité de l'amour, tu dis ?

Amy reste bouche bée.

— Évidemment. Comment veux-tu qu'une chambre avec son calendrier publicitaire pour le soju collé au mur puisse inspirer le respect et créer une ambiance érotique ?

Amy réfléchit un instant puis hoche la tête.

— C'est vrai. Ça peut être un vrai problème.

— Bien sûr que c'est un problème.

— Elle est belle, ta chambre du Mallijang ?

— T'inquiète. Elle a une vraie ambiance érotique.

Amy serre les poings et murmure « érotique » en aparté.

— Mais, papa...

— Oui ?

— ... j'ai un autre souci, plus important que cette histoire de chambre. Et là, je vais vraiment avoir besoin de ton aide.

— Tu as besoin d'argent ?

— Non, c'est pas ça. Cette demoiselle, elle est gentille, c'est une fille bien. Tu pourras en parler à ma mère ?

— Elle ne plaît pas à Insuk ?

— Elle ne veut même pas la voir ! Parce que c'est une gogo danseuse.

— Tu sais très bien que ta mère ne veut pas de filles de bar, pourquoi faut-il justement que tu la choisisses elle ?

— Qu'est-ce qu'il y a de mal avec ces filles ? Moi, je préfère une gogo girl qu'une étudiante, je suis plus à l'aise.

— Parce que tu es déjà sorti avec une étudiante, toi ?

— Non, pas encore, mais j'aimerais pas.

— Bref, tu causes sans savoir, quoi.

— Je déteste être mal à l'aise, c'est tout. Et franchement, papa, tu crois qu'une fille qui est allée à la fac accepterait de vivre avec moi ?

— Aucune chance.

Amy fait la moue.

— Euh, merci papa, t'es pas obligé de trancher si net. C'est pas tout à fait impossible que ça arrive, quand même. Elles ont quoi de plus, ces étudiantes ? Et puis moi, je suis grand, fort, et j'ai un visage à croquer, pas vrai ?

— Ça, c'est vrai, notre Amy est plutôt mignon. Ce que je voulais dire, c'est qu'il est assez peu probable qu'une petite intello qui vient d'entrer en fac après une scolarité brillante décide de tout plaquer pour batifoler dans les égouts avec toi, juste parce que tu as une jolie petite gueule. Tu piges, bêta ?

Amy lève les yeux au plafond et réfléchit sur ce qu'il vient d'entendre. Il semble avoir du mal à comprendre ce discours un peu alambiqué.

— Ok, tu veux la version simplifiée ?

— Non, c'est bon, je percute. Tu me prends pour un benêt ? *Ça va être difficile mais si je fais un peu d'efforts, ça peut marcher.* En gros c'est ça, hein ?

— Arrête ton cinéma, gamin.

Huisu écrase sa cigarette, s'étire. Il est encore engourdi de sa sieste. Amy se précipite pour lui masser les épaules.

— Dis donc, elles sont toutes bloquées, tes épaules.

Amy a une telle poigne que Huisu grimace de douleur.

— La vache, ça fait mal !

— Ok, alors fais comme ça, papa. C'est super efficace pour détendre les muscles dit Amy qui rejette ses bras vers l'arrière et les fait tourner, dans une étrange gymnastique.

Huisu, sans réfléchir, l'imite.

— Où est-ce que tu as appris ça ?

— En prison, pendant les heures de sport.

Refroidi, Huisu arrête net ses mouvements.

— Je déteste tellement repenser à la taule que j'arrive plus à avaler de haricots.

— Pourtant mon truc c'est vraiment efficace pour décontracter les épaules, marmonne Amy qui continue ses mouvements.

Huisu le regarde un moment poursuivre sa gymnastique – ou plutôt sa danse – puis, comme s'il se souvenait de quelque chose, il ouvre un tiroir de son bureau et en sort cinq billets d'un million.

— Prends ça pour tes menues dépenses. Achète-toi des vêtements, tiens. C'est quoi ces nippes ? Même les réfugiés de guerre, dans le temps, étaient mieux habillés que toi.

Amy jette un bref coup d'œil sur les billets que lui tend Huisu puis agite ses mains.

— Non, non, c'est bon. Je suis plus un gosse.

— Tu te crois adulte, sans doute ? Allez, prends-les vite, je me fais mal, insiste Huisu.

Amy cède, à contrecœur.

— Il y a trois millions de la part de Monsieur et deux de ton père. Monsieur s'inquiète beaucoup pour toi. Va le saluer.

— Entendu.

Amy fourre négligemment l'argent dans une poche de son jean. Les billets dépassent de sa poche. Huisu, qui l'a regardé faire, semble fâché.

— Tu n'as pas de porte-monnaie ?

— J'aime pas les porte-monnaie, ça gonfle les poches.

— Mais tu es fou ou quoi ? Tu te promènes avec tes billets à l'air ?

Huisu rouvre son tiroir et en retire cette fois un petit paquet dont le papier cadeau est ouvert d'un côté. Il a dû le recevoir de quelqu'un. Il déchire le papier, ouvre la boîte et en sort un porte-monnaie. Il y glisse un billet de cent mille wons et le tend à Amy.

— C'est fabriqué en Italie, cuir de veau véritable, foutrement cher. Ma parole, je suis en train de donner de la confiture aux cochons.

Amy examine le porte-monnaie en détail et le renifle.

— Waouh, il sent bon en plus ! Mais c'est quoi ce blé ? Un bonus ?

— Quand tu offres un porte-monnaie, il est d'usage d'y mettre quelques sous.

Amy hoche la tête, comme s'il venait d'apprendre quelque chose.

— Si un jour j'offre un sac à main à ma demoiselle, faudra que j'y mette un peu d'argent aussi ?

— Des billets ou des capotes, ça, ça te regarde.

Amy glousse. Il ressort les billets de sa poche et les met dans son nouveau porte-monnaie, qu'il glisse à l'arrière de son jean. Quelque chose a l'air de le gêner, il hésite, reprend le porte-monnaie qu'il finit par fourrer dans la poche intérieure de son blouson.

— Sinon, à part ça, tu vois ma mère de temps en temps ? Ma mère, elle, elle ne pense qu'à toi tous les jours.

— N'importe quoi. Pourquoi elle penserait à moi ? Il y a assez d'hommes qui tournent autour de son bar.

— Tu te trompes, papa. Pour ma mère, il n'y a que toi qui comptes.

— En fait, il y a quelques jours, je suis passé prendre un verre au bar. J'ai pris un repas à la maison, aussi.

— Tu t'es réconcilié avec maman ?

— Ça veut dire quoi ? Je me suis jamais disputé avec ta mère.

— Ben, depuis que t'as foutu une rouste à mon prof principal, vous vous êtes un peu éloignés. Avant, c'était bien plus sympa.

L'évocation de cette histoire échauffe franchement Huisu.

— Putain ! Quand est-ce que je me suis battu avec ton prof ? On s'est juste attrapés par le collet, enfin non, c'est plutôt ce connard qui m'a empoigné. Moi, je n'ai fait que me défendre.

— Papa... dit Amy, soudain sérieux.

— Quoi ?

— Ne laisse plus filer le temps, épouse ma mère. Si vous vous mariez, on sera père et fils pour de vrai tous les deux, ce serait génial, non ?

— Je n'ai aucune envie d'être ton vrai père. C'est déjà si difficile d'être un faux.

— Pfff, je sais que tu aimes ma mère. Tu dis ça parce que c'est une pute ?

— Sale petit con ! Comment tu appelles ta mère ?

— Et alors ? Moi j'ai pas honte que ma mère soit une pute. C'est grâce à l'argent qu'elle a gagné sur le trottoir qu'elle m'a nourri et que je suis devenu aussi grand, pas vrai ? Toi tu as honte de ma mère, papa ?

— C'est pas la question.

— Bien sûr que c'est la question.

— Je te dis que non, s'énerve Huisu qui se mord la lèvre inférieure.

Amy, pas du tout intimidé, fixe Huisu. Gêné par sa propre colère, Huisu s'allume une cigarette.

— Ma mère, elle est bien plus romantique qu'on pourrait croire. Elle a vendu son corps à Wanwol, mais elle n'a jamais flirté avec personne.

— Tu mens.

— C'est la vérité. Elle a jamais ramené un type à la maison. Et j'ai toujours vécu avec elle, tu sais.

— Bizarre, parce que l'autre jour, quand je suis passé chez toi, un connard avait laissé traîner un pyjama et un slip. D'ailleurs j'ai failli déchirer le pyjama en mille morceaux.

— Un pyjama tout moche avec des tournesols ?

— Exact.

— C'était le mien, en primaire.

Huisu reste sans voix et rougit.

— Putain, c'est quoi ces guibolles... elles sont plus courtes que celles d'un gamin de dix ans... grommelle-t-il à voix basse en regardant ses jambes.

— Au fait, tu es occupé ce week-end ? interroge prudemment Amy, guettant l'humeur de Huisu.

— Ce week-end ? Je ne sais pas. Enfin oui, je suppose. Il y a toujours des choses à faire. Pourquoi ?

— Mes beaux-parents descendent à Busan et je vais les inviter à dîner avec ma mère. Tu pourras venir ?

— Tu veux dire que ce week-end, c'est la présentation officielle ?

— Oui.

Huisu réfléchit, mais secoue la tête négativement.

— Non, pas question. Qu'est-ce que je foutrais là ?

Amy se gratte la tête, hésite un moment puis reprend :

— En fait, mon beau-père m'a demandé si mon père était en vie et j'ai baratiné que oui. C'était délicat de dire le contraire.

N'ayant jamais eu l'occasion d'aller voir son futur beau-père pour lui demander la main de sa fille, Huisu peine à comprendre ce qu'Amy entend par *délicat*, en revanche, il sait ce que c'est de grandir sans père.

— Où est-ce que vous allez dîner ?

— Je n'ai pas encore décidé. Peut-être dans un restaurant chinois traditionnel. Ça devrait aller, non ?

— Amène-les ici. Je vais réserver une table au restaurant de l'hôtel. Ceux qui bossent ici sont des nuls mais notre chef est une perle.

— Génial, voilà une bonne idée ! Ça veut dire que tu viens ?

Huisu acquiesce d'un mouvement de tête. Amy est visiblement heureux, un sourire éclaire son visage, son adorable sourire. Amy est toujours de bonne humeur et il a le talent de rendre cette joie communicative.

— Sinon, tu as pensé à ce que tu vas faire après ? Ta mère est inquiète, elle veut que tu aies un travail honnête.

— Même si j'en voulais j'en trouverais pas, je sais rien faire.

— Tu n'as pas appris un métier en détention ? Paraît que de nos jours on peut y suivre des formations.

— Tout ce que j'ai c'est de la force.

— Tu n'as pas essayé de passer un examen, de valider une équivalence scolaire ?

— Dès que j'ouvre un bouquin, je m'endors.

— Qu'est-ce que tu as fichu tout ce temps alors ?

Pour toute réponse, Amy esquisse un sourire.

— En fait, je compte monter une affaire avec Huinkang.

— Quel genre d'affaire ?

— Il a été contacté par des commerçants de Wollong. Ces derniers temps, plein de gars de toutes sortes foutent le bordel dans le quartier. Les commerçants se font racketter. Du coup, Huinkang pense qu'on pourrait monter une petite affaire pour la protection des boutiques et la circulation dans les rues.

Huisu se fige.

— Tu veux dire... du côté du carrefour de Wollong ?

— Oui, côté carrefour et derrière, vers les échoppes ambulantes.

— Tu veux dire que tu vas affronter les proxénètes de Wollong ?

— Ces gars-là c'est des mauviettes. Juste bons à cogner les filles.

— Amy, te lance pas dans cette affaire.

— Pourquoi ?

— Les gars de Wollong, c'est des coriaces. Ils ont l'air mous, mais s'ils ont réussi à rester au fil des années, il y a bien une raison. Même Doyen Nam n'arrive pas à les pousser dehors. Comment veux-tu y arriver ? Si ça tourne mal, tu vas retourner direct en taule.

— Papa, j'ai pas mal réfléchi, derrière les barreaux. J'ai décidé de ne plus prendre de risques inutiles. Mais j'ai besoin d'argent.

— Tu n'as ni femme ni enfants, quel besoin tu as de gagner tant ?

— La dernière fois, quand j'ai fait la grosse bêtise, tu sais, un de nos gars a été tué et deux autres sont restés handicapés. Puis il y a aussi une fille qui élève seule son enfant parce que son mec est sous le coup d'un avis de recherche. Mes gars dispersés, ma demoiselle qui me fait confiance et qui va m'épouser, ma mère qui travaille encore pour tenir son bar... Pour pouvoir soutenir tout le monde, je ne peux pas me contenter d'un ou deux contrats avec quelques bars.

— Le mort et les deux handicapés, en quoi c'est ta faute ?

— C'est ma faute.

— Tu en veux toujours à la bande de Cheoljin ?

— Non, je n'ai aucune rancœur contre grand-frère Cheoljin. J'étais trop jeune, c'est tout. Et je n'en veux pas non plus à Monsieur, ni à toi, de pas m'avoir soutenu. La situation était très compliquée et on n'avait pas un sou. Aujourd'hui, j'ai vraiment besoin de fric.

— Je comprends que, sortant de prison, tu sois pressé. Mais dans ce milieu, les choses sont pas si faciles qu'il y paraît.

— Je sais. J'ai beaucoup réfléchi et j'ai pas mal mûri. Ne t'inquiète pas, papa, il n'y aura aucune conséquence ni pour toi ni pour Monsieur quand je bosserai à Wollong.

— Les conséquences, les emmerdes, je m'en fous. Ce qui importe, c'est ta vie.

— Je serai raisonnable, plaide Amy d'une voix grave et ferme.

Huisu réalise qu'Amy n'est plus un enfant à qui on donne un peu d'argent de poche. À vingt ans à peine, il a pris la tête d'une bande de sept voyous. Déjà en ce temps il n'avait peur de rien et se dépensait comme un forcené. Rien ne l'arrêtait. Juste avant que la guerre éclate entre Amy et le clan Dalho, Huisu et Père Sohn, malgré leurs multiples tentatives, n'ont pas réussi à apaiser les tensions. Car Amy ne savait pas ce qu'est la peur et Cheoljin, son adversaire principal, cadre du clan Dalho, ne pouvait pas se permettre de reculer d'un seul centimètre devant une bande de gamins de vingt ans. Reculer devant eux, c'était renoncer pour toujours à la vie de voyou.

Dès le début, la guerre a été terrible. Face à l'armée de Yeongdo, puissante et expérimentée, le camp d'Amy a subi de lourdes pertes. Aujourd'hui, Amy semble penser qu'il est seul responsable du déclenchement des hostilités qui ont coûté la vie à l'un des siens et en ont laissé deux autres amochés ; il voudrait se racheter en veillant sur leurs familles. Pourtant, la responsabilité de cette guerre ne revient à personne. Personne n'a orchestré cela, glissant un couteau dans une main ou poussant tous ces voyous dans la guerre. Car les voyous, qu'ils soient jeunes ou vieux, costauds ou chétifs, font leurs petits calculs. Sans le désir de réussir un gros coup, ils ne brandiront jamais une lame. Par conséquent, tous les dommages collatéraux liés à la guerre relèvent de la responsabilité de chacun. C'est la vie du truand. Et même si Amy est coupable, jamais il ne trouvera assez pour subvenir aux besoins quotidiens de trois familles. Un voyou gagne déjà difficilement sa propre vie, tous les bons plans étant aussitôt assiégés par une multitude de mouches avides et collantes.

Huisu n'en dit pas plus à Amy. Il le comprendra un jour : « Devant l'argent, il n'y a pas de héros », pense Huisu.

Après cette conversation plutôt grave, Amy semble mal à l'aise. Il promène nerveusement son regard dans tous les coins du bureau puis relève la tête vers Huisu.

— Je vais y aller.

— Sans prendre un verre avec moi ?

— C'est que... ma demoiselle est toute seule au motel...

— Entendu. File.

Amy s'incline profondément devant Huisu puis se retourne et sort de son pas dansant. Huisu le suit jusqu'au couloir, les yeux fixés sur son dos aussi massif qu'un rocher. Amy n'a pas changé. Il est toujours aussi incontrôlable et Huisu a peur pour lui.

FUNÉRAILLES

Le chemin de montagne qui mène au funérarium serpente en courts et dangereux virages ; sans doute a-t-on voulu faire des économies lors de son tracé. Pour ne rien arranger, Danka conduit particulièrement vite. À ses côtés, Huisu, excédé, finit par craquer.

— Pourquoi tu roules si vite ? Ça sert à rien. Au funérarium, on n'aura rien à faire que glander.

Huisu a raison. Rien n'est plus ennuyeux que la nuit de funérailles d'un malfrat. Cela ressemble à une vague réunion d'affaires, concentré de rapports de force et de conflits d'intérêts. S'y retrouvent des types qu'on a frappés, ceux qui les ont frappés, des types qui se pensent victimes d'une injustice, d'autres types qui doivent s'expliquer, d'autres encore qui voudraient recouvrer des dettes... Bref, tous ces voyous viennent faire entendre leur voix. Récupérant l'un des grands principes de la tradition funéraire coréenne qui considère que tout est pardonné devant la mort, les caïds font des funérailles un espace de négociation ou de réconciliation. Sauf que la plupart du temps les victimes d'une injustice repartent plus lésés qu'à l'arrivée et que les types en colère renversent les tables et sortent le couteau. Huisu soupire à l'idée de cette nuit interminable. Danka, irrité par on ne sait quoi, continue de rouler comme un fou en respirant bruyamment.

— J’ai entendu dire que Jeongbae avait repris la blanchisserie. Tu savais ?

Huisu hoche la tête. Danka reprend :

— Jeolsak vient de sortir, au bout de trois ans. Il paraît que Monsieur a dit que Jeongbae conservera le business de poissons séchés. Tu savais, ça aussi ?

Huisu hoche de nouveau la tête tout en mordillant sa lèvre inférieure.

— Il va vraiment trop loin, Monsieur. Tu sais ce qu’elle a enduré, la femme de Jeolsak, quand Dodari et Jeongbae lui ont pris cette affaire ? Aurait mieux fallu punir ce connard de Jeongbae au lieu de lui offrir un bonus, qu’est-ce que ça veut dire ? Et Jeolsak qui vient de sortir, il va faire quoi maintenant ? Sucer ses doigts ?

Danka, de plus en plus en colère, explose enfin. Il se met à tourner brutalement le volant et la voiture chavire dangereusement à chaque virage.

— Allez, conduis correctement. Tu n’es pas un proche de Jeolsak, que je sache. Qu’il y ait un œuf frit dans la gamelle des autres ou pas, c’est pas tes oignons. Occupe-toi de ta gamelle et ça suffira.

— Franchement, ce que fait Monsieur ces derniers temps, c’est pas clair. Cette histoire de blanchisserie, par exemple. Toutes les choses délicates et compliquées, Yongkang, Patron Og, c’est toi, grand-frère Huisu, qui gères tout. Alors pourquoi la blanchisserie revient à Jeongbae, merde ?

Entendant Danka parler de son rôle dans cette sombre affaire, Huisu lui lance un regard glacial.

— Fais gaffe à ce que tu dis, petit con.

Déconcerté par l’attitude de Huisu, Danka ralentit.

— Si un jour tu laisses traîner derrière toi ces histoires sur la blanchisserie, tu es mort, menace Huisu à voix basse.

Danka se tait et conduit un moment en silence. Mais sa colère est la plus forte, il se remet à causer :

— Quoi qu’on en dise, ce n’est pas juste. Cet espèce de Jeongbae se croit couvert par Dodari et se permet de faire comme il veut, quand il veut, où il veut. Et même là, Monsieur prend son parti. Ça rime à quoi ? Il magouille dans combien d'affaires en ce moment, Jeongbae ? Les bonbonnes de gaz, l'électricité des échoppes, le poisson séché, les locaux de congélateurs... et maintenant la blanchisserie ? Trop, c'est trop. En ce moment tout le monde est aux abois, mais lui, Jeongbae, chantonne tranquillement.

Danka a raison, c'est trop. C'est trop de ne pas rendre son business à Jeolsak, c'est trop d'avoir cédé la blanchisserie à Jeongbae sans demander son avis à Huisu. Car Huisu a terriblement besoin de cette blanchisserie. Vu que ce genre de commerce requiert une grande main-d'œuvre, il est relativement facile d'obtenir des permis de travail pour les ouvriers étrangers. Huisu aurait pu engager les Vietnamiens de Tang. Ils auraient pu faire des livraisons dans tout Guam et, en même temps, pêcher des informations ici ou là. Puisque les voyous de Guam rechignent à faire les livraisons, qui ne rapportent pas grand-chose, les Vietnamiens auraient pu s'intégrer dans le quartier sans être accusés de retirer le pain de la bouche aux locaux. Mais Père Sohn a donné la blanchisserie à Jeongbae, sans en parler à personne. Ce matin, Huisu a protesté auprès de lui. Sans oser lui réclamer l'entreprise, il lui a dit à quel point il trouvait injuste qu'elle revienne à Jeongbae. Père Sohn l'a écouté attentivement puis a esquissé un sourire tranquille, comme s'il savait déjà tout ça.

— Je suis bien d'accord, ce n'est pas équitable. Pourquoi ce petit con de Jeongbae se goinfre quand tout le monde crève de faim ?

— Voilà, pourquoi vous faites ça ?

— Les vieux du club du bouillon de bœuf l'aiment bien. Jeolsak, quand il s'occupait de l'affaire de poisson séché, payait-il ses redevances ? Non, il n'arrêtait pas de pleurnicher que les affaires ne marchaient pas et à la fin du mois, sous je ne sais quel prétexte, il se défilait. Jeongbae est différent. Il verse la redevance aux vieux au début du mois. Il a compris les bases, quoi. Et ce n'est pas tout... À chaque saison, il leur fait des cadeaux de luxe : moules de Ulleung-do ou anchois de la mer du Sud ; et au Nouvel An, il leur apporte une enveloppe bonus bien garnie.

Il n'y a pas longtemps, j'ai entendu dire qu'il leur avait offert un voyage en Asie du Sud-Est, les accompagnant en personne. Tu vois, c'est normal que ces vieux donnent du boulot à Jeongbae et qu'il soit leur chouchou. Pour toutes les affaires qu'ils lui confient, les sous tombent régulièrement, comme les intérêts d'un compte bancaire.

— Quand même, tout le monde les voit, leurs magouilles. C'est de la provocation. Vous auriez dû les empêcher de faire ça. Si certains ont du retard pour la redevance, c'est qu'ils peinent vraiment.

— Je sais qu'ils peinent. Mais qu'est-ce que j'y peux ? À Guam, ces vieux détiennent les capitaux de tous les commerces. Tu les trouves injustes ? Va leur en toucher un mot. Tu verras si ça les fait ciller, ces vieux radins.

Tout le monde déteste Jeongbae. C'est un individu mesquin et horripilant. Pourtant, les vieux du bouillon de bœuf l'adorent. Il est comme un gratte-dos, il les gratte exactement à l'endroit qui les démange. De temps en temps, Père Sohn aussi profite en douce de ses services. Qu'est-ce qu'il risque ? En cas de problème, c'est Jeongbae qui encaisse les reproches et les critiques et c'est lui, Père Sohn, qui récolte l'argent. Huisu laisse échapper un ricanement à l'idée de cette comparaison entre Jeongbae et un gratte-dos bien raide et bien crochu. Danka, au volant, lui jette un coup d'œil.

— Qu'est-ce qu'il y a de si drôle ?

— Jeongbae, c'est quand même un drôle de bonhomme. Rien que pour la blanchisserie, tu as vu comme il s'est pointé ? Juste au bon moment. Du grand art. Au lieu de le critiquer tout le temps, on ferait mieux d'en prendre de la graine.

— Tu as bien raison. Il s'y connaît pour tourner tout à son avantage, ce connard ! Toi, grand-frère, ou moi, on a beau se démener, on ramasse que de la poussière.

Et Danka de rire à son tour.

Il y a plus de monde que prévu aux funérailles de Patron Og. Huisu est surpris de voir autant de gens à l'intérieur mais aussi à l'extérieur du bâtiment, malgré l'heure avancée. On dit que les funérailles d'un homme laissent entrevoir ce que fut sa vie. En pensant aux différents pans de la vie de Patron Og, qu'il ne connaît pas très bien, Huisu a un drôle de sentiment. Dans la salle, ses deux enfants sont assis à côté de la photo funéraire encadrée de noir. On y voit Patron Og qui sourit, rayonnant. C'est une photo où il est jeune, plein d'énergie. Il n'est pas en costume mais porte un uniforme de travail. Huisu estime qu'elle doit dater d'environ vingt ans, quand Patron Og était un ingénieur réputé, en charge de la plomberie de tous les bâtiments de Guam. Huisu a quelques souvenirs du Patron Og d'alors. À Noël, il apportait des cadeaux aux enfants de Mojawon et, régulièrement, il faisait livrer des briquettes de charbon et des sacs de riz aux vieilles. Il a versé aussi, durant trois ans, une bourse d'étude à une fille de Mojawon nommée Nayeong, une fille qui, en dépit de cet environnement misérable, a été Première du lycée et a fini boursière de l'Université nationale de Séoul. Patron Og en a été si heureux qu'il avait affiché une banderole au carrefour de Guam où l'on peut lire : « Song Nayeong, le Génie de Guam, vient d'être reçue en anglais à l'Université nationale de Séoul. » Il a laissé l'affiche pendant six mois. Pourtant, dès qu'elle est arrivée à Séoul, Nayeong a complètement coupé les ponts avec les gens de Guam. Huisu sait qu'elle a eu raison. Quand on veut voler haut, mieux vaut éliminer les choses lourdes et gluantes.

Ça, c'était l'âge d'or de Patron Og. Son entreprise était stable, son réseau, sain. C'était alors un homme gentil mais pas très malin, et certains voyous venaient lui chercher des noises. Comme il était très ami avec Père Sohn, ça n'allait jamais très loin. De son second mariage, assez tardif, il a eu une fille et un garçon. Il avait de l'argent, une famille soudée, un statut solide et assez de pouvoir pour ne pas être inquiété, du moins à Guam. Il n'avait même plus besoin de travailler aussi dur qu'avant. Il lui aurait suffi de se tenir tranquille pour que ça dure. Mais un jour, brusquement, il touche à la drogue et au jeu. Les addictions tardives sont les plus redoutables, dit-on. Patron Og venait d'entamer sa chute vertigineuse. Les gens murmuraient que cette dégringolade était incompréhensible et qu'il gâchait délibérément sa vie. La fortune qu'il avait amassée était énorme et tout aurait pu encore s'arranger. Mais il n'a plus su s'arrêter. Ses affaires ont périclité, sa jeune épouse l'a quitté et toutes ses relations lui ont tourné le dos. Il semblait que Patron Og lui-même ne comprenait ni la raison de sa chute ni sa vitesse affolante. Pourtant, quand sa femme l'a abandonné, il s'est tranché les doigts pour prouver sa détermination à se ressaisir pour ses enfants. Quelques jours après, il se remettait à jouer et à se droguer. Dans les bars, les jeunes voyous se moquaient de lui, de ne pas avoir réussi à se repentir même après s'être coupé les doigts. Patron Og, toujours aussi jovial, a continué à faire le pitre, disant que l'homme ne change pas et qu'il avait été idiot de s'en prendre à ses doigts innocents.

Huisu allume un bâton d'encens qu'il plante dans un pot de sable puis fait une révérence. Face à lui, le fils et la fille du défunt font de même. À force de pleurer, les yeux de la fille sont enflés comme deux balles. Difficile de dire si elle pleure pour la vie de son pauvre père ou pour sa pauvre vie à elle. Le petit garçon, lui, semble trop jeune pour comprendre ce que signifient des funérailles. Huisu passe une main sur son crâne. Il faudrait qu'il lui dise quelque chose mais, faute de trouver les mots, il se hâte vers la sortie.

Chose incongrue, c'est Obligation Hong qui se tient derrière la table où les visiteurs déposent leur enveloppe de condoléances. Pendant que Huisu écrit son nom sur le cahier et sort une enveloppe de sa poche intérieure, Obligation Hong feint l'indifférence, les yeux rivés sur l'entrée du hall. Comme d'habitude, son garde du corps se tient debout à côté de lui, impassible.

— Comment se fait-il que vous soyez assis là ? demande Huisu.

— Y a de l'argent qui circule ici, il faut bien que quelqu'un s'en occupe.

Obligation Hong ouvre l'enveloppe de Huisu et en sort les billets. Il les compte en se mouillant les doigts de salive, écrit la somme sur le cahier, met l'enveloppe vide dans une boîte et les billets dans une sacoche en cuir.

— Tu n'as mis que cent mille wons ? En tant que gérant du Mallijang, tu devrais mettre un peu plus, dit Obligation Hong d'une voix éteinte.

Huisu lui lance un regard stupéfait.

— Vous êtes en train de vous rembourser les dettes de Patron Og en prenant l'argent de ses pauvres enfants ?

— Si leur père est mort en irresponsable, les enfants doivent réparer les dégâts. C'est normal.

Huisu scrute Obligation Hong avec mépris. Il n'y a aucune trace de honte sur son visage.

— Pourquoi avoir choisi une vie aussi minable ? dit Huisu froidement.

— Tu as mieux à faire que de t'inquiéter des autres. Si tu ne me rembourses pas, tu auras bientôt l'occasion de comprendre ce qu'est une vie minable.

Huisu se retient de répondre. Les choses s'emmêlent dans sa tête et il n'a aucune envie d'entamer une dispute. Laissant Obligation Hong derrière lui, il entre dans la salle de réception. Il est presque minuit mais toutes les tables sont occupées par les visiteurs. Comme toujours lors de ces funérailles, quelques-uns hurlent, certains pleurent et d'autres encore sont ivres. Huisu promène son regard dans la salle. Au fond à droite, autour d'une rangée de tables, sont assis des voyous de Guam et d'autres quartiers. À la place d'honneur se tient Doyen Nam de Yeongdo. À côté de lui ont pris place Cheon Dalho, caïd du clan Dalho et Cheoljin, son bras droit, ami d'enfance de Huisu à Mojawon. De l'autre côté de Doyen Nam se trouvent Père Sohn, les vieux du club du bouillon de bœuf et Jeongbae, collé aux basques des anciens et leur servant avec diligence toutes sortes de plats. Autour, on trouve quelques cadres de Haeundae et de la station thermale ainsi que quelques maquereaux de Wollong, qu'on voit rarement dans ces occasions. Hojung de Chojang, qui a été, il y a quelques années, transféré aux urgences de l'hôpital Merinol après s'être fait tabasser par Amy, papote amicalement avec

Dodari. En plus de ces convives se trouvent quelques personnes que Huisu ne connaît pas ; des fonctionnaires, d'après leur tenue. Assis au bout de la rangée, Yangdong et sa bande. Ceux qu'on trouve dans cette zone-là sont pour la plupart des voyous de Guam. Yangdong paraît très mécontent de n'avoir pas pu s'installer à l'autre bout, alors que même des proxénètes de Wollong et Jeongbae s'y trouvent. À la table de Yangdong sont installés Danka, Chiot – que Huisu a croisé sur la digue quelques jours auparavant – et Jeolsak. Autour gravitent encore quelques petits voyous de Guam, propriétaires de salles de billard, de magasins de parasols ou de karaokés. Soudain, quelqu'un tape sur l'épaule de Huisu, qui se retourne. C'est Chef Gu.

— Allons nous en griller une.

Il n'y a pas d'espace fumeur dans le bâtiment, aussi Chef Gu entraîne-t-il Huisu vers les toilettes. Elles sont vides. Chef Gu se dirige vers un urinoir situé en dessous d'un ventilateur, ouvre sa braguette et se soulage. Huisu se tient debout, un peu plus loin, patientant. Chef Gu doit avoir un problème de prostate : le jet, grêle, coule par intermittence. Las d'attendre, Huisu s'allume une cigarette.

— Eh ben, vous allez pisser toute la journée ? raille Huisu.

— Tu verras, à mon âge, quand le robinet se fermera plus à fond.

Cette miction laborieuse achevée, Chef Gu, tenant d'une main sa braguette et de l'autre sa bite qu'il secoue énergiquement, n'a pas encore l'air libéré ; il doit lui rester quelque chose à évacuer.

— J'ai bien réfléchi et je trouve que cette fois la somme est un peu maigre par rapport à nos efforts, dit Chef Gu remontant finalement sa braguette.

— Vos efforts ? L'autre jour, il me semble pourtant bien vous avoir entendu parler de mission de la police, ou quelque chose de ce style. Pour une petite intervention rapide avant l'aube, vous trouvez que trente millions ce n'est pas assez ?

— Il ne faut pas raisonner comme ça. Nos hommes se doutent de quelque chose. Il faut que je partage avec eux. Après ça, il ne nous restera même pas de quoi nous payer un verre. Les gens ont toujours tendance à croire que le métier de lieutenant est un métier d'action. Mais non, c'est un métier de paperasse ! Tu n'imagines pas le tas de papiers qu'il faut préparer pour coffrer un type comme Yongkang.

Ce genre de conversation a le don d'exaspérer Huisu.

— Quand on vient secouer les patrons de salles de jeu ou les trafiquants, on ramasse pas mal en général. Mais là, chez Yongkang, on n'a pas trouvé grand-chose, curieusement. Un peu de drogue par-ci, quelques sous par-là. Par hasard, vous n'auriez pas pris le jaune de l'œuf avant qu'on arrive et qu'on ne trouve que la coquille ?

Il n'a pas l'air de savoir grand-chose. Aucune raison de s'alarmer pour cette question lancée au hasard.

— S'il y avait eu des choses intéressantes à la blanchisserie, vous croyez que Yongkang nous les aurait laissés ? Il a dû bien les cacher, faites-lui confiance.

Chef Gu hoche la tête, visiblement convaincu.

— Si je le traite gentiment, tu penses qu'il pourra sortir un ou deux sacs ? lance-t-il.

— À vous de voir, Chef. Vous n'avez qu'à le pendre par les pieds et lui mettre la tête dans l'eau jusqu'à ce qu'il crache le morceau. Vous êtes un spécialiste, non ?

— À vrai dire, l'amadouer, ce n'est pas le problème. Mais si j'y arrive, sa peine de prison sera pas mal réduite et j'ai peur que ça te mette dans une situation un peu délicate, quoi...

Chef Gu devient de plus en plus détestable. Comme la pluie qui s'infiltre entre les briques, il sait exactement comment s'insinuer dans les faiblesses et le système de défense d'un homme pour en tirer le maximum de profit. Que la peine de Yongkang soit réduite ou que le vol de son sac soit découvert, Huisu est piégé, quoi qu'il en soit.

— Patron Og sera-t-il incinéré tout de suite ? demande Huisu, pour changer de sujet.

— Hein ? Ah ! Il sera incinéré demain. Mon patron voulait une autopsie mais j'ai insisté pour qu'il n'y en ait pas, que ce n'était pas la peine de s'embêter. L'affaire est passée tranquillement, avec juste l'avis du médecin légiste. Sois tranquille, tout est réglé, dit Chef Gu, fier de sa contribution.

Huisu hoche la tête puis écrase sa cigarette.

— Ça vous conviendrait, dix millions de plus ?

Une lueur de joie passe sur le visage de Chef Gu.

— Si tu peux faire ça, c'est cool.

— Je vais en parler à Monsieur. Mais juste pour vous dire : ce n'est pas très classe de votre part de gratter le moindre petit sou, fait remarquer Huisu.

— Qu'est-ce que tu veux, moi aussi, j'aimerais pouvoir être plus smart. Mais dans ce pays misérable, la vie d'un fonctionnaire est bien difficile, tu sais. Avec un salaire aussi maigre, c'est difficile de garder le style, biaise sournoisement Chef Gu.

Huisu se dirige vers la salle de réception et trouve Père Sohn devant l'entrée. Il aura certainement remarqué que Huisu et Chef Gu sont sortis ensemble.

— Qu'est-ce qu'ils comptent faire ? interroge Père Sohn d'une voix basse.

Huisu s'approche tout près de lui, cache sa bouche d'une main et chuchote :

— L'incinérer demain matin, sans autopsie.

— À quelle heure ?

— Huit heures.

Père Sohn opine machinalement. Son visage est rouge. Il a dû faire une nouvelle entorse à ses principes et boire quelques verres. Il jette un coup d'œil dans la salle puis sort de son portefeuille dix billets d'un million.

— Il y a beaucoup de visiteurs, mais tous leurs dons vont être ramassés par cet enfoiré d'Obligation Hong. Il ne restera rien pour les enfants. Tiens, prends ça pour payer les funérailles. Si ça ne suffit pas, demande un crédit au nom du Mallijang.

Huisu regarde distraitement les billets. Père Sohn lui fait signe de les prendre rapidement, pour que les autres ne les voient pas. Huisu les fourre dans sa poche.

— Au fait, Chef Gu demande dix millions supplémentaires. Il trouve que c'était pas évident de coincer Yongkang.

Père Sohn ricane.

— Quel cirque, celui-là ! Le jour où il quitte la police, je te jure que je l'enterre.

— Appelez-moi ce jour-là. Je viens gratos avec ma pelle.

— Une pelle ? Tu plaisantes. Ces types-là, on les enterre avec une pelleteuse, bien profond. Sans quoi ils risquent toujours de ressortir du trou pour réclamer la monnaie.

La répartie du vieux fait rire Huisu. Yangdong, assis au bout de la table, observe Huisu et Père Sohn qui papotent en rigolant.

— Il est temps de rejoindre la table. Doyen Nam est venu spécialement de Yeongdo, et quelques cadres de la station thermale et de Haeundae sont là aussi. Allons les saluer.

Doyen Nam occupe la place d'honneur. Il fait partie de cette première génération de voyous qui, arrivés dans le Sud pour fuir la guerre, se sont faits tout seuls. Contrairement à Père Sohn qui a récupéré la place que son grand-père lui avait préparée et tenue au chaud, Doyen Nam est ce qu'il convient d'appeler un grand homme qui, repoussé par les communistes pendant la guerre de Corée, de Mandchourie jusqu'à Busan où il ne connaissait personne, a commencé sa carrière dans la boue pour finir, en saignant à chaque étape, par atteindre le sommet. Les voyous de Yeongdo, comme tous les voyous issus de cette génération de réfugiés, sont extrêmement brutaux et simples d'esprit. Ils foncent tête baissée sans jamais penser au coup d'après. Doyen Nam, contrairement aux légendes qui courent sur son compte et qui le font passer pour cruel, a un caractère particulièrement doux. Il envoie souvent, par exemple, de l'argent aux blessés et aux prisonniers d'autres gangs. Il est également connu pour son attitude de patriarche et ne manque jamais les mariages et les funérailles des caïds et des cadres moyens de Yeongdo et, plus largement, de Busan. Toujours conciliant et à l'écoute, il a pris sous son aile de nombreuses organisations issus de Yeongdo, comme le clan Dalho. Bref, Doyen Nam est respecté de toute la pègre de Busan.

Yeongdo, c'est une île en face de Guam. Père Sohn et Doyen Nam, séparés par un détroit qui mène au port du Nord, semblent cohabiter paisiblement depuis trente ans. Ils n'ont pas de raison de s'opposer tant il est admis depuis longtemps que Yeongdo contrôle le port du Nord et que Père Sohn gère le petit port de Guam. Tandis que Père Sohn s'occupe de menue contrebande, l'activité de Yeongdo tourne autour de trafics de drogue, de lingots d'or, de plantes médicinales chinoises, d'électroménager japonais, de matériel médical américain hors de prix – genre, machines à rayons X ou CT-Scan – qui rapportent des sommes astronomiques. La douceur et la décontraction de Doyen Nam lui viennent donc de son port.

Il n'y a plus de place à la table du Doyen. D'un regard insistant, Père Sohn essaie de faire comprendre à Jeongbae, toujours collé aux vieux du bouillon de bœuf, de dégager. La place qu'il occupe sans gêne est réservée à quelque petit caïd de quartier ou cadre d'une grande organisation. Même Yangdong ou Huisu n'auraient pas osé la prendre sans permission. Enfin, l'effronté se lève, sans hâte, et cède la place à Huisu avec mauvaise volonté, la mine contrariée. Huisu s'assoit. Cheoljin le salue du regard. Il paraît content de le revoir. Doyen Nam, qui discute avec des cadres de la station thermale, s'aperçoit de la présence de Huisu et lui adresse un grand sourire.

— Huisu ! Ça fait longtemps ! Viens ici prendre mon verre.

Huisu se lève, s'approche de Doyen Nam, le salue respectueusement, à angle droit, puis s'installe à ses côtés. Doyen Nam lui sert un verre. Huisu le vide d'un trait, le lui rend et le remplit de nouveau. D'un geste tendre, Doyen Nam pose une main sur l'épaule de Huisu et déclare à la cantonade :

— Il me plaît bien, celui-là. Sa tête, sa façon d'être, comment dire ? Il a un regard profond et sensible. Un modèle idéal pour les voyous du XXIe siècle. La force, ça ne suffit pas, les gars, il faut aussi de la sensibilité. C'est pas avec ces connards de proxénètes insensibles qu'on arrivera à se développer à l'échelle mondiale, comme la mafia américaine.

Huisu incline la tête en signe de remerciement. Les maquereaux de Wollong et Hojung se mettent à ricaner.

— Comment vous pouvez dire ça, Monsieur le doyen ? Nous aussi on est sensibles. C'est à force de nous débattre pour gagner notre vie qu'on est devenus un peu durs. Aujourd'hui les ruelles sont devenues des coupe-gorges. Avec des types gentillets, loin de nous développer à l'international, on sera bien en peine de chasser les mouches, réplique Park de Wollong sur le ton de la plaisanterie.

— Qui a dit que Huisu était *gentillet* ? S'il avait continué la boxe, il aurait déjà décroché le titre de champion du monde.

— Quelle oreille, Monsieur le doyen ! Comment savez-vous que Huisu a fait de la boxe ? interroge Père Sohn, encourageant Doyen Nam à poursuivre sur le sujet.

— C'est Cheoljin qui m'a confié cela. Au cours de boxe du père Martin, c'était Huisu le meilleur. Cheoljin deuxième et Gyeongtae, loin derrière eux. Pourtant il est le seul des trois à avoir continué jusqu'à remporter le titre de champion d'Asie. Les deux premiers sont devenus de fiers gangsters. Si le moins bon des trois est devenu champion d'Asie, imaginez comme ça aurait été facile pour Huisu de remporter un titre mondial.

— Non, je crains que vous ne fassiez erreur. C'était Gyeongtae le meilleur. Parce qu'en boxe, le meilleur est toujours le plus acharné et celui qui fonce sans se poser de questions.

Doyen Nam acquiesce d'un mouvement de tête.

— En plus d'être un chic type, Huisu est un modeste. Apprenez un peu de lui, espèces d'écureuils sans cervelle.

Park de Wolong et Hojung font la grimace.

— Tiens, l'autre jour au golf, Père Sohn m'a glissé que tu allais bientôt te marier ? demande Doyen Nam à Huisu.

Surpris, Huisu jette un coup d'œil à Père Sohn. Visiblement gêné d'avoir commméré, celui-ci tourne furtivement la tête.

— Malheureusement mes week-ends sont tous déjà pris et je ne pense pas pouvoir assister à ton mariage mais attends, je vais déjà te donner mon enveloppe de félicitations.

— Non, non, ce n'est pas la peine, réplique Huisu en repoussant l'offre de Doyen Nam d'un geste de la main.

Négligeant son refus, Doyen Nam sort une enveloppe de sa poche intérieure, qu'il avait de toute évidence préparée. On peut d'ailleurs lire sur le devant de l'enveloppe quelques mots affectueux écrits de sa main, « Tous mes vœux de bonheur pour mon cher Huisu ». Ce genre de pratique est assez courante dans le milieu, où les chefs de gang manifestent, moyennant quelques wons, leur intérêt pour les subalternes. Bien que cette pratique soit très ancienne, lesdits subalternes sont toujours aussi touchés par ce geste.

Huisu reçoit l'enveloppe avec politesse.

— Qui est le père de la future mariée ? questionne Doyen Nam.

Huisu dodeline de la tête et reste silencieux.

— Même s'il le disait, il n'est pas certain que vous le connaissiez, dit Père Sohn.

— Si c'est quelqu'un du coin, il y a des chances, au contraire, je connais à peu près tous les noms. À mon âge, je n'ai plus grand-chose dont me vanter, mais pour la mémoire, je suis encore très fort, se rengorge Doyen Nam.

Huisu continue de dodeliner de la tête, sans rien dire, mais Doyen Nam, qui tient à entendre la réponse, ne le quitte pas des yeux. L'atmosphère devient lourde et Père Sohn intervient de nouveau :

— Vous connaissez Amy ?

— Amy ? Ce jeune homme vaillant qui s'est battu avec notre Cheon Dalho il y a cinq ans ?

Cheon Dalho et Cheoljin, assis à côté de Doyen Nam, ont soudain l'air gêné. Le fait qu'un caïd de Busan comme Cheon Dalho se soit épuisé dans une querelle contre un petit de vingt ans leur faisait honte.

— Oui, c'est lui. Eh bien, la future mariée, c'est sa mère.

— Ah bon ? Pourtant Amy a plus de vingt ans, non ? Et c'est sa mère, la mariée ?

Doyen Nam paraît incrédule, il comprend mal que la mariée puisse être la mère d'un jeune homme. C'est alors qu'intervient Hojung.

— Huisu se marie avec Insuk ? demande-t-il d'une voix exagérément forte.

— Insuk ? Tu sais qui c'est ?

— Vous ne la connaissez pas, Monsieur le doyen ? C'était une putain hyper réputée à Wanwol. Elle a d'ailleurs longtemps travaillé dans ma boîte quand j'avais un business à Wanwol. Je ne sais pas pour le reste, mais pour ce qui est de la baise et de la beauté, elle était sans égale. Elle bossait tellement bien qu'on disait que c'était un cadeau du ciel, pouffe Hojung.

Le visage de Huisu se fige. Doyen Nam, l'esprit vif, décrypte tout de suite son expression. Il lève sa canne et frappe la tête de Hojung – *tac !* – avec un bruit de noix qui se casse.

— Imbécile ! Comment peux-tu appeler putain la future épouse de ton cadet ? Barbare ! Excuse-toi immédiatement.

Le crâne entre les mains, Hojung incline la tête vers Doyen Nam puis vers Huisu pour s'excuser, mais de façon exagérée, sans réelle sincérité.

— Je suis désolé, je n'aurais pas dû lancer le sujet, dit Doyen Nam.

— Ce n'est rien. C'est juste une femme qui a travaillé autrefois à Wanwol, dit Huisu en essayant de détendre son visage crispé.

Père Sohn, contrarié, fait claquer sa langue en direction de Hojung.

— Tsss, Hojung, ça ne s'améliore pas, ta façon de parler. On dirait que ça ne t'a pas fait réfléchir, de te faire corriger.

— Ah bon ? Hojung s'est fait boxer, par Huisu ? s'intéresse Doyen Nam.

— Non, pas par Huisu. Vous vous souvenez de l'époque où Hojung se promenait avec sa pelle de l'armée ? Eh bien une fois, il a tellement foutu le bordel dans le bar d'Insuk qu'Amy l'a magistralement aplati. Avec son caractère, comment Amy aurait-il pu rester sans rien faire devant un type qui traitait sa mère avec grossièreté ?

— Donc Hojung s'est fait écraser par Amy, c'est bien ça ? s'amuse Doyen Nam, tout en se rapprochant de Père Sohn.

— Pire que ça. Ce jour-là, ce sont pas moins de treize vauriens de Wollong qui ont attaqué Amy en même temps. Tous ont fini aux urgences. Ils étaient si abîmés que le médecin leur a demandé s'ils avaient heurté une pelleteuse, explique Père Sohn, ravi de pouvoir se moquer sans retenue de Hojung.

— Ce n'est pas pour ça qu'on est allés à l'hôpital. C'est parce qu'un de mes petits avait l'appendice éclaté.

Furieux, Hojung essaie tant bien que mal de se justifier.

— Arrête, tu veux qu'on regarde les registres de l'hôpital Merinol ?

Doyen Nam part dans un grand rire, le dos basculé en arrière.

— Amy doit être un sacré gaillard. Un vrai de vrai. Je voudrais le voir, un jour.

— Il vient de sortir de prison. Je vous l'emmènerai bientôt, pour qu'il vous salue, dit Père Sohn avec fierté.

— Avec plaisir. Je vous inviterai à un bon repas. Huisu, tu viendras avec eux.

— Entendu, répond Huisu en inclinant la tête vers Doyen Nam.

— J'avais eu vent de cet accrochage entre Amy et Cheon Dalho. Ces choses arrivent souvent dans notre milieu, n'est-ce pas ? Organisez une rencontre, dépoussiérez le passé autour d'un verre et devenez amis. Aujourd'hui il n'y a plus que des voyous minables qui ne savent que frapper dans le dos ou utiliser des ruses mesquines. Or à ce que j'entends, Amy est un vrai dur. Et c'est le devoir de ces vrais durs de tenir les poutres porteuses pour que notre milieu ne s'effondre pas, conclue Doyen Nam en regardant Huisu et Cheon Dalho tour à tour.

Huisu répond par un oui poli mais Cheon Dalho incline légèrement la tête sans répondre. Écouter son passé resurgir par la bouche de Doyen Nam l'a mis mal à l'aise. Cheoljin, assis près de lui, est tout aussi gêné.

Après ce discours, Doyen Nam se lève. Père Sohn s'empresse de le soutenir. D'un geste de la main, le Doyen lui fait comprendre que ce n'est pas la peine et des gars de Yeongdo se ruent autour de lui, une véritable garde rapprochée de chef d'État.

Doyen Nam et Père Sohn quittent ainsi les lieux, conversant. Park de Wollong et Hojung les suivent de près. Yangdong et les autres voyous de Guam, restés à la table, se lèvent un à un et les saluent. Huisu et Cheoljin se dirigent à leur tour vers la sortie, quelques mètres derrière le groupe.

— Comment tu vas ? demande Huisu à Cheoljin.

— Toujours pareil. Tu connais mon patron... siffle Cheoljin à voix basse en montrant Cheon Dalho du menton.

— Ce type-là, même avec l'âge, son caractère ne s'émousse pas, lui répond Huisu en riant.

— La bite s'émousse, jamais le caractère, renchérit Cheoljin.

Sur le parking, Doyen Nam et Père Sohn se serrent la main et s'embrassent. Cette accolade manque de naturel, comme tous ces gestes politiques qui servent à faire croire à l'amitié entre deux hommes, deux pays, deux partis.

— Je vous recontacte, dit Père Sohn.

— On se voit bientôt, confirme Doyen Nam.

La Mercedes de ce dernier quitte le parking, suivie de la Toyota de Père Sohn et de trois Hyundai Grandeur. Park de Wollong et Hojung continuent leurs courbettes à angle droit en direction des voitures déjà loin. Après le départ de Doyen Nam, les gens se dispersent. Huisu suit Hojung qui regagne sa voiture. Tout en marchant, Hojung sort une cigarette de sa poche et demande du feu à son acolyte qui a véritablement un corps de sumotori. À plusieurs reprises, il essaie d'allumer la cigarette de Hojung mais à cause du vent, son briquet s'éteint à chaque fois. Hojung, suçant sa cigarette sèche, s'énerve contre le sumotori. Celui-ci, pour couper le vent, vient recroqueviller son gros corps en arc de cercle autour de Hojung et finit par allumer la clope. Hojung lui tapote la joue avec mépris. Des remarques comme « Applique-toi un peu » ou « Un corps aussi énorme, il faut bien que ça serve à quelque chose quand même » parviennent par bribes aux oreilles de Huisu. Le sumotori incline la tête, le dos continuellement courbé. À ce moment-là, Huisu frappe l'arrière du crâne de Hojung. Le coup est si fort qu'il chancelle, propulsant sa cigarette hors de sa bouche.

— Putain de merde, qui ose... ? crache Hojung en se retournant.

Cette fois-ci, Huisu le frappe en plein visage. Hojung trébuche, roule à terre. Le sumotori, comprenant enfin la situation, s'élance vers Huisu. Contrairement à sa volonté, les gestes qu'il déploie sont infiniment lents. Quand, enfin, le balaise pose une main sur l'épaule de Huisu pour l'attraper, celui-ci lui décoche un coup de poing dans le cou. Poussant un cri, le sumotori s'effondre. Huisu donne encore quelques coups de pied dans le ventre de Hojung qui se tord de douleur en hurlant.

— Répète un peu ? Une *putain hyper réputée à Wanwol* ? Mais quelle merde de maquereau de seconde zone qui agite sa langue n'importe comment ! Quand t'es assis à côté de Doyen Nam, tu te crois invincible ou quoi ?

Hojung essaie tant bien que mal de se relever quand Huisu lui décoche un nouveau coup de pied, en pleine figure. À cet instant, trois types de la bande de Hojung qui fumaient dans un coin du parking arrivent en courant. Huisu envoie valser le premier par un crochet du droit puis colle un uppercut au deuxième. Le troisième s'avance et le frappe de deux coups de pied rapides à la poitrine. Huisu tombe en arrière. Les types de la bande de Hojung se ruent sur lui et le rouent de coups. Huisu se débat, cherche à se relever mais il est sans cesse rejeté au sol par les frappes qui pleuvent sur son ventre et sa poitrine. Hojung s'empare alors d'un couteau à sashimi qui dépasse de la poche de l'un de ses acolytes et le brandit.

— Écartez-vous, tous ! Je vais éventer ce connard et voir quelle longueur ont ses tripes pour avoir autant de culot !

Soudain, une voix s'interpose. Hojung et sa bande sursautent.

— Qu'est-ce que vous foutez là ?

C'est Yangdong qui crie, surgissant d'on ne sait où. Il s'avance en écartant la bande agglutinée autour de Huisu puis colle une gifle à Hojung, qui tient toujours le couteau.

— Saloperie de maquereau, tu perds la tête ou quoi ? Tu oses sortir une lame à Guam ? Tu veux que je t'enterre ici ?

Yangdong est rouge de colère. Hojung, qui connaît son caractère, recule d'un pas.

— C'est Huisu qui a commencé. Je marchais tranquillement quand il m'a attaqué par derrière, d'un coup, récrimine Hojung.

Yangdong regarde Huisu assis par terre.

— Huisu, c'est vrai ?

Cheveux en bataille, Huisu acquiesce.

— Pourquoi ? Qu'est-ce qu'il a fait ?

Sans répondre, Huisu détourne son regard.

— Qu'est-ce que tu lui as fait ? demande Yangdong à Hojung.

Hojung jette un rapide coup d'œil sur Huisu.

— Il s'est énervé parce que tout à l'heure j'ai dit qu'Insuk était une putain de Wanwol. Franchement, vous me voyez appeler « Madame » une fille qui a bossé chez moi pendant des années ? De toute façon, même si j'ai fait une gaffe, c'est pas une raison pour traiter de cette manière un caïd. Devant mes petits, me taper la tête et me donner des coups de pied dans le visage ? C'est pas acceptable. L'aîné c'est moi, faudrait pas qu'il l'oublie !

À cette explication de Hojung, Yangdong, embarrassé, part d'un petit rire.

— Soit. Mais pour une petite bagarre de quartier, tu brandis un couteau, toi ?

— Est-ce que j'avais le choix ? Il cogne comme un taré sans respect de la hiérarchie.

— Pauvre connard de merde, je vais écraser ta gueule, dit Huisu en se relevant.

— Vous voyez, vous voyez comme il s'adresse à un ancien ?

— T'es pas un ancien pour moi, sale crevard, halète Huisu.

— Ferme-la, Huisu ! gueule Yangdong.

Huisu se tait. Yangdong, à nouveau embarrassé, balaye du regard les alentours puis secoue la tête.

— Huisu, excuse-toi.

Huisu n'a pas l'air de vouloir s'excuser. Il dépoussière son pantalon.

— Allez, excuse-toi.

Têtu, Huisu continue de regarder ailleurs. Yangdong s'approche et lui chuchote :

— Pas la peine d'en faire toute une histoire, arrangeons les choses tout de suite.

Huisu observe la grille en fer rouillé de l'entrée. C'est une grille assez originale ouvragée de roses et hérissée de pointes. C'est M. Mun, ce charpentier qui a vécu quelque temps à Mojawon, qui l'a forgée. Quand le funérarium a été construit, le petit Huisu est venu ici avec M. Mun pour l'aider. Pour obtenir cette forme de rose, Huisu chauffait le fer avec un chalumeau et M. Mun le tordait avec des pinces puis le frappait avec un marteau.

— Les bouts sont trop pointus, ça va blesser les voleurs, avait dit le petit Huisu.

— Les grilles, c'est fait pour ça, avait répondu M. Mun.

— Alors pourquoi faire des roses ?

— Parce qu'il n'y a pas que des voleurs dans le monde, avait conclu M. Mun.

En plus d'être gentil et chaleureux, M. Mun avait du talent. Huisu aurait été heureux de l'avoir comme père. Mojawon était ce genre d'endroit où des enfants pouvaient finir par haïr leur père et rêver d'un autre. Mais M. Mun était mort d'une chute sur un chantier. Curieusement, tous ceux que Huisu a envisagé comme pères de substitution sont morts. Handicapés, timorés, voire trop romantiques, ils n'étaient pas faits pour survivre dans ce monde. Huisu délaisse les roses de fer et se tourne vers Hojung – Yangdong se tient campé entre eux – et s'incline profondément devant lui, à la limite de la flagornerie. Encore assommé par ce qui vient de se passer, Hojung pousse un long soupir.

— Putain, se faire frapper par un cadet ! Quelle saloperie !

Yangdong ouvre son portefeuille et en sort les billets qu'il contient. En billets d'un million et de cent mille, il y a en tout près de sept ou huit millions de wons. Yangdong les tend à Hojung.

— Tiens, pour soigner tes gars. S'il y a des frais supplémentaires à l'hôpital, tu m'appelles.

Hojung fait la moue, l'air de ne pas trouver le dédommagement suffisant. Il finit par prendre les billets qu'il fourre dans la poche arrière de son pantalon. Soudain, il balance un coup de poing en plein visage de Huisu, suivi d'un direct au ventre. Huisu s'effondre à terre, agrippant ses entrailles.

— Aujourd'hui je ferme les yeux, par respect pour grand-frère Yangdong. Mais fais attention, à l'avenir, assène Hojung avant de quitter le parking, accompagné de ses gars.

Le funérarium a été bâti dans un renfoncement creusé dans la montagne. Derrière le bâtiment, la paroi a été tranchée de façon si verticale qu'elle menace à tout moment de s'effondrer. Aucun arbre ni aucune plante ne peuvent y pousser, si bien que de la caillasse dégringole chaque été durant la mousson. Pourtant personne ne semble s'en inquiéter. Les gardiens de l'établissement estiment qu'ils ne sont pas assez payés par la mairie pour s'en occuper et ils se contentent de déblayer l'éboulis en fin de saison. Huisu est certain qu'un jour toute cette terre et ces pierres finiront par emporter le misérable funérarium.

La montagne s'appelle Jangbok, « le ventre du général ». On l'a baptisée ainsi parce que la forme de sa crête évoquerait le ventre d'un général couché. Enfant, Huisu a eu beau la scruter sous tous les angles, il n'a jamais compris en quoi cette montagne pouvait évoquer le ventre d'un général. À l'époque, les vieilles de Mojawon lui ont pourtant expliqué qu'ici c'était son nombril, là son thorax mais aujourd'hui encore, cette comparaison le laisse perplexe.

Yangdong sort une cigarette et la tend à Huisu, qui la colle entre ses lèvres. Yangdong l'allume. En aspirant la fumée, Huisu sent davantage le goût du sang que celui de la cigarette. Il essuie sa bouche d'un revers de main puis crache par terre.

— Toi qui es toujours très calme, pourquoi tu perds la tête dès qu'on parle d'Insuk ? fait remarquer Yangdong.

Huisu garde le silence.

— Tu es un sacré romantique. Elle date de quand, ton histoire avec Insuk ? Oublie l'Insuk d'autrefois et essaie d'imaginer un nouveau départ, avec une femme comme il faut, dit Yangdong en s'adressant au-dessus du crâne de Huisu accroupi au sol.

Venus de la forêt, on entend soudain des aboiements de chevreuil. Il y a, près de Hyeolcheongso, des gens qui élèvent des chiens en liberté. De temps en temps ils chassent les faons. Leur mère pleure alors à grands cris, toute la nuit. Huisu se dit que cette histoire entre Insuk et lui est un vrai cloaque, comme l'a dit Père Sohn. Un amour sale d'où, quoiqu'on fasse, ne sortira que de la merde.

Les yeux fixés sur la lumière projetée au sol par les fenêtres de la salle de réception, Yangdong expire longuement de la fumée. À l'entrée de la salle, Père Kim, l'un des membres du club du bouillon de bœuf, donne des instructions à quelques voyous de Guam en désignant des plantes en pots devant l'entrée. Suivant ses ordres, les voyous déplacent les pots et ramassent les saletés qui traînent par terre. Yangdong fait claquer sa langue.

— Ce con se croit encore à l'armée ? Ou peut-être qu'il veut jouer au maître d'école ? Il veut toujours être reçu comme un roi. Qu'il se fasse donc cogner un soir dans une ruelle sombre, par des crapules bourrées. Ça le recadrera.

Ça fait un bail que Père Kim a quitté l'armée mais, fidèle à sa formation militaire, il est resté discipliné et autoritaire. Ancien du Commandement de la défense et de la sécurité des forces armées de la République de Corée, l'élite du contre-espionnage, il est de ceux qu'on prétendait capables de faire arrêter les nuages eux-mêmes. Difficile de savoir s'il a encore quelque pouvoir en coulisses mais quoi qu'il en soit, son ancien titre suffit à intimider les malfrats de province. Yangdong, lui, n'est pas du genre à se laisser impressionner.

— Au CDS, il se dit que anciens et nouveaux sont très solidaires. Il doit encore avoir des contacts et une certaine influence.

— Tu parles ! C'est ce qu'il raconte. A-t-il déjà arrangé une affaire avec sa prétendue influence ? Con comme il est, il devait être soit tortionnaire soit tête de Turc.

Huisu rit. Devant l'entrée de la réception, les quatre vieux du club du bouillon de bœuf se curent les dents. L'un d'entre eux prend une position de golfeur tandis qu'un autre commente sa posture.

— Regarde comme ils sont contents, tous les quatre. Ils ont la belle vie. Sans rien glander, ils touchent tous les mois les redevances et les bénéfices de leurs commerces. Quels soucis ont-ils ? Tous les matins, ils vont bouffer leur bouillon à la cafétéria de l'hôtel, après quoi ils vont jouer au golf, tapotant au passage les fesses des caddies. Leur vie s'écoule paisiblement comme une promenade en plein air. Pour les gens comme nous, c'est tout le contraire, on a beau courir foutrement partout, la vie est toujours aussi dure.

Huisu acquiesce d'un mouvement de tête.

— Voir ces vieux-là me rend dingue. Ils ont tout ce qu'ils veulent ! Ils ne se préoccupent que de leur dos bien chauffé et de leur ventre rassasié. Est-ce qu'ils ont pensé une seule fois aux difficultés de leurs cadets ? Je te le dis, la seule façon de faire renaître Guam, c'est de les pousser vers la sortie.

Huisu ne répond pas. En vérité, sa pensée vagabonde loin du discours de Yangdong. Celui-ci s'en aperçoit et râle.

— Foutu petit con, tu es toujours ailleurs quand ton grand-frère te parle de choses importantes.

Confus, Huisu répond enfin :

— Excusez-moi. Aujourd'hui j'ai l'esprit embrouillé.

— Gérant du Mallijang ! C'est un titre qui claque mais en réalité, le job est pas loin de celui d'une bonne à tout faire. Un max de boulot pour que dalle. Pas plus qu'un balayeur qui ramasse des feuilles mortes un jour de vent. Les feuilles tombent, tombent et, on a beau se casser l'échine, le travail ne se voit pas du tout.

— Exact. Ça ne se voit pas, mais je suis tout le temps sur la brèche.

— Je le sais pour être passé par là. C'est la période sombre de ma vie.

Yangdong hoche la tête, compatissant.

— Sinon, tu as réfléchi un peu à ce que je t'ai dit l'autre jour ?

Yangdong, de caractère impatient, ne peut pas s'empêcher de revenir à son sujet.

— Il paraît que Jeong Deokjin, le parrain du pachinko, a été arrêté. Vous en avez entendu parler ?

— Oui. C'est la fin d'une époque. Dans le temps, il pouvait rétrograder des procureurs d'un claquement de doigt, aujourd'hui il se fait serrer.

— Vous pensez vraiment que cette affaire de salle de jeu peut marcher, alors qu'un type aussi influent que Jeong Deokjin va en taule ? Maintenant que la police a renforcé ses contrôles, tout le milieu du pachinko est sens dessus dessous.

— C'est justement pour ça qu'il faut se lancer. Tu verras, bientôt le marché du jeu va lâcher les machines à sous pour des jeux électroniques. Les machines à sous, c'est très cher et les licences sont dures à obtenir. Tout le contraire pour les machines électroniques. On fait venir des techniciens pour faire tourner les programmes, on distribue quelques enveloppes aux fonctionnaires pour les licences, après quoi on peut sans problème vendre à deux cents millions de wons une machine qui n'aura coûté que cent mille à la fabrication. Pour ouvrir une salle de jeu, il faut cinquante machines, facile. Vas-y, calcule, combien ça fait, deux cents millions fois cinquante ? Les pachinkos, à côté, c'est galère... Pour ouvrir une salle de pachinko, il faut construire un hôtel à touristes, prévoir des pots-de-vin pour les licences, les autorisations et tout ça. Nous, ce sera du gâteau : on aura juste à fournir les milliers de salles de jeu qui vont bientôt ouvrir en Corée. Et puis aucun risque de se faire prendre comme Jeong Deokjin ; lui gérait en personne sa salle de pachinko. Nous, on va juste vendre des machines et empocher un pourcentage sur les ventes. Au moindre problème, on se retire vite fait et on revient plus tard.

Le discours de Yangdong est convaincant et Huisu l'approuve d'un mouvement de tête.

— Écoute, Huisu. Il faut foncer, maintenant. Dans les affaires, le premier qui se lance prend soixante-dix pour cent du marché. On doit s'installer avant que les autres se pointent. Après, le fric va rentrer tout seul.

— Si j'en suis, vous me laissez une part ? glisse Huisu.

La joie se répand sur le visage de Yangdong.

— Évidemment que tu auras une part ! Je pensais te donner dix pour cent, juste pour que tu amènes ta carcasse. Notre Huisu n'a-t-il pas un talent exceptionnel ? Il bosse dur et il a ses adorateurs qui le suivent.

— Dix pour cent c'est la part qu'on donne aux patrons fantoches, non ? fait remarquer froidement Huisu, visiblement très atteint dans son amour-propre.

Yangdong arrête net son discours, interloqué par le calcul et le ton glacial de Huisu. Scrutant son visage, il fait rouler le boulier dans son crâne, calculant combien il peut lâcher à ce coquin.

— Ok, dix pour cent, j'ai dit ça comme ça. Tu crois que je t'aurais appelé juste pour jouer l'homme de paille ? Je te laisse jusqu'à vingt-deux pour cent. Je voudrais pouvoir t'en laisser plus, mais il va falloir ouvrir une usine, fabriquer des machines, engager des techniciens et des ouvriers, faire démarrer le bureau, bref, cette affaire, au début, ce sera un trou béant qui va avaler beaucoup d'argent. D'ailleurs il faut que je trouve quelques sponsors pour soutenir l'affaire. Si tu m'en décroches un, je peux te donner jusqu'à quarante-neuf pour cent, maximum. Quarante-neuf pour toi, cinquante et un pour moi, moitié-moitié quoi. Alors ?!

La proposition est alléchante. Comme dit Yangdong, cette affaire peut rapporter quelques milliards ou quelques dizaines de milliards, une somme qu'il ne touchera jamais en restant gérant du Mallijang. Et, à quarante ans, il ne croisera plus jamais une occasion de ce genre. Pourtant il n'arrive pas à se décider. Yangdong attend sa réponse.

— Grand-frère ?

— Oui, dis-moi...

— Je vais rester au Mallijang et continuer à plier des serviettes. J'ai bien trop d'affaires en chantier, c'est trop délicat de me sauver maintenant.

Le visage de Yangdong s'empourpre.

— Putain, en fait tu voulais juste tâter le terrain ! Si dès le début t'avais pas l'intention d'accepter, pourquoi demander ta part ?

— C'est venu comme ça, au fil de la discussion. Je suis désolé, soyez pas fâché.

Huisu met une main sur son épaule. Yangdong se tourne et regarde la montagne au loin, le visage toujours aussi rouge. Quelques instants plus tard, fidèle à cette habitude qu'il a de se calmer aussi vite qu'il s'enflamme, Yangdong se retourne vers Huisu, le visage apaisé.

— Je vois, ton cœur balance. Mais pourquoi hésiter ? C'est à cause de Monsieur ? Tu aurais l'impression de le trahir ?

— Il y a un peu de ça. Père Sohn est comme un père pour moi. Et puis, plus d'une affaire se cassera la gueule si je m'éclipse d'un coup.

— Tu as peur que le Mallijang ne puisse pas fonctionner sans toi ? Tu as peur que ce vieux renard ne sache pas travailler seul ?

— C'est plutôt votre affaire qui me fait peur. Si ça se met à dérailler, des couteaux vont danser et le sang va gicler, c'est sûr. Que je me fasse amocher, ça, ce n'est pas un problème, mais certains de mes hommes vont certainement y passer. D'autres iront en prison et d'autres devront fuir à l'étranger. C'est aussi clair qu'un feu dans la nuit, non ? Vous et moi, on est plus ou moins destinés à passer notre vie à Guam ; vous pensez qu'on pourra supporter les regards haineux et pleins de ressentiment de tous ces boiteux, de toutes ces veuves et ces mères qui auront vu leur fils partir en prison ? Je préfère éviter ça et continuer à m'ennuyer et vivre de rien.

Yangdong jette son mégot par terre et l'écrase du pied.

— Tu sais ce qu'il te manque, Huisu ?

Yangdong allume une autre cigarette. Son visage, éclairé par la flamme du briquet, paraît grave.

— T'as pas le goût de niquer.

Huisu le regarde, sans comprendre.

— Tu es trop soucieux d'élégance, Huisu. Un voyou, ça vit pas d'élégance. Qu'est-ce que tu m'as dit déjà, ta loyauté envers Monsieur ? Ta peur pour tes gars ? Le regard des gens sur toi ? Au diable tout ça ! L'homme n'est pas si vertueux. C'est justement parce qu'on rêve de cette élégance sans jamais l'atteindre que la vie est si dure. Si tu t'inquiètes pour tes petits, mets des billets dans leurs mains. C'est cent fois plus efficace qu'un pauvre sentiment de pitié ou d'inquiétude. Tu veux à la fois arborer cette putain d'élégance et avaler le plus gros morceau de gâteau possible. Ça n'existe pas. Nous autres qui n'avons rien, il nous reste ça, l'envie de niquer les autres. On se renverse devant l'ennemi en montrant le ventre, on s'accroche à sa jambe en pleurant, on lui lèche le trou du cul et au dernier moment on lui grimpe dessus et on le baise. Si tu n'as pas le goût de niquer ton voisin et que tu t'entêtes dans l'élégance, tes mains demeureront vides.

— Mais qu'est-ce qu'on y gagne, concrètement ?

Yangdong le fixe, éberlué que Huisu n'ait toujours rien compris.

— C'est la seule façon de se mettre quelque chose sous la dent, quoi.

Yangdong soupire longuement, comme s'il renonçait à lui expliquer davantage les choses. Provenant de la salle, on entend soudain les pleurs d'une vieille femme, une longue et triste lamentation. Qui pleure tant pour Patron Og ? Yangdong tourne sa tête vers les plaintes.

— Il est cruel, le vieux. Tu te rends compte ? Ils étaient tout le temps ensemble quand ils étaient jeunes, deux frères. Après toutes ces années de bons et loyaux services pour le vieux, Patron Og a fini comme ça juste pour s'être fait piquer une blanchisserie. Putain, quand même... Ils ont bouffé dans la même marmite, ils ont tout partagé, et le vieux le fait pendre en plein milieu d'un carrefour, de la merde plein le pantalon !

La paupière de Huisu tressaute. C'est lui et Daeseong qui ont ramené le corps de Patron Og de l'île de Châtaigne et qui l'ont pendu au pylône du carrefour. Son pantalon dégageait une odeur absolument répugnante. Au moment de la mort, les excréments sentent-ils toujours ainsi ? Cette vie de voyou lui répugne autant que cette puanteur. Yangdong et Huisu se taisent. Un silence gênant s'installe. Dans la forêt, le chevreuil qui a perdu son petit continue de pleurer. Non loin d'eux, dans le noir, un morceau de roche tombe de la falaise avec fracas.

— Vous avez raison, grand-frère Yangdong. C'est indigne de pendre quelqu'un comme ça, avec son pantalon plein de merde.

— Que tu me rejoignes ou non, je vais la monter, cette affaire. Je refuse de vivre comme un chien qui rampe devant son maître et je refuse de mourir en chiant dans mon pantalon. Et je ne veux plus perdre de temps, conclut Yangdong d'un ton mélodramatique.

Sans rien ajouter, il écrase son mégot par terre et se dirige d'un pas lourd vers le funérarium. Huisu reste là, debout, à regarder la paroi oblique de la montagne mutilée. Ses yeux s'habituant progressivement à l'obscurité, il réussit à distinguer les arbres accrochés sur la falaise. Leurs racines, sorties de terre et suspendues dans le vide, semblent sur le point de se détacher de la paroi. Avant la fin de la mousson, ces arbres tomberont, emportant des blocs de terre enserrés dans leurs racines.

Il est deux heures du matin quand Huisu revient devant la salle de réception. Sur un banc devant le bâtiment, Chiot, qu'il a croisé quelques jours auparavant sur la digue, et Jeolsak, qui vient de sortir de prison, boivent du soju. Jeolsak semble avoir atteint un certain niveau d'ivresse et son visage, à cause de sa mauvaise humeur ou plus simplement à cause de la nuit, est sombre. Voyant Huisu s'avancer vers eux, Chiot se lève prestement et le salue. Jeolsak l'imite en titubant, pliant son dos à angle droit devant Huisu.

— Pourquoi buvez-vous ici ?

Jeolsak, embarrassé, reste debout dans une posture indécise.

— Je vais exploser si je reste à l'intérieur, répond Chiot.

Huisu le regarde d'un air interrogateur.

— C'est à cause de grand-frère Jeongbae, avance Chiot avec précaution.

Il doit faire allusion au magasin de poisson séché que Jeongbae a piqué à Jeolsak. Mais l'affaire a été réglée par les vieux du bouillon de bœuf et Père Sohn ; Huisu ne peut plus rien pour eux.

— Quand es-tu es sorti de prison ? demande Huisu pour changer de sujet.

— Avant-hier, à l'aube.

Huisu attrape la bouteille de soju posée sur le banc et remplit l'un des verres en carton placés à côté.

— Tu as dû morfler là-bas. Allez, bois un coup.

Tout en s'inclinant, Jeolsak prend le verre qu'on lui tend et le vide d'un trait. Puis il saisit la bouteille des mains de Huisu et lui sert un verre à son tour.

— En prison, j'ai entendu ma femme et Chiot dire que vous aviez beaucoup aidé ma famille. Il y a quelques jours que je suis sorti, je n'avais pas encore eu l'occasion de vous remercier. J'en suis désolé.

Huisu secoue légèrement la tête.

— Me remercier de quoi ? Un peu d'argent de poche ? Alors que je ne suis même pas venu te voir en taule ?

— Je m'en fous de ça. Je ne fais pas partie de votre groupe, pourtant vous m'avez aidé. Grâce à votre soutien et celui de grand-frère Yangdong, on a pu payer la scolarité des enfants et quelques frais domestiques. Avant, j'étais jeune et bête et je ne vous ai pas servi comme j'aurais dû. Aujourd'hui je suis sorti de prison et je sais qui sont les grand-frères et qui sont les ordures. Vous pourrez toujours compter sur moi, grand-frère Huisu.

Après cette déclaration, Jeolsak, certainement plus ivre de fureur que d'alcool, lance un regard sombre vers la salle de réception où se trouvent Dodari et Jeongbae. Huisu se dit que c'était une grosse erreur de la part de Dodari et de Jeongbae d'avoir pris le business de Jeolsak sans savoir qui il était réellement. Jeolsak est un homme inflexible et tenace. Il se met rarement en colère et montre peu ses sentiments, ce qui lui avait valu le surnom de « Taureau Couché ». Mais une fois sorti de ses gonds, il devient aveugle et pulvérise tout sur son passage, comme un « Taureau fou ». Personne ne peut le retenir alors, il faut juste attendre que le taureau fou se recouche. Pour pouvoir bouffer les maigres bénéfices de l'affaire de poisson séché, Dodari et Jeongbae ont réveillé un animal dangereux.

Après leur avoir tapoté l'épaule en leur souhaitant bon courage, Huisu quitte le banc et se dirige vers le bureau pour régler les funérailles de Patron Og. Il est gardé par une employée seule, en plein tricot. Comme si elle venait de bailler, les yeux qu'elle pose sur le nouveau venu sont aussi rouges que ceux d'un lapin. Elle semble tendue, soit par cette visite tardive, soit par les blessures sur le visage de Huisu.

— Que puis-je faire pour vous ?

Huisu fouille dans sa poche et sort maladroitement les billets que Père Sohn lui a donnés.

— Je voudrais régler les frais pour les funérailles, y compris les repas de demain matin.

— Vous pouvez préciser pour qui ? demande la jeune femme en inclinant légèrement la tête d'un côté et de l'autre.

Cette question stupide irrite Huisu. Patron Og est le seul client ce soir, dans ce funérarium isolé de tout.

— Pour M. Og Myeongkuk. Il n'y a que ce rituel funéraire en cours, non ? lance Huisu, agacé.

Perplexe, l'employée pose ses aiguilles de tricot sur le bureau et se met à feuilleter le registre.

— Tout a déjà été réglé. Si vous voulez le petit-déjeuner pour demain matin, il y a juste deux cent soixante-dix mille wons à ajouter.

Cette fois-ci, c'est Huisu qui incline légèrement la tête à droite et à gauche.

— Qui a payé ?

— Un monsieur avec une verrue sur le bord de l'œil.

— Celui qui porte un blouson en cuir marron, qui est accompagné d'un Chinois ?

— Un blouson en cuir marron... Oui, c'est lui. Pour le Chinois, je ne sais pas.

L'employée reprend ses aiguilles à tricoter. Obligation Hong a payé. Un sentiment ambigu envahit Huisu. Il trouve tragicomique qu'un type aussi impitoyable règle les frais pour les funérailles de Patron Og.

— On aura tout vu, murmure Huisu.

Il remet dans sa poche les dix billets d'un million puis sort de son portefeuille trois billets de cent mille wons qu'il tend à l'employée.

— Pour le petit-déjeuner de demain.

— La comptabilité est fermée et je n'ai pas de monnaie. Si vous revenez demain matin...

— Gardez les trente mille, coupe Huisu.

L'employée hoche la tête comme une automate, les billets à la main.

Quand Huisu regagne la salle de réception, la plupart des convives sont partis. Des bouteilles et des assiettes à moitié vides sont éparpillées sur les tables désertées, comme des épaves découvertes à marée basse. Bien que les visiteurs se soient éclipsés, la fille de Patron Og garde toujours la salle mortuaire. Son petit frère, épuisé, s'est endormi sur ses genoux. La fille lève les yeux vers Huisu. Son regard, perdu et vague, est celui d'une personne qui a vieilli de dix ans en une nuit.

Près de la porte, quelques jeunes voyous discutent pour décider qui portera le cercueil au crématorium, demain matin.

— Il en faut au moins six, non ? Aux funérailles de grand-frère Huna, on était six.

— C'est parce que grand-frère Huna était gros et que le cercueil était lourd. Patron Og, lui, il a les jambes courtes et il est plutôt mince. Je pense qu'à quatre, ça devrait aller.

— Dans ce cas, moi, Chunsam et Kiyul, c'est bon. Tu peux, toi ?

— Non, il faut que j'aille à la criée demain matin.

Huisu les dépasse. Il se demande qui portera son cercueil à lui. Il avait beaucoup d'amis, avant, mais il lui en reste peu.

À la table près de l'entrée, Obligation Hong et Changdo, son garde du corps, dînent tardivement. Il n'y a personne autour d'eux ; la plupart des voyous de Guam ont des dettes chez lui et tous le fuient comme la peste. Obligation Hong mange de la main droite, sa main gauche tient fermement son sac en cuir noir, sa caisse, son âme. À la vitesse de sa cuillère, on comprend qu'il est affamé. Son visage, après cette longue journée de collecte, est marqué par la fatigue. Croisant le regard de Huisu, Obligation Hong semble embarrassé. Il essuie d'un revers de main le pourtour de sa bouche, luisant d'huile pimentée.

— Tu as la tronche bien abîmée. Tu t'es fait boxer ?

Comme d'habitude, le ton d'Obligation Hong est agressif et cynique. Pourtant, Huisu répond avec un faible sourire :

— Vous ne dînez que maintenant ? demande-t-il d'une voix chaleureuse.

Obligation Hong le fixe un moment, bouche bée, déconcerté par cette attitude inhabituelle. Il finit par hocher la tête, un peu gêné.

— Oui, je mange enfin. Et toi, tu as dîné ?

— Tout à l'heure, oui. Bon appétit.

Obligation Hong, tout ébaubi, veut répliquer mais ne trouve pas les mots. D'ailleurs il est plutôt logique qu'ils ne trouvent rien à se dire. Obligation Hong se replonge dans sa soupe.

Huisu examine la salle. Dans un coin, regroupés autour d'une table, des voyous se disputent. Dodari et Jeongbae sont là, Danka, Jeolsak et Chiot aussi. Avec eux, le président du Comité pour la prospérité des commerces et des commerçants de la digue. Huisu s'approche. Jeolsak, complètement soûl, fixe Jeongbae d'un regard mauvais. Jeongbae soutient son regard avec dédain.

— Tu dis que tu ne peux pas me rendre mon commerce ? vitupère Jeolsak.

Jeongbae se met à pérorer en parcourant l'assistance des yeux, comme s'il se souciait plus de leur approbation que de répondre à Jeolsak.

— Il me semble que grand-frère Jeolsak a du mal à comprendre que les poissons séchés ne lui appartiennent pas. Le magasin a toujours appartenu aux papys du bouillon de bœuf. Comment vous pouvez prétendre qu'il est à vous ? Si on compare avec l'organisation d'une entreprise classique, vous, grand-frère Jeolsak, vous étiez seulement *directeur général salarié*. C'est aussi ce que je suis en ce moment. Un directeur salarié, c'est pareil que les autres employés : quand le propriétaire vous licencie, c'est fini. Ce n'est pas parce vous avez le titre de P-DG sur votre carte de visite que l'entreprise est à vous.

— Comment ça, ça appartient aux papys du bouillon de bœuf? Ce magasin, je l'ai monté avec Chiot et ça fait dix ans qu'on bosse comme des tarés tous les matins dès l'aube.

Jeongbae secoue la tête, le sourire résigné, comme si Jeolsak ne comprenait rien à rien.

— Dans ce cas, allez parler aux papys du bouillon de bœuf au lieu de m'emmerder. Ce sera plus simple. Moi, je n'ai aucune influence, je fais juste ce qu'on me demande de faire.

— Il a raison, Jeongbae. Si tu as des réclamations à faire, va voir les vieux. Jeongbae, il fait qu'obéir aux ordres, tu peux rien lui reprocher, renchérit Dodari, toujours aussi borné.

Soudain, le président du Comité pour la prospérité des commerces prend la parole, visiblement ulcéré par l'attitude de Jeongbae.

— Toi qui aimes les choses plus simples, je te demande : dernièrement, tu as multiplié par deux le prix de l'électricité et par trois le prix du gaz que tu fournis aux échoppes. Peux-tu me dire en quoi c'est plus simple, ça? Quand Père Sohn gérait ça, il n'y avait pas de taxes. L'eau de mer pour les aquariums, il la faisait remonter avec une pompe et la distribuait gratuitement, contrairement à toi qui la vends. Elle t'appartient, l'eau de mer? La pompe, c'est toi qui l'as installée? Et la digue, elle a été construite avec des fonds publics alors pourquoi tu nous colles une taxe là aussi alors que Monsieur ne demandait rien?

Les remarques du président du Comité pour la prospérité des commerces ne déstabilisent nullement Jeongbae. Il ouvre son sac et en extrait une grosse enveloppe qu'il pose sur la table.

— Regardez-moi ça, ce sont des documents administratifs. Des comptes-rendus de différents projets de développement et des directives sur les zones soumises au contrôle. Si on consulte ce genre de documents, on peut savoir à peu près ce que les fonctionnaires ont en tête. Là, vous voyez les échoppes ambulantes de la digue sur la carte? On peut voir qu'ils n'ont pas de projet de développement particulier pour cette zone-là, qu'ils y font juste des contrôles.

— Et alors ?

— Alors, je suis allé à la mairie et je leur ai expliqué le problème. Les échoppes ambulantes sur la digue, il y en a plus de cent vingt, on les a vues mille fois à la télé. Grâce à elles, la digue de Guam est devenue un haut lieu touristique. Alors à quoi bon, pour la mairie et pour nous, considérer ces échoppes ambulantes comme illégales et s'entêter à les contrôler ? Il serait préférable de légaliser ces activités, non ? Et si c'est trop délicat, de relâcher au moins les contrôles. Moins de contrôleurs à payer, ça en fait, des économies ! Et les habitants du quartier pourraient continuer leurs affaires sans stress. Bref, tout le monde serait gagnant. J'ai dit ça au fonctionnaire responsable et il m'a répondu que ma proposition était plutôt convaincante et qu'il examinerait sérieusement l'affaire en ce sens.

Sans répliquer, le président du Comité pour la prospérité des commerces feuillette les documents, triés et rangés méthodiquement dans un classeur à intercalaires, ce qui est plutôt étonnant de la part d'un voyou. Huisu s'approche et lit par-dessus son épaule.

— Aujourd'hui les choses ne marchent plus « à la louche », même chez les voyous. Au lieu de chercher tout le temps à fuir les contrôleurs, il faut rencontrer les fonctionnaires, négocier avec eux, dégager un consensus. L'électricité vendue aux échoppes ambulantes, elle est tirée illégalement chez les autres commerçants, pas vrai ? À chaque contrôle, on doit la couper, sinon ils arrachent l'installation. Ça va durer jusqu'à quand ? Si on arrive à obtenir une autorisation de commerce, on pourra installer l'électricité en toute légalité et ce bordel sera terminé. C'est la raison pour laquelle je suis en pleine discussion avec les gens de l'Électricité de Corée. Mais pour mener ces négociations, il faut le budget, il faut faire du lobbying. Parce que les fonctionnaires, si on ne leur donne pas à bouffer directement sur la langue, ils feront rien bouger.

— Eh ben, notre Jeongbae, c'est un vrai génie ! s'enthousiasme Dodari.

Guère convaincu par les arguments de Jeongbae, le président du Comité pour la prospérité des commerces continue de faire la moue.

— Les gens disent que c'est pour m'en mettre plein les poches que je suce jusqu'aux derniers petits sous des pauvres petites vieilles ? Je ne suis pas comme ça. L'argent que je récolte, je le mets de côté pour le développement de notre quartier. En ce moment, j'ai de grands projets. Vous verrez, le moment venu, poursuit Jeongbae, gonflé de fierté devant l'assistance.

C'est alors que Huisu intervient :

— Dis donc, ces jours-ci, tout le monde, chien ou vache, semble avoir de grands projets pour la communauté.

Huisu s'assoit en face de Jeongbae en riant et prend sur la table une bouteille de soju à moitié vide. Il se sert et poursuit, sarcastique :

— T'as vraiment l'air d'un député quand tu parles, toi, hein ?

— Grand-frère Huisu, comment allez-vous ? se force à répondre ce dernier, la mine un peu froissée.

— La légalisation des échoppes sur la digue, c'est Père Sohn qui l'a conclue avec le maire il y a un moment, au cours d'une partie de golf... Pourquoi tu t'en vantes ? Et puis j'ai entendu dire que tu vendais soixante-dix mille wons une bonbonne de gaz qui n'en vaut que vingt-sept mille, que tu avais fixé le prix de l'électricité à cinquante mille wons pour tout le monde, que tu vendais l'eau de mer vingt mille wons par mois, la taxe d'un emplacement cinquante mille, sans compter les places de parking public que tu as le culot de monnayer aussi. En tout, tu fais cracher combien par mois à chacune de ces pauvres échoppes ? Et tout cet argent, tu es en train de nous dire que tu l'offres jusqu'au dernier sou aux fonctionnaires ?

À l'exposé clair et détaillé de Huisu, Jeongbae ne trouve rien à répondre.

— Tu crois qu'on est des vauriens ? Même si on est des voyous, on a un minimum de cœur. Aujourd'hui, le président du

Comité pour la prospérité des commerces et ces messieurs de l'association de la Digue sont réunis. C'est l'occasion de fixer les prix.

— Ces tarifs, je les ai établis après mûre réflexion. Ce ne sont pas des calculs vite faits, pleurniche Jeongbae.

— À partir de maintenant, on revient aux anciens tarifs : le prix de base pour le gaz ; un tarif unique de vingt mille wons pour l'électricité ; l'eau de mer gratuite. Enfin, comme vous avez la recette du parking public, pas de taxe pour les emplacements. Si tu n'es pas d'accord, tu n'as qu'à céder la digue à quelqu'un d'autre. Avec ces conditions, il y aura une longue file de candidats. C'est compris ?

Jeongbae se penche vers Huisu avec un petit rire gêné et lui glisse :

— Grand-frère Huisu, on ne pourrait pas parler de ça tranquillement, tous les deux ? Devant tout le monde, vous êtes en train de me foutre la honte...

— Ça te fout la honte ? Et arnaquer les pauvres vieilles, ça te fout pas la honte ?

— Être un aîné ne vous autorise pas à vous mêler des affaires des autres. Occupez-vous de votre hôtel. La digue et ses affaires, j'en prends soin, ne vous inquiétez pas.

Le ton de Jeongbae est poli mais ferme, histoire de faire comprendre à Huisu qu'il ne se laissera pas intimider. Un air glacial flotte entre eux. Tandis qu'ils continuent à se fusiller du regard, le président du Comité pour la prospérité des commerces et quelques autres vieux se mettent à déblatérer contre Jeongbae :

— On dirait bien que ce salopard de Jeongbae cherche à changer de vie en nous vendant des bonbonnes de gaz.

— C'est ce que je pense. Elles gagnent combien, les vieilles, avec leurs petites échoppes ? À quoi ça lui sert de leur sucer la moelle, une paille plantée dans leur colonne vertébrale ?

— Je ne sais pas si c'est parce qu'il a été mal nourri quand il était petit, en tout cas, il est très gourmand.

Le visage de Jeongbae devient rouge, puis pourpre.

— Merde ! Je me fais chier à transporter ces putains de bonbonnes pour leurs commerces et ils viennent chialer derrière mon dos ? crache Jeongbae aux vieux.

— Hé, Jeongbae, on ne parle pas comme ça à des personnes âgées. Les gens du Comité pour la prospérité des commerces ont eu beaucoup de difficultés l'été dernier. La mousson a été très longue et on a eu beaucoup de typhons. Cet été, on va être un peu gentils, dit Huisu, comme pour calmer Jeongbae.

Mais celui-ci reste inflexible.

— Grand-frère Huisu, il faut que vous gardiez bien ceci en tête : concernant le gagne-pain, chacun se mêle de ses affaires. La vie est dure pour tout le monde.

C'est alors que Jeolsak s'élance vers Jeongbae et lui balance un puissant coup de pied en pleine poitrine. Celui-ci s'envole comme un ballon et s'écrase dans un coin de la pièce.

— Sale rat, tu oses répondre à grand-frère Huisu sur ce ton ? crie Jeolsak.

En bon voyou, Jeongbae se relève et se met en garde. Ancien lutteur, d'une carrure imposante, Jeolsak s'approche de Jeongbae, qui lui décoche quelques coups de poing rapides. Jeolsak les encaisse sans ciller puis saisit Jeongbae par la taille, le soulève d'un coup et le jette sur la table. Jeongbae se relève mais Jeolsak le reprend et le propulse sur la table d'en face. À chaque lancer, les assiettes s'envolent et se fracassent sur le sol. Les vieux semblent ravis d'assister à un tel spectacle. Jeolsak a beau être complètement ivre, c'est lui qui domine la confrontation. Du sang noirâtre coule de la bouche et du nez de Jeongbae. L'un de ses yeux est tellement gonflé qu'il n'arrive plus à l'ouvrir. Les vieux échangent quelques commentaires sur la bagarre :

— Quel lutteur, ce Jeolsak.

— Effectivement, il a une certaine vigueur.

— On dirait que Jeongbae a appris à se battre parmi les kangourous. C'est quoi ces coups de poing ?

— Le problème c'est pas les poings, c'est qu'il n'a aucune technique de défense. Il intercepte les coups avec son visage.

Les hommes de Jeongbae, ne sachant pas trop s'il faut les retenir ou participer à la bagarre, guettent la réaction de Dodari et de Huisu. Dodari s'approche de ce dernier, l'air grave.

— Il faut les arrêter, là, non ?

— Laisse-les. Ils doivent avoir de vieilles rancunes. C'est aussi bien qu'ils se battent, non ?

— Mais quand même, tout ce bordel dans un funérarium !

— C'est fait pour ça, les funérailles. Pleurer, rire et se foutre sur la gueule.

Jeolsak et Jeongbae, exténués, semblent se mouvoir au ralenti. Leurs poings sont sans force et ils halètent bruyamment. On dirait qu'ils vont claquer d'un moment à l'autre. À une différence près : tandis que Jeongbae est totalement vidé, Jeolsak, lui, a réussi à économiser quelques forces. Couinant, les deux s'attrapent le cou, se cognent le front, s'empoignent et finissent par s'agglomérer littéralement. Au bout d'un moment, Jeongbae lance un poing flageolant vers Jeolsak qui, évitant le coup, lance sous le menton de son adversaire un uppercut puissant. C'est le coup décisif. Les genoux de Jeongbae ploient et il s'écroule vers l'avant. Ses paupières, relâchées, découvrent le blanc de ses yeux. De sa bouche entrouverte coule de la mousse mêlée de sang. Danka s'avance au centre de la salle, prend un bras de Jeolsak et le lève, à la manière d'un arbitre à la fin d'un match de boxe. Jeolsak a réussi à réduire en bouillie ce Jeongbae qu'il avait envie de massacrer depuis si longtemps. Pour autant, son visage est sombre et confus. Après tout, ce n'était pas en frappant Jeongbae que les poissons séchés vont lui revenir. Quelques hommes de Jeongbae accourent vers leur chef et l'aident à se relever. L'un asperge d'eau son visage tandis qu'un autre l'évente avec une serviette. Jeongbae revient à lui et secoue la tête. Il saisit un couteau pendu à la taille d'un jeune près de lui, se lève et plante la lame dans le flanc de Jeolsak.

Jeolsak s'écroule, agrippant son ventre.

— Il me rend dingue, ce connard ! hurle Jeongbae.

L'arme dont Jeongbae vient d'user est un couteau à sashimi au manche enroulé dans des bandes de tissu – pour ne pas se blesser en le maniant. Quand Jeongbae s'apprête à planter une nouvelle fois Jeolsak écroulé par terre, Chiot se précipite et protège ce dernier de son corps. Jeongbae lui donne deux coups de couteau dans le côté mais Chiot reste cramponné à Jeolsak. Quelques personnes s'approchent de Jeongbae pour le maîtriser mais il brandit son couteau de plus belle, dans tous les sens, menaçant de tuer ceux qui voudraient l'arrêter.

— Venez, venez, je vais tuer tout le monde aujourd'hui !

— Lâche ça, Jeongbae. Arrête avant qu'il y ait trop de dégâts ! supplie le président du Comité pour la prospérité des commerces.

Mais les oreilles de Jeongbae semblent ne plus rien capter et personne n'ose s'approcher de lui. Il continue sa danse folle, tranchant l'air de son couteau. De loin, ses mouvements paraissent maladroits. On dirait qu'il a plus peur de son arme que les gens autour de lui. Huisu aperçoit un pot de géraniums sur une étagère. Des géraniums rouges. Quand il était petit, les vieilles dames de Mojawon plantaient des géraniums dans le potager. Pas des tomates, pas des pommes de terre, des géraniums. « Ça a quel goût ? » avait un jour demandé Huisu. La dame la plus vieille de Mojawon lui avait répondu que les géraniums n'avaient pas été plantés là pour qu'on les mange, mais pour qu'on les regarde. On manquait de nourriture à Mojawon et le petit Huisu ne comprenait pas pourquoi on laissait dans ce potager si précieux des plantes non comestibles. Il n'arrivait pas à comprendre l'utilité de ces géraniums, qui prenaient la place des tomates, des pommes de terre et des patates douces. Huisu attrape le pot de géraniums sur l'étagère et se dirige à grands pas vers Jeongbae. Celui-ci recule et brandit son couteau. La lame vient effleurer l'épaule de Huisu, qui jette un coup d'œil rapide sur l'entaille. Du sang imprègne déjà le tissu de sa chemise. Il laisse échapper un petit rire et s'avance plus près de Jeongbae qui, troublé, lance un nouveau coup de couteau. Huisu esquive le coup en déviant légèrement son corps sur le côté puis brandit le pot de géranium et l'écrase sur la tête de Jeongbae. Le dessous du pot se brise avec fracas. Jeongbae s'écroule par terre, assommé. Huisu s'agenouille et continue de frapper sa tête avec le pot cassé, trois fois, quatre fois. Danka, derrière lui, arrête son bras. Toute la salle a les yeux rivés sur Huisu. Jeongbae, le crâne brisé, frétille sur le sol comme un poisson hors de l'eau. Huisu regarde ses mains qui tiennent le pot cassé. De la poudre de terre cuite arrose la tête ensanglantée de Jeongbae.

Danka tire Huisu jusqu'au parking. Sa tête est vide et il a l'impression de marcher sur les nuages. Danka le pousse dans le premier taxi de la file qui attend là.

— Je m'occupe de tout. Toi, grand-frère, tu rentres te reposer un peu. D'abord Hojung, ensuite Jeongbae... C'est pas ton jour. Vous pouvez démarrer, monsieur.

Danka donne deux petites tapes sur la voiture. Le chauffeur lorgne un coup dans le rétroviseur pour voir le client puis démarre lentement.

Avant d'arriver en bas de la côte, le chauffeur demande :

— Où est-ce que je vous emmène ?

Huisu ne sait pas où aller. Comme il ne répond pas, le chauffeur arrête la voiture, l'air embêté. Huisu continue de rêvasser, le regard perdu au-delà de la fenêtre de la voiture. De la forêt noire on entend toujours les pleurs du chevreuil qui a perdu son faon. Huisu sort une cigarette et l'allume.

— Prenez la route de Sanbok.

— Jusqu'où ?

— Jusqu'au parking public.

Arrivé au pied de la montagne, le taxi prend la route côtière, traverse le centre de Guam et remonte sur la route de Sanbok. Huisu, la tête contre la fenêtre, suit distraitement le paysage. Quand ils arrivent enfin, Huisu descend de la voiture et commence à grimper les marches du long et raide escalier menant chez Insuk, au n° 565. À mi-chemin, essoufflé, il s'assoit sur une marche. Il a mal aux jambes. Il ne comprend pas qu'Insuk continue de grimper cet escalier toutes les nuits. Il prend une cigarette et consulte sa montre. Deux heures et demie. Son bar ferme à trois heures. Il y a quelque temps, Huisu est passé la voir là-bas et l'a trouvée en pleine altercation avec un type ivre qui la tirait par les cheveux. Sa chemise déchirée laissait voir son soutien-gorge.

— Salope ! Comment tu oses demander cinq cent mille wons pour deux bouteilles de whisky !

L'homme était grand, costaud, et Insuk ballottée en tous sens à chaque secousse. Huisu a pris le type par le collet. Alors qu'il s'apprêtait à le frapper, Insuk a saisi son bras :

— Si tu le cognes, je ne vends plus rien aujourd'hui, a-t-elle dit d'une voix basse mais ferme.

Huisu l'a lâché et est sorti du bar, Insuk sur les talons.

— C'est comme ça tous les jours ? a-t-il demandé.

— C'est comme ça tous les jours, a-t-elle répondu.

Après avoir repris son souffle, elle lui a murmuré d'une voix posée : « Si tu viens ici pour montrer tes muscles, ne reviens plus. » Depuis ce jour, Huisu n'est plus retourné dans son bar. Car à chaque fois qu'il viendrait, ce serait la même histoire et il ne pourrait pas s'empêcher de jouer les gros bras.

Huisu se relève et reprend son ascension. L'escalier est si raide, il semble toujours aussi interminable. Quand il arrive enfin dans la cour d'Insuk, au sommet de la montagne Jangbae, il est en nage, sa chemise trempée plaquée contre son dos. Il s'assoit sur le lit en bois, dans la cour. D'ici, on peut voir toutes les maisons du quartier, agglutinées jusqu'au sommet. Certaines sont encore allumées. Au loin, sur la mer sombre happée par la nuit, des lumières scintillent comme des étoiles, celles des bateaux amarrés loin de la digue. Sous le lit en bois, Huisu prend l'encens contre les moustiques. Il allume un bâton et s'allonge. À cette altitude, le ciel est tout proche. La Grande Ourse, Cassiopée, Cancer, Gémeaux... Les étoiles sont particulièrement nombreuses, ce soir. Huisu cherche les constellations qu'il connaît et s'endort.

Il rouvre les yeux à l'aube. Toujours sur le lit de bois. Les étoiles ont disparu, balayées par le jour qui naît. Il est recouvert d'une couverture, légèrement mouillée par la rosée mais retenant une chaleur douce tout autour de lui. Insuk est assise au bord du lit. Elle fume. Fumait-elle, avant ? Sa silhouette vue de profil, le visage levé vers le ciel et la cigarette entre les doigts... Son attitude dégage une sorte de mélancolie. Entendant Huisu remuer, Insuk se tourne vers lui.

— Réveillé ?

— Oui.

Je suis désolé d'avoir débarqué en pleine nuit sans prévenir, j'avais quelque chose à te dire mais je me suis endormi... Huisu se demande s'il doit sortir ce genre d'excuses, choisit de se taire. Il y a peu de chance qu'Insuk le croit et, surtout, les excuses ne sont pas nécessaires entre eux ; il vient toujours la voir sans prévenir et part toujours sans un mot. Insuk lui tend la tasse qu'elle tenait dans sa main. Un thé au citron bien chaud. Huisu le prend et en boit une petite gorgée. Dans l'air humide de l'aube, le parfum du citron lui semble plus fort.

— Qu'est-ce que tu as sur le visage ? Tu t'es battu ?

— Non, j'avais trop bu, je suis tombé.

— Tu as un problème, Huisu ?

— Non.

— Alors comment ça se fait que je te trouve ici, par une si belle aube ?

— Rien. J'avais juste envie de te voir. Par une si belle aube.

Insuk rit, d'un rire un peu timide. Huisu se dit que ce rire est le vrai rire d'Insuk et que le rire gaillard qu'elle montre aux hommes dans son bar n'est qu'une façade. Depuis qu'il la connaît, Huisu aime son rire, cette timidité qui affleure derrière son air hautain.

— Voudrais-tu partir vivre avec moi à l'étranger ? lance Huisu tout de go.

— Pourquoi cette question ? Tu as fait une grosse bêtise ?

— Non. J'en ai marre de cette ville, c'est tout.

— Pour partir à l'étranger, il faut beaucoup d'argent. Tu en as, toi ? Moi, je n'ai que des dettes, répond Insuk d'un ton léger.

Huisu pense au sac de Yongkang dérobé à la blanchisserie. Avec un milliard, combien de temps tiendrait-il à l'étranger, sans le soutien de quiconque ? S'il partait seul, pas longtemps.

Avec Insuk, tout serait différent. Elle est débrouillarde, douée pour la vie.

— Si j'avais de l'argent, tu partirais avec moi ?

Insuk semble surprise par l'air sérieux de Huisu. Elle se tait un moment, aspire une longue bouffée de fumée puis écrase son mégot par terre.

— Pourquoi toujours penser à fuir ? Déjà à dix-sept ans tu ne parlais que de ça.

À l'époque, quand elle a décidé de se prostituer, Huisu a proposé qu'ils fuient. Elle a refusé. Aujourd'hui, à quarante ans, sa réponse est la même. Qu'est-ce qui aurait changé si, à dix-sept ans, au lieu de choisir la prostitution, elle avait choisi l'évasion ? se demande Huisu. Ses frères et sœurs n'auraient certainement pas fait d'études, mais sa vie à elle aurait été bien différente.

— Si tu veux partir, vas-y tout seul. Moi, j'aime cet endroit.

Huisu pousse un long soupir.

— Tu aimes cet endroit merdique ?

— Oui. C'est ici que j'ai envoyé mes frères et sœurs à l'université, c'est ici que j'ai élevé Amy et que j'ai trouvé de quoi me nourrir.

Insuk regarde distraitement vers le bas de la montagne et laisse échapper un petit rire, comme si elle venait de réaliser quelque chose.

— Dis, faut-il partir à l'étranger pour vivre avec moi ? Ici, tu as trop honte, tu n'as pas le courage ?

Insuk fixe Huisu, guettant sa réponse. Elle vient de passer une nuit blanche et ses yeux sont bouffis. La question qu'elle lui pose n'est pas neuve. Jusqu'à présent, Huisu l'avait toujours éludée.

— Qui pourrait avoir honte de qui ? Moi aussi, je suis comme je suis.

Insuk secoue lentement la tête. Ce n'est pas la réponse qu'elle attendait. Huisu évite son regard et dirige le sien vers l'horizon. Insuk se met à murmurer, comme si elle s'adressait à la mer.

— Moi, je n'ai jamais eu honte de moi. Même si mes frères et sœurs ont quitté cette ville pour cette raison, même si les gens de mon quartier, dans la rue, au marché, jasent dans mon dos, je n'ai jamais eu honte de moi. Parce que j'ai toujours fait de mon mieux avec les conditions qui m'étaient données.

— Tu es fière d'avoir vécu en vendant ton corps ? raille Huisu.

— Que pouvais-je vendre d'autre pour nourrir mes frères et sœurs, à dix-sept ans ? s'exclame Insuk.

Sa voix est si forte que Huisu relève la tête. Insuk se met à pleurer. Dans la forêt, les oiseaux qui viennent de se réveiller semblent pleurer avec elle. A-t-il déjà vu Insuk pleurer ? Non. Depuis qu'il la connaît, depuis ses treize ans, c'est la première fois. Le visage dans les mains, recroquevillée sur le lit en bois, ses sanglots deviennent de plus en plus violents. Huisu écrase sa cigarette et se lève. Il marche lentement vers elle et prend ses épaules tremblantes dans ses bras. Alors Insuk enfouit sa tête dans la poitrine de Huisu, sans un mot.

CHEZ LE BARBIER

La cheminée du crématorium fume. Ils sont peu nombreux à être venus jusqu'ici assister à la crémation de Patron Og. Quelques amis proches, quelques membres de sa famille et les quatre hommes chargés de porter le cercueil. Ce petit monde déambule dans la cour du crématorium, fumant et discutant. À leur arrivée, le vieux gardien a annoncé que les fours étaient tous occupés et qu'il faudrait attendre environ une heure. Huisu a trouvé bizarre qu'on ne voie aucun visiteur alors que les six fours tournaient à plein régime. Quelqu'un a expliqué qu'il y avait eu récemment un accident de gaz dans une maison de retraite. Six personnes âgées sans famille étaient mortes, qu'on incinérait toutes aujourd'hui. L'air perdu, Huisu regarde la fumée s'échapper de la cheminée. Il imagine les six corps en flammes dans une solitude absolue, sans personne pour les accompagner dans leurs derniers instants. C'est un matin d'avril et le soleil qui inonde la cour est encore doux. Sur l'écran de télévision accroché au mur de la salle d'attente, le président Kim Young-sam, avec son habituelle élocution confuse, est en pleine allocution. Il annonce la fin de l'ère militaire et l'avènement du gouvernement civil. Huisu écoute ce discours assommant pendant quarante minutes quand il entend le nom de Patron Og dans le haut-parleur. On annonce qu'il sera bientôt incinéré et que ses proches doivent rejoindre le four crématoire n° 6. Tout le monde se regroupe devant le four, sauf les enfants du défunt, endormis sur un banc en bois dans le couloir du crématorium. Le garçon, la tête posée sur une épaule de sa sœur, tient contre sa poitrine la photo de son père, et la fille, sur ses genoux, l'urne destinée à contenir ses cendres. De longues diagonales de soleil traversent la grande fenêtre et viennent illuminer le visage de la fille endormie. Elle est visiblement exténuée. Elle n'a pas dû dormir beaucoup pendant ces trois jours de funérailles. Le maître de cérémonie vient la secouer mais la petite ne se réveille pas. Un peu agacé, il la secoue encore, plus énergiquement. Elle ouvre enfin les yeux et regarde autour d'elle, égarée. Le maître de cérémonie lui murmure quelque chose à l'oreille. Que dit-il ? Qu'il faut se réveiller, maintenant ? Que c'est au tour de son père d'être brûlé ? La fille, de ses yeux endormis, observe les gens rassemblés devant le four. Quand elle voit le nom de son père sur l'affichage électronique, elle fond en larmes. Pleure-t-elle de honte pour s'être endormie, ou parce qu'elle réalise que son père va bientôt quitter définitivement cette terre, réduit en cendres dans ce four, en face d'elle ? Un moine venu d'un temple proche donne un semblant de cérémonie bouddhiste en tapant sur une cloche de bois. Quelques personnes âgées déposent des billets de dix mille wons sur le cercueil.

— Pour que notre cher Patron Og puisse partir sans regrets et sans rancune vers des cieux plus beaux, brûlez-le soigneusement et moulez bien finement ses os, murmurent les vieux.

Quel est le rapport entre le fait de partir sans regrets et la finesse du broyage des os ? se moque Huisu intérieurement. De sa main gantée, le vieux gardien chargé des fours balaye machinalement vers lui les billets posés sur le cercueil et les fourre dans sa poche. Après quoi, il ordonne aux gens de reculer. Le visage déjà rouge en cette heure matinale, il semble pris de boisson et de mauvaise humeur. Il secoue deux ou trois fois vers la droite et vers la gauche le chariot pour déposer le cercueil sur les rails puis le pousse dans le four, avant de claquer la porte. Les gestes du gardien sont expéditifs et chirurgicaux, comme s'il avait appris à se protéger de la tristesse et des crises qui éclatent chaque fois à cet instant-là. La lampe rouge au-dessus de la porte clignote trois fois, accompagnée de trois sonneries d'alarme. Aussitôt, de grands jets de flammes jaillissent dans la cavité du four. Quelques femmes éclatent en sanglots. Le petit garçon de Patron Og, surpris par ces gémissements, se met à pleurer à son tour. Une vieille dame s'approche du four pour voir une dernière fois le visage de Patron Og avant qu'il ne disparaisse dans le feu mais le vieux gardien lui fait barrage en secouant les bras avec autorité.

— Reculez, la vitre est brûlante !

Puis, parcourant du regard l'assistance en pleine lamentation, il annonce d'un air impassible et routinier :

— Maintenant il faut compter à peu près deux heures. Vous pouvez aller vous restaurer.

Le vieux gardien ouvre grand ses bras et se met à pousser la foule éplorée vers la porte, comme un fermier qui pousse ses poules. Huisu est le premier à sortir. Derrière lui, il entend plusieurs personnes fondre en larmes. Il prend le couloir d'un pas de fugitif.

Dès qu'ils sortent du crématorium, les gens se dirigent vers le restaurant. Huisu a l'estomac brûlant d'aigreurs et de faim mais il ne mange rien. Les gens qui pleuraient l'instant d'avant, à présent avalent de la soupe de bœuf pimentée, mâchent la viande avec entrain. La scène a quelque chose de pathétique. Huisu sort du restaurant et se dirige vers le banc où la fille de Patron Og est assise, comme une statue. Elle tient, posée sur ses genoux, une urne bon marché. Huisu s'assoit et la fille incline lentement la tête en guise de salutation. Les vêtements de deuil qu'elle porte sont trop grands, sa jupe traîne par terre et elle flotte dans sa chemise qui laisse entrevoir, dans le creux de son décolleté, le blanc de son soutien-gorge et la rondeur de ses seins naissants. Huisu lui tend un papier qu'elle prend machinalement.

— C'est l'argent que ton père vous a laissé. Va à la banque Saemaul, au carrefour des trois routes, et demande à Mme Shin Misuk qu'elle t'ouvre un compte sous un faux nom. Il ne faut surtout pas utiliser ton nom sinon Obligation Hong viendra prendre tout ton argent.

La fille fixe d'un regard éteint le papier qu'elle tient dans sa main.

— Dis-moi, tu as un peu d'argent ?

La fille secoue la tête faiblement. Huisu sort une enveloppe de sa poche et la lui remet. Elle contient les dix billets que Père Sohn lui a donnés pour payer les funérailles.

— De la part du patron de l'hôtel Mallijang. Pour toi et ton frère.

La fille incline de nouveau la tête.

— Je vous remercie.

Ses cheveux, épais et très noirs, sont noués soigneusement en queue de cheval. Huisu trouve jolie la forme de son crâne. Il va pour poser sa main sur la tête de l'enfant mais s'arrête net. Sa main en l'air lui fait honte et il prend une cigarette.

— Tu as eu des nouvelles de ta maman ?

— Non, pas encore.

— Ne t'inquiète pas. Elle va bientôt revenir.

La fille fait une drôle de tête ; dubitative. Elle a raison : les femmes qui quittent Guam ne reviennent pas. Fidèle à cette règle, la mère de Huisu a quitté Guam avec un type rencontré dans un cabaret, et n'est jamais revenue. Étonnamment, les hommes au contraire, même blessés et exsangues, retournent toujours à Guam, quitte à se déshonorer. Pourquoi pas les femmes ? Parce qu'elles ont plus d'amour-propre que les hommes ? Parce qu'elles sont plus débrouillardes ? Huisu ne se l'explique pas, mais en tout cas le sentiment que la petite éprouve, Huisu l'a connu avant elle. Ce sentiment de solitude et de désespoir quand vous avez été jeté dans le monde sans père ni mère.

— Si un jour tu as des problèmes, viens me chercher. Je ne pourrai t'aider que cette fois-là, pas une deuxième. Une fois, je pourrai.

À quoi rime cet avertissement insistant, l'aider une fois mais pas deux ? Huisu lui-même ne comprend pas ce qu'il veut dire. D'un autre côté, la petite ne viendra probablement jamais le chercher. Elle grandira et les rumeurs continueront de circuler dans le quartier et finiront par lui apprendre que l'assassin de son père est Huisu. Elle incline la tête une nouvelle fois. Cela signifie-t-il qu'elle a compris ? Malgré la fatigue et le manque de sommeil de ces derniers jours, ses yeux sont clairs. Huisu y trouve une consolation absurde ; si elle réussit à garder des yeux aussi clairs un tel jour, c'est qu'elle s'en sortira très bien sans père. La fille essaie de se lever pour le saluer mais à cause de l'urne sur ses genoux, sa posture est de guingois. Huisu pose doucement sa main sur son épaule pour lui signifier qu'elle peut rester assise. Il se dirige vers le parking, sans se retourner.

Sur la route escarpée qui mène du crématorium à la mer, Huisu jette des coups d'œil dans le rétroviseur. Il a l'impression d'être suivi. Pourtant tout est réglé : Patron Og est mort, son corps est en train de se consumer. En fait, quand il se dit que tout est réglé, il ressent la solitude et l'impuissance de la pierre tombée au fond d'un lac.

Huisu roule en direction de l'auberge de Hyeolcheongso où se cachent Tang et ses amis. Cela fait quelques jours que Yongkang a été arrêté et qu'ils se sont réfugiés dans cet endroit, mais Huisu ne les a pas encore appelés. La route de Hyeolcheongso est goudronnée jusqu'au bâtiment de contrôle sanitaire et se prolonge au-delà, non revêtue. À chaque virage, la terre, rendue sablonneuse par la sécheresse du printemps, se disperse dans l'air en nuages de poussière. Huisu connaît cette voie par cœur. C'est là, au pied de la falaise, que se trouvait Mojawon, et c'est en bas de cette même falaise que la mère d'Insuk a longtemps tenu son échoppe ambulante. Petit, il a descendu ce chemin de terre avec d'autres enfants de Mojawon, pour se rendre à l'école ou pour aller s'amuser. Il a également couru sur cette route avec ses camarades de la boxe. Hyeolcheongso a beau être tout proche du centre de Guam, Huisu n'a plus emprunté cette voie depuis son départ de Mojawon. La route devient trop étroite, Huisu se gare sur un terrain vague et gravit lentement le chemin escarpé. Du temps de la boxe, il le montait en courant et d'un seul souffle. À présent, le souffle lui manque après quelques pas.

L'auberge n'ouvre qu'en saison et demeure déserte le restant de l'année. Dans la cour, deux grands chiens bruns sont allongés et, sur les fils à linge, sèchent des poissons sans doute pêchés depuis les rochers, au pied de l'auberge. Une odeur de *nuoc mam** flotte dans l'air. À l'arrivée de Huisu, quelques jeunes Vietnamiens, mollement assis sur le plancher surélevé devant l'établissement, se redressent. Après un si long isolement, cette apparition a de quoi les inquiéter. Ils ne sont plus ceux qu'on a vus il y a peu, farouches et coriaces, agitant des machettes et des pistolets devant le Mallijang. Le plus petit d'entre eux se lève et va chercher Tang dans sa chambre. Tang déboule immédiatement et salue Huisu, contrarié.

— Pourquoi viens-tu si tard ? demande-t-il.

— Les choses se sont un peu compliquées, répond Huisu, évasif.

— C'est fini, maintenant ?

— À peu près.

Tang hoche la tête, l'air de dire qu'il ne comprend pas la situation mais qu'il n'a d'autre choix que de l'accepter. Huisu se met en marche vers la falaise et Tang lui emboîte le pas.

— Vous êtes bien installés ici ? Si quelque chose ne va pas, dis-moi.

— Tout nous convient, tant qu'on a un toit au-dessus de la tête et de quoi manger. Nous sommes étrangers, que demander de plus ? Notre seul souci, c'est d'envoyer de l'argent tous les mois à la famille, pour nos vieux parents et pour nos bambins.

Huisu sort une épaisse enveloppe de sa poche et la donne à Tang. Dix millions de wons en billets de cent mille.

— C'est quoi cet argent ?

— De quoi nourrir tes gars et subvenir aux premières urgences.

— Tu nous prends pour des mendiants ?

— Ce n'est pas dans cet esprit-là que je te le donne.

Tang ouvre l'enveloppe pour évaluer la somme et lève un sourcil.

— C'est gentil d'avoir pensé à nous, mais c'est pas suffisant.

---

* Le nuoc mam est une sauce à base de poisson fermenté, servant de condiment.

— Tu auras plus, plus tard. Dans un premier temps, essaie de boucher les trous avec ça.

— C'est du travail qu'il nous faut. C'est seulement ça qui retiendra mes gars.

Huisu repense à la blanchisserie. En insistant auprès de Père Sohn et en amadouant les vieux du bouillon avec des promesses et du Chivas, il aurait peut-être pu la récupérer. Il n'en a rien fait. Pourquoi ? Par amour-propre, pour ne pas pleurnicher après une blanchisserie ? Ou par naïveté, pour avoir estimé que le butin lui reviendrait d'office ? Il regrette à présent.

— Tu peux tenir combien de temps avec ça ?

— Pas longtemps.

Huisu ramasse un caillou et le lance en bas de la falaise. Le caillou rebondit sur la paroi rocheuse et entraîne dans sa course des plaques de terre sèche.

— Est-ce que tu connais un certain Jeongbae ? interroge Tang.

— Comment tu connais Jeongbae, toi ?

— Ils sont venus me voir, lui et un dénommé Dodari. Ils m'ont demandé si j'étais partant pour travailler à la blanchisserie avec mes hommes.

Décidément, Jeongbae est très rapide. Huisu serre les dents.

— Qu'est-ce que tu as répondu ?

— Qu'il fallait que j'en parle avec Huisu d'abord.

— La blanchisserie, c'est mort. Je vous cherche un autre job. Va falloir patienter.

— Tu veux dire, rester enfermés dans cette auberge sans rien faire ?

Tang est visiblement irrité. Huisu lance un autre caillou.

— On s'est sauvés parce qu'on t'a fait confiance, regarde ce qu'on est devenus !

— Chez nous, un dicton dit que le noyé qu'on a secouru finit toujours par nous attaquer pour voler notre balluchon. Si je n'avais pas été là, vous auriez tous été expulsés ou jetés en prison.

— Qu'est-ce qu'on risquait ? Un petit tour en prison pour séjour clandestin ? Alors que maintenant nous sommes devenus des traîtres. Quand Yongkang sortira, on va tous y passer.

— Ne t'inquiète pas. Il ne sortira pas si facilement.

Huisu s'en va à grands pas, laissant Tang derrière lui. Celui-ci le regarde s'éloigner, perplexe. Sans travail à lui offrir et sans pouvoir lui dire combien de temps attendre, Huisu n'a pas eu le courage de lui faire face.

Huisu redescend le chemin jusqu'à sa voiture. Il démarre, direction le Mallijang. Son sentiment, c'est qu'il est acculé. Ces dernières années, il n'a fait que s'écraser toujours plus. L'été dernier, quand les gars de Jeolla lui ont mis la pression pour planter leurs parasols sur un coin de plage, il a reculé. Et aujourd'hui, devant Yongkang, il recule aussi. Père Sohn ne veut plus se battre. Les vieux du bouillon de bœuf non plus. Ils ont trop peur. Dès qu'on les menace, ils baissent la queue. La mort de Patron Og en est un bel exemple. Quand on se rend avant même de se battre, ça se paye d'une manière ou d'une autre. Père Sohn a pensé qu'il serait plus rentable de sacrifier Patron Og que de voir plusieurs de ses hommes blessés ou envoyés en prison. Mauvais calcul. Qu'on commence à se laisser intimider, et on ne s'arrête plus. Jusqu'au jour où même les petites canailles du quartier vous écrasent. Toutes ces batailles pitoyables et épuisantes à venir, qui va les mener et comment ?

Pendant ce temps, Jeongbae grignote par petits bouts les meilleures affaires de Guam, consolidant chaque jour son influence et sa force. Il sait qu'il doit avoir ses propres affaires pour fédérer des hommes autour de lui. Maintenant que la blanchisserie est entre ses mains, il pilote plus d'hommes que Huisu. Celui-ci, avec son titre à la con de gérant de l'hôtel Mallijang, supervise un tas de petits trafics sans ramasser grand-chose. Bref, entre les vieux trouillards et le Jeongbae, malin et rapide, Huisu passe pour la bonne poire. À l'instar des anciens, il va progressivement perdre en influence et en force ; et quand il ne sera plus d'aucune utilité pour personne, il sera jeté.

Père Sohn est chez son barbier, comme tous les samedis matin. Le salon ouvre habituellement à treize heures mais le samedi, il fait une exception pour Père Sohn. Bien entendu, le barbier n'accueille aucun autre client avant treize heures. Grâce à ces soins hebdomadaires, Père Sohn a la même coupe depuis des années, comme s'il portait une perruque. Son barbier, un Taïwanais dans la soixantaine, s'appelle Wang. Cela fait plus de vingt ans qu'il a quitté son pays et qu'il s'est installé à Guam mais il ne parle toujours pas coréen. La raison en est obscure ; il est peut-être trop vieux pour apprendre ou bien peut-être déteste-t-il avoir l'air ridicule dans une langue qu'il ne maîtrise pas. Wang est extrêmement propre et ordonné, presque maniaque. Impossible de trouver un seul cheveu coupé dans son salon. Les vieux disent que Wang a un authentique talent mais Huisu trouve ses coupes simplettes et démodées. En plus de Père Sohn, les vieux du bouillon de bœuf aiment se faire raser et coiffer ici où, M. Wang ne comprenant pas le coréen, ils peuvent avoir des conversations discrètes sur leurs affaires en cours.

Père Sohn est allongé sur un fauteuil basculé vers l'arrière. Les traces de savon sur son cou et son menton indiquent qu'il vient tout juste de se faire raser. M. Wang masse son visage couvert d'une serviette chaude puis ôte soigneusement les restes de mousse. Huisu s'assoit sur le fauteuil d'à côté. Sans tourner la tête, Père Sohn apostrophe Huisu dans le miroir :

— Patron Og est bien parti ?

— Comment ça, *bien parti* ? Le chemin jusqu'à l'autre monde est solitaire et misérable.

— Pourquoi des mots si durs ? C'est une affaire bouclée, on peut dire qu'il est bien parti.

Père Sohn fait une mine gênée en frottant son menton fraîchement rasé. Il ferme les yeux un instant, comme s'il repensait à la réplique tordue de Huisu et à Patron Og parti misérable et solitaire.

— Il paraît que tu as explosé le crâne de Jeongbae hier soir ?

Le ton de Père Sohn ne contient nul reproche. Sans lui répondre, Huisu prend une cigarette et la met entre ses lèvres. M. Wang apporte un cendrier en verre qu'il pose devant lui.

— Qu'est-ce qui t'a pris de taper ce gosse ? Sa vie est assez difficile avec sa cervelle de moineau.

— Une cervelle de moineau, Jeongbae? Non, ce connard tourne vite.

— Ah, c'est donc ça... C'est pour le rabaisser à ton niveau de QI que tu as réduit son crâne en bouillie ?

Huisu ne rit pas à la plaisanterie de Père Sohn et expire une longue bouffée de fumée. Wang, un flacon de lotion à la main, attend que son client soit prêt pour la suite des soins. D'un geste de la main, Père Sohn lui fait signe de continuer. M. Wang inonde de lotion le visage de Père Sohn et la fait pénétrer en massant.

— Je me doutais bien que ce coquin de Jeongbae, à s'agiter comme un rat, finirait par se faire corriger par notre Huisu. Eh bien, pour ce qui est de s'agiter, il s'agite ! conclut Père Sohn en s'esclaffant.

C'est un vrai rire satisfait, comme s'il avait attendu depuis des lustres la bagarre d'hier. Père Sohn est de bonne humeur aujourd'hui. Il semble rassuré que l'histoire avec Patron Og soit terminée. Sans verser une goutte de sang et sans incident notable, il a réussi à mettre ce Yongkang si gênant derrière les barreaux et à récupérer la blanchisserie. Père Sohn a toujours été le maître de Guam. Il oublie vite les affaires une fois qu'elles sont achevées, soit par nature, soit pour avoir vécu un nombre incalculable de situations et d'événements. Le passé n'est pour lui ni source de colère ni de tristesse. Si Huisu mourait un jour d'un coup de couteau, Père Sohn irait se faire couper les cheveux le samedi suivant, plaisantant d'un rien. Les soins achevés, Wang redresse le fauteuil et apporte un petit miroir pour que son client puisse voir la coupe. Père Sohn tourne la tête d'un côté et de l'autre, se regarde sous tous les angles. Il hoche la tête, satisfait.

— Bonne coupe, dit-il en levant un pouce en direction de Wang.

Le taciturne barbier sourit. Pour Huisu, la coupe est la même que d'habitude.

— Es-tu allé voir Jeongbae à l'hôpital ? interroge son patron.

— Non.

— Tu devrais. Après tout, on fait des affaires sur le même territoire et on ne peut pas éviter de se croiser. Après un tel éclat, il vaut mieux arranger les choses vite fait et s'excuser. Faire un geste, quoi.

— Il a sorti un couteau pour m'attaquer et je devrais m'excuser ?

— Il a sorti un couteau devant toi ? répète le vieux, feignant la surprise. Il a quand même du caractère ce type, hein ? Il sait se comporter comme un homme !

— Quel homme ? Une canaille, oui.

Père Sohn continue de jubiler. La situation l'amuse franchement.

— C'était quoi cette prise de bec entre Jeolsak et Jeongbae ? On dirait qu'ils ont des comptes à régler, ces deux-là.

— Jeolsak a pourri trois ans en taule et à peine sorti, il s'aperçoit que vous lui avez tout pris pour le donner à Jeongbae. Vous demandez quels comptes ils ont à régler ? En plus, ces derniers temps, Jeongbae a tellement augmenté les taxes des échoppes que les plaintes des femmes montent jusqu'au ciel. Il a doublé les prix du gaz et de l'électricité et il collecte en plus, paraît-il, une redevance que vous, vous n'aviez jamais fait payer. Avec tout ça c'est normal que les gens soient mécontents.

Père Sohn déroule la serviette de son cou, la dépose sur la table et examine à nouveau sa coupe dans le miroir, tournant la tête à droite et à gauche.

— Si le travail de Jeongbae te déplaît tant, tu peux t'occuper des affaires de la digue. Si tu es partant, je lui dis de se retirer.

Huisu tombe des nues. Que signifie une telle offre, et que répondre ? Il fixe le miroir dans lequel Père Sohn renouvelle sa question.

— Alors ? Ça ne te tente pas ?

— Je ne sais pas.

— C'est beaucoup de boulot pour pas grand-chose, les échoppes de la digue. Le gaz et l'électricité, on les fournit à prix coûtant, l'eau de mer, on la donne gratis, on ne fait pas payer de redevance et le seul argent qu'on ramasse c'est le parking. Qui voudrait d'une affaire pareille ? Il faut aussi graisser la patte des fonctionnaires quand ils débarquent pour les contrôles, empêcher d'autres petits commerçants ambulants de s'installer, etc. Et ce n'est pas tout. Maintenant, les échoppes de la digue vendent des sashimis, des fruits de mer, du poisson grillé, du poulet frit, du soju, des bières et toutes sortes de boissons, ce qui entraîne des conflits avec les commerçants du quartier. Tu te rends compte, le boulot que ça donne à chaque dispute ? Moi aussi, avant, j'avais de la compassion pour ces mamies et ces mamans qui se décarcassent pour nourrir leurs enfants. Je menais ces affaires de la digue sans chercher le profit, une sorte d'action sociale, quoi. Mais ça dure depuis vingt ans et les gens trouvent ça normal, ils sont devenus ingrats.

Quel vieux renard sournois ! Il se planque derrière le méchant Jeongbae pour collecter les taxes puis il laisse Huisu le frapper pour sauver les apparences. Pendant ce temps-là, lui, il s'écarte, les mains dans le dos, comme si tout ça ne le concernait pas. Huisu ne voyait pas les choses ainsi, autrefois, mais avec la quarantaine, il a opté pour la lucidité. Maintenant qu'il voit le dessous des choses, tout est plus difficile à accepter.

— On va boire un coup avec Jeongbae, un de ces quatre. Je vais arranger ça. Toi, il suffira que tu sois assis à côté de nous.

— C'est vraiment nécessaire ?

— Jeongbae a acquis de l'expérience. Ce n'est plus le blanc-bec d'avant. Tu sais combien de gars le suivent ? L'aplatir en public comme tu l'as fait hier, ça peut mettre ses affaires en danger. Il faut vite organiser une rencontre décontractée, que tu puisses t'excuser ou au moins faire semblant. Comme ça, il pourra sauver son honneur et garder ses hommes. Je ne sais pas pour le reste mais pour les affaires, c'est un gars solide.

Ainsi donc, en douce, Père Sohn se range du côté de Jeongbae. Logique. Pour les Vieux, qui peut rivaliser avec Jeongbae ? Il se charge de toutes les tâches pénibles, délicates et mesquines, et il encaisse les affronts comme les plaintes. Pour faire avancer une affaire, il faut quelqu'un comme Jeongbae qui endosse le sale boulot. Aux yeux des petites gens, son ascension est incompréhensible, mais aux yeux de ses supérieurs, Jeongbae est une perle. D'ailleurs, à y réfléchir, Huisu n'est pas si différent de

Jeongbae. Il a la même vie de chien, torchant le sale boulot d'un autre. La seule différence, c'est que Jeongbae encaisse les affronts en même temps que l'argent, alors que Huisu, naïf, n'arrive même pas à faire ça.

— Entendu. Prendre un verre, c'est pas la mer à boire, dit Huisu, de bonne composition.

— Bien sûr ! Il suffira juste d'être là, répond Père Sohn, gêné.

Huisu écrase sa cigarette dans le cendrier et se lève.

— Autre chose à voir ensemble, Huisu ?

— Non, rien de spécial. Ah, si, j'arrête de travailler à l'hôtel à la fin du mois. Je démissionne de la gérance.

La voix de Huisu est légère et posée. Interloqué, Père Sohn le dévisage.

— Quoi ? Tu quittes le Mallijang ?

— Oui, à la fin du mois. Je reviendrai faire la passation de poste au nouveau gérant.

Sous le choc, Père Sohn se lève brusquement de son fauteuil, et se rassoit aussitôt.

— Tu crois qu'un voyou, c'est pareil que le salarié d'une boîte ? Qu'il lui suffit de remettre une lettre de démission pour pouvoir partir ?

— Vous voulez que je me coupe un doigt ? s'esclaffe Huisu.

Père Sohn le toise et éclate de rire. C'est sa technique pour faire face à une situation déconcertante. Puis, comme toujours lorsqu'il plonge dans ses calculs, ses pupilles se mettent à trembler et ses lèvres à remuer. Huisu se demande quels calculs pétillent sous ce crâne. Le résultat, ce sera le prix exact de Huisu aux yeux de Père Sohn.

— Tu as mûrement réfléchi ?

— Je ne prends pas mes décisions à la légère, vous le savez.

— Bien sûr, je le sais que notre Huisu n'agit pas à la légère.

Huisu est embarrassé par ce compliment plutôt incongru.

— Qu'est-ce que tu vas faire, après ? Tu as déjà quelque chose ?

— Oui, je compte me lancer dans une affaire de salle de jeux pour adultes, avec grand-frère Yangdong.

Le visage de Père Sohn se contracte bizarrement. Tout en ayant du mal à y croire, il a le vague sentiment d'avoir réchauffé un serpent en son sein. Il réfléchit un moment, ne sachant par où commencer.

— Écoute, Huisu, ce n'est pas encore le moment de partir. Tu devrais rester encore avec moi.

Huisu rit de bon cœur.

— Alors dites-moi, quand voulez-vous que je prenne ma retraite ? À soixante ans ?

Père Sohn est visiblement mal à l'aise.

— Ça fait vingt ans que je travaille pour vous. Regardez ma situation, aujourd'hui : je suis célibataire, je vis dans une chambre d'hôtel et je vais bientôt devoir vendre mes organes pour rembourser mes dettes à Obligation Hong.

La situation exposée telle quelle est pathétique mais exprimée sur un ton léger. Père Sohn tend deux doigts vers Wang pour réclamer une cigarette. Wang en tire une, taïwanaise, de sa poche et la glisse entre les deux doigts, puis l'allume. À la première bouffée, Père Sohn tousse, *kof kof*, le tabac doit être fort. Wang s'empresse d'aller chercher un verre d'eau. Père Sohn boit une gorgée et écrase la cigarette dans le cendrier.

— Quelle idée, te lancer dans un truc pareil avec Yangdong ! Ce milieu n'est pas aussi facile qu'il croit. Même si ça marche, par chance, tu penses vraiment que ceux des pachinkos se contenteront de vous regarder empocher les millions ? On finit toujours par crever dans ces affaires, soit d'avoir échoué, soit d'avoir réussi. C'est ce que tu veux ?

— J'ai quarante ans. Il faut bien que je tente quelque chose avant qu'il soit trop tard.

— Tu veux être chef à ton tour, c'est ça ?

— Ça ne m'intéresse pas d'être le patron. Je veux juste pouvoir manger correctement.

— Arrête de mentir. Tout homme rêve d'être chef. Qui rêve de rester toute sa vie sous les ordres de quelqu'un d'autre ?

Père Sohn marque une pause et reprend.

— Le moment venu, j'avais prévu de tout te laisser. Pas seulement le Mallijang, toutes mes autres affaires. Pourquoi es-tu si pressé ?

— Le Mallijang, vous n'avez qu'à le filer à Dodari. C'est lui le prince, non ? Moi, je vais essayer de m'occuper de moi-même à présent.

C'est la première fois que Huisu en montre autant à Père Sohn, une si vieille rancune. Père Sohn sourit imperceptiblement, comme s'il connaissait bien ce grief.

— Huisu. La famille Sohn a toujours eu peu d'enfants et moi je suis le fis unique des six dernières générations. Mes ancêtres ont tant bien que mal réussi jusqu'ici à faire vivoter notre arbre généalogique, mais moi j'ai échoué. Mort, j'aurai du mal à faire face à mes ancêtres. Qu'y puis-je ? La vie ne se déroule pas toujours comme on l'entend. Quand ma femme et mes enfants sont partis d'un coup dans cet accident, heureusement que tu étais là, tu as comblé un peu de ce vide. Huisu, je t'ai toujours considéré comme mon fils. Quelle importance qu'on n'ait pas le même sang ? Laisse Dodari s'amuser avec sa Mercedes et ses nanas. Comment tu peux imaginer une seconde que Dodari puisse gérer le Mallijang ?

La voix de Père Sohn est ardente, émouvante. Est-ce une ruse pour retenir Huisu ? Ou compte-t-il réellement léguer le Mallijang et le reste à Huisu ? Mais quand ? Huisu n'est pas sûr de pouvoir continuer à exécuter la basse besogne ni même de rester en vie jusque-là.

— On dirait que j'ai les qualités requises pour être un fils parfait, dites donc. Patron Og aussi m'a dit, avant de mourir, qu'il aurait aimé avoir un fils tel que moi. C'est à se demander comment on a pu m'abandonner à Mojawon.

Le rire de Huisu est ironique.

— De ma vie, j'ai jamais rien reçu d'un père. Finalement j'ai réussi à grandir sans, alors je ne suis pas sûr qu'il m'en faille un.

— Tu crois qu'on peut devenir adulte, sans père ? Sans présence paternelle, on reste un gamin, éternellement.

Le ton de Père Sohn est sérieux, presque pathétique. Huisu n'y prête pas attention et se lève. Il a tout dit. Le vieux fauteuil du barbier grince bruyamment. Père Sohn garde les dents serrées.

— Prends le temps de réfléchir. Lundi matin, on n'a qu'à prendre un bouillon ensemble ?

— Je fais ma valise et je pars aujourd'hui. Appelez-moi pour la passation.

— C'est ce que tu veux ?

— C'est tout réfléchi.

Père Sohn semble accablé. Dans le miroir, on voit un vieillard. Il vient de se faire raser et coiffer mais il a pris un coup de vieux en quelques secondes. Il est pitoyable, peureux et faible, et Huisu s'étonne une nouvelle fois que ce vieillard soit le maître de Guam.

Père Sohn finit par hocher la tête, résigné.

— Dis à Yangdong : si vous travaillez à Guam vous devrez payer les dix pour cent, quelles que soient vos activités. Le paiement se fait à la fin de chaque mois et les délais doivent être respectés.

Huisu s'incline respectueusement, ultime salutation.

Sorti de chez le barbier, Huisu marche lentement sur la plage de Guam. Les cerisiers, jadis plantés par les Japonais le long de la plage, abandonnent leurs derniers pétales. À la place, de jeunes feuilles commencent à pousser. À chaque printemps les fleurs s'ouvrent, demeurent quelques jours, et disparaissent. Huisu s'arrête au milieu de la plage en demi-lune et reste là longtemps, à regarder la mer. Il est tôt et la plage est déserte. Il y a quelques minutes encore, il se sentait concerné par tout ce qui se passait autour de cette mer mais là, soudain, tout ici lui est inconnu et étranger.

Seconde partie

ÉTÉ

MARIAGE ET ÉTÉ

Cet été 1993 est particulièrement chaud. Chaque jour, la température bat de nouveaux records. La Terre déraille, disent les gens. Ceux de Guam aiment la chaleur et se fichent de ces conjectures. Les jours les plus chauds, l'asphalte ramollit comme du nougat, les fourmis se dessèchent en pleine procession, les chiens restent allongés des heures la langue pendante ; et la rentabilité de la plage explose. Les rues de la ville sont désertes mais les blanches plages sont bondées. En ouvrant leurs grands parasols, les femmes des échoppes ambulantes papotent à haute voix, pourvu que cette année la mousson et les typhons passent gentiment sans faire de dégâts, pourvu que cette putain de chaleur qui tue vaches et cochons dure pour qu'on s'en mette plein les poches...

Quelques jours avant l'ouverture des plages, Huisu s'est marié avec Insuk. En fait, le mot mariage est un peu abusif, il n'y a pas eu de cérémonie et ils n'ont pas cherché de nid pour mettre leurs meubles. Huisu a tout simplement pris ses affaires dans sa chambre d'hôtel et s'est installé chez Insuk. Ses affaires, elles tenaient dans une valise. En le voyant arriver sur le parking avec ce maigre bagage, Amy et Insuk sont restés perplexes.

— C'est tout ce que tu as comme bagages, papa ?

— Oui, c'est tout, a répondu Huisu, penaud.

Amy s'est emparé de la valise. Il a fait quelques pas puis s'est retourné vers Huisu.

— Elle pèse vraiment pas lourd ta vie, papa.

— C'est-à-dire ?

— Ben tu déménages et ton sac est plus léger que le mien en sortant de prison.

À ces mots, Amy a disparu en courant dans l'escalier raide, la valise de Huisu à la main. Huisu, gêné à l'idée de monter chez Insuk, a gratté le sol de la pointe de ses souliers. Insuk a pris sa main et l'a entraîné dans l'escalier, balançant leurs mains unies en avant et en arrière, comme si elle emmenait un enfant. Voilà à quoi s'est résumée leur cérémonie de mariage.

Insuk aurait voulu une vraie cérémonie, même simple. Pour la consoler, Huisu lui a expliqué qu'il venait de démarrer une affaire très prenante et qu'ils pourraient organiser une belle cérémonie quand il aurait franchi cette étape cruciale. En réalité, il n'a pas les moyens et il préfère ne rien faire plutôt qu'une cérémonie au rabais. Après vingt ans dans la pègre, il n'a réussi à accumuler que des cicatrices, des condamnations et des dettes. Tout l'argent qu'il a tenu dans ses mains a glissé entre ses doigts. Après avoir signé l'acte de mariage à la mairie, tandis qu'ils remontaient le grand escalier de la route de Sanbok, Huisu a dit à Insuk qu'il était désolé.

— Que veux-tu, j'ai ce que mérite une fille de bar, a-t-elle murmuré.

Elle a enchaîné en disant que l'argent dépensé pour une cérémonie c'était de l'argent fichu en l'air. Qu'il valait mieux rénover la maison. Huisu a presque été ému par son optimisme acharné, par sa force de vie inépuisable.

Les maisons de Guam les moins chères sont les plus haut perchées, donc paradoxalement celles qui jouissent de la plus belle vue. Pour atteindre la maison d'Insuk depuis l'arrêt de bus à mi-hauteur de la montagne, il faut prendre une longue respiration et emprunter l'interminable escalier. Au sommet, on finit par arriver à une vieille bâtisse dangereusement collée à la paroi rocheuse, que les gens du quartier appellent « la maison de la falaise ». On raconte que, jadis, elle a été occupée par des moines ou des chamans. Huisu, toujours ivre les fois précédentes, découvre seulement qu'elle est si haut perchée. Chaque fois qu'il grimpe le long escalier, il se dit que vivre dans un tel lieu est l'aboutissement d'une âme pure en quête de la Voie. C'est ici que les premiers rayons de soleil viennent se poser et que le crépuscule s'étire le plus tard. Devant la maison, la cour est balayée par les vents du Pacifique tandis que l'autre cour, derrière, accueille ceux qui descendent des vallées de la montagne Jangbae. L'habitation, placée au sommet, n'a aucun moyen de s'abriter et reste battue par les vents toute la journée. Huisu déclare souvent qu'il suffirait d'accrocher une voile à la maison pour qu'elle s'envole dans le ciel.

Fréquemment il y a des coupures d'eau quand Huisu se lave les cheveux. Insuk lui apporte une calebasse remplie d'une eau puisée à la réserve. En plaisantant, elle dit que même l'eau peine à monter jusqu'ici et qu'elle doit faire des pauses de temps en temps. Aucune route ne s'aventure si haut, les voitures s'arrêtent au parking. La distance qui sépare celui-ci et la maison n'est pas négligeable. Un jour qu'ils reviennent ensemble du marché, les bras chargés de pommes de terre, de poireaux, de maquereaux, de viande de porc, etc., Huisu, montant lourdement les marches, s'excuse à chaque pas. Comme Insuk lui demande pourquoi, il répond qu'il aurait aimé faire d'elle une reine mais qu'il n'y arrive pas. Elle dit que ce n'est pas grave, que leur situation est correcte pour des gens comme eux. Huisu s'énerve. Quel est le problème avec les gens comme eux ? Insuk change de main le sac de pommes de terre et conclut, en le regardant d'un air satisfait :

— Je suis une pute, tu es un salaud. On s'en sort pas si mal, je trouve.

Huisu se rappelle les mots de Yangdong. Qu'un voyou ne peut être que roi ou clochard. Lui, Huisu, a au moins réussi à échapper à la rue ; il a un toit et une famille et, effectivement, c'est déjà pas mal.

Cédant à l'insistance pesante d'Insuk, Amy et Jeny ont fini par s'installer avec eux. Elle a négocié qu'ils habitent ici trois ans, après quoi ils seront libres de rester ou de partir. Certes Jeny a fait la moue mais elle n'a pas réussi à infléchir Insuk. La maison est trop petite pour quatre. Comme souvent dans ces bicoques, les murs sont trop fins. Jour et nuit on entend Amy et Jeny s'adonner à leurs ébats. Souvent, Jeny crie trop fort – déformation professionnelle –, d'autres fois, de petits halètements sortent de la chambre, comme si elle allait défaillir. Hagarde, Insuk mord sa lèvre jusqu'au sang. Huisu est mal à l'aise, il sent que sa réaction est due plus à ses souvenirs de maison close qu'à la grossièreté de Jeny.

La petite maison au bord de la falaise n'est pas adaptée à la coexistence avec un jeune couple plein d'ardeurs. De une, il n'y a qu'un seul W-C. De deux, les cloisons sont minces. De trois, Huisu est gêné de croiser Jeny en nuisette transparente. De quatre, Huisu, par correction et en dépit des chaleurs caniculaires, reste habillé en beau-père respectueux. Enfin, de cinq, la douche ne donne pas assez d'eau pour tout le monde. Malgré tout, Amy est heureux. Quand Jeny, à peine assise à table, se plaint et qu'Insuk s'énerve, Amy, débonnaire, déclare nonchalamment :

— J'adore la vie en communauté. C'est génial qu'on soit nombreux à la maison !

En bonne fille de bar, Jeny est paresseuse et ne fait absolument rien dans le foyer. Elle ne met jamais un pied en cuisine, ne fait ni ménage, ni lessive. Ses seules activités se résument à : baiser avec Amy toutes les nuits en pouffant, s'asseoir sur le lit en bois de la cour pour refaire sa manucure après s'être levée dans l'après-midi, ou se maquiller soigneusement bien qu'elle n'ait nulle part où sortir. Un après-midi, tandis que Jeny dort encore, Insuk, agacée, désigne la chambre du menton.

— J'ai beau essayer, je n'aime pas cette fille. Toutes celles qui vivent de leur chatte sont pareilles. J'avais bien dit à Amy de ne pas me ramener une fille de bar.

Avant la mousson, Insuk fait venir des ouvriers pour réparer la toiture. Dans la foulée, elle fait installer de nouveaux placards dans la cuisine et change les waters et le lavabo dans les toilettes. Dans les chambres, on rénove les murs et les sols. De nouveaux rideaux égayent la maison qui devient, avec toutes ces transformations, plutôt chic. Orientée plein sud, elle est baignée de soleil toute la journée. La cour est assez spacieuse pour y étendre le linge et au crépuscule on installe un barbecue et on fait des grillades. Insuk apporte de la salade, des légumes, des fruits de mer marinés et des sauces. Amy revient du marché Jagalchi avec des dorades ou des fugus en sashimi pour Huisu, des sardines pour Jeny. On commence par faire les sashimis, puis on enchaîne avec le porc. Ensuite, dans le gras du porc, Huisu saisit les sardines. Il sait les griller à cœur sans les vider, en les retournant régulièrement sur le feu. Ces sardines, ruisselantes de gras, sentent si bon qu'il arrive que les vieux des maisons du dessous montent jusqu'à chez eux pour jeter un œil. Tous les quatre sont de bons buveurs et, une fois qu'ils sont lancés, ils peuvent vider une dizaine de bouteilles de soju dans la soirée.

Pour Huisu, l'attrait majeur de cette maison est que c'est sa première et qu'elle abrite la seule famille qu'il aura jamais.

— Une famille composée de deux gangsters et deux putes... C'est l'alcool qui nous ruinera, déclare Insuk, le visage rouge d'ivresse.

— Entre le jeu, la drogue, les femmes et l'alcool, c'est l'alcool qu'il faut choisir si on veut se ruiner, complète Amy.

— D'où tu sors cette connerie ?

— C'est le chef de notre cellule qui me l'a dit, en prison. Ce type-là, il avait quatorze condamnations dans son casier. Il disait que le jeu, la drogue, les femmes et l'alcool avaient ruiné sa vie. Et que parmi tous ces trucs, l'alcool était le moins pire.

— Ça ne serait pas plutôt les femmes ? Gâcher sa vie à cause de trop d'amour, c'est romantique, au moins, réplique Jeny en faisant les yeux ronds.

— Au contraire, selon lui, c'était les femmes le pire de tout, assène Amy.

Jeny fait la moue.

— Je partage ton avis ! L'alcool, c'est le moins pire, surenchérit Huisu pour soutenir Amy.

— Et moi, je ne veux plus jamais entendre parler de vie gâchée ou ruinée, conclut Insuk.

Leurs panses remplies de viande et d'alcool, ils allument trois ou quatre bâtons d'encens contre les moustiques et s'allongent sur le châlit pour observer les lumières des maisons qui s'étalent en contrebas et celles des bateaux de commerce sur la mer lointaine.

— Ils ont de la chance, ces bateaux. Ils peuvent partir, murmure Jeny pour elle-même.

En son for intérieur, Huisu réplique qu'il n'y a rien à trouver, même en partant au loin. Quand il s'allume une cigarette, Jeny l'imite. Insuk fait une grimace mais ne dit rien.

— Sûr, c'est pas rien de monter jusqu'ici, mais la vue est tuante. Moi, même richissime, je vivrai ici, déclare Amy.

— C'est ça, t'auras qu'à rester ici. Moi, j'irai vivre avec un autre mec dans un appartement où on a de l'eau chaude, réplique Jeny.

— On ne dit pas n'importe quoi devant les parents, la sermonne Insuk.

Les moustiques sont si nombreux qu'il faut sans cesse se secouer les bras. Pourtant Huisu se réjouit de ces soirées où l'on dîne copieusement en famille et où, après le repas, on observe le ciel, allongés côte à côte, tous ensemble. La mer est lointaine et les étoiles toutes proches. Ces moments-là, comparés à ceux passés à siroter du whisky seul dans sa chambre du Mallijang, lui sont infiniment précieux. Il a l'impression d'appartenir à l'une de ces familles heureuses des séries télévisées.

Les jours bénis ne durent pas. Chacun est de nouveau happé par ses activités et les soirées en famille se font vite rares. Insuk a rouvert son bar, temporairement fermé, et elle rentre désormais après trois heures du matin. Quand elle a annoncé à Huisu qu'elle reprenait ses activités, celui-ci a approuvé sa décision. C'est douloureux pour son amour-propre, mais il n'a pas d'alternative à offrir. La famille agrandie, le coût de la vie qui augmente, les achats pour l'installation d'Amy et Jeny ainsi que les travaux de la maison ont fait gonfler leurs dettes. En plus de celles de Huisu, Insuk et Amy en ont accumulé eux aussi. Sans compter Jeny qui a fui son bar et qui doit à son patron le prix de son corps. Tout cela n'a rien d'étonnant : tous les voyous et toutes les prostitués sont perclus de dettes. Le moteur qui fait tourner Guam n'est pas nourri par les passions ni par les rêves, mais par les montagnes de dettes qui les pourchassent tous.

La rumeur que Huisu a démissionné de son poste commence tout juste à circuler qu'Obligation Hong débarque dans son nouveau bureau, loué dans le quartier de Daesin. Debout au milieu des meubles fraîchement livrés, Obligation Hong inspecte tous les recoins de la pièce. On dirait un fonctionnaire municipal envoyé pour un quelconque contrôle. Changdo, le garde du corps chinois, ne se montre pas. Il l'attend certainement à l'extérieur.

— Qu'est-ce qui vous amène ?

— Quelle question ! Il y a autre chose que des affaires d'argent entre nous ?

— Ah, vous êtes venus prendre mes organes alors ?

Obligation Hong sourit obligeamment. Il redresse un fauteuil encore sous plastique et s'y assoit.

— Ne maltraite pas les gens ainsi. Nous, on n'est pas du genre à faire des trucs d'emblée impossibles, comme prélever les organes du Grand Huisu, dit-il avec sarcasme.

— Vous en êtes sûr ?

Obligation Hong change de sujet :

— Tu ne voudrais pas m'offrir un café ?

Huisu appuie sur l'interphone et commande deux cafés à la secrétaire. Pendant ce temps, Obligation Hong se lève et inspecte à nouveau la pièce. Son visage détendu ne colle pas avec l'idée qu'on se fait habituellement des gens qui viennent recouvrer des dettes.

— C'est donc ici que tu mets en route cette nouvelle affaire ?

Huisu opine.

— Ça ne sent pas du tout le voyou dans ce bureau. On dirait une entreprise légale.

La secrétaire, l'air revêche, entre. Elle a été secrétaire chez Yangdong. Au départ, Huisu a voulu en recruter une nouvelle mais Yangdong lui a presque imposé celle-ci. Huisu connaît les motivations réelles de Yangdong, à savoir introduire un œil auprès de lui et vérifier que l'argent reste bien dans les caisses de la boîte. De mauvaise grâce, elle pose brutalement le plateau sur la table qui n'a jamais été essuyée. Un nuage de poussière s'élève et retombe dans les tasses. Obligation Hong ne s'en soucie pas et se sert. Il boit une gorgée et, trouvant le café infect, fait une grimace. Cette ancienne secrétaire de Yangdong fait tout mal, le café plus encore que le reste. Obligation Hong pose la tasse, prend une cigarette et l'allume. Huisu pousse le cendrier dans sa direction. Obligation Hong s'apprête à ouvrir la bouche, hésite un moment puis continue de fumer sa cigarette en silence. Las d'attendre, Huisu se décide à parler.

— Je suis très occupé. Si vous avez quelque chose à me dire, dites-le-moi vite. Si c'est pour récupérer vos dettes, vous voyez, je n'ai pas d'argent pour le moment. Vers la fin de l'année, quand cette affaire commencera à tourner, je pourrai envisager de vous payer.

— Je ne viens pas pour tes dettes, mais pour celles d'Insuk et d'Amy.

Surpris, Huisu incline la tête à droite puis à gauche.

— Pourquoi c'est à vous que reviennent les dettes d'Insuk et d'Amy ?

— Tu sais, les dettes ne disparaissent jamais. À Guam, elles roulent ici et là puis finissent toujours par atterrir dans mes mains, répond Obligation Hong avec fierté.

Huisu a une envie folle de réduire son visage en bouillie.

— Insuk traîne de petites dettes depuis longtemps. Jusqu'ici j'ai été indulgent car sans rembourser le capital, elle payait les intérêts régulièrement. Or ces derniers temps, je ne sais pas si son commerce a des problèmes, quoi qu'il en soit, elle a du mal à honorer ses échéances. Et l'autre jour, tu sais bien, cet entêté d'Amy a ramené une fille d'un bar de Gangwon. Les commerçants de là-bas, ça les a rendus furieux. Ils voulaient l'attraper et le tuer. Bon, apparemment, Insuk s'est chargée de payer les dettes de la fille pour les calmer. Elle est venue m'en parler et voilà, je me suis aussi occupé des dettes d'Amy et de sa nana.

— Combien en tout ?

— Une somme assez considérable. Si considérable que je dois me faire à l'idée que je ne récupérerai pas le capital et qu'il me faut classer l'affaire d'une manière ou d'une autre. Comme il est aussi question de ta réputation, je suis venu en discuter avec toi.

— C'est combien, merde ? s'énerve Huisu.

— Pourquoi sortir les gros mots ?

— Parce que vous m'obligez à me répéter.

— Rien que le capital, ça fait quatre gros billets.

— Quatre cents millions ?

Obligation Hong répond par un sourire qui vaut confirmation. Pour qu'une fille de bar ait des dettes de quatre cents millions, il faut que les quatre-vingt-dix pour cent soient des intérêts. Impossible autrement. Huisu a très envie de cogner Obligation Hong mais il se retient. Une ordure comme lui, usurier depuis quarante ans, on ne le neutralise pas avec des coups ou des menaces. Quand on ne paye pas, il a recours à la loi. Si on le frotte un peu trop, il s'accroche aux basques de la police. Enfin, ses sbires ne sont pas des tendres. Bref, un geste maladroit et il faudra cracher non seulement le capital et les intérêts mais aussi des indemnités. Chacun survit à sa manière, les faibles comme les ordures. Huisu sort une cigarette de sa poche et la met entre ses lèvres. Ainsi, chaque membre de la famille a ses dettes. Huisu doit trois cents millions à Obligation Hong ; Insuk et Amy, quatre cent millions. Où a filé tout ce blé ? Incroyable. En vérité, cet argent, ils ne l'ont ni vu ni touché. Même si depuis ses dix-sept ans, Insuk n'a jamais cessé de travailler, la somme de tous les intérêts qu'elle a payés tous les mois pendant plus de vingt ans doit être trois ou quatre fois plus élevée que ce capital emprunté en arrivant à Wanwol. La vie est étrange. Les dettes roulent de-ci, de-là, gonflent et finissent par devenir ahurissantes. Amy, de son côté, est revenu de Gangwon avec les dettes de Jeny, que ses proxénètes ont transférées à Obligation Hong. À combien s'élèvent-elles ? Impossible de le savoir. Là aussi le capital de départ ne doit pas être énorme. Toutes les filles de bar ont des dettes. Elles gagnent beaucoup chaque mois mais elles n'arrivent pas à économiser. C'est à se demander où elles peuvent bien dépenser tout ça. Huisu est finalement dans le même cas : après plus de vingt ans dans la pègre, il ne lui reste que des dettes. Il réfléchit un moment avant d'ouvrir la bouche.

— Pour mes dettes, celles d'Insuk et celles d'Amy, je vous propose cinq billets. Et à partir de maintenant, fini les intérêts.

Obligation Hong secoue la tête.

— Non, cinq billets, je ne marche pas. Tu sais, refuser les intérêts à un usurier, c'est comme confier au chat la garde des poissons, pas vrai ?

— Qu'est-ce que vous voulez alors ? Que je m'ouvre le ventre ?

— Tu n'es pas un voyou de bas étage à qui on soutire du fric à coups de bâton, Huisu. Et je me doute que sortir sept gros billets d'un coup, ce n'est pas facile pour toi...

Obligation Hong écrase sa cigarette dans le cendrier et reprend son souffle. Un sourire se dessine sur son visage.

— Alors voilà ce que je te propose : laisse-moi entrer dans cette affaire que tu montes avec Yangdong. Qu'en dis-tu ? Toutes ces dettes, troque-les contre la confiance que vous pourriez me faire. En guise d'investissement, je m'engage à mettre une vingtaine de gros billets. De toute façon, vous allez avoir besoin de sponsors, n'est-ce pas ? Ce genre d'affaire entre associés, ça repose sur les rapports de force, et ton premier apport est très important, Huisu. S'il n'est pas assez conséquent, Yangdong pourrait ne plus vouloir de toi.

Huisu s'adosse au canapé et laisse échapper un petit rire. Il comprend enfin l'attitude de l'autre fripouille depuis le début de cette entrevue.

— Au début, j'étais assez dubitatif sur cette affaire... Mais maintenant que vous, Patron Hong, démon de l'argent, vous proposez vos services, mes doutes s'envolent et je suis sûr qu'elle va marcher à fond.

— C'est exactement ça. Cette affaire sent drôlement l'argent. Et puis notre Huisu est un sacré bosseur, pas vrai ? Les machines de jeu, c'est une valeur sûre, mais si en plus c'est notre Huisu qui travaille dessus... Cette affaire va briller, j'en mets ma main à couper, flatte Obligation Hong, qui cherche à séduire.

— Que faire ? Nous, on n'accepte que le soutien de gens cultivés au statut social irréprochable, ironise Huisu.

— Il n'existe aucun lien entre l'argent, la culture et le statut. L'argent c'est l'argent, c'est tout.

— Et grand-frère Yangdong qui vous déteste, comment pouvez-vous imaginer qu'il acceptera vos billets ? On parie qu'il refuse ?

— Il y a eu des différends entre Yangdong et moi, je te l'accorde. Mais c'est du passé. Quand on entreprend une affaire d'une telle envergure, on ne doit pas rester bloqué sur ce genre de choses. Ça peut mal finir sinon. Pour plein de raisons, il vaut mieux s'arranger avec la famille.

— Vous et moi ? De la même famille ? raille Huisu en fixant Obligation Hong droit dans les yeux.

Celui-ci soutient son regard, sans gêne ni honte.

— Si je t'avais considéré autrement, crois-tu que tu serais encore en vie ? Sans vouloir me vanter, personne n'a jamais survécu après avoir avalé mon argent. Soit on me rembourse, soit on crève, déclare Obligation Hong, la voix vibrante.

Il a tort. S'il n'a jamais rien tenté contre Huisu, c'est parce que celui-ci a toujours été abrité sous le parapluie de Père Sohn. Ou peut-être Obligation Hong considère-t-il que tous les protégés de Père Sohn sont de sa famille ? Après tout, pour survivre à Guam, le plus simple et le plus prudent est de rejoindre la famille de Père Sohn. Ceci dit, Huisu est aujourd'hui détaché de Père Sohn, et Obligation Hong n'a plus aucune raison de l'épargner. Huisu lève son regard vers le plafond et pousse un soupir.

— Vous me mettez dans une situation délicate.

Obligation Hong regarde sa montre et se lève.

— Réfléchis et rappelle-moi. Maintenant que tu es marié et que tu es père de famille, tu as des responsabilités, n'est-ce pas ?

À peine vingt-quatre heures plus tard, Huisu le rappelle. Jamais il n'aurait imaginé prendre un jour cette ordure comme partenaire, pourtant il accepte sa proposition. Il sait que le boomerang lui reviendra en pleine face et que, là, ce sera l'enfer. D'un autre côté, sept cents millions est une somme impossible à rembourser par le travail, le seul fait de respirer accroît mécaniquement la dette. Quant à Yangdong, il pique une crise en apprenant qu'Obligation Hong s'introduit dans leur affaire. Mais Huisu a cédé une partie de ses parts à Obligation Hong et l'autre n'y peut rien. Quoi qu'il en soit, l'arrangement fait disparaître la totalité des dettes familiales, celles qu'Insuk traîne depuis son arrivée à Wanwol, les dettes de jeu absurdes de Huisu et le prix du corps de Jeny.

Insuk ne découvre l'abandon de sa créance qu'en voulant régler les intérêts du mois à venir. Ce jour-là, Huisu remplace la vieille ampoule de la cuisine par un néon. Insuk entre dans la pièce en riant et en applaudissant comme une enfant.

— Waouh, c'est super d'avoir un mari ! Il change les ampoules de la maison et il règle les dettes d'un seul coup !

Puis elle s'inquiète de savoir où Huisu a trouvé une telle somme, et s'il a dû s'impliquer dans une affaire dangereuse. Huisu la rassure, elle n'a aucun souci à se faire, maintenant qu'ils sont mariés, il ne peut plus rien lui arriver de mal. Des paroles qui n'apaisent pas totalement Insuk. Elle sait qu'un voyou qui se retrouve soudain en possession d'une grosse somme d'argent est en danger. Elle s'accroupit à côté de la chaise où Huisu se tient debout. Celui-ci descend et lui fait face.

— Qu'est-ce que ça te fait de ne plus avoir de dettes ? C'est super, non ?

— Depuis mon départ de Mojawon, je n'ai jamais connu de période sans dettes. J'ai souvent imaginé le jour où je n'en aurais plus. Le bonheur que je ressentirais.

— Et alors, tu n'es pas heureuse, aujourd'hui ?

— Curieusement, ni heureuse, ni triste. C'est un peu étrange, une vie sans dettes.

Le visage impassible, Insuk contemple les lumières du bidonville qui s'étend devant elle, du n° 565 jusqu'à la mer lointaine.

Amy travaille désormais à l'entrepôt d'alcool de Yangdong. Ses amis, dispersés à son entrée en prison, sont tous de retour. Il a toujours eu beaucoup d'amis et, pendant son âge d'or, une quarantaine de jeunes hommes obéissait à ses ordres, avec un noyau dur de sept. L'un est mort pendant la guerre contre Cheon Dalho de Yeongdo, cinq ans auparavant, deux autres sont devenus invalides, dont un qui marche avec des béquilles et l'autre, atteint par une lame dans la colonne vertébrale, est en fauteuil roulant. Cette bande d'anciennes têtes brûlées se promène parfois sur la plage de Guam et leur rassemblement évoque une réunion de mutilés de guerre. Aujourd'hui encore, Amy, Huinkang le surineur et Seokgi l'ancien judoka jouissent d'une belle réputation dans le milieu et de nombreux jeunes les suivent. Si les vieux voyous ne réussissent plus à poignarder les gens à cause de leur tête saturée de pensées, les jeunes d'Amy, eux, débordent d'énergie et n'ont peur de rien. Il n'y a rien de plus dangereux que leur manque d'expérience et de maturité, à l'instar d'un Amy qui se lance dans les bagarres sans aucun calcul ni aucune réflexion. C'est ce que Yangdong apprécie chez lui. Et c'est ce qui inquiète Huisu.

Amy s'est vu confier par Yangdong la distribution de la vodka sur Guam, Wollong, Chungmu et Nampo. À Wollong et à Chungmu, quelques fournisseurs, dont Hojung et Park, font déjà du business depuis longtemps ; Cheon Dalho de Yeongdo ainsi que d'autres petites organisations y distribuent aussi quelques liqueurs, entre autres des bouteilles importées clandestinement ou venant des bases militaires américaines. La vodka, moins chère que le whisky et plus nette en bouche, a récemment conquis les Coréens et les matelots étrangers qui débarquent à Busan. Le problème, c'est que Wollong, Chungmu et Nampo ne sont pas à Yangdong. La distribution de l'alcool étant l'enjeu principal du partage des quartiers, les plus animés de Busan ont toujours été tenus par les gangs les plus forts et les plus violents. Yangdong, lui, semble se contreficher de ces histoires de territoire.

— Allez, faut pas exagérer, je vais pas l'avaler, leur quartier. Les clients réclament de la vodka et ces cons sont pas foutus d'en fournir aux bars. Tu m'étonnes que les patrons se mettent à pleurnicher. Alors voilà, je me sens obligé de venir en aide à ces pauvres bars, pour la bonne santé de l'économie locale.

En réalité, Yangdong a le monopole sur toute la vodka qui entre à Busan. Personne, pas même Huisu, ne sait comment il parvient à passer une telle quantité. Tout le monde à Busan s'est mis à boire de la vodka, la consommation de Ballantine's ou de Chivas a chuté, résultat : les fournisseurs desdits quartiers sont passablement énervés.

Yangdong semble vouloir se servir d'Amy et de son énergie légendaire pour ouvrir son réseau de vodka à Wollong, Chungmu, Nampo ainsi que dans le quartier chinois de Jungang. Il a tous les atouts pour ce boulot. Amy n'a peur de rien ni de personne. Pas mal de légendes circulent sur son compte, on dit qu'il aurait cassé le crâne de l'énorme Samtang de Chungmu, qu'il aurait brisé le menton de Vendeur de chiens, et ainsi de suite.

Environ deux mois après que Yangdong a engagé Amy, Cheoljin vient voir Huisu. Cheoljin est considéré comme le numéro deux du clan Dalho. Ami d'enfance de Huisu et ancien camarade du cours de boxe de père Martin, c'est le seul voyou en qui Huisu a confiance. Cheoljin a été l'un des principaux sicaires lors la guerre entre la bande d'Amy et le clan Dalho, mais Huisu préfère penser que son statut ne lui laissait pas le choix.

Dans un coin du bureau, Cheoljin pose un panier de clémentines, apportées spécialement pour Huisu qui en raffole depuis l'enfance. Cheoljin, visiblement content de voir le nouveau bureau de son ami, promène son regard partout dans la pièce et lui lance un regard presque jaloux.

— Ça me donne envie de prendre mon indépendance, moi aussi. Faire le sale boulot d'un autre, ça commence à me miner.

— Tu sais, maintenant que je tiens les rênes d'une affaire, je me rends compte qu'il n'y a pas mieux que d'être le salarié de quelqu'un. Quand c'est toi qui dois distribuer des salaires, je peux te dire qu'il n'y a pas qu'un ou deux casse-têtes. Enlève-toi ces idées de l'esprit et accroche-toi à ta boîte. En plus, tu as un salaire assez élevé, non ? Je parie que tu gagnes plus que moi.

— Quel menteur ! Comment un salarié pourrait-il avoir des revenus plus élevés qu'un P-DG ?

— Bah, je n'ai du P-DG que le nom. En réalité, je ne vaux pas plus qu'un poil de chiot.

Cheoljin lui répond par un large sourire. Huisu reprend :

— Mais dis-moi, quel bon vent t'amène, toi qui es tout le temps débordé ?

— Je viens te parler d'Amy.

Huisu hoche la tête d'un air entendu.

— Je vois. Il y a eu quelques accrochages, là-bas, à cause de la distribution d'alcool ? C'est ça ?

— Ça nous aurait arrangé de laisser filer, rapport à nos vieilles histoires et à ses années de prison, mais là il va vraiment trop loin, dit Cheoljin d'une voix douce.

— C'est son unique gagne-pain, ce boulot, tu ne veux pas fermer les yeux ? Il est juste impatient du fait de son séjour en taule. Tu peux pas en toucher un mot à ton chef, Cheon Dalho ? répond Huisu d'une voix tout aussi douce.

— Cheon Dalho aime bien Amy, lui aussi, tu sais. Il dit tout le temps que les autres voyous devraient s'inspirer de lui et qu'aujourd'hui, il en reste plus des comme lui, aussi mignons et aussi prometteurs.

— Ah bon ? Cheon Dalho aime bien Amy ? Ça alors. Il ne lui en veut plus ?

— Le passé, c'est le passé. Et puis, qui n'aime pas Amy ? Moi aussi, je l'aime bien. L'autre jour, on s'est croisés dans la rue et quand il m'a vu, il est venu droit vers moi, comme ça, et il m'a salué chaleureusement. Bref, c'est un type bien et pas rancunier. Un vrai bandit, quoi.

— Ce n'est pas qu'il soit pas rancunier, c'est sa mémoire qui est défaillante.

Cheoljin sourit.

— Quoi qu'il en soit, avant qu'il soit pris dans une grosse embrouille et qu'un accident survienne, tu pourrais lui dire de rester raisonnable ?

— Raisonnable comment ?

— On ne dira rien s'il file en douce des bouteilles à certains établissements. En revanche, s'il nous les jette à la figure, nos gars le supporteront pas longtemps. Eux aussi ont leur fierté.

— Je vois. Je vais lui parler.

— Autre chose, Huisu. J'ai l'impression que Hojung et Park veulent le recadrer.

— Tu peux être plus précis ?

— L'autre jour, ils sont venus voir Cheon Dalho. Ils se sont entretenus longuement à voix basse. Je suis sûr qu'ils ont demandé l'autorisation de monter un truc, j'espère que ce n'est pas contre Amy. Voilà.

— Quel cirque, ces deux-là ! Ils bouffent vraiment à tous les râteliers. Mais qu'est-ce qu'ils peuvent tenter, ces petits malins, par des temps si dangereux ?

— Tu as raison, ce sont rien que des petits malins

— En tous cas, je te remercie d'être venu me voir.

— Pas de quoi. Toi et moi, on est comme deux frères de sang.

À ces mots, Huisu sourit avec chaleur. À Mojawon, lui, Cheoljin et Gyeongtae étaient les meilleurs amis. Ils mangeaient ensemble, faisaient du sport ensemble, volaient dans les magasins et se bagarraient ensemble. Ils se sentaient frères. Pourtant, comme chez les vrais frères, le temps les a éloignés. Il n'y a aucune raison particulière à ça, peut-être le sang qui se dilue avec l'âge, ou la vie et son lot de fatigues, tout simplement. Cheoljin ne vient pas jusqu'ici par souci pour Amy. Mais plutôt pour essayer d'éviter une nouvelle guerre à son clan. C'est la frousse qui le pousse ici. À quarante ans, on commence à avoir peur de tout.

Huisu et Amy n'ont pas souvent l'occasion de discuter. Ils ont beau vivre sous le même toit, il est peu fréquent qu'ils se croisent. Huisu se voit mal lui parler de tout ça pendant l'une de ces rares occasions. Il lui glissera juste en passant qu'il doit être prudent. Que dire de plus ? Lui conseiller d'arrêter de fourguer parce qu'il y a des risques ? Non. Leur job est ainsi. C'est même leur raison d'être et la raison pour laquelle ils sont bien payés. Les métiers de voyous, les gens ordinaires les refusent justement parce qu'ils sont trop dangereux. Par contre il faudrait qu'Amy apprenne à doser et à évaluer ces dangers s'il veut survivre. Huisu n'a pas envie de le décourager alors qu'il vient de retrouver sa force. Ceci dit, il se pourrait qu'Amy ne soit pas aussi inconscient et qu'il sache tout ça.

Huisu est à fond sur la production des machines de jeu. Il rachète à vil prix une usine en faillite, la rénove et la pourvoie en nouvelles machines et nouveaux équipements. Dès que son bureau de Daesin est installé, il prépare les dossiers pour obtenir la licence ; et règle les pots-de-vin aux fonctionnaires. Il trouve aussi des logements et des voitures pour les techniciens venus du Japon. Huisu apprécie tout particulièrement l'un d'entre eux, Yama, d'origine coréenne, recruté par Yangdong. Yama a cinquante ans, la parole discrète, la mâchoire lourde et la précision d'un horloger. Quand Huisu lui demande :

— Ça va aller ?

Yama lui répond :

— Ce n'est pas facile, mais ça ira.

C'était un type taillé pour travailler dans un laboratoire ou dans le département de recherche et développement de n'importe quelle grande entreprise. Au point que Huisu se demande pourquoi il passe son temps à fabriquer des machines de jeu illégales, caché dans le coin d'une usine sombre. Plus encore, il se demande pourquoi un technicien de son niveau accepte de travailler pour un tocard comme Yangdong.

Avant la fin du premier mois, Yama sort un prototype qui aussitôt conquiert le marché. Sans promotion ni marketing, des entrepreneurs des quatre coins du pays se ruent, les mains pleines de billets, rêvant d'ouvrir une salle de jeu. Le terme *entrepreneurs* est un peu ronflant, ça reste des voyous. L'affaire démarre si bien que Huisu s'étonne que l'argent rentre si facilement. L'instant d'après, il se met à regretter de ne pas s'être lancé plus tôt dans cette aventure. Obligation Hong le harcèle d'appels pour savoir si l'affaire marche, s'il pourra bientôt récupérer une partie de son investissement, etc. L'argent a beau pleuvoir, pas un seul billet n'est encore tombé dans les mains de Huisu. Pour lancer le business, il faut acheter beaucoup de matériel et coudre beaucoup de becs. Quant à Yangdong, il juge le démarrage plutôt réussi et répète qu'il faut poursuivre sur cette lancée.

Comme toujours après le déjeuner, Huisu se promène sur la plage, de la fin de la jetée jusqu'à la falaise devant le port de Baekji. Maintenant qu'elle est ouverte au public, le vacarme est assourdissant. Des gens le saluent, certains le sollicitent pour telle ou telle intervention. « Cet été, on vend du whisky dans les échoppes ambulantes, c'est exagéré, non ? » ou encore « L'année dernière, on avait des vigiles qui contrôlaient les livraisons, cette année, personne ne garde l'entrée de la plage et les gens font venir des livreurs de nouilles jjajang depuis Yeongdo ». À chaque doléance, Huisu répond en souriant qu'il n'est plus gérant du Mallijang, qu'il n'est plus habilité à intervenir dans ces affaires. Les gens s'en retournent déçus, épaules basses. Ces dix dernières années, tout ce qui s'est passé autour de cette plage l'a concerné. Il a pris l'habitude de parcourir le quartier de long en large pour veiller à ce que rien ne s'y casse et ne s'y fêle ; aujourd'hui il continue machinalement, alors qu'il n'a plus aucun rôle à jouer. Ce travail de gérant du Mallijang, qui consiste notamment à écouter les gens, était certes épuisant et peu rentable mais à l'idée que le destin de ce quartier ne soit désormais plus entre ses mains, quelque chose s'effondre en lui.

Tous les jours, sous le soleil, Huisu se rend au bureau en costume et ses journées sont pleines de rendez-vous avec des fonctionnaires et de signatures de contrats avec des hommes d'affaires. Huisu n'est pas à l'aise en costume. Tous les matins,

Insuk noue une cravate autour de son cou, sur une chemise blanche qu'elle a soigneusement repassée. Elle lui assure qu'il est très chic et qu'elle a toujours rêvé de nouer une cravate autour du cou de son mari, le matin, comme les épouses dans les séries télévisées. En sortant de la maison, avant même d'arriver au parking, sa chemise est complètement trempée. Avec cette chemise, il va rencontrer tout au long de la journée des dizaines de personnes, se plier à l'humeur de celui-ci, flatter celui-là… À la fin de la journée, il ne se souvient plus de ce qu'il a fait ni de qui il a vu. Les rares soirs où il rentre tôt, il n'y a personne à la maison. Insuk est à son bar et Amy ne rentre qu'à l'aube, ivre mort. Quant à Jeny, elle doit être dans une boîte en train de boire et de danser.

Huisu s'assoit sur le châlit et allume une cigarette en regardant les maisons cramponnées à la montagne. Cet été, il s'est marié, il a quitté Père Sohn et a rallié Yangdong. Un moment, il a cru que sa vie allait changer. Erreur. Comme avant, Insuk rentre du travail dans la nuit. Les premières fois, il descend l'attendre jusqu'au parking. À l'instar de ses consœurs barmaids, elle revient soûle, titubante. Quand ils remontent l'interminable escalier, Huisu la soutient tant bien que mal. Parfois, Insuk fait un faux pas et s'effondre. D'autres fois, elle s'arrête pour vomir devant la maison d'un voisin. Huisu la fait alors s'asseoir sur une marche. Un chien aboie quelque part et Huisu fume, les yeux rivés sur le ciel sombre. Récemment, il va de moins en moins l'attendre. Ses journées de travail sont harassantes et il peine à veiller jusqu'à trois heures. Et surtout il n'aime pas voir Insuk dans cet état. Plus que de la pitié, la voir remonter, ivre, réveille en lui le vieux sentiment d'humiliation et d'injustice.

Cet été, il s'est marié mais rien n'a changé. Amy a repris sa vie d'avant la prison, Insuk est toujours une fille de bar et Huisu un voyou médiocre qui a juste changé de toit.

MERCEDES-BENZ

Yangdong vient d'appeler Huisu. Rendez-vous sur le parking. Huisu descend le long escalier et retrouve Yangdong qui l'attend avec un grand sourire, la mine fière, une clé de voiture tournant autour de son index, le coude posé sur une énorme Mercedes-Benz classe S W140, rutilante sous le soleil d'été. Prisée des diplomates, cette voiture est aussi en vogue chez les caïds et les yakuzas japonais. Stationnée majestueusement entre une vieille camionnette de livraison de poisson et un pousse-pousse de ramassage des vieux papiers, elle a fière allure. Néanmoins, le tableau frise le ridicule. Comme quelqu'un en smoking dans une compétition sportive. Amusé par le spectacle, Huisu donne quelques petits coups sur le capot.

— Waouh, mortelle, la caisse !

Yangdong secoue nerveusement les mains.

— Arrête, tu vas l'abîmer !

— Vous avez changé de voiture ?

— C'est pas ma voiture.

— Vous l'avez empruntée ?

Huisu donne des petits coups de pied dans l'un des énormes pneus. Sans répondre à sa question, Yangdong se contente de rire, toujours aussi réjoui.

— Tu devines vraiment pas à qui elle est ?

Huisu secoue la tête en signe de dénégation. À vrai dire, cette question ne l'intéresse pas. Brusquement, Yangdong arrête de faire tourner la clé autour de son doigt et la lui tend.

— Elle est à toi, cette voiture !

Huisu regarde la clé, incrédule.

— Mais la mienne roule très bien. Quelle idée d'acheter une Mercedes alors qu'on manque d'argent pour l'usine ?

— Huisu, tu portes l'image de notre business. C'est important que tu resplendisses. Ça rime à quoi, une Espero ? Si tu continues à rouler dans cette bagnole, nos partenaires vont finir par nous prendre pour des nuls. Ils ne voudront plus signer de gros contrats, tu vois ce que je veux dire ? Notre boulot, c'est quatre-vingt-dix pour cent de bluff, tu le sais, non ? Allez, essaie-la.

Yangdong ouvre la portière et invite Huisu à prendre le volant. Celui-ci s'installe, tourne la clé et le bruit lourd du moteur fait vibrer la voiture.

— Dément, non ? Turbo six cylindres, quatre cent huit chevaux ! Il paraît que le dirigeant suprême de la Corée du Nord, Kim Jong-il, a la même. C'est autre chose que la vieille Merco d'occasion de Dodari !

Yangdong sort son mouchoir et essuie délicatement une petite trace sur le capot. Huisu est sous le charme. Il brûle de l'essayer mais il coupe le moteur et ressort. Surtout, ne pas se montrer excité comme un enfant.

— N'est-ce pas un peu trop pour votre cadet ? Quand les gens verront votre vieille Granada et ce bolide, ils vont cancaner qu'on ne distingue plus le haut du bas, chez nous.

— C'est pas la vieille pute qu'il faut maquiller, c'est la jeune. On aura beau tartiner la vieille, elle restera moche. Toi, Huisu, tu vas rouler dans cette beauté et tu vas rendre nos affaires encore plus brillantes. Et tu assureras mes beaux jours.

— Je vous remercie. J'en prendrai soin, dit Huisu en saluant Yangdong avec respect.

Yangdong approuve, satisfait. Côté coffre, un type énorme les observe depuis un moment, se promenant ici et là. Son oisiveté forcée l'embarrasse visiblement, comme un comédien monté sur scène sans tirade à déclamer. Huisu le désigne du menton et interroge Yangdong :

— C'est un nouveau, lui ?

— C'est ton chauffeur. Sunbaek !

À son nom, Sunbaek sursaute et se met aussitôt au garde-à-vous, visage figé.

— Viens ici, ordonne Yangdong.

Sunbaek accourt et remet son énorme corps au garde-à-vous devant Huisu.

— Salue le monsieur. C'est grand-frère Huisu. À partir de maintenant, il compte plus pour toi que ta propre vie. Tu le suis comme son ombre, tu le conduis où il veut et tu l'assistes en permanence. Tu as bien compris ?

— Longue vie et bonne santé à vous, monsieur ! Je m'appelle Sunbaek. Je vous prie de me faire bon accueil.

D'où sort-il ces expressions vieillottes, celui-là ? Huisu laisse échapper un petit rire. Sunbaek doit peser dans les cent kilos mais n'a pas l'air bien musclé. Ce qui, globalement, lui donne l'allure de Winnie l'Ourson.

— Sunbaek ? On dirait un nom de chien, dit Huisu.

— *Sun*, pour la pureté et *Baek*, pour le blanc. C'est le nom que mon grand-père m'a donné pour m'assurer une vie pure et saine.

— Si tu voulais une vie pure et saine, tu aurais mieux fait de te lancer dans la cueillette de champignons en montagne. Que fais-tu parmi nous, avec un nom pareil ?

— Vous parlez de quels champignons ? s'empresse de demander Sunbaek.

— Quoi ? s'inquiète Huisu.

— Dans le temps, avec mon père, on allait chercher des hydnes.

— Des hydnes ?

— Vous ne connaissez pas les hydnes ? Ce sont les meilleurs champignons du monde, devant les *matsutake* et les *shitake*, explique Sunbaek, très sérieux.

Huisu, éberlué, observe attentivement son visage. Ses yeux brillent comme s'il était prêt à répondre à toutes les questions, à condition qu'elles concernent les champignons.

— Il te manquerait pas un peu de minéraux dans la cervelle ? Quel abruti !

Huisu va enchaîner sur d'autres injures quand Yangdong, hilare, le tire par la manche. En jetant un œil par-delà le grillage au bord de l'à-pic, Yangdong secoue la tête, en proie au vertige.

— Putain, ce que tu habites haut.

Il sort une cigarette d'un étui doré et la plante entre ses lèvres.

— Où avez-vous dégotté un crétin pareil ? demande Huisu.

— C'est le fils d'un cousin de mon père. Ils habitent à Bongwha, dans la province de Gyeongsang. Là-bas c'est la campagne profonde et il n'y a pas de travail, à part cultiver la terre. Le problème c'est que Sunbaek ne veut pas travailler dans les champs. Voilà pourquoi je l'ai amené ici.

— Un gars qui n'a jamais rien fait d'autre que s'occuper des veaux, vous pensez qu'il va pouvoir vivre parmi nous ?

— Prends-le et apprends-lui quelques trucs.

Huisu se retourne vers Sunbaek. Il est toujours au garde-à-vous à côté de la Mercedes. Huisu secoue la tête énergiquement.

— M'est avis qu'il vaut mieux le laisser continuer à cueillir ses champignons...

Yangdong feint de ne pas l'avoir entendu.

— C'est difficile de monter jusqu'ici mais une fois qu'on y est, le paysage est incomparable. Il faudrait que je trouve un endroit dans le coin pour loger mes hommes. Rien qu'en rentrant chez eux, ils feraient travailler leurs muscles.

— Pas seulement leurs muscles. Quand on met toute son énergie pour grimper cet escalier, l'envie de réussir et de vivre à fond vient toute seule.

— Il faut réussir. Oui, il faut réussir à tout prix.

— À propos, j'ai été contacté par un certain Han, on se voit aujourd'hui à Haeundae. Il veut acheter cinq mille machines et il voudrait un prix. Il prétend être ami avec vous. C'est vrai ?

— À l'entendre, ce connard est ami avec la Corée entière. Avec Kim Dae-jung, avec Kim Jong-pil et même avec le défunt Park Chung-hee.

— C'est un escroc ?

— Non, pas exactement. Je l'ai rencontré en prison. Il paraît que c'est le numéro deux ou trois dans la région de Cheonan. Enfin, c'est ce qu'il m'a dit. En tout cas, c'est un type qui tourne vite et qui a l'air d'avoir un réseau impressionnant. Il m'avait déjà dit être très intéressé par nos machines et qu'il serait partant pour être grossiste pour la région de Gyeonggi.

— Si vous le connaissez, c'est mieux que vous le rencontriez vous-même, non ?

— Négocier avec ses connaissances, c'est délicat. Quand ils veulent casser les prix, c'est compliqué de refuser. Non, il vaut mieux une tierce personne. Du coup je lui ai dit que cette affaire était à toi. C'est un type qui peut être assez utile, ménage-le et fais-lui bon accueil.

— Je lui fais quel prix ?

— Le prix net, c'est deux cents millions la machine, c'est bien ça ?

— Oui.

— Propose-lui une première offre à un million sept cent mille. S'il est pas content, dis-lui que tu peux faire un petit geste pour un ami de grand-frère Yangdong et tu baisses de deux cent mille. Là, il mordra.

— Cinq mille machines, ce n'est pas rien. Vous pensez qu'on pourra tenir les délais de livraison ? Avec les commandes déjà reçues, on risque d'être un poil justes.

— On verra. Si ça devient trop difficile, il faudra ouvrir une autre usine, pas le choix.

— Vous pensez pas qu'il vaut mieux y aller doucement ? Une usine, c'est déjà un investissement énorme. Sans compter les salaires pour ces gars qui foutent rien, au bureau. Dans ce genre d'affaire, il y a toujours des gouffres qui engloutissent le fric. Vous savez, on n'est pas rentrés dans nos frais. On en est encore à investir deux milliards pour vendre un milliard. Et quand je vois les types des pachinkos se faire arrêter en masse, je me demande comment ça va évoluer pour nous.

— L'argent rentrera le moment venu. Il arrivera d'un coup, comme la marée montante, et s'en ira comme la marée descendante. Il faut juste tendre nos filets au bon moment.

Yangdong affiche sa confiance. Huisu envie ce caractère déterminé et son énergie, mais cette confiance excessive est aussi inquiétante. Alors que souvent Père Sohn a raté des proies faciles par excès de prudence, lui, Yangdong, fonce tête baissée. Père Sohn est certes trop lent mais Yangdong, trop rapide. À cause de ça, leur affaire piétine. Les commandes affluent, les clients se multiplient mais l'argent ne tombe pas assez. Huisu suggère régulièrement à Yangdong d'aller un peu moins vite et de prendre le temps d'analyser les situations, mais l'autre fait la sourde oreille. Il a dit ce qu'il avait à dire, Yangdong jette son mégot dans le vide.

— Allez, je file. Bonne continuation.

— Je vous raccompagne.

— Non, ce n'est pas la peine. Je vais descendre à pied, ça me fera une promenade. Je fais pas assez d'exercice, ces jours-ci.

Yangdong se met à descendre les marches rapidement. Huisu le suit du regard jusqu'à ce qu'il ait descendu plus de deux cents marches. Ses épaules paraissent plus massives qu'avant. Cette forme physique triomphante fait monter en Huisu une inquiétude étrange. Quand Yangdong disparaît enfin, à l'angle de la rue, Huisu se retourne vers le parking. Là, l'attendent une Mercedes noire, ruisselante de lumière à force d'avoir été trop lustrée, et un gros bonhomme de cent kilos transpirant sous le soleil d'été. Un chien, sorti de nulle part, renifle le pneu arrière et se retourne pour le compisser. Huisu avance lentement vers sa Mercedes. Sunbaek, échauffé par le moteur qui continue à tourner, transpire à grosses gouttes.

— Tu as déjeuné ?

— Non, mais ça va.

— Tu n'as pas déjeuné mais tu dis que ça va ?

— Je n'ai pas faim, répond Sunbaek énergiquement.

Huisu scrute son visage. Intimidé, Sunbaek renforce son garde-à-vous. De son front perlent des gouttes de sueur qui coulent jusque dans ses yeux. Brûlé par le sel, il se met à larmoyer. S'obligeant à garder cette posture que personne ne lui a demandé, il cligne des yeux sans essuyer ses larmes. Huisu se dit que ça tiendrait du miracle que ce bougre devienne un jour un voyou correct.

— On va monter manger à la maison.

Huisu commence à monter l'escalier. Sunbaek regarde autour de lui puis lui emboîte le pas.

LE BUREAU

En face du nouveau bureau de Huisu se trouvent le tribunal de première instance, un grand hôpital et la faculté de médecine. Pas de bars, pas de lieux de divertissement dans les parages. Le matin, des employés de bureau sortent du métro, le pas pressé, un quotidien économique sous le bras et un café dans la main. À dix-huit heures, ils sortent de leurs bureaux en masse, le visage fatigué, et rentrent chez eux. Cette rue est l'antithèse de celles où, vers seize heures, apparaissent d'un pas traînant des voyous en survêtement qui vont prendre une soupe pour consoler leurs estomacs saturés d'alcool avant de rejoindre les billards. Le bureau de Huisu est au premier étage. L'immeuble héberge quatorze boîtes, toutes parfaitement légales. Ici, pas d'escrocs spécialisés dans les arnaques pyramidales ni de receleurs de contrebande chinoise. Huisu a toujours rêvé de travailler dans ce genre d'endroit. Il a toujours rêvé d'une vie où il se rendrait au bureau tous les matins en costume et en chaussures de ville, une vie d'employé, saine et ordinaire. Quand Yangdong est venu ici pour la première fois, il a été étonné de son emplacement et a demandé à Huisu d'où venait ce choix.

Huisu a souri et a répondu :

— Les bureaux puants derrière le marché de poisson, vous en avez pas marre, vous ?

Yangdong, pas tout à fait convaincu, avait insisté :

— Mais pour notre boulot, c'est pas un peu problématique comme quartier ?

— Parce qu'un bureau plein de voyous tatoués de dragons, qui mangent des nouilles instantanées et biberonnent du soju, vous pensez que ça rassure le client ? Si on veut que notre affaire prenne de l'ampleur parmi les civils, il faut qu'on change et devienne un peu plus raffinés.

Yangdong avait fini par comprendre ce que voulait dire Huisu. Pourtant celui-ci n'avait fait que baratiner : il savait très bien que, dans leur milieu, l'aspect du bureau n'avait aucune incidence sur la marche des affaires.

Dans le couloir qui menait au bureau de Huisu étaient alignées des couronnes de fleurs envoyées par différentes organisations pour féliciter le lancement de son nouveau business. Parmi elles, une grande couronne envoyée par Père Sohn et une autre par Doyen Nam de Yeongdo. En plus de la couronne, Doyen Nam avait envoyé un chèque d'un million de wons. Dans ce milieu, il n'y avait jamais de cadeau innocent et Huisu était plus gêné que reconnaissant de ces marques de bienveillance.

Aujourd'hui est un jour ordinaire, sans événement particulier. Pourtant, deux jeunes voyous sont postés devant l'entrée du bureau. À l'arrivée de Huisu, ils plient le dos à angle droit.

— Bonjour grand-frère Huisu, euh, pa... pardon, Monsieur le directeur général, bégaie l'un d'entre eux.

Huisu leur avait dit de ne plus l'appeler grand-frère mais directeur général. Ils avaient apparemment du mal à s'habituer à ce nouveau titre.

— Qu'est-ce que vous faites là ?

— On garde l'entrée.

— Vous croyez que c'est une boîte de nuit, ici ? Débarrassez-moi ces couronnes, plutôt, ordonne Huisu en montrant du doigt les couronnes de fleurs qui encombrent le couloir.

L'un des deux obéit sur-le-champ, s'empare d'une couronne mais, ne sachant où la mettre, suspend son geste.

— Où est-ce qu'on les met ?

— Vous n'avez qu'à les jeter.
— Celle du Doyen aussi ?
— Oui, toutes, à la poubelle.
Huisu entre dans le bureau. À l'intérieur, éparpillés, une dizaine de voyous glandouillent. Pendant que les deux climatiseurs géants tournent à fond, avalant l'électricité comme un hippopotame avale de l'eau, l'un d'eux batifole avec la secrétaire, un autre fait des haltères en tricot, certains jouent aux cartes et d'autres encore s'adonnent à une vague série d'échauffements. Devant ce spectacle insolite, Huisu ne peut pas s'empêcher de rire. Tous ces bons à rien viennent de Yangdong. Huisu lui répète et insiste : il n'a pas besoin d'autant d'hommes. Rien n'y fait. C'est que Yangdong est persuadé qu'il faut une armée permanente pour parer les éventuelles attaques. Il ajoute que, pour soigner leur réputation, il est utile d'engager quelques jeunes chômeurs à la dérive. À l'inverse de Père Sohn le radin, lui veut se forger une réputation de magnanimité. Il rêve d'être au centre d'une table bien arrosée, entouré de ces crétins qui diraient, en levant le pouce : « Notre grand-frère Yangdong, c'est le meilleur ! » Pour Huisu, ces boit-sans-soif sont un vrai souci. Si une guerre doit éclater, que pourra-t-il faire d'eux ?

Côté canapé, Danka, entouré de quelques voyous, bavarde à haute voix en mangeant des ailes de poulet frit et des nouilles jjajang accompagnées d'alcool fort.

— Cette salope, on était à peine arrivés au motel qu'elle avait déjà enlevé sa petite culotte. Et là, elle se met à pleurnicher qu'elle veut pas aller plus loin. C'est à devenir fou, quoi ! Si elle avait pas envie, il fallait pas qu'elle se désape. C'est pas des manières, refuser de baiser alors qu'on est déjà à poil ? J'ai beau tourner et retourner le truc dans ma tête, j'arrive pas à comprendre les gonzesses.

Les gars se marrent, seul Huisu fronce les sourcils. Danka l'aperçoit et, sans se soucier de son air réprobateur, le salue joyeusement.

— Ça alors, grand-frère Huisu ! Viens ici et prends un verre. Dis donc, elle est pas mal, la bouffe chinoise, par ici. Ça se voit qu'on est dans un quartier de bourges. Le poulet est d'un autre niveau qu'à Guam !

Huisu s'approche du canapé et balance un coup de pied dans le plateau. Les nouilles jjajang, les raviolis grillés, les ailes de poulet, les plats en plastique et les baguettes s'envolent, avant de retomber sur le sol à grand fracas. Tous les regards se tournent vers lui.

— Vous comprenez pas ce qu'on vous dit ? Je vous ai déjà dit de pas bouffer dans le bureau ! Mais dès midi, c'est open bar ! Vous pensez qu'il y a d'autres tarés dans cet immeuble qui picolent comme vous dès midi ?

Un ange passe. Près de la fenêtre, le gars aux haltères croise le regard de Huisu. Penaud, il suspend ses mouvements.

— Tu veux pas poser ton bordel ?

Le gars se décharge de ses haltères au sol d'un geste maladroit. De ses ongles sales, il se gratte l'épaule gauche tatouée d'un dragon – ou d'un ver de terre, difficile à dire.

— Tu te crois dans une salle de fitness ? Si un client arrive et qu'il voit un mec avec un tatouage de lombric en pleine séance d'haltérophilie, vous pensez qu'il aura envie de nous acheter des machines, putain ! braille Huisu.

Le plus âgé du groupe, Changsu, fusille Huisu du regard. Ils ont le même âge mais Changsu, n'ayant aucun talent particulier ni aucun culot, végète en bas de l'échelle.

— On arrive ici à neuf heures. Des gens comme nous peuvent pas passer une journée entière dans un bureau à ne rien faire. Si on ne peut même plus s'autoriser des exercices physiques ou un coup à boire...

Changsu doit avoir pas mal bu, une odeur aigre d'alcool flotte jusqu'au nez de Huisu. Sa demi-ivresse lui donne un ton provocateur. Huisu prend le plateau en inox et lui balance en pleine tête, dans un bruit de cymbale. Le nez de Changsu se met à saigner mais Huisu continue d'asséner des coups de plateau au malheureux.

— Je dois apprendre à glander à ceux qui sont payés pour glander ? dit Huisu en jetant par terre son arme improvisée.

Autour de lui, les voyous n'osent plus respirer. Huisu s'apprête à ajouter quelque chose mais se ravise et soupire longuement. Il rentre dans son bureau de directeur et claque la porte derrière lui. Il s'assoit, prend une cigarette et la colle entre ses lèvres. Sans l'avoir allumée, il la retire de sa bouche. L'immeuble est non-fumeur, ils ont été relancés plusieurs fois par le gardien qui a reçu des plaintes : la fumée remonte par l'escalier. Huisu jette la clope sur le bureau et se tourne vers les deux bibliothèques de luxe en bois massif remplies de livres soigneusement rangés, qu'il a fait installer contre l'un des murs de la pièce. Aucun bouquin là-dedans qu'il ait déjà lu ou qu'il ait eu envie de lire. Achetés dans une librairie d'occasion de Bosu, ils ont été choisis pour leur couverture élégante et leur potentiel décoratif. À côté des bibliothèques, deux grands pots d'hévéas apportés par Insuk. Elle prétend que ces plantes neutralisent les matières toxiques dégagées par les meubles et les surfaces neuves. Le mobilier comprend également une armoire, un canapé et des fauteuils. Néanmoins l'aménagement de la pièce balance entre l'inachevé et l'artificiel. Huisu est tenté d'aller comparer avec d'autres bureaux de directeur pour s'en inspirer, quand Danka fait irruption dans la pièce, sans frapper.

— Y a quelque chose qui va pas ? Pourquoi se mettre en colère dès le matin ?

Danka pose ses fesses sur l'accoudoir d'un fauteuil, sort une cigarette et l'allume, tout naturellement. Il balaye la pièce du regard à la recherche d'un cendrier. Après avoir grommelé que l'absence d'un cendrier dans le bureau du directeur est inadmissible, il fait tomber ses cendres dans une tasse à café, sur la table basse.

— T'es vraiment trop con, même moi je me retiens de fumer ici. Les gens de l'immeuble se plaignent de la fumée.

— C'est bon... Un gang qui obéit aux jérémiades des civils, ça rime à rien. C'est justement parce que tu les respectes trop qu'ils se permettent de nous emmerder toujours plus. Entre les gangs et les civils, il faut maintenir des frictions, que chacun se sente à sa place.

Il n'a pas tort, se dit Huisu. Depuis son installation dans ce quartier, il est devenu trop respectueux. Oser se plaindre de l'odeur de cigarette auprès du gardien, c'est inimaginable à Guam. Mal à l'aise, Huisu reprend la cigarette qu'il avait jetée sur son bureau et l'allume, ouvrant à moitié la fenêtre.

— Au fait, espèce de soi-disant *administrateur délégué*, c'est quoi cette beuverie matinale ?

— Ben, mon boulot c'est de m'occuper des réceptions, j'ai juste accompli mon devoir, plaisante Danka. Mais toi aussi, qu'est-ce qui t'a pris de nous tomber dessus ? Tu es marié à la femme que tu aimes, tu viens d'emménager dans un nouveau bureau, l'usine tourne à fond, les clients font la queue les mains pleines de billets pour acheter nos produits, tu conduis une Mercedes... Si j'étais toi, moi, je ferais la danse de la joie !

— La danse de la joie... crétin.

Pourtant, oui, vu de l'extérieur Huisu multiplie les succès. Mais il suffit d'y regarder de plus près pour se rendre compte que l'affaire est un puits sans fond, qu'il est cerné par tous les opportunistes et les jaloux, que les investisseurs le pressent pour récupérer leur mise et que ses propres hommes attendent que les miettes tombent. Sans compter certaines rumeurs qui font état d'investisseurs mal intentionnés. Un faux pas et il tombe, avec retour à son statut de serviteur d'un autre. Comment en est-il arrivé là ? Des erreurs de gestion, peut-être, à moins que toutes les affaires, dans ce milieu, soient vouées à péricliter. Quand il a quitté le Mallijang et ouvert ce bureau, son premier acte de patron a été de faire faire un costume à chacun de ses hommes : il a toujours détesté ces attroupements de voyous en survêtement et il a toujours trouvé absurde la théorie de Père Sohn sur les voyous bien fringués. Mais ses hommes, qui n'ont jamais porté autre chose que des survêtements, ont l'air terriblement engoncés dans leurs costumes. Huisu a aussi donné un titre à chacun : chargé de mission, manager, directeur de département, administrateur délégué, etc., et leur a fait imprimer des cartes de visite. Il a enregistré la boîte au registre du commerce et il leur paye un salaire chaque mois, comme dans une entreprise légale.

Son souhait d'alors, c'était de trancher avec les manières de Père Sohn car il pensait que cette avarice provoquait de mauvaises querelles qui desservaient l'autorité du boss. Sauf que du moment où il a commencé à leur verser un salaire, les coûts de la boîte se sont envolés. C'est d'autant plus rageant que ces types costauds ne lui sont d'aucune utilité. Comme Huisu se charge de la plupart des tâches, une secrétaire pour l'entretien des registres, Yama et les ouvriers de l'usine suffiraient amplement. À repenser à ces avachis que Yangdong lui a mis dans les pattes et qui passent leur journée à glander sous les climatiseurs en attendant que leur salaire tombe, Huisu sent sa colère remonter.

Il aurait été bien plus utile et bien moins cher de garder Tang et ses hommes plutôt que d'engager ces bons à rien bouffeurs de payes. Pourtant Huisu n'a pas tenu la promesse faite à Tang : lui apporter de l'argent et lui trouver du boulot, à lui et à ses hommes. Tout ce qu'il a fait pour eux, c'est en placer quelques-uns comme livreurs à l'entrepôt d'alcool de Yangdong et d'autres chez des commerçants de Guam pour des petits boulots ponctuels. La plupart étant clandestins, ils ne peuvent prétendre à un emploi normal. Huisu a entendu dire que Tang les fait travailler comme journaliers sur des chantiers. Il préfère ignorer ces bruits : il a assez de soucis avec son affaire et ne peut plus rien pour eux. Quand il lui parle de cette histoire, Yangdong, se contente de dire :

— On n'a pas assez de gamelles pour nourrir nos compatriotes, comment veux-tu qu'on nourrisse ces Vietnamiens ?

Il dit aussi :

— Tu t'en fais pour rien. Tu les connais, ils sont coriaces. Ils se passeront de tes inquiétudes pour s'en sortir.

Pour soulager sa conscience, Huisu veut croire qu'il a raison.

Huisu vérifie sa montre. Quinze heures. Il a rendez-vous avec Père Sohn cet après-midi. Allongé confortablement sur le canapé, Danka s'est endormi et ronfle.

— Comme elle a l'air facile, ta vie, murmure Huisu.

Huisu sort de l'immeuble et monte dans la Mercedes avancée par Sunbaek, direction Guam. Les rues aux abords de la mer débordent de voitures et de vendeurs ambulants. Sunbaek se met à paniquer, affolé par les motos de livraison qui surgissent de toutes parts. Plus loin, à un carrefour encombré, des klaxons et des jurons éclatent autour de la Mercedes paralysée. Sunbaek transpire des rivières.

— Impose-toi, il faut forcer le passage si tu veux qu'ils s'écartent, s'irrite Huisu.

Sunbaek répond par un « oui, monsieur », mais reste tétanisé sans avancer. Devant, les voitures bloquent toujours le passage tandis que celles de derrière klaxonnent de plus belle.

— Tu m'as bien dit que tu conduisais, dans ta campagne ?

— C'est que... Par chez moi on n'a jamais autant de voitures, même pendant le festival des champignons. Et puis la Mercedes est si grande ; je suis plus à l'aise sur un tracteur.

Sunbaek se perd dans toutes sortes de justifications oiseuses. Pour résumer, il a été engagé comme chauffeur mais il ne sait pas bien conduire. Huisu consulte sa montre encore une fois et soupire.

— Arrête la voiture.

— Quoi ? dit Sunbaek tout étourdi, tournant la tête vers Huisu.

— Je vais conduire, descends.

Sunbaek coupe le moteur et obtempère. Huisu sort et s'installe au volant. Le regardant faire, Sunbaek ouvre la portière arrière et s'assoit sur la banquette. Sidéré, Huisu le fusille du regard.

— Hé, connard, c'est toi le patron maintenant ?

— Pardon ? répond Sunbaek qui ne comprend rien.

— Viens devant, abruti.

Sunbaek s'apprête à ouvrir la portière pour changer de place quand Huisu renonce.

— C'est bon. Reste où tu es.

Pressé par l'heure de son rendez-vous, Huisu débloque le frein à main et tourne le volant. Il klaxonne vivement deux fois et plonge l'avant de la voiture dans la masse des véhicules. Soit parce que c'est une berline étrangère de luxe, soit parce qu'il y a deux truands à l'intérieur, les autres voitures les laissent passer.

Une fois sortis du carrefour, Huisu baisse la fenêtre et regarde Sunbaek dans le rétroviseur. Ce dernier a l'air encore tendu, comme s'il était toujours en train d'essayer de se dégager de l'embouteillage.

— Il y a deux sortes de gens : ceux qui n'ont pas de cervelle mais de l'intuition, et ceux qui n'ont pas d'intuition mais une cervelle. Tu te situes où, toi ?

Sunbaek réfléchit un moment avant d'ouvrir la bouche.

— Je suis pas trop doué pour l'intuition... dit-il en se grattant le crâne.

Tout de suite après, il regarde Huisu avec un regard aussi innocent que son nom et ajoute :

— ... mais j'ai plutôt une bonne cervelle. Dans ma région, j'ai fini major au stage pour les futurs agriculteurs.

Décontenancé, Huisu observe un moment son visage dans le rétro puis secoue la tête. Il n'a décidément pas la force de se quereller avec cet individu.

Huisu gare sa Mercedes sur le parking de l'hôtel Mallijang. Oupas est là. Tout juste à l'heure, Huisu sort à la hâte. Oupas, ne prêtant aucune attention à lui, court vers Sunbaek installé sur la banquette arrière, lui ouvre la porte et s'incline, le dos à angle droit.

— Bienvenue, monsieur.

Sunbaek, sans rien comprendre, répond par la même salutation. Surpris, Oupas s'incline une nouvelle fois, plus profondément encore. Devant ce spectacle, Huisu lâche un profond soupir.

— C'est quoi ce cirque, une compétition de crétins ou quoi ?

Cette fois-ci, Oupas accourt vers Huisu. Il se met à piailler, que sa voiture brille de mille feux, que cette merveille doit coûter un bras, etc. Pendant cinq secondes, Huisu est heureux de revoir Oupas, mais étrangement, ce sentiment s'épuise aussi vite.

— Monsieur est là ?

— Oui, il vous attend. Dites, grand-frère Huisu, je peux conduire un peu cette voiture pendant que vous discutez avec

Monsieur ? J'ai toujours rêvé de conduire une Mercedes le long de la mer, avec une fille à mes côtés, dit Oupas, rouge d'excitation.

— Si tu touches ce volant, je te coupe les mains.

Se tournant vers Sunbaek, Huisu ajoute :

— Et toi, surveille la voiture, que cet abruti ne s'en approche pas.

Sunbaek répond par un « oui » déterminé et se met au garde-à-vous. Se dirigeant vers l'entrée de l'hôtel, Huisu se retourne et voit Oupas demander prudemment à Sunbaek :

— Mais, vous êtes... ?

Pénétrant dans l'hôtel, Huisu remarque Jeongbae à la réception. La nomination de ce dernier au poste de gérant du Mallijang a surpris pas mal de monde. À commencer par Huisu lui-même. Père Sohn n'aime pas Jeongbae et ce poste de gérant, qui demande beaucoup de boulot et ne rapporte guère, ne lui ressemble pas. Sans doute les vieux du bouillon de bœuf auront insisté auprès de Père Sohn, Jeongbae convenant mieux pour leurs affaires et leurs magouilles. Il est également probable que Père Sohn se soit dit que Jeongbae était le seul sur Guam à avoir de la cervelle. Huisu finit par se dire que plus rien de cela ne le concerne.

L'apercevant à son tour, Jeongbae fait un petit signe de tête à Huisu en guise de salutation. Son front arbore toujours la cicatrice causée par le pot de géraniums. Avec le temps, la marque s'estompera mais ne disparaîtra jamais. Comme son ressentiment envers Huisu.

— Tu vas bien ? demande Huisu d'une voix chaleureuse.

— Comme ci, comme ça, réplique l'autre.

— Alors, ça te plaît, le boulot de gérant ? J'étais très occupé, j'ai zappé la passation de poste.

— Vous inquiétez pas, il y a pas grand-chose à faire au fond. Suffit juste de se pavaner, réplique Jeongbae, sarcastique.

La remarque vise probablement à rabaisser l'ancien travail de Huisu. Ou peut-être que Père Sohn n'a pas encore confié de mission à Jeongbae. Huisu, ne trouvant rien à dire, se tait. Un silence gênant s'installe. Jeongbae finit par reprendre la parole.

— Il paraît que vos affaires marchent bien, ces temps-ci ?
— C'est le tout début, difficile de dire si ça marche ou pas.
— En tout cas, la rumeur court que grand-frère Huisu cartonne.
— Écoute, Jeongbae, je suis désolé pour ce qui s'est passé aux funérailles. J'aurais dû venir te voir à l'hôpital au moins mais...
— Ah, cette histoire-là... Arrêtons, n'en parlons plus, coupe Jeongbae.
— Ce que je veux dire, c'est...
— Si vous tenez à en parler... J'ai honte de m'être emporté devant tout le monde, voilà. Je sais pas comment vous fonctionnez, vous, mais moi, c'est pas mon truc de régler ce genre de choses avec quelques mots d'excuse. Et puis quoi, franchement, maintenant que vous avez quitté le Mallijang, on peut carrément dire que vous n'êtes plus des nôtres, pas vrai ? À partir de maintenant, je pense qu'on devrait se traiter avec un respect mutuel d'hommes d'affaires.

Le visage de Jeongbae se crispe. Sa cicatrice lui tire la peau et transforme sa mimique en grimace.

— Tu as raison.
— Ah, et dites à Amy de se maîtriser s'il tient à garder ses quatre membres.
— Qu'est-ce que c'est que cette histoire ?
— Il est partout, à Wollong, à Nampo, à Chungmu, à croire que le monde entier lui appartient. Et les emmerdements nous reviennent. Lui s'agite et Père Sohn paye les pots cassés. À force de filer sans frein, Amy va finir par croire qu'il peut tout se permettre – alors que c'est Père Sohn qui le couvre en plâtrant du fric partout. Si Amy continue, notre patience va atteindre ses limites, dit Jeongbae, le corps recroquevillé, comme si ce qu'il cherchait à dire depuis longtemps explosait enfin.

Huisu sonde son visage puis hoche la tête deux ou trois fois sans rien ajouter. Il tourne lentement les talons et monte à l'étage.

Tout en marchant dans le couloir, Huisu sent son cœur s'alourdir. Depuis son départ en avril, il n'est jamais revenu voir

Père Sohn. Ils ont vécu en tête à tête chaque jour pendant dix ans et là il ne pointe son nez qu'après trois mois. Il n'a pas accueilli le nouveau gérant, il ne paye pas la redevance mensuelle non plus. Le vieux lui a envoyé des fleurs et une enveloppe pour l'encourager au lancement de son affaire et Huisu n'a retourné aucun remerciement. Ce n'est qu'aujourd'hui, suite au rappel pour les redevances impayées, qu'il donne enfin signe de vie. Père Sohn doit le trouver ingrat et détestable. Il peut avancer toutes sortes d'excuses à son silence, sa surcharge de travail pour démarrer son affaire, le mariage à préparer... Pourtant il sait que ce ne sont pas les vraies raisons. Il passe tous les jours sur la route côtière, Guam est aussi grand qu'une paume et il aurait pu s'arrêter mille fois au Mallijang. Mais Huisu est gêné à l'idée de se retrouver face à Père Sohn.

Quand il pousse la porte du bureau de Père Sohn, celui-ci est en train d'essuyer une à une les feuilles des plantes alignées sur le rebord de la fenêtre.

— Tiens, c'est toi, Huisu ! dit Père Sohn avec un sourire rayonnant.

Sa joie n'est pas feinte et Huisu lui est reconnaissant de cet accueil. Il le salue avec respect, le dos à angle droit, puis se dirige vers le canapé où il s'assoit. Sur la table basse traînent deux numéros d'une revue de jeu de go et un quotidien. Il les prend sans réel intérêt avant de les reposer. Un sentiment de déjà-vu l'envahit. Pour la première fois, il prend conscience de ces moments qu'il a vécus un nombre infini de fois dans ce bureau. Le bruit des magazines et des journaux qu'on feuillette, les rayons du soleil entre les lames des stores, la poussière qui flotte dans la lumière, le coin usé du canapé en cuir où il a l'habitude de s'asseoir... Il se sent revenu chez lui. Assis là, Huisu a discuté avec Père Sohn de mille et une affaires, ri de mille et une plaisanteries insignifiantes. Père Sohn essuie soigneusement les dernières feuilles puis, de sa démarche ondulante, s'approche de Huisu et s'installe en face de lui

— Petit salaud, j'allais oublier ton visage. Pourquoi tu te fais si rare ?

La voix est enjouée, la plainte ne sonne pas comme un reproche et n'est teintée d'aucune amertume. C'est juste une taquinerie pour montrer à Huisu qu'il est content de le revoir.

— J'étais occupé. Vous savez, pour gagner mon pain, je n'ai pas d'autre choix que de courir en tous sens, réplique Huisu avec légèreté.

— N'importe quoi ! C'est si difficile pour toi de te pointer de temps en temps dans ce quartier pas plus grand qu'une narine ?

Après cette brève remontrance, Père Sohn prend un vaporisateur et asperge chacune des feuilles de l'orchidée posée sur la table basse. Puis, soigneusement, il les essuie une par une avec son mouchoir. Huisu le regarde faire, l'œil sévère.

— Ça vous amuse, les plantes ? Je ne comprends vraiment pas le plaisir que vous pouvez en tirer. Vous avez beau leur câliner les feuilles chaque jour, elles n'ont aucune reconnaissance et ne viennent pas ronronner contre votre jambe.

— Les plantes savent bien qui s'occupe d'elles.

— Le végétal reconnaît son maître ?

— Bien sûr ! Les plantes, si on les aime, qu'on les essuie et qu'on les caresse souvent, elles poussent mieux et elles font des fleurs, comme des sourires.

— N'importe quoi...

— Je te jure que si ! Il n'y a que les humains pour trahir la main qui les nourrit.

Huisu est piqué par sa mauvaise conscience. Père Sohn, remarquant son malaise, laisse échapper un petit rire.

— Eh, j'ai pas dit ça pour te faire la leçon. Quel homme tu es, à tressaillir pour si peu ?

— Je n'ai pas tressailli.

— Je t'ai vu ! Tu pensais t'en sortir comme ça ? Tu ne le sais pas, hein, mais j'ai déjà remarqué que ta narine gauche se dilate quand tu tressailles.

— C'est bon, c'est bon. On n'a qu'à dire que j'ai tressailli.

Huisu secoue la main pour clore la discussion. Content d'avoir gagné la partie, Père Sohn arbore sa fameuse mine triomphale qui le fait ressembler à un enfant. Comment un homme capable d'une telle expression peut-il être à la tête d'un gang depuis trente ans et avoir commandité toutes sortes d'atrocités ?

— Il paraît que tes affaires sont florissantes ?

— L'emballage brille, mais à l'intérieur, c'est vide.

— Baratineur ! On ne parle que de ton succès ici. La Mercedes, là, elle est à toi ?

— C'est un cadeau de grand-frère Yangdong et son putain de goût pour la frime. Il prétend que rouler dans une voiture coréenne va inciter les clients à demander des rabais. Vous connaissez grand-frère Yangdong, le paraître importe plus que tout chez lui.

— Tu as raison, Yangdong c'est l'essence même de l'esbroufe. Sacré Yangdong... Quand on l'aura incinéré, on ne trouvera pas de la poudre d'os mais de la poudre de perlimpinpin.

Repensant aux excès de Yangdong, Père Sohn hoche la tête en souriant.

— À propos, pourquoi ni lui ni toi ne pensez à vos redevances ? Quand les affaires marchent et que l'argent rentre, il ne faut pas oublier de régler les taxes, quand même. Ça permet aux vieux comme nous, à l'arrière, de se mettre quelque chose sous la dent.

À la mention des redevances, Huisu se redresse.

— Vous pourriez nous laisser quelques mois ? On a des rentrées, c'est vrai, mais on est encore en phase d'investissement. Il y a plus d'argent qui sort que d'argent qui rentre à ce stade.

— Tu veux dire que vous gagnez de l'argent mais qu'une fois les frais déduits, il ne reste rien ?

Huisu approuve d'un hochement de tête embarrassé.

— Hé, saligaud, ce discours-là c'est pour les investisseurs naïfs. Tu veux me pigeonner alors que tu roules dans une Mercedes grosse comme un char d'assaut ?

Les mots sont acérés mais le visage est joueur.

— Je suis désolé. Une fois l'affaire en route, la redevance sera ma priorité.

Père Sohn rejette son buste en arrière et fixe le plafond. Il ne semble pas en pleine réflexion ; il a plutôt l'air de se demander depuis quand cette mouche est collée au néon.

— Maintenant que tu t'es lancé dans ton propre business, tu vois, les choses ne sont pas si simples... dit Père Sohn tranquillement.

— Non, c'est pas si simple.

— Ne cherche pas à faire les choses trop proprement.

— Qu'est-ce que vous voulez dire ?

— Les affaires, par nature, c'est sale. La vie, c'est pareil. Toutes les choses qui sont sales au départ, il faut les faire salement. Si tu cherches à garder les mains propres, faudra les laver avec de l'argent, voilà ce que je veux dire. Je te dis ça parce que toi, Huisu, tu prends trop soin des choses.

Huisu acquiesce d'un mouvement de tête. Non par politesse, mais parce que c'est effectivement ce qu'il ressent ces derniers temps. Ils ne se sont pas vus depuis de longs mois et pourtant Père Sohn semble à l'aise. Ou plutôt, c'est Huisu qui se sent bien en compagnie de Père Sohn. Il n'a pas éprouvé ça depuis qu'il a pris son indépendance, depuis qu'il vit entouré de gens qui le harcèlent et lui réclament de l'argent.

— Il travaille bien, Jeongbae ?

— Ne m'en parle pas. Tout ce qui intéresse ce connard, c'est se remplir les poches.

— Je suis parti sans rien lui expliquer, je suis désolé.

— Sans importance. Dans une aussi vieille maison, il n'y a rien à expliquer, il suffit de ne pas être trop crétin et de se laisser porter.

— Je l'ai croisé à l'accueil. Il m'a rapporté qu'Amy déconnait, mais je ne vois pas de quoi il parle. Je vis sous le même toit que ce gamin mais je le croise presque jamais, dit Huisu, feignant l'ignorance.

— Ce sont des conflits de gamelles. Personne aime se faire piquer la sienne. L'autre jour, des maquereaux de Wollong et Hojung sont venus me voir pour me dire qu'Amy en faisait trop et que si Guam ne le contrôlait pas, ils n'allaient plus le supporter très longtemps.

— Qu'est-ce que vous leur avez dit ?

— À ces bâtards ? D'aller se faire foutre.

— Vous avez bien fait. Depuis quand des maquereaux osent faire du chantage au Mallijang ? On va pas se laisser marcher sur les pieds.

Devant le soutien de Huisu, Père Sohn se rengorge. Pourtant, il est peu probable qu'il leur ait tenu des propos aussi fermes. Ce n'est pas son style. Yangdong leur aurait certainement lancé un cendrier à la figure, mais Père Sohn ne fait jamais rien qui puisse engendrer un conflit. Il a dû les apaiser avec quelques billets.

— Les bagarres entre voyous, c'est banal, mais je me fais du souci pour Amy. Hojung et Park sont de vraies ordures

— Amy a juste du mal à trouver sa place. Ça devrait bientôt rentrer dans l'ordre.

— Il faudra bien. C'est aussi mon vœu le plus cher, dit Père Sohn, comme s'il récitait une prière.

Après quoi il consulte sa montre puis s'essuie les mains avec une serviette posée sur le canapé.

— Tu as déjeuné ?

Huisu se rend compte qu'il n'a rien pris de la journée. Une vive sensation de faim l'envahit. Avant même d'entendre sa réponse, Père Sohn, qui le connaît assez, se lève.

— Allons prendre une soupe de fugu.

LE FUGU

Il est cinq heures de l'après-midi quand Huisu et Père Sohn sortent de l'hôtel, face à la mer. La plage grouille de monde, le soleil de juillet incendie le sable et les jeunes filles venues de Séoul batifolent dans des bikinis pas plus grands qu'une main. Leurs fesses ravissent Père Sohn.

— Waouh, c'est beau ça. On dirait des fleurs de tournesol. Je ne sais pas pourquoi, à mon époque, on voulait à tout prix cacher la chair. Montrer son corps en pleine beauté, comme elles, ça fait du bien à tout le monde, à celles qui se montrent et à ceux qui regardent. Ah, dis donc, qu'est-ce que c'est beau, ça...

La plage déborde de vie. Des femmes jouent au ballon, d'autres se font ensevelir sous le sable chaud, laissant dépasser leurs têtes. Des Russes en maillot jouent au beach-volley, d'autres boivent de la bière, jambes croisées sous un parasol, ou crient à tue-tête sur leurs bateaux gonflables. Gravitant autour des vacanciers, des garçons arpentent la plage en tous sens pour vendre du poulet rôti ou livrer de la nourriture chinoise, des femmes vendent des cornets et des glaçons, une glacière en bandoulière, des racoleurs de bordel distribuent des photos des femmes aux seins nus, des voyous louent des gilets de sauvetage ou des bouées. Bref, la plage est à ce point bondée qu'il est impossible d'y mettre un pied.

— Tout le monde s'en met plein les poches, cet été, constate Huisu.

— J'espère bien. Au moins ils ne viendront pas me voir pour pleurnicher.

Le regard toujours tourné vers la plage, Huisu et Père Sohn se dirigent lentement vers le restaurant situé sur une petite colline, à côté de l'entrée de la digue. Ancienne maison de famille reconvertie en restaurant, l'établissement n'a pas d'enseigne et reste à l'abri des touristes, même en haute saison. La propriétaire, une très vieille dame – déjà vieille quand Huisu avait vingt ans – n'y propose que deux plats : fugu à la vapeur et soupe de fugu. Huisu et Père Sohn sont à peine assis que la vieille leur apporte une assiette de fugu sauce piquante et un set de petits plats d'accompagnement. Puis, comme d'habitude, elle pose sur la table la marmite de soupe de fugu. Père Sohn, exceptionnellement, commande une bouteille de soju. Il remplit leurs deux verres et vide le sien aussitôt, sans même trinquer.

À une table, de l'autre côté de la salle, Mah, patron du restaurant de sashimi du centre commercial, et Gong, propriétaire du karaoké voisin, se disputent. Déjà soûls en plein après-midi, ils ont le verbe haut. Au milieu de cette querelle, le président du Comité pour la prospérité des commerces semble très embarrassé. Mah, le propriétaire du restaurant, hurle, brandissant son poing sous le visage de ses deux interlocuteurs.

— Quoi ? T'as jamais vendu de figues de mer dans ton karaoké ? Quel putain de menteur ! Monsieur le président, vous devriez lui coller une amende !

— Pauvre type, on vend pas des figues de mer dans un karaoké ! réplique Gong.

— C'est bien ce que je dis, enfoiré ! Dans un karaoké, on vend des chansons ! Les figues de mer, on les mange dans les restaurants à sashimi. Dans les karaokés, on se contente de jouer du tambourin. C'est la loi universelle du commerce, pas vrai ? Quand on arrête un règlement au Comité pour la prospérité des commerces, il faut le respecter. Et vous, monsieur le président, vous êtes bien payé tous les mois avec nos cotisations, n'est-ce pas ? Pourquoi vous ne contrôlez pas les individus dans son genre ?

Vous n'auriez pas touché un petit dessous de table, par hasard ? accuse Mah, changeant de cible.

— Qu'est-ce que tu déblatères comme...

La réponse du président est pas franche, de quoi penser qu'il a effectivement reçu du cash.

— Je te le dis clairement, je n'ai pas vendu de figues de mer, répète Gong, plein d'aplomb. Je n'ai aucune tache à cacher au ciel.

— Aucune tache ? Allez, ferme-la, Samdol m'a tout raconté, putain, qu'il a mangé des figues de mer dans ton karaoké avant-hier. Tu veux qu'on aille chercher Samdol tout de suite ? Qu'il dise s'il en a mangé ou non dans ton bastringue minable ? Tout le monde sait que tu as reçu des clients, le week-end dernier, qu'ils ont mangé des figues de mer, descendu du whisky et baisé des filles de Wollong. Toi, tu ouvres un karaoké et tu veux faire restaurant, gogo-bar et bordel ? Putain, tout ça à la fois ?

À l'évocation de ce témoin direct, Gong vacille.

— Ce n'est pas que j'ai vendu des figues de mer, c'est juste que l'autre soir j'ai pris un verre de soju avec des figues de mer, et Samdol qui passait par là m'a dit : Ça a l'air bon ! Et vu qu'il bavait d'envie alors je lui ai proposé : Tiens, tu en veux un morceau ? Et ce coquin il m'a dit oui. Voilà, je lui en ai donné un peu. C'est pas un crime, partager un bout de figue de mer entre voisins, si ?

— Y avait pas que Sambol, il m'a dit qu'ils étaient plusieurs autour d'un plat entier !

— Ça n'aurait pas été humain de n'en donner qu'à Sambol ! Tout le monde partage, c'est tout !

— Dans ce cas, pourquoi les faire payer ?

— C'est Sambol, il a trouvé ça très bon, il a voulu me remercier. Je pouvais pas refuser.

— Tu ne racontes que des mensonges ! Viens là que je t'arrache la langue !

— De quoi tu te mêles, salopard ? Qu'est-ce que t'en as à foutre que je vende des figues de mer ou des figues tout court ? Ça t'est déjà arrivé de m'envoyer des clients ?

— Si tu te contentais de secouer tes tambourins, je t'en aurais envoyé plein, je serais même allé faire racoler pour toi dans la rue. Mais tu as le culot de vendre aussi des sashimis, dans ton putain de karaoké. À ma place, toi, tu aurais envie de m'en trouver, des clients ?

Gong, visiblement las de cette discussion, se tourne vers le président.

— Dites quelque chose, Monsieur le président. C'est à ce point-là un crime, d'avoir vendu quelques figues de mer dans un karaoké ? Vous savez, dans le restaurant de cet enfoiré, il y a une machine de karaoké dans chaque pièce, et ses clients chantent pendant le repas. Ce n'est pas un crime, ça ?

Sans savoir à qui donner raison, le président demeure confus. Père Sohn, qui suit la scène de loin, secoue la tête en souriant.

— Entre ces deux-là, ça ne date pas d'un jour. Quarante ans qu'ils se bouffent le nez, depuis l'école primaire !

— Il a l'air un peu tiraillé, le président.

— Ne m'en parle pas. Ces temps-ci, c'est un vrai bordel à Guam. On vend des sashimis dans les karaokés, on fait tourner des machines de karaoké dans les restaurants de sashimi, les maquereaux louent des chambres de motel pour y faire leur commerce en cachette, bref, tout le quartier est sens dessus dessous.

— Le Comité n'a pas fixé les règles cette année ?

— Dès que tu nous as lâchés, c'est parti en quenouille. J'ai envoyé Jeongbae mais il n'a fait qu'attiser les conflits.

Chaque année, à l'arrivée de l'été, les commerçants se réunissent au Comité pour la prospérité des commerces. Les commerces du quartier étant pour la plupart illégaux, on ne peut compter ni sur la police ni sur la justice pour régler les litiges ; Père Sohn joue donc le rôle de médiateur.

Association des échoppes ambulantes de la digue, association des commerçants du marché, association des bars, association des karaokés, association des marchands ambulants, association des parasols de plage, etc., toutes ces associations abracadabrantesques se réunissent pour déterminer la taille de chaque commerce et leur mode de gestion pour la haute saison. À vrai dire, cette réunion s'apparente plus à une guerre qu'à une véritable réunion. Comment faire autrement avec autant de gens fermement décidés à faire fortune dans un si petit quartier. Propriétaires de bistrots, de cafés, restaurants, karaokés, gogo-bars, d'hôtels et de motels, étaliers, tenanciers d'échoppes ambulantes, de douches payantes, loueurs de parasols, de bouées et de bateaux, maquereaux, filles de bar, etc., chacun a ses propres calculs et son propre point de vue. Si le poulet rôti se vend beaucoup, il est normal que les hot-dogs se vendent moins. Si les gens boivent aux étals ou aux échoppes ambulantes, il est normal que les cafés et les restaurants aient moins de clients. Si les gens sirotent leur bière sous un parasol, il est normal que le chiffre d'affaires des bars en pâtisse. Dès que les commerces constatent une baisse de leur chiffre d'affaires à cause d'un voisin, ils cherchent à empiéter sur un autre. Le bar va faire du poulet et le restaurant de sashimi va proposer du karaoké. Bref, la réunion s'achève immanquablement par des tables renversées, des cendriers et des bouteilles de soju qui volent, et le transport d'au moins un participant aux urgences, le crâne fracassé.

Ces dernières années, Huisu était l'organisateur de ces assemblées. Un jour Père Sohn lui a confié les affaires du Comité et ne s'en est plus soucié. Il se considérait peut-être trop vieux pour ce genre de pression ou il en a tout simplement eu marre de ce bazar. Comme Père Sohn le reconnaît, ces réunions sont éprouvantes. Néanmoins, que des bouteilles s'envolent ou que des types se fassent estourbir, les décisions prises à cette occasion s'appliquent fermement tout l'été. Même si personne n'est jamais pleinement satisfait, il n'y a pas d'autre solution. Car si on se met à écouter les histoires de chacun, ses malheurs et ses difficultés, ce sont des bagarres sans fin. Mais cette année, Huisu n'est plus gérant et, à voir le détail de l'arbitrage, il lui semble peu probable que Jeongbae s'en soit bien sorti.

— Une place occupée ne se remarque pas, une place vide se voit tout de suite, dit-on. Maintenant que tu es parti, plus rien ne tourne à Guam.

Père Sohn vide son verre. Huisu prend la bouteille et lui remplit. Regarder Père Sohn s'enfiler des verres en plein après-midi est un spectacle insolite.

— Je suis désolé de ne pas avoir tout bouclé avant de partir.

À son tour, Huisu lève son verre et le boit cul-sec. Père Sohn les ressert.

— Désolé de quoi ? C'est la vie. On fait avec ce qu'on a. Ainsi va le monde.

— Je n'ai pensé qu'à mon avenir, en quittant le Mallijang. Je sais que ça a été un coup dur pour vous. Je vous ai déçu, n'est-ce pas ? Pour moi non plus, ça n'a pas été facile, confie Huisu avec sincérité.

Comme de bons père et fils de la sage province de Gyeongsang, tous deux ne sont pas du genre à s'épancher et Huisu est un peu déstabilisé. Père Sohn, sans doute touché par ses mots, sourit doucement.

— C'est un fait, je me sens un peu seul désormais. Mais je suis content de te voir rouler en Mercedes et d'entendre que tes affaires sont bonnes.

Père Sohn a vieilli. Il a toujours été poursuivi par une certaine angoisse qui l'a rendu inquiet de tout et extrêmement prudent. Après ses quelques mois d'absence, Huisu retrouve un Père Sohn qui a renoncé à beaucoup de choses, si calme et apaisé qu'on sent affleurer une grande fragilité.

— Comment va votre santé ?

— De quoi ai-je l'air ?

— D'aller bien ? Non, pas terrible ? J'en sais rien.

— Côté cœur, je me sens mieux, plus détendu. Mais je manque de force, comme si quelque chose s'était affaissé en moi. Je me demande si je vais mourir bientôt, confie Père Sohn, le sourire un peu niais.

— Vous dites n'importe quoi. Vous allez vivre plus longtemps que moi, je parie.

— Crois-tu ?

Ce sont des paroles en l'air, mais Père Sohn semble rasséréné. Il lève son verre et le vide d'un trait. Huisu le remplit aussitôt. Père Sohn tourne son visage rubicond vers la mer. Sur la route côtière, sur la plage et dans la mer, la foule forme une armée de fourmis rouges en guerre. Dans la longue queue devant les douches payantes, sous un soleil de plomb, les gens s'énervent. Huisu ne va jamais à la plage, l'été. Il déteste l'odeur de la transpiration, le vent chargé de sel, les rayons de soleil acharnés, brûlants et le sable qui gratte le corps et crisse sous la dent. Père Sohn, lui, aime cette saison, et pas seulement parce qu'il y gagne beaucoup d'argent. Il aime ce fourmillement, l'odeur de sueur dans la file d'attente et les disputes qui vont avec. Tous ces moments, dit-il, sentent la vie. Ils sont souvent venus, en été, pour déguster une soupe de fugu brûlante dans ce restaurant et admirer la plage.

— Tu sais, si ton nouveau business ne répond pas à tes attentes, tu peux revenir au Mallijang, dit Père Sohn.

Allons bon, ça veut dire quoi, ça? Qu'il a compris les difficultés actuelles de Huisu? Qu'il se sent seul sans lui? À moins qu'il ne s'autorise un rien de sentimentalisme après quelques verres?

— Pourquoi vous dites ça? Vous m'en voulez au point de souhaiter l'échec de mes affaires? plaisante Huisu.

— Du tout! Je veux juste dire que tu n'es pas obligé de t'acharner et de te laisser acculer au bord du gouffre. Un voyou ne meurt pas d'avoir perdu une bataille, mais de l'avoir menée trop près du précipice. Tiens, un conseil, si quelqu'un te cherche, ne réponds pas. Car une fois que tu as tendu le flanc, c'est difficile de se retirer. J'ai toujours dit: une bataille, qu'on la gagne ou qu'on la perde, c'est toujours une mauvaise affaire.

Ses paroles sont lourdes d'inquiétude. Craint-il qu'éclate un nouveau conflit? S'agit-il de simples conseils? Pour finir, lui aussi a peut-être entendu les mêmes rumeurs que Huisu ces derniers temps.

— Vous pensez qu'ils préparent quelque chose, là-bas?

— Je ne sais rien de concret. Mais je sens quelque chose dans l'air, une sorte de tumulte silencieux, du genre qui précède un tsunami. Il est possible que je me fasse du souci pour rien. J'ai la tête pas mal encombrée ces temps-ci. Au moins, fais attention à toi. On n'est jamais trop prudent.

Huisu vide son verre silencieusement. Il prend un morceau de poisson, le trempe généreusement dans le wasabi et le met dans sa bouche. La chair du fugu est douce et fraîche. Pourtant, le ventre d'un seul fugu, un poisson pas plus gros qu'une paume, contient assez de poison pour tuer trente-neuf adultes. La plus importante leçon que Huisu a tirée de sa vie jusqu'ici, c'est que les choses bonnes et douces contiennent toujours du poison. Père Sohn est fade comme du riz, Yangdong, doux comme du sucre. Pendant une seconde, Huisu regrette d'avoir avalé autant de sucre en trois mois, mais il réalise au même moment qu'il est trop tard et qu'il ne pourra pas revenir en arrière. Père Sohn prend la bouteille de soju et remplit le verre de son vis-à-vis. Après quoi il se replonge dans la contemplation de la mer.

— Huisu, tu l'aimes cette mer ?

— Et vous donc ?

— Oui. Je l'aime.

Huisu suit le regard de Père Sohn. Sur l'asphalte brûlant, un de ses anciens amis de Mojawon vend des petits pains fourrés. C'est un gars habile de ses mains, il lui suffit d'observer un objet quelques secondes pour le reproduire à l'identique. Vingt ans plus tôt, c'était un pickpocket, comme tous les garçons habiles de Guam. Après quelques années, ces garçons sont partis exercer dans une autre région, où ils ont fini par se faire couper le bras ou par aller en prison. L'âge venant, les amputés sont revenus et vendent des petits pains fourrés sur l'asphalte brûlant, l'été. À côté, sur la plage, c'est Gwangho, le propriétaire d'un salon de massage clandestin. Un obsédé sexuel qui dévore des yeux les fesses des jeunes filles en faisant mine de bronzer, ses lunettes de soleil sur le nez. Ce connard de Gwangho a au moins le mérite d'être constant. Obsédé sexuel dès l'adolescence, il l'est resté. Plus loin, Munho, le vendeur de glaces bon marché, se repose de sa journée harassante passée à arpenter la plage dans la canicule, sa glacière en bandoulière. Accroupi sous un parasol, il lèche une glace qui fond à vue d'œil. La composition de ses glaces est un mystère. Tous les gens qui en mangent, absolument tous, le payent d'une diarrhée. On dit que Munho est le seul sur terre à les supporter. La fin du jour approche. Le soleil projette ses rayons obliques sur la plage et ses fourmis cramoisies. Une poignée de petits garçons, nus comme des vers, court vers la mer, leurs bouées noires autour du ventre. Huisu détourne son regard, vide son verre, secoue la tête d'ennui. Ras-le-bol de Guam.

— Qu'est-ce qui vous plaît, ici ? J'en ai ma claque de tous ces pickpockets, ces arnaqueurs, ces macs, ces putes, ces canailles qui se battent et se chamaillent tout le temps. On a beau se donner un mal de chien pour les réconcilier en les arrosant d'alcool, ils vont se parler cinq minutes puis ça redémarre, la table se renverse, les bouteilles volent, un ou deux crânes explosent, et tout le monde pleurniche. À la fin, quand ils sont tous bien soûls, ils s'embrassent, jurent leur amour réciproque avec des « après tout, on est de la même famille »... Je ne supporte plus ces mélodrames, Monsieur, badine Huisu.

— Moi, c'est pour ces chamailleries que j'aime cette mer.

— Vous avez des goûts bizarres.

— J'aimerais que Guam ne change jamais et reste ainsi mille ans, dix mille ans.

— Vous aimez ce quartier parce que vous êtes riche. Les gens qui n'ont rien à en tirer le détestent. Ils restent parce qu'ils n'ont nulle part où aller.

Père Sohn esquisse un sourire.

— Tu n'en sais rien. Tu verras quand tu seras vieux. Une mégère à la maison est plus précieuse que de l'or, même si tu t'embrouilles avec elle tous les jours. Voilà pourquoi ils ne partent pas d'ici.

— Ben quand même, l'or, c'est mieux...

— Non, c'est la mégère.

— Vous croyez ?

— J'en suis sûr.

Huisu jette un regard amusé à Père Sohn qui se met à rire. Il remplit de nouveau son verre et le vide. L'alcool lui brûle la gorge. Tout cet alcool en plein après-midi, ce soleil, cet environnement familier, cette quiétude... Huisu et Père Sohn commencent à être passablement ivres.

BOOBY TRAP

Il est trois heures du matin quand Huinkang frappe à la porte du n° 565. Du sang coule de son bras droit, qui imbibe sa chemise. La bataille a dû être violente. Sur le dos de ses mains, sur ses avant-bras, on peut voir plusieurs traces de lame et, sous sa chemise en lambeaux, on devine des blessures. Huisu va aussitôt chercher une serviette pour les panser.

— Comme vous ne répondiez pas au téléphone, grand-frère Huisu... halète Huinkang.

Aux yeux encore endormis de Huisu les gouttes de sang sur le sol semblent particulièrement rouges.

— Que s'est-il passé ?

— Les gars de Hojung nous ont attaqués. Il y a beaucoup de blessés.

— Les gars de Hojung ?

Huisu a du mal à comprendre. Hojung est tout au plus capable d'engager un surineur pour s'occuper d'une ou deux personnes, pas de déclencher une guerre. La respiration de Huinkang est difficile. Il s'appuie contre le mur, une main presse son flanc.

— Oui... les gars de Hojung... et ceux de Park, de Wollong.

— Et Amy ? Il est blessé ?

Huinkang ne répond pas tout de suite. Repenser à ce qui s'est passé est si douloureux. Il reprend son souffle quelques instants, le visage dans les mains. Du sang séché macule le dessus de ses mains et de ses ongles.

— Amy a pris un coup de couteau dans le ventre, on n'a pas pu l'emmener à l'hôpital.

— Où est-il ?

— Ils se sont tous réfugiés dans l'entrepôt d'Angol.

Huisu s'habille à la hâte et vient relever Huinkang affalé contre le mur. Ses blessures sont sérieuses. Il pousse la porte et découvre Insuk qui tremble comme un saule. Rentrée du bar, elle a dû entendre leur conversation à travers la porte. La terreur l'enveloppe tout entière. Ce qu'elle a craint depuis si longtemps est en train d'arriver.

— Ne t'inquiète pas. Il paraît qu'Amy est blessé. Ça n'a pas l'air si grave, dit Huisu.

Détaillant Huinkang de haut en bas, Insuk pâlit. Si le messager est dans cet état, Amy doit être pire encore. Le temps presse. Huisu quitte la maison à grands pas, sans prendre le temps de la consoler. Insuk se met à le suivre alors il se retourne.

— Ça ne sert à rien que tu viennes. Attends-moi à la maison. Je suis sûr que ce n'est pas grave. Le problème, ce n'est pas tant ses blessures que le risque de se faire repérer par la police. S'il se fait piquer, c'est direct la prison, tu comprends ?

Chose inattendue, Insuk hoche la tête sans résister. Elle semble avoir bu plus encore que d'habitude, elle tient à peine debout, prête à chavirer. Huisu la retient par le bras. Huinkang, pressé, tire légèrement la manche de Huisu pour qu'ils filent. Huisu ramène Insuk dans la cuisine et descend le raide escalier en courant, jusqu'au minibus qui les attend sur le parking.

Au volant, Huisu reconnaît Seokgi, un camarade d'Amy. Ancien judoka, même carrure qu'Amy, médaille d'or toutes catégories aux Championnats omnisports de Corée. Huisu monte à ses côtés, Huinkang sur le siège arrière, et le minibus démarre en trombe.

— Raconte-moi exactement ce qui s'est passé.

— Hier, Hojung et quelques maquereaux de Wollong nous contactent. Ils réclament une négociation sur la distribution de l'alcool. Amy et grand-frère Yangdong vont donc discuter avec eux, explique Seokgi en manœuvrant.

— Et alors ? Ça a dérapé ?

— Non, au contraire. On pense que Hojung va se montrer difficile mais il dit tout de suite qu'il nous cède les droits de distribution contre des indemnités. Yangdong leur remet l'argent et les deux parties apposent leur sceau, une bonne chose de faite. Grand-frère Yangdong est tout content que l'affaire se soit réglée si facilement, et il nous offre un verre. Après ça, on va dîner tous ensemble. De retour à Angol, on se couche de bonne humeur quand, au milieu de la nuit, les gars de Hojung et de Park font irruption et nous attaquent.

— Ils vous attaquent dans votre piaule, pas à l'entrepôt d'alcool ? Alors que vous dormiez ?

— Oui, ils se sont bien préparés, ces connards. Ils débarquent armés jusqu'aux dents, avec toutes sortes d'outils, s'emporte Seokgi.

— Et Amy, il est gravement blessé ?

— Amy a beaucoup bu, hier. Pris par surprise, dans une piaule sombre et étroite, il n'a pas pu se défendre comme d'habitude.

— Je te demande s'il est gravement blessé ! crie brusquement Huisu.

— Il a reçu un coup de couteau dans le ventre, je sais pas s'il va s'en sortir, répond Huinkang de derrière, la voix sombre.

— Vous avez appelé Danka ?

— Il arrive.

— Et grand-frère Yangdong ?

— Un de nos gars est parti le chercher aussi.

Même dans les bagarres entre chiens, il y a des règles. La plupart des affaires étant illégales et menées par de jeunes fous, les disputes, petites ou grandes, sont inévitables. Néanmoins elles obéissent à un minimum de règles. Le couteau et le pistolet, par exemple, ne sont utilisés qu'en cas de nécessité absolue, pour une raison liée au business. Et même dans ces cas, certains impératifs sont généralement respectés : on ne s'en prend pas à la cible quand elle est avec sa famille, on ne plante jamais le couteau en dessous de la taille, on noue un chiffon autour de son poignet pour que la lame ne s'enfonce pas trop profondément.

Les récits de bagarres circulent continuellement dans le milieu et, dès qu'on a bu quelques verres, on aime parler des rumeurs sur la bataille de la veille, comment ils se sont battus, pourquoi, qui a gagné, etc. Dans toutes ces bagarres, on trouve une cause défendable, quelque chose qui explique le passage à l'acte. Mais envoyer en pleine nuit une troupe armée de couteaux à sashimi pour attaquer ceux avec qui on vient de conclure une négociation et de trinquer, ça, même les pires canailles ne le font pas. Comment Hojung et Park vont-ils justifier cette attaque? Huisu n'arrive pas à comprendre pourquoi ils se sont lancés dans cette aventure.

Il est quatre heures du matin quand ils arrivent à Angol, devant l'entrepôt de Yangdong. Une ambulance est garée sur le parking. Danka, aussi rapide qu'un cerf, est déjà passé par la clinique de Docteur Chae. Huisu pousse la porte. L'odeur du sang sature l'air de la pièce et, comme dans un hôpital de campagne, de tous les côtés émanent des gémissements et des cris. Leur blouse blanche trempée de sang, Docteur Chae et son infirmière s'activent auprès des blessés. Huisu s'approche du docteur, qui suture l'une des victimes. Voyant Huisu, il fait une pause et essuie la sueur sur son front. Amy, un grand bandage autour du ventre, se trouve à côté. Il est à la fois sous perfusion et sous transfusion sanguine.

— Comment va-t-il?

— Il faut l'emmener à l'hôpital. On ne peut rien faire, ici.

C'est impossible. Si autant de blessés arrivaient en même temps aux urgences, la police serait prévenue et se mêlerait de l'affaire. Les médias enchaîneraient et tout serait hors de contrôle.

— Pas d'hôpital. Vous ne pouvez rien faire ici?

— On manque de médicaments et de personnel. Si on ne réagit, il y aura des mutilés et des morts.

— Amenez tous les médecins que vous connaissez. Je payerai ce qu'il faut.

— Quel médecin accepterait de se mouiller dans cette histoire ?

— Je vais en trouver. En attendant, amenez les cas les plus graves à votre clinique.

Docteur Chae est déconcerté.

— Je crois que tu n'as pas bien compris, Huisu, on ne peut pas tenter des opérations aussi lourdes avec les équipements d'une clinique de quartier.

Docteur Chae est un ami proche de Père Sohn. C'est toujours lui qui, à l'insu de la police, soigne les blessés dans ce genre de cas. Ce n'est pas un cador, mais il est largement capable de prendre en charge tous ces blessés. S'il hésite, c'est qu'il craint les suites en cas de morts en série. La police n'aime pas trop la médecine clandestine. Amy est inconscient, le ventre bandé dans un tissu blanc qui s'imprègne lentement de sang. L'infirmière s'approche de Docteur Chae.

— Il n'y a pas assez de médicaments, ni assez de sang pour les transfusions.

Le toubib se tourne vers Huisu.

— Écoute, Huisu, le temps presse, tu dois te décider. La priorité, c'est de sauver des vies.

Huisu n'arrive pas à trancher. Que ferait Père Sohn ?

— Et Amy ?

— Il a besoin d'un grand hôpital.

— Non, pas Amy. Il sort tout juste de prison. Chopé pendant son sursis, il va prendre au moins dix ans. On envoie les blessés graves aux urgences, mais vous vous occupez d'Amy et des cas plus légers. On fait comme ça, décrète Huisu.

Docteur Chae préférerait se retirer de toute l'affaire, mais il hoche la tête. Bien obligé s'il veut continuer d'exercer sur Guam et d'empocher l'argent de Père Sohn. Plus le temps de tergiverser. Huisu appelle Danka qui charge les blessés dans plusieurs voitures qui filent vers différents hôpitaux.

Quand l'ambulance de la clinique emmenant Amy quitte enfin le parking, Huisu sort une cigarette et l'allume. Danka lui apporte un café du distributeur, très amer pour son estomac vide.

La brume de l'aube s'élève de la paroi rocheuse, rampe jusqu'à eux et les enveloppe, comme une nuée d'insectes grouillants.

— Ce connard de toubib magouille pour pas se salir les mains. Avec tout ce qu'il a bouffé comme billets, merde ! Maintenant qu'il se passe un truc grave, il se dérobe ? Putain, tout le monde sait qu'elle est vide, sa clinique, qu'on y trouve que des faux patients hospitalisés pour ses arnaques aux assurances, râle Danka.

— On a envoyé combien de blessés aux urgences ?

— Six.

— La police va être alertée, n'est-ce pas ?

— Dans les hôpitaux en périphérie, on va peut-être y échapper, pas aux urgences des grands centres hospitaliers. Ceux-là, dès qu'ils reçoivent un blessé au couteau ou par balle, le premier truc qu'ils font, avant les soins, c'est d'avertir les flics.

Huisu mord sa lèvre inférieure.

— Que va devenir le business d'Amy ?

— C'est pas le moment de parler affaires. Faut sauver d'abord nos petits. On réfléchira à tout ça après.

Danka a raison. D'abord sauver les hommes. Pourtant si la police s'en mêle, c'est le désastre assuré pour leur toute jeune affaire. Et une fortune engloutie. Ensuite, si une guerre est déclenchée, où trouveront-ils assez de combattants ? Huisu aspire une grande bouffée de tabac. Il ne sait par où commencer, quelles décisions prendre et dans quel ordre.

— Sûr que Yeongdo est derrière tout ça. Un arriviste comme Hojung et tous ces maquereaux sans principes n'auraient jamais agi à la légère et sans le soutien d'une grande organisation, dit Danka.

— Tu penses à quel côté de Yeongdo ? Doyen Nam, ça m'étonne. Cheon Dalho ?

— Pourquoi pas Doyen Nam ?

— Ça fait longtemps qu'il a raccroché. Et il a un caractère plutôt doux.

— Tu dis ça parce qu'il passe son temps à t'amadouer avec des « notre Huisu » par-ci et des « notre Huisu » par-là. Mais ce type est tout sauf ce que tu penses. Il est arrivé à Busan en réfugié de guerre et il a tout construit de ses propres mains jusqu'à arriver au sommet. À ton avis, combien de personnes il a éliminées dans son ascension ?

— N'empêche, une telle attaque au couteau, ce n'est pas son style.

— Pas faux. Alors c'est ce connard de Cheon Dalho. Depuis qu'il s'est fait gauler par le parquet, son organisation a souffert. Paraît qu'il cherche désespérément de nouvelles ressources.

Cheon Dalho est un homme cupide et réputé pour sa cruauté. S'il estime qu'une personne doit être supprimée, il faut carrément qu'il la brûle. Il n'oublie aucun affront et traque jusqu'au bout du monde ceux dont il veut se venger. Il est assez jeune pour un caïd de son rang, dix ans de moins que la moyenne. Il a commencé dans la pègre vers treize ans et fait partie de la première génération de réfugiés de guerre, comme Doyen Nam. Au début de sa carrière, il a d'ailleurs travaillé pour lui, avant de fonder son propre clan.

Cela fait maintenant plus de vingt ans qu'il s'est désolidarisé de la branche principale de Yeongdo et, strictement parlant, ce sont bien deux organisations différentes même si les gens continuent de les désigner sous le même nom. En effet, s'ils se chamaillent souvent, les deux clans s'associent régulièrement pour développer, par exemple, une affaire importante avec les yakuzas japonais ou encore pour mener une guerre contre d'autres organisations. Bref, leur relation est ambiguë. Huisu est convaincu que c'est Cheon Dalho et pas Doyen Nam qui se cache derrière Hojung et les maquereaux de Wollong. Il n'a aucun doute là-dessus. Le clan Dalho a été affaibli par la dernière offensive des autorités contre le crime, un grand nombre de ses membres a été jeté en prison et beaucoup de leurs affaires ont périclité. Enfin, sur Busan, seul Cheon Dalho est capable d'organiser une attaque aussi démente.

Huisu se souvient alors de l'entrevue avec Cheoljin, quelques jours auparavant. Ce dernier l'a mis en garde contre Hojung et Park. Si Cheon Dalho est derrière eux, impossible que Cheoljin, le capitaine de l'armée du clan Dalho, n'ait pas été au courant de ce qui se tramait. Pourtant, pendant leur discussion, il a seulement évoqué des bagarres banales et ses mises en garde s'apparentaient davantage à de la bienveillance naturelle entre voyous. Huisu réalise que Cheoljin lui a rendu visite pour lui balancer ces informations sur Hojung et Park et se décharger ainsi de toute responsabilité ultérieure. Désormais, si Huisu venait à l'accuser de ne pas l'avoir prévenu de l'attaque, Cheoljin pourrait soutenir l'avoir mis en garde. Huisu ressent le goût amer de la trahison.

Il est cinq heures passées quand Yangdong arrive à son bureau, rouge de rage. Il a appris les détails de l'attaque sur le chemin et semble prêt à exploser au moindre contact. Il a aussi l'air d'être encore ivre de la nuit précédente et hurle à Secheol, derrière lui :

— Amène-les tous ! Ici, dans une heure !

— Ils sont dispersés partout. Une heure, c'est pas possible.

Yangdong donne un grand coup de pied dans le mollet de Secheol.

— Jusqu'à six heures, j'ai dit. Peu importe où ils sont planqués, peu importe ce qu'ils sont en train de faire, ceux qui se pointent après six heures, je leur coupe la main.

La colère de Yangdong propulse Secheol hors du bureau.

— Et toi, Huisu, qu'est-ce que tu fais ? Tu appelles pas tes hommes ? Rappelle tout le monde, les gars de ton bureau ! Ceux de Tang !

Huisu écrase lentement sa cigarette puis boit une gorgée de thé. Avec le manque de sommeil et l'alcool bu la veille, sa gorge est rêche. Yangdong regarde ses gestes nonchalants d'un œil furieux.

— Tu appelles pas tes gars ? insiste-t-il.

— Inutile de riposter maintenant. On doit d'abord observer la situation. Vous pensez que Hojung et Park, ces deux serpents perfides, ont foncé sans une idée derrière la tête ? Je vais d'abord me renseigner. Il sera pas trop tard pour réagir quand on aura compris de quoi il en retourne.

— Hors de question ! On parle pas aux lâches qui vous attaquent dans votre sommeil. Après avoir conclu un accord avec eux et serré leurs mains en plus, quelles ordures ! Ils m'ont pris pour un imbécile ou quoi ?

La colère de Yangdong monte d'un cran. Il prend un pot de fleur et le lance contre une armoire. Divers objets dont quelques plaques de remerciements tombent et se fracassent sur le sol. Huisu fronce les sourcils.

— Avec tous nos blessés dans les hôpitaux, la police doit déjà être au courant. Si la guerre s'intensifie, il sera trop tard pour arranger les choses.

— Raison de plus pour rien arranger du tout ! Si on temporise après l'attaque de cette nuit, tout le monde dira que le clan de Yangdong s'est fait laminer sans bouger par ces putains de maquereaux de Wollong.

— Ce sont les rumeurs qui vous posent problème ?

— Et alors ?

— Un seul faux pas et nous perdons tout. Ne passons pas le cou dans le piège tendu par Hojung et Park.

Yangdong fixe Huisu par ses paupières mi-closes.

— Si je comprends bien, tu refuses de te battre ? Alors que nos gars se sont fait saigner au couteau et que mon honneur a été bafoué ?

— Pas maintenant.

— Huisu, tu as bossé vingt ans pour le vieux trouillard et tu es devenu comme lui. Parfait, reste assis et analyse la situation. Moi qui suis pas si malin, je préfère me redresser, un couteau de cuisine à la main.

D'un coup de pied, Yangdong envoie valser la chaise devant lui et s'apprête à sortir quand Huisu bondit et lui barre la route.

— Si vous ripostez maintenant, grand-frère Yangdong, vous allez mourir. Vous, mais moi aussi et toutes nos affaires avec, dit froidement Huisu.

En guise de réponse, Yangdong le gifle.

— C'est pas le moment de faire marcher sa petite tête, mais celui de bouger son cul. Quand on en est là, faut arrêter de jouer. Si tu perds au bras de fer, c'est ton dernier jour. Si ton adversaire veut t'intimider en se coupant les doigts, tu dois t'éventrer pour lui montrer tes entrailles. C'est la seule et unique solution pour qu'il te craigne !

Yangdong bouscule Huisu et sort sur le parking où un minibus l'attend. Huisu ne bouge pas et le regarde partir tandis que Danka arrive en courant.

— Grand-frère, on devrait pas le suivre ?

— Pour quoi faire ?

— Essayer de le retenir. Sinon on va tous y passer.

— Tu crois qu'il m'écouterait ?

Huisu prend une cigarette. Dans le couloir, les vauriens de sa bande, appelés dès l'aube, tremblent comme des saules, des barres de fer enroulées de chiffons à la main. Ils ne savent pas quoi faire, suivre Yangdong ou rester près de Huisu.

— Personne ne bouge d'ici, ordonne Huisu.

Changsu, qui a reçu quelques jours plus tôt un coup de plateau dans la figure, pousse un soupir de soulagement. Cette marque de lâcheté exaspère autant Huisu que le coup de sang imbécile de Yangdong. Il retourne dans le bureau.

Il ferme la porte à clé et reste là, debout, sans savoir quoi faire. Il appelle enfin Insuk. Elle décroche à la première sonnerie.

— Amy va s'en tirer. Ses blessures sont superficielles, ne t'inquiète pas. Du côté de la police, ça devrait aller, je vais essayer d'arranger les choses.

Il perçoit le soulagement à l'autre bout du fil.

— Tu rentres quand ?

— Il y a beaucoup à faire, ici. Je ne pense pas rentrer avant quelques jours.

Huisu raccroche puis ouvre la fenêtre. Rallume une cigarette. Le soleil va bientôt se lever et le ciel, à l'est, commence à s'éclaircir. Tout en haut de la falaise, la roche brille sous les premiers rayons tandis que la partie basse encore à l'ombre paraît noire et plus escarpée. Huisu tire une grande taffe, puis expire longuement. La fumée, après avoir stagné quelques secondes dans ses poumons, revient dans sa bouche, tellement âcre qu'il en a la nausée. Il a l'impression de s'être fait aspirer par un marais infiniment profond et visqueux, sans pouvoir résister.

CHICKEN

Pendant une demi-journée, Yangdong et son armée hâtivement constituée se croient dans un film d'action à Wollong, Chojang et Chungmu. Ils sectionnent le tendon d'Achille de trois proxénètes de Wollong, dévastent l'entrepôt d'alcool de Hojung et les six bars gérés par sa bande, pulvérisent divers commerces de Park à Wollong. Deux gars qui surveillent l'entrepôt sont sévèrement surinés par Yangdong ; l'un d'eux décède avant d'arriver aux urgences. Malgré tout ce remue-ménage, ils ne trouvent pas la moindre trace de Hojung ni de Park, leurs cibles principales. Secheol surprend quelques crétins qui gardent le bureau de Park et les enferme dans l'entrepôt d'Angol. Tour à tour, toute la nuit, il les interroge avec Yangdong, sans résultat. Non seulement ces abrutis ne savent pas où se planquent Hojung et Park, mais, pire, ils semblent tout ignorer des événements de la nuit.

Dans l'après-midi, Huisu reçoit un appel de Chef Gu.

— Putain, vous vous reconvertissez dans les tournages de western ! À ce niveau-là, ça relève plus de mes compétences, je peux rien pour vous, désolé.

Chef Gu fanfaronne presque, comme si de son côté il avait fait tout son possible pour mériter l'argent empoché depuis si longtemps.

Yangdong regagne l'entrepôt les yeux vides, hébété. Il semble enfin prendre conscience de ce qu'il a déclenché et du raz-de-marée qui va s'abattre sur lui. Huisu, de son côté, prend conscience de l'erreur qu'il a commise en quittant le Mallijang pour s'associer avec cette brute. Il s'approche de Yangdong qui garde les yeux fixés sur la mer, une cigarette entièrement consumée pendue à ses lèvres. Huisu ôte le mégot et le jette par terre.

— On dit qu'il y a un mort chez eux ? s'inquiète Yangdong, toujours pétrifié face à la mer.

— Oui, le neveu de Cheon Dalho. Décédé pendant son transport aux urgences.

— Putain de merde...

Yangdong soupire et reste pensif un moment avant de secouer la tête comme devant un problème insoluble.

— Les flics le savent forcément déjà. Quel enfoiré, ce Secheol, d'aller jusqu'à tuer un homme !

Yangdong feint la colère en cherchant à mouiller Secheol qui n'y est pour rien.

— Pas que les flics, la presse aussi. L'affaire est déjà passée sur l'autre rive.

— Tu veux dire que c'est trop tard pour arranger les choses ?

Après avoir foutu un tel bordel, qu'est-ce qu'il imagine pouvoir *arranger* ? Huisu se retient de lui hurler dessus. À quoi bon ajouter de la colère au chaos ? La situation est au pire ; un calme étrange s'empare de Huisu. Il sort une cigarette et la met entre ses lèvres.

— Il faudra qu'on trouve le moyen d'arranger les choses, dit Huisu.

Yangdong s'arrache les cheveux, accablé de tardifs regrets ou trop stupéfait pour penser.

— Dans le temps, on n'allait jamais jusqu'à tuer, même dans les accrochages sérieux. Aujourd'hui, la moindre brouille engendre morts et mutilés. Ce monde est devenu tellement âpre. Et puis j'ai honte, Huisu, c'est dur de te regarder en face.

Huisu ne répond pas. Il se contente d'expirer de la fumée.

— Maintenant qu'il y a un mort et que la police est au courant, on n'a pas le choix, il faut que l'un d'entre nous endosse le mauvais rôle et aille en prison. Qui peut-on envoyer selon toi ? demande Yangdong.

Sur son visage, toute trace de son accès d'énergie et de virilité a disparu. Plus encore, toute trace du soi-disant honneur du vrai gangster, dont il parlait sans cesse, a disparu. Yangdong est juste stupéfait et apeuré, un gorille qui se réveille soudain dans une cage après avoir reçu une fléchette anesthésiante. Huisu se retourne vers lui. C'est quoi cette connerie ? Il fait son petit numéro et ensuite il demande à Huisu quel cadet envoyer en prison à sa place ? Qui voudrait endosser la responsabilité de son accès de démence ?

Huisu regarde le ciel où le crépuscule gagne. Ce qui est arrivé est arrivé, et il n'a aucune idée de la marche à suivre. Si quelqu'un avait dû se faire tuer, c'était Hojung et Park, ou l'un des deux. On aurait alors transmis le message : quiconque touche à Guam le paye de sa vie. Mais là ce sang versé et la mort du neveu de Cheon Dalho, ce n'est qu'un immense gâchis qui ne pourra que nuire à leurs affaires. Huisu a l'impression d'avoir mis les pieds dans un piège habilement préparé.

*

Une semaine passe, comme un tourbillon. Yangdong est convoqué plusieurs fois par la police et Huisu est entendu une fois, à titre de témoin. Devant le policier en charge de l'enquête, Yangdong bégaye et ses mains tremblent. Où sont passés son cran et sa combativité ? Ceci dit, il y a de quoi avoir peur : à son âge, s'il est jugé coupable d'un meurtre, il va finir ses jours en prison. Mais tout de même, voir le caïd d'un clan bafouiller et être pris de sueurs froides à chaque question d'un jeune flic, c'est à la fois risible et triste.

Pour la police, cette affaire est un vrai souci. La mort du neveu de Cheon Dalho annonce une probable guerre entre le clan

Dalho et Guam. Chef Gu, mal à l'aise, vient voir Huisu qui lui affirme qu'il n'y aura pas de guerre. En contrepartie, il demande à Chef Gu de minimiser l'histoire, autant que faire se peut. Chef Gu hoche la tête, dubitatif et résigné. Qu'il croie Huisu ou non, il n'a pas le choix.

Pour jouer la carte du fait divers, Huisu sacrifie les avances reçues ces quatre derniers mois. De son côté, Yangdong dépense presque intégralement ses gains de l'été dus au trafic d'alcool pour arroser la police, les procureurs et ses avocats. Chef Gu, grand consommateur de pots-de-vin, tient son rôle et participe à l'étouffement de l'affaire. Le timing joue en leur faveur : la police est fatiguée de sa longue guerre contre les criminels, ses dirigeants estiment que la poursuite des voyous ne rapporte plus grand-chose en terme de carrière. Idem pour les journalistes qui, pour s'en être gavés, ne s'intéressent plus aujourd'hui à ce genre de sujet. L'affaire est donc classée rapidement – un incident regrettable entre jeunes voyous de seconde zone. Huisu et Yangdong se retrouvent sur la paille. Les frais à payer tous les mois sont considérables et ils n'ont plus les moyens de financer leur business.

Comment se battre avec des cartouches vides ? Huisu comprend enfin l'attitude de Père Sohn : une guerre entre clans ne rapporte rien, même à celui qui l'emporte. Et c'est encore pire pour une guerre aussi absurde que celle-ci.

L'affaire, tartinée d'une épaisse couche d'argent, ne fera pas trop de vagues. Mais il faut envoyer quelqu'un derrière les barreaux pour protéger Yangdong. Après de longues discussions en tête à tête, Huisu et Yangdong décident de sacrifier un jeune de la bande d'Amy encore hospitalisé. Cette décision est prise sur les conseils de Chef Gu qui assure que le type pourra continuer à se faire soigner et bénéficiera d'une détention améliorée. Le fait qu'il soit blessé permettra d'ailleurs de plaider la légitime défense et d'alléger la peine.

Quelques jours après l'arrestation du malheureux, Huisu, fumant sa cigarette dans le couloir, surprend quelques jeunes qui causent en bas de l'escalier.

— Le type, il ressort à moitié estourbi de la baston et on l'envoie en cabane ?

— Tu m'étonnes qu'on dise que notre boulot, un chien en voudrait pas.

— Je confirme, si c'est moi le chien, plutôt crever.

Huisu se planque. Ils ont raison. C'en est trop, bien trop, et ce métier pourri, aucun pauvre batard de clébard ne le mérite.

Amy se réveille deux jours après les événements. Il a perdu beaucoup de sang mais aucun organe vital n'a été touché, il est sauf. Quand Insuk débarque à l'hôpital, Huisu n'ose pas la regarder en face, et tandis qu'ils attendent dans le couloir du bloc opératoire, elle ne lui adresse pas la parole. Elle ne pose aucune question sur la bagarre et n'a pas l'air de vouloir comprendre ce qui a valu à Amy cette volée de coups de couteau. Elle a dû entendre un récit sommaire de la bagarre par Huinkang ou les employés de son bar. Comme elle ne demande rien, Huisu ne raconte rien. De toute façon, il n'aurait rien à dire. Docteur Chae sort de la salle d'opération, il leur annonce que tout s'est bien passé et qu'Amy est hors de danger. Le visage inexpressif, Insuk l'écoute puis elle se lève et rentre chez elle sans même aller voir son fils.

Le lendemain, elle ouvre son bar et bosse toute la nuit. Quand Amy reprend connaissance, elle n'est pas encore venue le voir, signe qu'elle doit être dans une rage sourde. Contre ses voyous de fils et de mari, contre tous les voyous en général. En rage à cause de son impuissance à changer quoi que ce soit. Quelques jours plus tard, Huisu passe se changer à la maison. Il trouve la porte de la cuisine fermée. Il reste longtemps devant, sans l'ouvrir. Il n'entend aucun pleur mais, dans le tremblement imperceptible de l'air, il perçoit les sanglots muets d'Insuk.

C'est Jeny qui veille Amy. Elle reste collée à son lit comme si c'était son enfant et prend si bien soin de lui, qu'après quelques jours seulement, Amy trotte partout dans l'hôpital.

Tout se sait immédiatement dans ce milieu et même s'ils ont calmé la police avec leurs enveloppes, ils n'ont pas réussi à boucher les oreilles ni à fermer les yeux des autres organisations. Une semaine après la fin de cette affaire, Huisu reçoit un appel de Cheoljin.

— Notre chef veut te rencontrer.

— Pour quoi faire ?

— T'as pas une idée ?

— Non, vraiment pas. Quand Cheon Dalho appelle, je dois accourir, c'est ça ? réplique sèchement Huisu.

À l'autre bout du fil, Cheoljin soupire profondément.

— Son neveu a été tué et deux de nos jeunes sont gravement amochés, dit-il posément.

— Ça ne me concerne nullement.

— Je serai garant de ta sécurité, quoi qu'il arrive.

— De quelle sécurité tu parles, putain ? Qui es-tu pour prétendre garantir ma sécurité ? s'emporte Huisu.

Cheoljin soupire encore.

— Calme-toi, Huisu, la colère ne règlera rien. Le neveu de notre chef est mort d'un coup de couteau, devant les urgences. Vous pensiez vraiment vous en sortir en faisant la sourde oreille ?

Huisu réfléchit un moment. Cheoljin a raison. Le clan Dalho est l'une des organisations les plus puissantes de Busan et le neveu de leur caïd a été tué. Ça va forcément se payer.

— Je ne mettrai pas un pied sur l'île de Yeongdo.

— Entendu. Hôtel Comodor, ce soir ?

— Tu viendras ?

— Je viendrai.

Le soir même, Huisu se rend à l'hôtel Comodor, accompagné de Huinkang. Quand ils arrivent au bar de l'établissement, Cheoljin et un petit homme trapu d'environ cinquante ans sont déjà là. Huisu n'a pas encore eu l'occasion de saluer cet homme, mais il le connaît. Hwang, de son vrai nom, surnommé Crocodile. C'est le bras droit de Cheon Dalho. Derrière lui se tiennent deux hommes d'une quarantaine d'années, probablement des gardes du corps. À leur attitude calme et humble, sans faux-semblants, on peut supposer qu'ils ont du répondant. Huisu s'assoit à la table.

Huinkang reste debout derrière lui, après un rapide coup d'œil aux deux gardes du corps.

— Je m'appelle Huisu, je suis de Guam.

— Je m'appelle Hwang, je travaille sous la direction de grand-frère Cheon Dalho, répond l'homme, affable.

— Parlez-moi librement, vous êtes de loin mon aîné.

— Un autre jour peut-être, en d'autres circonstances. Ce qui nous réunit aujourd'hui n'est pas propice à une attitude fraternelle.

Hwang prend une cigarette et l'allume. Cheoljin est assis à côté de lui.

— Récemment, Yangdong a fait une grave erreur. Les échauffourées sont monnaie courante entre clans, mais il a dépassé les bornes en exécutant le neveu de notre chef. Avant, ce genre d'affront aurait justifié une riposte massive. Vous le savez, n'est-ce pas ?

Ces mots de Hwang, bien que dits à voix basse et d'un ton posé, contiennent une menace appuyée, une sorte de chantage sournois. Un chantage d'autant plus désagréable que le mort, ce soi-disant neveu de Cheon Dalho, est en réalité un parent très éloigné, cousin germain d'un cousin germain. Ils disent *neveu*, mais ce bonhomme est aussi proche de Cheon Dalho que n'importe qui pris au hasard dans la rue. Or Hwang met sous le nez de Huisu cet arbre généalogique bidon pour réclamer des indemnités. Après avoir tiré sur sa cigarette, Hwang poursuit.

— Vous connaissez le caractère de notre chef. Il voulait régler cette affaire sur-le-champ. Avant de venir, j'ai dû batailler pour le retenir. Personne n'a rien à gagner d'une guerre entre clans. J'ai souvent entendu dire que notre petit-frère Huisu est un homme d'une grande sagesse qui sait dialoguer. Donc si vous, petit-frère Huisu, vous pouvez prouver votre bonne foi, j'essaierai, de mon côté, de convaincre Cheon Dalho de faire en sorte que les choses aillent dans un sens bénéfique pour toutes les parties.

— À l'origine, Hojung et Park ont déclenché toute l'affaire. C'est eux qui ont violé l'accord signé en armant leurs hommes et en leur ordonnant de nous attaquer lâchement en pleine nuit. Beaucoup de nos hommes ont été lourdement blessés.

Hwang fronce les sourcils, comme si les mots de Huisu n'étaient que de vaines excuses.

— Dans ce cas, il fallait régler ça avec eux. Pourquoi vous en prendre à l'un des nôtres ? Quel rapport entre ces maquereaux et Cheon Dalho ?

Huisu secoue la tête. Tout le monde sait que Yeongdo est derrière Hojung et Park.

— J'ai souvent entendu dire que vous, grand-frère Crocodile, vous étiez un homme de grande sagesse et que vous saviez dialoguer. Je ne m'attendais pas à entendre de votre part des propos aussi simplistes. Vous pourriez prétendre que Hojung et Park ont agi de façon aussi imprudente sans être couverts par Yeongdo ?

— Ce n'est pas parce que Hojung et Park ont parfois apporté des cadeaux à Cheon Dalho, en gage de leur profond respect, qu'il faut les considérer comme faisant partie de la même famille.

Huisu se rejette contre le dossier de son siège. Le dialogue patine. Il sort une cigarette et l'allume, nonchalant. L'attitude polie et respectueuse qu'il a eu jusqu'ici a totalement disparu.

— En somme vous soutenez que ce qu'ont fait Hojung et Park ne vous regarde pas, mais que la mort d'un type vaguement parent de votre boss vaudrait dédommagement ? Et que si on ne vous paye pas, ce sera la guerre ? C'est bien ça ? sort Huisu, en mode cash.

Hwang se crispe. Au brusque changement d'attitude de Huisu, Cheoljin se sent d'intervenir.

— Huisu, surveille ton langage...

Huisu le fusille du regard.

— Toi, si tu n'es pas capable de garantir quoi que ce soit, reste en arrière.

Cueilli par l'expression glaciale de Huisu, Cheoljin se tait. Hwang le regarde intensément pour tenter de calmer son insolence. Huisu lui rend son regard, la mine sombre.

— Concrètement, vous voulez quoi ? Quand le grand clan Dalho vous menace d'une guerre, il faut bien offrir quelque chose.

Vous voulez l'entrepôt d'alcool de grand-frère Yangdong ? À moins que vous n'ayez en tête l'usine des machines de jeu ?

Hwang continue de fixer Huisu, mais celui-ci sent tout à coup qu'il a touché juste. C'est l'usine que veut Cheon Dalho. À chaque fois qu'il l'évoque, les yeux de Hwang se mettent à briller.

— Si vous nous cédez l'usine et que vous offrez une petite indemnité à la famille du défunt, ainsi que les frais de funérailles, cela pourra peut-être compenser la profonde tristesse de notre chef et le consoler d'avoir perdu un parent si cher... expose Hwang en escamotant la fin de sa phrase, lui-même gêné par son propre discours.

La profonde tristesse de Cheon Dalho d'avoir perdu un parent si cher ? Huisu se met à ricaner. Les seules larmes que Cheon Dalho a dû verser sont celles de son orgueil blessé.

— Si je vous dis que ce n'est pas possible, vous allez nous déclarer la guerre ?

— Dans notre milieu, quand une erreur est commise, la meilleure voie à suivre n'est-elle pas de demander pardon et d'assumer les conséquences, quelles qu'elles soient ?

Le ton doctoral de Hwang a le don d'horripiler Huisu. Il lui souffle un long nuage de fumée au nez.

— Allez d'abord dire à Hojung et Park de la suivre, cette meilleure voie.

— Je vous ai déjà dit qu'ils n'avaient aucun rapport avec nous.

Hwang ne redescend pas. Même si ce milieu ne fonctionne que par la négociation, il ne semble pas prêt à céder quoi que ce soit. Huisu le fusille du regard et tire longuement sur sa cigarette. La fumée vient lui piquer l'œil, qu'il se frotte du doigt.

— Eh bien, va pour la guerre, lâche-t-il distraitement.

— Comment ça ? demande Hwang, interloqué.

— C'est bon, ok, va pour la guerre. On a pas mal d'hommes, nous aussi, si on se bat bien, on peut avoir le dessus. À propos, tous vos cadres et vos meilleurs éléments ont été arrêtés lors de la grande guerre contre les criminels, n'est-ce pas ? Aurez-vous de quoi constituer une armée correcte ou même pas ?

Sévèrement atteint dans son amour-propre, le visage de Hwang prend la couleur de la terre. Perdu quelque part entre la honte et l'humiliation, il ne trouve rien à répondre pendant quelques instants puis ouvre enfin la bouche.

— Écoutez, jeune homme, depuis que vous gagnez un peu d'argent et que vous menez cette bande d'abrutis d'Asie du Sud-Est, vous semblez avoir perdu le sens des réalités. Yeongdo est une organisation nationale, rien à voir avec un petit gang local comme Guam, dit Hwang d'une voix qu'il s'efforce de garder calme.

— Une organisation nationale ? Du putain de bluff, oui !

L'un des deux costauds derrière Hwang, indigné, s'approche de Huisu et le prend au collet.

— Connard, comment oses-tu… ?

Mais au même instant Huinkang, qui était derrière Huisu, vient coller sa lame sur le cou de l'homme. Son geste est vif comme l'éclair, personne n'a vu sortir le couteau. L'une des serveuses du bar sursaute et laisse tomber son plateau. Le fracas du plateau tombant sur le sol résonne dans le bar et Hwang lève un bras pour calmer tout le monde. Cheoljin se lève. Il détache lentement Huinkang et l'homme, avant de faire reculer celui-ci de quelques pas. Huisu et Hwang, toujours assis, continuent leur duel de regards.

— On va dire qu'aujourd'hui, on a juste fait connaissance. Maintenant rentrez chez vous, et réfléchissez bien. Prenez le temps qu'il vous faut. Quand vous aurez mis de l'ordre dans vos idées, contactez Cheoljin.

Après avoir parlé ainsi, Hwang se lève. Il aurait voulu le faire avec élégance mais, sans doute à cause de la peur qu'il vient d'avoir, il a du mal à garder contenance. Alors qu'il sort du bar, Huisu, sans même le saluer, reste sur son siège. Ce type ne lui plaît pas. Il a quelque chose de repoussant. Pour Huisu, il n'y a rien de pire que ces snobs qui se croient justes et généreux. Il n'a que mépris pour eux.

Cinq minutes plus tard, Cheoljin revient s'asseoir en face de Huisu.

— Qu'est-ce qui t'a pris ?

— C'est quoi, le problème ? Je devrais filer à Cheon Dalho tout ce qu'il demande, sur un claquement de doigts ?

— Après tout, vous avez touché à un membre sa famille.

— Cousin germain d'un cousin germain, ça rime à rien. C'est pas plus de la famille que n'importe qui. Un parent si précieux aurait été laissé dans un bureau miteux de Wollong ? Qu'est-ce qu'il cherche avec cette fable ? Pas juste venir discrètement s'asseoir à notre table avec sa cuillère, non, mais carrément bouffer tout ce qu'on a cuisiné, pas vrai ? Et puis, il n'y a pas que leurs hommes qui sont blessés.

— Alors tu es prêt à faire la guerre...

— Pourquoi pas ? Vos jeunes sont sous les verrous, il ne vous reste que des vieillards. Au fait, tu savais très bien ce qui se tramait, comment tu as pu te taire ? Tu es mon ami, non ?

— Je savais pas que ça irait si loin.

— Mensonge !

Huisu fulmine. Cheoljin reste là, sans embarras ni culpabilité, les yeux remplis de compassion et d'inquiétude, en toute innocence. Il prend sa tasse et boit une gorgée de café refroidi.

— Il faut pas sous-estimer les vieux. Ils sont plus malins et plus forts qu'on ne pense.

À cette réplique hors de propos, Huisu laisse échapper un rire. Cheoljin a sans doute raison. Ceux qui ont survécu à ce milieu doivent être cruels et habiles.

— Écoute, Huisu, ce que tu as en tête, c'est ce qu'Amy a fait il y a cinq ans. S'il y a une guerre, chaque camp payera de son sang. Mais qui saignera ? Pas ces papis rusés. Non, c'est nous, toi, moi, tous les cadres moyens qui vont payer. On se fera soit tuer, soit jeter en prison. C'est tout ce qui nous attend. Bondir maintenant, la lame à la main, c'est comme dire que ta vie est terminée.

Huisu pousse un soupir.

— De toute façon, si je laisse s'envoler l'usine de machines, ma vie est terminée. Rien qu'à Obligation Hong, je dois vingt milliards de wons, en ajoutant aux miennes les dettes d'Insuk, d'Amy et de Jeny. Tu le connais, Obligation Hong ? Si j'escamote les vingt milliards qui viennent de sa poche, qu'est-ce qu'il va se passer ? Même en vendant Insuk et Jeny et en démontant tous mes organes et ceux d'Amy, ça fera pas le compte.

Cheoljin soupire à son tour.

— Faire face à Obligation Hong, c'est toujours mieux que mourir. Il est moins redoutable que Cheon Dalho. Lui, c'est mon boss, je sais ce dont il est capable. Si tu te dresses contre lui, tu es mort, aucun doute là-dessus. Quelle importance, ton usine, à côté de ça ? Cède maintenant et attends que la roue tourne, une nouvelle occasion finira par se présenter.

— Une nouvelle occasion ? Vingt ans que tu es dans ce milieu et tu n'as toujours pas compris ? À quarante ans, fini les nouvelles occasions.

— Après ce qui s'est passé avec Amy, on m'a accablé. De mes anciens potes de Guam, toi seul me parles encore. Insuk ne me considère plus comme un être humain. Est-ce que j'y ai gagné du fric ou une réputation ? Rien, que de la rancune et des regrets. Je n'ai pas envie de me battre contre toi, Huisu. Essayons déjà de survivre. Ça va être difficile, mais on va traverser ça ensemble, d'accord ? Jusqu'à ce que la chance nous sourie.

Cheoljin parle comme s'il consolait un enfant. Il s'inquiète sincèrement pour Huisu. À moins que ce ne soit pour lui-même ? Si une guerre éclate entre Guam et Cheon Dalho, c'est Cheoljin qui sera en première ligne du côté de son clan. À Guam, ce sera Huisu qui, pour l'instant, fixe sa tasse de café dont il n'a pas bu une seule gorgée. Le café est si noir qu'il n'arrive pas à voir le fond de la tasse, pourtant minuscule. Mourir ensemble ou vivre ensemble : au fond, Cheoljin le presse de choisir. Selon lui, lâcher l'usine à Cheon Dalho est la seule solution pour qu'ils s'en sortent tous deux. Huisu, de son côté, en doute sérieusement.

LEURRES

Quand Huisu arrive au Mallijang, Père Sohn est absent. Oupas, ravi de le voir, sort du hall en courant – on dirait un chien à l'arrivée de son maître.

— Où est Monsieur ?

— Il est parti pêcher au port Baekji, répond Oupas, un large sourire aux lèvres, se collant contre lui.

— Qu'est-ce qui te rend si heureux ?

— J'avais une chose importante à vous dire et là, grand-frère, vous arrivez !

— De quoi s'agit-il ?

Oupas s'assure des alentours, comme s'il détenait une information de la plus haute importance, puis il s'approche de Huisu, la bouche cachée derrière la main. Huisu avance sa tête vers lui.

— Vous voyez, le cactus du Mexique qui était dans le hall ?

— Oui ?

— Il a crevé parce que la dame de Yangbian l'a trop arrosé.

— Bien et alors ?

— Alors, je me suis dit qu'au lieu de racheter le même, je pourrais le remplacer par un hévéa du Bengale.

Huisu décolle son oreille de la bouche d'Oupas et le dévisage.

— C'est ça ce que tu voulais me dire, à moi tout particulièrement ?

— Oui. Et puis, à propos des vitres de la terrasse, il paraît que maintenant on peut trouver dans le commerce du film adhésif teinté. Avec ça, on n'aura pas besoin de changer les vitres. Si on fait tout le tour du lounge avec ce film adhésif, ça va rendre l'ambiance bien plus chic, sans coûter trop cher, dit Oupas d'un air très sérieux.

Ébahi et à la fois consterné, Huisu scrute longuement le visage d'Oupas. Cet enfoiré-là ne s'intéresse pas du tout à ce qui se passe dans le monde. Si ça se trouve, personne ne l'a mis au courant d'une guerre sanglante en cours entre Guam et Wollong.

— Eh bien, Oupas, ces questions, c'est à Jeongbae qu'il faut les poser. C'est lui le gérant, maintenant.

— Grand-frère Jeongbae ne s'intéresse pas du tout à ce qui peut embellir l'hôtel. Il est peut-être gérant, mais il est tellement occupé par son argent qu'il se pointe presque jamais ici. Du coup, je vous attendais, grand-frère Huisu, vous ne pouvez pas imaginer à quel point ! Alors vous en pensez quoi, l'hévéa est mieux, hein ? Il paraît que l'hévéa du Bengale a une propriété : il purifie l'air. C'est mieux qu'un pauvre cactus du Mexique qui n'a aucune propriété, non ?

Le blabla d'Oupas irrite Huisu et fait jaillir du fond de ses entrailles des envies de meurtre. Mais, pressé et préoccupé, il n'a pas le temps de le sermonner.

— Tu as raison, l'hévéa sera mieux que ce putain de cactus hors de prix qui n'a aucune propriété, lâche Huisu sans force.

Oupas fait un grand sourire, cette réponse comble manifestement ses vœux.

— C'est vrai, hein ? Vous savez, moi, vous me manquez tellement. Quand vous étiez gérant du Mallijang, c'était vraiment chouette. Vous savez, grand-frère Huisu, vous et moi, on a une compatibilité astrale parfaite, c'est pour ça qu'on s'entend si bien. Grand-frère Jeongbae, lui, c'est juste un sourd d'oreille.

— Toi et moi, on a une compatibilité astrale parfaite ? répète Huisu, submergé par la pitié.

— Bien sûr ! Entre vous et moi, grand-frère Huisu, c'est la compatibilité du siècle !

Père Sohn aime aller pêcher sur le rocher du port de Baekji, au bout de la mer de Guam. Ce rocher, qui surgit des flots à cent mètres de la côte, n'est pas accessible à pied. Ensemble rocheux de basalte à peine assez grand pour porter trois ou quatre pêcheurs, il est invisible à marée haute et se révèle à marée basse. Si on ne prend pas garde au mouvement des marées, on peut se faire emporter. Plusieurs accidents mortels sont déjà arrivés.

Huisu entre dans le magasin de pêche, en bas de la falaise de Baekji. Poilu, le propriétaire du lieu, est un ancien voyou, retraité depuis une vingtaine d'années. On dit qu'il a été, du côté de Dalja, un grand surineur. Il a quitté le milieu après avoir perdu un bras. Il ne porte pas de prothèse et sa manche droite flotte au vent. À chaque fois que Père Sohn vient pêcher, c'est Poilu qui le conduit au rocher dans sa barque. Quand Huisu pénètre dans la boutique, Poilu répare une canne à pêche de sa seule main, avec des gestes infiniment lents et maladroits. Père Sohn lui a mille fois conseillé une prothèse, appuyant sur le fait qu'aujourd'hui elles sont très perfectionnées, que ça simplifie la vie, mais Poilu, étrangement, refuse d'en porter. Au contraire, il donne l'impression de s'amuser intimement de l'inconfort de n'avoir qu'un bras. À la vue de Huisu, un grand sourire éclaire son visage.

— Comment allez-vous, Poilu ?

— Huisu ! Ça faisait longtemps.

— Monsieur est sur le rocher ?

— Oui. Ces derniers temps il s'est fait rare, mais à nouveau il vient régulièrement. Pourtant, en été, il n'y a pas beaucoup de poisson.

— Vous pouvez m'y emmener ?

Poilu hoche la tête et se dirige vers l'embarcadère. De son unique main, il dénoue la corde attachée à un piquet. Il monte sur le bateau, allume le moteur et, toujours d'une seule main, saisit le gouvernail. Cette barcasse, destinée à conduire les pêcheurs sur les petites îles ou sur les rochers, est flanquée, tout autour de la coque, de pneus en guise de pare-battages. De nombreuses rumeurs sur la série d'incidents récents ont dû circuler jusqu'ici mais Poilu ne pose aucune question. De même qu'il n'a jamais parlé à personne de son bras coupé, il ne fouine pas dans la vie des autres. Ce caractère taciturne est sans doute ce qui a séduit Père Sohn chez cet ancien sicaire manchot.

Père Sohn pêche au bout du rocher. Poilu accoste et Huisu saute prestement. Le pêcheur est d'abord étonné de cette visite puis, content, adresse un sourire à Huisu.

— Vous rentrez avec moi, ou je reviens avant la marée haute ? demande Poilu.

Après un rapide coup d'œil à Huisu, Père Sohn tourne la tête vers Poilu.

— Reviens avant la marée haute.

Poilu fait un bref salut militaire de son unique main et manœuvre en direction du port de Baekji. Ici et là est étalé, sur le rocher, du matériel de pêche et de camping ainsi qu'une glacière.

— Dites donc, vous avez de ces hobbys, vous. Vous jouez tout seul au go, vous jardinez tout seul, vous pêchez tout seul... Qu'est-ce que vous faites là, alors que tout le monde s'inquiète du typhon qui se prépare ?

En effet, des vagues de cinq ou six mètres commencent à agiter la mer. Père Sohn secoue sa canne à pêche et regarde Huisu en riant. Il utilise toujours des leurres artificiels, sans appât et sans hameçon car il déteste la sensation du ver de terre qui se tortille entre les doigts. C'est un pêcheur plutôt médiocre et il ramène rarement un poisson. Huisu inspecte le panier de pêche, vide. À côté traîne une gamelle avec un fond de soupe.

— Tu voudras un *ramen** ?

Huisu, affamé, confirme.

— Vous en prendrez aussi ?

— Juste une bouchée, pour t'accompagner.

Huisu rince la gamelle dans la mer et y verse de l'eau en bouteille. Il sort du sac de Père Sohn deux sachets de nouilles instantanées et une bouteille de soju entamée. Il installe le

---

* Les ramen sont des plats d'origine japonaise à base de nouilles en bouillon avec viande ou poisson, assaisonnés au *miso* (soja et riz fermentés) ou à la sauce soja.

coupe-vent autour du réchaud, allume le feu, pose la gamelle dessus et attend. Se fichant totalement du typhon imminent, un énorme navire porte-containers quitte le port et s'avance dans le Pacifique. Les puissants sifflets annonçant son départ retentissent sur la mer. Père Sohn et Huisu se taisent un moment. Père Sohn fixe le bout de sa canne et Huisu regarde distraitement la gamelle où l'eau commence à bouillir. Une bulle monte, puis deux, puis d'innombrables qui se mettent à grouiller. Huisu y plonge les ramens auxquels il ajoute la sauce en sachet. L'eau se calme d'un coup avant de se remettre à bouillir. Quelques instants plus tard, Huisu éteint le feu et répartit les nouilles dans deux bols. Père Sohn plie sa canne et vient s'asseoir à côté de lui. Il coupe des baguettes en deux, prend des nouilles de son bol et les dépose dans celui de Huisu.

— J'ai déjà pris un sachet tout à l'heure.

Ils se mettent à manger en soufflant sur les nouilles pour les refroidir, même si le vent est si fort qu'il rend leur geste inutile. Les nouilles et le bouillon chaud glissent agréablement dans leurs gorges.

— C'est bon ?

— Très bon, confirme Huisu.

— Les ramens ont plus de goût quand on les mange comme ça, en pleine mer, dit Père Sohn avec fierté.

— Avec du poulpe c'est encore meilleur. Vous n'en auriez pas pêché, par hasard ?

Père Sohn qui, sans parler de pieuvres ni de poulpes, n'a encore rien attrapé, boit les dernières gorgées de sa soupe, honteux.

Huisu lave la gamelle et les bols dans la mer, plie et range la canne à pêche que lui tend Père Sohn et rassemble les affaires éparses, afin qu'ils puissent partir dès le retour de Poilu. Le vent souffle de plus en plus fort et les vagues se précipitent vers la côte à une allure folle. Le rangement achevé, Huisu et Père Sohn s'assoient au bord du rocher, encerclés par la marée montante.

— Ils vont mieux, les jeunes, à l'hôpital ?

— Ils se rétablissent vite, la force de la jeunesse sans doute. Amy a quitté l'hôpital, il est à la maison.

— J'ai contacté les hauts cadres de la police. Fais ce qu'ils te disent, sans discuter. Il faut pas leur en demander trop si tu veux qu'ils te soutiennent.

Huisu approuve.

— La police, c'est une chose. Par contre, je ne vois pas comment arranger la situation avec Yeongdo. Ils nous harcèlent sans arrêt. On ne peut pas se battre continuellement, mais on ne peut pas accepter tout ce qu'ils demandent non plus.

— Il veut combien, Cheon Dalho ?

— Hojung et Park veulent une partie de la vodka qui entre chaque mois au port et Cheon Dalho, en plus des indemnités pour la mort de son neveu, réclame carrément l'usine.

— Les enfoirés, ils ont le calcul facile, ricane Père Sohn.

— Avec Hojung et Park, on doit pouvoir trouver un accord, après quelques bras de fer, mais Cheon Dalho est une vraie tête de cochon. Si on ne lui cède pas ce qu'il veut, il est prêt à la guerre.

— Et toi, tu en penses quoi ?

— Difficile de mener une guerre, on manque d'argent et d'hommes.

— C'est pour me demander de négocier que tu es venu ?

— Doyen Nam est le seul dont l'avis importe à Cheon Dalho, alors si vous voulez bien lui toucher deux mots...

Huisu ne termine pas sa phrase. Un sentiment de défaite et d'impuissance dévore son ventre. Il a quitté Père Sohn cet avril, sûr de pouvoir se débrouiller tout seul. Quand Yangdong a râlé à propos des dix pour cent de Père Sohn, disant qu'il ne leur assurait rien en échange, qu'ils feraient mieux de donner cet argent à l'Armée du salut, Huisu l'a approuvé. Mais moins de trois mois hors du parapluie de Père Sohn, il s'en retourne vers lui, la queue entre les jambes. Les hyènes sont trop nombreuses, trop cruelles et trop malicieuses et Huisu s'est rendu compte combien le petit parapluie de Père Sohn était puissant.

— Donne à Cheon Dalho ce qu'il veut. C'est ta seule chance de survivre.

Huisu mordille sa lèvre inférieure. Leur affaire de machines est sur le point de bourgeonner. La fortune en jeu ne sera, pour le richissime Cheon Dalho, qu'un peu d'argent de poche. L'idée d'avoir laissé une porte ouverte aux chacals, de devoir leur abandonner ce qu'il a construit avec tant de peine le dégoûte. L'impatience de Yangdong, l'impuissance de Guam devant Yeongdo l'écœurent aussi.

— Peu importe le risque. Je ne cède pas l'usine.

— Si tu gardes un gâteau dans chaque main et que tu refuses de donner l'un des deux, comment oses-tu me demander de négocier ?

— Doyen Nam est quelqu'un d'honnête. Il saura trouver un accord raisonnable, je pense.

Père Sohn éclate de rire.

— Doyen Nam et Cheon Dalho ont l'air de se chamailler tout le temps, mais en réalité ils sont dans la même combine. N'oublie pas, ce sont deux réfugiés de guerre. Tu crois qu'ils vont accepter d'abandonner un seul bout de la proie qu'ils ont sous le nez, alors qu'elle est à leur merci ?

— Vous voulez dire qu'on ne peut pas négocier ?

— Si vous négociez maintenant, ils sont capables de vous bouffer jusqu'à l'os. Doyen Nam, il vous donnera peut-être un petit quelque chose pour jouer au généreux, mais ce sera après vous avoir tout pompé. Je connais le personnage. Et même si tu parvenais à garder l'usine, tu penses que tu pourrais supporter qu'il se vante constamment du pauvre service qu'il t'aurait rendu ?

Huisu incline légèrement la tête, perplexe.

— Que voulez-vous dire ?

— Je veux dire que ce n'est pas le moment de négocier. C'est inutile à ce stade.

— Mais on ne peut pas non plus ne rien faire ?

— Qu'est-ce que je t'ai dit l'autre jour ? Ne pas prêter le flanc à ce genre de canaille. Une fois qu'ils ont mordu, ils s'accrochent. Si tu recules, ils s'accrocheront encore plus.

Huisu regrette amèrement de ne pas avoir retenu Yangdong et sa rage. Ce matin-là quand celui-ci s'était mis à vociférer, Huisu n'était pas en état de réagir. C'était trop tôt, il était trop ivre encore et son esprit s'était focalisé sur Amy et les autres blessés. Sinon, il n'en serait pas là, le flanc offert à une ordure comme Cheon Dalho. S'ils avaient patienté juste deux ou trois jours, ils auraient pu éloigner Hojung et Park du marché de Wollong. Mais les choses ne se sont pas passées ainsi ; la jarre est cassée, l'eau est perdue. À quoi bon se lamenter et frapper le sol ?

— Vous ne voyez aucun moyen d'arranger les choses ?

— Il faudra la faire, cette guerre.

Stupéfait, Huisu se tourne vers Père Sohn.

— Vous plaisantez ?

— Je ne plaisante pas.

Père Sohn regarde au loin l'île de Yeongdo, perdue en pleine mer. Une mer, située entre la côte et l'île, que Yeongdo et Guam ne se sont jamais disputée durant trente ans. Depuis que Sohn Heungsik, le grand-père de Père Sohn, a succombé sous les coups de la dictature, Guam n'a plus fait la guerre, juste quelques bagarres plus ou moins sérieuses, restées relativement anecdotiques. Armé de son sourire servile et de son savoir-vivre, Père Sohn est toujours parvenu à éviter l'affrontement. Or ce même vieux peureux conseille aujourd'hui de mener une guerre contre la plus grande organisation criminelle de Busan.

— Si on fait la guerre, on a une chance de gagner ?

— Aucune.

— Sérieux ?

— Les voyous sont des froussards. Ça ressemble à quoi, à ton avis, une guerre entre froussards ? Des froussards qui foncent droit sur d'autres froussards... Soit les plus lâches tournent le volant, soit c'est la collision et tout le monde est en miettes. C'est ce truc idiot, la guerre, comment veux-tu qu'il y ait un gagnant ?

En gros, Père Sohn envoie Huisu faire une folie, ou un truc encore plus fou qu'une folie. Comme il l'a dit tout à l'heure, Huisu peut s'en sortir s'il cède la vodka et l'usine. Des rumeurs misérables et humiliantes, comme celles qui peuvent courir sur un mec marié à une prostituée, circuleront un moment et l'argent ne rentrera plus guère dans ses poches, voilà tout. En gros, s'il ne se bat pas, il reprend sa pauvre petite vie minable et servile.

Après tout, il a toujours vécu comme ça, il doit pouvoir y revenir. Les vagues montent de plus en plus haut, menaçantes. Le rocher s'efface un peu plus et le bateau de Poilu n'est toujours pas visible.

— On va faire la guerre, dit Huisu d'une voix basse et ferme.

— Alors c'est décidé ? Une fois les hostilités ouvertes, aucun retour possible.

Père Sohn attend une confirmation. Huisu hoche la tête.

— On commence par attaquer quelques-uns de leurs commerces ?

— Tu crois leur faire peur avec quelques tables cassées ? Non, il faut des morts. Quelques-uns de chez eux et quelques-uns de chez nous.

Huisu sent ses cheveux se hérisser. Quelques morts ici, quelques morts là-bas... Qui donc allait mourir ? Les affaires, c'est avant tout de la négociation. Mais pour négocier, il faut être en position de force. Si ce n'est d'emblée le cas, il faut s'épuiser mutuellement jusqu'à ce que l'une des deux parties craque. D'ici là, il faudra continuer à accumuler les morts, de chaque côté.

— Faut-il tuer Hojung et Park ?

— Juste ces deux-là, ça ne fera même pas ciller Cheon Dalho.

— Hwang est de la maison mère, il vaut mieux éviter...

— Cheoljin pourrait faire l'affaire. S'il crève, Cheon Dalho chancelle.

Huisu serre fort les dents. Ce vieux est vraiment détestable.

— Cheoljin est mon ami depuis trente ans.

— Et quoi ? Tu veux mourir à sa place ?

Père Sohn désigne du menton l'île de Yeongdo, au loin.

— À ton avis, il pense à quoi Cheon Dalho en ce moment ? Certainement à la même chose que moi. Il liste trois candidats : Yangdong, Amy et Huisu. Et il s'efforce de convaincre Cheoljin de commencer par toi pour ouvrir la négociation. Crois-tu que Cheoljin va le supplier à genoux de changer d'avis sous prétexte que Huisu est son meilleur ami ?

Non, bien sûr. Cheoljin ne répondra rien à Cheon Dalho. Il se cherchera des excuses, se dira qu'il n'a pas le choix, maudira le destin des voyous. Vingt ans auparavant, quand Huisu et ses amis se sont fait serrer pour la première fois, Cheoljin seul s'est faufilé hors des griffes de la police. Pendant la guerre contre Amy, quand il a tué et mutilé des gosses de vingt ans, Cheoljin, là aussi, s'est défilé en trouvant toutes sortes d'excuses miteuses. De Huisu, Gyeongtae et Cheoljin, les trois du cours de boxe de père Martin, Cheoljin aura été le plus gentil, mais aussi le plus faible. La faiblesse alliée à la gentillesse, c'est mortel. L'homme n'est pas mauvais de naissance, il le devient par faiblesse.

— Pas Cheoljin. Si on doit tuer, on tuera Hojung, Park et Hwang, le conseiller de Cheon Dalho.

Père Sohn désapprouve de la tête.

— La mort du vieux Hwang n'aura aucun impact. Celui qui fait bouger le clan Dalho, c'est Cheoljin. C'est lui qu'il faut casser pour que Cheon Dalho se mette à boiter.

— Yeongdo n'a plus assez d'hommes. Perdre Hojung, Park et Hwang, c'est un rude coup. Cheoljin est faible et peureux, quelle menace représente-t-il ? Et pour négocier, plus tard, c'est le profil idéal.

La gifle que Père Sohn colle soudain à Huisu est si puissante qu'il a l'impression de se réveiller d'un coup. Sa joue s'enflamme immédiatement. Le vent marin, d'une caresse, vient la rafraîchir.

— Écoute-moi bien. La guerre, c'est sale, misérable, infâme et cruel. Et tu sais qui perd chaque fois ? Celui qui, comme toi, cherche à rester élégant. Ne t'avise pas de perdre un bras ou une jambe par compassion ou générosité, autrement je te tue moi-même avant que Yeongdo ne s'en charge.

Ayant dit, Père Sohn se retourne vers les vagues. Huisu suit son regard. La mer est le tableau idéal quand la tête demeure vide.

— Hojung et Park, ils se planquent où ? s'enquiert Père Sohn d'une voix redevenue douce.

— On ne sait pas, impossible de les trouver.

— Tu veux que je me renseigne ?

— Je vous en serais reconnaissant.

— Il faut bien faire la distinction entre ce qui doit remonter à la surface et ce qui ne doit pas remonter à la surface. Hojung et Park, ces connards de maquereaux, exhibe-les ; mais Cheoljin, fais-le couler sans bruit.

La voix de Père Sohn est si basse que le vent la couvre presque. Huisu l'a pourtant entendue, fort et clair.

CE QUI DOIT REMONTER À LA SURFACE ET CE QUI NE DOIT PAS REMONTER À LA SURFACE

Un vent humide balaye la mer, annonçant le typhon. Sur l'île de Châtaigne, la girouette de la cabane tourne violemment. Cela fait des heures que les frères Daeyeong et Daeseong se démènent pour réparer le broyeur tombé en panne. Cet engin broie du poisson surgelé ou des débris de poisson pour sortir la mixture qui nourrit les poissons du parc d'élevage. Vu qu'il n'y a pas d'électricité sur l'île, ils ont transformé l'engin qu'ils alimentent à partir d'un moteur de tracteur. Quelques jours plus tôt, le mécanisme s'est grippé ; quelque chose doit s'être coincé dedans. Chaque fois qu'on le démarre, la courroie de ventilateur tremble et le moteur cale. Daeyeong ne s'en sort pas. Perplexe, il secoue la tête en donnant des petits coups de clé anglaise sur la courroie. Daeseong observe son frère, plein de curiosité, la boîte à outils serrée contre son cœur. C'est son grand frère qui répare mais, bizarrement, c'est lui qui a le visage couvert d'essence. Assis sur la machine, Daeseong donne diverses instructions à son grand frère, toutes plus idiotes les unes que les autres. Daeyeong, comme d'habitude, ne prête aucune attention à ce que raconte son petit frère. Il se glisse une nouvelle fois sous la machine, resserre quelques vis puis crie à Daeseong de relancer le moteur. La machine se met enfin à tourner. La courroie de ventilateur tremble toujours autant, avec un bruit inquiétant. Pourtant, Daeyeong semble satisfait. Il ôte ses gants de caoutchouc rouge.

— Quelque chose qui ne va pas ? demande Huisu.

— Non, c'est bon, c'est réglé. Ce broyeur a beau être énorme, il n'est pas assez puissant. La faute à ce moteur bricolé.

— Tu arrives à faire tourner le parc avec cette machine ?

— Bah en ce moment, on nourrit les poissons avec des aliments déshydratés.

— Alors vous n'utilisez cette machine que pour traiter les corps ?

Daeyeong feint la surprise.

— Qu'est-ce que vous voulez dire ?

— Réponds-moi franchement, tu continues de broyer des corps, n'est-ce pas ?

— Mais non, ce genre de truc, ça arrive une fois tous les trois ou quatre ans, répond Daeyeong d'un ton innocent.

Balançant sa tête, Huisu n'en croit manifestement pas un mot.

— Je ne mangerai plus un seul flétan jusqu'à la fin de mes jours. Qui va croire que votre activité principale est l'élevage, allons.

— Mais non ! On n'est pas des gens comme ça, nous.

— Sans blague ? Alors vous êtes des gens comment ?

— Nous sommes les valeureux pêcheurs de la Patrie.

— Mon cul, oui.

Daeseong jette dans le broyeur quelques branches d'arbres. La machine, hoquetant de plus belle, en fait des petits morceaux. Amusé, il jette une branche plus grosse.

— Putain, mais quel abruti ! Je viens de la réparer et il recommence. Arrête ça ! crie Daeyeong.

La grosse voix de son frère fait sursauter Daeseong qui lance au loin une troisième branche.

— Comme il t'obéit ! Il te craint, du moins.

— Non, il n'a peur de rien ni de personne.

Daeseong court dans une direction, revient puis repart dans une autre, avec toujours autant d'application. Il n'a jamais quitté l'enfance et ne connaît aucun tracas. Huisu est presque jaloux de cette tête vide de toute angoisse.

— Plus de complications à craindre avec cet engin ?

— Tant qu'on traite les cheveux à part, c'est impec.

— C'est quoi le problème avec les cheveux ?

— Normalement la machine avale tout, y compris les os. Mais avec les cheveux, ça merdoie toujours. Ils restent coincés, ça grippe le mécanisme.

— Vous faites comment vous alors ? Vous coupez les cheveux et vous passez le rasoir, façon moine bouddhiste ?

— On les brûle.

— Vous les brûlez ?

Huisu se penche légèrement, comme s'il n'arrivait pas à visualiser l'opération.

— Les cheveux, c'est une tonne de protéines, ça brûle assez facilement, répond Daeyeong d'une voix monotone.

Huisu approuve, l'air entendu, prend une cigarette et se retourne vers la cabane. Le vent malmène désormais le toit qui abrite Hojung et Cheoljin, ligotés. Il faut s'occuper d'eux cette nuit, que tout soit achevé avant l'aube. Dalja n'étant pas venu, la tâche repose entièrement sur Huisu. Cette idée lui a déclenché une migraine qui ne cesse de cogner dans son crâne.

À cette heure-ci, Huinkang doit s'occuper de Park, le maquereau de Wollong. Ils l'ont cherché un bon moment avant de découvrir qu'il n'avait pas bougé, qu'il se planquait dans une pièce secrète de son établissement habituellement utilisée pour dissimuler filles ou clients lors des contrôles. Croyait-il, en se cachant là, que ses prostituées le protègeraient ou que cette petite pièce serait vraiment un endroit sûr ? Cette chambre, dont la seule issue se dissimule derrière un meuble de toilette, n'est pas un endroit sûr. Sans fenêtre ni sortie de secours, il est impossible de s'en échapper. L'une des prostituées de Park en a donné la clé à Huinkang contre une somme risible. Huisu consulte sa montre. Il est seize heures. Huinkang a la clé et sa lame est aiguisée. Le maquereau Park va mourir lentement et en silence, se vidant de son sang dans sa pièce secrète, sans fenêtre ni sortie de secours.

Hojung s'est fait prendre la nuit d'avant. Père Sohn a débloqué des fonds pour employer des spécialistes. À l'usage, ça ne s'est révélé guère utile. Hojung s'était planqué à Yeongju. Pendant l'âge d'or de l'industrie du charbon, cette ville était un carrefour ferroviaire où le commerce et la consommation allaient bon train. Le week-end, les mineurs sortaient des mines et venaient en taxi jusqu'à Yeongju, de l'autre côté de la montagne Taebaek, pour boire. À cette époque, on disait qu'à Yeongju, même les chiens se promenaient un billet de dix mille wons dans la gueule. Aujourd'hui, il n'y a plus de trains chargés de charbon ni de mineurs. Il ne reste que des bars en ruine et de vieilles catins. Si Hojung a choisi Yeongju pour se cacher, c'est qu'un de ses amis y tient un clandé. Les voyous en quête d'une planque ont toujours tendance à se tourner vers un vieil ami et à croire bêtement que ce lien les protège. Mais, quand on parle argent avec cet ami, on constate que le prix du sentiment est finalement très bon marché. Surtout quand il s'agit de vendre une ordure comme Hojung.

Cheoljin, le vieil ami de Huisu, est lui aussi ligoté dans cette cabane. Huisu ne s'est pas posé de question sur le prix de cette amitié. Il sait qu'il n'est pas plus élevé que celle d'une ordure comme Hojung. Huisu lance son mégot dans la mer. Daeyeong, resté près de lui pour guetter son humeur, regarde rapidement sa montre et se décide à ouvrir la bouche, impatient.

— Vous commencez quand ? Dès le petit matin, il y a pas mal de bateaux de pêche qui passent par ici, ça peut être un peu risqué. Et puis ce travail-là, mine de rien, ça prend du temps...

— Tiens-toi prêt, coupe Huisu sèchement.

Daeyeong fait la moue. À cet instant, Amy pousse la porte de la cabane et avance à grands pas vers Huisu. En chemin, il s'arrête, interdit, devant le broyeur qui tourne dans un bruit assourdissant. Dès le début, cette affaire ne l'a pas emballé. Sa vision des règlements de compte s'approche davantage d'un match de boxe, quelque chose de plus franc et de plus sain que ce qu'ils s'apprêtent à faire. Deux voyous se balancent des coups de poing. L'un tombe, l'autre reste debout. Celui qui est debout tend la main de celui qui est tombé, lequel, reconnaissant sa défaite, saisit la main. Les deux s'enlacent et effacent les vieilles rancunes du passé. Hélas, tous les voyous de ce genre sont morts avant l'avènement de l'âge de fer.

— Alors, Hojung ?

— Il s'est évanoui.

— Tu as pu en tirer quelque chose ?

— Il répète qu'il a obéi aux ordres de Cheon Dalho et que c'était une erreur de le croire quand il disait qu'il y avait rien à craindre.

Cheon Dalho est bien derrière tout ça. Huisu hoche la tête. Il est évident qu'un maquereau ne pouvait pas mener un assaut armé sans une organisation importante derrière lui.

— Ça t'est déjà arrivé de planter une lame ?

Amy semble dérouté par la question.

— Non. J'utilise pas d'outil, moi.

— C'est la première fois pour toi, ce genre de guerre ?

Amy réfléchit un moment avant d'ouvrir la bouche.

— Est-ce que je vais devoir planter une lame, aujourd'hui ?

— Non. Tu restes juste près de moi.

Amy acquiesce, entre approbation et soulagement.

— Dis, papa, les maquereaux de Wollong, je m'en fous, mais sommes-nous obligés de tuer grand-frère Cheoljin ? C'est ton vieil ami, lui et ma mère se connaissent de longtemps, aussi. Il l'a souvent aidée et quand j'étais en prison, il est venu me voir plusieurs fois et il m'a laissé de l'argent.

— C'est à cause de lui que tu es allé en taule. Tu lui en es si reconnaissant de t'avoir donné un peu d'argent ?

— Toi, papa, tu n'es pas venu une seule fois. Grand-frère Cheoljin, lui, il est venu deux fois la première année et ensuite, tous les ans, à Noël. En tout, cinq fois.

— Je suis désolée de ne pas être venu te voir à Noël.

— C'est pas ce que je veux dire. C'est vrai, il peut être agaçant, des fois, grand-frère Cheoljin, mais il a un bon fond et il est gentil.

Dans la vie, il arrive des trucs désagréables mais c'est pas une raison pour sortir le couteau chaque fois. Pour cette fois-ci, papa, sois un peu généreux, pardonne-lui.

Huisu regarde Amy. Ce gosse qui n'a peur de rien dans les bagarres a le visage rempli d'épouvante à l'idée de tuer de sa main. Huisu a été comme lui. À l'époque, son sang charriait tellement plus de tristesse, de rage, de tendresse et de regrets, tout était tellement plus intense qu'aujourd'hui. Où s'est perdu le sang chaud de jadis ?

— Je n'ai plus l'âge de planter les gens pour un peu d'amertume, dit Huisu calmement.

Huisu entre dans la cabane. Hojung est évanoui, en sang, et Cheoljin, le regard perdu, est ficelé le long d'un pilier, dans un coin. Seokgi est en train de déverser un flot d'injures sur la tête de Hojung inconscient. Le visage de celui-ci, déchiré et enflé, est méconnaissable. Dans le business, Huisu n'a jamais été en contact direct avec Hojung. Il n'a donc jamais eu de conflit ouvert avec lui. Mais il l'a souvent trouvé sur son chemin pour divers trucs particulièrement désagréables. Quand Insuk, à dix-sept ans, a débarqué à Wanwol, Hojung a été son premier patron. Il aime alors blablater sur la technique d'Insuk au lit, se vantait de lui avoir appris le métier de A à Z et d'avoir transformé l'ingénue en pute experte de Wanwol. Quand Insuk a quitté la rue pour ouvrir son propre bar, Hojung, qui n'a désormais plus aucun rapport avec elle, a continué à lui tourner autour. Chaque fois que Huisu le croise, avec sa face huileuse et sa langue bien pendue, l'envie de le cogner le démange, mais ça n'est jamais allé jusqu'à l'envie de meurtre. Pareil aujourd'hui. Hojung n'est qu'une canaille parmi d'autres.

— Réveille-le.

Seokgi va chercher un seau d'eau et le verse sur la tête de Hojung. Dès qu'il ouvre les yeux, Seokgi lui balance quelques coups de poing en pleine figure. Les dents de Hojung se brisent et s'arrachent de sa gencive avec un bruit affreux. La main de Seokgi est couverte de sang. Au cours du dernier assaut de la bande de

Hojung, six des amis d'Amy ont été grièvement blessés et l'un d'entre eux, encore à l'hôpital, s'est fait arrêter à la place de Yang-dong, ce qui peut expliquer la haine de la bande d'Amy. Mais le tuer maintenant ou après quelques coups supplémentaires ne change rien. Il ne se sentira pas mieux et sa colère ne sera pas apaisée, au contraire. Tenant fermement le menton de Hojung avec sa main gauche, Seokgi s'apprête à le frapper à nouveau. Hojung tressaille. Alors Huisu attrape le bras de Seokgi qui recule à contrecœur, traînant des pieds.

Huisu s'accroupit devant Hojung, qui crache par terre les immondices accumulés au fond de sa gorge, mélange de sang, de salive et de morceaux de dents cassées. De l'autre côté de la cabane, attaché au pilier, Cheoljin ne perd rien de la scène. Il ne semble pas avoir peur mais être plutôt blessé dans son amour-propre d'être traité ainsi par Huisu. D'un autre côté, son visage exprime une confiance absolue en son ami et en son incapacité à lui faire du mal.

— Vu qu'on a pris un bateau, on doit être sur l'île de Châtaigne. Tu nous as amenés ici pour nous faire peur ou tu veux nous tuer pour de bon ? demande Hojung.

Ses pommettes enflées tressaillent à chaque syllabe. Sur le parquet, autour du pilier de Hojung, une grande bâche de plastique a été posée, probablement par Daeyeong qui veut s'éviter la corvée de nettoyer le sang incrusté dans le bois.

— Ma vie n'est pas oisive au point d'emmener des gens ici pour leur faire peur, dit Huisu calmement.

Les pupilles de Hojung se mettent à trembler violemment. Il essaye de comprendre si Huisu compte les tuer ou non, le sens précis de sa phrase lui échappe. Sur la table sont posés deux couteaux à sashimi enroulés dans du papier journal. Huisu en prend un, déroule lentement le papier et fait miroiter la lame à la lumière du néon. Dalja l'a bien aiguisée ; elle est terrifiante. Les pupilles de Hojung s'agrandissent.

— Hui... Huisu, à quoi bon aller si loin ? C'est vrai, j'ai exagéré mais c'est Amy le fautif, c'est lui qui est venu sur notre territoire. On doit tous défendre notre gamelle.

Huisu à l'air d'approuver, au moins partiellement.

— On doit tous défendre notre gamelle, répète Huisu en écho.

Hojung s'agite, réjoui.

— Tu es bien d'accord, Huisu, n'est-ce pas ?

— Pourtant aujourd'hui, la situation est un peu plus délicate, tu ne crois pas ?

Hojung reste interdit par la question de Huisu.

— Ah, tu fais ça à cause d'Insuk ? Parce que j'ai raconté des bêtises sur elle ? Je ne faisais que répondre aux questions des gens sans réfléchir. Si Insuk a débuté chez moi, c'est pas de ma faute, hein ?

— C'est vrai, ce n'est pas de ta faute.

Huisu empoigne les cheveux de Hojung et tire sa tête en arrière. L'autre le supplie, paniqué.

— Huisu, s'il te plaît ! Laisse-moi la vie sauve. C'est ma faute. Je suis désolé d'avoir embêté Insuk si longtemps. Je te jure, c'est pas ce que tu penses.

— Et qu'est-ce que je pense ?

— J'aimais Insuk. Mais elle était trop hautaine et elle me snobait, voilà pourquoi j'ai agi ainsi. Ça peut se comprendre, un homme amoureux, non ? C'est un crime, de l'avoir aimée ?

Hojung ânonne inopinément ce couplet d'amour malheureux. Huisu le tient toujours par les cheveux, le cou tendu vers l'arrière. Saisi de frayeur par cette lame qui brille sous ses yeux, ou de désespoir en repensant à cet amour douloureux, des larmes coulent le long des joues de Hojung.

— Tu as raison. L'amour n'est pas un crime. Au final, si on y regarde bien, t'es coupable de rien, dit Huisu d'une voix sans force.

Il respire profondément, puis colle la lame contre le cou de Hojung. Le corps de ce dernier se met à tressauter terriblement. Une seconde, Huisu suspend sa respiration puis enfonce profondément le couteau dans le cou de Hojung, avant de l'entailler sur le côté. Les chairs s'ouvrent et le sang jaillit à flots. Sur la bâche, la couleur du sang se détache crûment. Amy, Seokgi et Cheoljin ligoté au pilier regardent Hojung émettre ses derniers râles avant que sa tête ne retombe sur le côté. Huisu se lève et prend une serviette sur la table. Il essuie le sang sur la lame du couteau et les traces de ses empreintes sur le manche. Ceci fait, il jette le couteau près de Hojung.

— Va chercher Daeyeong.

Amy et Seokgi, sous le choc, n'ont pas l'air de comprendre l'ordre de Huisu et se regardent l'un l'autre.

— J'ai dit d'aller chercher Daeyeong.

Cette fois-ci, les deux se précipitent vers la sortie. Huisu enlève le papier journal enroulé autour de l'autre couteau et se retourne vers Cheoljin. Son ancien ami a perdu toute son assurance et l'agacement qu'il montrait plus tôt. Huisu sort une cigarette de sa poche et l'approche des lèvres de Cheoljin. Celui-ci la reçoit comme un automate. Huisu l'allume. Le ligoté aspire la fumée en mordant la clope de ses dents ensanglantées. Huisu pose ses fesses au bord d'une chaise et s'en allume une à son tour. Il expire longuement. Les vieux murs de la cabane doivent avoir des trous, la fumée s'échappe rapidement de la pièce, aspirée par le vent.

— Putain, qu'est-ce qu'elle est bonne. Merde, j'ai oublié d'en donner une à ce connard avant de le tuer, dit Huisu, faussement serein.

La clope au bec, Cheoljin jette un œil sur le corps de Hojung et son cou affreusement plié. L'horreur le happe et il se met à trembler violemment. Pendant quelques minutes, ils continuent à fumer, sans rien dire. Huisu, lui, n'arrive à penser à rien tandis que Cheoljin, la tête baissée, semble réfléchir.

— Qu'est-ce qui te prend ? demande Cheoljin.

— Tu ne vois pas ? Nous sommes en guerre.

— Si tu continues dans cette voie, tu vas y laisser ta peau.

— Que je meure de la main de Cheon Dalho ou de celle d'Obligation Hong, c'est la même chose. En fait, je suis dans une putain d'impasse.

Huisu jette son mégot par terre, reprend le couteau et se lève. Les pupilles de Cheoljin s'affolent.

— Il ne faut pas trop m'en vouloir. J'ai essayé de te sauver, mais le Vieux ne veut rien savoir. Je l'ai cru dépourvu d'orgueil, d'amour-propre, de ces trucs, mais pas du tout. Cette fois, il sature. Ses vieilles rancunes contre Yeongdo comptent aussi bien sûr mais surtout il estime que vous êtes allés trop loin.

Huisu avance d'un pas. Cheoljin sursaute et lâche soudain :

— Cette guerre, c'est pas ce que tu imagines !

— Je sais, c'est juste un combat de chiens.

Huisu avance d'un pas de plus.

— Mais putain, cette guerre, c'est pas juste pour bouffer ton usine ou la vodka de Yangdong, merde ! explose Cheoljin.

Huisu s'arrête et fixe Cheoljin qui tremble plus que jamais.

— C'est Doyen Nam derrière. C'est Doyen Nam qui a appelé Yongkang, Kim, le Japonais qui fournit la vodka à Yangdong, et aussi Yama, ton technicien. Tous ces gens, c'est Doyen Nam qui les a placés là.

Huisu se fige, interloqué.

— Pourquoi ferait-il cela ?

— Pour flatter Yangdong et lui faire bomber le torse. Voilà le bordel qu'on recueille quand on fait miroiter des songes absurdes à des types dans notre genre. Tout Guam est désorienté maintenant, exactement ce qu'avait prévu Doyen Nam.

Huisu s'assoit devant Cheoljin.

— Alors comme ça, Doyen Nam convoite la mer de Guam ? Pourquoi maintenant, après quarante ans d'équilibre ?

— Le port du Nord est bloqué, les marchandises de Doyen Nam n'entrent plus. Il est question de le déplacer sur l'île Gadeok. En attendant, quelques hauts fonctionnaires sont descendus de Séoul. Les douaniers sont devenus très prudents, tout le réseau est gelé. Et c'est pas près de s'arranger.

Le port du Nord, le principal port de Busan est bloqué...

Pendant quelques instants, Huisu fixe un point invisible dans l'air. Des bribes de pensées compliquées surgissent dans sa tête, qu'il ne parvient pas à ordonner de façon logique.

— Père Sohn est au courant, lui aussi ?

— Y a-t-il des choses qu'il ignore ?

— Et toi ? Tu sais tout ça depuis le début et tu as attendu qu'on en arrive à ce merdier pour tout déballer ?

Cheoljin a l'air embarrassé.

— Quand tout sera terminé, Doyen Nam compte te léguer une grosse affaire. Il l'a promis.

Huisu se souvient soudain de ce que Père Sohn lui a dit au sujet de Doyen Nam. Qu'il fallait d'abord qu'il vous vole tout ce que vous aviez avant de daigner vous donner un petit quelque chose. Et que Huisu aurait du mal à supporter que le Doyen se vante sans cesse de ce pauvre service.

— Et Cheon Dalho ?

— Il ne sait rien pour l'instant. Mais il va pas tarder à renifler quelque chose.

— Et toi, tu bouffes à tous les râteliers. Cheon Dalho et Doyen Nam.

Cheoljin fait une grimace, comme s'il préférait ne pas revenir sur ce sujet.

— Quand un type comme Doyen Nam te pose une main sur l'épaule et t'invite sur un coup, tu n'as pas le choix. Si je parle de sa proposition à Cheon Dallo, Doyen Nam me trucide, et si je ne lui en parle pas, Cheon Dallo qui sait tout finira par l'apprendre et c'est lui qui me tuera.

Huisu baisse le regard sur le couteau dans sa main. Hojung et Park sont morts. S'il laisse la vie sauve à Cheoljin, Père Sohn fermera-t-il les yeux ? Pardonnera-t-il à l'un de ses pions de ne pas s'être déplacé dans la case indiquée ? Huisu plante le couteau dans le bois de la table et l'arrache aussitôt, avant de le replanter à nouveau. Cheoljin suit du regard le geste répétitif de Huisu. À ce moment-là, Daeyeong et Seokgi pénètrent dans la cabane. Daeyeong, après avoir jeté un regard impassible sur le corps de Hojung, le recouvre de la bâche en plastique dont il replie les quatre coins. Il en déplie ensuite une autre dans laquelle il enroule le cadavre.

— C'est celui-ci qu'on met dans le broyeur ? demande Daeyeong.

Huisu se tourne vers le corps de Hojung emmailloté dans le plastique comme un ver à soie.

— Non, celui-là, on le laisse flotter.

L'air mécontent, Daeyeong fronce les sourcils et se baisse pour attraper l'étrange chrysalide côté jambes.

— Qu'est-ce que tu attends ? Aide-moi, dit-il à Seokgi.

Daeyeong et Seokgi soulèvent le cadavre.

— Putain, on n'a pas beaucoup de temps, pourquoi ils ont pas commencé par celui qui va dans la machine ? Celui qu'on laisse flotter peut attendre l'aube, grommelle Daeyeong à voix haute en sortant de la cabane, pour que Huisu l'entende.

Cheoljin est blanc comme un linge.

— Tu as entendu ? Paraît qu'on manque de temps. D'ailleurs, Daeyeong a réparé le broyeur pour te foutre dedans et nourrir ses flétans.

— Qu'est-ce que tu veux que je fasse ?

— Que tu me racontes des choses plus consistantes.

Cheoljin se mord les lèvres.

— Le neveu de Cheon Dalho, c'est nous qui l'avons tué.

— Grand-frère Yangdong a dit l'avoir planté lui-même.

— Son coup n'était pas mortel.

— Alors vous l'avez planté une seconde fois, mortellement, avant de le larguer aux urgences ?

Cheoljin hoche la tête faiblement.

— Quoi d'autre ?

Clairement, il est au bout de ses révélations. Il tourne la tête vers le mur, résigné. Comme pour Hojung, une grande bâche a été posée au sol, sous le pilier où est attaché le supplicié. Le vent continue de siffler par les fentes des murs, soulevant les bords de la bâche. Huisu arrache le couteau à la table, le fait tournoyer dans tous les sens et le replante une nouvelle fois. Dehors, Daeyeong relance le moteur du broyeur toutes les deux minutes pour attirer l'attention de Huisu. Le bruit de rotation de la courroie est assourdissant.

TEXAS HOLD'EM

Robin, le typhon n° 7, est en approche. Assis au restaurant du Mallijang, Huisu observe le spectacle de la mer démontée. Même la vitre sécurisée de douze millimètres d'épaisseur tremble dangereusement. Après une nuit sans sommeil, Huisu a la bouche sèche. Cela fait des jours, depuis sa naissance près de l'équateur, que le journal télévisé annonce ce typhon qui promet d'être d'une rare violence, la faute au réchauffement exceptionnel de la mer. Le niveau d'alerte étant maximal, la plage est déserte. Seules quelques commerçantes de la digue s'affairent dans la tempête, attachant les toiles de leurs échoppes avec des cordes solidement liées à de grosses pierres. Leurs efforts ne serviront à rien ; les pauvres cordes en nylon ne résisteront pas deux secondes quand le monstre surgira. Chaque été, à chaque typhon, des bâtiments illégaux et des préfabriqués de Guam s'effondrent ou s'envolent et les pauvres gens qui n'ont ni titre de propriété ni assurance perdent tout.

Les commerces fermés, leurs enseignes voltigent. Les petits bateaux de l'embarcadère sont renversés et les parasols s'élèvent dans le ciel comme des cerfs-volants. Une voiture, emportée par le débordement des égouts, a brisé l'aquarium d'un restaurant de sashimi et quelques femmes se précipitent hors de chez elles pour remplir leur panier de dorades évadées. Devant ce paysage de dévastation, Huisu se dit que c'est mieux ainsi. Les voyous ne seront pas les seuls à perdre de l'argent cet été.

Les corps de Hojung et de Park sont remontés à la surface. Hojung a été découvert dans les égouts de Wollong et Park dans la chambre secrète où il s'est cru en sécurité. Père Sohn a racheté à Obligation Hong deux de ses endettés afin qu'ils se livrent à la police. Pour qu'il accepte de les céder, les clients devaient être irrécupérables, des drogués ou des joueurs insolvables dont même les organes n'aurait rien rapporté. Pour eux, cette affaire devait aussi être une occasion. Aller pourrir quelques années en prison avec des repas équilibrés trois fois par jour valait mieux que de se faire enlever les reins ou les yeux, ou de vendre sa fille à un bordel.

Quand les corps de Hojung et de Park sont venus au jour, un courant glacial a traversé le quartier. Les membres des gangs, ne sachant ni où ni quand surgiront les prochains coups de couteau, ont disparu des rues de Yeongdo, Guam et Wollong. Ceux de Guam se sont regroupés dans le nouvel entrepôt de Père Sohn. Ce lieu n'a encore jamais été utilisé et même Huisu ignorait l'existence de cet entrepôt Coucou. Pour s'y rendre, il faut prendre la route forestière et monter un bon moment. Situé à mi-hauteur de la montagne, le lieu est stratégique avec vue sur toutes les allées et venues. Personne ne sait encore où se planquent ceux de Yeongdo et de Wollong. Ce n'est qu'une question de temps. Le prix de certaines informations flambe et la trahison rapporte gros. À tout moment, un voyou peut cracher le morceau.

L'usine de Huisu est à l'arrêt et l'entrepôt d'alcool de Yangdong est provisoirement fermé. Les rumeurs circulent si vite que les commandes ont stoppé d'un coup. De toute façon, même en cas de commandes, personne n'est prêt à effectuer de livraisons en ces temps dangereux. La cour du dépôt de Yangdong sature de camions vides. En revanche, l'hôtel Mallijang est ouvert. Les voyous ont détalé et certains membres du personnel, affolés, ont donné leur démission, mais Père Sohn préfère rester ouvert tout l'été. En dehors de cette fameuse période de rénovation qui a fait de l'ancien bâtiment de bois un bâtiment en béton, après la libération de 1945, le Mallijang n'a jamais fermé. Toutefois si Père Sohn se refuse à fermer, ce n'est assurément pas pour le respect de cette tradition.

Il n'a rien changé à ses habitudes : il vient tous les matins, mange son bouillon de bœuf sur la terrasse et joue au go dans son bureau. Quand Huisu lui dit que tout ceci est risqué, Père Sohn répond :

— S'ils débarquent, ils ne trouveront que des tables, des chaises et un vieillard sans force. Qu'ai-je à craindre ?

Il suppose que si les hommes de Cheon Dalho déboulent, ils ne le toucheront pas. En général, les voyous ne tuent pas les propriétaires. Ils savent que débarquer dans un commerce, casser les tables et planter des lames ne fait pas d'eux les maîtres des lieux. Pour obtenir le titre de propriété ou de gérance, il faut garder en vie celui qui les détient, pour après menacer ou négocier. Tant que Père Sohn reste possesseur de nombreux commerces sur Guam, il est intouchable. L'autre raison pour laquelle Père Sohn se sent à l'abri, c'est qu'il est inimaginable, pour un ennemi, d'envoyer une garnison de voyous dans un hôtel situé au milieu d'une plage bondée de touristes.

La guerre a bel et bien commencé. Personne ne peut plus faire marche arrière. Les déclarations de Cheoljin n'ont rien changé sinon que l'adversaire principal est désormais Doyen Nam, plus rusé encore que Cheon Dalho. Pourquoi Père Sohn, au courant depuis le début, ne lui a rien dit ? Huisu n'est pas sûr de pouvoir vaincre Doyen Nam. Si la guerre se prolonge, lui-même sera en tête sur la liste de Yeongdo. Non seulement il ne possède aucun titre de propriété, mais encore, il est devenu, en reprenant du service chez Père Sohn, le capitaine des soldats de Guam. Leurs ennemis vont vite comprendre que le meilleur moyen pour ébranler Père Sohn c'est de le tuer, lui, Huisu. Le voici devenu le plus vulnérable de Guam tandis que Père Sohn, comme toujours, est à l'abri. À cette pensée, il le trouve à nouveau détestable.

La vieille voiture de Danka arrive en trombe devant l'hôtel, laissant derrière elle un sillage de fumée noire. Après l'avoir garée à la hâte, Danka sort précipitamment et monte au restaurant.

— Dis donc, ce que tu es rapide, persifle Huisu.

— C'est un miracle que je sois là. Ces enfoirés de fonctionnaires sont si peureux et si lents...

Pas très fier de son heure de retard, Danka exagère ses excuses.

— Tu as le compte-rendu ?

Danka sort de son sac un épais dossier.

— Comme tu me l'as demandé. Mais pourquoi toute cette paperasse ? J'ai eu un mal fou à la débaucher, cette salope.

Huisu lui arrache le dossier des mains et parcourt quelques pages. La plupart sont dans un pur jargon administratif, mais on comprend que la réunion porte bel et bien sur le projet de construction d'un nouveau port à Gadeok et du réaménagement du port du Nord devenu trop petit. C'est un projet colossal avec un budget d'au moins de vingt mille milliards de wons. Huisu referme le dossier, l'air las.

— Qu'est-ce que ça raconte, alors ?

— Je ne pige pas tout mais en gros le nouveau gouvernement entreprend des travaux publics avec, entre autres, la construction d'un nouveau port à Busan.

— Pourquoi un nouveau port, tout d'un coup ?

— La quantité de containers a explosé ces derniers temps. Le port du Nord a été construit sous l'occupation japonaise et est désormais trop petit, à ce qu'ils disent. En plus de l'espace de stockage insuffisant, les habitants en ont marre de tous ces camions qui traversent le centre-ville. Et de nos jours les bateaux ont la taille de trois ou quatre stades de foot, ils ne peuvent plus mouiller là.

— Il irait où, ce nouveau port ?

— Après Myeongji, tu as une île, Gadeok, tu vois ? Eh bien ils veulent construire le nouveau port à cheval sur l'île et des polders qui la relieraient à la terre.

— Et c'est voté ?

— Pas encore, mais c'est tout comme, dirait-on.

Huisu reste dubitatif. S'ils commencent aujourd'hui, les travaux prendront plus de dix ans.

— Tu n'as rien trouvé de particulier aux douanes et au port du Nord ?

— C'est pas rien, le déplacement du port. Apparemment, beaucoup de fonctionnaires sont descendus de la capitale. Du coup, les douaniers prennent un maximum de précautions.

— Yeongdo retire ses marchandises du port du Nord, n'est-ce pas ? Il a quoi surtout ?

— Des lingots d'or, de la drogue et des équipements médicaux hors de prix, genre des rayons X, des IRM... tout ce qui peut rapporter gros. En termes de taille, c'est sans commune mesure avec la contrebande de notre vieux mesquin.

— Ça signifierait que le port est bloqué, côté Yeongdo ?

— Ça, je peux pas savoir par quel réseau transitent leurs marchandises. Même la belle-fille de Doyen Nam l'ignore.

Huisu opine. Ce n'est pas rien, ça, que Yeongdo ne puisse plus accéder au port. Les principaux revenus de Cheon Dalho proviennent des salles de pachinko, des boîtes de nuit et des bordels, tandis que ceux de Doyen Nam proviennent de commerces illégaux avec la mafia russe et les yakuzas japonais, lesquels empruntent le port du Nord. Cette activité de contrebande crée des fortunes extraordinaires, rien à voir avec les gains des boîtes de nuit. Même avec un dixième de ces revenus colossaux, son activité serait rentable. Si le réseau du port du Nord coince, ça signifie que toutes les affaires de Doyen Nam coincent. Les pièces du puzzle se mettent en place dans la tête de Huisu. Doyen Nam a besoin du port de Guam. C'est un petit port, mais Doyen Nam peut y glisser quelques containers. Le problème, c'est que Père Sohn, plutôt souple en matière de négociation, reste inflexible quand il s'agit de son port. Il ne prête pas. C'est tellement évident que Doyen Nam n'a pas perdu du temps à demander, il a lâché l'un de ses pires fantassins sur Guam, Yongkang, et a collé dans les pattes de Yangdong un trafiquant de vodka et un technicien de machines de jeu pour l'occuper et le faire rêver. Dans la foulée, tous les voyous de ce quartier pauvre se sont agités, dont, malheureusement, Huisu.

La stratégie de Doyen Nam est la bonne : Yeongdo et Guam se mettent à grogner l'un contre l'autre. Père Sohn a certainement tout su de la manœuvre, même enfermé dans son bureau, seul devant son jeu de go. Il a compris d'où sont venues les affaires miraculeuses tombées sur Yangdong – qui s'est mis à faire le paon. Et il a su ce que Huisu allait devoir affronter. Pendant que ses jeunes se faisaient larder en pleine rue, il a feint l'ignorance et gardé sa bouche cousue.

Huisu regarde par la fenêtre, perdu. Danka doit en avoir marre d'attendre. Il toussote.

— Quoi ?

— Comment ça, quoi ? Tu me donnes de l'argent ?

— Quel argent ?

— J'ai dû sortir cinq millions pour avoir ce dossier.

— Quel cirque ! Cinq millions pour ces bouts de papier ?

— Des bouts de papier qui contiennent un secret d'État, je te rappelle. Imagine, si ces informations s'ébruitent, le prix de l'immobilier va exploser, autour de l'île. Ces enfoirés de fonctionnaires voulaient absolument pas me le filer, ce putain de dossier, alors j'ai dû les supplier. J'ai eu un mal fou à les convaincre. Au final, j'ai dû lâcher cinq millions.

Huisu ouvre son portefeuille : il a trois billets d'un million. Il s'apprête à les donner mais, finalement, n'en prend que deux et les tend à Danka. Celui-ci renâcle.

— Allez, tu connais la situation. Je suis vraiment en galère, en ce moment, dit Huisu.

Danka ouvre des yeux en triangle et lance à Huisu un regard noir avant de prendre les billets, résigné.

— On pensait que ça irait enfin mieux pour toi, avec ce nouveau boulot, mais te voilà revenu au point de départ. Pauvre grand-frère Huisu, le sort en finit pas de s'acharner.

— Comme tu dis, le sort s'acharne.

Danka sort son paquet de cigarettes de sa poche intérieure. Il en tend une à Huisu et la lui allume, avant d'en prendre une à son tour.

— Qu'est-ce que tu comptes faire, maintenant, grand-frère ?

— C'est-à-dire ?

— Ça va éclater dans pas longtemps, il faut choisir le bon camp. Tout le dilemme du voyou, c'est de choisir le bon camp.

— J'ai déjà choisi, tu sais bien.

— À ce que j'ai vu dans ce dossier, on dirait que c'est une guerre entre Père Sohn et Doyen Nam qui couve. Père Sohn peut-il rivaliser avec Doyen Nam ? Doyen Nam, c'est pas Cheon Dalho ou les maquereaux de Wollong. Père Sohn a hérité de son grand-père, alors que Doyen Nam est descendu tout seul de Mandchourie et s'est hissé au sommet en partant des bas-fonds du marché aux poissons. D'emblée, elle est pas équitable, cette guerre.

L'esprit vif de Danka a saisi la situation. Il a certainement raison. Une guerre contre Cheon Dalho est jouable à la rigueur, mais contre Doyen Nam, c'est perdu d'avance.

— Que faut-il faire, changer de camp maintenant ?

— Si tu le peux, fais-le. C'est une question de vie ou de mort. Doyen Nam t'aime bien. Moi j'aurais beau lui offrir un paquet de ginseng rouge de six ans d'âge, il daignerait pas y jeter un coup d'œil.

— Si on décide de changer de camp, on marche sur des œufs. Le vieux fait semblant d'être mou mais c'est un type très cruel, parfaitement capable de nous poignarder dans le dos.

— Faut qu'on réagisse. On va pas mourir comme des cons juste pour avoir trop tardé.

Huisu dévisage attentivement Danka.

— Écoute bien, Danka. Jusqu'à la fin du typhon, tu ne fais rien. Si tu fais le moindre faux pas, cette fois-ci, tu y passes, compris ?

— Les couteaux et les haches volent de tous les côtés mais tu me dis de ne rien faire ?

— Oui, tu ne bouges pas.

— Putain ! On a fait éclore l'œuf, on a élevé le poulet, on l'a fait frire façon KFC, et maintenant qu'on s'apprête à le bouffer, y a un tigre qui nous en empêche et un chien bâtard qui nous mord le cul !

Danka jette son mégot.

— Je me tire.

— Ne traîne pas, rentre directement à l'entrepôt.

— J'aime pas cet endroit. C'est plein de lourdauds qui bouffent des nouilles instantanées. Et toi, grand-frère, tu rentres pas ?

— Pas tout de suite, j'ai une affaire à régler avec Monsieur.

— Ne traîne pas. C'est dangereux, ici, sans garde du corps.

— Aujourd'hui, ça devrait aller.

Aujourd'hui, en effet, rien à craindre. Doyen Nam et Cheon Dalho viennent pour discuter. Conformément aux prédictions de Père Sohn, Doyen Nam se propose en arbitre du conflit, comme s'il n'y était pour rien. Une rencontre est organisée pour mettre fin aux bagarres, éteindre les rancunes et remettre de l'ordre dans les affaires de chacun. Dans ce milieu, la guerre est une sorte de bombe nucléaire. Elle n'éclate jamais vraiment. Elle sert juste à installer un climat de tension pour des négociations. Parce que si elle survient, il n'y aura que des perdants ; et les vieux savent tout cela.

Hojung et Park sont morts et les autres proxénètes de Wollong ne vont plus bouger. Aucun risque que ces types dénués d'honneur prennent part à cette guerre. Yeongdo n'a donc que les hommes de la maison mère et du clan Dalho pour former une armée, à ceci près que les premiers sont tous vieux, comme à Guam, et que les seconds ont été massivement fichus en taule. Yeongdo a certes quelques organisations périphériques sous influence, mais elles ont leurs propres affaires et problèmes à régler. Grand-frère, petit-frère, tout ça n'est valable qu'en temps de paix. Ils se contenteront d'observer de loin avec des remarques du genre : « Quoi ? Ces minus de Guam osent défier Yeongdo ? » en vidant des bouteilles.

À Guam, en revanche, on dispose de plus d'hommes que jamais. Il y a eu des blessés, mais la bande d'Amy est quasi intacte. S'y ajoutent ceux de l'entrepôt de Yangdong, ceux du bureau de Huisu, ceux du Mallijang et les vieux surineurs que Père Sohn a veillé à maintenir près de lui. Il y a aussi ceux de Dodari et ceux de Jeongbae. Ils ne sont sans doute pas très efficaces au combat mais ils font nombre. Enfin, si Huisu parvient à se réconcilier avec Tang, plus ou moins délaissé ces derniers temps, les Vietnamiens viendront grossir les rangs de Guam.

La police a fait une descente dans trois commerces illégaux de Cheon Dalho hier soir. Bilan : trois cadres de Yeongdo hors jeu pour quelques mois. Une opération initiée par Huisu et menée par Chef Gu. Mais Huisu a dû lâcher une centaine de millions de wons pour que Chef Gu surmonte sa peur et accepte la mission. Cheon Dalho peut toujours bluffer ; il a perdu presque tous ses hommes et n'a plus aucune carte dans son jeu. Donc Doyen Nam ne va pas ouvrir les hostilités. Et Père Sohn le sait. Si les deux trouvent un accord ce soir, il y aura un cessez-le-feu, au moins provisoire. Il sera difficile pour Guam de prétendre avoir pris l'avantage, mais, face à une organisation comme Yeongdo, ce sera déjà pas mal.

Pourtant, Huisu ressent une sourde inquiétude. Doyen Nam n'est pas du genre à battre en retraite. Quelle carte va-t-il jouer ? Huisu est tout aussi curieux de savoir ce qui se trame dans la tête de Père Sohn, sournois comme un raton laveur. Mais impossible pour quiconque de lire dans les pensées de ces deux ancêtres. Dans cette partie d'échecs entre rois, Yangdong, Huisu, Cheoljin ou Cheon Dalho ne sont que des pions. Père Sohn a souvent dit que ce genre de conflits, où les deux parties tour à tour reculent, avancent, reculent, ressemblent à un combat d'escargots. Huisu se sent si nul de risquer sa vie pour un escargot.

Il reste cloué tout l'après-midi dans sa chambre d'hôtel. De même, Père Sohn est enfermé dans son bureau mijotant Dieu sait quoi. Huisu ne va pas le voir ni ne discute avec Yangdong des points à négocier durant la rencontre. Il ne lui a pas encore dit que les affaires de vodka et de machines de jeu étaient des pièges tendus par Doyen Nam. Il n'a pas non plus posé de question à Père Sohn concernant le port du Nord. Doyen Nam, Père Sohn, Cheon Dalho, Yangdong, chacun a ses propres envies et ses propres cartes ; et chacun garde le silence. Si Huisu a appris une chose de ce milieu : ceux qui survivent sont ceux qui ont appris à se taire.

À dix-huit heures précises, Huisu descend au restaurant de l'hôtel. Dans la salle, les employés sont en pleins préparatifs. Huisu appelle le manager.

— Vous avez préparé le dîner pour combien ?

— On a prévu vingt personnes. Vous voulez qu'on ajoute des couverts ?

— C'est pas une noce non plus. Vingt couverts, ça suffira largement.

Oui, cela suffira. Il n'y aura que Doyen Nam, Cheon Dalho, Hwang, Yangdong, un ou deux proxénètes de Wollong, un vieux conseiller de la station thermale invité pour l'arbitrage, Père Sohn et Huisu. Les gardes du corps et chauffeurs ne sont pas comptés. Huisu entre dans la cuisine en pleine effervescence et s'approche du chef.

— Tout se passe bien ?

— Les poissons ne sont pas extraordinaires, c'est l'été. Par contre, les viandes sont extras.

— Alors, mettez la viande en plat principal et juste un peu de poisson en entrée.

Le chef acquiesce d'un mouvement de tête.

Dix-neuf heures, des voitures commencent à arriver. Le vieux conseiller de la station thermale pour qui Père Sohn a, paraît-il, un profond respect, arrive en premier, jambes branlantes, soutenu par son chauffeur, suivi de Yangdong et de deux proxénètes de Wollong. Le conseiller de la station thermale n'a aucun pouvoir mais c'est une figure respectée du milieu. Même Doyen Nam semble le tenir en haute estime. Père Sohn l'a convié ce soir, essentiellement à titre de témoin des accords qui seront passés. Le conseiller ne dirige aucune organisation ni aucun commerce. Sa seule activité consiste à se faire inviter en tant que doyen aux mariages et aux anniversaires et, parfois, comme ce soir, en tant qu'arbitre.

Ils sont six à table. Le manager s'avance vers Huisu et lui demande quand démarrer le service. Huisu indique les trois sièges encore vides : il faut attendre que tout le monde soit là. Il n'y a pour l'instant personne de Yeongdo et la réunion ne peut pas commencer sans eux. Une serveuse verse de l'eau dans chaque verre, la main fébrile.

Au milieu de la table trône le vieux conseiller. À sa gauche, Père Sohn, Yangdong et Huisu. À sa droite, les trois chaises vides de Doyen Nam, de Cheon Dalho et de Hwang. Les deux maquereaux de Wollong sont en bout de table. Ils sont visiblement inquiets de la tournure que peuvent prendre les événements. Le conseiller de la station thermale, lui, est d'excellente humeur et son visage irradie de fierté tant l'arbitrage qui lui est confié ce soir est important. Père Sohn paraît un peu fatigué, comme d'habitude. Cela fait maintenant plus d'une heure que le vieux conseiller soliloque sur toutes sortes de sujets : les vertus régénérantes de certaines plantes, le golf, le tennis ou la pêche. À chaque assertion du bonhomme, Père Sohn manifeste une approbation machinale, tandis que Yangdong et Huisu se tiennent cois. Shin, l'un des maquereaux de Wollong, grille cigarette sur cigarette en faisant rouler, du bout de son doigt, la pierre de son Zippo. De temps en temps, il lève la tête et jette un regard noir sur la tablée. Lee, l'autre mac, tête penchée à environ dix degrés et regard vague, s'abîme sur un point précis de la nappe ; on dirait qu'il joue au *Magic Eye*. Plus que revendiquer leurs droits sur Wollong, la préoccupation principale de ces deux-là est de gratter un maximum de miettes après les morts de Hojung et Park.

Le vieux conseiller, lui, poursuit son cours magistral sur les plantes médicinales, avec une énergie étonnante alors que dès son entrée dans la salle tout le monde s'attendait à ce qu'il s'effondre au bout de trois pas.

— Voilà, donc, selon mes recherches minutieuses et ma longue expérience, je sais désormais qu'il vaut mieux prendre des racines de campanules de dix ans d'âge plutôt que du ginseng de six ou dix ans.

Père Sohn le flatte comme si l'autre avait révélé une chose extraordinaire.

— Si quelqu'un d'aussi sérieux et expert que vous le dit, ce ne peut être que vrai.

Les aiguilles de l'horloge dépassent vingt heures. Des employés sortent régulièrement de la cuisine pour parler au chef de salle. Les entrées, prêtes depuis un moment, doivent avoir perdu en fraîcheur. Quand les aiguilles indiquent vingt heures trente, Yangdong ne se contient plus.

— Putain, mais qu'est-ce que vous foutez ? C'est pour nous raconter des histoires de campanules que vous nous avez fait venir ?

Les rires cordiaux entre le conseiller et Père Sohn s'arrêtent net. Le maquereau Shin regarde Yangdong de travers. Coupé dans son ode aux plantes, le conseiller désigne Yangdong du menton.

— Qui est ce gosse impatient ? Je reconnais Huisu mais celui-ci, c'est la première fois que je le vois.

Père Sohn rit.

— C'est Yangdong. Vous l'avez vu il y a près de vingt ans. On était allés chasser avec lui, on avait mangé un chevreuil, vous vous souvenez ? C'est lui qui avait préparé la viande.

Le conseiller, perplexe, dodeline de la tête. Soudain, comme un vieux néon qui finit par s'allumer, le souvenir semble lui revenir et il lève un doigt.

— Ah oui, le petit groom qui avait pris un coup de patte du chevreuil en pleine tête ?

— Oui, c'est bien lui.

— Tsss, il n'a pas changé, cet excité ! Se faire botter par un chevreuil mourant...

Le conseiller secoue la tête et se retourne vers Père Sohn.

— Un gars de ce genre, si vous lui faites avaler une décoction de campanules de trente ans d'âge, la partie inférieure de son corps se raffermira, son caractère se posera et on ne l'entendra plus sortir des piques aussi merdiques.

Père Sohn opine du chef d'un air entendu. Shin ricane en voyant Yangdong qui a viré au pourpre. Père Sohn cligne deux ou trois fois des yeux, comme un crapaud, et regarde Yangdong, puis l'horloge.

— Yeongdo est en retard. Vous devez avoir faim. Ça vous dit de commencer à dîner ? suggère Père Sohn.

— Nos jeunes saignent et meurent, en ce moment. Quelle importance, le repas d'un vieux ? Et puis, quand on a des discussions aussi importantes à mener, il vaut mieux attendre que tout le monde soit là pour commencer le repas. Même entre ennemis, un repas partagé fait diminuer la haine. Ça fait partie de notre savoir-vivre, à nous, Coréens, dit le conseiller d'un ton solennel et pompeux.

Père Sohn fait quelques courbettes devant le conseiller, comme s'il adhérait à son discours. Le conseiller pose son regard sur Yangdong et les deux maquereaux.

— Doyen Nam et Cheon Dalho ne sont pas encore parmi nous mais si vous avez des réclamations à faire, vous pouvez déjà m'en parler à moi. Il suffira que je les leur transmette et vous serez entendus, dit-il fièrement.

Le maquereau Shin, trouvant cette déclaration ridicule, s'esclaffe. Au même moment, le manager du restaurant s'approche de la table, un téléphone à la main.

— C'est Yeongdo.

Le manager reste debout, sans savoir à qui donner l'appareil. Père Sohn fait un signe à Huisu, qui le prend.

— Allô. Ici Huisu, du Mallijang.

— Cheon Dalho.

— Dites-moi.

— Avec Doyen Nam, nous sommes occupés aujourd'hui. Nous ne viendrons pas.

Huisu se tait un moment, avant de reprendre.

— C'est tout ce que vous souhaitiez transmettre ?

— Dis à Père Sohn qu'il n'est pas trop tard, que s'il se prosterne devant nous, il aura la vie sauve, et d'autres autour de lui. Qu'il profite de son repas et qu'il réfléchisse.

Cheon Dalho raccroche. Autour de la table, tous les regards sont tournés vers Huisu.

— Doyen Nam et Cheon Dalho sont trop occupés et ils ne peuvent pas venir ce soir.

— Quoi d'autre ?

Shin et Lee avalent leur salive.

— Que l'on profite du repas, dit Huisu d'une voix calme, claire et distincte.

FANTASSIN PORTE-MERDE

Yongkang sort de prison après quatre mois.

Au moment de son incarcération, Chef Gu affirmait qu'il allait y pourrir au moins cinq ans. Maintenant il tente de justifier son erreur d'estimation, disant qu'il n'y avait pas assez de preuves, qu'il n'a pas non plus tué Patron Og de ses mains et que la quantité de drogue trouvée à la blanchisserie n'est pas assez importante pour l'accuser d'être un trafiquant. Pourtant les preuves étaient suffisantes pour tenir Yongkang cinq ans à l'ombre. Doyen Nam aurait manœuvré en coulisses.

La première chose que fait Yongkang en sortant, c'est d'éliminer Tang pour le punir de sa trahison. Son corps est retrouvé dans le chantier de construction d'une résidence, percé de trois barres d'armature et écrabouillé au sol comme une tomate jetée du toit. L'un des acolytes de Tang, un petit homme court sur pattes, est aussi assassiné. Huisu ne se souvient plus de son nom ; ils se sont pourtant croisés quelques fois à des soirées arrosées. Il a beau se creuser la cervelle, le nom du petit homme lui échappe. Le corps de Tang part direct à la fosse commune, sans cérémonie funéraire, au grand soulagement de Huisu qui ne se sent aucun courage d'affronter des obsèques. Il se sent responsable de sa mort : en appelant Tang, le jour de la mort de Patron Og, pour qu'il rallie Guam mais sans l'accueillir lui et ses hommes dans l'entrepôt de la route forestière, il l'a exposé à la vengeance de

Yongkang. Certes, il arrive qu'un acte issu d'une bonne intention cause du tort mais maintenant que Tang est mort, Huisu se demande s'il a vraiment eu de bonnes intentions à son égard. Au final il se console en se disant que non, il n'a eu ni bonnes, ni mauvaises intentions. La vie les a menés là, c'est tout.

Dès la sortie de Yongkang, tous les anciens membres de l'association de l'Asie du Sud-Est, affamés pendant de longs mois, se rassemblent autour de leur leader comme une horde de coyotes enragés. Après la mort de Tang, les Vietnamiens les rejoignent. Aucun d'entre eux ne trahira plus Yongkang, de peur de finir en purée de tomate. Ressoudée, l'association du Sud-Est ne craint plus rien. N'ayant plus de lieu de repli, ces Asiatiques déambulent sur la plage de Guam comme chez eux. Ce ne sont plus ces hommes apeurés et blottis croisés dans la rue ces dernières semaines. Ce sont des prédateurs au regard luisant, glacial.

Parti faire une commission pour Yangdong, Secheol ne revient pas à la planque. On le retrouve au matin, étranglé, le flanc percé de plusieurs coups de couteau, dans une voiture garée au bout de la digue. Sous lui, le siège est imbibé d'une véritable soupe de sang. Deux types, l'un sur le siège du passager et l'autre sur la banquette arrière, ont dû l'acculer jusqu'à cet endroit désert. Arrivés là, celui de derrière l'a étranglé avec une corde, tandis que celui d'à côté l'a lardé de coups de couteau.

La blanchisserie aussi a subi une attaque de la bande de Yongkang. Jeongbae, qui a tenu à la faire tourner pour ramasser un peu d'argent malgré l'ordre de Père Sohn de la fermer et d'aller se réfugier à l'entrepôt, s'est fait serrer. Il a été passé à tabac toute la nuit et, au petit matin, transporté aux urgences, le tendon d'Achille sectionné. Yongkang a tué Secheol mais il a laissé la vie sauve à Jeongbae. Pourtant il n'y a que le sac de drogue que Huisu a récupéré qui peut l'intéresser. Alors, qu'est-ce que Jeongbae a bien pu lui vendre ?

Un des voyous attrapés par Yongkang revient, visage cabossé, avec un message pour Huisu.

— Qu'est-ce qu'il t'a dit ?

— Que la prochaine fois, ce sera votre tour, et qu'en attendant il fallait que vous preniez des fortifiants.

— Des fortifiants ?

— Oui, des fortifiants. Il dit que les membres se découpent plus facilement quand ils sont musclés et qu'il faut que vous veilliez à rester en bonne santé.

Cette plaisanterie typique de Yongkang provoque à Huisu un sourire narquois. Pourtant, le lendemain matin, quatre corps sont découverts dans un camion de ravitaillement de Yangdong, sur la route forestière, à moins de trois cents mètres de la planque des voyous de Guam. Le message est clair, Yongkang sait très bien où ils se terrent. Certaines victimes ont effectivement eu les membres tranchés à la machette, en guise de macabre clin d'œil façon Yongkang. Accourus sur les lieux de la boucherie, de jeunes voyous de Guam tatoués et frimeurs qui n'ont encore jamais vu un mort bleuissent littéralement devant ce tas de cadavres découpés. Par l'arrière du camion, le sang a ruisselé jusqu'à souiller l'herbe et imprégner la terre. De grosses mouches tournent autour du massacre pour y pondre leurs œufs. Les voyous de Guam restent pétrifiés devant cette scène qui rappelle des images du génocide cambodgien. Huisu a l'impression de reconnaître des traits familiers dans le tas de chairs. Il s'avance vers le camion et dégage la mèche qui cache ce visage ami. Oupas. Un sentiment trouble l'envahit, un voile noir tombe sur ses yeux. Pourquoi Yongkang a-t-il tué un type pareil, un mec tout simple, dépourvu d'ambition, même pas un voyou ? Un type heureux d'un rien, qui ne demandait qu'à veiller sur son hévéa, dans le hall d'un hôtel. Les paupières de Huisu se mettent à trembler et les larmes inondent ses yeux puis ses joues. Quelques jeunes voyous surprennent son visage rougi par la peine. Huisu essuie ses pleurs d'un revers de main et regagne l'entrepôt.

L'entrepôt de la route forestière a jadis servi à la mise en quarantaine d'animaux dangereux. Une fois ce service sanitaire déplacé, l'endroit a été réinvesti par des éleveurs de chiens de combat. Ces combats, entourés de parieurs, se déroulent ici-même et la montagne est truffée des corps de ces valeureuses bêtes mortes sous les huées. Ce soir-là, à la tombée de la nuit, alors qu'un air lugubre descendu des montagnes inonde la forêt, de vieux voyous de Guam se réunissent pour discuter du devenir des quatre corps. Deux avis s'opposent violemment : certains veulent les enterrer ici, d'autres les rendre à leurs familles afin qu'elles puissent organiser des funérailles décentes. Parmi les voix entremêlées, les arguments fusent.

— C'est Yongkang qui les a tués, pas nous. Pourquoi on devrait traiter les corps de nos camarades ? On n'a pas le droit de les enterrer en cachette dans un élevage de chiens.

— Mais si cette histoire arrive aux oreilles de la police, toutes les affaires étouffées, tous les corps enterrés, brûlés, broyés, tout ça va exploser. Yongkang le sait très bien !

À la fin de cette joute verbale ponctuée de jurons et de cris, ils décident que les corps seront enterrés ici, dans cet élevage. Les jeunes voyous sont à ce point terrifiés que les vieux donnent les premiers coups de pioche pour enfouir les corps.

La planque accueille une quarantaine de voyous ; une telle concentration n'a pas été vue depuis des lustres. Brandir des battes ou faire tourner des couteaux à sashimi dans les terrains vagues en se sentant invincible, c'est une chose. Mais après la découverte macabre du camion, toute intrépidité a fondu.

Pendant que les vieux creusent, un groupe de jeunes chuchote, inquiet de ce qui va se passer la nuit prochaine. Après une telle attaque, Yangdong se doit de riposter. Or, bizarrement, il ne bouge pas. Secheol, son bras droit, vient d'être exécuté, un camion rempli de cadavres stationne dans la cour de leur planque, mais Yangdong ne fait rien sinon rester assis toute la journée, hagard. Yangdong et Yongkang avaient le même âge et ont débuté ensemble dans le milieu. Yangdong connaît Yongkang mieux que personne. Yongkang est une créature minérale, qui ne ressent ni la peur, ni la compassion, une créature de sang-froid. Pas de femme, pas d'enfants. Ni de petite amie. Il n'a jamais rien possédé d'encombrant. Il ne garde dans ses poches que des choses qu'il peut jeter à tout moment. Y compris sa propre vie.

Ces êtres qui ne pensent jamais à demain et n'ont rien à perdre, mieux vaut éviter d'avoir à les combattre. Vainqueur ou non, on finira dans la boue.

Du haut de sa poitrine jusqu'au nombril, Yangdong porte une balafre, longue trace de couteau. Une œuvre de Yongkang. Un jour, Yangdong s'est moqué de lui pendant une partie de poker. Yongkang l'a tabassé avant de tracer sur son ventre cette entaille de quarante centimètres. Un homme mordu par un chien noir dans son enfance garde toute sa vie une phobie des chiens noirs. Ce chien noir est en train de happer Yangdong. L'après-midi passe, la nuit tombe, mais Yangdong ne quitte pas sa chaise, hébété.

Dans la cour, assis sur un banc, Huisu fume. Comme de petites lucioles suspendues quelque part au milieu de la masse sombre de la forêt, on voit vaciller trois ou quatre points rouges au loin. Les vieux voyous ont fini d'enterrer les corps et, leur devoir accompli, ils fument à leur tour. Yangdong, rajuste son blouson et rejoint Huisu. Celui-ci lui tend une cigarette, qu'il saisit. Il a maigri, ces derniers jours ; ses joues se creusent quand il aspire la fumée.

— Qu'est-ce que tu comptes faire ? demande-t-il à Huisu, jaugeant son humeur.

Il s'est totalement retiré du commandement et laisse Huisu décider.

— J'y réfléchis.

— Maintenant que Yongkang nous a débusqués, vaut mieux déménager, non ?

— Où voulez-vous qu'on aille, aussi nombreux ? On aura beau se déplacer, il nous retrouvera.

— Je suis sûr que c'est ce connard de Jeongbae qui a cafté. Putain, on aurait dû l'interroger.

Yangdong s'énerve tout d'un coup, comme si Jeongbae était responsable de la mort de Secheol et de tous les autres. Il reprend ses questions.

— Tu penses pas qu'on devrait chercher un accord avec Yongkang ?

— Un accord ? s'exclame Huisu, laissant échapper un rire étonné. L'autre jour vous m'avez dit d'arrêter de mouliner et de bouger mon cul, que si l'autre en face se coupe un doigt, il faut s'ouvrir le ventre et montrer ses entrailles, pas vrai ?

— On peut pas combattre ces fantassins porte-merde ! Ils éclaboussent tout le monde d'excréments et se barrent dans un autre pays. Comment tu veux faire face à ces gens-là ? Tu connais pas Yongkang. C'est un type qui ressent rien, même quand il éviscère quelqu'un.

— Où est partie votre hargne, grand-frère Yangdong ? Vous pensez que Yongkang vous laissera la vie sauve si vous reculez maintenant ? C'est justement maintenant qu'il faut sortir ses tripes ! C'est la seule façon pour nous d'espérer survivre.

— Yongkang n'est pas humain, je te dis ! crache Yangdong, au bord des larmes.

Il est terrorisé. C'est un spectacle pénible que de voir cette espèce d'orang-outang sangloter de peur. Huisu ne peut s'empêcher de le considérer avec mépris. Ses grands élans d'audace et de virilité, rendus impressionnants par son physique de géant, ne sont que du bluff, les coups de sang d'un gamin immature miné d'angoisses et de complexes. Il a jusqu'à présent réussi à impressionner les petits maquereaux minables de Wollong, mais face à un barbare comme Yongkang, il baisse la queue. Huisu a connu pas mal d'hommes tels que lui, car la plupart des voyous sont ainsi. Plus leur tatouage de dragon est gros, plus leur aspect est terrifiant, plus ils sont faibles.

— Je suis désolé, Huisu. Je ne peux pas aller plus loin, déclare Yangdong, abattu.

Yangdong s'enfuit avant l'aube avec ses hommes. Dès le lever du soleil, les voyous restants s'agitent. Changsu, celui qui a reçu de Huisu un coup de plateau, va trouver ce dernier d'un pas hésitant.

— Grand-frère Huisu...

— Pourquoi tu m'appelles grand-frère ? On est du même âge.

— Eh bien, je veux dire...

— Dis.

— À présent que grand-frère Yangdong est parti, qu'est-ce qu'on va faire ? On est là juste pour remplir les cases, nous, on ne va pas être très utiles dans le combat qui se prépare.

— Heureusement.

— Pardon ?

— Tu sais ce que tu vaux, heureusement.

Changsu se tait, embarrassé. Huisu serre les dents et lâche :

— Que ceux qui veulent partir partent.

Changsu n'a pas tort, ils ne serviront à rien de plus s'ils restent. Une fois les hommes de Yangdong et ceux de Changsu partis, sont encore présents à la planque une dizaine d'hommes, la bande d'Amy et quelques vieux voyous. Avec cette minuscule armée, il va falloir faire face à Yongkang et son association de l'Asie du Sud-Est, Cheon Dalho et Doyen Nam. Quand l'autre camp aura pris l'avantage, il faudra s'attendre à ce que les maquereaux de Wollong les rallient. Bref, la confrontation paraît sans espoir. Huisu prend une cigarette. Il faut faire disparaître Yongkang. Sans quoi, aucune négociation ne sera possible. Mais comment éliminer ce monstre ?

Le lendemain matin, Amy vient voir Huisu. Sa démarche hésitante ressemble fortement à celle de Yangdong et Changsu avant leur fuite.

— Quoi ? Tes potes aussi veulent partir ?

— Non, c'est pas ça. C'est que... on n'a plus de provisions.

— Rien à becqueter ?

— Non.

— Même pas de nouilles instantanées ?

— Il en restait deux ce matin, mais Huinkang les a bouffées. Putain, je déteste ce connard. Il est tout petit en plus, qu'est-ce qui lui a pris d'en bouffer deux ?

— Vous arrivez à avaler ces trucs, alors que vous pouvez crever d'un moment à l'autre ?

— On mourra quand il faudra mourir, en attendant faut bien qu'on mange. Moi, je peux à la limite supporter un coup de couteau mais la faim, ça, impossible.

Amy frotte son ventre avec une horrible grimace, comme s'il allait succomber à la faim. La situation est catastrophique, pourtant l'un d'eux s'empiffre de nouilles instantanées et l'autre préfère recevoir un coup de couteau que de sauter un repas. Huisu se dit que ces gars-là sont les véritables monstres, pires que Yongkang. Il secoue la tête, dépassé.

— Toi, tu n'es pas inquiet ?

— Bien sûr que si, répond Amy.

Son visage ne porte pas une ombre d'inquiétude.

— À ton avis, qu'est-ce qu'on doit faire ?

— Franchement ?

— Franchement.

— Les seules choses qui m'inquiètent, papa, c'est toi et le frigo vide. Ce connard de Yongkang me fait pas peur. Ses gars, c'est pas des voyous. On les connaît, on a bossé avec eux. Ils sont nombreux, d'accord, mais ils sont bons à rien.

— Ah bon ?

— Et puis j'ai pas encore eu l'occasion d'appeler tous mes potes de Masan, de Gimhae et de Busan, mais j'ai juste à siffler pour qu'ils rappliquent. Il y a aussi les potes de Seokgi, des judokas, et ceux de Huinkang, des lanceurs de couteau. Cette espèce d'Association d'Asie du Sud-Est fera pas le poids. Donc voilà, papa, t'inquiète pas trop. Et puis tu connais ton fils, hein ? Même s'il est pas doué pour tout, c'est le dieu de la bagarre !

— Comment ça, notre Amy n'est pas doué pour tout ? Ce grand gaillard avec sa bouille si mignonne !

— Ah, mon père en sait quelque chose... Mignon et sauvage, c'est pas évident d'être les deux en même temps. Ton fils, justement, il est du genre à suivre dignement cette voie précieuse. Alors papa, fais confiance à ton Amy si mignon et si bagarreur !

Amy pépie avec une mine désopilante. Huisu éclate de rire et prend une cigarette.

— Amy, je suis ton père, n'est-ce pas ?

— Quelle question ? Tu t'es marié avec ma mère, alors tu es mon vrai père.

— En tant que père, j'ai une requête.

— Tu peux même en avoir deux, si tu veux.

— Une seule. Écoute-moi bien.

— Je suis tout ouïe.

Amy, plein de curiosité, est suspendu aux lèvres de Huisu.

— Quoi qu'il arrive, n'accepte sous aucun prétexte une confrontation directe avec Yongkang. Même si je crève sous ses coups de couteau, je te supplie de pas vouloir te venger.

— Quelle idée ? Tu penses que je peux pas rivaliser avec ce minable ? Pourtant il a l'air bien faiblard. Un seul coup et il s'envolera comme un moulin à vent.

— Que tu l'emportes ou non, pas de démêlé avec Yongkang. Ta vie deviendrait un enfer, celle de ta mère et de Jeny aussi. C'est compris ?

Amy semble blessé dans son amour-propre et n'arrive pas à répondre. Huisu ne le lâche pas du regard.

— Est-ce que tu as compris ?

Amy ne répond toujours pas. Soudain, il s'élance vers lui, retire la cigarette de ses lèvres et la jette par terre.

— Qu'est-ce que tu fous ?

— Tu en as déjà pris une tout à l'heure. Le tabac c'est pas bon pour la santé, pourquoi tu les fumes à la chaîne, comme ça ? Il paraît que le nombre de spermatozoïdes diminue quand on fume trop.

— Petit con, occupe-toi donc des tiens.

— T'inquiète, moi, je peux remplir un seau entier avec mes spermatozoïdes et même le faire déborder !

Sans sa cigarette, Huisu ressent un vide. Il s'essuie le pourtour de la bouche.

— Papa, tu veux connaître mon vœu le plus cher ?

— Dis toujours.

— J'aimerais avoir une petite sœur. Une petite sœur qui ressemblerait à ma mère. J'ai vu des photos d'elle quand elle était jeune, elle était super belle.

— Oui, elle était belle.

— Alors si elle a une toute petite fille, qu'est-ce qu'elle sera mignonne ! Moi, je l'aimerai plus que tout au monde.

— Mais dis donc, ça devrait pas être mon vœu à moi, plutôt ?

— Elle a pas eu la vie facile, maman. Maintenant qu'elle est mariée, si elle pouvait avoir une petite fille mignonne et gentille, sa vie s'éclairerait.

Il a raison, ce môme. À l'idée que sa vie à lui pourrait s'éclairer en même temps que celle d'Insuk, Huisu ne peut s'empêcher de sourire.

— Voilà pourquoi à partir de maintenant tu dois faire gaffe à tes spermatozoïdes.

— Mais comment on fera, si cette petite fille me ressemble plus à moi qu'à ta mère ?

Amy reste pensif et incline la tête.

— C'est un peu cruel de me dire ça...

Et se mettant soudain en colère :

— Mais pourquoi tu imagines des trucs pareils, papa, merde !

Sur le terrain vague qui longe l'ancien bâtiment, se fichant superbement du climat ambiant, Huinkang et Seokgi jouent au badminton. Le premier, repu de nouilles, est en pleine forme et virevolte comme un papillon tandis que le second, à jeun, est au bord de l'épuisement. Quelques passes plus tard, vaincu par la faim, Seokgi jette sa raquette et s'accroupit. Huinkang, qui commence juste à s'amuser, insiste pour qu'ils continuent. Seokgi, agacé, repousse sa main. Le soleil, à son zénith, darde ses puissants rayons sur le bâtiment d'élevage. Huisu se retourne vers Amy.

— Préparez vos affaires, on redescend. On va quand même pas se nourrir de serpents.

Il est quinze heures quand ils arrivent à l'hôtel Mallijang, après avoir rangé l'entrepôt. Le typhon a fait place à la canicule. Sur le rivage, des gens s'affairent à réparer des parasols brisés et des fenêtres cassées. En dépit de ce capharnaüm, la marée de touristes a déjà réinvesti la plage. Devant l'hôtel se dresse la tente des agents de la sécurité côtière. Active seulement l'été, cette unité est habituellement basée devant les douches publiques.

Père Sohn a manœuvré en coulisses pour qu'on la déplace devant l'hôtel.

Oupas, qui accourait toujours au-devant de Huisu, la mine joyeuse et des histoires sans intérêt plein la bouche, n'est plus là. La cafétéria et le restaurant débordent de touristes désireux de profiter des derniers jours d'été. Père Sohn a du cran pour continuer à faire tourner l'hôtel dans le contexte actuel. Ou peut-être qu'à l'inverse, le Mallijang est en sécurité parce qu'il l'a laissé ouvert et qu'il grouille de monde. Huisu remarque de nouvelles têtes parmi les serveurs, les grooms et les serveuses de la cafétéria. Père Sohn a dû remplacer en urgence les employés qui ont démissionné par des jeunes en job d'été. Ces derniers, peu formés, sont assez paniqués. Le serveur qui travaillait avec Oupas garde désormais le hall et Huisu lui fait vider deux chambres à côté du bureau du directeur pour y installer la bande d'Amy.

Père Sohn est absent. L'ancien serveur explique à Huisu que le commissaire de police est venu le chercher pour un golf. Huisu hoche la tête puis va au bar où il commande un double whisky *on the rocks*. Quand le barman pose le verre devant lui, Huisu se contente de le prendre et de faire tournoyer son contenu. Depuis qu'il a rejoint la planque, il n'a pas pris une goutte d'alcool et, par la même occasion, a interdit à ses hommes de boire, afin qu'ils ne commettent pas d'irréparables bêtises. La plupart d'entre eux ont pourtant bu en cachette, pour tuer le temps et la peur. Huisu contemple son verre. Il ressent une intense envie d'alcool. Mais de toutes parts l'ennemi guette le moment propice pour attaquer. S'il se laisse aller, il perdra ses réflexes et ne pourra l'éviter. Ceci dit, garder l'esprit clair ne suffit pas non plus à l'éviter. Huisu reste longtemps là, assis devant son verre, à tapoter du bout de ses doigts le bois du comptoir. Il faut tuer Yongkang, agir avant que la situation n'empire. Au bout d'une heure, Huisu se lève. Le barman regarde le verre intact, étonné.

Huisu sort dans le hall de l'hôtel et tombe nez à nez avec Huinkang qui est resté l'attendre.

— Qu'y a-t-il ?

— Je vous accompagne.

Comment a-t-il su ? Huinkang est un intuitif. Hormis cette fâcheuse habitude de se goinfrer de nouilles instantanées, il n'a aucun défaut. Intelligent, pointu dans l'analyse des situations, il fait ce qu'il faut, rapidement et proprement, sans avoir besoin d'explication. Huisu se dit que, vingt ans auparavant, lui-même a dû être pour Père Sohn ce jeune subordonné doué et perspicace qu'est aujourd'hui Huinkang pour lui. Et que c'est la raison pour laquelle il s'est exposé aux coups de couteau à sa place. Huisu se retourne vers Huinkang. Il est là, les yeux étincelants, prêt à faire tout ce qu'il lui dira.

— Ce n'est pas grand-chose, juste un aller et retour. Il vaut mieux que tu restes là.

Huinkang, pas très rassuré, insiste pour le suivre mais Huisu l'arrête d'une main ferme.

Huisu sort de l'hôtel et marche lentement sur la plage. Depuis l'hôtel, trois Philippins de Yongkang le suivent de près en faisant mine de flâner. Il y en a un sur sa droite, un sur sa gauche et un derrière lui. Il est très possible qu'il y en ait d'autres, dans la rue et sur les toits des immeubles commerçants. Le blouson qu'ils portent par cette canicule cache sans doute un pistolet ou une lame. Huisu, feignant d'ignorer cette garde rapprochée, déambule tranquillement sur la plage, un vrai touriste en promenade. Après le passage du typhon, les commerçants ont redressé les tables cassées, rouvert les parasols déchirés et repris la vente de poulet rôti, de glace, de bière et de cacahuètes.

Huisu arrive à la blanchisserie. L'entrée est gardée par deux Philippins. La devanture métallique bleue a été baissée et une affichette mal écrite collée dessus précise : « Fermeture provisoire pour travaux ». L'un des deux Philippins lève une main pour stopper Huisu tandis que ceux qui l'ont suivi depuis l'hôtel se tiennent derrière lui, l'air crispé et une main dans la poche intérieure de leur blouson, prêt à l'attaquer dans le dos.

— Je suis venu parler à Yongkang.

L'un des deux Philippins chuchote par un trou du rideau de fer, qui s'ouvre quelques secondes plus tard. Huisu pénètre à l'intérieur. Une vingtaine d'Asiatiques du Sud-Est se tournent vers lui d'un bloc, comme un seul corps. Chacun tient à la main une arme – machette, barre de fer, hache ou faucille. Avec l'entrée principale fermée, l'air, dans la blanchisserie, est chaud et humide, l'atmosphère étouffante. Un immense Philippin sort du bureau, de l'autre côté de l'entrée, et s'approche de Huisu. Il passe ses grandes mains partout sur son corps pour s'assurer qu'il n'a ni pistolet ni couteau dissimulé. N'ayant rien détecté, il fait signe à Huisu de le suivre. Nonchalamment, Huisu lui emboîte le pas. De temps en temps, l'homme se retourne vers lui. La machine n° 7 où Huisu a trouvé le fameux sac est entièrement démontée.

Yongkang l'attend devant son bureau. Il porte un short, une chemise hawaïenne avec des motifs floraux et des lunettes de soleil calées sur la tête – un vacancier.

— Oh, petit-frère Huisu ! Ça fait un bail ! dit Yongkang en ouvrant grand les bras.

Huisu s'arrête, craignant une accolade.

— Vous avez l'air en forme. Pas étonnant : à ce qu'il paraît, aujourd'hui, en prison, il y a trois plats par repas.

— Exact. Grâce à mon petit-frère Huisu, j'ai pu profiter de ces bons petits plats offerts par la Mère Patrie. Et me revoilà, requinqué et lavé de tous mes péchés. Tu sais, je vais à l'église, maintenant, plaisante Yongkang.

— Pour quelqu'un qui va à l'église, vous accumulez pas mal de nouveaux péchés ces derniers temps.

— Que veux-tu, la misère, est notre ennemi à tous. Depuis que je suis sorti de taule et que je me démène pour me refaire, tous les péchés que je m'étais donné un mal fou à laver sont revenus se coller à moi, comme la graisse sur mon ventre.

Yongkang fait une grimace comique puis entre dans son bureau. Derrière les stores baissés, l'intérieur est sombre. Un homme est posté devant la fenêtre, un pistolet à la main. Il suit les moindres gestes de Huisu. Yongkang s'affale dans un fauteuil et Huisu s'assoit sur celui d'en face.

— Il y a un certain sac que je cherche de toute mon âme... Mon petit doigt me dit que tu pourrais l'avoir.

— C'est vrai que j'ai un sac, mais je ne sais pas à qui il appartient. Il n'y a rien écrit sur l'étiquette.

— Ah zut, j'ai dû oublier d'écrire mon nom.

— Si je vous rends le sac, vous pouvez me rendre un service ?

— Il faut payer, pour récupérer ses affaires ?

— En général, quand on retrouve un objet perdu, on remercie celui qui l'a trouvé, non ?

— Effectivement, il faut remercier. Dis-moi ce que je peux faire pour toi.

— Quand vous aurez récupéré votre sac, quittez le pays, sans bruit. Vous pourrez alors passer le reste de votre vie, paisiblement, dans une maison de retraite de luxe en Thaïlande ou aux Philippines.

— Et si je refuse ?

— Il faut avoir au moins soixante ans pour entrer dans une maison de retraite, je crois. Vous devriez essayer de tenir jusque-là.

Yongkang se rejette contre le dossier du fauteuil. Goguenard, il défie Huisu, un large sourire aux lèvres.

— À l'aube, Yangdong s'est tiré comme un lâche. J'ai été très tenté de l'empaler par le cul, mais je me suis retenu. D'une certaine manière, c'est émouvant de le voir se débattre autant pour vivre. Quand les autres se sont barrés, quelques heures plus tard, j'ai seulement ri. Ta situation est piteuse, petit-frère Huisu, mais tu es si calme. Tu viens tout seul, comme ça, dans le camp ennemi, en instillant doucement tes menaces, par petites touches. Ah, notre Huisu, avant, c'était un petit morveux... Que le temps passe ! Tu as bien mûri, c'est vraiment chouette, applaudit Yongkang.

Il sort une Camel de la poche de sa chemise hawaïenne. Le Philippin qui se tient debout derrière lui change son pistolet de main, sort son briquet et essaie de la lui allumer. Entraîné par son geste, le canon de son pistolet vient toucher le menton de Yongkang. Ce dernier, qui s'apprêtait à allumer sa cigarette, aperçoit l'arme braquée sur son cou. Il se retourne vers le Philippin qui sursaute et abaisse aussitôt sa main.

— Putain, il m'a fait peur, ce con. Je peux fumer ma cigarette, maintenant ?

Fébrile, l'homme rouvre aussitôt le briquet. Yongkang allume enfin sa cigarette et se retourne une dernière fois vers le fautif, le regard noir et l'index désignant Huisu.

— Tu vois, ce monsieur ? Eh bien il n'est pas aussi dangereux que tu l'imagines. C'est un vrai gentleman, élégant et tout. Alors pas besoin de faire tout ce cirque avec ce *gun. Understand* ?

Le Philippin hoche la tête. Obéissant à un geste de Yongkang, il regagne sa place près de la fenêtre, le pistolet toujours menaçant. Yongkang secoue la tête, exaspéré, puis expire lentement sa fumée vers le plafond.

— Tu me connais, tout m'énerve, mais le pire c'est les connards qui ne comprennent pas ce qu'on leur dit. Ici, personne comprend jamais rien et ça m'accable, explique Yongkang sur le ton de quelqu'un venu déposer une plainte au guichet de la mairie. Parmi tous ces abrutis, c'était quand même Tang le plus doué. Il pigeait vite, quoi. Maintenant que je l'ai fait partir, il me manque sacrément, dis donc.

Yongkang ferme les yeux à moitié, comme plongé dans ses souvenirs. Huisu, lui, mord sa lèvre inférieure.

— Par contre notre Huisu est vraiment un chic type qui comprend ce qu'on lui dit. Tiens, tu veux que je te raconte une jolie petite histoire ?

Yongkang avance sa tête, au comble de la jubilation. Huisu, impassible, soutient son regard.

— C'est pas une histoire banale, je te préviens. C'est une belle histoire qui raconte comment un enfant bâtard de Mojawon est devenu roi. Ça t'intéresse ?

— Oui, allez-y.

— Maintenant tu dois avoir compris que cette guerre est une guerre entre Père Sohn et Doyen Nam. Franchement, ça n'a pas de sens, pour des petits merdeux comme nous, de verser du sang pour ces vieux. La touche finale de ce tableau, ce sera quoi ? Avec tout ce beau monde qui s'agite, Doyen Nam, Cheon Dalho, Père Sohn, toi, Yangdong, Amy, les maquereaux de Wollong, ces charognards d'usuriers et les mercenaires comme moi, tu crois tout de même pas que ça va bien se terminer ?

— Et alors ?

— Alors maintenant, je te propose un autre tableau. Doyen Nam a juste besoin du port de Guam. Le quartier, il s'en fout. Père Sohn, lui, ne cédera jamais son port. Et tant qu'il ne cède pas, la guerre s'éternise. On voit clairement qu'il suffit qu'une seule personne disparaisse pour que tout le monde soit heureux. Doyen Nam aura son port, Cheon Dalho aura Wollong, et les vieux du bouillon de bœuf auront les poches remplies. Et Huisu deviendra roi de Guam.

Estomaqué, Huisu lui rit au nez.

— Une fois Père Sohn disparu, je deviens maître de Guam par défaut ?

— Ne t'inquiète pas. Doyen Nam s'occupera des papiers avec toute une équipe d'avocats de première classe. Au départ, on voulait travailler avec Dodari, mais cette ordure avide a des exigences démesurées.

Surpris, Huisu relève la tête vers Yongkang.

— Dodari est au courant de cette histoire ?

Yongkang rit devant la naïveté de Huisu.

— Tout a commencé quand Dodari s'est fait embarquer au cœur du stratagème de Doyen Nam. Il est de la lignée de Père Sohn, ok, mais il n'a aucune qualité, alors que faire ? On avait besoin de ce sang pourri, au moins pour l'héritage de Père Sohn.

— Parfait, continuez à bosser avec Dodari. Quand vous en aurez fini avec lui, je m'occuperai personnellement de l'éventrer et d'envoyer flotter ses entrailles sur la mer, dit Huisu en riant à pleines dents.

Yongkang le calme d'un geste de la main.

— La situation de Guam est complexe, un titre de propriété ne suffit pas à tenir la position. À propos, récemment on a feuilleté pas mal de documents et on s'est aperçu que Père Sohn avait mis un autre fils sur son livret de famille. Tu devines qui ?

— Non.

— Toi, Huisu.

Yongkang lui fait un clin d'œil, comme pour dire « N'est-ce pas que la vie est amusante ? ».

— Voilà pourquoi tu es encore en vie. Sans ton nom sur ce registre, tu étais le premier mort de cette guerre.

— Et là vous me demandez de lui planter un couteau dans le dos ?

— Non, nous nous en chargerons. Le nettoyage aussi, on s'en occupe. Il te suffit d'attendre tranquillement ton heure et, le moment venu, de t'installer dans le bureau du directeur, au Mallijang. Les vieux du bouillon de bœuf et les autres propriétaires ont déjà donné leur accord.

— Qu'est-ce qui vous fait croire que je vais signer pour un truc aussi merdique ? demande Huisu entre ses dents.

— Oh, tu en es plus que capable, coupe Yongkang.

Huisu le fusille du regard. Yongkang lève son menton et le défie avec des yeux sans expression. Sans honte, sans colère, sans haine, sans regret et sans compassion. Quelques instants plus tard, il reprend.

— Tu sais pourquoi ? Parce que tu me ressembles.

— En quoi ?

— Tu te méprises mais, en même temps, tu n'envies pas les autres. Les hommes comme nous ne peuvent choisir qu'entre deux voies : se laisser chuter au plus profond du trou, ou monter tout là-haut, au-dessus de tous, et devenir roi. Dans un extrême comme dans l'autre, on est voué à mener une vie foutrement solitaire et totalement dépourvue de sens. Pourtant, comme on ne peut pas mourir, il faut bien qu'on aille quelque part, n'est-ce pas ? Moi, j'ai déjà commencé ma chute, alors tant qu'à faire, je vais aller voir ce qu'il y a au fond. Mais toi, Huisu, monte tout là-haut, deviens roi. Et cesse enfin de te mentir à toi-même.

Huisu se lève d'un bond. Devant la fenêtre, le Philippin resserre la main autour de son pistolet. Du fond de son fauteuil, Yongkang observe Huisu.

— Maintenant, il faut prendre une décision et s'y tenir. Pour que nos jeunes arrêtent de crever ou d'aller bêtement en prison. Tu verras, dans quelques mois, tout le monde sera revenu gentiment à sa place et la vie reprendra comme si rien ne s'était passé. Tu seras étonné de voir à quel point tout sera facile.

Huisu pousse brutalement la porte du bureau et déboule dans la blanchisserie. Les gars de Yongkang, dispersés un peu partout, se retournent en même temps vers lui. Sans savoir pourquoi, il a un frisson. Le couloir, flanqué de deux rangées de machines à laver, lui semble interminable.

LE CUISINIER

Deux heures du matin. L'embarcadère du port de Baekji est désert. Plus loin, sur un rocher, se détachent les silhouettes de deux hommes, amateurs de pêche nocturne, leurs cannes ployées vers la mer. Leur présence contrarie Huisu mais, n'y pouvant rien, il tourne la tête. La lune est à son dernier croissant et la mer est très sombre.

— Pour travailler tranquille, on ira un peu plus loin, déclare Huisu.

Dalja, qui essuie la table avec un torchon, acquiesce d'un mouvement de tête. Même attaché au ponton par des cordes, le bateau à sashimis de Dalja est secoué par les vagues. Sans doute parce qu'on a déjà défait quelques amarres, se dit Huisu. Ces dix dernières années, le bateau de Dalja n'est pas sorti une fois en mer. Dans le temps, plusieurs dizaines de bateaux à sashimis voguaient sur la mer de Guam mais, un jour, la mairie s'est mise à lutter contre les conversions illégales d'anciens bateaux en bateaux à sashimis, très polluants. Ces établissements flottants qu'on appelait Plaisirs des dieux ont rapidement périclité. Il en reste encore quelques-uns, mais ils sont désormais fermement amarrés au quai et ne font que semblant d'être d'authentiques bateaux à sashimis. Le bateau de Dalja est de ceux-là. Huisu donne quelques coups de pied sur le pont, sous l'œil nonchalant de Dalja.

— Vous êtes sûr qu'il est en état de naviguer ?

— T'inquiète, il prendra pas l'eau.

Huisu, dubitatif, incline la tête.

— Huisu, quelle heure il est ?

— Presque deux heures.

— Peut-être qu'ils ont flairé quelque chose et qu'ils se défilent ?

— Même s'il a flairé quelque chose, Yongkang viendra.

Cette nuit, Yongkang doit monter dans ce bateau, accompagné d'un des cadres de Yeongdo. Certainement Hwang, pense Huisu. Hwang a travaillé auprès de Doyen Nam et de Cheon Dalho et aujourd'hui, sans être plus proche de l'un que de l'autre, il est devenu conseiller et semble en plein numéro de funambule quelque part entre les deux. En apparence, cette soirée doit permettre de discuter les termes de l'accord qui doit être signé pour faire cesser la guerre entre Yeongdo et Guam. En réalité, chacun a ses propres calculs. Yongkang compte récupérer sa came tandis que Hwang espère mettre la main sur l'usine de machines de jeu pour Cheon Dalho et sur le port de Guam pour Doyen Nam.

La veille au soir, Père Sohn a appelé Huisu dans son bureau. Quand ce dernier est arrivé, le vieux jouait au go, seul. Huisu s'est assis devant le damier.

— Vous avez la tête à jouer ?

— Tu sais, à l'origine, le go a été conçu par des généraux, pour expérimenter des stratégies.

— Ben alors, trouvez-nous une super stratégie. On est vraiment dans la merde.

Père Sohn, qui n'avait pas l'air de trouver de stratégie miracle, a reposé dans le boîtier la pierre qu'il tenait en main. Huisu a poursuivi.

— Doyen Nam nous a doublés, en faisant sortir Yongkang de prison.

Père Sohn non plus n'en revenait pas de ce coup-là.

— Donne-moi une cigarette.

Huisu s'est exécuté. Lentement, Père Sohn a aspiré et expiré la fumée, savourant un plaisir qu'il ne s'était pas offert depuis longtemps.

— Où est Dodari ?

— Je l'ai envoyé aux Philippines. Ici, il n'aurait servi à rien, ce gosse. Il nous aurait juste encombrés, a dit Père Sohn pour couvrir la fuite de son neveu.

Huisu a approuvé négligemment. Pendant quelques minutes, Père Sohn a fumé en silence. Ses pupilles, devenues opaques avec l'âge, étaient vides de toute expression ; Huisu ne pouvait rien y lire. Il s'est demandé quel sens cela pouvait avoir pour Père Sohn de l'avoir enregistré comme son fils adoptif. Son vrai lien de sang s'est planqué aux Philippines et son fils adoptif allait très probablement recevoir un coup de couteau le lendemain. Père Sohn a écrasé sa cigarette dans le cendrier et repris la parole.

— Tu as donc vu Yongkang.

Huisu a acquiescé.

— Tu penses qu'il y a une chance pour qu'il nous écoute ?

— Céder le port ou tuer Yongkang, c'est l'un ou l'autre, a répondu calmement Huisu.

Que celui-ci soit au courant que la clé de cette guerre est le port de Guam n'étonne plus Père Sohn. D'ailleurs, tout le monde doit le savoir maintenant.

— Céder le port est hors de question, a tranché Père Sohn d'une voix ferme et posée.

Huisu a mordillé sa lèvre.

— Mais tuer Yongkang n'entraînera pas forcément la fin des hostilités, a noté Huisu.

— Le port, c'est impossible, je te dis. Si on le cède, il n'y aura plus rien à défendre pour nous ici.

Huisu a dévisagé Père Sohn. Il brûlait de lui demander les raisons de son attachement à ce port où ne rentre que de la pacotille. Il avait aussi très envie de lui balancer qu'à part lui, personne à Guam ne s'intéresse à ce port et que toutes les personnalités du quartier, des petits vieux du bouillon de bœuf jusqu'à son propre neveu, lui ont tourné le dos. Mais une fois encore, il s'est tu. Peut-être parce qu'il connaît la réponse : laisser le port à Doyen Nam, c'est l'ouvrir à tout un tas de marchandises dangereuses et aux chacals qui les accompagnent. Les natifs de Guam, peureux et faiblards, seraient-ils capables de défendre leur quartier contre ces monstres ? Il a entendu ce discours maintes fois. Mais Père Sohn aurait dû s'inquiéter davantage pour sa propre vie que pour Guam.

— Huisu, penses-tu pouvoir venir à bout de Yongkang ?

Huisu a tapoté le damier du bout des doigts. Après avoir planqué son neveu, Père Sohn envoie Huisu combattre un monstre. La peur avait jailli du fond de ses entrailles.

— Il faut aller au bout de ce qu'on a commencé, a dit Huisu.

— Si on échoue, on se retrouve totalement exposés.

— Au pire, on mourra, voilà tout.

Père Sohn a repris une pierre dans la boîte ; l'a reposée.

— J'ai du mal à garder la face devant toi, Huisu.

— Vous racontez n'importe quoi. Vous n'avez jamais eu honte de rien.

Comme si c'était vrai, Père Sohn s'est mis à rire. Puis :

— Si tu es décidé, emmène Dalja.

— Monsieur, Dalja est trop vieux. Yongkang va s'amener avec un pistolet. Avec un vieux surineur, on fera pas le poids.

— C'est justement parce que c'est un vieux surineur que tu vas l'emmener. Il est le seul à avoir survécu à tout jusque-là.

Huisu a hoché la tête, convaincu. Père Sohn, soit parce qu'il avait dit ce qu'il avait à dire, soit parce qu'il avait réellement honte devant Huisu, s'est repenché sur son damier et a repris une pierre. Ne sachant où la poser, il a poussé un gémissement. Sous la lumière blafarde du néon, le dessus de sa tête, dégarni, faisait peine à voir. Huisu s'est soudain dit que ce vieux devait se sentir très seul depuis bien longtemps.

Dalja sort trois couteaux à sashimi et un couteau de cuisine qu'il commence à aiguiser un à un sur une pierre. Il les a déjà afflûtés hier soir, avec le même soin. Ses gestes sont infiniment lents, comme si son corps peinait à répondre aux commandes de son cerveau. Comment a-t-il pu survivre jusqu'ici avec des mouvements aussi lents ? Il ne s'est pas laissé tuer, tout simplement. Il a toujours attaqué le premier, il a toujours veillé à protéger ses arrières et à ne pas laisser de preuves contre lui. Il n'est jamais allé en prison. Si Père Sohn lui fait confiance, c'est sans doute pour cette raison : il n'a jamais échoué. Non qu'il soit immortel, mais son heure n'a pas encore sonné. C'est peut-être pour aujourd'hui, se dit Huisu.

Une voiture noire s'avance. Deux hommes descendent de l'avant tandis que Yongkang et Hwang sortent par l'arrière. Yongkang balaye du regard l'embarcadère. Dalja fait un signe à Poilu, qui descend lestement du bateau et accourt vers Yongkang. Depuis qu'il a perdu son bras, Poilu ne s'est plus mêlé des affaires de voyous. De loin, on le voit parler à Yongkang et Hwang en faisant des courbettes. Il doit leur expliquer que les armes sont interdites à bord et que seules trois personnes peuvent monter sur le bateau qui n'est pas bien grand. Laissant l'un de ses hommes dans la voiture, Yongkang se dirige vers eux, suivi par un énorme Philippin. Dalja ouvre la glacière et, d'un geste nonchalant, en sort un morceau de poisson cru. La main de Huisu se met à trembler. Il la masse avec sa main gauche. Quelques années auparavant, il s'est fait couper un tendon du poignet et depuis, sa main tremble par moment. Ce soir, la raison est tout autre.

Dalja, fidèle à lui-même, découpe à présent un filet de thon qu'il dispose en sashimis dans une assiette. Il prépare ensuite la viande de bœuf pour la faire griller au charbon de bois. Huisu est émerveillé par la lenteur de ses gestes. D'où lui vient ce calme ?

Yongkang s'approche de l'embarcadère en pestant contre ce lieu de rendez-vous improbable. Poilu, continuant ses courbettes, assure qu'ils sont presque arrivés. Il n'a jamais été très bavard, ça doit être la peur qui lui délie la langue.

— Par ici. Le bateau bouge un peu, faites attention quand vous montez, guide Poilu.

Yongkang examine le bateau attentivement puis monte à bord. Le gros Philippin monté sur le pont après lui se prend les pieds dans les cordes et tombe en poussant un juron.

— Un corps gros comme une montagne, mais qu'est-ce que ça folâtre ! dit Yonkang en se retournant.

Hwang monte en dernier. La table en équerre compte quatre places. Dalja se tient dans l'angle. Huisu, au bout, se lève pour saluer Yongkang et Hwang.

— Soyez les bienvenus.

— Y a une ambiance lugubre, ici. C'est l'endroit idéal pour tuer des gens, vous croyez pas ? dit Yongkang à Hwang, en riant.

Celui-ci ne répond pas. Son visage exprime un dégoût infini à l'idée qu'un voyou authentique comme lui soit contraint de plaisanter avec un de ces fameux fantassins porte-merde. Il s'incline poliment devant Dalja.

— Vous êtes M. Dalja, notre vénérable aîné ? Je me présente, je suis Hwang de Yeongdo. Je vous ai aperçu quelques fois, de loin, et aujourd'hui c'est un grand honneur pour moi de vous rencontrer.

Son obséquiosité est horripilante, mais son respect n'est sans doute ni feint ni exagéré.

— Vous en faites trop. Je ne suis qu'un vieux boucher qui abat des vaches et des porcs, objecte Dalja en invitant les nouveaux venus à s'asseoir.

Hwang et Yongkang s'assoient et le gros Philippin reste derrière eux. Aussitôt, Dalja pose sur la table un fourneau rempli de charbon blanc et se met l'éventer. Yongkang suit ses gestes d'un air distrait.

— Ça alors, ne sommes-nous pas sur un de ces Plaisirs des dieux ? J'ai entendu dire qu'à Guam, tant qu'on n'est pas monté sur le bateau de M. Dalja, on n'a pas réussi sa vie. Vous me faites trop d'honneur, aujourd'hui, s'excite Yongkang.

— Dans le temps il fallait être au moins juge, procureur, maire ou général pour monter sur ce bateau, réplique Dalja en riant.

— Ah, j'ai aussi entendu dire que M. Dalja cuisinait des plats d'exception pour les gens qu'il allait tuer. Après ce repas, je vais partir dans l'autre monde, c'est ça ? demande Yongkang, toujours sur le ton de la plaisanterie.

Dalja lui sourit sans la moindre gêne.

— Tout de même. La plupart des gens pour qui j'ai cuisiné sont rentrés chez eux sains et saufs.

— La plupart ?

— Arrêtez de dire des bêtises, coupe Hwang d'un ton autoritaire.

— Putain, on saura si c'est des bêtises quand tout sera fini, enchaîne Yongkang qui fusille Hwang du regard.

Poilu dénoue la corde autour du piquet et, à l'aide d'un grand bâton de bambou, écarte doucement le bateau de l'embarcadère. Après dix longues années de mouillage, le bateau pousse de petits grincements ici et là. Le gros Philippin observe Poilu, méfiant.

— On va en mer ? s'étonne Hwang.

— Pour profiter du bateau à sashimis dans toute son authenticité, il faut qu'il soit en pleine mer. On peut alors savourer les plats en contemplant les lumières de la côte, au loin. Si on reste attaché à l'embarcadère, ils n'auront pas le même goût, croyez-en mon expérience, dit Dalja.

— C'est vrai, un bateau c'est pas fait pour rester accroché à la terre, après tout, renchérit Yongkang.

— On démarre doucement, alors ? questionne Dalja.

— C'est parti, répond Yongkang.

Poilu le manchot pose le bâton de bambou, entre dans la timonerie et met le moteur en marche. Le bateau dépasse bientôt la digue. Dalja dépose sur la table des ignames broyées, de la soupe aux ormeaux, des figues de mer, des *urechis** et des œufs d'oursin. Yongkang examine chaque mets très attentivement. Puis, le vieux surineur sort un morceau de thon tout juste décongelé et se met à le découper minutieusement, disposant chaque morceau dans une assiette de porcelaine préalablement refroidie dans le réfrigérateur.

— Vous faites ce travail depuis longtemps ? demande Yongkang à Dalja.

— Eh bien, ça va faire à peu près quarante ans.

— On dit que la saveur du sashimi dépend de la découpe. Effectivement, c'est tout un art, je vois.

---

* L'urechis est un mollusque marin consommé en Corée.

— C'est trop de compliments. Dites au monsieur derrière vous qu'il peut nous rejoindre. Il y a de la place et assez de nourriture.

Yongkang se retourne.

— Allez, c'est cadeau, viens t'asseoir avec nous. Tu te rends compte de la chance que tu as ? C'est pas tous les jours qu'une canaille philippine comme toi aura l'occasion de goûter des plats coréens aussi raffinés !

Hwang fronce les sourcils et regarde Yongkang d'un air réprobateur. Sans y prêter attention, celui-ci tapote le centre du banc pour inviter le Philippin. Il s'avance vers la table, jauge quelques instants l'humeur de chacun puis se glisse entre Yongkang et Hwang. Une bosse, sur son flanc, laisse deviner que Poilu n'a pas été assez persuasif concernant l'interdiction de monter à bord avec des armes. Le bateau continue de voguer paisiblement sur la mer de Guam, en direction de Dadaepo, dont on commence à distinguer au loin les lumières. Bientôt, on passera entre les îles Jangjado et Baekhapdeung, vers l'île de Châtaigne.

— Tu as apporté mon sac, Huisu ? interroge Yongkang.

— Quand vous l'aurez, vous partirez ?

— On verra ça quand je l'aurai.

Hwang fusille Yongkang du regard, au comble de l'irritation.

— Dites, Yongkang, vous croyez qu'on est là pour votre commerce de drogue ? dit-il d'un ton hautain.

Sans se soucier de l'exaspération de Hwang, Yongkang reprend.

— Si on peut tout régler en même temps, pourquoi s'en priver ? Attraper deux oiseaux avec un seul caillou, c'est bien, mais si en plus des deux oiseaux on chope une grenouille, c'est encore mieux.

Yongkang se met à pouffer tout seul. Il est de très bonne humeur. Hwang, en revanche, semble de plus en plus mal à l'aise.

Huisu pose le sac sur la table. Yongkang l'ouvre et en inspecte le contenu. Pour être certain qu'il s'agit bien de sa marchandise et que personne n'y a touché, il prend l'un des sachets et vérifie l'emballage en plastique. Ceci fait, il hoche la tête, satisfait.

— Maintenant, partez, et ne revenez plus.

— T'inquiète, dès que j'ai fait le plein, je décampe direct de ce putain de pays.

— Le sac, là, ce n'est pas un plein ?

— C'est que la moitié. L'autre, c'est Nam qui va me la donner.

En entendant Yongkang citer le nom de son patron sans son titre, Hwang grimace. Il boit une gorgée d'eau et tourne la tête vers Huisu.

— Vous, vous connaissez l'objet de cette réunion, n'est-ce pas ?

Son ton est impérieux et toujours aussi désagréable. Huisu acquiesce.

— Je veux dire, Père Sohn a bien l'intention de mettre fin à cette guerre ?

— Je pourrais vous retourner la question concernant Doyen Nam. Car cette guerre, c'est Yeongdo qui l'a commencée. Votre question revient à nous demander de nous la fermer et de nous rendre.

— La mort de Hojung et de Park ne nous concerne pas et je ne m'en mêlerai pas. Mais depuis quelque temps, nous n'avons aucune nouvelle de Cheoljin. Comment pouvez-vous prétendre que Yeongdo a commencé la guerre ?

— Arrêtons de jouer sur les mots. C'est une histoire que tout le monde connaît. Juste avant de mourir, Hojung a dit quelque chose de plutôt sensé : même un chien bâtard a le droit de défendre son territoire.

Yongkang, qui est le seul à manger de bon appétit, éclate de rire.

— On dit que le tigre, quand il meurt, laisse sa peau derrière lui. L'homme, c'est ses paroles qu'il laisse. Notre Hojung, il aura au moins laissé derrière lui deux ou trois paroles sensées.

Hwang lui jette un regard féroce et, sans décolérer, tourne la tête vers Huisu. Dalja étale des morceaux de bœuf sur le charbon brûlant, qu'il attise avec un éventail. Le bruit de la viande qui grille est aussi délicieux que son fumet et Yongkang a les yeux rivés sur le foyer. À l'aide d'une pince, Dalja prend un morceau de bœuf et le dépose dans l'assiette de Hwang, avant de servir tout le monde. Dans chaque assiette, le sang suinte de la viande à peine cuite.

— C'est la partie triangulaire devant l'entrecôte. C'est meilleur avec un petit peu de gros sel, dit Dalja.

Yongkang trempe la viande dans le gros sel et la porte à sa bouche. D'un coup, son visage s'éclaire.

— Waouh, c'est un bœuf que vous venez d'abattre ? La viande est sacrément fraîche.

— Non, il a été abattu il y a une semaine. Contrairement à ce qu'on pourrait penser, le bœuf juste tué n'est pas si bon.

— Oui, je crois que j'ai entendu ça quelque part. En tout cas, vos plats sont vraiment délicieux, dit Yongkang.

— Il n'a pas l'air, comme ça, mais grand-frère Dalja a appris l'art culinaire auprès d'un maître, un sumotori connu au Japon non seulement pour sa cuisine mais aussi en tant que yakuza, s'empresse de dire Poilu depuis la timonerie.

Dalja lui lance un regard glacial. Décidément, Poilu est bien bavard aujourd'hui.

— Vous avez appris la cuisine auprès d'un yakuza ?

— Non, ce n'était pas un yakuza, juste un sumotori. Mais il était d'une carrure imposante et les gens le prenaient souvent pour un yakuza, rectifie Dalja.

Yongkang présente son verre au vieux surineur et prend la bouteille.

— Je vous sers un verre ?

— J'en prendrai juste un.

Yongkang remplit le verre que lui tend Dalja. Celui-ci le vide cul sec et le rend à Yongkang. Puis, le vieux surineur sort un autre morceau de thon de la glacière et le découpe en tranches d'une épaisseur parfaite, ni trop fines ni trop épaisses.

— C'est du thon maguro. La partie *otoro*.

— Ah, otoro, répète Yongkang.

— Souvent, les gens pensent que l'otoro est une partie du ventre, mais en fait, c'est le cou.

Yongkang met un petit morceau d'otoro dans sa bouche et son visage s'illumine. À côté de lui, le gros Philippin, agacé que le service aille si lentement, a l'air de se ficher complètement de la saveur des mets.

— Vous aimez la viande de baleine ?

— Oh que oui !

Dalja sort du réfrigérateur la viande de baleine emballée dans du papier huilé. Il la coupe en tranches qu'il dispose sur une assiette. L'assiette remplie, il la place devant Yongkang qui porte un morceau à sa bouche. À côté de lui, le gros Philippin agite ses baguettes à toute vitesse, alternant de grosses bouchées de viande de baleine avec de grandes goulées d'alcool. Ces deux-là s'activent et Hwang les regarde, effaré. Un moment, son regard s'attarde sur Huisu, avant de se reposer sur Yongkang. Hwang ne participe pas au festin. Il observe la tablée. Huisu le trouve bien sur ses gardes, il a peut-être percé son projet de tuer Yongkang. Or si Hwang s'en doute, Yongkang aussi. Pourtant Yongkang est détendu et jovial, comme s'il sortait dans un bar de son quartier. Il a même l'air de prendre un certain plaisir à cette situation tendue juste comme il faut, ni trop, ni trop peu. Il finit le dernier morceau de baleine et vide son verre.

— C'est un vrai délice. Ce maître yakuza vous a vraiment transmis son art, dit Yongkang.

— Ce n'était pas un yakuza. Il a juste pratiqué la lutte traditionnelle japonaise.

— Peu importe. La seule chose qui compte, c'est que grâce à ce maître, j'ai pu me régaler avant de mourir. N'est-ce pas ?

L'assiette de Hwang, remplie de pièces de bœuf et de thon otoro, est toujours intacte et le jus de la viande commence à couler sur la table. Il avale sa salive et dit :

— Les hommes de Yeongdo ont donné leur sang pendant cette guerre, ceux de Guam aussi. Ne faudrait-il pas faire en sorte qu'il n'y ait plus de sang versé ?

Huisu tourne la tête vers Hwang.

— Nous vous cédons Wollong et la distribution de vodka. C'est bien ce qui a déclenché cette putain de guerre ? L'usine de machines de jeu aussi, nous vous la laissons. Enfin, nous allons réunir une somme pour indemniser Cheon Dalho de la mort de son neveu. Avec tout ceci, vous rangez les couteaux? demande Huisu.

Hwang pousse un léger soupir de soulagement, comme s'il était content de pouvoir enfin entamer les négociations.

— Notre Doyen aimerait aussi que vous acceptiez de partager votre port avec lui. Non pas le lui céder, juste le partager.

Hwang est très certainement réputé pour son franc-parler, mais Huisu a une terrible envie de l'insulter. Essayant de se calmer, il prend son verre. Aussitôt, il le repose fébrilement, sans avoir bu.

— Je vais en discuter avec Monsieur.

— C'était avant qu'il aurait fallu en discuter. Nous ne sommes pas venus jusqu'ici pour entendre que vous allez en discuter, coupe Hwang.

Yongkang, au comble de l'ennui, continue de remplir et vider son verre. Soudain, à bout de patience, il finit par intervenir.

— Putain, vous vous entendez parler? De vraies fillettes, ma parole.

Yongkang, se fichant superbement d'avoir choqué Hwang, s'adresse à Huisu.

— Huisu, avant qu'on vienne, Nam m'a dit que si on n'obtient pas le port aujourd'hui, on doit au moins prendre ta vie. Moi, franchement, je préfère m'arrêter là et filer avec mon argent. Si tu résistes, qu'est-ce que je vais faire? Je ne suis qu'un mercenaire, je vais être obligé de te tuer, et Amy et Père Sohn avec. Je ne savais pas, au départ, qu'il y aurait autant de travail. Ils m'ont dit qu'il suffisait juste de vous faire peur mais là, je me rends compte que c'est une montagne de boulot qui m'attend. Tiens, d'ailleurs, ça me fait penser qu'il va falloir changer les termes du contrat, avec Nam.

— Arrête de l'appeler comme ça, enfoiré! Ce n'est pas ton pote, s'irrite Hwang.

D'un revers de main, Yongkang frappe le visage de Hwang. Juste une tape, mais on entend l'os du nez se briser. Hwang agrippe son nez en poussant un cri étouffé. Entre ses mains, le sang se met à couler. Hwang sort son mouchoir en tissu tandis que Yongkang le toise.

— Quel putain de bec il a, ce connard ! Jacasse encore et je t'enlève les chicots, crache Yongkang.

Puis, revenant à Huisu :

— Allez, Huisu, faisons comme ça. Il suffit que tu te décides et la guerre est finie.

— Vous parlez comme si vous l'aviez déjà gagnée.

— Que j'en tue un ou que j'en tue deux, c'est la même somme. Alors ne me donne pas de boulot supplémentaire.

— Et si je refuse ?

— Eh bien, j'aurais préféré rentrer directement chez moi après ce bon repas, mais ça sera pas pour aujourd'hui.

Avec un geste ostentatoire, Yongkang lève les bras, détache la montre autour de son poignet gauche et la pose sur la table. Le Philippin s'arrête de manger, essuie sa bouche et sort son pistolet. Yongkang sort le couteau qu'il avait calé dans sa ceinture, un couteau militaire des forces spéciales américaines, et le pose à la vue de tous. Huisu attend. Les battements de son cœur s'accélèrent.

— Je croyais qu'on était là pour négocier. Apparemment, je me suis trompé, dit Huisu.

— Vous n'aviez pas non plus l'air d'être là pour signer l'armistice, dit Yongkang, les yeux rivés sur Dalja.

Le vieux surineur émince tranquillement un oignon. Le bruit du couteau sur la planche est régulier et calme. Comment peut-il continuer à couper son oignon au milieu d'une telle tension ? Son pistolet braqué sur l'assistance, le Philippin, soit parce qu'il a des nerfs en acier soit parce qu'il est complètement inconscient, se met à bailler. Huisu glisse son bras sous la table et empoigne le manche du couteau qu'il a pris soin de planter dans le bois, avant l'arrivée des convives.

— La réputation de Dalja, je la connais, j'en entends parler depuis mon enfance, mais toi, Huisu, est-ce que tu sais manier le couteau ? dit Yongkang en tapotant du bout de l'index son couteau posé sur la table.

Et, se tournant vers Dalja :

— Vous voyez, M. Dalja, moi, j'adore ces moments-là. Vous sentez cette tension dans l'air ? Vous sentez toutes les cellules de votre corps qui se réveillent ?

— La tension dans l'air ? C'est quoi, ce charabia ? s'étonne Dalja, impassible.

— Oh zut, je pensais que vous, au moins, vous comprendriez cette sensation, râle Yongkang.

Un ange passe entre Yongkang et Dalja.

Soudain, Dalja plante son couteau de cuisine dans la planche à découper et empoigne un couteau à sashimi de sa main gauche. Dans la timonerie, Poilu doit déjà avoir pris son fusil de chasse, dont la crosse a été remaniée pour qu'il puisse la tenir d'une seule main. Quand il aura tiré sur le Philippin, Dalja et Huisu pourront venir à bout de Yongkang. En attendant, le cœur de Huisu bat à tout rompre, tandis que son esprit prépare l'enchaînement le plus efficace pour neutraliser Yongkang.

Au même moment, une vague fait gîter le bateau.

Le gros Philippin, qui mâchouillait encore des restes de sa dernière bouchée, perd l'équilibre et effleure l'épaule de Yongkang. Comme celui-ci se retourne, agacé, Dalja lui plante son couteau à sashimi dans la main. Le bruit du couteau traversant la main et se plantant dans le bois de la table est mat et sourd. Surpris, le gros Philippin tire sur Dalja. Anticipant, Dalja s'est légèrement désaxé et la balle se perd tandis qu'il contre-attaque en lançant le couteau de cuisine vers le poignet de son assaillant. En un éclair, la main du Philippin tombe sur la table, le pistolet toujours serré entre les doigts. Incrédule, le mutilé ne crie même pas.

Hwang, à son tour, cherche à dégainer le pistolet coincé quelque part dans sa poche intérieure. Plus rapide, Dalja le frappe à la tête avec le manche de son couteau, avant de sauter sur la table et de se jeter sur le gros Philippin. Huisu sort son couteau et le plante dans le flanc de Yongkang. Ce dernier pour empêcher la lame de s'enfoncer trop loin, l'arrête en la saisissant à pleine main. Huisu met plus de force dans la poussée et les doigts de Yongkang, dans un bruit de grincement, s'agrippent de plus belle à la lame. Le sang coule le long du manche du couteau. Huisu attrape alors le cou de son adversaire. Celui-ci essaie de décrocher sa main clouée sur la table, en la faisant coulisser autour de la lame qui finit par se briser.

Il vient frapper Huisu avec le morceau planté dans sa main.

Le morceau de lame heurte la clavicule de Huisu puis vient entailler son cou.

De sa main gauche, Huisu, le cou en sang, attrape la main sanguinolente de Yongkang et, de sa main droite, tord la lame enfoncée au flanc de Yongkang. Ce dernier ne sort le moindre gémissement. Le visage toujours impassible, il enfonce de plus belle la lame dans la clavicule de Huisu, qui pousse un cri étouffé. Là, Yongkang lui donne un coup de pied dans le mollet et Huisu tombe à genoux.

La lame continue de charcuter son cou.

Sur le pont, le gros Philippin se débat, agrippant sa gorge tranchée par le couteau de Dalja. Au milieu de ce chaos, Hwang, qui vient de se réveiller, cherche fébrilement son pistolet dans sa poche. S'avançant derrière lui, Dalja lui plante son couteau de cuisine dans le crâne. Hwang s'effondre. Dalja se tourne vers Yongkang et lance son couteau vers lui comme on lance une hache. Le couteau fait plusieurs tours en l'air avant d'aller se planter dans le dos de Yongkang qui titube en gémissant. Là, Dalja s'élance à grands pas et retire le couteau de son dos. Après quoi, il prend le couteau à sashimi resté sur la table et évalue l'angle d'attaque pour atteindre le cœur ou les poumons de sa victime.

Soudain, un coup de feu retentit.

Une balle vient déchirer le ventre de Dalja. La main de Poilu qui tient le fusil tremble. Dalja, surpris, regarde tour à tour son ventre et Poilu. Un autre coup de feu retentit. Touché au cœur, Dalja s'écroule. Pendant ce temps, Yongkang, de sa main gauche, enlève la lame enfoncée dans la clavicule de Huisu et vient la planter dans son flanc. Huisu sent ses forces le quitter et il tombe à terre. Yongkang se dirige vers le pont en titubant et égorge

Dalja. À l'autre bout, Huisu essaie de se relever en s'appuyant sur la table, quand Poilu vient frapper son crâne avec la crosse de son fusil. Tout devient flou devant ses yeux et sa conscience faiblit. Il peut juste sentir son sang chaud et poisseux couler sur sa nuque.

— Je le tue maintenant ou j'essaie de stopper l'hémorragie ? demande Poilu.

Huisu entend les pas de Yongkang sur le pont en bois.

— Il est tenace ce connard, il nous facilite pas la tâche, râle-t-il.

Alors, Huisu perd connaissance, sa tête heurte la cale du bateau.

LE PILIER EN BOIS

Huisu rouvre les yeux dans la cabane de l'île de Châtaigne. On lui a ligoté les bras dans le dos, autour du pilier où il a lui-même attaché Cheoljin quelques jours plus tôt. Du sol en bois où il est assis remonte une puanteur terrible. Cheoljin a dû y uriner et y déféquer. Huisu essaie de bouger mais une douleur atroce déchire son cou et son ventre. En face de lui, un petit homme, immobile, les sourcils épais et les yeux vides, épie le moindre de ses gestes. Entre ses sourcils, un grain de beauté gros comme une verrue lui donne l'allure d'un homme à trois yeux. À côté de lui, planté tout droit dans le sol, une machette rappelle à Huisu qu'il peut à tout moment se faire trancher le cou.

Combien de temps a-t-il perdu connaissance ? La lumière pénètre à l'intérieur de la cabane entre les planches des murs. L'humidité et la chaleur de l'été ont transformé l'endroit en véritable sauna. Huisu, sans savoir s'il s'agit de sueur ou de sang, a le dos et les fesses trempés. Du dehors lui provient un bruit de courroie et quelques bribes de philippin. Daeyeong est probablement en train de broyer Dalja. Quand son corps sera réduit en poudre, ce sera le tour de Huisu. Il fait tellement chaud ici que la soif prend le pas sur la peur. L'homme au grain de beauté semble habitué à ce genre de chaleur. Le visage sans une seule goutte de sueur, il ne quitte pas Huisu des yeux.

— Donne-moi un peu d'eau.

L'homme au grain de beauté incline légèrement la tête, se lève et s'approche de Huisu. Là, de son pied botté, il lui décoche un coup en pleine face. Huisu sent un liquide chaud et salé envahir sa bouche. L'homme regagne à sa place, se recroqueville sur sa chaise et reprend sa surveillance.

— Donne-moi un peu d'eau, je te dis, répète Huisu.

De nouveau, l'homme incline sa tête, se lève, s'approche de Huisu et lui balance un coup de pied en plein visage. Remarquant un peu de sang sur ses bottes, il sursaute comme s'il venait de voir une araignée venimeuse et tape brutalement ses pieds contre le sol pour l'enlever. Il donne un dernier coup de pied dans la tête de Huisu et retourne à sa faction sur sa chaise. Huisu ne peut s'empêcher de rire devant l'absurdité de gestes aussi répétitifs. Un type du genre étouffant, quoi, la vie de sa femme doit être un enfer, se dit-il. Renonçant à l'eau, il rejette sa tête en arrière contre le pilier. Son épaule et son flanc sont bandés grossièrement avec du chiffon sale. À chaque respiration, sa clavicule lui renvoie une douleur atroce. Ne devrait-il pas demander qu'on lui fasse une piqûre contre le tétanos ? Il a l'impression qu'il va mourir non pas de ses blessures mais à cause de ces bouts de tissu sales et de l'air pestilentiel de la cabane.

Poilu a donc trahi. Il a travaillé plus de quarante ans avec Dalja. Père Sohn, comme Huisu, a toujours eu une totale confiance en lui. L'être humain est un animal insondable. La partie était sur le point d'être gagnée, la trahison de Poilu a tout retourné. Pourquoi a-t-il trahi ? Pour prendre une revanche sur sa condition de manchot ? Ou bien ont-ils menacé sa famille ? Lui ont-ils offert de l'argent ? Quelle qu'en soit la raison, Poilu s'est vendu aux voyous de Yeongdo et il ne pourra plus revenir à Guam. Doyen Nam connaît Guam comme sa poche ; Huisu et Père Sohn n'ont rien pu faire contre ça. Il a toujours eu une longueur d'avance et a su riposter à toutes les attaques. Logiquement, Poilu ne doit pas être le seul traître. Qui a fourni à Doyen Nam ces informations ? Dodari, probablement, se dit Huisu. Ou peut-être Jeongbae. Ou encore Yangdong, sinon Danka. Qui que ce soit, c'est certainement un type plus intelligent que Huisu, quelqu'un qui a su sauver sa peau alors que la sienne, à force de mauvais choix, va bientôt entrer dans un broyeur.

La porte s'ouvre et un groupe de Philippins braillards entre dans la cabane. Leurs voix agressent d'autant plus Huisu qu'il ne comprend pas ce qu'ils disent. Chacun a une arme en main. Deux hommes les suivent, l'un chargé d'un panier de nouilles de riz, l'autre avec un seau de bouillon. Le premier remplit un bol de nouilles que le deuxième arrose de bouillon et parsème de quelques morceaux de poulet. L'opération se répète autant de fois qu'il y a de Philippins et, quand chacun a son bol, tout le monde s'assoit à même le sol et se met à manger. Le fumet du bouillon de poulet emplit l'intérieur de la cabane. Huisu ne sait pas s'il va mourir ou non, mais une chose est certaine : il a faim. Pour autant, les Philippins ne semblent pas disposés à partager leur repas avec lui. Sur sa chaise, son bol fumant entre les mains, l'homme au grain de beauté mange bruyamment. Leur repas fini, tous les Philippins sortent et l'homme se remet à fixer Huisu, sa machette plantée à côté de lui. Pendant quelques secondes, le regard de Huisu croise le sien et l'homme incline sa tête, se lève, s'approche de lui et lui donne un coup de pied au visage. Un type à vous rendre fou, se dit Huisu.

Deux fois, le soleil s'est levé puis s'est couché. Sans doute à cause du sang qu'il a perdu, Huisu est épuisé et somnole en permanence, la conscience floue et cotonneuse. Est-ce que Guam est encore en guerre ? Certainement. Dans le cas contraire, on l'aurait soit libéré, soit tué. Peut-être que Père Sohn, à cette heure, a capitulé devant Doyen Nam et qu'il est en train de mettre de l'ordre dans les affaires qu'il s'apprête à céder. Ou, pire encore, peut-être qu'Amy a regroupé les quelques hommes encore en état de combattre pour préparer un dernier assaut. Parmi toutes les situations que Huisu imagine, ces deux-là sont les plus terribles.

Perdu au milieu de cette succession infinie de sommeils et de réveils, Huisu perd le décompte des jours écoulés depuis son arrivée dans la cabane. Parfois, l'homme au grain de beauté est remplacé par un Philippin dont la moitié du visage est couverte de tatouages. Cet homme défait ses bandages, badigeonne ses blessures d'antibiotique ou lui fait une piqûre. Quoique d'un physique assez effrayant, c'est un type attentif et minutieux. Parfois, cédant à l'ennui, il dit quelques mots en philippin à Huisu qui ne comprend strictement rien. Quand c'est le tour de garde de l'homme aux tatouages, Huisu peut boire. L'inconvénient, c'est qu'il doit uriner dans son pantalon.

À la nuit tombée, Daeyeong entre dans la cabane. Son visage enflé et balafré laisse deviner que les Philippins l'ont malmené. Il s'approche de l'homme aux tatouages et lui demande poliment s'il peut donner un peu de bouillie à Huisu. L'homme accepte volontiers. Daeyeong s'agenouille devant Huisu et se met à le nourrir, cuillerée après cuillerée. Huisu, la tête dans le bol, dévore chaque bouchée. Au-dessus du bol fumant s'élève un délicieux parfum d'huile de sésame. C'est un plat tout simple, du riz concassé et de la chair de palourdes fraîches sautées à l'huile de sésame, mais tellement bon que Huisu a soudain envie de sortir vivant de cette île. La dernière bouchée avalée, il relève la tête.

— Et M. Dalja ?

Daeyeong remue les lèvres silencieusement, à la fois par peur de se faire surprendre par le Philippin et par difficulté à dire la vérité. Huisu n'arrive pas à déchiffrer ce qu'il dit, mais devine qu'il lui annonce la mort du vieux tueur. Le visage de Daeyeong exprime une vive douleur et Huisu n'a pas le cœur à lui demander s'il a mis son corps dans le broyeur.

— Je suis désolé, grand-frère Huisu, dit Daeyeong en posant la cuillère dans le bol vide.

Huisu secoue la tête. Personne n'est responsable de ce malheur. Tête baissée, Daeyeong se relève. Quand il se retourne pour gagner la sortie, Huisu remarque ses yeux baignés de larmes.

Le soir-même, Huisu est plié en deux par un mal de ventre aigu, déclenché par ce premier repas après des jours de jeûne. Il vomit toute la bouillie. Pendant la nuit, la diarrhée lui torpille les entrailles. Il essaie de se retenir devant les Philippins mais n'y arrive pas. Il se souvient alors des paroles de Yangdong, aux funérailles de Patron Og :

— Je refuse de vivre comme un chien qui rampe devant son maître et je refuse de mourir en me chiant dessus.

C'est exactement la situation que Huisu endure. Il est sur le point de mourir, des excréments plein les vêtements, après avoir vécu comme un chien. Une puanteur atroce monte de son pantalon. L'homme au grain de beauté va vers lui, le savate en l'insultant et retourne s'asseoir sans même essuyer le sol. Exténué par la faim, la soif et la déshydratation, Huisu sombre dans le sommeil.

Quand il ouvre les yeux, Cheoljin est là, face à lui. Après avoir été libéré de l'île de Châtaigne, il a dû recevoir des soins médicaux. Il s'est lavé et changé, et son costume exhale un parfum agréable. Combien de temps est-il resté à regarder Huisu comater ? Visiblement très incommodé par l'odeur, il maintient un mouchoir sous son nez.

— Ça va ?

— J'ai l'air d'aller, là ? grince Huisu entre ses dents.

Agacé par son insolence, l'homme au grain de beauté se lève et lui décoche un énième coup de pied botté. Cheoljin, étonné, se retourne vers l'homme qui soutient son regard, comme s'il n'y avait aucun problème. À son tour, Cheoljin se lève et lui assène une grosse claque à l'arrière du crâne.

— Je suis en train de parler avec lui, enfoiré !

L'homme au grain de beauté ne semble pas comprendre ses mots. Il hausse les épaules, avec la mine de quelqu'un qui se fait sermonner injustement. Cheoljin lui ordonne, d'un geste irrité, d'aller se faire oublier dans un coin. L'homme au grain de beauté obtempère en râlant. Cheoljin sort une cigarette de la poche de son costume, la glisse entre les lèvres de Huisu et l'allume. Huisu aspire la fumée. Il a aussitôt la nausée ; il a l'estomac vide et n'a pas fumé depuis plusieurs jours.

Il appuie sa tête contre le pilier.

À son tour, Cheoljin prend une cigarette et l'allume.

— Frappe-le encore. C'est un gros con qui rend les gens fous, dit Huisu.

Cheoljin se tourne vers l'homme au grain de beauté et sourit, de perplexité ou pour lui faire comprendre qu'il est content de sa surveillance. Ne comprenant rien, l'homme au grain de beauté sursaute.

— Pourquoi tu es venu ? T'en as pas marre, de l'île de Châtaigne ?

— C'est Doyen Nam qui m'envoie. Il te laisse une dernière chance.

Huisu lève la tête.

— Une chance ?

— Tout est fini. Tu ne croyais quand même pas pouvoir gagner ? Doyen Nam, quand il a un truc en tête, il ne renonce jamais. Alors Huisu, je t'en supplie, arrête et rejoins-nous. Amy vivra, Insuk vivra, tout le monde vivra. Tu dois penser que les choses ne peuvent pas être pires qu'aujourd'hui, mais je t'assure qu'elles peuvent l'être.

— Tu me dis de planter un couteau dans le dos du vieux et de continuer à vivre à Guam ? En encaissant jusqu'à la fin de ma vie les reproches des gens dans mon dos ?

— Tu crois quoi ? Que tu fais de la résistance pour la libération du pays ? C'est insensé. Le vieux a eu une existence bien remplie. Il a régné toute sa vie et crois-moi, il n'aura pas de regret. De toute façon, si ce n'est pas toi qui prends sa place, ce sera Dodari.

Huisu mâchouille le filtre de sa cigarette avec ses molaires. Soudain, il se met à rire, comme s'il venait de penser à quelque chose de particulièrement drôle.

— Ta vie est si facile, Cheoljin. Tu as toujours été intelligent, tu as toujours su parler et trouver les bons arguments. Mais est-ce que c'est suffisant, vivre comme tu vis, sans se poser de question ? Respirer, bouffer, baiser, et c'est tout ? Même quand on vit en voyou, il y a des choses qu'on se doit de défendre jusqu'au bout. Tu comprends ce que je veux dire, petit con ?

Cheoljin hoche la tête, l'air d'approuver. Il sort son portefeuille, l'ouvre et le tient sous les yeux de Huisu. À l'intérieur, on voit une photo de lui portant ses deux petites filles jumelles dans ses bras.

— Elles sont mignonnes, mes petites filles, hein ?

Huisu regarde la photo puis lève les yeux vers Cheoljin.

— Tu sais ce que ça signifie, être père ? Ça signifie se rendre compte qu'on n'est pas grand-chose. Pour toi, Huisu, l'honneur est important ; moi je m'en fous. La seule chose qui m'importe, c'est de vivre, tout simplement. Respirer, bouffer, même modestement, peu importe, pourvu que je sois en vie.

Cheoljin fixe longuement Huisu.

— Je te le demande pour la dernière fois : est-ce que tu veux nous rejoindre ?

Huisu lui lance un regard lourd de mépris. Résigné, Cheoljin se lève de sa chaise.

— Amy a réuni des hommes. Il prépare une grande bataille contre Yeongdo.

Cette annonce assomme littéralement Huisu.

— Il s'en est tiré la dernière fois, pas cette fois-ci.

— Amy ne meurt pas si facilement. Sinon, tu ne serais pas venu ici.

— Je sais. Amy et sa bande, c'est des coriaces. Pourtant, je donne pas cher de leur peau, à présent.

Huisu serre les dents. Cheoljin a raison. Ceci dit, la perspective d'une guerre totale contre Amy et sa bande d'intrépides doit être pesante pour Yeongdo. Même si, à la fin, Doyen Nam est certain de l'emporter. Amy et les autres sont bien trop naïfs pour venir à bout de chacals aussi rusés.

— Si tu tues Amy, jamais je ne te le pardonnerai.

Cheoljin pose un regard rempli de compassion sur Huisu et le pilier auquel il est attaché.

— C'est supportable ? Moi, à la limite, ça me dérangeait pas de rester assis dans mes excréments, mais ce que je supportais pas, c'était les mouches qui arrêtaient pas de bourdonner autour. J'ai réussi à me sortir de là, c'est à ton tour d'y arriver. Après, il sera toujours temps de discuter de pardon.

Cheoljin quitte la cabane. Dès que la porte est refermée, l'homme au grain de beauté sort du coin où il était resté tapi pendant toute la conversation. Il s'avance vers Huisu, une pelle de l'armée à la main et le frappe violemment. Huisu s'évanouit.

Dès le lendemain, Huisu tombe très malade. Son errance entre sommeil et veille s'aggrave, entrecoupée d'accès de fièvre jusqu'à quarante degrés. Tantôt elle dévore son corps de flammes, tantôt elle l'inonde de sueurs glaciales. Parfois, il a l'impression qu'on détache ses os les uns des autres et qu'on les frappe à coups de marteau. Quand, en proie au délire, il pousse des gémissements, l'homme au grain de beauté lui déverse de l'eau sur la tête assortie d'un coup de pelle. De temps en temps, Daeyeong lui apporte à boire ou de la bouillie à manger, mais Huisu vomit tout. Les Philippins, persuadés qu'il va bientôt mourir, ne lui donnent plus aucun traitement. La conscience de Huisu faiblit chaque jour un peu plus. Sa tête est comme remplie de bulles qui montent et remontent indéfiniment. Son corps, avachi comme un linge, est juste maintenu par le solide pilier en bois. Ce pilier, c'est de l'arbre mort, et pourtant il est si solide, murmure Huisu. Parfois, Insuk apparaît dans ses rêves. Il est allongé, la tête posée sur ses cuisses humides et tièdes. Elle lui cure les oreilles. De son entrejambe s'échappe une odeur de couche de bébé en coton, propre et séchée au soleil. Huisu lui dit en plaisantant que leur bébé, dans son ventre, est aussi propre qu'elle et qu'il doit déjà porter une petite couche. Insuk rit, rayonnante. L'instant d'après, elle sombre dans la tristesse. Tandis qu'il se tourne et se retourne, Huisu pense que la prochaine fois que Cheoljın viendra, il lui dira qu'il se rend. Que cette putain de guerre s'arrête, qu'il s'en fout de ce que deviendra le vieux mesquin et, surtout qu'il laisse Amy en vie.

Mais Cheoljin ne revient pas.

Une nuit, les Philippins envahissent la cabane, armés de machettes, de haches et de pistolets. L'homme aux tatouages détache Huisu et le relève. Ses jambes ne le soutiennent plus, il s'écroule par terre. L'homme au grain de beauté lui donne un coup de pied dans le ventre. Daeyeong accourt et prend Huisu dans ses bras pour le protéger.

— Poussez-vous, je vais le sortir, dit Daeyeong à la hâte.

L'homme aux tatouages ordonne au grain de beauté d'arrêter son cirque. Daeyeong passe sa tête par-dessous l'aisselle de Huisu et le redresse. Huisu, la tête posée sur l'épaule de Daeyeong, se met à débiter des paroles incohérentes.

— Dis à Cheoljin que j'ai perdu. Que je ferai tout ce qu'il demande et qu'on ira manger ensemble de la bouillie de riz aux palourdes.

Daeyeong, sans répondre, le traîne hors de la cabane, jusqu'à l'embarcadère où attend un bateau. L'étroite passerelle qui mène à l'embarcadère, composée de bambou et de polystyrène, tangue dangereusement à leur passage. Daeyeong, croulant sous le poids de Huisu, tombe plusieurs fois et derrière eux les Philippins s'impatientent.

— Appelle Cheoljin. Dis-lui que j'arrête, dis-lui d'épargner Amy.

Dans un murmure, évitant son regard, Daeyeong lui glisse :

— Il est mort, Amy.

Les jambes de Huisu lâchent et il s'affaisse au sol, accroupi. Un Philippin vient tapoter le dos de Daeyeong avec sa machette, pour leur intimer de se dépêcher. Daeyeong relève Huisu, passe son cou sous son aisselle et le traîne jusqu'à l'embarcadère. Deux Philippins les attendent dans un canot pneumatique à moteur. Celui avec la machette qui les accompagne retient Daeyeong en arrière et pousse brutalement Huisu sur le bateau. Accompagné de trois autres, il monte à son tour et, de son pied, fait rouler Huisu jusqu'au fond. Aussitôt, le moteur se met à vrombir et l'engin démarre. Bercé par le bruit du moteur, du vent et des vagues qui viennent se briser sur la proue, Huisu s'efforce de comprendre la signification de cette phrase, « Il est mort, Amy ». C'est une information si irréelle, elle n'est pas foncièrement triste. Sur cette conclusion, Huisu s'endort, le visage enfoncé au fond du bateau qui danse sur les vagues.

MIEUX VAUT FRAPPER DANS LE VIDE QUE COURIR DEUX LIÈVRES

Huisu se réveille dans la clinique de Docteur Chae. Autour de lui, quelques gars de Yeongdo le surveillent. De temps à autre, une infirmière passe prendre sa température et sa tension puis vérifier la perfusion. Elle semble peu rassurée par les voyous en faction dans la chambre et dans les couloirs. Quand Huisu lui a demandé combien de temps il était resté sans connaissance, elle a répondu de façon très concise :

— Trois jours.

L'après-midi, Danka entre dans la chambre. Se frayant un passage entre les types de Yeongdo, il s'avance vers le lit de Huisu. Dès qu'il le voit, il se met à larmoyer.

— Mais dans quel état tu es ! Tu aurais dû faire ce qu'ils demandaient. Pourquoi tu t'es entêté ? Pour quelle gloire ?

Puis il pleure longuement, autant pour l'état pitoyable dans lequel il voit Huisu que pour cette vague de sang qui vient de s'abattre sur Guam. Enfin il essuie ses larmes d'une manche. Huisu lui fait un signe de main et Danka redresse son lit, à environ trente degrés.

— Que sont devenus nos gars ? Et Père Sohn ?

— Tout est fini. Les gars d'Amy se sont dispersés et Père Sohn a eu un accident de voiture. Il est mourant. On dit qu'il a été heurté par un conducteur bourré. Tu parles !

Huisu fixe le plafond sans dire un mot. Il faut un minimum de force pour éprouver de la tristesse ou de la colère.

— Tu es au courant ? Amy est mort.

Huisu hoche la tête.

— Père Sohn, dès qu'il a su que tu t'étais fait attraper, il a mis ton nom sur le titre de propriété de Mallijang à la place du sien. C'est ce qui t'a sauvé.

Danka se retourne et lance un bref regard sur les gardiens. Puis, il se penche sur l'oreille de Huisu, cache sa bouche d'une main et dit à voix basse.

— Père Sohn n'étant plus propriétaire de Mallijang, Doyen Nam n'avait plus aucun intérêt à le laisser en vie. Le soir même, il a eu cet accident.

Huisu fixe le mur, perdu. Aucune pensée ne vient à son esprit. Amy est mort, Père Sohn est à l'agonie, tout cela est aussi irréel qu'un arbre ou un rocher sur une montagne lointaine. Après un long silence, il rouvre la bouche.

— Insuk ?

— Elle est chez elle. La maison est encerclée par les hommes d'Obligation Hong et de Doyen Nam. Elle reste claustrée à l'intérieur.

À cet instant, l'infirmière entre dans la chambre et injecte un produit dans la perfusion. Après quoi, elle dépose une poignée de médicaments sur la petite table près du lit et lui explique en détail comment les prendre. Huisu ne comprend rien, assourdi par le son strident qui a envahi son crâne. Danka pose sur lui un regard rempli de compassion. Amy mort, Père Sohn mourant. Ça n'empêche pas Huisu d'avoir sommeil. Il ferme les yeux. Danka remet son lit à l'horizontale, tire la couverture sur son corps et pose la main sur son front.

— Grand-frère, il faut que tu sois fort. Il ne faut pas t'effondrer ici.

Deux jours plus tard, Huisu décide de sortir de la clinique. Docteur Chae veut l'en empêcher mais Huisu s'entête. Danka arrive à l'hôpital, les bras chargés de paquets. Il revient d'un grand magasin où il a acheté des vêtements neufs pour Huisu. Il lui explique, gêné, qu'il n'a pas osé aller chercher des affaires chez lui et faire face à Insuk. Huisu s'habille et sort de la clinique, les hommes de Doyen Nam sur ses talons. Quand il s'apprête à monter dans la voiture de Danka, ils lui barrent le chemin.

— Il faut pas nous en vouloir, notre boss nous a dit de garder l'œil sur vous, dit un jeune sur un ton poli mais ferme.

Parmi eux se trouve Kkangi, un cadre moyen du clan de Doyen Nam que Huisu connaît de longue date. Huisu lui fait un signe de la main. Kkangi accourt vers lui et le salue.

— Dis-moi, il faut que j'aille quelque part. Je peux faire un saut ?

Embêté, Kkangi a une légère grimace. Après un court moment de réflexion, son visage s'ouvre et il dit :

— Vous laisser partir, c'est délicat, grand-frère Huisu. Mais si vous avez absolument besoin d'aller quelque part, on peut peut-être vous y conduire ?

Huisu accepte d'un mouvement de tête.

— Hé, amenez la voiture ! crie Kkangi à ses hommes.

Entouré par les spadassins de Doyen Nam, Huisu arrive à l'hôpital où Père Sohn, miraculé, a été transporté après son accident. Son chauffeur est mort sur le coup. Père Sohn, toujours inconscient, a été placé en soins intensifs. Huisu s'apprête à entrer dans la pièce quand un jeune médecin, en plein examen de la fiche médicale de Père Sohn, l'arrête.

— Est-ce qu'il s'est réveillé au moins une fois ? interroge Huisu.

— Pas encore. Même s'il se réveille, pas sûr qu'il s'en sorte, répond le jeune médecin sans détacher les yeux de la fiche médicale.

Plus tard, aidé par Danka, Huisu arrive chez lui au n° 565 de la route de Sanbok. Il tombe nez à nez avec des hommes d'Obligation Hong en faction devant le portail. Obligation Hong lui-même, assis sur le châlit de la cour, tète une flasque de whisky. Huisu vient s'asseoir près de lui. Obligation Hong lui tend le flacon. Huisu en boit une gorgée. L'alcool lui brûle les entrailles.

— C'est un vrai merdier, dit Obligation Hong.

Huisu hoche la tête faiblement.

— Dites, qu'est-ce que vous faites ici ? Vous protégez Insuk ?

— Entre autres. Je t'attendais, et comme elle est là, je gardais un œil sur elle.

Huisu prend une autre gorgée de whisky, plus brûlante encore que la première. Obligation Hong reprend la flasque et revisse le bouchon.

— Les négociations avec Doyen Nam sont terminées ?

— Non, tout reste à faire.

— Dans ce cas, je peux rester chez toi jusqu'à la fin de cette histoire ? Doyen Nam est sacrément inflexible et têtu, tu comprends ?

Huisu hoche la tête puis entre dans la chambre. Il trouve Insuk accroupie à côté de deux valises à roulettes. Apparemment, elle a voulu quitter Guam mais elle s'est fait bloquer par Obligation Hong qui, depuis, la retient ici. Huisu s'approche mais Insuk, le front appuyé sur les genoux, ne bouge pas. Huisu s'assoit à côté d'elle. Elle tourne faiblement la tête vers lui et le regarde de ses yeux éteints.

— Pourquoi tu t'es entêté ? lui demande-t-elle.

— Qu'est-ce que tu veux dire ?

— Tu aurais pu sauver Amy, non ?

Huisu secoue la tête.

— C'est pour protéger ce vieillard que tu as sacrifié Amy ? reprend-elle, glaciale.

— Ce n'est pas aussi simple que ça.

— Ou alors, tu convoitais le poste de directeur du Mallijang ?

— Je t'ai dit que c'était pas ça.

— Alors, c'est quoi ?!

Insuk attrape les cheveux de Huisu et lui secoue violemment la tête.

— Dis-le-moi, c'est quoi ?!

Huisu se laisse malmener par Insuk sans réagir. Elle finit par lâcher ses cheveux, à bout de force. Les obsèques de son fils, qu'elle a dû organiser seule, ont achevé de l'épuiser.

— Ça ne sert à rien que je t'explique, tu ne pourrais pas comprendre. Je te jure que ce n'est pas ce que tu penses. C'est bien plus compliqué que ça, tente de la convaincre Huisu.

Les joues d'Insuk se couvrent de larmes.

— Je m'en fous, que cette histoire soit difficile à expliquer ou pas. Quoi que tu dises, je ne pourrais pas comprendre. Et je ne pourrais pas te pardonner.

Insuk se lève. Le visage déterminé, elle sort dans la cour en traînant ses deux valises. Obligation Hong et un de ses hommes lui barrent la route vers le portail. Insuk regarde tour à tour le voyou et Huisu. Obligation Hong finit par se ranger de côté et Insuk qui, le bousculant au passage, marche droit vers le portail. Perdu, Huisu la suit du regard. Elle n'a jamais quitté Guam malgré toutes les humiliations qu'elle y a subies. Aujourd'hui, à cause de lui, elle part pour toujours.

Le lendemain, dans l'après-midi, Huisu est en train de boire du soju, assis sur le lit de la cour, quand Doyen Nam pousse le portail, un large sourire aux lèvres. Huisu se lève d'un bond.

— Ah, dis donc, qu'est-ce que tu habites haut ! Figure-toi que c'est la première fois que je remets les pieds ici depuis l'époque où j'y ai habité, pendant la guerre.

Derrière Doyen Nam, San, son garde du corps, tient un panier de fruits à bout de bras. Il a à peu près le même âge que Huisu, peut-être un ou deux ans de moins. Ils se sont croisés à chaque visite de Doyen Nam à l'hôtel Mallijang mais ils ne se sont jamais parlé ; San est d'un naturel plutôt taciturne et n'est pas très à l'aise avec le coréen. Issu de la troisième génération d'une famille d'immigrés coréens au Japon, c'est un ancien yakuza, ancien sumotori et, selon certaines rumeurs, un grand maître au kendo, ce qui explique pourquoi Doyen Nam l'a engagé comme garde du corps. Père Sohn a toujours été le seul à se promener sans garde du corps et il est probable que, ces dix dernières années, tout le monde a cru que Huisu jouait ce rôle. Plutôt médiocre, dans ce cas. San, véritable masse de chair transpirante, semble, après son effort pour grimper si haut, se noyer dans sa propre sueur. Doyen Nam, plutôt svelte, le toise d'un air méprisant.

— Tu fais comment, au lit, avec aussi peu de souffle ?

San fait une grimace embarrassée. Il est à bout de souffle tandis que Doyen Nam affiche une belle forme, tout content de revenir dans ce quartier où il a vécu quarante ans auparavant. Comme un conquérant arrivé au sommet d'une montagne, il lève les bras et fait quelques mouvements de gymnastique.

— Il faudra que je songe à installer le camp d'entraînement de mes hommes ici. L'épicerie la plus proche est à trois cents marches en dessous, un vrai truc pour les unités spéciales, quoi. Avec ça, ils n'auront plus besoin de séances de sport ! cabotine Doyen Nam.

Voyant du kimchi et du soju sur le châlit, il fait claquer sa langue.

— C'est quoi ce pauvre plat d'accompagnement ?

— C'est que, j'avais la flemme de sortir des plats... balbutie Huisu.

— Tiens, sers-moi un verre.

Doyen Nam prend le verre de Huisu et le lui tend. Huisu y verse du soju. Doyen Nam vide le verre d'un trait puis déchire un morceau de kimchi qu'il met dans sa bouche.

— C'est ton épouse qui l'a préparé ?

— Oui.

— Elle est douée.

Doyen Nam rend son verre à Huisu et le lui remplit. Huisu le siffle aussitôt. Doyen Nam prend une banane dans le panier de fruits qu'il a fait apporter, l'épluche, la casse en deux et en tend un morceau à Huisu. Celui-ci la mange, tandis que Doyen Nam saisit le verre, le remplit et le vide une nouvelle fois. Il mange sa moitié de banane en hochant la tête, comme s'il trouvait que cet accompagnement de fortune s'accordait mieux à la saveur du soju.

— Tu dois beaucoup m'en vouloir, dit tout à coup Doyen Nam, d'une voix particulièrement chaleureuse.

Sans répondre, Huisu hoche la tête à demi.

— C'est normal. Tu ne serais pas humain si tu ne m'en voulais pas.

Huisu boit son verre d'un trait, sans rien dire.

— Je suis désolé pour Amy. Il était si jeune, il n'aurait pas dû partir de cette manière. Pourtant je leur avais dit clairement de ne pas vous toucher, Amy et toi. Mais ce connard de Cheon Dalho n'écoute plus ce que je lui dis. Les guerres entre voyous font des morts, de chaque côté. C'est normal. Mais ce type-là est obsédé par la vengeance. Il ne deviendra jamais une grande figure du milieu.

De bas en haut, Doyen Nam balaye du regard les petites maisons agglutinées sur le flanc de la montagne.

— Regarde, là. Ils ont construit des maisons jusqu'au sommet de la montagne. Avant, ici, c'était un bidonville. Et pas un bidonville de planches, parce que les planches, c'était hors de prix. Non, un bidonville fait d'emballages de ration C de l'armée américaine, d'imperméables jetables, de tôles galvanisées piquées à droite à gauche, de planches d'enseignes... Bref, on collait toutes ces choses-là ensemble et ça faisait des maisons. C'est un vrai miracle qu'elles soient encore debout.

Huisu, lui aussi, a toujours été impressionné de voir ces maisons de pacotille résister à tous les typhons, alors que l'hôtel Mallijang, par exemple, conçu par de sérieux ingénieurs japonais, s'est à moitié envolé au passage du typhon Sarah.

— Tu vois la maison au pied du pin tordu ? Je suis originaire de Mandchourie mais pendant la guerre, j'ai vécu ici.

— Vous êtes né en Mandchourie ?

— Oui, mon père m'a eu en Mandchourie. Mais quand la guerre a éclaté, toute ma famille était à Séoul pour je ne sais quel rêve d'une vie meilleure. Ensuite, poussés par les communistes, on s'est retrouvés ici. Un pauvre paysan comme mon père, je ne sais pas pourquoi il a voulu fuir les communistes. Toi, c'est ici que tu es né, Huisu ?

Huisu confirme d'un mouvement de tête.

— Tu es né dans un beau pays. La Mandchourie, c'est un désert balayé par le vent. On n'a pas beaucoup d'arbres et tu peux marcher pendant des heures, l'horizon reste désert. Forcément, il y fait froid et il n'y a pas grand-chose à manger. Là-bas, on trouve des troupeaux de bandits, et pas de tout petits bandits comme on a ici, non, des bandits vraiment redoutables.

Sur ces mots, Doyen Nam sort quelques tomates du panier et va les laver au point d'eau. Il en donne une à San et une à Huisu. San la reçoit avec émotion et croque dedans aussitôt. Étonné de voir un point d'eau à cette altitude, Doyen Nam tourne et retourne le robinet puis s'accroupit et se lave le visage. Huisu va chercher une serviette propre étendue sur le fil à linge et la lui tend.

— C'est vraiment pas mal ici. L'endroit est sympa et le panorama est superbe.

— C'est un endroit tout juste bon à vous faire des jambes solides.

— Quand on a des jambes solides, on a l'essentiel. Le plus important chez un homme, c'est la partie inférieure de son corps.

— Si vous le dites.

— Mais bien sûr. Regarde, ce gars-là. Un soi-disant sumotori, après quelques années de vie de voyou, sa partie inférieure est devenue toute molle et il doit se démener pour monter ici. D'ailleurs c'est parce que j'ai un type pareil comme garde du corps qu'un Cheon Dalho se permet de m'embêter.

Doyen Nam se ressert un verre et le boit cul sec. Jusque-là, tout s'est déroulé selon ses plans. Il est léger et détendu, tellement en forme qu'on l'imagine vivre sans problème trente ans de plus. C'est la cupidité qui le maintient, se dit Huisu. Sur la table basse, il n'y a qu'un verre et qu'une paire de baguettes. Huisu se lève et va à la cuisine prendre un verre et une paire de baguettes de plus. Puis il ouvre le réfrigérateur débordant d'une montagne de plats préparés par Insuk avant son départ. Quand avait-elle préparé tout cela ? Et pour qui ? Huisu sort des plats au hasard. De la pieuvre à la vapeur, des maquereaux marinés à la sauce soja et au piment, de la salade, des petits coquillages... Il amène le tout dehors et les dispose sur la table basse. Doyen Nam fait les yeux ronds.

— Qu'est-ce que c'est tout ça ? Vous mangez comme ça tous les jours ?

— On mange mieux encore. Ces petits plats ne sont que l'accompagnement des nouilles instantanées, plaisante Huisu.

Doyen Nam l'observe un moment.

— Tu as trouvé une bonne épouse. Une femme d'intérieur.

Doyen Nam prend un morceau de pieuvre avec ses baguettes, l'avale, puis s'attaque à un bout de maquereau.

— Pourquoi boire ton soju avec du kimchi seulement, quand tu as tous ces trésors dans le frigo ?

— C'est qu'on mange trop tous les jours, je sature un peu, répond Huisu, toujours sur le ton de la plaisanterie.

Cette fois-ci, Doyen Nam lui jette un regard faussement agacé.

— Putain, tu pouvais pas t'arrêter à la première strophe, plutôt que d'aller jusqu'au refrain ?

Apparemment détendu par les plaisanteries de Huisu, il inspire et expire profondément puis se replonge dans la contemplation des maisons agglutinées sur la pente de la montagne. Il n'est pas comme d'habitude : il a l'air plus calme, plus serein. Il vide son verre d'un trait, le remplit à nouveau à ras bord et le pose devant Huisu.

— Bois ça, et oublie tout le reste. Il y a quarante ans, quand j'ai fui la guerre, j'ai vu des centaines de milliers de morts sur le chemin, aussi nombreux que des pommes de terre dans un champ. Les rescapés, il fallait qu'ils mangent pour rester en vie. Voilà, toi tu t'accroches à des futilités. Débarrasse-t-en. Et l'ère de Huisu pourra commencer.

Huisu fixe le verre que Doyen Nam vient de poser devant lui. Dedans, le soju est parfaitement transparent et parfaitement pur. Huisu prend le verre et le vide. Comme s'il avait dit tout ce qu'il avait à dire, Doyen Nam se lève.

— On m'a prévenu que Père Sohn s'était réveillé. Tu devrais aller le saluer avant qu'il ne nous quitte.

Le soir même, tous les voyous de Doyen Nam et d'Obligation Hong se retirent de la maison. Huisu se surprend à la mélancolie, seul dans cette maison désertée. Sans Insuk et les remuants Amy et Jeny, la maison, presque en équilibre au bord de la falaise, lui apparaît réellement dangereuse. Assis sur le lit de bois, Huisu vide une autre bouteille de soju avec des bouts de pieuvre à la vapeur et du maquereau, des radis et des pommes de terre marinés. La bouteille finie, Huisu s'allonge et, du haut de ce perchoir désormais vide, contemple le ciel étoilé.

BATEAU FOU

Le lieu de rencontre choisi par Yeongdo pour la négociation est l'un de ces bateaux de forme rectangulaire qui n'ont ni moteur, ni voile, ni gouvernail et qui se déplacent seulement grâce à un remorqueur. Une fois leur ancre jetée à la mer, ces bateaux sont cloués sur place. Les gens les appellent des « bateaux fous ». Dans la mer du Sud et celle de l'Ouest, on les utilise pour la pêche à la crevette. On y embarque les parias de la société : les endettés qui ne rembourseront jamais leurs dettes, les gens enlevés par des trafiquants et les handicapés. On leur fait tirer les filets en fonction des marées, jusqu'à quatre fois par jour. Comme l'ancre est généralement jetée à des kilomètres de la terre, toute évasion est impossible. Il est arrivé qu'au moment d'un typhon, le bateau-remorqueur ne vienne pas les chercher et les laisse dériver en pleine mer, les condamnant à la noyade. En 1987, lors du typhon Selma, une douzaine de bateaux fous ont fait naufrage, entraînant avec eux une cinquantaine de victimes.

Yeongdo utilise souvent ce genre de bateau pour les négociations importantes et les redditions. Le but principal est d'humilier la partie adverse. On vous embarque sur une petite navette et on vous dépose sur cet énorme bateau échoué et bloqué en pleine mer, avant de repartir rapidement vers la terre. Une fois à bord, on ne peut plus se cacher ni reculer. Même si, par chance, on est fort comme Bruce Lee et qu'on se débarrasse de tous les ennemis à bord, il est impossible de se sauver avec ce bateau sans moteur, sans voiles et sans gouvernail. Bref, Yeongdo a l'habitude de mener ses négociations là-dessus où l'autre partie, acculée, n'a d'autre choix que de signer sans conditions. Si l'on résiste, on est sûr de recevoir un coup de couteau ou un coup de pistolet et de finir au fond de la mer, une grosse pierre attachée aux pieds.

Il est vingt heures quand Huisu arrive en navette au bateau fou. De la proue, des hommes en costume noir lui lancent une corde. Dès que Huisu pose un pied sur l'étrange esquif, la navette vire de bord et s'éloigne. Un homme en costume noir, énorme, fouille Huisu pour vérifier qu'il ne porte pas d'arme. Il y a déjà beaucoup de monde à bord et tous sont installés autour d'une grande table centrale. Doyen Nam, en costume blanc, trône à midi. À sa droite se tiennent Cheon Dalho et Cheoljin, à sa gauche Yongkang et les deux maquereaux de Wollong, Shin et Lee. En face d'eux sont assis deux vieux du bouillon de bœuf et, de façon inattendue, Yangdong le poltron. La table a beau être copieusement garnie de plats et de bouteilles, seuls Doyen Nam et Yongkang en profitent. Huisu s'assoit à la seule place inoccupée, à côté de Cheon Dalho. Aussitôt, Doyen Nam lève son verre.

— Je crois que tout le monde est là, on va enfin pouvoir commencer.

D'un geste solennel, toute la tablée lève son verre. Cheon Dalho fait un signe et l'un des hommes en noir lève l'ancre. Le bateau se met à flotter au gré des vagues. Dès lors, personne ne sait dans quelle direction va dériver ce bateau fou, jusqu'à ce qu'on allume le signal lumineux qui indiquera la voie au remorqueur.

Huisu passe en revue les convives autour de la table. Hormis Doyen Nam et Yongkang, ils ont tous l'air sur le qui-vive. Yongkang, comme d'habitude, se gave, le visage parfaitement inexpressif. Doyen Nam est plutôt jovial, dans sa tenue et dans son humeur. Il a déjà dû boire quelques verres, son visage est un peu rouge. Il est le premier à prendre la parole.

— Ces derniers temps, suite à des malentendus et des contrariétés absurdes, beaucoup de nos jeunes sont morts. Nous n'aurions pas dû aller si loin et aujourd'hui, mon cœur est lourd. Il y a longtemps que je me suis retiré du front mais, en tant qu'aîné, je me devais de faire quelque chose. Nous voilà donc réunis ici ce soir et j'aimerais que l'on puisse, ensemble, vider nos cœurs, discuter et nous débarrasser une bonne fois pour toutes des vaines rancunes du passé.

Personne n'ose ouvrir la bouche.

Doyen Nam sourit doucement.

— Allez-y, parlez sans crainte. On dit toujours que celui qui ne se plaint pas aura moins de nourriture dans sa gamelle, n'est-ce pas ?

La tablée hésite encore quand Shin de Wollong prend la parole.

— Tout le monde dit que Wollong a débuté cette guerre. Moi je dis que c'est plutôt Yangdong, avec sa manie d'aller sur le territoire des autres pour y vendre ses bouteilles. Et il aurait fallu qu'on reste là sans rien faire ?

Lee de Wollong prend le relais.

— Il a raison. Il y a des règles dans la distribution d'alcool. Mais Yangdong n'a jamais su faire la distinction entre son territoire et celui des autres. Ça pouvait plus durer. Franchement, ce n'est pas comme si on manquait de bouteilles à vendre. Nous, on demande juste que chacun respecte le territoire de l'autre et se concentre sur ses propres affaires.

Shin reprend la parole.

— Wollong a subi d'énormes dégâts. Ce connard de Yangdong a détruit une dizaine de nos commerces et il a violé les règles de la distribution. Depuis, certains commerçants de Wollong refusent même de nous payer la redevance, sous prétexte qu'on ne les protège pas assez. Ce massacre de nos jeunes, c'est l'avidité de Yangdong qui l'a causée.

Le visage de Yangdong devient rouge, puis violet. Au début du discours de Shin et Lee, son visage exprimait une grande terreur, mais se sentant désormais acculé, il se lève d'un bond.

— Ces connards de macs disent n'importe quoi. Depuis quand Wollong est-il votre territoire, enfoirés ?

— Parce que c'est le tien, peut-être ? répond Shin.

— Quand vous ai-je dit de me céder Wollong ? J'y ai vendu quelques pauvres bouteilles de vodka et c'est vous qui avez foutu le bordel à cause de ça !

— J'aurais voulu continuer à parler en gentleman devant Monsieur le doyen, mais ça ne sert à rien de discuter avec un abruti pareil. Écoutez-le ! Après tous les dégâts qu'il a causés, il n'a aucun regret, se plaint Shin à Doyen Nam.

— Si tu ne peux pas résoudre le problème en parlant comme un gentleman, qu'est-ce que tu comptes faire ?

— Tu veux vraiment le savoir ?

— Quoi ? Encore une guerre ? Vous, les pros, vous êtes bons qu'à traire les filles. Vous me faites pas peur.

Père Kim, l'un des membres du club du bouillon du bœuf, qui jusqu'alors n'a fait qu'observer, secoue une main devant Yangdong, l'air inquiet.

— Arrête, Yangdong. Comment oses-tu brailler devant Monsieur le doyen ?

— Vous, ça va bien ! s'irrite Yangdong. Même s'il a sorti sa bite pour une pute, un mari doit prendre parti pour sa femme.

Amusé, Doyen Nam laisse échapper un rire.

— Bien dit ! renchérit-il en hochant la tête.

— J'ai quelque chose à ajouter, Monsieur le doyen. Chaque été, des gars de Yeongdo, de Wollong et d'autres coins de Busan viennent à Guam vendre leurs marchandises sans aucune autorisation. Ils viennent chez nous faire leurs petits trafics, vendre leur drogue et leurs filles. Ont-ils déjà payé un seul sou de redevance ? Plusieurs fois, on est venus vous voir pour vous alerter et vous dire que tout ça allait trop loin, jamais vous avez daigné entamer la moindre négociation. Pourquoi gardez-vous le silence quand on vous parle de nos difficultés et vous déplacez-vous pour une négociation dès que ces connards de macs se mettent à pleurnicher ? Je trouve ça injuste.

Doyen Nam l'écoute avec attention, hochant la tête de temps en temps comme un vieux sage de village, attentif aux doléances de chacun.

— Yangdong a raison sur un point : c'est vrai que j'ai négligé certaines choses. Par contre, je n'ai jamais pris parti pour quelqu'un en particulier. Aussi bien Yangdong que les entrepreneurs de Wollong sont des adultes, ce n'est pas à moi de leur dire de faire ceci ou cela. En tout cas, ça ne sert à rien de ressortir les erreurs du passé. Ce qui est fait est fait. On doit à présent se projeter vers l'avenir. Je vous propose ceci : Yangdong continue la distribution de vodka. En revanche, il ne vendra pas directement aux commerçants mais fournira les grossistes locaux. Comme ça, tout le monde est gagnant. Les entrepreneurs locaux peuvent profiter d'une distribution stable et toi, Yangdong, tu peux continuer tes affaires en toute sérénité.

— Si je passe par des intermédiaires, qu'est-ce qui va me rester ? Et puis ça veut dire que c'est moi qui prends tous les risques pour faire passer l'alcool clandestinement pendant que les distributeurs locaux, eux, ramassent les sous en chantonnant, le cul bien calé dans leur fauteuil, râle Yangdong.

— Dans les affaires, il faut savoir faire des concessions. Le but c'est de permettre à chacun d'y trouver son compte et d'éviter les règlements de compte au couteau, dit Doyen Nam pour calmer Yangdong.

— Tu devrais écouter les conseils de Monsieur le doyen, renchérit Père Kim. Si tu acceptes de reculer d'un pas aujourd'hui, peut-être qu'un jour Monsieur t'offrira une meilleure affaire.

Yangdong, guère satisfait, reste silencieux. Doyen Nam prend son verre et boit une gorgée d'alcool pour humidifier sa bouche sèche. Cheon Dalho, quant à lui, les observe tour à tour de son regard d'aigle. Huisu s'étonne que ce poltron de Yangdong, piégé en pleine mer à bord d'un bateau fou, résiste à Doyen Nam avec autant d'assurance. Mais, petit à petit, l'explication apparaît. Cheon Dalho, assis face à lui, semble suivre le même fil de pensée.

— D'accord, je ferai comme l'a dit Monsieur le doyen, finit par répondre Yangdong, la mine chiffonnée.

Les maquereaux Shin et Lee approuvent à leur tour. Doyen Nam prend de nouveau son verre, boit une gorgée et poursuit son discours.

— Quant au différend entre Cheon Dalho et Huisu, on va l'arranger comme ceci. Huisu a beaucoup travaillé pour monter cette affaire de machines de jeu et si on lui prend tout d'un seul coup, il n'aura plus rien pour subsister, sans compter qu'il a plus un gars qui travaille pour lui. Les affaires principales de Yeongdo sont plutôt dans le commerce et pas dans le jeu, mais Dalho, qui a beaucoup d'expérience dans la gestion de salles de jeu et du réseau dans le milieu, pourrait mener cette affaire avec Huisu. Huisu s'occuperait de la production et toi de la distribution. Ça ferait une bonne synergie, comme on dit aujourd'hui.

Cheon Dalho se tourne vers Huisu. Doyen Nam et Cheon Dalho doivent s'être entendus sur ce point avant la réunion. Cheon Dalho, un peu gêné par le discours théâtral de Doyen Nam, assure :

— Ça me va.

Cette fois-ci, c'est Doyen Nam qui se retourne vers Huisu.

— Qu'est-ce que tu en penses, Huisu ?

— Ça m'est égal, répond-il d'un ton neutre.

— Eh bien, on a fait le tour, non ? Désormais, on va arrêter de se battre, on va bien travailler et gagner beaucoup d'argent, dit Doyen Nam, satisfait.

Mais Cheon Dalho intervient :

— Maintenant qu'on a réglé les problèmes de business, réglons les problèmes d'affect.

— Vous n'êtes plus des gamins, c'est quoi cette histoire d'affect ? sursaute Doyen Nam, refroidi.

— C'est un truc de commerçant, dire que, du moment que les chiffres sont corrects dans le registre, l'affaire est réglée. Nous autres voyous avons notre propre façon de régler les affaires, dit Cheon Dalho en fixant Yangdong.

Surpris par le regard de Cheon Dalho, Yangdong tressaille.

— Hé, Yangdong, comment tu comptes t'y prendre pour apaiser mon honneur bafoué ?

— Qu'est-ce que vous voulez dire ? balbutie Yangdong.

— Il paraît que, sous prétexte que Hojung aurait sali ton putain de nom, vous avez planté un couteau dans le ventre de mon neveu qui travaillait dans son entrepôt. Mon nom vaut pourtant un peu plus que le tien, non ? Résultat, ma famille ne cesse de dire qu'un caïd qui n'arrive pas à protéger un jeune de son sang est un tocard. Qu'est-ce que tu proposes pour redorer mon blason ?

Yangdong, qui a cru la négociation pliée, est déconcerté.

— Je suis dé... désolé, je vais m'occuper des indemnités.

Cheon Dalho ricane.

— Tu vas me donner de l'argent ? Combien ?

— Je ne sais pas, mais je vais préparer une somme avec beaucoup de respect.

— Tiens, il aime l'argent, ce chien ! Tu penses que c'est en me tartinant d'argent que mon neveu va ressusciter ?

Cheon Dalho jette un regard noir à Yangdong complètement déconfit. Huisu, assis à côté de Cheon Dalho, murmure :

— Amy est mort, vous savez.

Exaspéré, Cheon Dalho se tourne vers Huisu qui insiste.

— Mon fils Amy est mort, ce n'est pas assez ?

Médusé, Cheon Dalho se fige. Huisu lui lance un regard furieux, mais la colère qui remplit son regard se transforme aussi vite en tristesse. Cheon Dalho, qui jusque-là a affronté ce face-à-face les dents serrées, finit par hocher la tête comme pour signifier qu'il accepte la trêve. Cheoljin, qui a donné le coup fatal au neveu de Cheon Dalho, Yangdong, Père Kim et Doyen Nam poussent des soupirs de soulagement.

— Très bien, Dalho. On va arrêter là. Si tu continues avec tes remarques, maintenant qu'on a réussi à se réconcilier et qu'on s'est serré la main, qu'est-ce qu'il va devenir, mon nom à moi ? Le sang a suffisamment coulé, restons-en là pour aujourd'hui, allez.

Doyen Nam tapote doucement l'épaule de Cheon Dalho puis se lève et brandit son verre.

— Que la fête recommence ! Notre Dalho a un tempérament un peu explosif mais c'est un bon gars.

Les convives lèvent timidement leur verre et trinquent. Cheon Dalho fait semblant de lever le sien. Yongkang et Huisu sont les seuls à ne pas bouger. Doyen Nam jette un bref regard sur Huisu qui reste assis, apathique.

— Je pense que certains d'entre vous le savent déjà : c'est notre Huisu qui va succéder au poste de directeur de l'hôtel Mallijang. Je suis triste de cet accident arrivé à Père Sohn ; nous étions très proches ces quarante dernières années. Mais une nouvelle génération arrive, une nouvelle ère s'ouvre et il faut célébrer ce qu'on a à célébrer, n'est-ce pas ?

Tout le monde lève son verre en l'honneur de Huisu, même Cheon Dalho et Yongkang se tournent vers lui. Huisu se lève et s'incline poliment devant la tablée. Doyen Nam se met à applaudir et les autres, suivant son exemple, applaudissent dans la foulée. Mais le cérémonial ne semble pas terminé. Doyen Nam fait un signe de la main aux costumes noirs qui se tiennent derrière lui et l'un d'eux lui apporte une boîte en bois. Doyen Nam l'ouvre, visage rayonnant.

— Ce sont des ginsengs ? demande-t-il.

— Oui, mais des sauvages, répond Cheon Dalho.

— En fait, ce n'est pas moi qui ai préparé cette boîte. C'est un cadeau de petit-frère Cheon Dalho pour Huisu. Il m'a dit, Cheon Dalho, que ce Huisu était, malgré son âge encore jeune, un homme digne et fiable, un homme de confiance, quoi. Leurs relations ont été un peu compliquées jusqu'à présent, mais je suis sûr qu'ils vont faire de grandes choses ensemble.

Doyen Nam referme la boîte et fait un signe du regard à Cheon Dalho, comme pour lui dire : « C'est toi qui as fait venir ce cadeau, c'est à toi de l'offrir ».

Gêné, Cheon Dalho secoue les mains mais finit par prendre la boîte. Il l'offre à Huisu. La boîte est assez lourde. Huisu l'ouvre et regarde à l'intérieur. Comme l'a dit Cheon Dalho, il y a là six racines de ginseng qui ressemblent effectivement à de vrais ginsengs sauvages.

— Je vois des radicelles fines, ce sont des ginsengs sauvages d'élevage, non ?

— Ils ont quand même plus de dix ans, dit Cheon Dalho.

— D'après le conseiller de la station thermale, mieux vaut une campanule de trente ans d'âge qu'un ginseng bon marché, raille Huisu.

— Prends-les quand même. La prochaine fois, je te trouverai une campanule blanche de cent ans d'âge.

— Je mourrai pas avec ça ?

— Je pense pas. Bon, c'est arrivé que certains faiblards allergiques au ginseng chopent une paralysie du nerf facial...

En face de Cheon Dalho, Yongkang pouffe. Huisu prend une racine, la met dans sa bouche et la mâche énergiquement. Il hoche la tête, comme si c'était meilleur que ce à quoi il s'attendait. Il prend une autre racine et la tend à Cheon Dalho. Ce dernier refuse vivement son présent en secouant une main. Le maquereau Shin se lève et porte un toast en l'honneur de Doyen Nam qui s'est donné tant de peine pour organiser cette rencontre. Le bateau, qui continue de dériver au gré des flots, tangue légèrement. Autour d'eux, la vaste étendue d'eau est complètement plongée dans le noir. Aucune lumière ne leur parvient ; c'est à se demander comment le remorqueur va les retrouver. Toutes les décisions compliquées ont été prises et la tension a baissé d'un cran. Enfin détendus, les convives commencent à boire et à goûter les plats. Les vieux du bouillon de bœuf discutent avec les maquereaux de Wollong, trinquant de temps à autre. Tandis que Yongkang continue de boire seul, Cheon Dalho et Doyen Nam échangent quelques phrases. Cheoljin, assis en face de Huisu, s'efforce d'éviter son regard. À ce moment-là, Doyen Nam appelle auprès de lui Yangdong, qui boude toujours, et lui sert un verre.

— Quand on prend de l'âge, on est censé gagner en maturité. Tu ne veux pas maîtriser tes sautes d'humeur ?

— Je suis désolé, Monsieur le doyen, dit Yangdong, tout en courbettes.

— Maintenant que les temps difficiles sont derrière nous, on va s'entraider et essayer de vivre en harmonie pour qu'il y ait plein de bonnes affaires.

Yangdong continue ses courbettes en approuvant chaque mot de Doyen Nam. Puis il vide son verre cul sec, le replace devant Doyen Nam et le remplit avec dévotion. Doyen Nam lui tapote gentiment l'épaule. Le verre de Huisu aussi est vide. Cheon

Dalho, assis à côté de lui, le remplit. Huisu le prend, en boit la moitié et le repose sur la table. Cheon Dalho tourne légèrement sa tête en direction de Doyen Nam et ouvre la bouche.

— Dites, depuis quand vous et Yangdong êtes si proches? À vous voir comme ça, on dirait deux frères.

— Dans le temps, quand j'allais au golf et à la chasse avec Père Sohn, il venait souvent avec nous.

À côté de Doyen Nam, Yangdong opine.

— Ah... Je croyais que vous lui aviez caressé le dos, mais en fait vous lui avez carrément léché le cul, lance Cheon Dalho avec insolence.

— Tu me fais honte, mais peu importe. Maintenant que tout est terminé, tâchez de rester en bons termes, tous les deux.

Cheon Dalho lève son verre vers Yangdong. Poli, celui-ci lève le sien à son tour.

— On s'est battus l'un contre l'autre sans savoir qu'on était dans le même camp, dis donc. Allez, faisons la paix, dit Cheon Dalho.

— Je suis vraiment désolé pour votre neveu. Ce n'était pas du tout ce que je voulais...

Cheon Dalho secoue une main comme s'il en avait assez de cette histoire. Pendant ce temps, Huisu fixe la boîte en bois d'un air absent. Soudain, il la soulève et trouve, cachée en dessous du compartiment où sont posés les ginsengs, une petite trappe. Il l'ouvre. Elle contient un revolver bon marché dont la crosse est emmaillotée de ruban adhésif bleu. On dirait l'un de ces calibres .38 des marins russes. Ou bien l'un de ces revolvers chinois qui entrent à Busan par Dalian, se dit Huisu. Il prend l'arme et examine le barillet. Curieusement, il ne contient que cinq balles. N'a-t-on pu le remplir complètement faute d'argent? Ou bien veut-on lui faire comprendre qu'il ne faut pas tuer plus de cinq personnes? Huisu reste perplexe. Il sort le revolver, le colle à son oreille et le secoue, comme s'il voulait s'assurer qu'il s'agit d'un vrai. Les convives, trop occupés à boire, bavarder et rire, ne font pas attention à lui. Seul Yongkang, assis à sa place, observe Huisu calmement. Un peu plus loin, Père Kim s'est installé avec son verre à côté de Doyen Nam et lui fait du charme. Yangdong, lui aussi, rôde autour de Doyen Nam en essayant d'attirer son attention. Huisu pointe l'arme sur Yongkang. Celui-ci fait le pitre et ouvre grand ses bras comme s'il l'invitait à tirer sur son cœur. À cet instant, Doyen Nam, qui peine à se concentrer sur le bla-bla incohérent de Père Kim, aperçoit le revolver.

— C'est quoi, ça, Huisu ?

— Un revolver.

Doyen Nam incline légèrement la tête à droite puis à gauche.

— Je veux dire, pourquoi tu joues avec quelque chose d'aussi dangereux ?

— Monsieur le doyen, vous savez pourquoi on dit que les voyous ne tuent jamais ceux qui détiennent les titres de propriété ?

Doyen Nam, toujours intrigué, secoue lentement la tête.

— C'est parce qu'ils sont trop avides.

— Tous les hommes ont leurs avidités, où est le problème ?

— Eh bien, quand on a trop d'avidité, on a trop d'imagination et à force d'imagination, on finit par vivre dans la peur permanente. Et quand on a trop peur, on n'est plus un voyou.

— Et alors ?

— Alors on n'est plus à même de défendre ce qu'on doit défendre.

— Toi, Huisu, qu'est-ce que tu veux défendre ?

Les yeux de Huisu se perdent dans le ciel étoilé, comme s'il réfléchissait à la question de Doyen Nam.

— Eh bien, je crois que j'avais des choses à défendre il y a encore quelque temps. Mais, à force de vivre comme un minable, je ne m'en souviens plus.

Huisu se lève de sa chaise et tire sur Doyen Nam, en plein cœur.

Le visage aussi figé qu'un mannequin de cire, son regard reste fixé sur Huisu. Celui-ci lui tire une autre balle en plein front. La balle traverse sa tête et ressort à l'arrière de son crâne, creusant un trou d'où coulent des caillots de sang et de la moelle osseuse. On dirait de la pulpe de tomate fraîchement mixée. Doyen Nam lâche son verre et s'écroule sur la table. Yangdong, qui regardait Huisu, ébahi, reçoit deux balles dans le ventre. Il s'affale par terre en hurlant et se met à gesticuler en agrippant ses entrailles.

À cet instant, San, le garde du corps de Doyen Nam, accourt vers la table. Avant même de savoir s'il court se jeter sur Huisu ou s'il va juste vérifier l'état de Doyen Nam, l'un des voyous de Cheon Dalho le prend par la nuque, un autre plie son bras et un troisième lui plante un couteau à sashimi dans le flanc. Les gestes de chacun s'enchaînent parfaitement, comme une chorégraphie répétée à l'avance. Malgré le coup de couteau, San lève son bras droit et donne un grand coup de poing sur le visage de son agresseur. Puis, il secoue violemment son corps et se débarrasse des deux hommes accrochés à son cou et son bras. Les deux voyous s'envolent et viennent rouler au sol. San s'élance vers la table quand un quatrième homme lui plante un couteau dans le dos. San enfonce son coude sur le sommet de son crâne. Un cinquième homme s'avance par derrière et, d'une main de fer, frappe son épaule. L'un des hommes jetés au sol se relève et vient frapper le ventre de San de plusieurs coups de couteau. San traîne ses pieds sur quelques mètres et finit par s'agenouiller devant la table.

Peu satisfait de ses subalternes, Cheon Dalho se lève et s'empare du couteau à sashimi que tient encore l'un d'eux. Puis, de gauche à droite, il tranche le cou de San, d'un seul trait. Un glouglou, comme l'eau dans un conduit de lavabo, s'échappe du cou béant. San, sans aucun cri, reste à genoux quelques secondes et s'écroule vers l'avant.

Revenant à sa place, Cheon Dalho prend la tête de Doyen Nam par les cheveux et fait tomber son corps par terre. Ses mains sont trempées de sang. Il prend une bouteille sur la table, verse de l'alcool sur ses mains et les essuie dans une serviette.

— Putain, cet espèce d'égoïste de merde a fait semblant d'être juste toute sa vie ! Allez, débarrassez-moi de ce porc !

Les hommes de Cheon Dalho prennent les corps de Doyen Nam et de San et les traînent jusqu'au bout du bateau. Pendant ce temps-là, Yangdong continue de gesticuler au sol. Cheon

Dalho s'installe à la place qu'a occupée Doyen Nam et avale un verre d'eau. Voyant Yangdong par terre, il fait claquer sa langue contre son palais, agacé.

— Qu'est-ce qu'il fout encore lui, à nous couper l'appétit et l'envie de boire ?

Il remplit son verre, d'alcool cette fois-ci, et le boit cul sec.

— Cet enfoiré, je l'ai toujours pris pour un ours, mais en fait, c'est un putain de renard. Comme on dit, l'air ne fait pas la chanson, quoi !

Le corps de Yangdong est parcouru de spasmes. Ses jambes tremblent.

— On n'a pas fini notre conversation tout à l'heure, petit-frère Huisu. J'ai pas bien compris : tu veux dire qu'avec la mort d'Amy, on est quittes ?

Huisu ne répond pas.

— C'était mon neveu, mais franchement, il arrivait pas à la cheville d'Amy. J'y ai pas perdu grand-chose. Ça va aller, pour toi ?

Les maquereaux de Wollong, les vieux du bouillon de bœuf et Cheoljin n'ont rien compris à ce qui vient de se passer et sont sans voix. Une tension parcourt la tablée. Yongkang continue d'observer la scène, le visage inexpressif. Huisu pose le revolver sur la table, comme si tout était réglé.

— Il reste encore une balle, dit Cheon Dalho.

— Moi, j'ai pris ce qu'il me fallait. Prenez-la, si vous voulez.

— Je t'ai aidé à te gratter là où ça te démangeait, tu pourrais me rendre la pareille, non ?

— Si ça vous démange, grattez-vous tout seul. Laissez les mains des autres. Si c'est trop compliqué pour vous, achetez-vous un gratte-dos.

— Non, non, tu n'as pas compris. Ce que je voulais dire, c'est que quand on a mangé un repas préparé par quelqu'un d'autre, il faut au moins faire la vaisselle. Sinon, celui qui a tout préparé est un peu déçu.

Cheon Dalho lance un regard dur à Huisu. Huisu croit deviner ce que Cheon Dalho attend de lui, mais n'a pas tellement envie de lui obéir. Pourtant, l'hésitation de Huisu ne sauvera pas celui qui doit mourir. Ils sont sur un bateau fou, un lieu d'où on ne peut descendre tant que tout n'est pas terminé. Huisu reprend le revolver et pousse le barillet. Une balle.

— Je peux tirer sur n'importe qui ? demande Huisu en laissant échapper un rire.

— Bien sûr. C'est celui qui tient le revolver qui décide. Tu peux tirer sur moi, sur Yongkang, sur Cheoljin ou même tirer sur toi.

Cheon Dalho jubile. Ce jeu l'amuse. Quand il rit, ses deux balafres rendent son visage hideux. Huisu appuie sur le percuteur et colle l'arme à son oreille. Puis il la secoue, comme s'il était curieux d'entendre le bruit que cela produisait.

— Vous, vous partez, grand-frère Yongkang ? demande Huisu.

— Je te l'ai dit, je partirai quand j'aurai fait le plein.

— Il est pas encore fait, ce putain de plein ?

— Tu viens de supprimer Doyen Nam, du coup je sais pas qui va remplir le reste.

Yongkang regarde tour à tour Cheon Dalho et Huisu. Cheon Dalho laisse échapper un rire.

— Commence par tirer sur Yongkang, tiens. Je te donnerai une autre balle.

— Qui de chez nous vous a renseigné ?

— Pourquoi tu veux savoir ? C'est fini tout ça.

— Juste par curiosité. Jeongbae ? Dodari ?

— Dodari.

C'est donc ça. Huisu prend le revolver et le braque sur Cheoljin. Celui-ci tremble depuis un moment mais, dès que Huisu le vise, son visage devient serein, comme si quelque chose s'était relâché dans son corps. Il regarde Huisu, épuisé et résigné.

— Cheoljin, j'espère que dans ta prochaine vie, tu naîtras d'un bon père, un père riche, digne et puissant, loin d'un endroit comme Mojawon.

Les yeux de Cheoljin se remplissent de larmes. Il rit faiblement.

— Il n'y a pas de bons pères, dans ce monde. Les pères sont faibles et leurs petits ne cessent de geindre... murmure Cheoljin.

Il a peut-être raison, se dit Huisu. Un père, c'est un truc minable. Soit il l'est par nature, avant même d'être père, soit il le devient petit à petit. Tandis que, derrière la porte, le vent glacial souffle et que des hordes de chacals rôdent, les pères sont faibles et les petits continuent de geindre. Cheoljin hoche la tête. Huisu vise son cœur et appuie sur la détente.

Le bateau fou dérive longtemps sur la mer sombre, avant que le remorqueur le retrouve. À la poupe du bateau fou se trouve une énorme machine à broyer, rien à voir avec la taille de celle de l'île de Châtaigne. Les hommes de Cheon Dalho y traînent les corps. Huisu fait semblant de prendre une cigarette et reste à la proue. De loin, il entend le bruit de la machine. La nausée serre son estomac. Cheon Dalho s'approche de lui et allume une cigarette à son tour.

— Hier soir, quand tu es venu me voir, j'ai été franchement surpris. Je pensais que tu te rangerais du côté de Doyen Nam.

Huisu regarde distraitement la mer où ondulent des vagues. Rejeté dans l'eau, le sang qui sort du broyeur se répand autour du bateau. Toute la nuit durant, les poissons viendront dévorer ce sang, ces bouts d'os et de chair.

— Un type, qui est maintenant devenu de la nourriture pour poisson, m'a dit un jour : ce ne sont pas les élégants qui gagnent dans ce monde, ce sont les traîtres.

Cheon Dalho regarde Huisu, interrogateur.

— Et vous, M. Cheon Dalho, vous êtes le plus grand traître de tous, n'est-ce pas ?

Visiblement vexé, Cheon Dalho lui lance un regard mauvais. Mais l'instant d'après, il part d'un rire sournois, montrant les dents.

— Petit con, tu as l'œil, quand même, toi.

LA FIN DE L'ÉTÉ

L'été touche à sa fin. Père Sohn est de retour à l'hôtel. Le médecin a prévenu que, même s'il est de nouveau conscient, il ne tiendra pas longtemps. Père Sohn s'est entêté : il refuse de mourir à l'hôpital. Pendant toute une matinée, des employés de l'hôtel y transportent les équipements médicaux de soins intensifs. Un médecin et deux infirmières ont été assignés pour une permanence auprès de Père Sohn.

Quand Huisu entre dans la chambre, Père Sohn, un masque à oxygène sur le visage, est allongé sur le lit, les yeux dans le vague, l'air de quelqu'un qui a tout posé. Huisu s'assoit à côté du lit.

— Tout est fini ? demande Père Sohn en soulevant son masque.

— Tout est fini.

Père Sohn soupire de soulagement.

— Cheon Dalho a un caractère de chien mais il sera plus facile à vivre que Doyen Nam. C'est un voyou de l'ancienne génération. Presque sentimental.

Déjà un peu essoufflé, Père Sohn remet son masque. Huisu le regarde tristement.

— Ça va. Le corps, c'est pas terrible, mais l'âme est paisible. On dirait qu'elle est descendue jusqu'à la vessie. Je me sens serein, confortable.

— Comment elle a fait, votre âme, pour descendre jusqu'à la vessie ?

— C'est façon de parler. Si j'avais su que ça m'apporterait autant de paix, je t'aurais tout légué plus tôt et je serais allé à la pêche.

— C'est la vie. Les femmes aussi, quand on le leur demande, elles ne se donnent pas.

Père Sohn prend la main de Huisu en souriant.

— Tu vas devoir t'en donner, du mal. Cette place-là, elle est beaucoup plus difficile et solitaire qu'on le pense.

— Je sais. Ne vous inquiétez pas pour moi et essayez de vous rétablir, dit Huisu en tapotant la main de Père Sohn.

Père Sohn remet son masque. Pendant un long moment, sa respiration est sifflante. Dans ses yeux rivés au plafond, il n'y a plus trace d'aucune avidité. Père Sohn détache une nouvelle fois son masque à oxygène et tourne la tête vers Huisu.

— Huisu, s'il te plaît, laisse Dodari en vie. Il est tellement idiot. Ce ne sera pas un obstacle pour toi. Laisse notre pauvre Dodari sans cervelle vivre sa vie de débauche avec sa Mercedes d'occasion.

La prière de Père Sohn est ardente. À l'idée que la vie de Dodari puisse être le seul et unique souci que le vieil homme laisse derrière lui, Huisu est saisi d'émotion. Il hoche la tête. Les yeux de Père Sohn se referment, d'épuisement d'avoir tant parlé ou tout simplement parce qu'il a dit tout ce qu'il avait à dire. Huisu ajuste son masque à oxygène sur sa bouche et remet doucement sa main sous la couverture. Il reste là longtemps, près de Père Sohn endormi, et quitte la chambre.

Huisu sort dans le jardin de l'hôtel et prend une cigarette. Il est presque minuit. La musique continue de sortir du gogo-bar, au sous-sol de l'hôtel. Sur un banc, en face de lui, une femme fume. Dans l'obscurité, elle scrute Huisu attentivement. Elle doit penser qu'elle n'est pas visible. Son visage est familier à Huisu. Ce doit être l'une des filles du gogo-bar, mais il n'arrive pas à se souvenir de son nom. Sa cigarette finie, elle ne retourne pas travailler ; elle ne s'approche pas de Huisu non plus. Comme un chat sauvage, elle reste à bonne distance. Huisu l'appelle d'un signe de la main. Surprise, elle se lève, marche vers lui et s'affale sur le banc. Elle doit avoir pas mal bu. Chacune de ses respirations exhale une forte odeur d'alcool.

— Pourquoi tu me guettes dans le noir ?

— Je ne vous guette pas, quelle idée !

— Je t'ai vue.

L'insistance et le sérieux de Huisu ne la désarçonnent pas.

— C'est interdit de vous regarder ? Je vous aime bien, voilà pourquoi je vous regardais.

Huisu laisse échapper un rire, comme s'il se moquait de la naïveté de la fille.

— Ça fait longtemps que je vous aime bien, redit la fille.

— Ces choses-là, fallait me les dire avant que je me marie. Maintenant, qu'est-ce que je peux y faire ?

La fille rit. Elle étire ses jambes devant elle et s'amuse à les ouvrir et les fermer. Sa jupe courte remonte jusqu'en haut de ses cuisses.

— Tu as quel âge ?

— Vingt-six.

— Tu as pu mettre un peu d'argent de côté ?

— Non, j'ai que des dettes.

— Gagne un maximum d'argent, acharne-toi. Et pars.

— Je m'acharne, pourtant l'argent reste pas. Comment je peux faire ?

— Pars, tout simplement.

Huisu se lève. La fille reste assise et le regarde d'en bas. Elle est ivre et dégage une grande vulnérabilité. Son corps a l'air gorgé d'humidité jusque dans ses moindres recoins, sur le point d'exploser puis de s'effondrer.

— Vous ne voulez pas venir chez moi ? propose la fille.

— Où habites-tu ?

— Là-bas, tout près.

La fille agite vaguement sa main par-dessus son épaule. Huisu la dévisage.

— Tu sais pourquoi une fille de bar n'arrive pas à épargner? Parce qu'elle emmène chez elle des ordures comme moi. N'emmène jamais un voyou chez toi. Arrête d'en fréquenter.

— Il n'y a que des voyous dans le coin. Qui voulez-vous que je fréquente d'autre?

— Un fonctionnaire, tiens! Qui ne boit pas, qui ne fume pas et qui n'a pas d'amis. Si tu en trouves un comme ça, épouse-le tout de suite.

Sur ces mots, Huisu retourne à grands pas vers l'hôtel.

*

Père Sohn décède une semaine plus tard. Pendant trois jours, les obsèques se déroulent dans le calme, sans aucun incident et avec une grande simplicité, conformément aux vœux du défunt. Aucun faire-part n'est publié dans les journaux. Les funérailles et la crémation ont lieu au même funérarium que Patron Og, dans le renfoncement de la montagne. Quand la rumeur des obsèques se propage, des gens de Guam se rendent là-haut en file indienne. Chacun vide son bol de ragoût et son verre de soju, on parle, on rigole, certains finissent par renverser quelques tables. Puis chacun repart. Bref, des funérailles ordinaires. Il a juste fallu préparer un peu plus de ragoût et un peu plus de soju que d'habitude. Et calmer un peu plus de disputes.

Trois jours après, a lieu la cérémonie de prise de fonction de Huisu. Ce jour-là, au matin, il se rend au bout de la digue de Guam. Il regarde la mer vers Yeongdo. L'eau est encore chaude mais les vacances sont terminées; il n'y a plus personne autour du phare. De l'autre côté du détroit pointe, au bout de la digue de Yeongdo, un phare blanc. À chaque détroit il y a ces phares rouges et blancs mais Huisu ignore leur signification. C'est certainement un élément de signalisation pour les bateaux qui entrent et sortent du port. Huisu a toujours vu ces deux phares, sans jamais s'interroger sur le sens de ces couleurs. Ce matin, il aimerait en savoir plus.

Il n'y a pas un seul nuage dans le ciel. Sunbaek suit du regard quelques mouettes dodues. Manifestement, comme Père Sohn, il adore cette mer. Huisu, non. Surtout l'été, quand l'air humide et poisseux vous colle à la peau comme une méduse.

— Quand as-tu vu la mer pour la première fois ? lui demande Huisu.

C'est une question simple qui ne requiert pas une réflexion profonde, mais Sunbaek se plonge dans ses pensées.

— Je sais pas, je l'ai vue souvent à la télé.

— C'est pas la vraie mer, qu'on voit à la télé.

— Les gens, après avoir vu des tigres ou des girafes à la télé, ils en parlent comme s'ils les avaient vraiment vus.

Huisu se tourne vers Sunbaek. Il est chaque fois stupéfait des sorties de Sunbaek. Il lui fait signe d'approcher. Quand il est assez près, Huisu ouvre sa main, paume vers le ciel. Sunbaek se penche au-dessus de la paume avec curiosité. Quand son visage est assez proche, Huisu lui donne une bonne tape et Sunbaek tombe en arrière comme foudroyé.

— Quand je te pose une question, ne réfléchis pas des heures, répond simplement. Compris ?

Sunbaek hoche la tête.

— Qu'est-ce que j'ai dit ?

— De pas réfléchir des heures et de répondre simplement.

— Quand est-ce que tu as vu la mer *en vrai* pour la première fois ?

— Quand je suis arrivé à Guam, c'était la première fois, répond Sunbaek, bougon après ce traitement injuste.

— Voilà, il suffit de répondre comme ça. Évite le blabla tarabiscoté qui donne des maux de crâne à tes interlocuteurs.

— C'est que j'avais honte d'avoir vu la mer pour la première fois si tard dans ma vie.

Sunbaek fait une mine affligée. Cependant il retrouve vite sa bonne humeur et demande à Huisu :

— Et vous, quand est-ce que vous avez vu la mer pour la première fois ?

— Je suis né ici et j'y ai toujours vécu.

— Oh, quelle chance ! Moi j'ai toujours vécu à la campagne, c'est d'un ennui.

— Et moi, j'en ai assez de cette mer.

Une voiture approche qui s'arrête au bas du phare rouge. Huinkang sort du véhicule et, d'un pied agile, saute sur quelques plots en béton et les rejoint. Huisu montre du doigt une épicerie, à l'autre bout de la digue.

— Sunbaek, va me chercher une bouteille d'eau.

— Une seule, ça suffira ?

— Oui, ça suffira.

— Je peux y aller en voiture ?

Huisu respire profondément pour contenir sa colère. Sans succès.

— Non, tu vas y aller en courant, espèce d'obèse !

Sunbaek ressort sa mine affligée et tourne les talons vers le bout de la digue, le pas lent, les épaules tombantes. À peine vingt mètres plus loin, il se met à courir d'un pas léger, en secouant la tête, une idée joyeuse a sans doute jailli dans sa cervelle. Huinkang le suit longuement du regard.

— Il vient de province, de Chungcheong, c'est ça ?

— Pas exactement, mais pas loin de là.

— Je croyais que ce genre de mariole n'existait qu'au sud de la rivière Nakdong, mais lui, c'est un phénomène.

— N'est-ce pas ? Il est tellement original qu'il me donne des idées de suicide.

Huisu sort une cigarette. Huinkang, qui ne fume pas, n'a pas de briquet. Huisu sort le sien et essaie de l'allumer. La brise marine est trop forte et la flamme s'éteint sans cesse. Huinkang s'approche pour couper le vent avec sa veste et Huisu réussit enfin à allumer sa cigarette. Il aspire une longue bouffée de fumée. Huinkang jette un coup d'œil furtif sur le costume de Huisu.

— Vous avez eu raison de mettre un costume, grand-frère. C'est la tenue qui vous va le mieux.

— Tu trouves ?

— Je suis désolé, je vais pas pouvoir assister à votre prise de fonction.

— T’inquiète, ça n’a aucune importance.

Huinkang consulte sa montre, pressé.

— Il faut que tu y ailles ?

— Oui.

— Qui est sur l’île de Châtaigne en ce moment ?

— Dodari et Jeongbae. Poilu a été attrapé hier. À l’heure qu’il est, il doit être en route pour l’île.

Huisu continue de fumer, sans rien dire. Huinkang, qui attend ses instructions, regarde sa montre une nouvelle fois. Huisu jette son mégot par terre et l’écrase du pied.

— Épargne Jeongbae.

Huinkang fait une mine embarrassée.

— Si on commence le ménage, vaut mieux nettoyer tout d’un coup, non ? En plus, Jeongbae est le pire de tous.

— Tu as raison, Jeongbae est une vraie canaille. Il pourra nous être utile.

Huinkang semble vouloir ajouter quelque chose mais voyant l’expression de Huisu, il se ravise.

— Bien, je vais y aller.

— Je compte sur toi.

Huinkang redescend jusqu’à la digue, au pied du phare, le pas aussi léger qu’à son arrivée. Il remonte en voiture, démarre et disparaît. Huisu se retourne vers la mer accablée de lumière. L’été se meurt. Quand la température commencera à descendre, la masse de touristes repartira. Puis, l’hiver viendra. Huisu aime la mer d’hiver. La mer d’hiver ne colle pas. Sans touristes qui vont et viennent, la mer d’hiver est un état froid, solitaire et mélancolique. La mer d’hiver est taciturne. Elle n’a pas les traîtrises de cette mer d’été grouillante, qui promet l’amour mais n’apporte que colères et pleurs. Huisu n’ose plus aimer tout ce qui peut venir se coller contre lui. Il ne pense plus être capable de supporter le vide laissé par ces choses enveloppantes quand, à la fin, elles disparaissent. Une larme coule sur sa joue. Puis, d’innombrables larmes, incontrôlables, inondent son visage. Huisu agrippe sa poitrine et s’assoit par terre. Il frappe le sol en béton avec son poing, de toutes ses forces, comme pour arrêter les larmes qui bouillonnent. Il frappe et frappe encore, mais ses sanglots ne s'arrêtent pas et son visage ruisselle de larmes et de morve.

Sunbaek s'approche de lui en silence et lui tend la bouteille d'eau.

— Grand-frère, la cérémonie va commencer.

Huisu hoche la tête.

— Les députés et le maire sont déjà là. Ils vous attendent.

Huisu se lève. Il descend les marches de la digue et s'avance vers la mer. Il s'accroupit et lave son visage avec de l'eau puisée dans ses mains. Il a presque l'impression que la brûlure du sel et du soleil sur sa peau le lavent de tous les crimes de cet été.

Huisu sort son mouchoir pour s'essuyer le visage puis marche lentement vers l'hôtel Mallijang où va commencer la cérémonie de son investiture.

GLOSSAIRE

Lieux

Busan : Deuxième ville de Corée du Sud et premier port du pays, à l'extrême sud de la péninsule coréenne.

Guam : quartier de Busan au cœur du roman.

Autres quartiers : Haeundae, Wanwol, Gwangalli, Yeongdo, Nampo, Seomyeon, Ami, Wollong,...

Le Mallijang : hôtel du quartier de Guam, QG de Père Sohn.

Mojawon : orphelinat et centre d'accueil mère-enfants dont sont issus Insuk, Huisu, Danka, Cheoljin, etc.

Personnages

Clan de Guam

Père Sohn : caïd du clan de Guam.

Huisu : bras droit de Père Sohn et gérant de l'hôtel Mallijang.

Amy Ju : chef de bande, fils d'Insuk, adopté par Huisu.

Dodari : neveu de Père Sohn.

Yangdong : éternel sous-chef du clan, associé de Huisu.

Patron Og : directeur de la blanchisserie, joueur invétéré.

Oupas : employé du Mallijang.

Les vieux du club du bouillon de bœuf : clan de vieillards mafieux.

Dalja : tueur.

Jeongbae : malfrat opportuniste proche de Dodari, repreneur de la blanchisserie.
Huinkang : homme de main, spécialiste du coup de couteau.

Organisation de Yeongdo
Doyen Nam : caïd du clan de Yeongdo.
Cheon Dalho : chef du clan Dalho.
Hwang : surnommé Crocodile, bras droit de Cheon Dalho.
Cheoljin : numéro deux du clan Dalho. Ami d'enfance de Huisu et ancien camarade du cours de boxe de père Martin.

Organisation de Wollong
Hojung et **Park** : maquereaux de Wollong.

Autres personnages
Yongkang : gangster particulièrement violent. Revenu à Guam après quinze ans d'exil, il est décidé à se construire une fortune sur le trafic de drogue.
Insuk : ex-prostituée, propriétaire du bar La Cuisse. Mère d'Amy.
Chef Gu : chef de la police, totalement corrompu.
Obligation Hong : usurier sanguinaire.
Tang : membre de l'Association de l'Asie du Sud-Est.

TABLE

Seconde partie
Été

pca
cmb
édition pré-presse
livres numériques

44400 Rezé

Cet ouvrage a été achevé d'imprimer sur Roto-Page
par l'Imprimerie Floch à Mayenne en septembre 2019
pour le compte de Matin Calme éditions.
Dépôt légal : janvier 2020 – N° d'édition : 01 – N° d'impression : 95043
Imprimé en France